ULRIKE RENK

Die Heilerin

atb aufbau taschenbuch

ULRIKE RENK, Jahrgang 1967, studierte Literatur und Medienwissenschaften und lebt mit ihrer Familie in Krefeld. Familiengeschichten haben sie schon immer fasziniert, und so verwebt sie in ihren erfolgreichen Romanen Realität mit Fiktion.

Im Aufbau Taschenbuch liegen ihre Australien-Saga, die Ostpreußen-Saga, die ersten Bände der Seidenstadt-Saga und zahlreiche historische Romane vor.

Mehr Informationen zur Autorin unter www.ulrikerenk.de.

Die junge Margaretha wächst als Mennonitin in Krefeld auf – hier, glaubt sie, ist ihre Heimat. Doch nachdem ihre kleine Schwester Eva von Unbekannten gequält wurde und schließlich stirbt, begreift auch sie, dass ihre Glaubensgemeinschaft in der Stadt nicht mehr gern gesehen wird. Als dann noch ihre Mutter, die als Hebamme vielen Frauen hilft, als Kräuterhexe diffamiert wird, muss Margarethe einsehen, dass sie über etwas Unerhörtes nachdenken muss: ihre Heimat zu verlassen.

ULRIKE RENK

Die Heilerin

Historischer Roman

atb aufbau taschenbuch

MIX
Papier aus verantwortungsvollen Quellen
FSC® C083411

ISBN 978-3-7466-3325-1

Aufbau Taschenbuch ist eine Marke
der Aufbau Verlag GmbH & Co. KG

3. Auflage 2020

Im Aufbau Taschenbuch erstmals 2011 erschienen
Einbandgestaltung www.buerosued.de, München
unter Verwendung von Motiven von © Mark Owen / Trevillion Images
Satz psb, Berlin
Druck und Binden CPI books GmbH, Leck, Germany
Printed in Germany

www.aufbau-verlag.de

Ich liebe Euch – Philipp, Lisa, Tim, Robin, Margret, Walter, Regina, Karl, Ina.

Und C. – lass es mich mit den Beatles sagen: Little darling, the smiles returning to the faces / Little darling, it seems like years since it's been here / Here comes the sun, here comes the sun / and I say it's all right

Kapitel 1

Margaretha war gerade fünfzehn, als ihre Mutter sie das erste Mal zu einer Geburt mitnahm. Es war eine stürmische Oktobernacht im Jahr 1677. Der Wind heulte durch die Gassen in Krefeld, das Laub der Bäume wurde, Vogelschwärmen gleich, zwischen den Häusern hindurchgejagt. Immer wieder verdunkelten dichte, tiefhängende Wolken den vollen Mond, der knapp über der Stadtmauer zu hängen schien.

»Wach auf, Margret.« Die Mutter schüttelte sanft Margarethas Schulter. »Mevrouw van Holten liegt in den Wehen.«

»Mutter?« Margaretha rieb sich verwirrt über die Augen.

»Schhh.« Ihre Mutter hielt die Kerze hoch, schützte die flackernde Flamme mit der Hand vor dem Windzug, der durch die Ritzen des Fensters drang. »Wecke deine Geschwister nicht. Ziehe dich an und komm.« Bisher hatte Margaretha ihre Mutter zwar bei Wochenbett- oder Krankenbesuchen begleitet, aber noch nie durfte sie einer Geburt beiwohnen. Sie sprang aus dem Bett, griff nach ihren Kleidern und schlüpfte hinein. Es war empfindlich kalt geworden, und nur mit Mühe gelang es ihr, die Haken und Ösen der klammen Kleidung zu schließen.

»Nimm die dicken Socken«, sagte ihre Mutter leise, aber eindringlich. »Es wird schneien.« Sie hatte die Wollsocken schon aus dem Kasten genommen und hielt sie dem Mädchen hin.

»Schneien? Es ist erst Ende Oktober, Moedertje.« Margaretha warf einen zweifelnden Blick aus dem Fenster. Die dichten Wolken drohten allenfalls mit Regen, dachte sie.

»Es liegt Schnee in der Luft«, wisperte die Mutter. Kritisch besah sie sich ihre Tochter, dann nickte sie. »Die Haube noch. Mein Korb steht unten, wir müssen uns sputen.«

Margaretha schlang den Zopf zu einem losen Knoten im Nacken, sie hatte keine Zeit, die Haare ordentlich hochzustecken, zog die Haube über und verknotete das Band unter dem Kinn. Mevrouw van Holten war eine geborene Scheuten, dachte Margaretha, erst letztes Jahr hatte sie geheiratet, und nun erwartete sie ihr erstes Kind.

»Warum müssen wir uns beeilen?« Auch wenn Margaretha noch bei keiner Geburt dabei war, wusste sie doch viele Dinge, die damit zu tun hatten. Von früh an hatte die Mutter ihre einzige Tochter mitgenommen, hatte mit ihr den Kräutergarten gepflegt und war mit ihr durch die Rheinauen gegangen, immer auf der Suche nach Kräutern und Heilpflanzen. Gewissenhaft hatte die Mutter der Tochter den Nutzen und Schaden von Pflanzen, Kräutern, Aufgüssen und Extrakten erklärt. Margaretha wusste, dass die erste Geburt sich oft lange hinziehen konnte.

»Es wird Schwierigkeiten geben«, sagte Gretje op den Graeff, stemmte sich gegen die Haustür, die nach außen öffnete, und zog ihre Tochter mit sich, als sie endlich gegen den Wind ankam. Mevrouw op den Graeff, eine der Hebammen und Heilfrauen der Stadt Krefeld, trug in der einen Hand das Windlicht, in das sie die Kerze gesteckt hatte, in der anderen den großen Korb mit ihren Kräutern und Hilfsmitteln. Margaretha folgte ihr, die Tür glitt ihr aus der Hand und fiel krachend ins Schloss. »Verdomme!«, murmelte sie.

»Nicht fluchen!«, ermahnte die Mutter sie. »Hoffentlich hast du den Vater nicht geweckt.« Nur einen kurzen Blick warf Gretje über ihre Schulter, dann eilte sie weiter.

Margaretha sog die Luft tief ein, ihre Mutter hatte recht, es roch nach Schnee, kalt und ein wenig wie das Eisen, wenn der Hufschmied es zischend aus dem Wasser zog. Die Luft war auch deutlich kühler geworden, und vom Boden her zog es klamm nach oben, trotz der dicken Strümpfe. Sie liefen vom Obertor, wo das Haus der Familie stand, über die Hauptstraße Richtung Schwanenmarkt, passierten den Platz mit dem Brunnen und bogen am Viehmarkt rechts ein in die Burgstraße. Am Viehmarkt roch es nach Dung und Schweinen, das Geschnatter der Gänse und Hühner, die noch am Mittag dort angeboten worden waren, schien noch immer in der Luft zu liegen. In der kleinen Gasse warf sich ihnen der Wind entgegen, als wollte er sie mit aller Macht davon abhalten, ihr Ziel zu erreichen. Hier knirschte der Matsch schon unter den Stiefeln der beiden Frauen. Der Boden fror.

»Godallemachtig«, murmelte Gretje op den Graeff und hielt kurz inne. Der Wind heulte um die Häuserecken, fing sich in den Toreinfahrten, hallte dort. Doch dann wurde Margaretha klar, dass es nicht der Wind war, der dort heulte, sondern eine Frau. Sie wimmerte, steigerte das Wimmern, bis es in einem gellenden Schrei endete, begann wieder zu wimmern.

Die Mutter sah sich kurz zu ihrer Tochter um, hielt ihr das Licht der Kerze ins Gesicht. Das Mädchen war bleich.

»Das wird nicht einfach, Meisje. Willst du lieber nach Hause gehen?«

Margaretha überlegte, ein Schauer rann ihr über den Rücken, aber dann straffte sie die Schultern, biss sich in die Lippe. »Ich komme mit.«

Für einen Augenblick prüfte die Mutter den Blick der Tochter, doch Margaretha hielt stand. Dann nickte Gretje. »Gut. Wenn du das schaffst, schaffst du alles andere auch. Komm.«

Sie klopften an eine Tür, ein hohlwangiger Mann öffnete ihnen.

»Mevrouw op den Graeff, dem Herrn sei Dank. Thilda stirbt, und ich bin schuld.« Er wischte sich die Tränen aus den Augen, hob ein Glas und trank einen großen Schluck, verschluckte sich und hustete. Er stank nach Branntwein. Angeekelt verzog Margaretha das Gesicht. Wieder hatte der

Schrei seinen durchdringenden Höhepunkt erreicht und verebbte, jedoch nur kurz. Obwohl sie nun im Haus waren, erschien es Margaretha, als ob der Schrei nicht mehr ganz so laut gewesen war.

»Wo ist sie?«, fragte Gretje und schob den Mann sachte beiseite. »Oben?«

Er nickte stumm.

»Gibt es oben einen Kamin?«

»Nein.«

»Wenigstens eine Kohlepfanne?«

Van Holten sah sie mit weit aufgerissenen Augen an. »Ne... nein«, stotterte er.

»Dann besorgt eine, minn Jong. Und macht Euch keine Sorgen.« Sie tätschelte seinen Arm und ging an ihm vorbei. Margaretha folgte ihr, beeindruckt von der Ruhe, die ihre Mutter ausstrahlte. Im engen Hausflur roch es nach Kohl, nasser Wolle und saurer Milch. Rechts führte eine Tür in das größte Zimmer des schmalen Hauses, das so gebaut war wie viele Häuser der Stadt. Dort stand der Webstuhl und nahm den meisten Raum ein. Van Holten war Leinenweber. Der Kamin erwärmte den Raum, so dass die Weber auch im Winter trotz der Kälte die Schiffchen durch die Fäden ziehen konnten. An der Rückseite des Raumes lag die Wohnküche. Eine schmale und steile Stiege führte in das erste Stockwerk. Am Fuße der Treppe saß ein Mädchen, kaum älter als Margaretha. Sie hatte sich ganz zusammengekauert und hielt die Ohren mit den Händen bedeckt, wiegte sich leise jammernd hin und her.

»Hemeltje, Gottegot, Hemeltje!«, sagte sie leise wieder und wieder.

Gretje stupste sie an. »Bist du die Magd? Wie heißt du?«

»Katrinchen. Gottegot.« Sie sah nach oben, verdrehte die Augen.

»Der gute Gott und der allmächtige Herr werden uns helfen. Aber weder er noch der liebe Himmel kochen Wasser und beschaffen sauberes Tuch, das ist deine Aufgabe. Erfüll sie. Aber vorher schütte die saure Milch weg, lüfte durch und schür dann das Feuer. Wir werden Kohlen brauchen.« Gretje lächelte zuversichtlich, dann stapfte sie die Stiege entschlossen nach oben. Wieder setzte die Frau im oberen Geschoss zu einem entsetzlichen Schrei an.

Margaretha war flau im Magen. Sie drückte das Bündel sauberer Leinentücher, das ihr die Mutter zum Tragen gegeben hatte, gegen ihre Brust, dann fasste sie sich ein Herz und folgte ihr.

Nur zwei Kerzen brannten in dem Schlafzimmer, in dem ein breites Bett stand, dessen dicke Vorhänge zugezogen waren. Die Wollblenden bewegten sich sacht in dem scharfen Luftzug. Bevor Gretje sie beiseitezog, sah sie sich um. Das Fenster ging zur Straße und klapperte unter den Windböen, die sich gegen das Haus zu werfen schienen. Das Gebälk ächzte, und die Dielen knarrten. Irgendwo rief ein Käuzchen.

»Das Fenster ist nicht dicht. Geh nach unten und schau, ob dort Stroh oder Bast ist, damit wir es abdichten können.« Dann schob sie den Vorhang beiseite. Die junge Frau mit dem aufgeblähten Körper krallte sich in das Kissen. Ihr Gesicht war vor Schmerzen zu einer Fratze verzogen, trotz der Kälte lief ihr der Schweiß über die Haut. »Und bring auch frische Laken mit. Warmes Wasser. Eimer. Los!«

Wie erstarrt schaute Margaretha auf die junge Frau, die sich hin und her warf, stöhnte und wimmerte. Natürlich wusste Margaretha, dass Schmerzen zur Geburt gehörten, und hatte auch schon so manche Frau in den Wehen schreien gehört. Doch das, was sie nun sah, überstieg ihre Vorstellung.

»Nun, nun, nun, Meisje, es wird alles gut!«, beschwichtigte Gretje op den Graeff die junge Frau. Sie zog ihr das Nachthemd aus, warf es auf den Boden, legte ihr die Hand auf den nackten Bauch. Margaretha erschien es, als würde die über alle Maßen gespannte Haut gleich aufplatzen. Immer noch konnte sich das Mädchen nicht von dem Anblick lösen.

»Spürst du meine Hand? Du musst hierhin atmen. Einatmen und ganz langsam auspusten. So wie ich …« Geräuschvoll atmete Margarethas Mutter ein und dann aus.

»Ich kann nicht«, stöhnte Thilda.

»Doch, du kannst. Einatmen. Jetzt!« Gretje sprach beruhigend, aber auch bestimmt. Thilda van Holten wurde ruhiger, das Wimmern ließ nach, und sie schien sich ein wenig zu entspannen. Eine Windböe zog pfeifend durch die Ritzen, und Margaretha zuckte zusammen, dann raffte sie ihre Röcke und lief die steile Stiege hinab. In der Küche brannte ein helles Feuer, darüber hing ein rußgeschwärzter Kessel, in dem etwas kochte. Margaretha warf einen Blick hinein. Dicke Fettaugen schwammen auf der Oberfläche.

»Was ist das?«, fragte sie die Magd.

»Ich sollte doch Wasser kochen.«

»Hast du den Topf nicht ausgescheuert? Da schwimmt ja Fett.«

»Ausgescheuert? Nein. Ich habe gestern ein Huhn ausgekocht. Da muss noch ein Rest im Topf gewesen sein.« Katrinchen zuckte die Schultern.

Margaretha hatte schon früh gelernt, dass Sauberkeit wichtig war, nicht nur im Wochenbett. Ohne die Magd anzusehen, nahm sie den Kessel vom Herd, öffnete die Tür zum Hof und schüttete das Wasser aus. Eine Dampfwolke nahm ihr für einen Moment die Sicht. Dann drehte sie sich um, drückte Katrinchen den Kessel in die Hand.

»Wasch ihn aus, und zwar gründlich. Und dann nimmst du sauberes Wasser und erhitzt es. Habt ihr Bast im Haus? Ich brauch zudem einen Eimer, Laken.«

Die Haustür wurde geöffnet und jemand polterte in der Diele. Es war der junge van Holten. Er hatte bei seinen Eltern, die im Nachbarhaus wohnten, eine Kohlepfanne ausgeliehen und schwankte damit nun durch die Diele. Torkelnd stieß er gegen die Küchentür, blieb stehen und sah Margaretha mit großen Augen an.

»Wohin damit?« Er deutete auf das Kohlebecken.

»In der Küche brauchen wir es wohl nicht. Es muss nach oben.« Margaretha verdrehte die Augen und hob lauschend den Kopf. Die furchtbaren Schreie waren verstummt. Auch van Holten horchte.

»Gottegot. Ist sie …?« Doch dann hörte man wieder einen leisen Schrei. Er klang nicht mehr so verzweifelt, aber immer noch schmerzhaft. Van Holten zuckte zusammen. »Was habe ich getan? Was habe ich ihr angetan?«

»Zum Jammern ist es jetzt zu spät. Das Kohlebecken wird gebraucht. Und habt Ihr Bast?«

»Bast?«

»Es zieht wie Hechtsuppe dort oben.« Margaretha stemmte die Hände in die Hüften, so wie sie es oft bei ihrer Mutter gesehen hatte, wenn diese mit Männern sprach.

Van Holten wies mit dem Kopf zur Webstube. »Dort ist Bast. Ja, es zieht dort oben. Aber das große Bett passt nicht in das andere Zimmer, dort zieht es nicht und einen Kamin haben wir da auch.«

»Auch ein Bett?«, fragte Margaretha.

»Nun ja, ein schmales.« Er rülpste, hielt sich verschämt lächelnd die Hand vor den Mund. Die Branntweinfahne schien vor ihm im Raum zu stehen. Angewidert wandte Margaretha den Kopf ab. Sie drückte sich an van Holten vorbei, lief die Treppe empor. Vor der Tür zum großen Schlafzimmer blieb sie stehen, holte tief Luft. Sie hörte das Stöhnen der Frau, die murmelnde Stimme ihrer Mutter. Der Gedanke an den zum Platzen gespannten Leib der Frau und das viele Blut erzeugten Übelkeit in ihr. Sie drehte sich um, sah die andere Tür, öffnete sie. Wohlige Wärme schlug ihr entgegen. In diesem Moment kämpfte sich der Mond durch die Wolken und warf sein Licht in den kleinen, aber behaglichen Raum. Das Bett war in der Tat schmal, doch es wirkte frisch bezogen. Kein Wind pfiff hier, das Zimmer lag nach hinten zum Hof.

Margaretha gab sich einen Ruck und öffnete die Tür zum

Schlafzimmer. Thilda lag im Bett, die Beine weit gespreizt. Das flackernde Licht der Kerzen warf gespenstische Schatten, die über die Wände tanzten. Sie atmete zusammen mit Gretje, ein Rhythmus, ein-aus, ein-aus. Hin und wieder entfuhr ihr ein Wimmern. Margaretha wusste nicht, wie sie sich bemerkbar machen sollte, und traute sich nicht, zum Bett zu gehen.

»Schön weiteratmen, Meisje«, sagte Gretje lobend und drehte sich dann zu ihrer Tochter um. »Bringst du Wasser? Wo bleibt die Kohlepfanne? Und hast du Bast? Bevor die nächste Stunde um ist, wird diese Frau krank sein, wenn sie weiter in dem Windzug liegt.«

»Nebenan ist ein warmes Zimmer. Dort zieht es nicht, und der Kamin verläuft durch den Raum, es ist warm.« Margaretha sprach die Frage nicht aus, aber sie hing deutlich in der Luft: Würde die gebärende Frau es dorthin schaffen? Oder wie würden sie sie dahin bringen?

»Ein Bett?«, fragte Gretje knapp.

»Ja. Ein kleines, aber wie mir schien, frisch bezogen.«

»In Hemmelsnaam. Warum sagt das denn keiner?« Gretje stieß wütend die Luft aus. Dann wurde ihre Stimme wieder sanft. »Komm, Meisje, aufstehen. Wir gehen rüber. Margret, nimm die eine Kerze und mach dort Licht.«

»Aufstehen?« Erschrocken sah Thilda die Hebamme an. »Das kann ich nicht.«

»O doch, und du wirst.«

Später wusste Margaretha nicht mehr, wie sie die heulende Frau in das andere Zimmer bekommen hatten, aber sie schafften es. Wenige Stunden danach hielt Gretje op den Graeff dem inzwischen völlig betrunkenen van Holten seinen Erstgeborenen hin. »Wie soll Euer Kind heißen?«

»Mein Kind?« Er verschliff die Silben, seine Augen befanden sich auf Wanderschaft und fanden keinen Fixpunkt. »Ist es tot?«, lallte er.

»Nein. Wohl kaum.« Gretje holte tief Luft und schaukelte den Kleinen sanft, der inzwischen anfing leise zu jammern.

»Er lebt, genauso wie Eure Frau. Wie soll der Sohn nun heißen?«

»Er lebt? Meine Frau auch?« Van Holten hob das Glas an die Lippen, doch es war leer. Wütend schleuderte er es gegen die Wand, wo es klirrend zersplitterte, griff nach dem Tonkrug. Wie ein Ertrinkender sog er die letzten Tropfen aus dem Gefäß. Gretje rümpfte die Nase. Die zum Schneiden dicke Luft stand in dem Raum, es stank nach Branntwein, Schweiß und feuchten Strümpfen.

»Mijnheer van Holten, Eure Frau lebt, das Kind auch. Ich habe einige Stunden gearbeitet und würde nun gerne nach Hause gehen. Aber das Kind braucht einen Namen. Überlegt Euch, wie Ihr ihn nennen wollt. Ich bringe ihn nun zu seiner Mutter. Später am Tag komme ich wieder.«

»Ihr wollt gehen?« Verblüfft sah er sie an. »Und mich alleine lassen?«

»Natürlich. Warum nicht? Katrinchen ist doch da. Sie kocht gerade eine gehaltvolle Brühe, damit Eure Frau wieder zu Kräften kommt. Schlaft Euren Rausch aus.« Sie lachte leise, drehte sich um.

»Mevrouw op den Graeff, Ihr könnt nicht einfach gehen. Ist das Kind getauft?«

Langsam drehte sich Gretje wieder zu ihm um. Ihr Gesicht zeigte eine seltsame Ungeduld, stellte Margaretha fest, die mit dem gepackten Korb im Flur stand. Die Nacht war anstrengend und zuerst furchterregend gewesen, doch der Ausgang glücklich. Alle Anspannung und Aufregung war nun von ihr gefallen; sie fröstelte, war müde und ausgelaugt.

»Ich kann das Kind nicht taufen«, sagte Margarethas Mutter mit gepresster Stimme.

»Ihr … Ihr … Ihr seid doch Hebamme, Ihr dürft taufen«, stotterte van Holten. »Was, wenn es in den nächsten Stunden stirbt?«

»Ich dürfte eine Nottaufe vornehmen, wenn es dem Kind schlecht geht. Diesem Kind geht es bisher gut. Ich sehe auch keinen Anlass zur Sorge, dass es ihm in den nächsten Stunden schlechter gehen sollte. Allerdings nur, wenn ich es jetzt aus diesem Mief hier wegbringe, ansonsten könnte er womöglich ersticken. Dann müsste er notgetauft werden.« Sie drehte sich um und ging nach oben.

»Mevrouw! Haltet ein«, rief van Holten. »So wie meine Frau geschrien hat, war die Geburt schwer. Und schwere Geburten führen oft zum Tod. Ich bestehe auf einer Taufe. Das Kind soll …«, er zögerte, aber in seiner Wut war seine Aussprache wieder deutlicher geworden, so als hätte er den Vorhang der Benebelung beiseitegeschoben. »Der Junge soll nach meinem Vater benannt werden. Jakob van Holten!«

»Das ist fein. Ich werde es Eurer Frau ausrichten, sie fragte danach«, rief ihm Gretje über ihre Schulter zu.

»Und tauft Ihr ihn nun?«

Gretje blieb stehen. Margaretha sah, dass ihre Mutter bebte. Ein sicheres Zeichen dafür, dass sie wütend war. Für einen Moment schien die Hebamme zu zögern, dann stieg sie die steile Treppe wieder hinunter, gab Margaretha das kleine Bündel.

»Ich bin Mennonitin, wie Euch sehr wohl bekannt ist. Genauso wie Eure Frau Thilda. Ihr seid Protestant. Eure Art den Glauben an Gott zu leben ist nicht besser und nicht schlechter als unserer. Wir sind alle Kinder Gottes, und zwar von Geburt an. Gott liebt und schützt uns. Wir Mennoniten entscheiden uns dazu, als junge Erwachsene das Taufgelöbnis und dadurch den erneuten Bund mit Gott einzugehen. Bewusst und willentlich.«

»Und wenn das Kind jetzt stirbt?« Er weinte plötzlich fast.

»Dann ist es in der Hand Gottes. Welche Sünden soll es begangen haben? Die Gefahr, dass Euer Sohn an diesem Tag stirbt, sehe ich nicht. Wenn es Euch wichtig ist, dann lasst ihn im Laufe des Tages taufen. Er ist gesund und munter, er hat schon getrunken. Es geht ihm gut. Ich werde ihn nicht taufen.« Sie sah ihn streng an, nickte ihm zu, ging in den Flur und nahm das Kind aus Margarethas Armen. Dann stapfte sie die Treppe empor. Jeder ihrer Schritte auf der hölzernen Stiege schien durch das Haus zu hallen.

Wenig später liefen die beiden Frauen durch das morgendliche Krefeld. Gretje hatte recht behalten, dicke Schneeflocken, weich wie Wollfasern, trieben im ersten Licht des Tages durch die Luft. Die Hähne hatten gekräht, die ersten Wagen fuhren durch die Stadt, und die Tore waren geöffnet worden. Die beiden Frauen, Mutter und Tochter, gingen schweigend nebeneinander her. Ihre Schritte waren schwerfällig und müde. Als sie das Haus in der Nähe des Obertors erreicht hatten, blieb Gretje stehen. Sie sah Margaretha an. Die Fältchen um ihre Augen, die wie Radspeichen um ihre Augen lagen, hatten sich vertieft. Sie lächelte schwach.

»Du hast dich gut gehalten, mein Kind. War es arg schlimm?«

»Am Anfang schon. Ich dachte, sie würde sterben. Was muss sie für Schmerzen gelitten haben!« Margaretha senkte den Kopf. Ihre Knie zitterten, und inzwischen waren ihre Füße, trotz der dicken Strümpfe, kalt.

»Nicht mehr als andere auch, aber auch nicht weniger. Sie hat dagegen angekämpft und das war ihr Fehler. Wir haben ihr geholfen, richtig damit umzugehen. Du hast deine Sache gut gemacht, Meisje. Nun geh zu Bett und ruh dich ein paar Stunden aus. Später am Tag werden wir noch mal nach Thilda und dem kleinen Jakob sehen.« Gretje öffnete die Tür. Es war kalt im Hausflur. Das Feuer im Herd schien ganz heruntergebrannt zu sein. Seufzend stellte Gretje den Korb ab, stützte kurz die Hände in das Kreuz und bog die Schultern nach hinten.

Margaretha schlich an ihr vorbei nach oben. Das Haus der op den Graeffs gehörte zu den älteren der Stadt. Margarethas Großvater hatte es gebaut. Durch Anbauten und Umbauten war es immer wieder verändert worden und wies nun einen sehr winkeligen Grundriss auf. Weil keines der Zimmer groß genug für einen Webstuhl war, hatte die Familie das Nachbarhaus gekauft, nachdem die Bewohner dem Fieber erlegen waren. Dort standen nun drei Webstühle, von der Küche blieb nur noch der Herd, außerdem nutzten sie die Gesindezimmer im oberen Stockwerk. Somit waren die Arbeit und auch die Arbeiter in das zweite Haus gepackt worden und die Familie in das andere.

Margaretha teilte sich das Zimmer mit ihrer Schwester Eva, mit drei Jahren das Nesthäkchen der Familie. Das Kind kam zur Welt, als Gretje schon längst die fruchtbaren Zeiten hinter sich hatte liegen sehen. Der älteste Sohn der Familie war fast dreißig Jahre älter als die jüngste Tochter.

Eva war ein besonderes Kind, ihr Gesicht mondförmig, die Augen glichen Mandeln, sie lachte beständig, war fröhlich und aufgeweckt, konnte jedoch nicht richtig sprechen und hatte Schwierigkeiten zu laufen. Die Familie liebte das Kind und hütete es wie den Augapfel. Margaretha schlich leise in das Zimmer, zog sich aus und kroch unter die inzwischen klammen Laken. Vereinzelte Schneeflocken malten Tupfen auf das kleine Fenster, die Sonne ging an einem diesigen Himmel auf. Irgendwo bellte ein Hund, und der Nachtwächter sang sein Abschiedslied. Margaretha schlief ein.

Kapitel 2

Am nächsten Morgen hing die Sonne vor einem verhangenen Himmel. Die Luft war deutlich kälter, aber die vereinzelten Schneeflocken hatten sich aufgelöst. Margaretha schreckte hoch, als ein Fuhrwerk durch die Gasse kam, der Kutscher laut schimpfte. Sie rieb sich verwundert die Augen, noch nie hatte sie so lange geschlafen. Eva lag nicht in ihrem Bett. Margaretha stand auf, streckte sich, rief die Erinnerungen an die vergangene Nacht zurück, das Schreien, die Qualen und das

Blut, aber auch den ersten Ton des Neugeborenen und das glückliche Lächeln der Mutter. Das gute Ende hatte alles andere vergessen lassen. Sie wusch sich flüchtig, das Wasser im Krug schien durch die Kälte schwerer zu sein. Dann zog sie sich frische Sachen an und ging nach unten. Es duftete köstlich nach Grütze. Ihre Mutter saß in der Küche und rupfte energisch ein Huhn. Sie hob den Kopf und lächelte ihre Tochter an. »Ausgeschlafen?« Zu ihren Füßen saß Eva und spielte mit den Federn.

»Ich glaube, ich habe noch nie im Leben so lange geschlafen außer zu Neujahr.« Margaretha nahm sich eine Schüssel und füllte sie mit der Grütze, die in dem großen Topf über dem Herd köchelte.

»Du hast dich wacker gehalten, mein Kind.«

»Ich dachte, Thilda müsse sterben.«

»Das weiß man nie so genau. Sie hatte viel Blut verloren und sich sehr verkrampft. Aber es ist ja gut gegangen. Ich möchte, dass du nachher mitkommst, wenn wir nach ihr schauen. Doch vorher geh bitte in den Wallgarten. Der Frost kommt zu früh, aber vielleicht kannst du ja noch ein paar Sachen retten.«

Die op den Graeffs hatten – so wie viele andere Familien auch – vor der Stadtmauer und dem Graben große Gärten. Dort bauten sie Obst und Gemüse an. In dem kleinen Garten hinter dem Haus zog Gretje Kräuter. Im Schuppen hielten sie ein Schwein, das meist zu Martini geschlachtet wurde, und im Hof lebten ein paar Hühner.

Margaretha aß hungrig den heißen Grützbrei. Wohlige Wärme breitete sich in ihrem Magen aus. Sie hatte gar nicht gemerkt, wie hungrig sie gewesen war. Nachdem sie ihre Schüssel ausgespült hatte, holte sie Wasser aus dem Brunnen im Hof. Vom Nachbarhaus scholl das Klappern der Webstühle zu ihr. Dort arbeiteten ihre Brüder. Der Vater, so erzählte Gretje ihr, war am Morgen nach Moers gereist, um Leinen auszuliefern. Die Familie webte Leinen, hin und wieder bleichten sie den Stoff auch. Alle waren eingebunden, und das Geschäft lief gut.

»Soll ich Evchen mitnehmen?«, fragte Margaretha, als sie die Haken an ihrem Mantel schloss.

Zweifelnd schaute die Mutter zum Boden, wo das kleine Kind in dem wachsenden Federberg wühlte, die Federn und Daunen mit fröhlichem Gejauchze in der Küche verteilte. Hin und wieder flogen ein paar der Federn in das prasselnde Feuer des Kamins und verbrannten. Der Gestank von verglühtem Horn breitete sich aus.

»Ja, nimm sie mit, aber zieh sie warm an. Und pass gut auf sie auf.«

Margaretha nahm das Kind und verdrehte die Augen, jedoch so, dass ihre Mutter es nicht sah. Als wenn sie schon mal nicht gut auf ihre Schwester aufgepasst hätte. Dann aber sah sie die Falten, die sich tief um die Mundwinkel ihrer Mutter eingegraben hatten, und bemerkte, wie müde Gretje war. Ihre Mutter hatte sich nicht hingelegt, als sie nach Hause gekommen waren. Sie hatte die blutigen Sachen ausgewaschen und in den Hof gehängt, das Feuer geschürt und das Essen vorbereitet. Wahrscheinlich hatte sie auch noch Strümpfe gestopft oder etwas anderes getan. Es gab immer etwas zu tun in diesem großen Haushalt, und Gretje konnte Dinge nicht liegen lassen.

Margaretha setzte sich Eva auf die Hüfte und verließ das Haus. Sie ging durch das Obertor hindurch und wandte sich dann links. Der Münkersweg führte nach Linn. Eva erfreute sich an dem Ausflug, zeigte lachend auf die Gänse, die auf einer Wiese vor der Stadt grasten. Hin und wieder fiel eine dicke, flaumige Schneeflocke. »Feder!«, sagte das Kind und klatschte in die Hände.

»Das ist eine Schneeflocke.« Margaretha lächelte. Mit dem linken Arm hielt sie das Kind umschlungen, an der rechten Hand schaukelte munter der noch leere Korb. Sie plauderte mit der kleinen Schwester, scherzte und sang. An der Kreuzung kam ihnen ein junger Mann entgegen. Er hatte seinen Hut tief ins Gesicht gezogen und den Mantelkragen hochgestellt. Margaretha stockte kurz, doch dann erkannte sie ihn. Es war Jan Scheuten. Er war zwei Jahre älter als sie, aber sie hatten gemeinsam die Schule besucht. Vor einem Jahr hatte er die Stadt verlassen, um eine Lehre bei einem Tischler in Linn zu machen. Manchmal kam er übers Wochenende nach Hause und besuchte mit seiner Familie den Gottesdienst. Margaretha und er hatten sich immer gut verstanden. Sie blieb stehen und lächelte ihm entgegen. Er hob den Kopf und sah sie.

»Margaretha, welch entzückender Anblick an diesem kalten Tag. Was treibt dich aus der Stadt?« Er grinste.

»Der Frost. Ich soll im Wallgarten noch schnell einiges an Gemüse retten. Und was bringt dich nach Krefeld?«

»Mein Lehrherr ist verstorben.« Er verzog das Gesicht. »Und nun muss ich mir einen anderen suchen.«

»Du bist ein fleißiger Mann, es wird dir schon gelingen. Deine Schwester hat heute Nacht einen gesunden Jungen entbunden, du wirst deine Familie in Feierstimmung vorfinden.«

»Thilda hat einen Sohn? Das wird Johannes ja freuen, er hat sich einen Stammhalter gewünscht.«

»Dein Schwager wird heute vermutlich arges Schädelbrummen haben, die Nacht über war die Branntweinflasche sein bester Freund.« Margaretha lachte.

»Das kann ich gut verstehen. Vermutlich hatte er große Angst um sie.«

Margaretha beschloss, ihm nichts von dem furchterregenden Schreien seiner Schwester zu erzählen. Eva wurde es langweilig, sie zappelte und begann zu quengeln.

»Ich muss weiter«, sagte Margaretha und spürte, dass sie rot wurde.

»Das ist deine Schwester, nicht wahr?« Jan runzelte die Stirn und sah das Mädchen nachdenklich an.

»Ja, unsere Eva, unser Schatz.« Margaretha wippte das Kind auf der Hüfte, kitzelte es, das Mädchen lachte.

»Sie ist doch schon zwei oder so?«

»Sie ist drei, fast vier. Sie ist ein ganz besonderes Kind.« Immer noch herzte Margaretha die Schwester, lächelte sie an.

»Und dann kann sie nicht laufen? Du musst sie tragen? Warum verwöhnt ihr sie so?«

Margaretha atmete tief ein und hielt für einen Moment die Luft an. »Eva kann noch nicht lange Strecken laufen, ihre Beine tragen sie nicht«, sagte sie schließlich. »Ich muss aber wirklich weiter, Jan.«

Jan kaute auf seiner Lippe, sah die beiden erst skeptisch und nachdenklich an, dann erhellte ein Lächeln sein Gesicht. »Auf mich wartet keiner, sie wissen ja nicht, dass ich zurückkomme. Ich begleite dich in den Garten und helfe dir. Soll ich deine Schwester nehmen? Ich könnte sie auf den Schultern tragen.«

»Das würdest du tun?«

»Ja, warum denn nicht?« Jan lachte, nahm Eva, schwang sie einmal durch die Luft. Das Kind jauchzte. Er setzte sich das Mädchen auf die Schultern und hüpfte mit ihr den Weg entlang. Margaretha folgte ihm lächelnd. Sie erreichten den Wallgarten. Margaretha nahm Jan das Kind ab, hüllte es in eine Decke, die sie mitgebracht hatte, und setzte es auf einen Baumstamm. Dann erntete sie die Wurzeln und Möhren, schnitt große Büschel Kräuter ab. Jan half ihr ein wenig ungelenk. Immer wieder musste Margaretha ihm erklären, welches Gemüse geerntet werden musste und was noch in der schon frostigen Erde verbleiben konnte. Trotz der Kälte bildete sich Schweiß auf Margarethas Stirn. Sie arbeitete fleißig und gewissenhaft, schaute sich immer wieder nach ihrer Schwester um, die zufrieden mit ihrer kleinen Stoffpuppe spielte.

Der Boden war hart, es war mühsam, die Karotten zu ernten, die Bohnen abzuziehen. Irgendwann schaute sich Margaretha um, und Eva saß nicht mehr auf dem Baumstamm. Für einen Moment starrte sie auf den Stamm, als ob das Kind plötzlich wieder auftauchen würde, sie einer optischen Täuschung erlegen wäre. Aber das passierte nicht. Die Starre löste sich, und Margaretha lief los, rief, schrie nach dem Kind.

»Eva. Evale! Wo bist du? Komm her. Zusje, komm zu mir.« Verzweifelt rannte sie zu dem Baumstamm, die Decke lag dort, bedeckte den Stamm, als müsse sie ihm Wärme spenden. Doch von dem kleinen Mädchen war nichts zu sehen. Margaretha schossen die Tränen in die Augen. Wann hatte sie zuletzt nach dem Kind geschaut? Vor fünf Minuten, zehn? Vor einer halben Stunde? Beim Bohnenernten hatte sie sich lustig mit Jan unterhalten, sie hatten Geschwätz aus der Gemeinde ausgetauscht und von Vorkommnissen in der Gegend gesprochen, und darüber hatten sie die Zeit aus den Augen verloren. Die Sonne hatte schon längst den Zenit überschritten, bald würde die Dämmerung hereinbrechen, zumal dichte Wolken inzwischen wieder den Himmel verdunkelten.

»Gottegot, Eva«, murmelte Margaretha verzweifelt. »Wo bist du?«

Das Kind konnte nur wenige Schritte laufen, sie krabbelte meist, das konnte sie allerdings schnell. Der Weg zum Wassergraben, der die Stadtmauer umschloss, war nicht weit. Der Boden war hart und gefroren, es waren keine Spuren zu erkennen. Margaretha schaute in jede Richtung, aber Eva war nicht zu sehen.

»Eva!«, rief sie verzweifelt und lief zum Wassergraben. »Bitte nicht. Eva!«

»Was ist los?« Jan folgte ihr.

»Meine Schwester … sie ist verschwunden, wie vom Erdboden verschluckt. Ich muss sie finden.« Margaretha unterdrückte ein Schluchzen.

»Sie kann doch nicht laufen, oder doch?«

»Nein, aber krabbeln«, rief ihm Margaretha über die Schulter hinweg zu, während sie in Richtung Wassergraben lief. Jan wandte sich um, lief zur anderen Seite des Gartens. Auf der Wiese vor den Gärten weideten Schafe. Dort fand er Eva, glücklich in die Betrachtung der Tiere verloren.

»Hey, Meisje«, sagte er unsicher. Eva drehte sich um und strahlte ihn an, ihre Zunge steckte zwischen den Zähnen, ihre Augen funkelten.

»Mäh!«, gluckste sie.

»Da bist du ja, Eva. Margaretha sucht dich.« Ungeschickt nahm er sie hoch, rümpfte die Nase, setzte sie wieder ab. »Komm, ich nehme dich bei der Hand, und wir laufen zu deiner Schwester.«

»Wel, wel!«, rief Eva und nahm seine Hand. Nur langsam kamen sie voran, das Mädchen knickte immer wieder ein.

»Verdomme! Du bist doch bis hierher gekommen, dann musst du es auch zurückschaffen. Gottegot!« Er zog das Kind an der Hand, aber es stolperte und strauchelte, begann leise zu wimmern. »Nun denn«, sagte Jan entnervt und nahm Eva hoch, trug sie vor sich her und achtete darauf, dass er keinen Kontakt zu ihrer verschmutzten Kleidung bekam.

»Margret! Ich habe sie gefunden. Sie ist hier!«, rief er wieder und wieder. Schließlich hörte Margaretha ihn und stürmte ihm entgegen, riss das Kind aus seinen Armen und umschlang es fest. »Goddank! Sie lebt. Eva, Eva, geht es dir gut?« Sie strich die Haarsträhnen aus dem Gesicht des Kindes, schaute es an und küsste es dann.

»Sie stinkt.« Angewidert verzog Jan das Gesicht.

»Ja und? Es ist ein Kind.«

»Sie ist fast vier und noch nicht sauber?«

Margaretha setzte zu einer Antwort an, schloss aber dann wieder den Mund. Zu oft war sie auf Unverständnis bei den Mitmenschen gestoßen. Ihrer Familie war klar, dass dieses Kind etwas Besonderes war. Viele dieser Kinder lebten nicht lange. Entweder wurden sie ausgesetzt, ertränkt oder ins Armenhaus gebracht. Die op den Graeffs wollten diesem besonderen Kind ein Zuhause geben und ihm Liebe schenken, so wie Gott es vorgesehen hatte. Viele Lutheraner und andere Christen glaubten immer noch, dass diese Art von Kindern vom Teufel kam.

Welch ein Blödsinn, dachte Margaretha und drückte die kleine Schwester an sich. Eva strahlte so viel Glück und Liebe aus, sie konnte nicht vom Teufel sein.

»Lass uns zurückgehen«, sagte sie und wickelte Eva in die Decke. Wind kam auf, und dunkle Wolken bezogen Stellung am Himmel.

Margaretha sah, wie Jan nachdenklich und schweigend den Korb nahm, der bis zum Rand gefüllt war. Er ging neben ihr, warf immer wieder einen Blick auf Eva, die sich müde an die Schulter ihrer Schwester kuschelte und versonnen am Daumen lutschte, der in einem seltsamen Winkel von der Hand abstand.

Schließlich brach er das Schweigen, redete über das Wetter, die Kälte, die so früh hereingebrochen war, über Belanglosigkeiten. Sie passierten das Obertor, nickten der Wache zu und hielten vor der Straße, die zu dem Haus der op den Graeffs führte. Jan zögerte. Sein Elternhaus lag in der Nähe des Schwanenmarktes, die Hauptstraße runter. Lachend griff Margaretha nach dem Korb.

»Ich danke dir für deine Hilfe und Gesellschaft«, sagte sie.

Jan sah sie unsicher an. »Ich kann dich auch bis zu eurem Haus bringen. Es ist ja nicht mehr weit.«

»Genau, es ist nicht mehr weit, und die paar Meter schaffe ich auch mit Kind und Korb. Deine Familie wartet. Du hast schon einige Stunden mit mir verschwendet. Wir sehen uns sicherlich spätestens am Sonntag zum Gottesdienst.« Margaretha lächelte ihm zu und drehte sich um.

»Ich freue mich darauf«, rief Jan ihr nach.

Margaretha spürte, dass sie rot wurde. Sie drückte ihre heiße Wange an den Kopf der Schwester, lief beschwingt die letzten Meter.

Zuhause ließ sie den Korb im Flur stehen und brachte Eva in die Küche. Dort duftete es herrlich nach gebratenem Huhn und frischem Brot. Margarethas Brüder wuschen sich lautstark trotz der Kälte im Hof, und die Magd deckte den großen

Tisch in der Küche. Der Kamin prasselte, und die Katze strich schnurrend um Margarethas Beine. Hier bin ich zu Hause, dachte sie und war für einen Moment vollends glücklich.

»Da seid ihr ja endlich. Was ist mit Evale?« Gretje nahm Margaretha das Kind aus den Armen, herzte es. Eva wurde wach und schlang die kurzen Arme um den Hals der Mutter. »Oh weh, sie muss gebadet werden. Annemieke, setze Wasser auf.«

Für einen Augenblick sah Margaretha ihrer Mutter zu, wie die das kleine Kind herzte und drückte, dann ging sie zurück in den Flur, nahm den Korb und brachte ihn in die Vorratskammer. Sie band die Pflanzen zum Trocknen in Bündel, hängte sie auf, legte die Wurzeln in die Sandkisten, die dafür bereitstanden. Noch war der Vorratsraum erschreckend leer, denn der frühe Kälteeinbruch prophezeite einen strengen Winter. Aber ihre Mutter würde sicherlich wissen, wie sie die Familie gut über den Winter brachte.

Margaretha ging in ihr Zimmer, wusch sich dort. Das Wasser im Krug war nicht viel wärmer als das aus dem Brunnen, mit dem sich die Brüder reinigten, aber hier war sie alleine. Ihre Brüder Hermann, Abraham und Dirck waren um einige Jahre älter als sie. Sie waren rau aber herzlich. Meistens konnte Margaretha mit ihren Scherzen gut umgehen, doch heute wollte sie noch einen Augenblick alleine sein, bevor sie sich an den Tisch mit der Familie und dem Gesinde setzte. Ihre Gedanken wanderten zu Jan. Die Stunden mit ihm verwirrten sie. Er war nett und hilfsbereit, aber sein Verhalten Eva gegenüber erschien ihr dumm. Trotzdem, dachte sie, hatte er sich nicht abschrecken lassen.

Lächelnd ging sie die Treppe hinab, half Annemieke beim Decken des Tisches und dem Auftragen der Speisen in der großen und warmen Wohnküche. Im Raum nebenan badete die Mutter Eva in einem kleinen Waschzuber. Wenig später versammelten sich alle zum Essen. Eva strahlte die Geschwister an und erzählte lauthals in dem ihr eigenen Kauderwelsch vom Tag. Lächelnd hörten sie ihr zu.

»Wie sieht es im Wallgarten aus?«, fragte dann Gretje ernst.

»Ich habe Möhren geerntet und auch Erbsen und Bohnen. Es ist aber noch einiges übrig. Wir können noch zwei oder drei Körbe füllen.«

»Zwei oder drei Körbe. Gottegot. Das hilft uns nicht annähernd über den Winter. Und dieser wird streng werden. Wir müssen dazukaufen, bevor die Nahrung knapp wird. Hermann, bitte fahre morgen nach Linn auf den Markt. Besser noch nach Uerdingen. Da legen die Rheinschiffe mit allerlei Waren an. Nimm deinen jüngsten Bruder Dirck mit. Er kann lernen, wie man handelt und feilscht. Lass dich ob des Schnees und Frosts nicht verunsichern, das Wetter kann noch umspringen und uns einen goldenen Herbst bescheren.« Gretje schnaufte, trank einen Schluck verdünnten Wein. »Ich selbst glaube da nicht dran, aber das muss ja keiner wissen. Kaufe Bohnen und Erbsen. Rüben und Getreide haben wir. Zwei Schweine, eines hier im Hof, eines drüben. Das reicht nicht, aber nach Martini können wir immer noch Speck kaufen.« Sie senkte den Kopf über ihren Teller, ganz in Gedanken versunken.

»Wir könnten den Stall nebenan ausbauen und eine Kuh einstellen. Dann hätten wir frische Milch«, meinte Dirck. »Die Loers halten es so.«

»Das würde uns an Heu und Futter mehr kosten als die Milch vom Bauern. Loers haben zwei große Wiesen, wir nicht.« Hermann schüttelte den Kopf.

»Es wird schon werden.« Gretje nahm sich ein Stück Brot und saugte den Bratensaft damit auf. Sie reichte den Kanten Eva, die ihn glücklich nahm und daran lutschte. »Margret, wir müssen gleich noch zur Wöchnerin. Annemieke, bring Eva nach dem Essen zu Bett. Leg ihr einen heißen Backstein unter die Decke. Wir werden morgen die Fenster abdichten müssen. Dirck, schau nach, wie viel Kohle noch da ist, eventuell müssen wir die Vorräte auch aufstocken, wenn wir jetzt schon heizen müssen.« Sie stand auf, wusch sich die Hände und ging dann in die kleine Kammer neben der Küche, in der sie ihre Kräuter und Tinkturen aufbewahrte. Margaretha folgte ihr.

»Wenn wir einen strengen Winter bekommen, werden viele Leute unter Husten und Auswurf leiden. Vor allem in den engen Vierteln der neuen Stadt.«

Seit einigen Jahrzehnten zogen immer mehr Mennoniten nach Krefeld. Anderswo wurden sie verfolgt oder gezwungen, ihren Glauben zu verleugnen. Die Oranier hatten in Krefeld die Glaubensfreiheit gestattet, und so wurde die Stadt zu einer Zufluchtsstätte. Allerdings war der Wohnraum knapp, und viele Familien zwängten sich auf engstem Raum. Das begünstigte die Ausbreitung von Krankheiten und Seuchen.

Gretje seufzte. »Noch können wir Birkenblätter ernten und Efeu. Auch Hagebutten gibt es noch im Überfluss. Vielleicht kann Hermann mir Fenchelsamen vom Markt mitbringen.« Sie ging ihre Vorräte durch, schaute in Säckchen, Bottiche, Körbe und strich über die einzelnen Flaschen. »Öl werde ich auch brauchen. Wir sollten uns auf das Schlimmste einstellen.« Sie nahm eine Handvoll getrocknete Blätter und Blüten aus einem Korb und steckte diese in ein kleines Leinensäckchen. »Aber jetzt kümmern wir uns erst einmal um Thilda. Wir kochen ihr einen schönen Aufguss aus Frauenmantel, das hilft im Wochenbett und fördert die Milchbildung.«

Die Luft war frostig, und der Rauch der vielen Kamine lag über der Stadt. Sie eilten durch die Straßen, die Dämmerung brach herein. Gretje hatte die letzte Nacht nicht geschlafen und auch bisher keine Ruhe gefunden. Sie gähnte verstohlen und rieb sich über das Gesicht. Margaretha überlegte, ob sie an diesem Abend ihrer Mutter noch weitere Arbeiten abnehmen konnte. Das Schwein würde sie versorgen und die Strümpfe stopfen. Der Korb mit der Flickwäsche stand immer in der Stube. Sie gingen an dem Haus vorbei, in dem die Familie Scheuten wohnte. Hell leuchtete es durch die Fenster, doch Margaretha konnte niemanden sehen.

»Was ist denn da so spannend, mein Kind?«, fragte Gretje

ihre Tochter. Heiße Röte schoss Margaretha ins Gesicht, und sie senkte verschämt den Kopf.

»Ich habe heute Nachmittag Jan Scheuten getroffen.«

»Jan? Ist der nicht in Linn in der Lehre?«

»Er war. Sein Lehrherr ist gestorben, und jetzt ist er zurück in der Stadt.«

»Das wird seine Mutter sicher freuen. Nicht, dass der Lehrherr verstorben ist, sondern dass Jan zurück ist.« Gretje sah ihre Tochter verschmitzt an.

»Ich freue mich auch, dass er wieder hier ist«, sagte Margaretha leise. »Er ist nett.«

»Nett. So, so«, sagte die Mutter nachdenklich. Doch sie hatten das Haus der van Holtens erreicht, und nun waren andere Dinge wichtig. Gretje klopfte, die Magd öffnete ihnen. Katrinchen sah erschöpft, aber nicht mehr so verzweifelt aus wie in der letzten Nacht.

»Mevrouw op den Graeff, Goedenavond!« Sie trat zurück, ließ die beiden eintreten.

»Wie geht es Mevrouw van Holten?«

»Sie ist noch schwach, hat heute viel geschlafen.«

Gretje runzelte die Stirn. »Hat das Kind getrunken?«

»Das weiß ich nicht«, antwortete die Magd leise. »Ich hatte alle Hände voll mit Mijnheer zu tun. Ihm ging es heute gar nicht gut.«

Margaretha verkniff sich ein Lächeln. Ihre Mutter ging entschlossen zur Treppe, stieg diese empor. Margaretha folgte ihr. Im Treppenhaus zog es, aber es roch nicht mehr säuerlich. Aus der Küche kam Bratenduft. Dorthin verzog sich auch die Magd wieder.

»Ist irgendetwas ungewöhnlich?«, fragte Margaretha.

»Das weiß ich noch nicht. Thilda hat viel Blut verloren, sie ist geschwächt. Und trotzdem muss das Kind trinken. Wir hätten früher kommen sollen.« Gretje klang besorgt. Sie öffnete die Tür zu der kleinen Kammer. Hier war es angenehm warm. Sie konnten das leise Wimmern des Säuglings hören, der in der Wiege neben dem Bett lag. Gretje zog ihren Mantel aus, legte ihn achtlos auf einen Stuhl, der neben der Kommode stand. Margaretha folgte dem Beispiel der Mutter. Auf der Kommode standen ein Krug und eine Waschschüssel. Gretje wusch sich die Hände mit einem Stück Seife, dass sie mitgebracht hatte. Die Seife kochte sie selbst, fügte beim letzten Verarbeitungsschritt Kräuter hinzu. Oft waren es Zusätze wie Walnuss oder Dost, manchmal auch Hopfen oder Kamille. Sie reichte Margaretha die Seife, trocknete sich die Hände ab und nahm dann das Kind aus der Wiege. Margaretha wusch sich auch die Hände. Manchmal ekelte sie sich vor dem strengen Geruch der Seife, aber ihre Mutter bestand auf dem Ritual.

»Shh, shh«, murmelte Gretje und legte das Kind Margaretha in den Arm.

»Was soll ich mit ihm machen?«, fragte Margaretha.

»Beruhige ihn ein wenig. Ich schau erst mal nach der Mutter.«

Thilda van Holten schlief. Sie hatte anscheinend gar nicht mitbekommen, dass die Hebamme da war. Gretje berührte die junge Frau sanft an der Schulter. Nur mühsam schaffte Thilda es, die Augen zu öffnen.

»Thilda?« Gretje legte ihr die Hand auf die Stirn, seufzte dann erleichtert. »Du hast kein Fieber, das ist gut. Wie geht es dir?«

»Ich bin so müde«, antwortete die junge Frau leise.

»Wann hast du dein Kind das letzte Mal gestillt?« Gretje schlug die Decke zurück. »Warst du schon deine Notdurft verrichten?«

»Ich war einmal kurz auf, aber mir ist so schwindelig geworden.«

»Und wann hast du das Kind angelegt?«

Thilda runzelte die Stirn. »Das weiß ich gar nicht mehr.«

»Wer hat es denn gewickelt?«

»Gewickelt?«, fragte die junge Frau hilflos.

»War deine Mutter heute hier? Deine Schwiegermutter?«

»Ich glaube schon, aber ich bin mir gar nicht sicher.«

Gretje seufzte wieder. »Hast du gegessen und getrunken?«

»Nur ein wenig Brot und Wasser. Ich bin so müde.«

»Margret, leg das Kind in die Wiege. Nimm die Kräuter und geh nach unten. Wir brauchen kochendes Wasser für einen Aufguss, warmes Wasser zum Waschen, Tücher, ein gutes Essen – etwas Kräftiges. Brühe ist auch gut. Und Wein, am besten Rotwein, der stärkt. Warmer Rotwein, nur warm, nicht kochend, mit einem frischen Ei verquirlt.«

Margaretha legte das Kind in das Bettchen, das Wimmern des Kindes steigerte sich zu einem Schreien. Ihr Herz zog sich zusammen, aber nun war erstmal wichtiger, Thilda zu Kräften zu bringen. Wenn es der Mutter schlecht ging, konnte sie sich nicht um das Kind kümmern. Margaretha kannte nur die Mutter von Thilda, diese jedoch nur flüchtig. Es verwunderte sie, dass Mevrouw Scheuten nicht bei ihrer Tochter war und ihr half. Die meisten Wöchnerinnenhaushalte wurden von den Müttern und Schwiegermüttern, den Nachbarn und Freunden geradezu überschwemmt. Jeder kam, half, brachte Speisen oder Getränke. Oftmals ging es laut und fröhlich zu. Hier jedoch herrschte eine Grabesstille, die fast schon beängstigend war, zumal beide Familien in der Straße wohnten.

»Katrinchen?« Sie betrat die Küche. Das Feuer im Ofen war heruntergebrannt, aber die Glut spendete ausreichende Wärme. Es duftete nach einem gehaltvollen Eintopf und nach gebratenem Fleisch. Die Magd saß auf einem Schemel vor dem Herd und pulte Erbsen aus. Keine Kerze brannte. Margaretha kniff die Augen zusammen. »Katrinchen?«

Die Magd hob müde den Kopf, sah Margaretha an.

»Mach Licht, Mädchen. Meine Mutter braucht einige Dinge. Vor allem ein wenig kochendes Wasser – aus einem sauberen Topf. Eine Schale, Leinentücher, warmes Wasser, Rotwein und ein frisches Ei. Hast du das da?«

Die Magd stand langsam auf, nahm einen Kienspann, entzündete ihn am Herdfeuer, zündete zwei Kerzen an, die auf dem Tisch standen. »Wasser, Brühe, Tücher … und was war das noch alles?«, fragte sie erschöpft.

»Erstmal brauche ich kochendes, sauberes Wasser für einen Aufguss. Am besten direkt aus dem Brunnen. Hast du einen sauberen Topf? Er muss nicht groß sein.«

Katrinchen nahm einen Topf vom Haken über der Herdstelle. »Reicht der?«

Margaretha nickte. Sie dauerte das junge Mädchen, das offensichtlich überfordert war. Wieder fragte Margaretha sich, wo die Familie blieb. »Ist der Topf sauber?«

»Ich werde ihn am Brunnen auswaschen. Er wird selten benutzt.« Die Magd öffnete die Tür zum Hof, ein Schwall eisiger Luft strömte in die Küche, Margaretha zog die Schultern fröstelnd hoch. Während Katrinchen den Topf auswusch und mit frischem Brunnenwasser füllte, suchte Margaretha nach Wein. In der Vorratskammer neben der Küche, dort, wo ihre Mutter offene Weine aufbewahrte, fand sie nichts. Verwirrt sah sie sich um. Die Vorratskammer war gut bestückt. Gepökeltes Fleisch hing von der Decke, Säcke mit Getreide und Bohnen standen am Boden. Aber nirgendwo war eine Flasche Wein zu entdecken.

Inzwischen hatte die Magd den Topf mit dem Wasser über den Herd gehängt, das Feuer wieder angefacht. Es flackerte munter, und die Schatten tanzten Reigen an den Wänden.

»Habt ihr keinen Wein?«, fragte Margaretha.

»Doch, im Keller. Er wird selten getrunken in der letzten Zeit. Mijnheer hält sich an Branntwein, seit es den Streit gab. Rotwein? Ich hole ihn.« Sie nahm eine der beiden Kerzen, schützte die Flamme mit ihrer Hand, ging zum Vorratsraum, öffnete die Luke zum Keller und stieg die steile Stiege hinab.

Den Streit, dachte Margaretha verwirrt und merkte sich diesen Punkt. Er schien wichtig zu sein. Nur wusste sie nicht, wie sie es ansprechen sollte. Das Wasser in dem Topf brodelte und kochte schließlich. Margaretha nahm ein kleines irdenes

Gefäß, gab vorsichtig die getrockneten Blätter und Blüten hinein, übergoss sie dann mit dem heißen Wasser und stellte es zum Ziehen auf den Tisch. Das restliche Wasser im Topf ließ sie abkühlen. Sauber und handwarm würde ihre Mutter es brauchen.

Schnaufend kam Katrina aus dem Keller, in der Hand einen Krug mit Rotwein. Sie stellte ihn auf den Tisch, löste die Wachsversiegelung des Korkens und schnupperte am Krug.

»Das ist ein kräftiger Wein. Was soll ich damit machen?«

»Hast du frische Eier?«

»Zwei noch. Die Hennen hat der Wetterumschwung offensichtlich so verschreckt wie uns. Wie kann es so schnell so bitterkalt werden? Wir haben kaum noch Holz zum Heizen, und Mijnheer war heute nicht fähig, etwas zu besorgen. Ich hoffe, er kommt allmählich wieder zu Verstand.«

»Das wird schon«, murmelte Margaretha unbeholfen, die sich plötzlich die Lebenserfahrung ihrer Mutter wünschte. Sie spürte die Not der Magd, traute sich aber nicht nachzufragen. Etwas lag hier im Argen. Zusammen brachten die beiden Mädchen die Sachen nach oben. Immer noch schien Thilda nicht ganz bei sich zu sein, aber inzwischen saß sie im Bett, und ihr kleiner Sohn trank gierig an der Brust.

»Du hast nicht viel Milch. Wenn die Milch nicht bald einschießt, wird es schwierig werden. Vielleicht brauchst du eine Amme«, sagte Gretje nachdenklich.

Thilda nickte nur stumm.

Nach einer Weile nahm Gretje das Kind von der Brust, reichte es Margaretha. »Wickel den Kleinen. Wo hast du Tücher, Thilda? Windeln?«

»Meine Mutter wollte das vorbereiten. Ich weiß gar nicht …«

Gretje seufzte, sah sich nach der Magd um, doch diese hatte das Zimmer schon wieder verlassen. Auf dem kleinen Tisch vor dem Fenster dampften ein Stück Braten und eine Schale Brühe. Es roch verführerisch.

»Hast du Hunger, Kind?«

»Nur wenig«, sagte Thilda leise.

»Komm, wir waschen dich erstmal. Ich muss deinen Bauch abtasten, damit ich sehe, ob sich alles richtig zurückentwickelt. Margret, geh nach nebenan schauen, ob du Windeln und Tuch findest.«

Margaretha legte den Säugling vorsichtig in die Wiege, er hatte seine Hand gefunden und saugte daran. Es wirkte verzweifelt. Langsam ging Margaretha zur Tür, öffnete sie und ging über den Flur zur Tür des Schlafzimmers. Ein lautes Schnarchen scholl ihr entgegen. Sie blieb an der Tür stehen, schüttelte verzweifelt den Kopf. Mijnheer van Holten schien dort seinen Rausch auszuschlafen. Immer noch oder vielleicht schon den nächsten. Unmöglich konnte sie das Zimmer betreten. Was sollte sie tun? Katrinchen war abweisend und keine Hilfe, Gretje hatte alle Hände voll zu schaffen und würde eine Störung mit Unbill quittieren.

Das Mädchen trat von dem einen Fuß auf den anderen, schaute sich unsicher um, aber es gab nichts, kein Zeichen oder Hinweis, der ihr weiterhalf. Schließlich öffnete sie verzagt die Tür. Margaretha stellte sich vor, es wäre einfach nur einer ihrer Brüder, der dort schlafend lag, kein fremder Mann. In einem verrußten Windlicht flackerte eine Kerze. Obwohl van Holten das Kohlebecken, das er gestern auf Weisung von Margarethas Mutter beschaffen musste, aufgestellt hatte, und in dem Becken auch Kohlen glühten, war es kalt in dem Raum. Der eisige Wind zog durch die Fenster. Die Vorhänge vor dem Bett waren zugezogen, doch sie bewegten sich im Windzug, flatterten und tanzten. Obwohl es ein dicker Wollstoff war, würde er nicht die Kälte abhalten. Margaretha fror. Schnell suchte sie das Zimmer mit ihren Blicken ab. Dort unter dem Fenster stand eine Truhe, neben dem Bett eine neumodische Kommode mit Auszügen. Wo könnten Windeln und Tücher sein? Entschlossen ging Margaretha zur Truhe, öffnete diese und fand das Gesuchte. Erleichtert nahm sie die Tücher an sich und schloss die Türe leise hinter sich. Van Holten hatte ihren Besuch überhaupt nicht bemerkt, darüber war sie froh. Dass er die schwere Zeit seiner Frau nicht begleitete, machte sie jedoch traurig. So sollte eine Ehe nicht sein, dachte sie. Sie schlich sich zurück, wusch und wickelte das Kind, das wieder leise jammerte. Sie wickelte es, wie Kinder gewickelt wurden, eng in ein Tuch. Nun konnte der Kleine noch nicht mal an seiner Faust lutschen.

»Er hat wohl Hunger, Mutter«, sagte Margaretha. Auf das Wöchnerinnenbett warf sie nur einen flüchtigen Blick. Gretje untersuchte gerade die Frau, drückte auf den Bauch, wechselte die Binden und wusch Thilda.

»Du blutest. Nicht zu stark und nicht zu schwach. Das ist gut«, murmelte Gretje. »Nun musst du noch zu Kräften kommen, damit du dein Kind stillen kannst.«

Gretje half der jungen Mutter sich wieder anzuziehen, gab ihr Braten und Brühe. Thilda hatte Mühe, das Messer zu führen, und deshalb half die Hebamme ihr, fütterte die Wöchnerin geduldig, reichte ihr den Becher mit dem Würzwein. Margaretha nahm den Säugling wieder auf den Arm, trug ihn durch das kleine Zimmer, sang leise auf ihn ein.

»Hast du keine Hilfe, Kind?«, fragte Gretje.

»Hilfe?«

»Mutter, Schwiegermutter, Familie, Freunde, Nachbarn?«

Thilda schluckte, spießte das letzte Stück Fleisch auf ihr Messer. Sie schaute das Fleischstück für einen Moment an, aß es dann, nahm den Bratensaft mit einem Kanten Brot auf, kaute lange, spülte dann den letzten Bissen mit dem Würzwein herunter. Nun wirkte sie wach, aber auch angespannt.

»Warum?«, fragte sie dann leise.

»Weil es üblich ist. Du hast doch Familie?«

»Es gab Streit.« Thildas Worte waren kaum zu verstehen.

»Streit, so, so. Nun ja.« Gretje stand auf, stellte den leeren Teller auf den kleinen Tisch. Sie nahm Margaretha den Neugeborenen ab, wiegte ihn in ihren Armen, setzte sich wieder ans Bett. »Streit? Worüber?«

»Es sind die Familien«, sagte Thilda seufzend, sie schaute sehnsüchtig auf ihr Kind. »Darf ich ihn haben?«

Gretje ging nicht auf die Frage ein, bemerkte Margaretha und lehnte sich neugierig betrachtend zurück. Würde ihre Mutter der jungen Frau helfen können?

»Wer hat gestritten?«, fragte Gretje.

Verlegen senkte Thilda den Kopf. »Vater hat mit Peter gestritten. Es ist schon ein paar Wochen her, aber eine Versöhnung ist nicht in Sicht.«

»Und worüber?«

»Es geht um die Kindstaufe. Peter möchte, dass sein Kind getauft wird. Sofort. Vater will das nicht dulden. Die Schwiegereltern stehen natürlich auf der Seite ihres Sohnes, und ich sitze zwischen den Stühlen. Ich bin Mennonitin, aber ich bin mit einem Protestanten verheiratet. Was soll ich tun? Mit Mutter und Vater brechen und mich meinem Mann beugen?« Thilda war immer hektischer geworden. Margaretha hatte den Eindruck, als sei die junge Frau froh, endlich mit jemandem über ihren Kummer und ihre Sorgen sprechen zu können. Bei meiner Mutter ist sie da richtig, dachte Margaretha. Gretje hatte immer ein offenes Ohr für die Sorgen anderer Leute und ging feinfühlig damit um.

»Dass du einen Protestanten geheiratet hast, war dir doch schon vorher klar, nicht wahr?« Gretje lächelte. »Und deinen Eltern auch. Sie haben der Vermählung zugestimmt.«

»Aber nur, weil ich versprochen habe, die Kinder in unserem Glauben zu erziehen.«

Johann Scheuten, Thildas Vater, gehörte zu den Gemeindevorstehern, fiel Margaretha ein. Er war ein strenger Mann, der jedoch zu ihr immer sehr gütig gewesen war. Solange man die Regeln der Glaubensgemeinschaft einhielt, war er freundlich und wohlwollend, aber wenn man diese übertrat, konnte er böse werden und äußerte dies auch laut. Margaretha war froh, nicht in Thildas Haut zu stecken. Sie konnte sich vorstellen, wie der Vater der jungen Frau reagiert hatte.

»Und nun willst du dein Versprechen brechen?«, fragte Gretje leise.

»Nein, eigentlich nicht. Aber meinem Gatten ist es plötzlich so wichtig, dass das Kind getauft wird. Wir haben darüber nie gesprochen vorher. Er liebt mich, und es ist für ihn keine Schwierigkeit, dass ich meinen Glauben auch weiterhin lebe. Aber er hat Angst um das Seelenheil des Kindes. Das wurde ihm erst bewusst, als mein Bauch wuchs und er Bewegungen spüren konnte. Davor hat er sich wohl nicht viele Gedanken darüber gemacht.«

»So ist das also.« Gretje drehte sich um. »Margret, geh in die Küche und schick die Magd zu Thildas Eltern. Sie möchten bitte hierher kommen.«

»Meine Eltern?« Die junge Frau zog sich die Decke bis zum Kinn und schüttelte entsetzt den Kopf. »Das gibt Mord und Totschlag.«

»Mitnichten. Wir werden eine Lösung finden, die für alle akzeptabel ist.«

Wie die wohl aussehen wird, dachte Margaretha, während sie die Treppe hinuntereilte. Sie schickte die Magd zu den Scheutens. Nur widerwillig machte sich Katrinchen auf den Weg.

Als Margaretha wieder in das kleine, aber warme Zimmer kam, versuchte Thilda erneut, ihren Sohn zu stillen. Diesmal schien es besser zu gehen. Zum ersten Mal sah sie das Leuchten, das von frischgebackenen Müttern ausging, über das Gesicht der jungen Frau ziehen. Die Mahlzeit, der Wein und vermutlich auch der Zuspruch der Hebamme hatten Thilda aufgemuntert.

Gretje zeigte Thilda, wie sie das Kind anlegen und halten sollte, erklärte ihr, wie wichtig es war, das Kind zwischendurch hochzunehmen, an die Schulter zu lehnen und sanft auf den Rücken zu klopfen, damit die geschluckte Luft wieder entweichen konnte. Margaretha war verblüfft, wie unbedarft Thilda war.

»Wie man ein Kind wickelt und puckt, wisst Ihr?«, fragte Margaretha ein wenig schnippisch.

»Um ehrlich zu sein, nein.« Wieder überzog sich das Gesicht der jungen Frau mit Schamesröte. »Keine meiner Freundinnen hat ein Kind, die meisten sind noch nicht einmal verheiratet. Die Eltern haben mich immer vom Gesinde ferngehalten, und ich habe mich lieber mit anderen Dingen beschäftigt. Meine Mutter wollte es mir zu gegebener Zeit zeigen, aber dann kam der Streit.« Sie schluckte.

»Das werden wir schon alles lösen. Mach dir keine Sorgen, das wird schon«, beruhigte Gretje die junge Frau und sah sich nur kurz um. Margaretha spürte den ärgerlichen Blick ihrer Mutter und schämte sich.

Als unten die Tür schlug und sie Schritte auf der Treppe hören konnten, nahm Gretje den Säugling auf den Arm. Margaretha hatte weitere Kerzen entzündet. Draußen war es inzwischen vollends finster geworden, und wieder jagte der Wind um die Häuser. Jemand klopfte, öffnete dann die Tür zu der kleinen Kammer. Die Wangen der jungen Mutter waren tiefrot, ihre Miene zeigte Besorgnis, aber Gretje hatte ein strahlendes Lächeln aufgesetzt.

»Johann, wie schön Euch zu sehen. Seid Ihr guter Gesundheit? Der Winter scheint ja früh einzukehren. Rebekka, wie geht es Euch? Wollt Ihr Euren Enkel halten? Ein hübscher Bub und ganz gesund. Eure Tochter hat die Geburt gut überstanden.« Gretje drückte der Frau den Säugling in den Arm. Verzückt beugte sich Rebekka Scheuten über das Kind, auch Johann Scheuten konnte sich dem Zauber nicht ganz entziehen, obwohl er immer noch ein finsteres Gesicht zog.

Gretje ließ ihm keine Zeit, sich zu äußern, scheinbar munter plauderte sie weiter. »Erst sah es nicht so gut aus um Eure Tochter. Sie hatte viel Blut verloren und war schon sehr geschwächt, als ich kam, dabei hatten die Wehen kaum eingesetzt. Aber wir haben es geschafft, das Kind kam munter zur Welt. Nur heute macht mir Eure Tochter Sorgen …«

Das Ehepaar Scheuten schaute auf, sie sahen zu Thilda, die immer noch stumm und gegen die Tränen kämpfend im Bett lag.

»Ja, ja«, fuhr Gretje fort. »Schlecht ging es ihr, ganz erschöpft war sie und entkräftet. Es war ja niemand da, um ihr zu helfen, sie einzuweisen in die ersten Dinge und den Umgang mit dem Kind. Das kenne ich gar nicht, außer aus dem Armenviertel, wo Waisen und andere Frauen ohne Familie Kinder bekommen. Aber bei uns Mennoniten? Da ist doch Herzlichkeit und Nächstenliebe oberste Christenpflicht. Eure Tochter hat Euch sehr vermisst, ihr Herz wurde darüber schwer. Noch ist die Milch nicht eingeschossen, und wir müssen uns ein wenig Sorgen machen.« Sie lächelte, und nur Margaretha wusste, dass das Lächeln ein schelmisches war.

»So ist das also, wir müssen uns Sorgen machen. Um sie, um Thilda? Oder um das Kind? Wo ist eigentlich der Vater, der Hundsfott, der elendige? Wo ist er, wenn es seiner Frau schlechtgeht? Hat er sie nicht zum Weibe genommen und geschworen, ihr allzeit zur Seite zu stehen? Wo ist er also? Will er uns nicht begrüßen? Nicht mit uns reden? Das ist doch das Debakel, er ist es, nicht wir.« Johann Scheuten polterte los, seine Stimme füllte den kleinen Raum, schien darin zu hallen. Margaretha zog erschocken den Kopf ein. Ihre Mutter jedoch erschien belustigt.

»Er war es doch«, fuhr Scheuten noch lauter fort, »der sich auf einmal gegen die Vereinbarungen gewandt hat, der sein Kind nun plötzlich getauft haben will, nach protestantischem Glauben und nicht nach unserer Überzeugung. Er wollte uns doch nicht mehr in seinem Haus und an der Seite unserer Tochter. Nicht wir sind die Üblen, er ist es.«

»Was sagt denn unser Glaube, Bruder Johann? Was wollte Menno Simons?«, fragte Gretje sanft und leise.

»Das fragt Ihr mich? Ihr, die Ihr seit Jahren und schon immer in der Gemeinde seid? Wisst Ihr das etwa nicht?«, fuhr Scheuten die Hebamme an.

»Natürlich weiß ich das. Aber wisst Ihr es denn auch? Was ist das Jenseits? Es ist unwichtig für uns. Das Leben hier und jetzt ist wichtig. Ein Leben zu führen im Namen Christi, schlicht und dankend, glaubend an Gott und ihm dienend. Wir leben gottesfürchtig. Aber die Tochter in der Stunde der Not alleine zu lassen, ist das gottesfürchtig? Oder eitel? Kommt es Euch tatsächlich auf die paar Tropfen Wasser an? Wenn dieses Kind getauft, Peter van Holten glücklich gemacht und Eurer Tochter Schmerz und Pein erspart wird, ist das nicht viel eher gottesfürchtig?« Nun schlugen Gretjes Worte zu wie Peitschenhiebe. Johann Scheuten zuckte zusammen. Er verharrte für einen Moment mit gesenktem Kopf, schaute dann zu dem Bett, in dem seine Tochter lag.

»Dochtertje , minn Hartje. Geht es dir gut? Ja, wirklich?« Er ging zu ihr, nahm sie in den Arm, seine Schultern zuckten, er schluchzte auf. »Mevrouw op den Graeff hat recht.« Er setzte sich auf den Bettrand, winkte seine Frau zu sich. »Komm her, Bekka, komm zu unserer Tochter. Gib mir meinen Enkelsohn. Er ist so schön, so schön wie du. Ich Sturkopp, ich alter Sturkopf, ich will doch nur das Beste für euch.«

Gretje lächelte und packte still ihre Sachen in den Korb. In diesem Moment schwang die Tür auf. Peter van Holten betrat unsicher das Zimmer. Er stank aus jeder Pore nach Branntwein und Schweiß, schien aber wieder nüchtern zu sein. Unsicher blieb er im Türrahmen stehen.

»Goedenavond. Ich habe Stimmen gehört, Lärm. Ist alles in Ordnung mit meiner Frau und dem Kind?«

»Peter!« Johann Scheuten stand auf und breitete die Arme aus. »Minn Zoon. Alles ist bestens. Beiden geht es gut. Einen wunderbaren Sohn hast du gezeugt. Wie wird er heißen?«

Peter van Holten räusperte sich verlegen, schaute zu Boden, hob dann wieder ungläubig den Kopf. »Ich dachte daran, ihn Jakob zu nennen.« Er schluckte. »Jakob Johann.« Dann lächelte er. »Ja, Jakob Johann van Holten, so soll sein Name sein.«

»Das klingt wunderbar. Wo ist deine Familie? Wir sollten feiern und Gott danken.« Scheuten stand auf und klopfte seinem Schwiegersohn auf die Schulter, dieser schaute ihn verdattert an.

»Feiern? Ihr seid mir nicht mehr gram?«

»Gott gibt, und Gott nimmt. Diesmal hat er uns reich beschenkt. Lasst uns nicht über Kleinigkeiten streiten. Wenn Ihr ihn taufen wollt, so lasst ihn in Gottes Namen taufen.« Scheuten senkte den Kopf »Und wir beten darum, dass das Kind trotzdem gottesfürchtig erzogen wird«, murmelte er.

»So sei es. Ich werde meine Familie rufen lassen, die Magd soll aufwarten, Wein und Braten und frisches Brot.« Lachend stürmte der junge Vater nach unten. Gretje und Margaretha folgten ihm verhalten. Sie warteten, bis er die überraschte Magd hochgeschreckt und weggeschickt, Wein aus dem Keller geholt hatte und strahlend wieder nach oben geeilt war. Den beiden Frauen schenkte er kaum einen Blick.

»Worauf wartest du, Mutter?«, wisperte Margaretha. Sie war müde, dabei hatte sie bis in den hellen Tag geschlafen, im Gegensatz zu ihrer Mutter, die seit gestern Morgen nicht zur Ruhe gekommen war. Trotz der Lachfältchen in Gretjes Gesicht sah man ihr die Erschöpfung an. Gretje winkte ab.

Wenig später hörte man das leise Trappeln von Schritten auf der Treppe.

»Mevrouw op den Graeff?«

»Wir sind hier in der Küche, am Herd.«

»Dank je wel!« Rebekka Scheuten nahm Gretjes Hände, drückte diese. »Ich liebe meine Tochter so sehr. Aber ich liebe auch meinen Mann. Dieser Streit schien mir nicht lösbar, und mein Herz ist schier zerbrochen daran. Zwei Worte von Euch und alle haben ein Einsehen.« Tränen standen ihr in den Augen.

»Er wäre auch von alleine darauf gekommen. Am Sonntag. Im Gottesdienst, da bin ich mir sicher. Aber hier geht es um zwei Leben – das Eurer Tochter und das ihres Kindes. Sie muss ruhig und gelassen sein, um Milch zu bekommen. Ansonsten müsste sie eine Amme haben. Ich komme morgen wieder, aber jemand sollte bei ihr bleiben und nach ihr schauen. Nach ihr und dem kleinen Jakob Johann.« Gretje verkniff sich ihr breites Lächeln nicht, als sie den Namen erwähnte.

»Jetzt bringt mich kein Pferdegespann mehr vom Bett meiner Tochter! Ich werde mich um sie kümmern.«

»Sollte sie fiebrig werden oder Schmerzen haben, ruft mich, ohne zu zögern. Ich komme dann sofort. Das meine ich ernst, noch steht alles auf der Kippe, und es hängt von Eurem Wohlverhalten ab, wie es sich fügen wird«, sagte Gretje eindringlich.

»Ich weiß das. Mit Gottes Hilfe werden wir es schaffen, Ihr habt uns den rechten Weg gezeigt.« Mit Tränen in den Augen drückte sie Gretje an sich. »Wir lieben unsere Tochter, und auch Johann hat nun verstanden, welche Prüfung ihm auferlegt wurde.«

Gretje verabschiedete sich. Als sie in der Gasse standen, im heulenden Wind, seufzte Gretje laut auf. »Dem Herrn sei Dank«, murmelte sie und eilte in Richtung Oberstraße.

»Wie hast du das geschafft. Mutter? Ich dachte, alle gehen sich an die Kehle, stattdessen sind sie sich um den Hals gefallen.« Margaretha hatte Mühe, mit ihrer Mutter Schritt zu halten.

»Das habe ich auch gedacht, mein Kind. Aber einen Versuch war es wert.« Sie blieb stehen, hakte sich bei Margaretha unter und zog diese mit sich durch die Kälte. »Sie werden für eine Weile stillhalten, um des Kindes willen, und dann werden sie vermutlich wieder streiten.« Die Worte schienen sichtbar als Atemwolken vor ihnen in der Luft zu hängen.

»Und dann werden sie sich wieder hassen?« Margaretha hielt die Luft an, welch ein furchtbarer Gedanke.

»Möglich. Vielleicht kommt es aber auch ganz anders. Jetzt müssen wir Thilda erstmal durch das Wochenbett bringen, das ist unsere Aufgabe.«

Sie erreichten ihr Haus. In der Stube flackerte fröhlich das Feuer, die Brüder saßen dort, Pfeife rauchend und diskutierend. Anheimelnd und gemütlich war es, fröhlich und warm. Margaretha trank einen Schluck Würzwein, den Dirck ihr reichte, dann verabschiedete sie sich ins Bett. Der Tag war lang und voller neuer Eindrücke gewesen. Auch in der kleinen Kammer war es nicht so frostig, wie Margaretha befürchtet hatte. Das Fenster war abgedichtet, die dicken Vorhänge zugezogen. In ihrem Bett fand sie zwei noch warme Backsteine, an die sie ihre Füße drückte. Dann fielen ihr die Augen zu.

Kapitel 3

Auch in den nächsten Tagen begleitete Margaretha ihre Mutter zu Thilda van Holten. Die beiden Familien versuchten nun alles, um der jungen Mutter Geborgenheit und Rückhalt zu geben. Doch der Frieden erschien Margaretha trügerisch.

Der Oktober blieb kalt und frostig, kein goldener Herbst stellte sich in diesem Jahr ein. Jeden Vormittag verbrachte Margaretha im Wallgarten, die Vorratskammer füllte sich mehr und mehr. Ihre Mutter hatte klug gehandelt, beizeiten Vorräte und Kohle zu erwerben, denn die Preise stiegen, und manche Nahrungsmittel wurden knapp. Zwei Schweinehälften, gepökelt die eine, geräuchert die andere, und einige Speckseiten lagerten in einem kleinen Raum neben der Scheune. Dort war es kühl und dunkel. Auch Lagen mit Äpfeln, getrockneten Weintrauben und Pfirsichen, viele Kräuter, Sauerkraut und anderes bewahrte die Familie dort auf. Noch war der Vorrat an Kohl und Rüben in den mit Sand gefüllten Strohmieten groß, im Laufe des Winters würde er mehr und mehr zusammenschrumpfen. Immer wieder ging Gretje durch die Vorräte, überlegte, was sie noch brauchte.

Nach zwei Wochen kam endlich der Vater, Isaak op den Graeff, von seiner Reise zurück. Er brachte nicht nur etliche neue Aufträge und eine Fuhre Flachs mit, sondern auch zwei Fässchen mit Heringen. Auch einige gute Öle hatte er erstanden, und Gretje begann sofort, Kräuter in Öl einzulegen.

Anfang November zog die nächste Kältewelle aus dem Norden heran. Die kalte Luft schnitt in die Haut, über der Stadt hing der Rauch der vielen Kamine. Im Wallgarten war alles geerntet, und der Garten wurde winterfest gemacht. Margaretha hatte Reisig und Laub gesammelt, aber es reichte nicht, um die Stauden und Sträucher zu schützen. Deshalb schickte Gretje sie in den Bruch, um Reisig zu sammeln. Am Niedertor traf Margaretha Jan Scheuten. Seit seiner Rückkehr hatten sie sich nur bei den Gottesdiensten gesehen, aber nicht miteinander gesprochen. Verlegen senkte sie den Kopf, doch er strahlte sie an.

»Margret, was machst du bei der scheußlichen Kälte draußen? Du solltest mit einem Becher Würzwein vor dem Kamin sitzen.«

»Das werde ich nachher auch sicherlich machen, aber nun soll ich eine Schütte voll Reisig aus dem Bruch holen, für den Garten.«

»Es ist früh sehr kalt geworden. Den Armen und Bedürftigen wurde das Recht eingeräumt, im Bruch loses Holz zu sammeln. Da wirst du weit gehen müssen.«

»Das weiß ich wohl, aber das macht mir nichts.« Margaretha lächelte. »Und du, was machst du hier?«

»Ich habe inzwischen einen Lehrherren in der Stadt gefunden. Da Thilda ja ausgezogen ist, dachte ich, es wäre nicht verkehrt, im Elternhaus zu bleiben. So verlockend es doch war, woanders hinzugehen, es hatte auch Nachteile. Zuhause ist es doch am schönsten.« Er grinste verschmitzt. »Aber heute habe ich frei. Ich muss nur nachher die Pferde von der Weide holen. Darf ich dich begleiten?«

Margarethas Herz hüpfte. Sie freute sich sehr. In angeregte

Gespräche vertieft gingen sie am Krüllshof vorbei in Richtung Bruch. Der Boden war gefroren, und auf den Pfützen hatte sich Eis gebildet. Nur noch wenige Blätter hingen in den Bäumen, der kräftige Wind der letzten Woche hatte ganze Arbeit geleistet. Der Himmel war von einem tiefen Blau, eine Farbe, die er nur im Herbst haben konnte, wenn die Kraft der Sonne abnahm, aber ihre Strahlen immer noch den Tag erhellten. Zusammen gingen sie durch den Bruch, hin und wieder lasen sie Zweige und Äste auf. Auf einer kleinen Lichtung machten sie Rast. Margaretha nahm die Schütte ab, die sie auf dem Rücken getragen hatte. Obwohl sie schon einige Zeit unterwegs waren, war der Korb noch nicht einmal bis zur Hälfte gefüllt. Das lag nicht daran, dass der Wald schon abgesucht worden war. Genügend Äste und Zweige lagen auf dem Laub, doch das Gespräch mit Jan erschien Margaretha so viel interessanter als die Suche nach dem Holz.

Ich habe ja Zeit, dachte sie, und rieb sich ihre kalten Hände.

»Es war wirklich lustig. Die Gesellen mussten den betrunkenen Lehrherren nach Hause tragen. Mein Meister hat noch Wochen später darüber gelacht«, beendete Jan eine Geschichte. Er setzte sich auf eine umgestürzte Eiche, die mit Moos und Efeu bewachsen war.

»Wird in Linn immer so viel gefeiert?«, fragte Margaretha und nahm den Beutel hervor, den die Mutter ihr mitgegeben hatte. Darin war ein Tonkrug mit verdünntem Wein, ein kleiner Laib Brot und etwas Käse. Sie nahm neben Jan auf dem Baumstamm Platz und teilte die Mahlzeit mit ihm.

»Linn gehört zum Kurfürstentum Köln. Die kirchlichen Feiertage sind immer Anlass für Feiern, und oft geht es dort heftig zu. Es wird laut gefeiert, gesungen, getanzt.«

»Dass dein Vater dich dorthin hat ziehen lassen, wundert mich.« Margaretha lächelte. Als Gemeindevorsteher wetterte Johann Scheuten immer wieder gegen das laute und ausgelassene Treiben an Festen. Für die Mennoniten war dies kein anständiges Benehmen. Gott pries man durch Stille, Ehrfurcht und Hingabe.

»Ja«, Jan lachte, »mich hat es auch verwundert. Mutter hat ihm gut zugeredet, damals. Sie meinte etwas wie: Der Jung muss doch die Welt kennenlernen. Ob Linn nun wirklich die Welt ist? Immerhin liegt es eine Tagesreise von Krefeld entfernt. Aber vermutlich war ihr gerade das recht. Ich war fort, jedoch erreichbar.«

»Und jetzt zieht dich nichts mehr in die Fremde?«

»Im Moment habe ich genügend Erfahrungen gemacht. Es ist schon schön, in seinem eigenen Zimmer zu schlafen, alleine, ohne zwei oder drei andere schnarchende Lehrlinge.«

»Du hast ein Zimmer für dich alleine?« Margaretha sah ihn erstaunt an, dann wurde ihr klar, dass seine großen Brüder schon längst eigene Hausstände hatten. Er war der Nachkömmling, der Jüngste der Familie. Sie war es auch lange gewesen, bis Eva kam. Aber die kleine Schwester wollte sie um keinen Deut missen, auch dass sie mit ihr das Zimmer teilte, störte Margaretha nicht. Nachdenklich nahm sie einen Kanten Brot und ein Stück Käse, kaute langsam. Es schmeckte köstlich. Obwohl es kalt war, fror sie nicht. Der Geruch von Laub und den vielen Eicheln, leicht süßlich und doch herb, lag in der Luft. Es roch viel klarer und reiner als in der Stadt mit den vielen Leuten, den Kaminen und Feuern, den Abwässern und dem Unrat, der verrottete.

»Würdest du in die Fremde ziehen wollen?«, fragte Jan sie. Darüber hatte Margaretha nicht nachgedacht, jedenfalls nicht bewusst. Als Frau ihres Standes blieb sie bei ihrer Familie, bis sie heiratete. Die Familien hatten vielerlei Kontakte zu anderen Familien in fremden Städten, und manchmal kam es so durchaus zu einer Heirat. Dann zog die Frau zu ihrem Mann. Aber alleine wegzugehen, dafür gab es weder Anlass noch Möglichkeit.

»Das weiß ich gar nicht. Ich glaube, es würde mir Angst machen. Fremde Leute, die ich nicht kenne, vielleicht auch andere Sitten und Bräuche. So wie du es erlebt hast, obwohl Linn ja gar nicht weit weg ist. Hattest du keine Angst, anfangs?«

Jan nahm einen Schluck aus dem Krug, wischte sich nachdenklich über den Mund. »Doch, schon. Aber dann fand ich es aufregend. Und nachher habe ich mich nach Hause gesehnt, das habe ich aber weder mir noch anderen eingestanden. Als mein Lehrmeister starb, war ich einerseits betrübt, andererseits froh. Ich hätte dort eine andere Stelle haben können, wollte aber nicht. Mich hat es zurück in die Stadt gezogen. Manchmal ärgere ich mich jetzt darüber. Mein Vater führt ein straffes Reglement im Haus, und es ist anders mit dem Vater als mit dem Lehrherrn. Aber in ein paar Jahren werde ich meinen eigenen Hausstand gründen.« Er sah sie an. Ein Grübchen zeichnete sich auf seiner linken Wange ab. Es verzauberte sein kantiges Gesicht, machte es weich, fröhlich. Margaretha hielt den Atem an. Diesen Moment wollte sie sich bewahren.

Sie war so vertieft in ihre Gedanken, dass sie das Schnaufen und Keuchen nicht hörte. Als Jan plötzlich hochsprang, fuhr sie entsetzt zusammen.

»Eine Rotte Schweine. Schnell, kletter auf den Stamm«, wies er sie an. »Verdomme! Wer hat denn die Schweine unbeaufsichtigt zur Mast in den Wald getrieben?« Er erklomm auch den Baumstamm, der alt war und schon tief im Erdreich stak. Für einen wütenden Eber wäre der Baum kein Hindernis. Fünf Schweine brachen durch das Unterholz auf die kleine Lichtung, grunzend und schnaufend wühlten sie die Erde auf. Die Anwesenheit der beiden Menschen schien sie weder zu stören noch zu beeindrucken. Wie die meisten Familien hielten auch op den Graeffs und Scheutens Schweine. Sie wurden im Frühjahr gekauft, im Herbst gemästet und zu Martini geschlachtet. Einige Leute brachten ihre Schweine zur Mast in den Bruch oder die umliegenden Wälder. Meistens aber wurden die Schweine auf die abgeernteten Felder getrieben. Nur selten jedoch lief eine Rotte von mehreren Schweinen unbeaufsichtigt durch den Forst. Der Flurschaden, den sie anrichten konnten, wurde geahndet. Die Tiere, obzwar zahm, waren groß und konnten in Panik ohne Schwierigkeiten einen erwachsenen Menschen umrennen und zu Tode trampeln. Margaretha und Jan war das bewusst. Mühsam versuchten sie sich auf dem durch das Moos rutschigen Baumstamm zu halten.

»Es sind alles Sauen«, flüsterte Jan.

»Ja, aber sie sind trotzdem groß.« Margaretha rutschte ab, sie hockte sich nieder, griff nach einer Efeuranke und versuchte das Gleichgewicht zu finden. Noch hielten sich die Tiere am Rande der Lichtung auf, doch sie kamen immer näher.

»Wenn wir zur anderen Seite runterspringen, können wir weglaufen.« Jan schaute sich um.

»Mein Beutel und die Schütte liegen aber doch noch hier.« Margaretha überlegte. Sie könnte versuchen, leise vom Stamm hinabzugleiten, die Sachen zu greifen und dann in die andere Richtung davonzulaufen. Wie schnell waren Schweine? Sie konnte es nicht einschätzen. Doch nun näherte sich eine der Sauen. Sie hob den Kopf, schnaubte und kam auf den Baumstamm zu. Sie schnupperte an der Schütte, trat dann achtlos darüber, fand den Beutel mit dem Brot und dem Käse, verschlang die Brotzeit grunzend. Es knirschte laut, als sie auf den Tonkrug trat.

»Verdomme!« Margaretha ärgerte sich über sich selbst, wäre sie doch nur schneller gewesen, hätte sie doch nur die Sachen direkt gepackt und mitgenommen. Nun war es zu spät. Der Vater würde grantig sein, die Mutter enttäuscht. Plötzlich wurde ihr bewusst, wie kalt es war. Wolken waren aufgezogen, die Sonne nicht mehr zu sehen. Wann war das geschehen, dachte sie verwirrt.

»Lass uns weglaufen!« Jan schaute nach unten. Die Sau grub nun am Rande des Baumstamms, stieß immer wieder mit ihrem Kopf gegen ihn. Eine zweite Sau war ihr gefolgt, wühlte ebenfalls am Fuße des Stammes. Pilze mochten dort sein oder Getier.

»Komm, wir verschwinden, Margret. Ich spring jetzt runter«, sagte Jan und sprang. Für einen Augenblick zögerte sie, dann folgte sie ihm. Auf der anderen Seite des Baumstammes war eine Kuhle, es war um einiges tiefer als auf der anderen Seite. Durch das bunte Laub hatte das Margaretha nicht erkennen können, umso überraschter war sie und kam falsch auf. Ein Stich fuhr durch ihren Knöchel, scharf wie ein Messer, und für einen Moment blieb ihr die Luft weg.

»Komm!« Jan packte ihre Hand, seine Stimme klang eindringlich, er zog sie mit sich. Sie hörten das Grunzen und Quicken der Sauen, die hinter ihnen die Lichtung absuchten, der Baumstamm ächzte, und mit einem Seufzen neigte er sich zur Seite und kippte um. Wie erstarrt blieb Margaretha stehen, schaute auf die Lichtung, die plötzlich ganz anders aussah, da der Stamm in die Kuhle gefallen war. Sie hatte Blick auf die Rotte, die sich aufgeregt an der nun kahlen Stelle vergnügte. Nicht einen Moment zu spät waren sie davongekommen, sie hatten wirklich Glück gehabt. Nachdem sie eine Weile gelaufen waren, wurde ihnen bewusst, dass die Rotte nicht folgte. Erschöpft machten sie Halt. Nun pochte der Schmerz in Margarethas Knöchel, und ihr Gewissen plagte sie.

»Die Schütte, der Beutel und der Krug – ich habe alles verloren. Ich komme nach Hause ohne Reisig und ohne die Dinge. Es wird fürchterlich werden.« Tränen stiegen ihr in die Augen.

»Onzin. Deine Eltern lieben dich, es sind gütige Menschen. Sie werden es verstehen. Kannst du gehen?«

»Ich weiß es nicht. Es tut weh.« Versuchsweise setzte sie den Fuß auf, verzog das Gesicht.

»Ist es arg schlimm?« Besorgt beugte sich Jan vor.

»Es muss ja gehen.« Langsam kämpften sie sich durch das Unterholz, bis sie wieder auf einen Weg trafen. Margarethas Knöchel pochte und schmerzte, sie humpelte mehr als sie ging. Die Wolken wurden dichter, der Tag schritt voran, es wurde Abend und kühl.

»Gottegot. Wir werden das Stadttor nicht mehr rechtzeitig erreichen«, jammerte Margaretha. »Es wird schließen, bevor wir da sind.«

»Wir müssen es schaffen.« Jan biss die Zähne zusammen, die Kiefermuskeln zeichneten sich deutlich in seinem kantigem Gesicht ab. Er griff nach ihrem Arm, stützte sie, zog Margaretha mit sich. Es wurde immer dunkler, ein Graupelregen setzte ein.

O nein, nicht noch das, dachte Margaretha verzweifelt. Ihr war kalt, aber gleichzeitig lief der Angstschweiß über ihr Gesicht und den Rücken.

Endlich erreichten sie das Ende des Bruchs. Auf der Straße am Krüllshof vorbei lenkte ein Bauer seine Fuhre mit Rüben. Er überholte die beiden, hielt an.

»Soll ich euch mitnehmen?«, fragte der Kutscher und sah besorgt gen Himmel, an dem die Wolken immer tiefer hingen. Er spuckte in den Graben, wischte sich über den Mund. »Ihr wollt doch in die Stadt, oder?«

»Ja!« Jan hob Margaretha auf den Karren, stieg selbst auf, und schon fuhr der Bauer wieder an. Langsam und gemächlich schaukelte der Wagen den Weg entlang. Margaretha kauerte sich zusammen. Der Fuß schmerzte, doch schlimmer war die Kälte, die nun durch die feuchten Kleider in sie drang. Sie begann zu zittern. Dazu kam die Erkenntnis, wie knapp sie einem Unglück entgangen waren. So wie die Sauen ihre Schütte und die anderen Dinge mühelos zertrampelt hatten, so hätte es auch ihnen ergehen können. Tränen stiegen in ihre Augen. Jan saß neben ihr, auch er fröstelte. Sein Gesicht war bleich.

»Liever Hemel«, murmelte er. Margaretha sah ihn an, und sie wussten, dass sie das Gleiche dachten. »Wir haben es aber geschafft.« Unbeholfen legte er den Arm um ihre Schultern, zog sie an sich. »Und gleich sind wir in der Stadt.«

»Ja.« Margaretha sträubte sich erst gegen die enge Berührung, dann aber gab sie nach und schmiegte sich an seine

Schulter. Sein Körper strahlte Wärme aus, er roch nach dem herben Geruch des Waldes und frischem Schweiß, nicht unangenehm, aber sehr eigen. Sie schloss die Augen, versuchte nicht mehr an den Nachmittag zu denken.

»Wirst du Ärger bekommen?«, fragte Jan leise.

»Ich weiß es nicht.«

»Soll ich mitkommen? Mit zu euch? Soll ich es deinen Eltern erklären? Dich trifft keine Schuld, es war eine dumme Fügung.«

Für einen Moment dachte Margaretha nach. Ihre Eltern würden nicht erfreut sein, der Verlust der Sachen war nicht so einfach zu verschmerzen, auch wenn es der Familie gerade recht gut ging. Doch sie würden sich, so schätzte Margaretha sie ein, eher freuen, dass ihrer Tochter kein Leid widerfahren war, als zu zürnen. Und doch fand sie es tröstlich, dass er ihr seine Unterstützung anbot.

»Ich glaube nicht, dass das notwendig ist. Auch deine Familie wird auf dich warten«, sagte sie dann.

»Sollte etwas sein, sollten deine Eltern Zweifel haben oder grantig sein, dann hole mich. Ich steh für dich ein, Margaretha. Du bist ein ganz besonderes Mädchen.«

Trotz der Kälte wurde ihr auf einmal warm. Sie schmiegte sich noch enger an ihn, spürte den liebevollen Druck seines Armes.

Der Karren fuhr gerade rechtzeitig durch das Stadttor, erreichte den Schwanenmarkt.

»Meisje, Jong, wo müsst ihr hin?«, fragte der Bauer.

Jan sprang vom Wagen, zog Margaretha mit sich.

»Das ist wunderbar. Herzlichen Dank, Mijnheer. Von hier aus kommen wir gut nach Hause.«

»Prächtig. Beeilt euch, es zieht Sturm auf. Tot ziens.« Er tippte an seine Mütze, schnalzte und lenkte den Wagen in eine der Gassen, die vom Platz abgingen.

»Ich bringe dich nach Hause«, sagte Jan mit fester Stimme. Er schaute nach oben, tatsächlich hingen die Wolken noch tiefer, der Graupelregen nahm zu, stechende Hagelkörner mischten sich darunter.

»Hagel.« Margaretha schüttelte den Kopf. »Du wärst doppelt so lange unterwegs. Ich schaffe das schon. Die Pause auf dem Wagen hat meinem Fuß gut getan, er schmerzt kaum noch. Lass uns schnell gehen. Tot ziens.« Sie drückte noch einmal seine Hand, wandte sich dann um und ging in Richtung Obertor.

»Margret … wann sehen wir uns wieder?«, rief er ihr hinterher.

»Sonntag im Gottesdienst spätestens.« Margaretha lachte. »Bis dahin …«

»Ja! Ich freue mich darauf.«

Sie lief die ersten Schritte eilig die Oberstraße hinunter, schaute sich dann um. Jan war schon abgebogen und nicht mehr zu sehen. Nun verlangsamte sie ihren Schritt. Sie spürte das Pochen im Knöchel, es tat weh. Außerdem fröstelte sie, und so tapfer, wie sie sich gegeben hatte, war sie nicht mehr. Was würden die Eltern sagen?

Als sie vor dem Haus stand und die Hand zum Klopfen hob, öffnete sich die Tür.

»Margret!«, rief ihr Bruder Abraham. »Gerade wollte ich los, um dich zu suchen. Komm rein, komm rein. Ist etwas passiert?« Er packte ihren Arm und zog sie mit sich. »Mutter, Vater, Margret ist da! Sie scheint gesund und unverletzt! Komm, Meisje, komm in die Stube!«

»Nun mal langsam«, versuchte Margaretha ihn zu beschwichtigen. »Es ist alles gut. Nun ja, fast alles …«

Die Anspannung ließ von ihr ab, und nun liefen die Tränen. Sie ließ sich in die Arme ihres großen Bruders fallen, er trug sie mehr als dass er sie führte in die Stube. Der Kamin brannte, die Mutter saß mit dem Korb Flickwäsche rechts davon, der Vater mit Eva auf dem Schoß links. Dirck und Hermann saßen an der Seite und lasen die Zeitungen, die zweimal in der Woche von Amsterdam geschickt wurden. Gretje tat das Flickwerk in den Korb und stand auf.

»Margret, wir haben uns Sorgen gemacht. Warum kommst du so spät? Was ist passiert?« Sie schloss das Mädchen in die Arme. »Gottegot, du bist ja ganz durchfroren, und was ist mit deinem Fuß? Annemieke, bring eine Schüssel heißes Wasser. Oder sollen wir dir den Badezuber füllen?«

Margaretha setzte sich erschöpft auf den Stuhl, sie schnürte den Schuh auf und besah sich den Knöchel.

»Ich bin falsch aufgekommen. Es tut ein wenig weh, aber schlimm ist es wohl nicht.«

»Lass mich mal schauen.« Ihre Mutter kniete sich vor sie, nahm den Fuß vorsichtig in die Hände, strich mit den Daumen sanft am Knöchel entlang. »Du scheinst Glück gehabt zu haben. Abgesehen davon, dass mich dein Fuß an einen Eisklotz erinnert – Annemieke, bring Würzwein –, scheinst du nur umgeknickt zu sein. Sobald wir dich gewärmt haben, mach ich dir einen Breiumschlag. Die nächsten Tage wirst du wohl noch Schmerzen haben, aber bleibende Schäden sind nicht zu erwarten.« Sie stand auf, sah Margaretha an, und strich ihr zärtlich über die Wange. »Was ist denn passiert?«

Margaretha senkte den Kopf. »Es war so furchtbar, Mutter, es tut mir so leid.« Sie versuchte, die Tränen zu unterdrücken, aber es gelang ihr nicht.

»Nun, nun, Meisje, beruhig dich.« Ihr Bruder Abraham zog ihr sanft den Mantel aus, die Magd brachte einen Becher heißen Würzwein. Margaretha lehnte sich zurück, wischte sich die Tränen von den Wangen und trank einen Schluck. Der heiße Wein wärmte sie. Nach und nach fiel die Anspannung von ihr ab.

Gretje war in ihre Kammer gegangen und kam nun mit Verbandsstoff und Salbe zurück.

»Dies ist eine Paste aus der Wurzel des Beinwell. Ich trage sie auf deinen Knöchel auf und werde einen Verband machen, der den Fuß stützt. Die Salbe wird den Schmerz lindern.« Fachmännisch machte sie sich an die Arbeit. Anschließend zog sie Margaretha dicke Socken über, holte einen Schemel für den

Fuß. Inzwischen hatte Annemieke eine Schüssel Erbsenbrei gebracht, und Margaretha aß genüsslich.

»Dann erzähl mal«, sagte Isaak sanft. Immer noch hielt er Eva auf dem Schoß, die sich ungeachtet der Unruhe und des Treibens mit einer Kugel aus Stoff beschäftigte, juchzte und fröhlich brabbelte. Hin und wieder zog sie den Vater am Bart, was dieser mit einem Lächeln hinnahm und sie ein wenig auf dem Knie schaukelte. Doch nun schaute Isaak Margaretha forschend an. Sie senkte den Kopf, versuchte ihre Gedanken zu sortieren.

»Ich bin in den Bruch gegangen, um Reisig zu sammeln, so wie Mutter es mir aufgetragen hatte. Es war nicht schwer, denn genügend Äste und Zweige liegen herum.« Sie hielt inne, lauschte. Wind war aufgekommen und heulte zwischen den Häusern.

»Es werden wohl noch mehr werden«, sagte Abraham und schaute zum Fenster. »Gut, dass wir die Fensterläden schon geschlossen haben.«

»Du hast also Reisig gesammelt.« Isaak nickte Margaretha zu.

»Ja.« Sie biss sich auf die Lippe. »Dann habe ich Rast gemacht, auf einer kleinen Lichtung. Eine mächtige Eiche ist dort wohl schon vor Jahren umgefallen, sie war ganz mit Moos bewachsen. Ich setzte mich, lehnte die Schütte an, nahm mir Brot, Käse und Wein, und dann …«, sie stockte, sie schien wieder das Rascheln und Schnaufen, das Brechen des Unterholzes zu hören, sah die mächtigen Sauen vor sich.

»Dann?« Abraham beugte sich vor, legte seiner Schwester beruhigend die Hand auf die Schulter.

»Dann brach eine Rotte Schweine durch das Gebüsch und kam auf mich zu. Ich konnte mich auf den Baumstamm retten, doch wirklich sicher war es nicht.« Margaretha schluckte, trank von dem Wein, atmete tief ein. Sie blickte in die Runde und machte sich klar, dass sie nun in Sicherheit war, bei ihrer Familie, in ihrem Zuhause. »Eine Sau zertrampelte die Schütte, fraß den Proviant.« Beschämt schaute sie zu ihrer Mutter. Diese nickte ihr gütig zu. »Ich hätte die Sachen greifen und mitnehmen sollen, doch ich war zu erschrocken.«

»Es ist schon gut, mein Kind.«

»Eine Rotte Sauen? Ist die Mastzeit nicht vorbei? Dürfen die Schweine jetzt noch in den Forst, wo er doch zum Reisigsammeln freigegeben worden ist? Ich werde mich mit dem Magistrat in Verbindung setzen.« Isaak hob Eva an, reichte das Kind seiner Frau und stand auf. Er ging ein paar Schritte, nahm die Tonpfeife und stopfte sie. »Du hast Glück gehabt, Meisje. Das hätte ganz anders ausgehen können.« Er trat neben Margaretha und strich ihr über den Kopf.

»Zwei Sauen fingen dann an, am Fuße des Baumstammes zu wühlen, es wackelte, und ich bekam so Angst. Ich bin dann heruntergesprungen, dabei muss ich falsch aufgekommen sein.« Margaretha schloss kurz die Augen. »Als ich endlich den Weg zum Krüllshof gefunden hatte, begann der Graupelregen. Ich habe gefürchtet, es nicht mehr rechtzeitig zum Stadttor zu schaffen. Zum Glück hat mich ein Bauer auf seinem Karren mitgenommen.«

»Du hast wirklich Glück gehabt.« Gretje sah sie besorgt an. »Hoffentlich schlägt dir das nicht auf den Magen. Ich werde dir gleich noch einen Trank bereiten, damit du gut und gestärkt schlafen kannst. Annemieke, bring heiße Backsteine in die Betten der Mädchen. Für Eva wird es Zeit, zu Bett zu gehen.«

Eva drückte nacheinander jedem einen dicken, feuchten Kuss auf die Wange, ein Ritual, das sie jeden Abend pflegten. Dann ließ sie sich fröhlich brabbelnd nach oben bringen.

Dirck schenkte Margaretha Würzwein nach.

»Nicht zu viel«, wehrte sie leise ab. »Mir wird schon schummerig.«

»Möchtest du noch etwas essen? In der Küche ist frisches Brot.«

Margaretha nickte. Sie war froh, dass ihre Familie so liebevoll miteinander umging. Dirck brachte ihr Brot und ein

Schüsselchen mit Fleischsoße. Die Mahlzeit stärkte sie, und doch spürte Margaretha die Müdigkeit.

Ich habe Jan gar nicht erwähnt, dachte sie später, als sie im Bett lag und sich in das Kissen kuschelte.

Kapitel 4

In den nächsten Tagen konnte Margaretha den Fuß nicht sonderlich belasten. Sie verbrachte die meiste Zeit damit, in der Stube vor dem Kamin zu sitzen, Wäsche zu flicken oder zu nähen. Meist saß Eva zu ihren Füßen, spielte zufrieden mit den kleinen Holzpüppchen, die ihre Brüder für sie geschnitzt hatten.

»Was für ein Wetter.« Gretje zog sich die nasse Haube vom Kopf, setzte sich neben Margaretha. Sie hatte einen Schwall kalter, feuchter Luft mitgebracht. Nun rieb sie sich die Hände, die sie dem Feuer entgegenstreckte. »Ich soll dich von Thilda van Holten grüßen. Das Wochenbett hat sie fast überstanden, und das ganz problemlos.«

»Es tut mir so leid, dass ich dir im Moment keine Hilfe sein kann, Mutter.« Margaretha senkte den Kopf.

»Keine Hilfe?« Die Mutter lachte auf. »Das siehst du aber falsch. Meinst du, flicken und nähen wären keine Arbeit? Sie raubt mir meine Zeit, und dass du nun alles machst, ist eine große Entlastung für mich.«

»Ja, aber ich wollte doch lernen, wie man das Wochenbett betreut, und dir dort helfen.«

»Thilda wird nicht die letzte Frau gewesen sein, die ein Kind bekommt. Und gerade da uns ein kalter Winter bevorsteht, werden wir im nächsten Jahr alle Hände voll zu tun haben.«

»Ja?« Margaretha sah ihre Mutter überrascht an.

»Ja, wenn es kalt ist und die Holzvorräte und die Kohle

knapp werden, gehen die Leute früher zu Bett und wärmen sich aneinander. Das konnte ich immer wieder beobachten.« Sie lächelte, lehnte sich zurück und schloss für einen Moment die Augen.

Sie sieht erschöpft aus, dachte Margaretha, ich müsste sie viel mehr unterstützen. Leise legte sie das Flickwerk zurück in den Korb, stand vorsichtig auf. Der Atem ihrer Mutter wurde tief und gleichmäßig. Margaretha nahm Eva hoch, welche laut protestierte.

»Psst, Moerdertje schläft«, flüsterte Margaretha. »Schau, wir müssen leise sein.«

»Eise ein«, wiederholte Eva und steckte den Daumen in den Mund, nuckelte daran.

»Ja, wir gehen jetzt in die Küche und helfen Annemieke. Bestimmt finden wir eine Leckerei für dich.«

»Ja!« Eva strahlte.

In der Küche schnippelte die Magd Rüben und Wurzeln klein. Margaretha setzte Eva auf die Bank am Ofen, gab ihr zwei Haferküchlein. Gleich würden die hungrigen Männer kommen. Sie würden sich waschen wollen, und deshalb füllte Margaretha den großen Topf mit Wasser, hängte ihn über den Herd. Dann briet sie Speck an, gab Zwiebeln dazu, löschte mit ein wenig Wein ab. Annemieke gab die Rüben und Wurzeln in die tiefe Pfanne, rührte kräftig. Ein weiterer Topf mit Hirsebrei köchelte über der großen Herdstelle, frischgebackenes Brot kühlte auf dem Tisch aus. Es duftete köstlich, langsam füllte Dampf den Raum.

Die beiden jungen Frauen deckten den Tisch, als auch die Männer von nebenan kamen. Dankbar nahmen sie den großen Topf Wasser, brachten ihn in einen kleinen Vorbau im Hof. Im Sommer wuschen sie sich draußen, darauf bestand Gretje. Doch in der kalten Jahreszeit nutzten sie den kleinen Raum, in dem auch der Badezuber stand. Lachend und krakeelend wuschen sie sich, setzten sich dann hungrig an den Tisch.

»Ach, Meisje, warum hast du mich nicht geweckt?«, fragte

Gretje und drückte Margaretha kurz, dann trug sie die Schüsseln mit dem dampfenden Gericht auf.

Der Vater fehlte. Fragend schaute Margaretha ihre Mutter an, doch die winkte ab, sprach das Tischgebet. Kurze Zeit später öffnete sich die Haustür. Isaak legte schnaufend seinen Mantel ab, kam in die große Küche. Er wirkte ernst, und doch herzte er Eva als Erstes. »Na, meine kleine Prinzessin, wie war dein Tag? Ich habe dir etwas mitgebracht.« Er gab ihr eine kandierte Frucht, das Kind jauchzte auf und steckte sich die Süßigkeit in den Mund.

»Isaak«, schalt Gretje, »gib ihr doch nichts Süßes vor dem Essen.« Sie seufzte. »Nun setz dich erstmal. Du siehst nicht so aus, als gäbe es gute Neuigkeiten.« Besorgt reichte sie ihm einen Teller, Wein und Brot.

»Es gibt Neuigkeiten, aber ob sie gut sind?« Der Vater sprach still ein Gebet, nahm den Löffel und aß. Jeder in der Familie wusste, er würde erst nach der Mahlzeit sprechen.

Vorher hatte eine rege Betriebsamkeit geherrscht, Lachen, Scherze und Sprüche hatten wie Bälle, die hin und her geworfen wurden, das Essen begleitet, doch nun herrschte angespanntes Schweigen. Isaak schien das nicht zu bemerken, er nahm in Ruhe seine Mahlzeit zu sich, dankte dann Frau und Magd. Dass er ein Glas Branntwein nahm statt des warmen Biers oder des Würzweines, steigerte die Anspannung. Er stand auf, ging schweigend in die Stube, die Söhne folgten ihm. Margaretha half der Magd den Tisch abzuräumen, während Gretje Eva zu Bett brachte. Immer wieder versuchte Margaretha zu hören, ob der Vater in der Stube etwas sagte, doch sie konnte nichts wahrnehmen. Endlich waren sie fertig, und Margaretha konnte nach nebenan gehen. Kurze Zeit später folgte auch die Mutter.

»Was gibt es an Neuigkeiten aus der Stadt?«, fragte Gretje und schenkte Wein aus.

Isaak lehnte sich zurück. »Der Krieg ist vermutlich bald beendet. Es sind Friedensverhandlungen im Gange.«

»Dann können wir Gott dem Herrn danken«, sagte Hermann leise.

»Warum? Der Krieg betrifft uns doch nicht. Wir sind vom Dienst an der Waffe befreit, dafür steht der Prinz von Oranien«, sagte Dirck hitzig.

»Ruhig Blut, mein Junge«, beschwichtigte Isaak die Söhne. »Ihr habt beide recht. So ganz ohne Zunder ist es nicht. Der Frieden zwischen dem Haus Oranien und Frankreich ist greifbar. Aber immer noch ist das Herrschaftshaus ohne Erben. Das ist jedoch gar nicht das Bedrohliche. Der König von Frankreich, König Ludwig, wird weiterhin nach Ländern gieren. Er will sein Reich ausdehnen, seine Macht erweitern. Noch sind die Niederlande die stärkste Handelsmacht, aber ihre Kraft schwindet.«

»Und was hat das mit uns zu tun?«, fragte immer noch erregt Dirck. »Wir sind Handwerker, Weber, Händler. Von dem Soldatentum nehmen wir Abstand, der Glaube erlaubt uns keinen Dienst an der Waffe. Wir haben damit nichts zu tun. Und der Prinz hat uns eine friedliche Existenz in dieser Stadt garantiert.«

»Sei nicht blauäugig, Dirck. Die Mennoniten sind in den letzten Jahrzehnten immer wieder vertrieben worden. Vielleicht ist es nur eine Frage der Zeit, bis Krefeld uns auch loswerden will. Schon jetzt sind wir ihnen ein Dorn im Auge. Zu viele von uns haben sich in der Stadt niedergelassen.«

»Die Stadt profitiert doch davon. Der Umsatz wächst. Auch die Bauern verdienen an uns. Das ist doch Humbug, warum sollten sie uns gram sein?« Dirck stand auf, ging zum Fenster, das jedoch mit der Lade verschlossen war.

»Weil wir zu viele werden«, wandte Gretje leise ein. Besorgt sah sie ihren Mann an. »Wird es Schwierigkeiten geben?«

»Das weiß ich noch nicht. Es kommt darauf an, wie der Winter wird. Natürlich gibt es eine Schicht von uns Mennoniten, die zu den Bürgern gerechnet werden kann, aber viele andere, mindestens dreißig Haushalte, sind schlichter und ärmer. Es sind einfache Weber, es sind Arbeiter, Küfer, Bierbrauer und anderes. Die Familien sind groß. Ihr wisst doch, welche Zustände in der neuen Stadt herrschen, wenig Raum, viele Menschen, Gestank und Enge. Das kann nicht so weiter gehen. Das weiß der Magistrat auch.«

»Schon seit Jahren wird über eine Stadtauslagerung, eine Erweiterung diskutiert«, wandte Hermann ein.

»Das ist richtig, aber dafür fehlt das Geld. Eben weil wir, und mit uns die Stadt, uns von dem Kriegsdienst freikaufen konnten, fehlt Geld in der Stadtkasse. Eine Erweiterung kostet. Notwendig wird sie ohne Zweifel, aber wer soll es bezahlen? Der Magistrat möchte unsere Gemeinde haftbar machen. Wir sollen die Auslagerung bezahlen. Doch wie soll das gehen? Natürlich gibt es einige Familien wie die unsere, die gut verdienen. Reich sind wir damit nicht. Die Mehrheit der Gemeindemitglieder ist jedoch arm und auf unsere Zuteilungen jetzt schon angewiesen.« Er zog schnaufend an der Tonpfeife. »Damit nicht genug. Obwohl der Franzose den Krieg eigentlich verloren hat, nehmen nun die Trends von seinem Hofstaat immer mehr zu. Das konnten wir schon in den letzten Jahren beobachten, aber nun ist er nicht mehr der Feind. Die Reformierten nehmen das zum Anlass und wollen ein rauschendes Neujahresfest feiern. Galanterie nennt man es – gottesfürchtig und schlicht ist es nicht.«

»Die Reformierten.« Abraham schnaufte. »Wie viele sind das hier in der Stadt? Die kann man an der Hand abzählen.«

»Richtig, mein Sohn, und jeder von ihnen hat ein Amt.«

»Aber wir wollen doch keine Ämter. Ich halte das für einen Fehler, wir müssen uns einbringen«, wandte Dirck ein.

»Ämter sind nicht gottgefällig.« Isaak schüttelte den Kopf. »Ich sehe schwere Zeiten auf uns zukommen. Jetzt schon habe ich Verbindung zu den Cousins in Amsterdam aufgenommen. Dort und in Rotterdam laufen die Fäden zusammen. Möglicherweise müssen wir längerfristig eine andere Bleibe suchen.«

Gretje ließ das Flickwerk sinken. »Isaak, nein«, flüsterte sie.

»Wir müssen hier weg?« Margaretha riss die Augen auf. »Godallemachtig, bitte nicht.«

»Langfristig. Nicht dies Jahr oder nächstes. Ich frage nur mal an, wo wir willkommen sein könnten. Es wird nicht einfacher, es wird schwieriger.« Isaak stopfte die Pfeife nach.

»Manche Dinge muss man aussitzen«, meinte Abraham leise. »Stell dir vor, alle Mennoniten würden die Stadt verlassen, wer bliebe übrig? Eine Handvoll Reformierter, alles Bürger, und viele katholische Arbeiter. In der Mittelschicht wäre kaum noch jemand. Kein Gewerbe, kein Handel, keine Stadt, keine Steuern, kein Einkommen. So dumm sind die Reformierten auch nicht. Sie wollen uns vielleicht mit ihrer Galanterie, ihren Festen und Prunk reizen, die Frage ist doch nur, lassen wir es zu? Lassen wir uns reizen? Da steht ein güldenes Kalb, aber müssen wir um es tanzen? Nein, müssen wir nicht, wir ignorieren sie einfach.«

»Das ist nicht alles, mein Sohn«, sagte Gretje. »Dein Vater hat recht. Ein kalter und strenger Winter steht bevor, alle Zeichen deuten daraufhin. Gerade unsere Brüder und Schwestern leben in engen Verhältnissen, sind der Armut ausgeliefert. Dort werden am schnellsten Krankheiten ausbrechen. Sicher auch bei den Armen der Katholiken, aber sie gab es schon immer. Die Mennoniten sind relativ neu in der Stadt. Sie werden zum Sündenbock gemacht werden. Das macht mir Angst.«

»Können wir irgendetwas dagegen tun, Mutter? Du kennst doch Mittel und Tinkturen …«, fragte Hermann.

»Ach, Junge, es geht doch nicht um Heilkräuter.« Gretje schüttelte schnalzend den Kopf. »Es geht um Armut, Hunger, Kälte und darauf folgende Krankheiten. Ich bin froh, wenn ich uns und die Gesellen, Lehrjungen und die Magd gesund und satt über den Winter bekomme. Zwanzig oder dreißig weitere Familien können wir nicht durchfüttern. Mit Frau ter Meer und der Familie von Beckerath stehe ich in Verbindung, wir wollen eine Art Suppenküche für die Gemeinde ins

Leben rufen. Aber einfach wird das nicht. Nach Martini weiß ich mehr, da sehen wir, wie das Schlachtergebnis ist.«

»Jetzt habe ich es verstanden.« Hermann fuhr sich durch die Haare. »Das sieht tatsächlich arg übel aus. Weißt du denn, wie die Vorratshaltung bei unsern ärmeren Brüdern und Schwestern ist?«

»Nicht genau. Die meisten haben keinen Wallgarten. Das macht sie abhängig vom Markt. Der frühe Frost hat einiges an Ernte verdorben. Die Preise steigen, aber viel Geld steht ihnen nicht zur Verfügung.« Gretje seufzte wieder.

Noch eine Weile diskutierte die Familie. Margaretha verabschiedete sich bald, ließ die Brüder und die Eltern weiterreden. Sie war müde, und der Gedanke an einen Umzug erschreckte sie. Krefeld war ihr Zuhause, ihre Heimat. Hier fühlte sie sich wohl, und hier lebte Jan. Mit dem Gedanken an ihn schlief sie ein.

Ihre Mutter hatte recht, der Winter drohte hart und eisig zu werden. Die Gemeinde rückte eng zusammen, aber das verbesserte die Wohnverhältnisse nicht.

In der Woche vor Martini ging es hektisch im Haushalt op den Graeff und bei vielen anderen Familien zu. Die Waschküche wurde gründlich geschrubbt, nicht eine Spinnenwebe, nicht ein Körnchen Dreck ließ Gretje gelten. Der große Waschkessel, alle Schüsseln, Tröge und Behältnisse wurden gespült und gescheuert. Isaak schärfte die Messer im Hof, so dass die Funken flogen. Hermann kontrollierte die Leiter, sie durfte weder wackeln noch brüchig sein.

Gretje zeigte Margaretha, wie sie die Würzlake für die Räucherware ansetzen musste. Tröge wurden mit Pökelsalz gefüllt, das Abraham säckeweise aus Uerdingen mitbrachte. Margaretha zerstieß Wacholderbeeren, Pfefferkörner und Piment im Mörser, zupfte Rosmarinnadeln von den Zweigen. Die Gewürze wurden mit dem Pökelsalz gut vermengt.

»Das Salz macht das Fleisch haltbar, die Gewürze geben ihm Geschmack, aber sie haben auch eine gute Wirkung auf die Verdauung«, erklärte Gretje ihrer Tochter und gab zwei Handvoll Kümmel hinzu.

Am Morgen des Schlachttags standen alle noch früher auf als gewöhnlich. Bevor die Magd das Feuer entfachte, das man ausnahmsweise hatte ausgehen lassen, kletterte Dirck in den Kamin und fegte ihn mit langen Reisigbesen. Oben, im ersten Stock, gab es eine Tür im Kamin. Dahinter waren die Gestelle vermauert, an denen das Räuchergut aufgehängt werden würde. In den nächsten Wochen würde nur mit Holz gefeuert werden, auf das Wachholder und Rosmarinzweige kamen.

Endlich war es soweit, während die Magd Grütze kochte, entfachte der Vater das Feuer unter dem Kessel in der Waschküche. Hermann und Abraham befüllten den Kessel eimerweise mit frischem Wasser aus dem Brunnen. Der Brunnenschwengel quietschte laut, Eva klatschte begeistert in die Hände und juchzte über die Betriebsamkeit, die alle erfasst hatte. Dirck wusch sich bibbernd den Ruß vom Körper. Er dankte Annemieke, als sie ihm eine dampfende Schüssel Grütze reichte.

Noch bevor das erste Licht des Tages dämmerte, führte Isaak das Schwein im Schein der Fackeln auf den Hof. Hermann stellte sich vor das große Tier, das laut quiekte, zog den Strick straff, während Dirck den Schwanz packte und festhielt.

Gretje nahm Eva mit in die Waschküche, was jetzt kam, gehörte zwar zum Leben dazu, aber das kleine Kind sollte es noch nicht sehen. Evas Aufgabe war es gewesen, dem Schwein die Essensreste und Küchenabfälle zu bringen. Den ganzen Sommer und Herbst über hatte sie dies voller Begeisterung getan.

»Habt ihr es sicher? Ich will nur einmal schlagen, es soll nicht unnötig leiden!« Isaak hob den schweren Hammer und schlug damit gegen die Stirn des Tieres. Betäubt fiel es auf die Seite.

»Goddank!« Er stach in die Kehle, während Margaretha eine große, flache Schale hinhielt, um das Blut aufzufangen.

»Schneller, Margret«, fuhr der Vater sie an. »Es darf kein Blut verlorengehen.«

Immer wieder musste sie die gefüllte Schale gegen eine neue austauschen. Das Blut kam in einen Kessel, Jasper, der jüngste Lehrling, rührte und schlug es beständig, so dass es nicht gerann.

»Nicht so langsam, rühr regelmäßig, Jong!«, sagte die Mutter und schaute ihm über die Schulter.

»Gebt acht!« Hermann und Abraham brachten ächzend einen großen Topf kochendes Wasser in den Hof. Sie mussten das Gefäß gemeinsam tragen, es war zu schwer für einen alleine. Alle traten zur Seite, und mit Schwung überbrühten sie das Schwein.

Es dampfte im Hof.

Als sich die Dampfwolke aufgelöst hatte, begannen Margaretha und Annemieke die Borsten von der Haut abzuschaben. Isaak löste die Klauen von den Pfoten. Die Borsten kamen in eine Schüssel mit Seifenwasser, und Margaretha brachte diese zu Eva.

»Schau, Meisje, du darfst sie waschen!« Voller Freude plantschte das kleine Mädchen in der lauwarmen Lauge. Später würden die ausgewaschenen Borsten getrocknet, gebündelt, gekämmt und auf eine Länge geschnitten und zu Pinseln und Bürsten verarbeitet werden. Margaretha blieb keine Zeit, dem Kind zuzuschauen, die Arbeit wartete.

»Alle zugleich, jetzt hebt es an!«, befahl Isaak. Sie banden das Schwein auf die Leiter, der Vater überprüfte die Stricke, sie durften nicht reißen.

»Gut. Und nun, mit Kraft!« Alle mussten mit anfassen, um die Leiter aufzurichten und gegen die Wand der Waschküche zu lehnen. Mit dem Kopf nach unten hing das mächtige Tier nun dort. Der Vater trennte von oben nach unten den Bauch auf. Nach und nach schnitt Isaak die Innereien heraus und legte sie, nachdem er sie begutachtet hatte, in einen Bottich.

»Sieht es gut aus?«, fragte Gretje besorgt. Verwachsungen und Geschwüre an Herz, Lunge oder dem Organfett deuteten auf Krankheiten hin, und dann hätten sie die Innereien nicht verwerten können.

»Ja, ein gesundes Schwein, schön fett!«

Nun kam die unangenehmste Aufgabe, Margaretha, Annemieke und einer der Gesellen mussten die Därme in einer Hofecke gründlich ausstreichen und spülen. Es stank. Margaretha atmete durch den Mund. Einen Eimer Wasser nach dem anderen füllte Dirck.

»Nochmal«, sagte Margaretha, nachdem sie ein Stück Darm begutachtet hatte. »Es ist noch nicht ganz sauber. Das Wasser muss klar bleiben.« Ihre Hände waren rot und schmerzten vor Kälte.

Währenddessen schlug der Vater das Schwein mit einem Beil in zwei Hälften. Der Kopf samt Ohren, die Pfoten und der Schwanz kamen in den großen Waschkessel und wurden dort ausgekocht. Der Duft der Fleischbrühe zog über den Hof und verdrängte den Gestank des Darminhalts.

»Hinfort! Schleich dich!«, brüllte Isaak und trat nach dem fetten schwarzen Hauskater, der sich ein Stück Fleisch stibitzen wollte. Schmollend verzog sich der Kater in die Ecke. Er wird nicht aufgeben, dachte Margaretha belustigt.

Isaak trennte die vorderen Keulen ab, und Gretje wusch diese gründlich in der Waschküche, dann trocknete sie das Fleisch und legte es in die Tröge mit dem Würzsalz. Sie massierte das Salz in das Fleisch, bedeckte es dann mit einer weiteren Schicht.

»Hier kommen die Braten. Gutes Fleisch.« Isaak reichte Hermann Rücken und Schultern, dieser brachte es ins Waschhaus, wo die Frauen emsig arbeiteten.

»Speck haben wir satt.« Abraham schnitt den Speck aus den Flanken. »Verdomme!« Er war an dem fetten Fleisch abgerutscht und hatte sich in den Daumen geschnitten.

»Zeig her.« Gretje trat zu ihm, wischte mit einem sauberen

Tuch über die Wunde. »Wasch es gut aus, ich werde mich nachher darum kümmern.«

»Willst du zur Blutwurst beitragen?« Dirck lachte. Abraham zog ihm eine Grimasse und hielt den Daumen in den eisigen Wasserstrahl.

»Nun noch die Hinterläufe«, murmelte der Vater. Er wuchtete die mächtigen Keulen in die Waschküche, wischte sich den Schweiß von der Stirn und sah am Haus empor. Nachdem die Keulen gesäubert und in die Würzlake eingelegt worden waren, mussten sie sie nach oben tragen und in den Kamin hängen. In vier Wochen würden sie dann zwei große Räucherschinken haben.

Alle Fleischreste wanderten in den großen Topf. Dort kochte die Wurstsuppe, die Gretje mit Zwiebeln, Sellerie, Porree, Wurzeln und allerlei Gewürzen verfeinerte. Die Sonne stand schon hoch am Himmel, als sie das Fleisch für die Würste klein schnitten. Inzwischen hatte Margaretha die Därme auf Wurstlänge gekürzt, und nun begannen sie, diese mit der Wurstmasse zu stopfen. Die Brühwürste kamen nach und nach in den Kessel und wurden dort gegart. Sie würden anschließend getrocknet und auch geräuchert werden.

»Mutter, aber eine Blutwurst dürfen wir doch frisch essen, ja?«, fragte Dirck und leckte sich die Lippen.

»Das wollen wir mal sehen. Es kommt darauf an, wie fleißig ihr seid«, sagte sie mit einem verschmitztem Lächeln.

Isaak wischte sich den Schweiß von der Stirn, denn trotz der beißenden Kälte hing eine Dampfglocke über dem Hof.

Für einen Moment lehnte sich Margaretha gegen die Mauer. Das Kreuz und die Arme taten ihr weh, aber den anderen ging es bestimmt nicht anders. Das Quietschen des Brunnenschwengels, das sie den ganzen Tag begleitet hatte, wurde langsamer und verstummte schließlich. Margaretha blickte über den Hof. Der Kater saß in der Ecke und kaute vergnügt, er hatte sich also endlich ein Stück Fleisch ergattert.

»Wer möchte Wurstsuppe?« Gretje brachte dampfende Becher in den Hof. Vorsichtig nippte Margaretha an der heißen Suppe, atmete den Duft tief ein und schmeckte die köstliche Brühe. Noch war die Arbeit nicht zu Ende. Morgen würden die Männer die schweren Schinken und Keulen nach oben schleppen und sie zusammen mit den Würsten und den Speckseiten in den Rauch hängen.

Das Fett musste ausgekocht, gewürzt und in Steinkrüge gefüllt werden. Die Knochen, die noch mit in der Brühe zogen, würde gesäubert und schließlich zu Leim gekocht werden. Doch den größten und schwersten Teil der Arbeit hatten sie hinter sich gebracht.

Eva kam in den Hof, die Mutter hatte eine extra kleine Brühwurst für sie bereitet, diese hielt sie in ihrer kleinen Hand, biss herzhaft hinein und schmierte sich das Fett um den Mund. Margaretha lachte bei dem Anblick des fröhlichen kleinen Mädchens.

Am Abend saßen alle erschöpft um den Tisch. Der Vater sprach das Gebet, schaute anschließend in die Runde.

»Ihr habt heute alle fleißig gearbeitet. Lasst es euch munden.«

Dirck griff sich eine der frischen Würste. »Darauf habe ich mich schon den ganzen Tag gefreut.«

»Wir sind noch nicht fertig, auch in den nächsten Tagen gibt es noch allerhand zu tun. In ein paar Wochen schlachten wir das zweite Schwein. Noch ist es nicht fett genug. Wir werden es mit Kastanien, Eicheln und Bucheckern mästen. Margret, Dirck und der Lehrjunge werden sammeln müssen.« Gretje brach das Brot, stippte etwas davon in die Wurstsuppe und gab den Kanten Eva. Evas Augen leuchteten und die Wangen glühten. »Nach dem Essen werde ich in die neuen Viertel gehen und dort Wurstsuppe an die Armen verteilen. Margret soll mich begleiten. Ihr Jungens schrubbt den Hof, ich möchte morgen keine Spur von Blut mehr sehen.«

Abraham seufzte auf, Dirck zog einen Flunsch. Das Essen verlief stiller als sonst, der lange und harte Tag machte sich bei allen bemerkbar.

Kapitel 5

Margaretha fiel es schwer, nach der üppigen und köstlichen Mahlzeit aufzustehen. Ihr tat jeder Knochen, jeder Muskel weh. Doch ihre Mutter füllte schon Wurstsuppe aus dem großen Kessel in kleinere Krüge und Kannen. Wieder kochte ein großer Topf mit Wasser in der Waschküche, nachdem die Männer aufgeräumt hatten, würden sie den Badezuber füllen und das Blut und den Schweiß abwaschen. Margaretha beneidete sie.

»Evchen, willst du mitkommen?« Gretje warf einen zweifelnden Blick nach draußen. Die Männer waren beschäftigt, und Annemieke bewachte den Kessel. Keiner würde Zeit für das Kind haben. Doch bei zwei Feuerstellen und der unbezwingbaren Neugierde des Kindes brauchte Eva eine Aufsicht.

»Du willst Eva mitnehmen? Wie sollen wir sie tragen, zusätzlich zu den Kannen?« Margaretha schüttelte den Kopf.

»Sie kann laufen. In den letzten Wochen hat sie sich gestreckt und ist kräftiger geworden. Wenn wir langsam gehen, kann sie bestimmt mithalten.«

Margaretha verstand den Gedanken ihrer Mutter. Ohne Aufsicht wollte sie das unbedarfte Kind nicht lassen. Sie mitzunehmen bedeutete jedoch mehr Aufwand für die beiden Frauen.

»Kann sie nicht ins Bett? Sie ist doch sicher auch müde.«

»Was, wenn sie aufsteht, Margret? Unbeaufsichtigt in die Küche geht?« Gretje seufzte. »Nein, wir nehmen sie mit. Zieh sie an, ich kümmere mich um die Suppe.«

Inzwischen war der Tag vergangen. Die hereinbrechende Nacht war kalt. Der Matsch der Straßen war gefroren, und es knirschte unter ihren langsamen Schritten.

Sie bogen an der Kirche rechts ein, gingen zu den Häusern in der Neustadt, die sich dicht an dicht um den Kirchhof schmiegten. Diese Häuser hatten keine großen Grundstücke oder Gärten, ihnen fehlte der Platz für Ställe, und daher konnten sie auch keine Schweine halten. Es waren fleißige und achtsame Bürger, Arbeiter und Handwerker, die versuchten, sich in der aufstrebenden Stadt eine Heimat zu schaffen.

Gretje klopfte an eine Tür, jemand öffnete zögerlich. Um diese Uhrzeit kam selten freundlicher Besuch.

»Mevrouw Kuffels«, sagte Gretje lächelnd. »Wie geht es Euch und Eurer Familie?«

»Mevrouw op den Graeff?«

»Ja, ja. Wir kennen uns aus der Gemeinde. Heute war Schlachttag, und wir haben so viel Wurstsuppe, dass wir nicht wissen, wohin damit. Bevor sie verdirbt, mögt Ihr nicht etwas nehmen?« Gretje hielt einen der Krüge hoch. »Es wäre eine Schande, es wegzuschmeißen.«

»Oh. Das ist aber eine Überraschung.« Die Frau zögerte nur kurz, nahm dann dankend den Krug. »Bevor es verkommt ... hier sind immer hungrige Mäuler zu stopfen. Einen Augenblick ...« Sie ging schnell in die Küche, brachte den geleerten Krug zurück und reichte ihn Gretje. »Es duftet köstlich.«

»Nun, dann lasst es Euch schmecken und grüßt den Herrn Gemahl.«

»Das hast du aber geschickt gemacht, Mutter«, sagte Margaretha anerkennend. »Es wirkte gar nicht wie ein Almosen, im Gegenteil, sie hat dir einen Gefallen getan.«

»Es ist nicht immer einfach, Meisje. Diese Leute haben auch ihren Stolz und nehmen gute Gaben nur schwer an. Ich kann es verstehen. Als meine Familie hierher kam, ging es ihnen nicht anders.«

»Aber warum verlässt man seine Heimat? Ich würde hier nie wegziehen wollen.«

Gretje lachte leise. »Ja, Kind, dir geht es auch gut. Wir sind hier noch wohlgelitten. Da, wo meine Familie herkam, war es nicht so, und auch diesen Familien ist es nicht anders ergangen. Manchmal ist es einfacher, von vorne anzufangen, als Abschaum zu sein oder so behandelt zu werden.«

Nach einer Stunde hatten sie die Suppe verteilt. Bei manchen Familien war Gretje um heilkundigen Rat gebeten worden. Sie half, wo sie konnte, versprach, in den nächsten Tagen mit Kräutern und Salben wiederzukommen.

Auf dem Heimweg quengelte das müde Kleinkind, Gretje hob es seufzend hoch.

»Lass mich Eva tragen«, sagte Margaretha. Sie machte sich zunehmend Sorgen um die Kräfte ihrer Mutter. Für die Familie und andere opferte Gretje sich auf und schonte sich nicht.

»Ach, es geht schon«, murmelte Gretje, ließ sich aber das Kind abnehmen.

Eva schlang ihre Arme um Margarethas Hals und kuschelte sich an die große Schwester. Langsam gingen sie nach Hause. Inzwischen schien der Mond über der Stadt, aus den Kaminen quoll der Rauch vieler Feuer. Ein besonderer Duft lag in der Luft, nach Braten, Wurst und kräftiger Suppe. Nicht nur op den Graeffs hatten heute geschlachtet, viele andere Familien auch, und sie trafen noch einige Frauen, die auch Reste verteilt hatten.

Die müde Ruhe, die über den Häusern lag, wurde jäh von einem lauten Tumult unterbrochen. Stimmengewirr, laute Rufe, Schreie und schließlich das Getrappel von Schritten, die auf sie zukamen. Gretje verhielt den Schritt.

»Komm«, drängte sie und zog Margaretha in einen Hauseingang.

»Was ist da los, Mutter?«

»Psst. Da scheint es Ärger zu geben«, wisperte Gretje. Sie verdeckte das kleine Windlicht, das sie bei sich trug, mit der Hand.

»Moedertje, ik bin bang«, wimmerte Eva.

»Du brauchst keine Angst zu haben, Meisje, komm zu mir«, flüsterte Gretje. Sie stellte die leeren Tonkrüge sacht auf den Boden, pustete die Kerze aus und nahm das Kind aus Margarethas Armen.

»Aber was ist da los?« Margaretha drückte sich auch an die Mutter, versuchte gleichzeitig um die Ecke zu spähen. Die

Rufe wurden lauter, die Schritte kamen auf sie zu. Etwas lag in der Luft, was Margaretha genauso Angst machte wie ihrer kleinen Schwester.

»Potdomme! Lasst uns in Ruhe!«, rief jemand.

»Euch kriegen wir schon!«

»Wir haben euch nichts getan!«

Margaretha zuckte zusammen, diese Stimme kannte sie, es war Jan Scheuten. Offensichtlich ging es um eine Streitigkeit, die sich aufheizte.

»In Hemmelsnaam. Wir gehen doch schon!«, rief Jan wieder. Er keuchte, seine Schritte beschleunigten sich. Doch die Verfolger schienen aufzuholen.

Wieder spähte Margaretha um die Ecke, sah nun ein paar Männer in ihre Richtung laufen. Kurz hinter ihnen bog eine weitere, größere Gruppe in die Straße ein. Die Verfolgten stoppten, als sei ihnen plötzlich klar geworden, wie unsinnig ihr Weglaufen war. Es waren nicht mehr als drei, stellte Margaretha überrascht fest. Sie konnte sie im Mondlicht lediglich schemenhaft erkennen, bewunderte ihren Mut. Aber vielleicht war es auch nur die Verzweiflung, das Wissen, dass sie am Ende der Gasse auf die Stadtmauer treffen und sowieso gestellt werden würden, das sie innehalten ließ. Die Gruppe der Verfolger war um einige Mann größer. Etwa zehn waren es, schätzte Margaretha. Sie hielten Stöcke hoch erhoben. Der Atem der Männer dampfte im diffusen Licht der Nacht.

»Wir haben euch nichts getan.« Jan klang trotzig.

»Scheuten hat recht«, sagte einer von Jans Begleitern. Seine Stimme klang piepsig, hüpfte von der hohen zur niedrigen Tonlage, er war wohl gerade erst in den Stimmbruch gekommen. »Lasst uns ziehen.«

»Ach ja? Wir sollen euch ziehen lassen? Dabei gehört euch doch gründlich der Hosenboden versohlt. Oder ist der etwa vollgeschissen?«

»Wir haben keine Angst vor euch. Aber ihr habt kein Recht, uns zu bedrängen.«

Margaretha zuckte zusammen, als sie die tiefe Stimme ihres Bruders Dirck erkannt. Gretje zog die Luft scharf ein. »Hier«, flüsterte sie und drückte die verängstigte Eva der großen Tochter in die Arme. »Bleib bei Margret, Evchen, dann passiert dir nichts.«

»Bedrängen?«, fragte einer der Männer und lachte. Er klang betrunken, stellte Margaretha fest und fürchtete sich noch mehr. Die Männer waren Protestanten. In der alten Stadt gab es einen Gasthof, in dem sie sich regelmäßig versammelten und hitzige Reden schwangen. In der letzten Zeit hatte Dirck des Öfteren darüber gewettert, dass dort herablassend über ihre Gemeinde gesprochen wurde.

»Ihr Mennoniten meint, euch gehöre die Welt. Ihr führt euch auf, als wäret ihr besser als andere. Und jetzt scheißt ihr euch vor Furcht in die Hosen.« Der Mann lachte. Sein Lachen klang nicht lustig. »Ihr kommt in die Stadt, immer mehr und mehr. Nehmt uns die Arbeit und die Häuser. Die Preise steigen, und ein guter Christ kann sich kaum mehr einen Humpen Bier leisten, seine Frau kein Mehl für Brot. Und ihr lebt hier wie die Made im Speck.«

»Das ist doch Unsinn. Auch wir sind von dem frühen Winter betroffen. Wir müssen einteilen und zusehen, wie wir über die kalte Jahreszeit kommen. Die Stadtoberen und die Herren von Oranien haben den Zuzug unserer Glaubensbrüder genehmigt. Nun lasst uns in Frieden miteinander leben. Unser Gott ist doch auch euer Gott«, versuchte Dirck sie zu beschwichtigen. Er war der Älteste der drei. Margaretha schloss vor lauter Furcht die Augen, hörte aber den besonnenen Klang in der Stimme ihres Bruders.

»Du bist doch einer von den op de Graeffs, wenn mich nicht alles täuscht?«, meinte einer der Männer. Er fragte nicht freundlich.

»Das ist richtig«, antwortete Dirck gelassen. »Und meine Familie wohnt schon in der dritten Generation hier in der Stadt.«

»Deine Mutter ist doch die Kräuterhexe, oder?«

Hexe, das Wort hallte durch die Gasse.

»Gottegot«, stieß Gretje leise hervor. Immer wieder gab es beängstigende Berichte über Heil- und Kräuterfrauen, die als Hexen verfolgt wurden. Bisher war Krefeld davon verschont geblieben.

»Seid Ihr nicht Mijnheer Loers?«, fragte Dirck leiser und nicht mehr so forsch.

»So ist es.«

»Hat meine Mutter nicht erst letztes Jahr Eurer Schwester geholfen, ein Kind zu entbinden? Und war es nicht eine schwierige Geburt?«

Der Mann schwieg. Für einen Moment schien sich die Lage zu entschärfen. Die Männer senkten die Stöcke und Knüppel.

»Deine Mutter, du Drecksack, hat meiner Frau auch bei der Entbindung geholfen«, zischte aber nun einer der Männer. Er hatte hinter den anderen gestanden und trat nun nach vorne. »Ja, sie hat ihr geholfen, ein Kind zu gebären, einen Sohn. Und dieser ist schwachsinnig. Deine Mutter hat ganz sicher etwas damit zu tun, denn habt ihr nicht auch so eine Missgeburt zu Hause?«

»Das ist Matthias Schneiders, der Schwachkopf«, flüsterte Gretje wütend. »Er schlägt und misshandelt seine Frau und die Mägde.«

Nun murmelten die Männer, raunten sich Sätze zu. Nur Fetzen davon gelangten in den Winkel, in dem sich die Frauen versteckten. Eva wimmerte leise, Margaretha versuchte, sie zu beruhigen.

Die Stimmung kochte wieder hoch, und ehe die drei jungen Männer sich versahen, noch ein weiteres Wort sagten konnten, stürmten die Protestanten auf sie los, die Knüppel erhoben, wütende Schreie ausstoßend. Es kam zu einem Gemenge, die Stöcke fuhren nieder, Knochen knirschten, und Schreie klangen durch die Gasse.

»Ich geb's dir, du Hundsfott!«

»Auf ihn, den Drecksack!«

»Nieder mit den Täufern! Sie bringen nur Unheil!«

»Haltet ein!«, schrie Gretje und rannte auf die Gasse. »Seid ihr alle des Wahnsinns?«

Doch ihre Stimme kam nicht gegen den Tumult an. Margaretha kauerte sich in den Hauseingang, drückte Eva fest an sich. Die Wut und den Hass der Männer schien sie spüren und riechen zu können. Sie kippte nach hinten, schrie auf, als die Tür, an die sie sich lehnte, sich öffnete, Hände sie ergriffen und nach innen zogen.

»Meisje, still, still. Kommt«, flüsterte jemand. »Kommt, kommt.« Hastig zog sie jemand auf die Füße und führte sie die Diele entlang bis in eine warme und hell erleuchtete Küche, in der es nach Würzwein und Grütze duftete. Margaretha sank auf eine Bank, ein furchtbares Schluchzen kam aus ihrer Kehle, und Tränen liefen ihr über die Wangen. »Moedertje ... mein Bruder ... sie werden sie erschlagen ...«

»Nun, nun. Beruhig dich, Kind. Hilfe ist unterwegs.« Die Frau strich ihr über die Haube, legte ihre Hand warm und fest auf die Schulter. »Warum habt Ihr nicht geklopft? Wir hätten Euch doch hereingelassen.«

Margaretha hob den Kopf, wischte sich die Tränen aus den Augen und sah die Frau an. Ein sanftes Gesicht, durchzogen von Falten wie Radspeichen, die wenigen Haare, die sich unter der Haube hervorschlängelten, schon grau.

»Du bist eine op den Graeff, nicht wahr?«, fragte die Frau. Sie ging zum Herd, füllte einen Becher mit Würzwein und reichte ihn Margaretha. »Und das ist deine kleine Schwester? Welch ein Engel! Nicht weinen, Liefje. Schau hier!« Sie öffnete eine kleine Dose, die auf dem Herdsims stand, und reichte Eva etwas. »Eine kandierte Pflaume, du kannst sie lutschen, probier mal.«

»Wer seid Ihr?«, fragte Margaretha leise. »Und wer wird helfen?«

»Ich bin Meta Beuken. Wir wohnen hier schon immer, schon die Großmutter meiner Mutter hat in diesem Haus gewohnt. Mein Mann hat die Meierei draußen beim Münkershof.«

Jetzt erinnerte sich Margaretha und erkannte die Frau. »Aber Ihr seid Protestanten«, wisperte sie.

»Macht uns das zu schlechten Menschen?« Meta lächelte. »Keine Angst, nicht alle von uns sind so wie die betrunkenen Schwachköpfe dort draußen. Herbert, mein Mann, holt Hilfe. Er ist schon los, als sie auf die Gasse kamen, hat das Unheil wohl erahnt. Hätte ich gewusst, dass ihr vor der Tür hockt, hätte ich euch alle sofort hereingeholt. Ich stand am Fenster, im Dunkeln, und habe es beobachtet.«

»Meine Mutter …« Am liebsten wäre Margaretha aufgesprungen und nach draußen gerannt, aber die Furcht lähmte sie.

»Ich gehe nachschauen. Trink den Wein, er wird dich stärken, Kind.« Die Frau lächelte ihr beruhigend zu, verließ die Küche.

Obwohl der Kamin brannte und es warm war, fror Margaretha auf einmal. Sie fühlte sich hilflos und alleine, ganz und gar verloren. Eva saß auf ihrem Schoß und lutschte verzückt an der ungewohnten Süßigkeit. Für einen Moment hielt sie inne, schloss die Augen und drückte, ihr Gesicht lief rot an, dann seufzte sie erleichtert auf, nahm wieder die Zuckerfrucht in den Mund.

Ein scharfer Gestank breitete sich in der Küche aus, und Margaretha senkte beschämt den Kopf. Nun hatte Eva auch noch in die Hose gemacht. Wie hatte der Mann dort draußen Eva genannt? »Missgeburt«. Nein, dachte Margaretha und wiegte die Schwester in den Armen, nein, eine Missgeburt bist du wahrhaftig nicht. Aber anderen Menschen fiel es schwer, das zu begreifen. Auch war ihre Mutter keine Hexe. Wieder befiel Margaretha die Angst, steigerte sich zur grauenhaften Furcht. Was passierte dort draußen? Hier hinten konnte sie nur verworrene Geräusche hören. Stimmen riefen, und Hufe klapperten auf dem gefrorenen Boden. Reiter waren gekommen, aber war das gut oder waren das weitere aufgebrachte Männer, die die ungeliebten Mitbürger einfach über den Haufen reiten würden? Erschreckende Bilder stiegen in ihrem Kopf hoch, Bilder von gebrochenen Knochen und strömendem Blut. Die Haustür wurde geöffnet, Leute kamen in das Haus.

O Gott, dachte Margaretha, jetzt sind wir an der Reihe, jetzt werden sie sich uns vornehmen. Wo verstecke ich Eva? Sie sprang auf, verschüttete den Becher mit dem Wein, der sich wie eine Pfütze Blut auf dem Boden ergoss, und schaute sich hektisch um. Da war eine Tür, die wahrscheinlich zu der Speisekammer führte. Margaretha öffnete sie, betrat den Raum und zog die Tür hinter sich zu. In dem Raum war es nach der dampfenden Wärme der Küche kühl und stockfinster. Aromatisch dufteten Gewürze und Speisen. Äpfel lagerten hier und Birnen, das konnte Margaretha riechen, Zimt, Kardamom und Pfeffer. Eva zog schnuppernd die Luft ein, nieste dann laut.

»Nicht, Evchen, still, still …«

»Wo ist sie denn? Gerade war sie noch hier.« Margaretha hörte die Stimme von Meta Beuken wieder in der Küche. »Hier auf der Bank saß sie. Macht Euch keine Sorge, Mevrouw op den Graeff, Euren Töchtern geht es gut.«

»Margret?« Es war Gretje, die sie rief. Vorsichtig öffnete Margaretha die Tür der Kammer, spähte in die Küche. Dort stand ihre Mutter, sie sah abgehetzt und müde aus.

»Moedertje!« Margaretha stürmte in die Küche. »Gottegot, was ist passiert? Was ist mit Jan und Dirck und dem anderen?«

Nun liefen die Tränen wieder, aber diesmal vor Erleichterung. Gretje schloss die beiden in die Arme, sie zitterte. »Goddank!«

Für einen Moment blieben sie so stehen. Von draußen waren immer noch laute Stimmen zu hören. Männer riefen Befehle, es klang jedoch nicht mehr nach der wütenden Rage von vorhin.

Nun kamen Leute den Flur entlang. Gretje ließ die Mädchen los, drehte sich um. Jemand führte Dirck in die Küche, sein Gesicht war blutüberströmt, er hielt den rechten Arm in einem komischen Winkel vom Körper gestreckt.

»Setz dich, Junge«, sagte der Mann. Er sah besorgt aus, nickte kurz den Frauen zu, ging wieder nach draußen.

»Dirck, schau mich an!« Gretje trat zu ihm. »Kannst du den Kopf anheben und mich ansehen?«

Dirck murmelte irgendetwas und sackte in sich zusammen. Eilig zog Gretje ihren Mantel aus, krempelte die Ärmel hoch. »Ich brauche warmes Wasser, Branntwein, saubere Tücher. Margret, hol meinen Korb von draußen. Er müsste noch im Hauseingang stehen.«

Margaretha schaute den Flur entlang. Die Gasse vor dem Haus wurde nun durch Fackeln erleuchtet, Reiter waren auf der Straße und jede Menge Leute. Sie konnte sich nicht überwinden, dorthin zu gehen, klammerte sich an Eva fest. Mevrouw Beuken schien Margarethas Angst zu spüren.

»Ich hole den Korb. Meisje, kannst du Wasser aufsetzen? Ein sauberer Topf hängt über dem Herd. Und dann schauen wir mal nach Tüchern, mir scheint, das Kind muss gewickelt werden.« Sie lächelte freundlich.

Endlich überwandt Margaretha ihre Angst. Sie setzte Eva auf einen Stuhl, zog ihr und sich den Mantel aus. Dann holte sie Wasser vom Hof, setzte den Kessel auf den Herd, schürte das Feuer. Die Handgriffe hatten eine gewisse Routine und halfen ihr, sich zu beruhigen.

Mevrouw Beuken kam mit Gretjes Korb in der Hand zurück. Sie sah besorgt aus. »Der andere Junge kann nicht laufen. Sie werden ihn jetzt hereintragen. Wir müssen Platz schaffen. Am besten stellen wir den Tisch an die Wand.«

Margaretha half ihr. Drei Männer trugen Jan Scheuten auf

einer Decke in die Küche. Er stöhnte leise, hatte die Augen geschlossen. Auch sein Gesicht war blutig, das rechte Auge zugeschwollen, die Nase gebrochen.

»Gottegot. Was haben sie nur mit euch gemacht?«, seufzte Gretje verzweifelt. Sie hatte Dircks Gesicht vorsichtig abgewaschen, aus der Platzwunde an der Stirn strömte immer noch Blut. »Hier«, sagte sie und presste einen kleinen Lappen auf die Wunde, »halt das da fest. Nach deinem Arm schau ich gleich, er scheint gebrochen zu sein.« Dann wandte sie sich Jan zu. Ihre Miene wurde noch ernster. Sie kniete sich neben ihn nieder, wusch vorsichtig sein Gesicht ab.

»Jemand sollte seine Familie holen«, sagte sie leise.

»O nein!« Margaretha hockte sich auf die andere Seite des Jungen, nahm seine Hand. »Jan, kannst du mich hören? Jan?«

»Nun, nun, Margret, lass ihn mal. Hol lieber Verbandszeug und Wasser.« Gretje schaute auf. »Mevrouw Beuken, könnt Ihr bitte meinem Sohn Branntwein geben? Zwei Pint mindestens. Und habt Ihr ein gerades Stück Brett, mit dem ich den Arm fixieren kann?«

»Ich hole das Brett.« Es war der Mann, der Dirck hereingebracht hatte. Er war als Einziger in der Küche verblieben, die anderen Männer hatten das Haus inzwischen wieder verlassen. »Die Stadtwache hat die Übeltäter mitgenommen, Mevrouw op den Graeff. Ich bin Hinrich Beuken. Ich werde alles tun, damit das Unrecht gesühnt wird. Es kann nicht angehen, dass unbescholtene Bürger angegriffen werden.« Er seufzte tief auf, ging dann in den Hof.

Mevrouw Beuken hatte Tücher geholt, und Margaretha wickelte Eva. Das Kind nuckelte versonnen am Daumen, schien die Aufregung nicht mitzubekommen und murmelte schläfrig vor sich hin.

»Sie ist müde, nicht wahr? Was für ein herziges, fröhliches Kind«, sagte Mevrouw Beuken. »Sollen wir sie hinlegen?«

Unschlüssig schaute Margaretha sich zu ihrer Mutter um,

doch diese war ganz damit beschäftigt, den verletzten Jungen zu versorgen.

»Ich weiß nicht … was, wenn sie aufwacht?«

»Wir haben nebenan in der Stube eine tiefe, gepolsterte Bank, dort können wir sie hinlegen. Wir lassen die Tür einen Spalt auf, dann können wir hören, wenn sie wach wird.«

Eva ließ sich ohne Probleme hinlegen, die Müdigkeit hatte sie gepackt, und sie schlief schnell ein. Margaretha eilte zurück in die Küche. Immer noch lag Jan am Boden, die Augen geschlossen, regungslos.

»Ist er tot, Mutter?«, fragte sie leise.

»Wer?« Gretje schnitt die Jacke von Dircks Arm. »Eine Schande ist das, eine echte Schande. Die Jacke ist fast neu«, grummelte sie.

»Es tut mir leid.« Dirck senkte den Kopf. Immer noch presste er das Tuch gegen die Stirn, doch die Blutung schien gestillt.

»Dafür kannst du doch nichts, Domkopp! Hast du dir den Arm selbst gebrochen? Nein, hast du nicht. Was ist überhaupt passiert?«

»Moedertje, was ist mit Jan?«, fuhr Margaretha dazwischen und sank neben dem Jungen auf die Knie, griff nach seiner schlaffen Hand.

»Er ist bewusstlos, hat wohl ein paar Schläge auf den Kopf bekommen. Ansonsten scheint er unverletzt. Er braucht Ruhe, Kind, also lass ihn. Du kannst mir hier helfen, wir müssen Dircks Arm richten und schienen.«

»Jan wird nicht sterben?«

»Doch, natürlich wird er sterben, wie wir alle. Aber heute Abend sicherlich nicht.« Gretje lachte verhalten. »Hilfst du mir nun?«

Dirck kniff die Augen zu, als Gretje mit dem Messer den Ärmel der Jacke auftrennte.

»Hast du schon Branntwein getrunken?«, fragte sie ihn.

»Ein Pint.«

»Trink noch eins.« Sie reichte ihm den Becher. »Trink, mein Sohn.«

»Wir waren im ›Schiffchen‹, der Trinkstube am Niedertor. Ich hatte Vater gefragt, und er hat es erlaubt.« Dirck sah die Mutter entschuldigend an. »Wir wollten nach dem Schlachttag nur ein Bier trinken. Eigentlich wollte Abraham auch mitkommen, aber dann kamen Brüder der Gemeinde auf eine Pfeife und ein Glas Wein vorbei, und er blieb zuhause.« Dirck seufzte. »Ich bin trotzdem gegangen, habe mir nichts dabei gedacht. Wir waren zu viert oder fünft, vielleicht auch sechs. Alles Jungs aus der Gemeinde. Alle Familien hatten geschlachtet, und dementsprechend ermüdet waren wir, wollten nur einen Krug Bier trinken. Da waren aber diese anderen …« Er hielt die Luft an, biss sich auf die Lippe, als die Mutter den Mantel vom Arm zog.

»Und was war dann?«, fragte Isaak ernst, der unbemerkt von allen den Raum betreten hatte.

»Kommt«, sagte Hinrich Beuken und gab ihm ein Glas Branntwein. »Nehmt einen Becher und trinkt. Was heute passiert ist, ist nicht schön.«

»Das stimmt, aber ich möchte wissen, was passiert ist.« Isaak legte kurz seine Hand auf die Schulter seiner Frau, strich über Margarethas Wange, setzte sich dann schnaufend an den Ofen und nahm den Becher mit Branntwein. »Wo ist Eva?«, fragte er angespannt, bevor er den Becher hob.

»Sie schläft nebenan, Vater«, sagte Margaretha leise. »Ihr geht es gut.«

»Schön. Nun zu dir, Dirck. Was war im ›Schiffchen‹?«

»Wir haben uns dort getroffen. Wir alle waren müde und erschöpft. Schlachten ist anstrengend.« Er versuchte ein Lächeln, es gelang ihm nicht, seine Miene blieb schmerzverzerrt.

»Wer ist ›wir‹?«

»Jan Scheuten.« Dirck schaute auf den Boden neben ihm, wo der verletzte Jan lag. »Fridjoff ter Meer, Gottlieb von Beckerath und Johann op ter Hipt.«

»Was habt ihr gemacht, um die Gemüter so zu erregen,

Jong?« Isaak blieb ernst, nippte an dem Branntwein, stopfte umständlich seine Pfeife. Hinrich Beuken reichte ihm einen Kienspan, um den Tabak zu entzünden.

»Nichts, Vater, glaub mir. Wir haben Bier getrunken. So ermattet, wie wir waren, war uns nicht nach Redenschwingen zumute.«

»Driet. Irgendwie muss es ja zum Streit gekommen sein. Sag schon, wie es war.«

»Nun, nun, Isaak. Langsam. Jetzt muss ich erstmal den Arm richten. Er ist gebrochen«, wandte Gretje ein. »Hilf mir. Zieh an der Hand.«

»Frau, wenn du den Arm richtest, fällt der Junge womöglich in Ohnmacht. Ich will vorher wissen, was war. Also antworte, mein Sohn.« Isaak blieb ernst.

»Es war nichts, wir haben das Bier getrunken und wenig geredet. Alle waren erschöpft vom Schlachten. Aber dann kamen die Männer und haben uns beschimpft. Wieso wir so matt wären und was uns ermattet hätte.« Dirck schluckte, holte Luft. »Wir sagten, dass wir vom Schlachten erledigt wären, und dann ging es los. ›Ihr habt Schweine zum Schlachten, und wir müssen Kaninchen im Forst fangen. Ihr Mennoniten nehmt uns die Butter vom Brot, den Wohnraum und die Arbeit …‹ Es ging immerzu so fort. Wir wollten gar nicht streiten und sind gegangen. Aber auch das …« Er hielt inne, stöhnte auf. »Auch das war nicht richtig. Wir hatten das Bier bezahlt, aber nicht ausgetrunken. Ich wollte keinen Streit, drängte die anderen zum Gehen. Wir ließen die Krüge halbvoll zurück. Das scheint die Männer mehr erzürnt zu haben als alles andere. Die Verschwendung, und das wir uns das leisten können.« Er schluchzte auf. »Dabei wollte ich einfach nur dem Streit entgehen. Wir trennten uns. Jan, Fridjoff und ich liefen in die eine Richtung, die anderen in die andere. Sie verfolgten uns. Hier in der Gasse wurde mir klar, dass wir nur vor die Stadtmauer liefen, und ich hielt inne.« Ihm versagte die Stimme. »Und dann schlugen sie zu«, murmelte er leise.

»Nun, nun«, sagte Gretje leise. Sie strich Dirck über die Schulter und sah ihren Mann an. Isaak schüttelte entsetzt den Kopf.

»So was. Gottegot. Der Winter beginnt erst. Wie soll das nur werden?«, sagte er verbittert.

»Nein, nicht alle Protestanten sind so, Mijnheer op den Graeff, nein.« Hinrich Beuken schüttete Isaak Branntwein nach. »Was passiert ist, ist furchtbar. Es wird auch ganz sicher in der Gemeinde besprochen werden. Das kann und darf nicht angehen. Ihr und Eure Familie seid angesehene Bürger in der Stadt, nicht gelitten, sondern willkommen. Und nicht nur Ihr. Eure Frau erfüllt eine wichtige Funktion in der Stadt, sie ist die beste Hebamme. Das weiß ich ganz sicher, denn sie hat meiner Nichte bei der Geburt von gesunden Zwillingen geholfen.« Er schüttelte den Kopf. »Und nicht nur meiner Nichte, nein, vielen, vielen Frauen. Ist es nicht so, Meta? Mevrouw op den Graeff hat einen hervorragenden Ruf in der Stadt.« Seine Stimme wurde lauter, je mehr er sich ereiferte.

»Beruhige dich, Hinrich«, sagte Meta Beuken leise. »Das weiß die Familie op den Graeff doch sicher. Aber genauso sicher sind die Quälereien, die zunehmen, statt weniger zu werden. Und es ist auch berechtigt.«

»Was?« Beuken schrie sie fast an. »Was sagst du da, Frau?«

»Nicht berechtigt von den Begründungen her vielleicht, aber doch schon, wenn man sich ansieht, was die Männer beanstandet haben. Versteh mich nicht falsch, Heinrich, ich bin sicherlich nicht auf deren Seite, mitnichten, aber ich kann sie auch verstehen. In den letzten Jahren sind zwanzig oder dreißig Familien in die Stadt gezogen. Der Wohnraum wird knapp, die Preise steigen, und wenn ein harter Winter droht, geht es vielen schlecht. Und manche haben vorgesorgt, haben Platz und auch die Möglichkeit, Schweine aufzuziehen, sie zu schlachten. Mennoniten sind Leute, die schlicht leben, keinen Protz und Prunk brauchen, die ihre Sachen beisammen halten können. Und das schafft Neider, gerade in schweren Zeiten.«

Hinrich Beuken nickte. »Damit hast du recht, aber es darf nicht sein. Es darf nicht sein, dass man in einer Stadt wie Krefeld, die gerade für Glaubensfreiheit steht, Leute deshalb drangsaliert. Wir haben letzte Woche geschlachtet, unser Sohn schlachtet morgen. Werden wir auch verfolgt und geprügelt werden? Arme und Reiche gab es schon immer, harte Winter auch. Deshalb wurde niemand verprügelt.« Er wischte sich über den Mund, der Zorn hatte tiefe Furchen in die Stirn eingegraben.

»Mijnheer Beuken, Ihr sprecht mir aus tiefster Seele. Auch ich bin erschüttert.«

Gretje sah zu den beiden hitzig diskutierenden Männern, schüttelte den Kopf.

»Isaak, jetzt ist nicht die Zeit, um Reden zu schwingen. Wir müssen den Arm deines Sohnes richten, je schneller desto besser.«

Margaretha sah zu ihrem Bruder, der bleich und in sich zusammengesunken auf dem Stuhl saß. Schweißperlen hatten sich auf seiner Stirn gebildet, die Augen lagen tief in den Höhlen. Er schien große Schmerzen zu haben. Bei den Worten der Mutter zuckte Dirck zusammen. Er schaute zu seinem Arm, der immer noch in einem seltsamen Winkel von seinem Körper abstand, und biss sich in die Lippe.

»Trink noch ein Pint Branntwein, mein Junge«, sagte Gretje besänftigend. »Am besten zwei.«

»Wird es arg schmerzen?«, fragte er mit dünner Stimme.

»Nur für einen Moment. Ich werde vorsichtig sein. Doch je länger wir warten, umso schwieriger wird es werden.«

Auch Isaak war bleich geworden, aber nun trat er an Gretjes Seite.

»Können wir helfen?« Meta Beuken brachte zwei weitere Kerzen und Leinenbinden. Hinrich hatte ein Lattenholz geholt und zeigte es Gretje. Sie nahm es in die Hand, strich darüber, nickte dann. »Das wird gehen. Lehn dich zurück, Dirck. Isaak, du musst ihn festhalten, er darf sich nicht rühren.«

Sie nahm das Messer und trennte das Hemd auf. Zischend entwich der Atem aus Dircks Mund, die Zähne hatte er so fest zusammengebissen, dass die Kiefermuskeln hervorstanden.

»Hier, nimm noch einen Schluck.« Hinrich Beuken schenkte Dirck Branntwein nach. Hastig kippte der junge Mann ihn hinunter, wischte sich dann über den Mund.

»Margret, halte die Hand deines Bruders.«

Margaretha tat wie ihr geheißen. Die Haut des Jungen war schweißfeucht und klamm.

Vorsichtig strich Gretje über den Arm. »Du hast Glück, es scheint ein glatter Bruch zu sein. Du wirst den Arm eine Weile schonen müssen, aber vermutlich wird es gut verheilen.« Sie band einen Streifen Leinentuch vorsichtig um sein Handgelenk.

»Könnt Ihr dies bitte halten und daran ziehen, wenn ich es Euch sage?«, fragte Gretje Mijnheer Beuken. »Ihr müsst Euch gerade hinstellen.«

Der Mann nickte, nahm den Streifen Tuch. Dirck stöhnte auf und drehte den Kopf zur Seite. Isaak hatte ihn unter den Achseln gepackt und hielt ihn fest.

»Lehn dich gegen deinen Vater und versuche ganz locker zu bleiben.« Gretje holte tief Luft. »Jetzt!«, sagte sie leise, und Hinrich zog an dem Tuch, während Gretje die Knochen zusammenführte. Es knirschte einmal, Dirck schrie auf, dann aber war der Arm wieder in seiner normalen Position.

»Du hast das Schlimmste überstanden, minn Jong.«

»Ich glaube, er hat das Bewusstsein verloren«, wisperte Margaretha entsetzt.

»Umso besser. Dann spürt er den Schmerz nicht so.« Gretje legte das Brett an den Arm, umwickelte beides fest mit Leinenbinden. »Jetzt können wir ihn vorsichtig hinlegen.«

Gemeinsam legten sie den Jungen auf das Stroh neben Jan Scheuten.

Margaretha wischte sich den Schweiß von der Stirn, ihr war schwindelig und übel.

»Hast du gut zugesehen?«, fragte Gretje sie.

Margaretha nickte.

»Dann trink noch einen Schluck Würzwein, das hast du dir verdient.«

Die beiden Männer holten ihre Tonpfeifen hervor, stopften sie sorgfältig. Immer noch lag Anspannung im Raum, aber auch eine gewisse Erleichterung war zu verspüren.

»Was ist mit Jan? Wird er sterben?«, fragte Margaretha leise.

»Das glaube ich kaum. Er wird ein paar Tage ruhen müssen und ordentliche Kopfschmerzen haben. Sonst fehlt ihm nichts, bis auf ein paar Schürfwunden und blaue Flecke.«

Kapitel 6

Das Erlebte hatte sich tief in Margaretha eingegraben und verfolgte sie bis in ihre Träume. Oft wachte sie schweißgebadet und voller Furcht auf. Gretje ließ die Nacht über ein kleines Windlicht auf dem Kleiderkasten brennen, doch auch das half nicht wirklich. Immerhin konnte Margaretha im schwachen Schein der Kerze Eva sofort erkennen, die meist selig an ihrem Daumen nuckelte und schlief.

Dircks Arm verheilte gut, doch auch er hatte Spuren an der Seele davongetragen. Früher war er ein lustiger, aufgeschlossener Bursche gewesen, jetzt blieb er meist zurückhaltend und in sich gekehrt. Er half bei der Hausarbeit so gut er konnte, lachte aber selten und traf sich nicht mehr mit seinen Freunden.

Auch Jan erholte sich schnell wieder. In den ersten Tagen ging Gretje mehrfach nach ihm schauen, Margaretha begleitete sie oft. Während die Mutter in der Küche einen Aufguss aus

Johanniskraut und Melisse herstellte, saß Margaretha neben Jan am Bett. In der ersten Zeit schwiegen sie mehr oder tauschten nur Nettigkeiten aus, doch dann wurde ihr Gespräch wieder lockerer und ungezwungener. Es entwickelte sich eine vorsichtige Freundschaft zwischen den beiden, die Gretje skeptisch beobachtete. Margaretha war nie so offen und gesellig wie ihre Brüder gewesen. In der Schulzeit hatte sie zwei oder drei Freundinnen gehabt, mit denen sie sich noch hin und wieder traf. Auch in der Gemeinde hatte sie einige Kontakte. Und doch war sie bisher anderen gegenüber eher zurückhaltend geblieben. Die Freundschaft zu Jan schien anders, herzlich und innig.

»Du verstehst dich gut mit Jan Scheuten, nicht wahr?«, fragte Gretje ihre Tochter eines Tages, als sie von Scheutens nach Hause gingen.

»Ja, ich mag ihn sehr.« Margaretha senkte verschämt den Kopf.

»Ich hoffe aber, dass es nur eine Freundschaft ist, Meisje. Für alles andere bist du noch viel zu jung.«

»Mutter! Was denkst du von mir?« Entrüstet sah Margaretha ihre Mutter an. »Er ist mir sehr gewogen, und wir gehen freundschaftlich miteinander um.« Ihre Wangen färbten sich in einem tiefen Rot, und sie senkte wieder den Kopf.

Gretje verkniff sich ein Lächeln. »Du weißt, du kannst immer zu mir kommen. Das weißt du doch?«

»Ja.« Margaretha senkte den Kopf, stapfte schneller.

Der Dezember kam. Es blieb kalt, windig und unwirtlich. Anfang Dezember fing es an zu schneien und schien gar nicht mehr aufhören zu wollen. Eine immer dicker werdende Schneeschicht bedeckte die Stadt und das umliegende Land. Die Schneeverwehungen waren zum Teil meterhoch. Nun konnten sie auch keine Eicheln, Bucheckern oder Kastanien mehr sammeln, und das zweite Schwein wurde geschlachtet. Margaretha war froh darüber, denn der Gang in den Wald war ihr zunehmend schwerer gefallen. Immer wieder hatte sie sich umgeschaut, sich vergewissert, dass niemand ihr folgte.

Für die Armen der Stadt war der heftige Schneefall fatal. Sie hatten wenige Vorräte und mussten mehr schlecht als recht von der Hand in den Mund leben. Auch Reisig sammeln war nicht mehr möglich.

Op den Graeffs hatten einen ausreichenden Vorrat an Holz und Kohlen, und doch sah Gretje zu, dass nicht zu verschwenderisch damit umgegangen wurde. In der Webstube musste es warm sein. Feines Tuch konnte nur gewebt werden, wenn man fingerfertig war.

Die Gemeinde der Mennoniten traf sich seit jeher reihum bei einer der Familien. In den letzten Wochen wurde die Stimmung immer gedrückter. Die Lage der Armen in der Stadt hatte sich durch den strengen Winter verschlechtert. Die Frauen der Gemeinde hatten eine Suppenküche eingerichtet, verteilten Reste und Almosen. Am wichtigsten, so meinte Gretje, war aber eine warme Mahlzeit auch für die Ärmsten, und das wollten sie erbringen. Dies erforderte ein Opfer von den Gemeindemitgliedern, denn auch wenn sie Vorräte angelegt hatten, so reichten diese bei einem sehr harten Winter nur knapp für die Familien und das Gesinde. Trotzdem wollten sie teilen.

Gleichwohl blieb die Atmosphäre in der Stadt angespannt.

Zwei Wochen vor dem Christfest traf man sich im Haus der op den Graeffs. Nach dem Gottesdienst reichte Gretje heiße Grütze mit Speck und schenkte Bier und Würzwein ein. Margaretha half ihr, freute sich besonders, dass Jan endlich genesen war und an der Versammlung teilnahm.

»Die Stimmen gegen uns werden lauter«, meinte einer der Altvorderen.

»Das war bisher immer so in Krisenzeiten. Dieser Winter ist hart«, sagte ein anderer.

»Es sind nur die Armen und Tagelöhner, Mijnheers. Die Armen murren und machen schlechte Stimmung. Die Stadtoberhäupter stehen auf unserer Seite. Ihnen sind wir immer noch willkommen. Durch den zunehmenden Tuchhandel werden wir die Stadt wohlhabend machen, und das ist ihnen bewusst.« Isaak nahm seine Tonpfeife, reichte den Beutel mit dem Tabak umher.

»Es gibt aber sicher zehn oder fünfzehn Familien aus unserer Gemeinde, denen es lange nicht so gut geht wie uns«, wandte Alfred von Beckerath ein.

»Aber die unterstützen wir ja, die bekommen von uns Suppe und Brennstoff, darunter soll die Stadt nicht leiden. Wir sind eine Gemeinde, eine Bruderschaft im Sinne Christi.« Johann Scheuten schüttelte den Kopf.

»Dagegen stehen aber zwanzig bitterarme Familien mit anderer Konfession. Wer gibt ihnen? Natürlich geben wir ihnen auch etwas, wenn es denn übrig ist. Aber ansonsten? Da kommt Neid auf. Von diesen Leuten. Und nicht nur Neid, nein, Hass. Das haben wir schon früher erlebt, woanders.«

»In Krefeld war das aber noch nie so.« Isaak klang beschwichtigend.

»Noch nicht, Bruder Isaak, noch nicht. Aber das kann sich schnell ändern. Eure Familie lebt in der dritten oder vierten Generation hier, meine nicht. Ich kenne es noch anders. Und es hat jedes Mal so angefangen. Uns stehen harte Zeiten bevor.« Alfred von Beckerath fuhr sich mit der flachen Hand über das Gesicht und den Bart. »Denkt doch an die Sache nach Martini. Was sie mit Eurem und Scheutens Sohn gemacht haben.«

»Die Männer wurden verurteilt und kamen an den Pranger. Es sind Ausnahmen.« Isaak schüttelte den Kopf, aber ihm war anzusehen, dass ihn die Worte betroffen machten.

»Ausnahmen? Sie haben Scheutens Jungen bewusstlos geschlagen, Eurem den Arm gebrochen, haben von Eurer Frau als Hexe gesprochen. Das würde mir zu denken geben, nein, das gibt mir zu denken.« Er nickte heftig, lehnte sich zurück und zog an seiner Pfeife.

»Noch ein wenig Würzwein?«, fragte Gretje ihn lächelnd. »Margret, schenk doch nach, allen. Ihr müsst wissen, Bruder Alfred, dass ich des Öfteren als Hexe beschimpft werde. Das ist mir nicht neu und macht mir keine Angst. Es sind Menschen, die sich fürchten, die Schweres erlebt haben. Den Tod der Frau, des Kindes. Tod im Kindbett ist nicht ungewöhnlich, aber doch ist es einfacher zu ertragen, wenn man jemanden hat, der die Schuld trägt. Meistens beruhigen sich die Leute nach einer Weile.«

»Wohl wahr, Mevrouw op de Graeff, und gut gesprochen. Doch hier haben wir es mit einer Häufung unglücklicher Umstände zu tun: ein kalter, ein strenger Winter, wenig Vorräte und viele arme Familien in der Stadt, mehr als je zuvor. Im Gegenzug geht es uns gut. Jetzt ist der Krieg beendet, und der Handel mit den Niederlanden wird wieder einfacher. Und von dort aus können wir in die ganze Welt verkaufen.«

»Erinnert ihr euch an William Penn?«, fragte Heinrich leise und sah seinen Vater Isaak an. »Den Quäker aus England, der in diesem Jahr bei uns zu Gast war?«

»Ein netter Mensch, ein wahrer Bruder!« Alfred nickte. »Nicht alles, was er in Glaubensfragen sagte, würde ich unterschreiben, aber seine Gesinnung war rechtens.«

»Ja, ja, Bruder Alfred«, sagte Heinrich bedächtig. »Aber erinnert ihr euch an seinen Traum? Das Land der Glaubensfreiheit, ohne religiöse Beschränkungen?«

»Das ist eine Illusion, mein lieber Junge.«

Margaretha sah, dass Heinrich zusammenzuckte. Mit knapp dreißig war er schon lange kein Junge mehr und wollte sicherlich nicht so genannt werden.

»Eine Illusion? Vielleicht. Penn will sie verwirklichen. In Neuengland jenseits des Meeres«

»Dann soll er das tun. Was hat das mit uns zu kriegen? Wir müssen den Winter überstehen.«

»Ein Land ohne religiöse Beschränkungen, ein Land des

friedlichen Miteinanders. Das klingt traumhaft schön.« Tönis Kunders streckte sich. »Fast zu schön, um wahr zu sein.«

»Das ist es auch. Noch hat er das Land nicht sicher. Die englische Krone hat es ihm jedoch versprochen. Wäre das für uns eine Alternative?« Heinrich setzte sich auf, schaute in die Runde. Margaretha suchte erschrocken den Blick ihrer Mutter, diese schüttelte beruhigend den Kopf und schickte sie mit einer Geste in die Wohnküche.

Während die Männer in der Stube diskutierten, saßen die Frauen in der Küche zusammen, nähten, stopften und erzählten. Aber auch hier war die Stimmung nicht so gelöst wie gewöhnlich.

»Die Leute sind so unfreundlich!« Sina Verheugen schnaufte. »Ich verkaufe die Eier meiner Hühner und Gänse immer auf dem Markt, durch das Wetter sind es weniger, und natürlich sind sie teurer. Noch nie hat mir jemand meinen Glauben deshalb vorgeworfen. Aber jetzt ist es so.«

»Das geht mir auch so. Ich werde angepöbelt. Es ist furchtbar.« Antje Floh schüttelte den Kopf. »Aber deine Familie leidet sicher besonders, Margaretha.«

Margaretha füllte den Würzwein auf, spürte die mitleidigen Blicke der anderen. Hektisch drehte sie sich um, ihre Wangen glühten. »Wieso? Was ist bei uns anders als bei euch?«

Die Frauen schwiegen plötzlich, senkten ihre Köpfe über das Flickwerk. Eva saß in der Ecke, spielte fröhlich mit ihren Strohpuppen. Viele Blicke wanderten verschämt zu dem Kind. Margarethas Haut spannte sich rot und heiß über die Wangen. Fassungslos schüttelte sie den Kopf. »Wegen Evchen? Sie ist so ein Engel, so ein Schatz.«

»Das siehst du so, deine Familie. Aber viele andere sehen das anders.« Sina Verheugen schüttelte den Kopf. »Der Name deiner Mutter wird immer öfter mit dem Begriff ›Hexe‹ verbunden.«

»Ja, ja«, mischte sich eine andere Frau ein. »Gretje hat eine missgestaltete Tochter und will Kinder zur Welt bringen? Da ist die Angst groß.«

»Eva? Missgestaltet?« Margaretha holte tief Luft. »Das kann nicht Euer Ernst sein. Was ist an Eva missgestaltet? Und was hat das mit der Kunst meiner Mutter zu tun? Sie ist Hebamme, Heilerin, seit Jahren, Jahrzehnten schon. Die meisten von euch haben ihre Kunst in Anspruch genommen und sich betreuen lassen.«

»Das ist richtig. Meisje. Aber die Zeiten ändern sich. Die Leute haben Angst. Und deine Mutter muss aufpassen.« Antje Floh sah sie nachdenklich an.

Margaretha nahm die Worte mit in den Schlaf. Sie hatte keine Gelegenheit, vorher mit ihrer Mutter darüber zu sprechen. In dieser Nacht, da es wieder schneite und der eisige Wind aus dem Norden um die Häuser heulte, nahm sie Eva mit zu sich ins Bett. Sie kuschelte sich an den warmen, weichen Körper, sog den süßlichen Geruch der Kinderhaut tief ein. Die beiden Mädchen schliefen selig und entspannt, genossen die Nähe, Wärme und Liebe.

Am nächsten Tag galt es aufzuräumen. Die Gemeindetreffen gerieten immer größer, weil die Anzahl der Gemeindemitglieder anstieg.

»Wir müssen endlich so etwas wie eine Kirche haben«, grummelte Isaak und räumte die Stühle beiseite. Dann ging er ins Nebenhaus zu den Webstühlen.

»Lass uns das Stroh auskehren und neues aufschütten.« Gretje stemmte die Hände in die Hüften und seufzte. »Das wollte ich sowieso vor Christmett machen. Annemieke kann auf den Markt gehen und nach Heringen schauen, frische Wurzeln und auch Rüben nehme ich gerne, dann brauchen wir unsere Vorräte nicht angreifen. Sie soll Eva mitnehmen.«

Margaretha nickte. Sie half der Magd, das Kind anzuziehen, sah den beiden hinterher, als sie in Richtung Markt verschwanden.

Gretje und Margaretha räumten die große Küche aus und

auch die Stube. Sie kehrten das Stroh in den Hof, schrubbten die Böden und legten schließlich neues Stroh aus. Dann stellten sie die Möbel wieder in die Räume.

Zufrieden sah sich Gretje um. »Wunderbar. Das haben wir gut gemacht.«

Margaretha wischte sich mit dem Unterarm über die Stirn. Der Staub des Strohes hatte sich gelegt, es duftete nach Farnkraut, Lavendel und anderen Kräutern, die Gretje unter das Stroh gemengt hatte, um Ungeziefer fernzuhalten.

»Es wird Zeit, Essen zu kochen«, meinte sie und nahm den großen Topf vom Haken über dem Herd, um Wasser zu holen.

»Wo bleibt nur Annemieke?« Draußen wurde es dämmerig. »Der Markt schließt doch gleich.«

Gretje ging zur Haustür, schaute die Straße entlang, doch von der Magd und Eva war nichts zu sehen. Sie ging in die Werkstatt im Nachbarhaus. Dort klapperten die Webstühle in einem regelmäßigen Rhythmus. Isaak unterbrach seine Arbeit, schaute seine Frau verwundert an.

»Ist etwas geschehen, oder haben wir die Zeit vergessen und das Mahl ist schon bereit?«, fragte er.

»Annemieke ist noch nicht heimgekehrt. Ich hatte sie und Eva zum Markt geschickt.« Gretje hielt für einen Moment die Luft an. »Kannst du Dirck entbehren? Damit er nachschauen gehen kann?«

Dirck sprang auf, griff nach seiner Jacke, ohne auf die Antwort des Vaters zu warten.

»Warte, ich möchte mitkommen«, sagte Margaretha, die ihrer Mutter gefolgt war.

»Du?« Gretje sah sie überrascht an.

»Aber du hast doch Angst«, sagte der Vater bedächtig.

Margaretha war nicht bewusst gewesen, wie offensichtlich sie ihre Angst gezeigt hatte. »Ja, schon, aber noch ist es hell. Und ich habe so ein komisches Gefühl.« Sie stockte. »Ich kann es nicht erklären.«

»Dann gehe deinen Mantel holen«, sagte Gretje. »Und beeilt euch, es scheint wieder ein Unwetter aufzuziehen.«

Kurze Zeit später hasteten die Geschwister die Straße entlang in Richtung Schwanenmarkt. Margaretha pochte das Herz bis in die Kehle, es fiel ihr schwer zu schlucken. Sie hatte Mühe mit ihrem Bruder mitzuhalten. Als sie ihn endlich eingeholt hatte, sah sie in sein Gesicht. Grimmig schaute er drein.

»Dirck? Bist du erzürnt, weil Mutter dich schickt?«

»Was?« Er verlangsamte den Schritt, schüttelte den Kopf. »Nein, natürlich nicht. Aber ich ärgere mich über Annemieke. Sie hat seit Wochen ein Techtelmechtel mit Wilhelm, dem Knecht der Familie Floh. Ich wette mit dir, dass sie sich mit ihm irgendwo aufhält und die Zeit vergessen hat.«

»Aber Wilhelm findet sie doch nur nett. Er ist freundlich zu ihr.«

»Margret!« Dirck blieb stehen und sah sie entsetzt an. »Natürlich findet er sie nett und sie ihn. Aber die beiden sind viel zu jung.«

»Wofür?«

Dirck verdrehte die Augen. »Für alles und vor allem dafür, unsere Zeit zu verschwenden. Es ist bitterkalt, und sie hat Evchen dabei. Das muss nicht sein, auch nicht für ein paar nette Worte. Damit kann sie warten, bis er mindestens fünfundzwanzig ist und ein paar Taler zurückgelegt hat.«

»Aber warum soll sie nicht ein paar nette Worte mit ihm wechseln? Und was hat das mit den Talern zu tun? Sie wollen doch keinen Hausstand gründen.«

Dirck lachte auf. »Natürlich nicht, Margret. Hemmeltje, mit ein paar netten Worten fängt es an, und dann führt eines zum anderen, und wenig später wird Mutter gerufen und muss helfen. Du solltest doch wissen, wie das ist. Und nun komm.« Er lief wieder los.

Margaretha schnaubte. »Natürlich weiß ich, wie das ist. Was denkst du denn? Ich gehe oft genug mit Mutter mit. Aber Annemieke würde so etwas nie tun. Nein, nicht Annemieke.«

»Ganz sicher nicht.« Dirck lachte leise. Sie erreichten den Schwanenmarkt. Die Bauern waren dabei, die Karren und Stände abzubauen und ihre nicht verkaufte Ware zu verstauen. Immer wieder schauten sie besorgt zum Himmel, an dem sich bedrohlich dunkle Wolken auftürmten.

»Du gehst rechts herum, ich links. Am Brunnen treffen wir uns«, beschloss Dirck und ging los. Für einen Moment sah Margaretha ihm fassungslos nach. So hatte sie sich das nicht vorgestellt. Unschlüssig besah sie sich das Getümmel auf dem Markt. Viele Leute waren unterwegs. Die Ärmsten der Armen warteten am Rande, bis die Stände abgebaut waren, um sich dann am Abfall und Liegengebliebenen zu bedienen. Andere feilschten verbittert um Reste und versuchten nun, die Preise zu drücken. Hühner gackerten aufgeregt in ihren Käfigen, Gänse, denen der Hals noch nicht umgedreht worden war, schnatterten lauthals. Der Geruch von Fisch, Kohl und Exkrementen lag über dem Markt. Die Wolken zogen sich immer mehr zu, und der Marktwächter trieb alle zur Eile an. Er wollte den Platz geräumt haben, bevor das Unwetter losging.

Margaretha eilte los, lief durch die Menschen hindurch, schaute nach beiden Seiten. Sie suchte nach Eva, die mit ihrem runden Kopf und den mandelförmigen Augen, ihrem immerwährenden Lächeln eigentlich sofort auffiel. Aber sie konnte sie nicht entdecken. Verzweifelt erreichte Margaretha den Brunnen und sah ihren Bruder schon von weitem. Sein Gesicht war zorngerötet, er hielt Annemieke am Kragen und redete auf sie ein. Neben ihr stand Wilhelm, der Knecht der Familie Floh. Margaretha stieß den Atem erleichtert aus, dann schaute sie sich um. Wo war Eva? Sie konnte die Schwester nicht entdecken. Hastig lief sie zu dem großen Brunnen auf der Mitte des Marktplatzes.

Kapitel 7

»Wo ist Eva?«

»Weg«, zischte Dirck verbittert.

»Was?« Margaretha schüttelte den Kopf.

»Ich … sie war bei mir und dann … ich weiß nicht, wie es passieren konnte … ich habe ihr gesagt, sie soll meinen Mantel festhalten, und das hat sie auch getan, immer. Aber auf einmal war sie weg. Ich such sie schon die ganze Zeit, kann sie aber nicht finden. Sie muss hier sein.« Tränen liefen Annemieke über die Wangen, sie schaute ganz verzweifelt aus.

»Du hast sie einfach neben dir laufen lassen? Ohne sie an der Hand zu führen?« Dirck schüttelte wütend den Kopf. »Wie konntest du? Du weißt doch, wie hilflos sie ist.«

Annemieke zuckte zusammen. »Ich … aber …«

»Nun komm, Dirck. So machen wir es immer mit Evchen. Sie hat den Mantel festzuhalten und uns zu folgen. Wie sollten wir sonst einkaufen?«, wandte Margaretha ein. »Beruhige dich, Annemieke. Wann hast du sie zuletzt gesehen und wo?«

Annemieke schwieg, den Kopf gesenkt, und presste die Hände auf den Mund.

»Es muss so zwei, drei Stunden her sein …«, sagte schließlich Wilhelm leise. Er räusperte sich, schaute auf seine Stiefelspitzen und hob den Kopf nicht an. »Wir hatten uns dort drüben getroffen, an der Ecke vom Rathaus, und sind dann Richtung Kirche gegangen. Am Quartelnmarkt war das Kind noch bei uns … aber dann plötzlich nicht mehr.«

»Zwei, drei Stunden? Am Quartelnmarkt? Das ist ja ganz woanders, das ist ja in der neuen Stadt. Fast am Obertor. Seid ihr des Wahnsinns?«, schrie Dirck. Er ließ von Annemiekes Mantel ab, sah Margaretha an, das Entsetzen stand ihm in den Augen.

»In der neuen Stadt leben die Armen«, flüsterte Margaretha erschüttert.

»Los!« Dirck fasste ihre Hand, zog Margaretha mit sich.

Sie achteten weder auf Händler noch auf andere, rannten an allen vorbei, rempelten, schubsten.

Atemlos erreichten sie den Quartelnmarkt hinter dem Friedhof der Kirche. Hier war es still und ruhig. Der Gestank von Abfall und Fäkalien lag über dem Viertel, aus den Kaminen stieg stinkender Qualm. Hier wurde verbrannt, was da war. Duftende Wacholderzweige hatten diese Familien nicht. Irgendwo weinte ein Kind, ein Hund bellte, aber ansonsten war nichts zu hören. Keine Webstühle klapperten hier, kein Tischler hämmerte oder sägte. Hier wohnten die Tagelöhner und ihre Familien, die Arbeiter, die froh um jede Tätigkeit waren. Der Straßenzug war schmal und eng.

»Eva! Evchen!«, rief Dirck laut. Seine Stimme hallte in der Gasse, doch nichts rührte sich, nur der Hund bellte lauter, und ein anderer schlug mit ein.

»Hier ist sie nicht«, sagte Margaretha leise.

»Irgendwo muss sie sein.« Dirck stülpte die Lippen vor, biss sich auf die Innenseite der Wange. »Verdomme.«

»Geh du die Straße runter, ich schau am Platz und an der Kirche.«

»Wirklich?« Dirck sah sie nachdenklich an. »Hast du keine Angst alleine?«

»Doch, aber es geht um Eva.« Margaretha drehte sich um und stapfte los. Die Angst, die in ihrem Magen saß und rumorte, verdrängte sie. Eva war hier irgendwo, sie musste hier sein. Margaretha lief um den Kirchhof herum, aber von dem Kind war nichts zu sehen. Schließlich öffnete sie die Pforte zum Kirchhof. Die Tür quietschte in den Angeln und ließ sich nur schwer öffnen. Bisher war sie noch nie auf dem Friedhof gewesen, der die Kirche umgab. Die Wolken schienen sich an der Kirchturmspitze verfangen zu haben, es wurde immer düsterer, ein eisiger Wind kam auf, der in die Haut schnitt. Die Grabsteine standen wie stumme Mahnmale da. Margaretha erschauderte.

»Eva?«, rief sie mit dünner Stimme, den Griff der Pforte

immer noch fest in der Hand. Die Stille, die über dem Kirchplatz lag, war keine beruhigende, sanfte Stille. Irgendwo hier schien das Böse zu lauern.

Ach, du dumme Gans, schalt sich Margaretha, die Toten ruhen und werden dir nichts tun. Sie ließ den Griff los, ging ein paar Schritte den Weg entlang. Rechts und links von dem schmalen Pfad reihten sich die Gräber bis zur Mauer. Der Wind fegte die dünne Schneeschicht von den Gräbern und vom Weg. Im Dämmerlicht konnte Margaretha noch Fußspuren erkennen, aber nicht, ob dort ein Kind gelaufen war.

»Eva?« Sie lauschte, doch Eva antwortete nicht. Der Wind heulte immer stärker um das hohe Gebäude, fing sich in den Erkern und Spalten. Es klang wie ein unheimlicher Gesang, die Winterlitanei, dass nie wieder etwas blühen oder sprießen würde.

»Evchen? Eva?«

Margaretha ging weiter, schaute die Gräberreihen entlang, spähte unter die Büsche. Der Pfad führte um die Kirche herum. Irgendwo knackte es, raschelte. Margaretha blieb stehen, kniff die Augen zusammen. Bald würde sie ohne Licht nichts mehr sehen können. Aber sie hatte weder eine Kerze noch eine Fackel. Wieder raschelte es, dann sprang eine Katze aus dem Busch, fauchte, miaute gellend und verschwand im Dunkeln.

Margaretha kauerte sich zusammen, der Schreck war ihr in die Glieder gefahren, Tränen stiegen in ihre Augen, und wie ein Kloß saßen die Angst und Verzweiflung in ihrer Kehle. Mühsam holte sie Luft, zwang sich, ruhiger zu atmen.

Es war nur eine Katze, sagte sie sich, eine Katze, nicht mehr.

Plötzlich hörte sie ein leises Wimmern. Was war das? Hatte sie eine Katzenmutter aufgestört, die hier ihren Wurf großzog? Das war unwahrscheinlich. Um diese Zeit hatte keine Katze mehr Kitten. Und selbst wenn sie spät geworfen hätte, hätte die Kätzin ihren Wurf zurückgelassen und nicht versucht aufzuziehen. Bei dem harten Winter war es unmöglich, und Tiere spürten so etwas. Aber vielleicht war es für das Tier das erste Mal und sie versuchte dennoch, ihre zu spät geborenen Kinder aufzuziehen? Möglicherweise war sie deshalb so wütend gewesen. Vorsichtig schaute Margaretha unter das Gebüsch, doch dort waren keine Kätzchen, nur der blanke Boden und eine halb verweste Krähe.

Wieder nahm Margaretha das leise Wimmern war, es kam aus einer Ecke hinter der Kirche, meinte sie. Langsam stand sie auf, ging den Pfad entlang dorthin. Das Wimmern war nun deutlicher zu hören. An dieser Stelle stieß die Wand der Kirche an die Mauer des Kirchhofs. Die Ecke war duster.

»Eva?«

Kein Kind antwortete, keine Kinderstimme rief, nur ein hohes Wimmern, wie es auch verletzte Tiere ausstoßen, hörte Margaretha. Unschlüssig blieb sie stehen. Ein kranker Hund, ein Marder, eine verletzte Katze konnten, in die Ecke gedrängt, sehr böse werden.

»Eva? Evchen? Bis du es? Ich bin's, Margret …« Sie stockte. »Eva?«

Das Wimmern verstummte, nur um kurz darauf eine Tonlage höher wieder einzusetzen. Das ist kein Tier, dachte Margaretha, der sich die Nackenhaare sträubten, das ist ein Mensch. Aber das kann nicht Eva sein, sie hätte doch geantwortet.

»Ist da wer?«

Der Wind verstärkte sich, zischend fuhr er zwischen Kirche und Mauer, wirbelte Laub und Schnee auf. Margaretha fror nicht nur vor Angst. Sie tastete sich an der Kirchwand entlang, der raue Stein rieb sich in ihre kalten Handflächen. Schritt für Schritt tastete sie sich vor.

»Eva?«, wisperte sie. Der Name wurde zu einer Wolke vor ihrem Mund. Da war etwas, eine kleine Gestalt? Oder doch nur ein Gebüsch, das im Winde erzitterte?

»Eva?«

Das Kind kauerte in der Ecke, wo die Kirchenwand an die Friedhofsmauer stieß. Erschrocken presste es die Hände vor das Gesicht, die Ellbogen an den Körper gepresst, die Knie angezogen.

»Eva! Evale!« Margaretha sank neben ihr zu Boden, zog das unterkühlte und verängstigte Kind in ihre Arme. »Liebes, wir haben dich so gesucht. Komm zu mir.«

Eva sträubte sich gegen die Umarmung, schlug gegen Margarethas Hände, wimmerte, weinte.

»Nun, nun. Liebchen, ich bin es, Margret. Deine Schwester. Herzchen, alles wird gut. Komm, ich bring dich nach Hause. Zur Mutter.«

Das Kind gab die Gegenwehr auf, ließ sich umschließen und hochnehmen. Kalt war Eva, eisig, fast steif.

»Gottegot«, flüsterte Margaretha. »Wie lange bist du schon hier? Hast dich verlaufen, ja? Aber jetzt habe ich dich gefunden und bring dich nach Hause.« Sie schlug ihren Mantel um das Kind, drückte es an ihren Körper, lief um die Kirche herum bis zur Pforte. Der Wind hatte diese zugeschlagen, und für einen kleinen Moment wähnte sich Margaretha gefangen, doch dann zog sie die Tür auf, schritt auf die Gasse.

Die Wolken brachen auf, statt sanften Schnees fiel eisiger Regen. Wie Peitschenhiebe drosch er, gefror auf der kalten Straße, verwandelte sie in eine Eisbahn.

»Dirck? Dirck!«, rief Margaretha entsetzt. Die Wassertropfen wurden zu Hagelkörnern, schlugen unbarmherzig zu, durch den Mantel hindurch bis auf die Haut.

»Ich bin hier. Margret, hier bin ich.« Durch die Regenwand hindurch, durch den Schauer aus Eiskristallen bahnte sich ihr Bruder den Weg, erreichte und umfasste sie. »Hast du Eva gefunden?«

Margaretha nickte nur.

»Komm, komm. Schnell, schnell, wir müssen Schutz suchen, zu Hause …«

Die beiden rannten los. Immer heftiger fiel der Eisregen,

verwandelte die Gassen in Rutschbahnen, schlug gegen ihre Mäntel und durchdrang sie. Keuchend kamen sie vor dem Haus der Familie zu stehen. Dirck schlug gegen die Tür, das Pochen schien durch die Straße zu hallen. »Macht auf! Macht auf«, rief er außer Atem. Jemand öffnete die Tür, und sie stürzten in die Diele.

»Eva!« Fast gellend klang der Ruf der Mutter durch das Haus. Sie nahm das Kind aus Margarethas Armen, lief zur Küche.

»Heißes Wasser brauchen wir! Sofort. Und zündet Kerzen an!«

Dirck folgte der Mutter, aber Margaretha blieb nach Luft ringend an der Tür stehen. Sie war froh, zuhause zu sein, Eva lebend hierher gebracht zu haben, aber alles Weitere überforderte sie. Langsam ging sie den Flur entlang, stellte sich an die Tür zur Wohnküche. Der Kamin prasselte, im Topf über dem Herd köchelte aromatisch das Essen, Wachholder- und Rosmarinzweige verströmten ihren Duft. Der Hauskater strich schnurrend um Margarethas Knöchel, doch sie schaffte es nicht, sich zu bücken und ihn zu streicheln.

Wie gelähmt sah sie zu dem Schemel vor der Herdstelle, auf den Gretje Eva gesetzt hatte. Die ganze Familie hatte sich versammelt und starrte das Kind an. Eva saß dort mit gesenktem Haupt, wimmerte. Der Kopf war ihr geschoren worden, die blanke Kopfhaut blitzte im Schein des Herdfeuers. Sie trug weder Mantel noch Stiefel, nur das bloße Unterkleid, und dies war blutbefleckt.

»Gottegot!«, sagte Gretje tonlos. »Eva …«

Die Männer zogen sich zurück, nur das eine oder andere verzweifelte Stöhnen war zu hören. Margaretha ging langsam in die Küche.

»Sie war auf dem Friedhof der Kirche. Alleine. Ich weiß nicht, was passiert ist …«

»Immerhin hast du sie gefunden. Eva, Herzchen, tut dir etwas weh?«

Doch auch auf die sanfte Ansprache, die Berührungen und Zärtlichkeiten der Mutter reagierte das Kind nicht. Sie schaukelte in einem eigenen Rhythmus hin und her, wimmerte leise, ließ alles mit sich machen, ohne darauf anzusprechen.

»Sie ist völlig unterkühlt. Abraham, hole die Bütt.«

Gretje zog dem Kind das Kleid aus, Margaretha sah die blauen Flecke an Oberarmen und Schenkeln der Schwester, kniff entsetzt die Augen zusammen.

»Nun, nun. Ich bin ganz vorsichtig, ja?« Gretje hob das Kind hoch, stellte es in den Bottich. »Margret, gieß langsam warmes Wasser hinein. Hermann, hol mir eine weiche Decke, in die wir sie hüllen können.« Gretje hielt das Kind fest, das immer noch nicht reagierte. »Gieß, bis das Wasser ihre Waden bedeckt. Nicht höher. Es darf nicht zu heiß sein, wir müssen sie langsam erwärmen.«

Immer wieder fühlte Gretje in Evas Nacken, an ihren Armen. Langsam erhöhte sich die Körpertemperatur des Kindes.

»Jetzt gieß mehr Wasser hinzu. Bis zu ihren Oberschenkeln.«

Das Entsetzen stand in den mandelförmigen Augen des kleinen Kindes, das bisher dem Leben mit purer Freude entgegengetreten war. Gretje flößte ihr Brühe ein, prüfte wieder die Körpertemperatur. Sie nahm die Decke beiseite, die sie um den Oberkörper des Kindes gehüllt hatte.

»Jetzt gieß vorsichtig warmes Wasser über ihre Arme und den Bauch, Margret. Ich halte sie.«

Eva ließ alles geduldig über sich ergehen. Weder Protest noch Zustimmung drangen aus ihrer Kehle. Aber sie sah die Mutter nicht an, antwortete auf keine Frage, blieb stocksteif und ablehnend.

»Das ist nicht mein Evchen, mein Schätzchen, mein Sonnenschein«, jammerte Gretje verzweifelt. »Was haben sie ihr angetan?«

Margaretha goss langsam das Wasser über das Kind, ließ es

vorsichtig über die Arme rinnen, beobachtete ihre Schwester. Keine Regung war dem Kind anzusehen.

Schließlich nahm die Mutter Eva aus der Bütt, trocknete sie vorsichtig ab. Die Wunden schienen nur äußerlich zu sein. Sie legte Salben auf, kleidete das Kind in warme Sachen.

»Ich nehme sie mit ins Bett, Moedertje. Vielleicht sieht morgen alles anders aus. Sie muss schlafen, sich erholen, ausruhen.« Margarethas Worte klangen verzweifelt.

Gretje nickte. »Ja, ja. Nimm sie mit. Schlaft gut, ihr meine Tausendschönen.«

Margaretha nahm die Worte mit nach oben in die Kammer. Eva hatte sich mühelos hochheben lassen, blieb wie ein Sack Getreide im Bett liegen. Langsam und bedächtig zog Margaretha sich aus. Es war kühl im Raum, aber nicht kalt, da der Kamin an einer Wand entlanglief. Der Eisregen prasselte gegen das Fenster, als ob er es einschlagen wollte, doch der dicke wollene Vorhang hielt den Blick und den Zug ab. In solchen Nächten brachte bisher die Magd heiße Backsteine, um die Betten vorzuwärmen, doch Margaretha hatte Annemieke nicht mehr gesehen, und auch die Betten waren kalt. Margaretha zog die Decke über sich und Eva, kuschelte sich an das Kind. Sie summte leise ein Schlaflied, aber Eva schien schon zu schlafen.

Das Licht der Stundenkerze war fast schon heruntergebrannt, als Margaretha aufwachte. Der Sturm schien nachgelassen zu haben, kein Hagel schlug mehr gegen das Fenster. Die Kerze brannte friedlich und still, auch im Haus war es ruhig. Eva schnaufte. Margaretha drückte das Kind an sich – es glühte vor Fieber. Erschrocken fuhr Margaretha hoch, schüttelte die Schwester. »Eva? Eva!«

Margaretha sprang aus dem Bett. »In Hemmelsnaam! Das darf doch nicht wahr sein.«

Im Flur war es dunkel. Hier zog der Wind, fing sich in den Ecken und Vorsprüngen. Leise klopfte Margaretha an die Tür der Kammer ihrer Eltern. »Mutter«, sagte sie verzweifelt. Dann klopfte sie kräftiger. »Mutter! Eva …«

Gretje öffnete die Tür, sah ihre Tochter an. Der Schlaf stand noch in ihrem Gesicht. Aus dem langen, dicken Zopf, der über ihre Schulter hing, hatten sich vereinzelte Strähnen gelöst. »Was ist mit Eva?«

»Sie glüht«, sagte Margaretha verzweifelt.

»Oh Haerm!« Gretje stieß Margaretha fast beiseite, eilte an ihr vorbei in die Kammer der Mädchen. »Evalein?«

Margaretha folgte ihr beklommen.

»Sie fiebert. Sie fiebert hoch. Hol Wasser und Tücher für Umschläge. Dann nimm Weidenrinde und koch einen Aufguss. Das senkt das Fieber.« Sie setzte sich auf das Bett, nahm das Kind in die Arme und wiegte es. »Mein Liebchen, mein Tausendschön.«

Margaretha ging in die Küche, das Feuer war heruntergebrannt, es war eisig kalt. Die Hintertür, die zum Hof führte, stand auf und schwang im Wind hin und her. Wie von Geisterhand bewegt, sah es aus. Der Wind musste sie aufgerissen haben. Margaretha schloss die Tür und legte den Riegel vor, dann schürte sie das Feuer und brachte die gewünschten Dinge nach oben. Sie zog dicke Strümpfe über, gab ihrer Mutter ein Umschlagtuch.

Gemeinsam wachten sie über das kranke Kind. Immer wieder wickelten sie feuchte Tücher um die Waden des Mädchens, versuchten ihr den Aufguss einzuflößen. Doch Eva wollte weder aufwachen noch schlucken. Der Hahn krähte heiser in der noch dunklen Nacht. Die Stundenkerze zeigte den Tagesbeginn an, auch wenn die Sonne noch lange nicht aufgehen würde.

»Wo ist Annemieke? Das Feuer in der Küche war heruntergebrannt, und den Riegel der Hoftür hatte sie auch nicht vorgelegt«, sagte Margaretha leise.

»Vater hat sie in ihre Kammer geschickt. Vermutlich traut sie sich nicht mehr hinaus. Bitte koch die Grütze für die Männer. Sie müssen gleich raus.«

Müde stand Margaretha auf, zog sich an. Der letzte Tag

und die vergangene Nacht steckten ihr in den Knochen. Ihr tat alles weh, und sie fühlte sich erschöpft. Isaak hatte zweimal in die Kammer der Mädchen geschaut und gefragt, wie es stand. Jedes Mal schickte Gretje ihn mit beruhigenden Worten zurück ins Bett.

Als Margaretha in die Küche kam, loderte das Feuer, es duftete nach gebratenem Speck und Tabak. Isaak saß am Tisch, rauchte in Gedanken versunken seine Pfeife.

»Guten Morgen, Vater.«

»Was ist mit Eva?«, fragte er besorgt.

»Das Fieber scheint zu sinken.«

»Wenigstens etwas.« Er zog hektisch an der Tonpfeife. »Das arme Kind«, murmelte er dann. »Gnade Gott denen, die ihr das angetan haben. Ich werde keine Gnade empfinden, sollten sie mir in die Finger geraten. Hermann war gestern noch bei der Stadtwache, und ich werde heute mit dem Magistrat reden. Es ist eine Schande. Ein wehrloses, hilfloses Kind ... mein Kind ...« Er schluckte. »Bei Gott, so etwas sollte nicht geschehen.«

Margaretha wusste nichts zu antworten, füllte den Kessel mit Wasser, setzte die Grütze auf.

»Wo ist Annemieke?«, fragte sie, nachdem sie den Brotteig, der schon gestern angesetzt worden war, in Form geknetet und in den Ofen geschoben hatte.

»Annemieke?« Isaak stand auf. »Warum verrichtest du ihre Tätigkeiten überhaupt? Ich schau nach ihr.«

Die Kammer des Mädchens lag hinter der Küche. Isaak klopfte, öffnete dann die Tür. Margaretha hörte ihn das Zimmer betreten. Er kam zurück, entriegelte die Tür zum Hof, ging hinaus. Nach wenigen Minuten kam er zurück.

»Sie ist weg«, schnaufte er. Seine Stirn war in Falten gezogen, die Miene ernst.

»Weg?«, fragte Margaretha verblüfft. Doch bevor der Vater noch antworten konnte, scholl ein gellender Schrei durchs Haus.

»Eva! Nein!«

Isaak stürmte die Treppe hinauf.

»Godallemachtig! Nein!«, rief auch er. »Eva!«

Margaretha wischte sich die zitternden Hände an einem Tuch ab. Sie ahnte, was geschehen war, doch der Gedanke war so schrecklich, so unfassbar, dass sie ihn nicht zu Ende denken konnte. Mühsam schleppte sie sich die Treppe hoch, jede weitere Stufe nach oben schien unüberwindbar zu sein, und doch ging sie Stufe für Stufe. Sie hörte das Schluchzen der Eltern. Die Brüder standen im Flur, ihre Gesichter von Fassungslosigkeit gezeichnet.

Margaretha blieb in der Türöffnung der Kammer stehen. Gretje hielt Eva in den Armen, wiegte sie hin und her. Die Arme des Kindes hingen schlaff herunter, schaukelten mit der Bewegung. Der kahlgeschorene Schädel des Mädchens leuchtete gespenstisch im Kerzenlicht.

Isaak kniete vor dem Bett, hatte das Gesicht in den Händen vergraben, seine Schultern zuckten. »Warum? Warum nur? Mein Engelchen. Mein kleines Engelchen.«

»Ne, ne!« Dirck hatte die Augen weit aufgerissen, schlug die Hand vor den Mund. Hermann kniete nieder und begann laut zu beten, die Geschwister folgten seinem Beispiel. Schließlich stand Margaretha auf. Ihre Augen brannten, aber es flossen keine Tränen. Wie ein dicker Kloß saß die Trauer in ihrem Magen. Mechanisch setzte sie die Grütze auf, holte das Brot aus dem Ofen, stellte Butter und Schmalz auf den Tisch. Die Brüder kamen in die Küche, setzten sich schweigend. Sie aßen wenig, schafften es nicht, sich anzusehen.

»Wenn ich den erwische«, sagte Hermann dann tonlos, schlug einmal mit der Faust auf den Tisch und stand dann auf. Er nahm Jacke und Hut und verließ das Haus, ohne noch ein Wort gesagt zu haben.

Margaretha starrte ihm hinterher. »Wo wird er hinwollen?«

»Vielleicht will er einfach nur an die frische Luft?«, meinte

Dirck leise. »Da wäre mir auch nach. Es ist schwer, die Eltern so leiden zu sehen.«

»Möglicherweise sucht er den Unhold, der Evas Tod verschuldet hat.« Grimmig hielt Abraham seinen Krug mit dem Dünnbier. »Ich würde es ihm nicht verdenken.«

»Gottegot. Nicht dass er Unheil anrichtet und den Eltern noch mehr Kummer macht.« Margaretha nahm ein Stück Brot, zerkrümelte es fahrig. Abraham sah sie nachdenklich an.

»Meinst du? Möglich ist das, Hermann ist ein Hitzkopf.« Er stieß seinen Stuhl zurück, griff nach der Jacke.

»Was machst du?«

»Ich folge ihm. Noch mehr Leid kann dieses Haus nicht vertragen.«

Dirck ging nach nebenan, und schon bald konnte Margaretha das vertraute Klappern des Webstuhls hören. Von oben drang kein Laut mehr herab. Sie räumte die Küche auf, wusste dann nichts mehr zu tun und nahm die Flickwäsche. Zuoberst im Korb lag ein Hemdchen von Eva. Margaretha nahm es, schnupperte daran, doch es roch nur frisch gewaschen. Sie presste das Leibchen gegen ihr Gesicht, und endlich flossen die Tränen. Die Vorstellung, nie wieder Evas wonniges Lachen hören, ihre weichen Hände spüren zu können, ließ sie bald verzweifeln. Sie hörte nicht, dass der Vater die Treppe herunterkam, schrak hoch, als er ihr die Hand auf die Schulter legte.

»Ach, Meisje. Jetzt habe ich nur noch eine Tochter«, sagte er leise.

»Vater, es ist so furchtbar«, klagte Margaretha.

»Ja, das ist es. Wir alle müssen jetzt für Mutter stark sein. Ich fürchte, es hat ihr das Herz gebrochen.« Für einen Moment blieb er neben dem Herd stehen, dann ging er seufzend zur Tür.

»Möchtest du nichts essen, Vater?«

Er schüttelte stumm den Kopf und ging.

Margaretha wartete darauf, dass die Brüder zurückkehrten, dass ihre Mutter herunterkam und ihr sagte, was sie machen solle. Aber nichts passierte. Stunde um Stunde verging. Nur das Knacken des Holzes im Herd und das leise Klappern der Webstühle nebenan waren zu hören.

Die Sonne stand schon hoch am Himmel, als Margaretha mit einer Schale Brühe nach oben ging.

»Mutter?«

Gretje saß immer noch auf dem Bett und hielt das tote Kind in den Armen. Sie weinte nicht mehr, ihr Blick war starr auf Eva gerichtet.

»Mutter, ich habe dir Brühe gebracht ...« Margaretha stockte unsicher. Immer noch reagierte die Mutter nicht. Margaretha war sich noch nicht einmal sicher, ob Gretje sie gehört hatte. »Moedertje? Soll ich Eva mal nehmen? Wir müssen sie doch waschen und anziehen.«

Gretje begann wieder, das Kind zu wiegen. Sie sagte keinen Ton und sah Margaretha auch nicht an. Schließlich stellte Margaretha die Schüssel mit der Brühe auf den Kasten und ging wieder nach unten. Sie schrubbte den Kessel, setzte Essen auf, knetete neuen Brotteig. Hin und wieder ging sie zur Treppe und lauschte nach oben, doch es war nichts zu hören.

Es wurde schon wieder dämmerig, als Hermann und Abraham zurückkamen. Hermann setzte sich an den Küchentisch, während Abraham an ihr vorbeiging.

»Wo wart ihr?«, fragte Margaretha leise.

»Bei der Stadtwache, dem Magistrat und beim Ältesten der Gemeinde. Es sieht nicht so aus, als würden wir den Schuldigen finden können.« Hermann schüttelte verbittert den Kopf. »Wir haben Heinrich Floh getroffen, sein Knecht Wilhelm ist wohl heute Nacht weggelaufen.«

Margaretha sah ihn verwundert an. »Weshalb?«

Abraham war inzwischen in Annemiekes Zimmer gegangen und kam nun zurück. Er schlug mit der Faust in die offene Hand. »Wo ist Annemieke?«

Margaretha hatte die Magd ganz vergessen. »Ich weiß nicht. Vater sagte heute Morgen, sie sei weg.« Sie schloss die

Augen, versuchte die Erinnerung an den verzweifelten Schrei der Mutter zu verdrängen.

»Dann ist sie wohl mit Wilhelm durchgebrannt, so wie Floh es vermutet hat. Der Knecht hat einige Münzen gestohlen.«

»Aber …«

»Ich gehe nochmal los und sage ihm, dass Annemieke auch fort ist. Vater soll nachschauen, ob hier etwas fehlt.« Er eilte zur Tür.

»Werden die beiden jetzt gesucht?«

»Wenn es nach mir geht, kann Annemieke ruhig verschwunden bleiben. Sie hat großes Unglück über uns gebracht.« Hermann zog eine finstere Miene.

Margaretha reichte ihm einen Becher mit Würzwein. »Sie hat es nicht böse gemeint und nicht mit Absicht gemacht.«

»Woher willst du das wissen? Vielleicht haben sie und ihr Freund Eva das angetan.«

Margaretha schüttelte den Kopf. »Nein, Hermann, das kann ich nicht glauben. Annemieke war genauso entsetzt und verzweifelt wie wir. Sprich keine bösen Vermutungen aus.«

Er trank nachdenklich einen Schluck, setzte dann den Becher wieder ab. »Du hast recht, Margret. Es sind unchristliche Gedanken, und es ist unrecht, so zu denken. Aber jemand hat unserer kleinen Schwester etwas Entsetzliches angetan. Und er sollte dafür büßen.«

»Gibt es einen Hinweis?« Isaak kam durch die Hoftür in die Küche. Sein Gesicht wirkte eingefallen.

»Nein, Vater, nichts. Der Gemeindeälteste will gleich vorbeikommen. Der Magistrat auch. Beide waren entsetzt über das Geschehen. Mit dir wollen sie auch sprechen, Margret.«

»Mit mir? Warum?« Margaretha schüttelte den Kopf. Sie wollte nicht mit anderen sprechen, sie wollte nicht über Eva reden und nicht darüber, was dem Kind angetan worden war. Der Gedanke an den Tod des geliebten Kinds war immer noch zu frisch und zu undenkbar, so schmerzlich, dass es sie fast zerriss.

»Du hast Eva gefunden.«

»Ich will aber nicht darüber reden.« Margaretha ballte die Hände zu Fäusten.

»Hier geht es nicht darum, ob du das willst oder nicht, Meisje.« Isaak berührte sie leicht am Arm. »Aber ich kann verstehen, wie du dich fühlst. Sei gewiss, wir bleiben bei dir. Wo ist Mutter?«

»Sie ist nicht aus der Kammer herausgekommen. Ich habe ihr Brühe gebracht, aber sie hat mich nicht angeschaut.« Beschämt senkte Margaretha den Kopf. Sie hatte das Gefühl, zu wenig getan zu haben, doch sie fühlte sich in dieser Situation völlig hilflos.

Isaak ging nach oben, seine Schritte klangen schwer auf der Stiege.

Margaretha deckte den Tisch und zündete Kerzen an. Dirck kam und brachte das Essen für die Lehrjungen und Gesellen nach nebenan. Oft aßen sie alle zusammen, doch heute wollte die Familie unter sich bleiben.

Das Brot und der Eintopf dufteten aromatisch, aber Margaretha verspürte keinen Hunger. Dirck kam zurück, wusch sich die Hände und setzte sich. Die Haustür wurde geöffnet, seufzend hängte Abraham seine Jacke auf. Er sah durchfroren und erschöpft aus. Margaretha reichte ihm einen Becher mit dampfendem Würzwein.

»Wo ist Vater?«, fragte er leise.

Sie wies mit dem Kopf nach oben, von dort war das leise Murmeln von Isaaks Stimme zu hören.

»Bei Mutter? Wie trägt sie es?«

»Sie hat nicht mit mir gesprochen. Vorhin hielt sie Eva immer noch in den Armen.«

»Grundgütiger, sie leidet sicherlich ganz schrecklich.« Er seufzte wieder. Margaretha trug das Essen auf, gab den Brüdern, nahm sich. Ihr war flau, sie hatte heute noch nicht viel zu sich genommen. Doch als sie den Löffel zum Mund führte, schnürte sich ihre Kehle zu. Sie trank zwei Schlucke, zwang sich dazu, einige Bissen zu essen. Das flaue Gefühl verschwand nicht.

Alle schwiegen, stocherten im Essen herum und horchten nach oben. Schließlich kam Isaak herunter. Er ließ sich schwer auf seinen Stuhl fallen.

»Wie geht es Mutter?«, fragte Hermann.

Isaak schüttelte nur den Kopf.

»Annemieke und Wilhelm sind wohl zusammen ausgerissen. Die Familie Floh vermutet, dass er zu seinem Onkel will. Der hat bei Anrath einen Hof. Wilhelm hat offenbar Geld mitgehen lassen, deshalb wollen sie ihn verfolgen. Sie fragen, ob wir etwas wegen Annemieke unternehmen wollen.«

Isaak rieb sich über die Stirn. »Er hat gestohlen?«

Abraham nickte. »Vielleicht hat Annemieke ja auch etwas mitgehen lassen?«

»Geld bewahre ich nicht hier unten auf, davon kann sie nichts genommen haben. Aber vielleicht von den Vorräten?«

Margaretha stand auf und ging in die Vorratskammer. Dort schien nichts zu fehlen. Aber aus der Kühlkammer im Hof war ein Schinken verschwunden, stellte sie fest.

»Das ist ärgerlich«, sagte Isaak. »Vor allem, weil der Winter hart werden wird. Andererseits sollten wir genügend Vorräte haben. Ich werde nicht gegen sie vorgehen. Wenn sie irgendwo eine Anstellung und Bleibe findet, dann soll sie in Gottes Namen dort glücklich werden. Sollte sie in Not geraten, werden wir sie natürlich wieder aufnehmen. Ich denke, sie hatte Angst vor einer Strafe, das arme Kind.«

»Das arme Kind?« Hermann schob empört seinen Stuhl zurück. »Sie ist für Evas Tod verantwortlich.«

Isaak stand auf, holte Branntwein und Pfeifen, nahm den Tabakbeutel hervor. »Margret, du kannst abräumen. Keiner von uns scheint großen Appetit zu verspüren.« Dann stopfte er sich umständlich die Pfeife, reichte seinen Söhnen den Tabakbeutel. »Verantwortung, das ist ein großes Wort, mein Sohn. Es wiegt schwer. Verantwortung für den Tod, das birgt auch

Schuld in sich. Hat Annemieke Schuld? Der Gedanke quält mich schon den ganzen Tag. Zu einem endgültigen Ergebnis bin ich noch nicht gekommen.«

»Natürlich trägt sie Schuld. Sie hat sich mit Wilhelm getroffen, heimlich. Und darüber hat sie keine Obacht auf Eva gegeben. Abgesehen davon, dass sie sich nicht mit einem Mann treffen durfte, hat sie sich schuldig gemacht, weil sie nicht auf das Kind aufgepasst hat«, ereiferte Hermann sich.

»Das mag so stimmen, aber sie hat es nicht in böser Absicht und vorsätzlich getan. Auf Evale aufzupassen ist nicht immer …« Er hielt inne. »Nein, war nicht immer leicht. Das weißt du genau wie ich. Sie war ein Träumerle.« Isaak schluckte.

Margaretha stiegen wieder die Tränen in die Augen. Von Eva in der Vergangenheit zu sprechen, machte ihren Tod endgültig.

»Ja, Vater, sie war ein Träumerle, und umso mehr Obacht musste man ihr angedeihen lassen.«

»Was nicht immer einfach war, Hermann«, sagte Margaretha gepresst. »So manches Mal ist sie mir auch entwischt. Ob im Garten, Markt oder hier im Haus. Annemieke war verzweifelt gestern, sie fühlt sich sicherlich schuldig.«

»Zu Recht, zu Recht. Aber so schuldig hat sie sich dann nicht gefühlt, dass sie uns nicht auch noch einen Schinken entwenden konnte.« Hermann schlug vor Wut mit der Hand auf den Tisch.

»Die Verantwortung für Evas Tod haben jedoch andere. Und …« Wieder stockte Isaak, kaute nachdenklich an seiner Pfeife. »Ich weiß nicht, was Eva passiert ist, scheint mir ein Zeichen der Zeit zu sein. Es sind harte, raue Zeiten. Und uns muss bewusst werden, dass wir hier in Krefeld plötzlich Feinde haben. Eva ist nicht ein zufälliges Opfer gewesen. Was ihr passiert ist, geschah aus purer Absicht.«

Die Brüder schwiegen nachdenklich.

Kapitel 8

Es klopfte laut an der Haustür. Das Klopfen hallte durch den Flur, riss sie alle aus ihren Gedanken.

»Das wird der Magistrat sein oder der Gemeindevorsteher«, sagte Abraham leise. Er stand auf und ging die Diele entlang zur Tür.

»Meisje, tu mir den Gefallen und bring Mutter etwas Eintopf und Brot und einen Becher heißen Wein«, sagte Isaak zu seiner Tochter.

Margaretha fürchtete sich vor dem Anblick in der kleinen Kammer. Ihre Furcht war begründet, denn immer noch saß Gretje auf dem Bett und hielt das tote Kind fest in den Armen. Isaak hatte die Stundenkerze ausgetauscht, ein zweites Licht angezündet. Geisterhafte Schatten huschten über die Wände, schienen einen Totenreigen zu tanzen. Entsetzt sah Margaretha, dass Gretje Eva angezogen hatte. Das Kind trug nun die weiße Haube über dem kahlen Schädel. Sie wirkte noch mehr als zuvor, als ob sie nur schliefe.

»Mutter?«

Wieder reagierte Gretje nicht. Margaretha stellte die Speisen auf den Kasten, reichte der Mutter den Becher mit Wein.

»Trink wenigstens den Wein, Mutter. Du musst dich ein bisschen stärken.«

Gretje schaute nicht auf, rührte sich nicht. Nach einigen Minuten gab Margaretha auf, stellte den Becher zu der Schüssel, nahm die kalte Brühe, die ihre Mutter nicht angerührt hatte, mit nach unten.

Jakob Selbach, der Älteste des Gemeinderats, saß nun am Küchentisch. Margaretha blieb in der Türöffnung stehen, wusste nicht, ob sie eintreten sollte oder nicht.

Isaak schaute zu ihr, sah sie fragend an. Margaretha schüttelte leicht den Kopf, ihr Vater seufzte auf.

»Komm herein, Meisje, setz dich zu uns«, sagte er dann leise.

Margaretha setzte sich auf die Stuhlkante, knetete unruhig die Hände.

»Ich habe vorhin Bürgermeister Reiners getroffen, er war auf dem Weg zu Euch, Bruder Isaak. Aber bei den traurigen Nachrichten, die ihm noch nicht zu Ohren gekommen waren, nimmt er heute Abstand von einem Besuch. Er verspricht jedoch, eine Untersuchung anzuordnen«, sagte Jakob Selbach.

Isaak nickte.

»Des Weiteren wollte ich fragen, ob Ihr Hilfe aus der Gemeinde braucht?« Selbach sah in die Runde.

»Ich denke nicht. Meine Frau trägt schwer am Tod des Kindes. Sie hat es sehr geliebt, wir alle. Leben und Tod gehören wohl zusammen, aber Eva war uns ein ganz besonderer Schatz. Und auch die Umstände sind furchtbar.« Isaak schnaufte. »Aber mit Gottes Hilfe werden wir auch dies überstehen.«

»Lasst uns beten«, sagte Jakob Selbach und senkte den Kopf. Schweigend beteten sie. »Amen!«, sagte Selbach schließlich. »Bruder Isaak, dies war ja nicht der erste Angriff auf Eure Familie. Der erste hat kein so tragisches Ende gefunden, und doch beschäftigen mich dunkle Gedanken. Habt Ihr Feinde?«

»Feinde?« Isaak sah ihn verblüfft an. »Nein, wie kommt Ihr darauf?«

»Nun ja, erst Dirck und nun Eure kleine Tochter …«

Isaaks Gesicht verzerrte sich vor Schmerz. »Ich halte das für einen schrecklichen Zufall. Dirck war zur falschen Zeit am falschen Ort und Eva ebenso.«

»Ich kann das kaum glauben, Bruder Isaak. Zweimal wird Eure Familie so bitterlich vom Schicksal getroffen?«

Isaak schwieg, sah Selbach lange an. »Doch, bei Gott, ich glaube nicht an eine böse Absicht unserer Familie gegenüber. Wir sind gottesfürchtige und ehrbare Menschen, unseren Lehrjungen und Gesellen geht es gut, wir helfen den Armen und Kranken. Wieso sollte jemand Zorn uns gegenüber verspüren?«

»Hatte Eure Frau in der letzten Zeit schwierige Fälle zu betreuen? Schwere, unglückliche Geburten? Kindbettfieber?«

Isaak schüttelte den Kopf, schaute dann aber fragend seine Tochter an. »Du hast sie doch in der letzten Zeit begleitet, war da etwas?«

»Nein, das erste Kind von Mevrouw van Holten kam gesund zur Welt, und das Wochenbett verlief leicht. Das vierte Kind von Mevrouw Loers kam fast, bevor wir da waren. Auch dort gab es keine Schwierigkeiten.« Sie überlegte. »Der Fuß eines der Tagelöhner war brandig, Mutter konnte nicht mehr helfen, hat aber den Chirurgen bezahlt. Sonst wüsste ich nichts.«

»Wie hieß der Tagelöhner?«, fragte Selbach aufmerksam.

»Das weiß ich nicht mehr. Aber Mutter weiß es bestimmt noch.«

»Ihr meint, es könnte Rache wegen einer Behandlung gewesen sein? Das glaube ich nicht. Meine Frau ist wohlgelitten in der Stadt. Nein, es muss andere Gründe dafür geben. Gab es noch mehr Übergriffe oder Streitigkeiten?«

»Die Stadtwache hat ordentlich zu tun. Der Winter ist streng, es ist früh dunkel, und einige Gesellen zieht es ins Wirtshaus. Die Stimmung ist in der ganzen Stadt angespannt. Noch ist nicht klar, ob es wirklich zum Frieden kommt. Französische und münsterische Truppen stehen bei St. Tönis und Linn. Immer wieder kommt es zu Plünderungen der Höfe. Krefeld muss, obwohl wir nicht dem Landtag zu Moers angehören, Gelder zahlen.«

»Das kann dazu beitragen, dass die Leute Schuld bei anderen suchen oder Unschuldige angreifen.« Isaak stopfte seine Pfeife erneut.

»Wir Mennoniten geraten in das Zentrum schlechter Gedanken. Wir haben keine Bürgerrechte bisher, aber Privilegien.«

»Die wir teuer bezahlen, Bruder Jakob«, sagte Hermann. »Aber Ihr habt recht. Das, was Ihr sagt, habe ich auch verspürt. Eine unterschwellige Missgunst. Ob es schon Hass ist? Wir sollten darüber nachdenken, die Stadt zu verlassen.«

»Und wohin sollten wir ziehen, Bruder Hermann? Fast nirgendwo mehr werden wir geduldet. Krefeld ist unsere Zuflucht geworden. Und noch mehr Familien werden zuziehen, da bin ich mir sicher.«

»Leyden wäre eine Alternative. In den Niederlanden ist man immer noch liberal und offen für uns Täufer.«

»Immer noch. Der Krieg ist noch nicht ganz vorbei, das Blatt kann sich wenden. König Ludwig von Frankreich interessieren Glaubensfragen nicht, und König Karl hat die freien Gemeinden schon aus England vertrieben. Nein, nein. Wir müssen unsere Position hier stärken.«

»Bei Gott, Bruder Jakob, wir stärken hier nichts. Wir senken die Köpfe, zahlen und zahlen, nur um geduldet zu sein. Und die Repressalien werden schlimmer, nicht besser. Wir müssen uns fast heimlich treffen, um den Gottesdienst zu verrichten, wir werden beschimpft und angespuckt. Das ist doch kein Leben. Was ist mit der Mission von Mijnheer Penn?«, fragte Abraham.

»Ach, Penn.« Selbach winkte ab. »In Neuengland eine Kolonie zu gründen, die gottesfürchtig, gläubig, aber auch frei ist, ist ein schöner Traum. Der Mann hat doch noch nicht einmal Land dort.«

»Land kann man kaufen. Bei der Virginia-Kompanie zum Beispiel.«

»Bruder Abraham, wollt Ihr wirklich unter die mordenden und rohen Wilden gehen? In ein Land, von dem wir fast nichts wissen? Habt Ihr Euch mal erkundigt, was man auf so eine lange Schiffsreise mitnehmen kann? Viel ist es nicht. Ohne Vorräte, ohne Habe in ein wildes Land? Wie stellt Ihr Euch das vor?«

»Das Land dort soll fruchtbar sein und die Wilden gar nicht so wild. Wenn man ihnen mit Nächstenliebe begegnet, werden sie es verstehen. Auch sie sind Kinder Gottes und

Menschen.« Abraham trank hastig einen Schluck Würzwein, wischte sich über den Mund. Seine Augen funkelten, Margaretha sah darin das Feuer der Begeisterung glühen.

»Mein Sohn, es klingt wundervoll, aber die Realität würde dich schnell einholen. Wir können doch nicht jedes Mal weglaufen, wenn es schwierig wird. Auch dort kann es schwierig werden. Die Siedler von Jamestown sind in den ersten Jahren gestorben wie die Fliegen. Fieber, Hunger, Wilde … alles ist fremd und unbekannt.« Isaak schüttelte heftig den Kopf. »Wir haben hier ein Standbein. Uns geht es gut. Natürlich gibt es im Moment Schwierigkeiten, aber können wir die nicht überstehen?«

»Schwierigkeiten, Vater?« Hermann sah ihn an. »Ich wundere mich über dich. Vor einigen Wochen wurde Dirck, dein Sohn, angegriffen und verletzt. Hätten nicht rechtschaffene Bürger eingegriffen, wäre es noch schlimmer gekommen.« Er schluckte, senkte den Kopf. »Und nun Evale. Jemand hat sie genommen, ihren Mantel, Kleid, Stiefel geraubt, ihren Kopf geschoren und ihr anderes angetan. Ihr Unterkleid war voller Blut – hast du das nicht gesehen?«, schrie er nun. »Sie haben ihr wehgetan, sie verletzt, sie letztendlich getötet. Ein hilfloses, wehrloses Kind. Dein Kind! Meine Schwester!« Er sackte in sich zusammen, ein grauenvolles Schluchzen entrang sich seiner Kehle, und er presste die Fäuste auf die Augen.

Isaak rieb sich mit der Hand wieder und wieder über den Mund, er war sichtlich bemüht, die Fassung zu bewahren. Dann aber kniff er die Augen zusammen, sprang auf und lief in den Hof. Der verzweifelte Schrei, den er dort ausstieß, erinnerte an das Heulen eines Wolfes. Margaretha erschauderte, zwang sich aufzustehen und zu ihm zu gehen. Schweigend blieb sie vor ihm stehen. Isaak hatte den Mund weit aufgerissen, der Rotz lief ihm aus der Nase, Tränen rannen ihm über die Wangen.

»Vadertje …«, wisperte Margaretha hilflos.

»Godallemachtig, Margret«, schluchzte er, schloss sie in seine Arme und drückte sie an sich.

»Ja.«

Für eine Weile standen sie da, hielten sich fest, spendeten sich Wärme und Trost. Dann richtete Isaak sich wieder auf, wischte sich über das Gesicht. »Geh wieder hinein und kümmere dich um unseren Gast. Haben wir noch Schinken, Blutwurst, Brot? Wein auch. Ich komme gleich.«

Margaretha wusste, dass er einen Moment brauchte, um sich zu sammeln. Sie ging zurück in die warme Wohnküche, die Brüder und der Gemeindeälteste saßen schweigend da, starrten die Tischplatte an, als ob dort eine Landkarte verzeichnet wäre.

»Vater kommt gleich«, sagte Margaretha heiterer, als sie sich fühlte. Die Trauer lastete auf allen und schien sie niederzudrücken. »Mijnheer Selbach, habt Ihr noch zu trinken?« Ohne seine Antwort abzuwarten, schenkte sie ihm nach, stellte Brot, Butter und Schmalz auf den Tisch, holte den angeschnittenen Schinken aus der Vorratskammer, dazu Käse und Zwiebeln.

Selbach langte zu, und auch die Brüder griffen nun nach dem Brot und dem Schinken. Schweigend aßen sie für eine Weile. Schließlich kehrte Isaak zurück. Er hatte sein Gesicht gewaschen, sah gefasst aus.

»Wir müssen uns zusammensetzen. Wir müssen feststellen, ob die Feindlichkeiten gezielt uns Mennoniten gelten, und dann müssen wir sehen, was wir machen. Krefeld ist eine gute Stadt. Eigentlich haben wir hier Zukunft. Was Eva …«, er stockte, atmete tief ein, »was meiner Tochter hier passiert ist, hätte ihr auch woanders passieren können, unabhängig von ihrem Glauben. Für uns war sie ein Geschenk, eine Gottesgabe. Sie war immer fröhlich, herzlich, hat in allem etwas Gutes gesehen und in ihrem Leben mehr gelacht als geweint. Eva war ein Geschenk.« Er seufzte. »Doch selbst der große Täufer Luther hält solche Kinder für Teufelskinder, entstellt. Ob nun vom Satan gezeugt oder nur missgestaltet – das spielt auch keine Rolle mehr. Er wusste nicht, wovon er sprach, hat nie mit einem so fröhlichen Kind gelebt, es geliebt. Aber wir haben es. Andere mochten sich fürchten. Und das Gerücht, das Gretje dieses Kind geboren und somit Unheil in die Wochenstube bringt, gab es schon länger.«

»Eva ist nicht vom Teufel!«

Alle schraken hoch. Es war Gretje, die in der Türöffnung stand und ins Leere sah. Ihr Zopf hing wüst zerzaust über ihrer Schulter, sie trug keine Haube. Im Nachthemd, barfüßig und mit irrem Blick stand sie da, hielt das tote Kind in den Armen. Langsam schritt sie vorwärts, setzte sich vorsichtig auf einen Stuhl, so als wolle sie Eva nicht wecken. Sachte schaukelte sie das Kind, wiegte es.

»Eva ist nicht vom Teufel, sie ist ein Geschenk Gottes, und sie macht uns glücklich«, sagte Gretje und nickte bekräftigend.

»Mutter …« Hermann stand auf, blickte fassungslos auf Gretje. »Mutter, bitte …«

Isaak sah ihn streng an, stand dann auf. Es wirkte, als würde er eine Zentnerlast tragen. »Liebes, gib mir das Kind.«

Gretje schaute auf, sah jedoch an ihm vorbei. Sie lächelte. »Psst, Isaak, sie schläft. Lass sie schlafen.«

Die Geschwister tauschten verblüffte, verwirrte Blicke.

»Gretje, gib mir Eva. Leg dich hin und schlaf dich aus. Du brauchst Ruhe.«

Margaretha erhob sich. Langsam ging sie zu ihrer Mutter.

»Eva schläft, Isaak. Pssst.« Gretje lachte leise. »Weck sie nicht.«

»Ja, sie schläft. Gib sie mir, sie wird nicht aufwachen. Nun komm, lass mich meine Tochter halten.«

Für einen Augenblick sah Gretje ihn an, die Verzweiflung war deutlich in ihrem Blick zu sehen. Sie verzog das Gesicht, biss sich auf die Lippen.

»Gib mir das Kind«, sagte Isaak nochmal sanft, aber bestimmt.

Langsam, ganz langsam hob Gretje die Arme, reichte ihm das tote Kind. Vorsichtig, fast zärtlich nahm er es in die Arme. »Nun ist es gut. Sie wird bei mir ruhen. Ich kümmere mich um alles andere. Du solltest zu Bett gehen, Frau.« Isaak sah zu Margaretha, nickte ihr zu.

»Komm, Moedertje«, sagte sie und umfasste die Mutter an den Schultern. »Komm, lass uns nach oben gehen. Dirck bringt uns Würzwein und eine Schale Brühe. Die brauchst du nun.« Sie warf Dirck einen Blick zu, doch der Junge saß wie erfroren auf seinem Platz, Entsetzen in das Gesicht geschrieben. »Komm nun.« Margaretha zwang Gretje sacht, aufzustehen und zur Treppe zu gehen. Am Fuß der Stiege drehte sich die Mutter um. »Mein Kleines ... mein Tausendschön ...«, stammelte sie hilflos und verloren.

»Vater sorgt dafür. Nun komm.« Sanft schob sie die Mutter nach oben, brachte sie in das Schlafgemach der Eltern, half ihr, die Kleidung zu wechseln, und brachte sie zu Bett. Gretje ließ alles klaglos über sich ergehen. Wie gefangen verrichtete Margaretha die Handlungen, fühlte sich klein und gleichzeitig groß, ein seltsames Gefühl. Ihre Mutter war immer für sie und die Geschwister da gewesen. Nun war es umgekehrt.

Bevor Margaretha hinunterging, zog sie rasch die Betten in ihrer Kammer ab, brachte dann die Schmutzwäsche in den Hof, außer Sichtweite.

Isaak hatte Eva in die Stube gelegt. Hilflos, verloren stand er in der Türöffnung und schaute seine tote Tochter an.

Jakob Selbach saß mit den Brüdern fassungslos in der Küche. Margaretha schöpfte Atem, fuhr sie dann an. »Nun bewegt euch. Ich brauche Hilfe. Heißes Wasser zum Waschen von Eva und Mutter, kochendes Wasser für einen Aufguss, der Bestatter muss kommen, so schnell als möglich, Mijnheer Selbach. Bitte kümmert euch darum.« Sie stemmte die Arme in die Hüften. »Einen ganzen Schinken brauchen wir für den Leichenschmaus morgen. Du trägst dafür Sorge, Abraham, dass er gebraten wird. Hermann wird die Familie und die Gemeinde unterrichten. Dirck hilft mir in der Küche. Und ich geh jetzt wieder zu Mutter. Das warme Wasser bringt ihr mir.« Es waren keine Bitten, es kam Befehlen gleich, was Margaretha aussprach. Sie fühlte sich nicht wohl damit, wusste aber nicht anders zu reagieren. Für einen flüchtigen Moment kam ihr die Erkenntnis, dass die Mutter nun krank war und sie den Haushalt übernehmen und führen musste. Der Gedanke barg grausiges Erschrecken.

Margaretha ging in Gretjes Kräuterkammer. Nur die Anfänge, die Grundzüge, hatte sie bisher gelernt. Vieles war ihr noch fremd oder verborgen. Trotzdem musste sie nun handeln. Ihre Mutter litt unter Niedergeschlagenheit und Kummer. Dagegen half ein Aufguss aus Johanniskraut, das wusste Margaretha. Aber auch Melisse und Baldrianwurz konnten hilfreich sein. Sie nahm von den Pflanzen, brachte sie in die Küche. Dort hatte Dirck schon das Wasser im kleinen Topf zum Brodeln gebracht. Dampfschwaden zogen durch die Küche. Margaretha zerrieb die Blätter, stampfte die Wurzel, goss heißes Wasser darauf.

Den Aufguss brachte sie nach oben. Ihre teilnahmslose und in sich gekehrte Mutter zu waschen war eine Aufgabe, der sie sich kaum gewachsen fühlte. Und doch schaffte sie es. Sanft brachte sie die Mutter dazu, den bitter schmeckenden Aufguss zu trinken und ein wenig Brühe zu sich zu nehmen. Gretje sprach kein Wort. Nach einer Weile schlief sie ein, und Margaretha hoffte, dass der Schlaf ihr Erholung bringen würde. Wird sie nun verrückt?, fragte Margaretha sich. Ist es das, was passiert, wenn ein Herz bricht? Setzt dann der Verstand aus?

Bisher war sie noch nie mit so einem Fall konfrontiert gewesen. Der Schrecken über die Gedanken fuhr ihr in die Knochen. Mit zitternden Schritten ging sie die Stiege hinunter. Der Vater kniete vor dem Kanapee, auf das er das tote Kind gebettet hatte. Er schluchzte leise.

»Wir müssen sie waschen und anziehen. Sie muss aufgebahrt werden.« Margaretha fürchtete sich davor und wollte deshalb diese Aufgaben so schnell als möglich getan bekommen. Der Vater nickte. Langsam stand er auf, es schien ihm schwerzufallen. Gebückt verließ er die Stube. Schlagartig wurde Margaretha klar, dass sie auch diese Aufgabe alleine bewältigen musste. Sie wusch das Kind mit einem weichen Lappen, sanft strich sie über die wächserne Haut, die nun bläulich schimmerte. Sorgfältig zog sie der Schwester die Lieblingskleidung an, drückte ihr eine der Strohpuppen in die kleinen, pummeligen Hände. Die Haube hatte sie fest verschnürt, der kahle Kopf war so nicht mehr zu sehen. Das Kind wirkte friedlich, fast so als schliefe es. Doch inzwischen veränderten sich die Gesichtszüge, der Tod hatte von dem Körper Besitz ergriffen. Länger als zwei Tage durfte kein Toter über der Erde bleiben, so sagten es die Vorschriften des Stadtrats.

Margaretha stöhnte auf. Sie hatten keine nahe Verwandtschaft in der Stadt. Die zwei Brüder ihres Vaters waren nach Amsterdam gezogen, Mutters Geschwister waren vor Jahren schon der Ruhr zum Opfer gefallen. Es gab noch eine Tante von Gretje mit ihrem Mann. Die beiden waren kinderlos geblieben und lebten sehr zurückgezogen und verschlossen, wurden immer wunderlicher.

Wunderlich, das Wort blieb in Margarethas Gedanken kleben wie Honig. Wunderlich, war es das, was ihre Mutter nun auch wurde? Margaretha versuchte den Gedanken abzuschütteln, es gelang ihr kaum. Als es an der Tür klopfte, zuckte sie zusammen. Der Vater saß am Tisch, trank Branntwein. Dirck schnitzte stumm an einem Scheit Holz, Abraham und Hermann waren gegangen, wohin, wusste Margaretha nicht. Sie war gerade im Hof gewesen, hatte einem Huhn den Hals umgedreht und rupfte es nun. Es klopfte wieder, doch weder Isaak noch Dirck schienen es zu hören.

»Verdomme, Dirck! Geh und mach die Tür auf! Oder soll ich etwa gehen? Und alle Federn im Haus verteilen?«, fragte sie wütend.

Er sprang erschrocken auf. »Entschuldige, ich war ganz in

Gedanken. Ich musste an den letzten Sommer denken, als wir den Ausflug zum Rhein gemacht haben. Weißt du noch? Eva wollte alle Pusteblumen haben und wegpusten. Sie hat so gelacht.«

»Es hat geklopft. Mach die Tür auf«, sagte Margaretha verbittert. Es gab so viel zu tun, und sie hatte weder die Zeit noch die Kraft, diese Erinnerungen hochzuholen und darüber nachzudenken. Das konnte sie erst nachher, wenn sie im Bett lag. Und vielleicht noch nicht mal dann.

Dirck ging zur Haustür. »Goedenavond, Mevrouw Kunders, Mijnheer Kunders.« Er stockte.

»Goedenavond, minn Zoon. Wir haben gehört, dass es einen beklagenswerten Trauerfall in Eurer Familie gab, und wollten unser Beileid aussprechen«, sagte Tönis Kunders.

»Wir habe eine Pastete mitgebracht, damit ihr in dieser schweren Zeit nicht eure Kraft in der Küche verschwenden müsst. Gerne bringe ich auch mehr.«

Wie erstarrt blieb Dirck an der Tür stehen, sah die beiden an. Margaretha seufzte, stand auf, strich die Federn von ihrem Rock und ging in die Diele. »Bitte kommt herein.«

Vor der Tür der Stube blieben sie stehen, warfen einen bestürzten Blick auf das tote Kind. Mehrere Kerzen erhellten den Raum, ließen ihn kirchenähnlich aussehen.

»Hach Haerm«, seufzte Gitta Kunders. »So ein Engel.« Sie schüttelte den Kopf und drängte ihren Mann in Richtung Küche.

Kaum hatten sie Platz genommen und Margaretha ihnen Würzwein und Bier aufgetragen, klopfte es erneut. Diesmal reagierte Dirck schneller, eilte zu Tür.

»Mevrouw Sipmann, Mijnheer, kommt herein.«

»Wir bringen einen Eintopf und frisches Brot.«

Und so ging es in einem fort. Nach und nach kamen Nachbarn und Gemeindemitglieder, brachten Speisen, Getränke, zeigten ihre Anteilnahme. Man erkundigte sich nach Gretje, gab sich mit dem Hinweis, dass sie ruhte, aber schnell zufrieden. Die Gespräche verliefen zuerst gedämpft, doch nach einigen Humpen Bier und Bechern Würzwein wurden die Stimmen lauter.

Margaretha räumte das halb gerupfte Huhn in die Vorratskammer, brachte Geschirr und Besteck in die Küche, füllte Becher. Der Abend wurde länger und länger. Ihr Vater und die inzwischen zurückgekehrten Brüder verstrickten sich in lautstarke Gespräche. Margaretha gelangte an das Ende ihrer Kräfte. In der letzten Nacht hatte sie kaum geschlafen, und der Tag hatte ihr mehr abverlangt, als sie zu tragen vermochte. Zweimal schlich sie sich hoch zu Gretje, stellte beruhigt fest, dass die Mutter schlief. Schließlich lehnte sie sich gegen die Mauer neben dem Herd, spürte die angenehme Wärme der Backsteine im Rücken und schloss die Augen.

Gretje spielte im Sonnenlicht mit Eva im Hof. Sie ließen einen Stoffball zwischen sich hin und her rollen. Die Staubkörner glitzerten im Licht, der Kater sprang aus der Hofecke, schnappte sich den Ball und zog fauchend damit davon. Eva lachte auf, sie lachte ihr perlendes Lachen, das wie Wasser klang, hoch, rein und fröhlich. Und dann sah sie Eva staunend am Fenster. Die ersten Schneeflocken fielen, das Licht der Kerzen machte sie zu Edelsteinen, glitzernd und leuchtend, Eva klatschte begeistert in die Hände und lief in den Hof. Ihre Enttäuschung war groß, da die Schätze zwischen ihren Handflächen einfach hinwegschmolzen.

Und wie Eva lachte, jedes Mal, wenn sie dem Schwein die Abfälle aus dem Haus brachte und das Tier grunzend und schnaufend darüberfiel, es zerkaute, zermalmte, schnaufend und hektisch. Staunend betrachtete das Kind das gierige Tier, schüttete ihm nach, freute sich an ihm, an seiner Zufriedenheit, dem glücklichen Schnuppern und Schnauben.

Und als die alte Katze starb – da war Eva zwei, höchstens drei Jahre alt, das Tier lag morgens tot vor dem Herd –, hatte das Kind bitterlich geweint. Immer und immer wieder streichelte sie das struppige Fell der toten Katze, konnte sich gar nicht beruhigen lassen. Nur mit Mühe brachten sie Eva aus der Küche und konnten die Katze wegbringen. Zwei Stunden später spielte Eva mit dem Kater und einem Wollknäuel, so als hätte es keinen Tod gegeben.

Eva war beides und das immer vollkommen – Glück, Fröhlichkeit oder tiefste Trauer und Kummer. Sie lebte ihre Gefühle aus, sie war eins mit ihnen. Und doch war sie in ihrer kurzen Lebenszeit eher fröhlich, glücklich, ja, fast strahlend gewesen.

All diese Erinnerungen gingen Margaretha durch den Kopf.

»Geh ins Bett, Meisje.« Isaak schüttelte sie sanft am Arm. »Der Tag war hart und bitter, und du hast dich wacker gehalten, aber nun musst du schlafen.«

»Und die Gäste?«, seufzte Margaretha.

»Die gehen jetzt. Morgen kommen sie wieder, und es wird noch anstrengender. Aber gemeinsam stehen wir das durch. Geh schlafen, Liebes.«

Müde kniff Margaretha die Augen zusammen. Alles verwischte und verschwamm. Sie schüttelte den Kopf.

»Nun komm, ich bringe dich nach oben«, sagte Hermann, der plötzlich an ihrer Seite stand. Oder hatte er schon vorher dort gestanden? Margaretha wusste es nicht.

Gemeinsam stiegen sie die Treppe nach oben. Auf dem Absatz blieben sie stehen. Margaretha schaute zur Tür des Elternschlafzimmers. Sie wusste, sie sollte nach Gretje sehen, aber ein Grauen erfasste sie.

»Mutter …«, Hermann schluckte.

»Ja.«

Sie mussten nicht mehr sagen, teilten die Gedanken, die Ängste. Gretje hatte die Familie zusammengehalten, mehr als das, sie war der ruhende Pol in der Gemeinde, in der Stadt. Immer herzlich, helfend, freundlich. Und nun? Würde sie wirklich »wunderlich« werden?

»Ich muss nach ihr sehen.« Margaretha ballte die Hände zu Fäusten, spürte die lähmende Angst.

»Ja.« Hermann hauchte das Wort nur, sah zu der Tür, als könnte ihr ein Dämon entspringen. Dann räusperte er sich. »Ich warte hier. Ich bleibe hier, solange, bis du wiederkommst.«

Dankbar sah Margaretha ihn an. Dann ging sie zur Tür, öffnete sie einen Spalt, spähte in das Zimmer. Die Kerze flackerte im Luftzug, Schatten spielten Fangen an den Wänden. Gretjes Mund stand offen, ihr Arm hing an der Seite des Bettes herab. Margaretha biss sich auf die Lippen, ein verzweifeltes Stöhnen presste sich durch die zusammengebissenen Zähne. Dann seufzte Gretje auf, schmatzte einmal und drehte sich auf die Seite.

»Sie lebt«, flüsterte Margaretha erleichtert. »Schläft nur.«

»Aber ist sie wieder wohlauf und ... zuträglich?«, fragte der Bruder unsicher. Margaretha schaute ihn an, sah die Angst in seinem Blick, die Unsicherheit, die sie auch verspürte.

»Ich weiß es nicht«, wisperte sie beklommen. »Die Zeit wird es zeigen.«

Hermann nahm sie in den Arm, drückte sie an sich. Er roch nach Tabak und Rauch, nach dem fetten Fleisch, das in der Küche gereicht worden war, und Kohl. Er roch nach diesem Haus und sich selbst und gab Margaretha das, was sie in diesem Moment nicht hatte, ein wenig Sicherheit.

»Es ist furchtbar, es ist grausig, aber wir sind eine starke Familie und werden es überstehen. Auch Mutter, irgendwann, irgendwie. Sie wird darüber hinwegkommen.«

»Wie kann man darüber hinwegkommen?«

»Indem man es annimmt als Schicksal. Gott gibt einem kein Schicksal, das man nicht tragen kann, so hart und schwer es auch sein mag. Man muss versuchen, daran zu wachsen.«

»Was gibt dir die Zuversicht, diese Worte zu sagen, Hermann?«

»Du. Ihr. Diese Familie. Eva war ein Sonnenschein, eine Frohnatur. Sie hat fast nur gelacht, gelächelt, sich gefreut. Du bist ähnlich, aber ernster, weiser. Du hast nicht ihre Leichtigkeit, aber ihren Frohsinn. Und Mutter hat ihn auch. Sie wird wieder aus dem Abgrund hervorkommen, da bin ich mir sicher. Es mag dauern, aber solange du da bist, werde ich die Hoffnung nicht verlieren. Und nun geh schlafen, ruh dich aus, Meisje.«

Margaretha löste sich aus der schützenden Wärme seiner Arme, öffnete die Tür zu ihrer Kammer. Das Bett war noch nicht wieder neu bezogen, und die kahle Bettstatt von Eva drohte düster. Schaudernd stand Margaretha da, traute sich nicht, das Zimmer zu betreten.

»Godallemachtig, nein«, sagte Hermann leise. »Hier kannst du nicht schlafen. Komm, nimm mein Bett. Ich werde unten nächtigen. Komm, Liebes.« Er führte sie in seine Kammer, entzündete das Licht, küsste sie auf die Stirn. »Ruf nur oder komm, wenn etwas ist, Margret. Ich bitte dich, nimm nicht allen Kummer auf deine Schultern. Wir halten zusammen.«

Margaretha kuschelte sich unter die raue Decke. Sie dachte, dass sie nie mehr in den Schlaf finden würde, zu viele Gedanken und Sorgen tanzten Reigen in ihrem Kopf. Und dann schlief sie ein.

In der Nacht wachte sie auf, schaute an die gegenüberliegende Wand. Doch dort stand kein Bett. Verwirrt richtete sie sich auf, sah sich um. Dann wurde ihr klar, dass sie gar nicht in ihrem Zimmer lag, dass es kein zweites Bett gab, in dem ihre Schwester schlief. Nie wieder würde sie nachts den ruhigen und gleichmäßigen Atem von Eva hören. Nie wieder würde sie das Kind zu sich ins Bett nehmen, den warmen und weichen Körper an sich drücken können. Eva war tot.

Margaretha ballte das Kissen zusammen, presste es gegen ihren Bauch, biss sich auf die Lippen, bis es schmerzte. Die Tränen liefen und liefen.

Kapitel 9

In der Nacht hatte es wieder geschneit. Margaretha war früh aufgestanden. Ihre Augen brannten, und ihr Gesicht fühlte sich verquollen an. Sie holte frisches Wasser aus dem Brunnen und wusch sich. Das Wasser war bitterkalt, aber es erfrischte sie. Dann spülte sie das Geschirr des gestrigen Abends und räumte die Küche auf. Als ihr Vater wenig später die Treppe herunterkam, prasselte das Feuer munter im Kamin, und die Grütze brodelte im Topf. Margaretha hatte Speck hinzugefügt. Sie war sich sicher, dass alle eine gute Grundlage brauchten, um den Tag zu überstehen.

»Guten Morgen, Meisje«, sagte der Vater leise und ging nach draußen. Auch er wusch sich ausdauernd mit kaltem Wasser. Isaak hatte dunkle Ränder unter den Augen, sein Gesicht wirkte grau. Viel Schlaf hatte er nicht bekommen, das sah man ihm an. Dankend nahm er die Schüssel mit der heißen Grütze, setzte sich an den Tisch. Margaretha traute sich nicht, nach der Mutter zu fragen.

Hermann kam aus Annemiekes Kammer, in der er die Nacht verbracht hatte. Auch er setzte sich schweigend an den Tisch, löffelte die Grütze. Schließlich sah er auf.

»Vater, wie geht es Mutter? Ich mache mir große Sorgen um sie.«

»Nicht nur du, mein Sohn, nicht nur du.« Isaak seufzte schwer. »Sie redet nicht. Ihr Blick scheint leer und durch mich durchzugehen. Ich weiß nicht, was wir machen sollen. Vielleicht hat sich der Kummer in ihrem Körper aufgestaut, und ein Aderlass wäre hilfreich.«

»Mutter hält gar nichts davon. Sie sagt, das entzieht dem Körper nur Kraft. Soll ich nach ihr sehen?«, fragte Margaretha.

»Bring ihr etwas zu essen und einen Schluck Wein, bitte.«

»Wird sie nicht aufstehen, Vater?« Hermann schüttelte entsetzt den Kopf. »Sie wird doch mitkommen?«

»Ich glaube kaum, dass sie das schafft.«

Margaretha nahm Grütze und Würzwein, in den sie ein Ei rührte und ein wenig Frauenmantel gab. Langsam ging sie die Treppe nach oben. Isaak glaubte nicht, dass Gretje aufstehen können würde. Aber, dachte Margaretha, die Beerdigung wird wichtig für Mutter sein. Sie muss sehen, dass Eva beerdigt und Gott anempfohlen wurde. Abschiednehmen ist bedeutsam, das hatte Gretje immer wieder gesagt, wenn Kinder tot geboren wurden oder nach der Geburt verstarben.

Margaretha nahm ihren Mut zusammen und öffnete die Tür zur Kammer der Eltern. Gretje war wach, die Augen hatte sie geöffnet und starrte an die Decke.

»Guten Morgen, Mutter«, sagte Margaretha und versuchte ihrer Stimme Zuversicht zu geben. »Ich bring dir das Frühmahl.«

Genau wie gestern reagierte Gretje nicht.

»Mutter?«

Weder blinzelte sie, noch wendete sie den Kopf. Ihr Atem ging gleichmäßig, aber er erschien Margaretha sehr hastig.

Margaretha stellte die Schale und den Becher auf den Kasten neben die Kerze. Das erste, vorsichtige Licht des Tages begann den Himmel zu erhellen.

»Moedertje, ich habe Grütze gekocht, mit Speck. Das wird dich wärmen und dir guttun. Und Würzwein mit Ei habe ich dir bereitet.« Sie berührte Gretje sanft am Arm, doch diese schien die Berührung nicht zu bemerken. Margaretha stöhnte auf. Was sollte sie nun tun? Wie sollte es weitergehen? Würde ihre Mutter nun in diesem Zustand verbleiben? Vor sich hin dämmern, reglos und ohne Anteilnahme am Leben?

Sie setzte sich auf die Bettkante neben ihre Mutter, nahm deren Hand in ihre und rieb darüber. Die zarten Hände ihrer Mutter mit den schmalen Fingern, die normalerweise nie ruhten, immer beschäftigt waren, lagen nun kraftlos in ihren. Blaue Adern, dick wie Regenwürmer, zeigten sich unter der Haut, die fast durchscheinend wirkte. Margaretha strich mit dem Daumen über die Haut, drückte die Hand der Mutter. Sie wusste nicht, was sie sagen, wie sie sich verhalten sollte. Sie fühlte sich hilflos, alles war ihr im Moment zu viel. Vermutlich ging es Gretje nicht anders. Ihr Schmerz war sicher tiefer als Margarethas.

»Moedertje«, sagte sie leise. »Es ist schrecklich und grausam, und Eva hätte es verdient, weiter zu leben und ihre Fröhlichkeit zu verbreiten. Aber der Tod und das Leben gehen Hand in Hand, das hast du immer gesagt. Ich weiß, es macht dich traurig, es verbittert dich, aber uns geht es auch so. Eva war unser Sonnenschein, wir haben sie alle geliebt. Sie war unser besonderes Glück, und nun ist sie tot. Etwas, was kaum auszuhalten ist. Vater leidet.« Margaretha schluckte. »Vater leidet sehr, aber er versucht alles im Gange zu halten, uns zu sagen, was wir machen sollen. Annemieke ist weggelaufen. Wusstest du das schon? Vermutlich aus Furcht und Kummer. Wie muss es ihr gehen? Sie fühlt sich sicherlich grauenvoll schuldig.« Tränen stiegen wieder in ihre Augen.

»Und ich muss nun alles irgendwie meistern. Essen kochen, ja, das kann ich. Die Wäsche werde ich auch hinbekommen, den Haushalt. Das werde ich alles schaffen. Aber uns fehlt deine Herzlichkeit und Wärme. Uns fehlt deine Anwesenheit. Eva hat dich geliebt und gebraucht, aber wir brauchen dich auch.« Nun rannen die Tränen über ihre Wangen. Margaretha fühlte sich schlecht. Sollte sie nicht in dieser düsteren Stunde stark sein? Sollte sie nicht die Rolle ihrer Mutter übernehmen? Sie konnte es nicht, nicht so wie Gretje.

»Ich bin doch erst fünfzehn«, schluchzte sie verzweifelt. »Wie soll ich das alles schaffen? Wie soll ich die Nächte durchstehen, allein in meinem Zimmer, ohne Eva? Die Tage ohne ihr Lachen? Wie soll ich das schaffen? Und wie soll ich die Brüder ermuntern, so wie du es getan hast? Sie sind wie gelähmt und hilflos, genau wie ich. Vater versucht sein Bestes, aber auch er wird daran zerbrechen, wenn wir nicht nur Evale verloren haben, sondern auch noch dich.« Nun konnte sie die Tränen nicht mehr aufhalten, haltlos schluchzte sie, weinte, jammerte leise. Immer noch hielt sie die Hand ihrer Mutter. Endlich erwiderte diese den Druck. Überrascht sah Margaretha auf, wischte sich über die Augen und rieb sich die Tränen in die Wangen. Die Augen ihrer Mutter glitzerten. Gretje hatte den Kopf gewandt und sah Margaretha an. Sie sah ihr in die Augen und nicht nur durch sie hindurch.

»Es tut mir leid«, krächzte sie, als hätte sie ihre Stimme monatelang nicht benutzt. »Ich weiß, es ist schwer für dich.«

»Mutter …«

Gretje nickte. »Ja, Kind.«

»Willst du etwas Würzwein?« Margaretha stand unsicher auf. Sie hatte all ihren Kummer und ihre Sorgen geäußert, in der Annahme, dass Gretje sie gar nicht hörte. Nun schämte sie sich für ihre Schwäche.

»Ja«, Gretje richtete sich zitternd auf. »Und auch von der Grütze. Dann kannst du mir das dunkle Wollkleid aus dem Kasten geben.«

»Du wirst aufstehen? Mitkommen?« Fassungslos sah die Tochter ihre Mutter an.

»Ich wollte nicht, und ich will immer noch nicht, aber deine Worte … ich weiß nicht, vielleicht war es wichtig, was du gesagt hast. Ich habe immer noch Kinder, auch wenn Eva … wenn sie …« Sie schluckte hart, schaffte es nicht, die Worte auszusprechen. »Ich habe noch weitere Kinder und muss für sie da sein. Das hast du mir begreiflich gemacht.«

Margaretha reichte ihr den Würzwein, sah ihre Mutter gedankenvoll an. Viel ging ihr im Kopf um, kaum etwas davon konnte sie in Worte fassen. Sie öffnete die Truhe, suchte das Kleid heraus.

»Ich möchte mich waschen«, bat Gretje leise. Es war ihr ebenso peinlich bitten zu müssen wie Margaretha.

Schnell eilte das Mädchen, den Wasserkrug in den Händen, die Stiege hinab. In der Küche saßen die Brüder. Der Bestatter war gekommen, trank Dünnbier und biss herzhaft in das Brot, das er dick mit Butter und Schmalz bestrichen hatte.

Margaretha füllte den Krug mit warmem Wasser.

»Was ist mit Mutter?« Hermann fragte verzagt.

»Ich helfe ihr beim Anziehen. Sie ist noch schwach.« Margaretha sah nicht zum Tisch, konnte die fragenden Blicke ihrer Brüder nicht ertragen.

»Sie … sie kommt mit?«, keuchte Hermann fassungslos. »Wirklich?«

»Ja.« Margaretha schluckte all die Worte und Sätze, die ihr im Hals steckten, hinunter.

»Wie hast du das gemacht?«, fragte nun tonlos Isaak.

»Es liegt nicht an mir, Vater«, sagte Margaretha leise, nahm den Krug und ging wieder nach oben. Diesmal fiel ihr der Gang leichter. In der Kammer der Eltern saß Gretje aufrecht im Bett und löffelte die Grütze.

»Du hast Speck dazu getan, das war gut, aber der Kümmel fehlt. Kümmel macht so ein Gericht bekömmlicher.«

»Das wusste ich nicht.« Margaretha senkte den Kopf, fühlte sich plötzlich sehr unsicher.

Gretje drehte sich zu ihr. »Woher auch? Du wirst es lernen.«

Ihre Mutter war schwach. Das Waschen und Anziehen fiel ihr schwer, doch schließlich war es geschafft. Gemeinsam gingen sie die Treppe hinunter, einen Schritt nach dem anderen. Vor der Stube blieb Gretje stehen, es dauerte, bis sie einen Blick hineinwarf. Eva lag friedlich aufgebahrt da, Kerzen erleuchteten den Raum.

Gretje ging zitternd in die Knie. »Godallemachtig, wie soll ich das überstehen?«, seufzte sie, dann, wie durch Zauber, richtete sie sich auf, zog Margaretha fast in die Küche. Gretje sah sich um, begutachtete alles.

»Margret, hol Teller und Becher, Löffel und Messer aus dem Gesindehaus, wir werden reichlich brauchen. Wasser auch, darum kümmerst du dich, Dirck. Wir brauchen nachher kochendes Wasser für den Würzwein. Abraham, geh zum Weinhändler, zu Lobachs. Sie haben gute Weine. Die ganze Gemeinde wird heute kommen, und wir müssen nicht unsere Vorräte nehmen. Kauf ein paar Schläuche kräftigen Rotwein.« Sie setzte sich auf einen Stuhl, vorsichtig, als ob dort Scherben oder rohe Eier lägen.

»Einen Schinken habe ich schon aus dem Vorrat genommen«, sagte Margaretha leise und beklommen. Sie traute dem Ganzen nicht. Gretje hielt sich tapfer, aber für wie lange?

»Ein Schinken wird reichen. Alle werden etwas mitbringen. Setz Brot an, und haben wir genügend Butter?« Gretje kniff die Augen zusammen, schaukelte sacht hin und her. Es kostete sie Kraft, in der Küche zu sitzen. Dennoch tat jeder so, als wäre alles gut und normal. Tische, Bänke, Stühle wurden herbeigeschafft, Geschirr und Besteck. Fast war es wie der Auftakt zu einem fröhlichen Fest, nur wurde heute ein Kind zu Grabe getragen.

Margaretha tat die Betriebsamkeit gut. Sie hatte keine Zeit nachzudenken. Es gab zu viel zu tun.

Schließlich stand der Bestatter auf, der sich an seinem Krug Dünnbier festgehalten hatte.

»Lasst uns gehen!«, sagte er schwankend, aber mit Grabesstimme. Von seinem Karren holte er einen kleinen Sarg. Ein Totenbett aus rohen Brettern, rau und derb. Er stellte den Sarg in die Stube, schnaufte. Margaretha sah entsetzt die Kiste an. Darin sollte Eva, ihr Herzblatt, liegen? Auf grob zusammengehauenen Brettern? Ihr stockte der Atem, und schnell holte sie Kissen und Decke, polsterte den Sarg aus.

»Nun denn«, sagte Isaak und holte tief Luft. »Evale, Liebchen …« Er nahm das tote Kind hoch, wiegte es kurz, legte es in den Sarg auf die Decke. Vorsichtig schlug er die Decke um sie, drückte ihr die Puppe in die Arme und faltete die Hände auf der Brust.

»O Godallemachtig! Warum?« Isaak schüttelte verzweifelt den Kopf, wandte sich ab.

Der Bestatter schloss den Sarg, nahm ihn vorsichtig mit nach draußen. Dort stand der Eselskarren.

In der Nacht hatte es geschneit, doch nun schien die strahlende Sonne über Krefeld, verbreitete ihr gleißendes Licht, das im Schnee glitzerte und sich brach. Hell war es, und fast unberührt war der Weg, den sie langsam hinter dem Karren gingen. Margaretha zog den Mantel eng um sich, doch sie konnte nicht aufhören zu frieren. Die Kälte kam von innen. Sie schritt neben Gretje, die mehr schwankte als ging, nahm schließlich Gretjes Arm und stützte sie. Stumm und still kamen die Nachbarn aus den Häusern, immer mehr schlossen sich dem Leichenzug an. Langsam zogen sie vor die Stadt zum Kriegerfriedhof. Dort fanden die Gemeindemitglieder der Mennoniten seit geraumer Zeit ihre Ruhe.

Es roch nach Holzkohle, nach feuchtem Rauch, je näher sie dem Platz kamen.

»Der Boden war gefroren«, entschuldigte sich der Bestatter, als sie an das Grab kamen. Daneben glühten noch die Äste, die Erde sah verbrannt aus. Das Loch war nicht tief. Es reichte gerade für den kleinen Sarg und ein paar Handvoll Erde obenauf.

Mijnheer Selbach sprach ein paar Worte, es wurde gebetet, und dann schon zog es alle zurück in die Stadt. Margaretha verweilte noch an dem Grab, wartete, bis keiner mehr da war. Sie hatte zwei Katzen dabei, die Dirck geschnitzt hatte, und legte sie nun auf die Erde über den Sarg.

»Für dich, Eva.«

Margaretha blinzelte die Tränen weg, beeilte sich, die Beerdigungsgesellschaft einzuholen. Zu Hause wartete Arbeit auf sie.

Die Stimmung in der großen Küche und der Stube war gedrückt. Gretje hatte recht gehabt, jeder hatte Speisen mitgebracht. Die Frauen halfen alles anzurichten, sprachen leise miteinander. Die Männer saßen in der Stube, rauchten ihre Pfeifen und schwiegen. Margaretha brachte Bier und Wein. Man prostete sich zu, gedachte des toten Kinds.

Erst leise und murmelnd, doch dann schon bald in normalem Tonfall begannen die Männer zu diskutieren.

»Es war Mord!«

»Nein, nein, Bruder Daniel, das war es nicht. Das Kind ist hier zu Hause gestorben.«

»Aber, Bruder Simon, es starb auf Grund dessen, was ihm angetan wurde. Also ist es Mord.«

»Sie ist tot«, sagte Isaak. »Natürlich möchte ich den Schuldigen zur Rechenschaft ziehen, aber lebendig macht es sie nicht mehr.«

»Die Frage, die wir uns stellen müssen, ist: Was wird als Nächstes passieren? Sind unsere Frauen und Kinder, unsere Söhne in dieser Stadt noch sicher? Können wir sie, können wir unsere Gemeinde schützen?« Jakob Selbach lehnte sich zurück und schaute in die Runde.

»Bruder Jakob, natürlich ist mir eine gewisse Feindseligkeit gegenüber unseren Glaubensbrüdern aufgefallen, aber wir sollten das nicht zu hoch bewerten.« Isaak zog nachdenklich an der Pfeife. »Man könnte die beiden Taten auch so bewerten, dass jemand etwas gegen meine Familie im Speziellen hat. Aber warum sollte das sein? Ich glaube, Dirck und …« Er seufzte. »… Eva sind Opfer bösartiger Mitmenschen geworden, es hätte ebensogut andere treffen können. Vielleicht will Gott auch dieser Familie eine Lehre erteilen, ihr etwas zeigen. Vielleicht waren wir zu glücklich, zu hochtrabend. Ich weiß es nicht, und diese Gedanken beschäftigen mich. Es muss nicht zwingend gegen unseren Glauben gerichtet sein.«

»Bruder Isaak, da habt Ihr wohlgesprochen, und dennoch weiß ich, dass der Zorn in der Stadt ansteigt. Bei Familie Kunders wurden faule Eier an die Fensterscheiben geworfen. Das Pferd von Bruder Johann Bleickers wurde mit unreifen Äpfeln gefüttert und starb an einer Kolik. Doch, doch, das war Vorsatz, ein halber Sack grüner Äpfel lag noch im Stall. Die Katze von Familie Simons wurde geköpft und nachts an die Haustür genagelt, und das sind nur einige Beispiele. Der Wind wird stärker und eisig.« Mijnheer Kürlis nahm seinen Becher, trank ihn leer.

Margaretha stand mit dem Weinschlauch an der Tür. Sie ging zum Tisch, füllte Kürlis und anderen nach. Die Worte der Männer beunruhigten sie.

»Gib mir den Wein, Schwesterchen, und hol dir etwas zu essen. Du siehst ganz erschöpft aus«, sagte Dirck und tätschelte ihre Schulter. »Wie geht es Mutter?« Unsicher schaute er in Richtung Küche. Dort hatte der Geräuschpegel auch deutlich zugenommen. Die erste Zeit der Rücksichtnahme und der traurigen Gedanken war vorbei. Nun wurde erzählt und gelacht.

»Ich weiß nicht«, hauchte Margaretha. Durch das Haus wehten die Düfte von Aufläufen, Schinken, Kohl, frischem Brot und anderem. Margarethas Magen zog sich hungrig zusammen. Bisher hatte sie noch keinen Moment Ruhe gehabt.

»Nun geh und iss«, sagte Dirck besorgt und nahm ihr den Weinschlauch ab.

»Wo ist der Abort? Wir müssen dringend …« Eine Frau, die sie nur flüchtig und vom Sehen kannte, kam Margaretha entgegen. Sie führte ein schrumpeliges, gebeugtes Weiblein am Arm.

»Im Hof …« sagte Margaretha, aber da seufzte die Greisin schon auf, und ein stechender Geruch breitete sich aus. Verlegen sah Margaretha sich nach ihrer Mutter um. Gretje saß in sich zusammengesunken neben dem Herd, sie brauchte eher selbst Hilfe, als dass sie welche geben konnte.

»Kommt«, sagte sie zu den beiden Frauen, führte sie in das Waschhaus, brachte warmes Wasser und abgelegte Kleidung.

Dann säuberte sie den Boden, hielt dabei den Atem an. Der Hunger war ihr vergangen. In der Küche ging es inzwischen laut und lustig her. Es wurden Rezepte getauscht, Tratsch verbreitet.

Margaretha hockte sich vor ihre Mutter, nahm deren Hände. Gretje wirkte wieder abwesend. »Moedertje? Dies war ein langer Tag. Möchtest du dich nicht hinlegen?«

Gretje sah sie einen Moment lang verwirrt an, nickte dann aber langsam. »Ich bin müde, Dochtertje.«

Margaretha zuckte zusammen. Dochtertje , so hatte Gretje immer Eva genannt.

»Soll ich dir helfen? Mit dir nach oben gehen?«

Gretje antwortete nicht, stattdessen schaute sie sich verwirrt um. »Wer sind all die Leute, und was feiern wir heute? Ist schon Neujahr?«

»Mutter? Heute … wir haben … Eva …« Die Worte blieben in ihrer Kehle stecken, und sie wusste nichts mehr zu sagen.

»Eva.« Gretje sackte in sich zusammen. »Ach ja. Eva.« Sie stöhnte auf. »Eva, mein Engel, mein Kind.«

»Komm, Mutter.« Margaretha zog Gretje hoch, führte sie nach oben. Sie half der Mutter die Kleider abzulegen, deckte sie zu. Die Stundenkerze brannte beruhigend. Langsam ging Margaretha wieder nach unten. Zwar hatte Gretje heute einen großen Schritt getan, aber wie würde es in Zukunft werden? Die Last der Verantwortung wog schwer auf Margarethas Schultern. Sie war müde und erschöpft, bedrückt ging sie nach unten, doch nun schienen alle aufgetaut zu sein. Aus der Stube und der Küche erschollen die Stimmen, sie lachten, erzählten. Margaretha stockte. Konnte sie das ertragen? Hatte sie eine Wahl? Am Fuße der Stiege standen zwei Personen und wisperten miteinander.

»Du hast so wunderschönes Haar, Esther.«

»Du Tollkopf.« Das Mädchen lachte leise. Dann wurde sie ernst. »Was wird denn nun?«

»Ich weiß es nicht, mein Herz. Ich weiß es wirklich nicht.« Die Stimme des Mannes klang auf einmal betrübt. »Alles scheint sich zu verändern. Die Sache mit Dirck und nun … mit Eva …« Er hauchte den Namen nur. »Es ist furchtbar und zerreißt die Familie. Mutter leidet grauenvoll.«

Margaretha hielt inne. Offensichtlich hatten die beiden sie nicht gehört. Was sollte sie tun? Sich bemerkbar machen? Sich zurückziehen? Unsicher blieb sie stehen.

»Das glaube ich dir. Deine Mutter wirkte heute so ganz anders als sonst«, sagte Esther. Esther Theißen musste es sein, eine junge Frau aus der Gemeinde. Sie hatte rotes, lockiges Haar und war übersät mit Sommersprossen. Ein fröhliches Mädchen.

»Mutter fällt es schwer. Sie leidet.« Er seufzte.

Nun erkannte Margaretha die Stimme, es war ihr Bruder Hermann.

»Bevor sie sich nicht erholt hat, kann ich Vater nicht fragen, wie es mit meinem Erbe und einer Teilhaberschaft aussieht. Und bevor ich keine Teilhaberschaft habe, kann ich dich nicht ehelichen, mein Herz.«

Es dauerte einen Moment, bis Margaretha die Worte verstanden hatte, aber dann hüpfte ihr Herz. Hermann hatte eine Frau gefunden, eine, die er liebte. Ihr Bruder war ernsthaft und in sich gekehrt, ein gottesfürchtiger Mensch. Die fröhliche Esther war ein guter Gegenpol zu ihm, dachte Margaretha. Diese Schwägerin wäre mir wohlgesinnt.

Margaretha hustete laut, bevor sie die Treppe weiter hinunterschritt.

Hermann sah erschrocken auf, lächelte aber dann zaghaft. »Margret …«

Sie nickte ihm und Esther zu, wollte an ihnen vorbeigehen und beiden noch einen Moment Zweisamkeit gönnen, doch ihr Bruder hielt sie am Arm fest.

»Was ist mit Mutter?«, fragte er besorgt.

»Ich habe sie zu Bett gebracht. Sie ist sehr erschöpft.«

»Ja.« Hermann stockte. »Wird sie sich erholen?«

Margaretha biss sich auf die Lippe. Dann schüttelte sie leicht den Kopf. »Das weiß ich nicht, es liegt in Gottes Hand.«

»Natürlich. Aber sie ist mit zum Friedhof gekommen, hat sich um die Speisen gekümmert. Sie wird doch wieder werden?«

Die Geschwister sahen sich an. In ihren Gesichtern spiegelte sich die große Unsicherheit, die sie empfanden. Der Gedanke, dass Gretje an dem Kummer zerbrechen könnte, war so unheimlich, dass sie ihn kaum zu Ende denken mochten.

»Ich hoffe sehr, dass sie sich erholt, Hermann. Aber ob sie jemals wieder wie vorher sein wird, bezweifele ich.«

Er nickte. »Keiner von uns wird das, fürchte ich.«

»Und trotzdem müssen wir weitermachen. Ich gehe in die Küche und schaue nach den Gästen.«

»Soll ich dir helfen?«

Margret lächelte und warf Esther einen Blick zu. »Gleich. Lass dir ruhig noch etwas Zeit. Vermutlich habt ihr wichtige Dinge zu besprechen.«

Esther zwinkerte ihr freundlich zu, über Hermanns Gesicht zog sich eine leichte Röte, und er räusperte sich verlegen.

In der Küche war es heiß und stickig. Auf dem Herd brodelte eine Suppe. Pasteten, Brot, Schmalz und Butter und Reste des Schinkens bedeckten den großen Tisch. Die Frauen saßen um den Tisch und auf den Bänken, schwatzten, tranken verdünnten Wein oder Bier.

Margaretha sammelte die Teller und Schüsseln ein, trug sie ins Waschhaus. Dirck war so umsichtig gewesen, die Herdstelle zu bestücken. Ein munteres Feuer brannte dort, und in dem großen Kessel erwärmte sich das Wasser. Margaretha begann, das Geschirr zu spülen. Eigentlich war dies die Aufgabe der Magd. Wie mochte es Annemieke gehen?, fragte Margaretha sich. Sie hatte die Magd gut leiden können. Ob sie glücklich war? Ob sie ihren Weg mit Wilhelm finden würde? Trotz all der unglücklichen Umstände, die zu Annemiekes Flucht geführt hatten, wünschte Margaretha ihr nur Gutes.

Ganz in Gedanken versunken wusch sie einen Teller nach dem anderen ab. Plötzlich öffnete sich die Tür der Waschküche. Vor dem kleinen Fenster wurde es allmählich dämmerig.

»Hier bist du. Ich habe dich überall gesucht.« Jan Scheuten stand verlegen im Türrahmen. »Wie geht es dir?«

Margaretha überlegte. Wie ging es ihr? Im Moment funktionierte sie nur und war froh darüber.

»Mir geht es ganz gut. Die Luft im Haus ist jedoch so stickig, und die vielen Leute – mein Schädel brummt von den ganzen Stimmen.« Sie lachte leise. »Deshalb habe ich mich hierhin zurückgezogen.«

»Eure Magd ist weggelaufen, habe ich gehört?«

»Ja.« Margaretha zögerte. »Jan, komm herein und mach die Tür zu, sonst zieht die Kälte hier rein.«

Jan sah sich unsicher um. »Ist das nicht unschicklich?«

Margaretha lachte, nahm ein Leinentuch und warf es ihm zu. »Nicht wenn du abtrocknest und deine Hände so beschäftigst.«

»Nun denn.« Jan lachte auch, trat ein, schloss die Tür und begann das Geschirr abzutrocknen.

»Ihr seid im Moment wirklich vom Pech verfolgt«, sagte er leise.

»Meinst du, es liegt an meiner Familie?« Margaretha sah ihn an. »Du wurdest doch auch geschlagen.«

»Ja, das war Unglück. Wir wollten die Männer in der Wirtschaft ja nicht provozieren, es ist einfach so passiert. Aber das mit Eva, das war schon Absicht.«

»Absicht.« Margaretha kaute auf dem Wort. »Das klingt so kalt, so berechnet.«

»Wie siehst du es denn? Als Missgeschick?« Ungläubig schaute er sie an. Nun wurde es wahrlich dunkel. Margaretha nahm einen Kienspan und entzündete die Kerzen. Sie ließ sich Zeit damit, überlegte in Ruhe.

»Missgeschick ist sicher das falsche Wort. Glaubst du denn tatsächlich, dass da jemand auf den passenden Augenblick gewartet hat, um sich Evchen zu greifen? Jemand hat also gelauert? Über eine längere Zeit und dann zugegriffen und gehandelt? Absichtlich? Mit Eva als Ziel?« Sie schüttelte heftig den Kopf. »Das mag ich nicht glauben. Eva war immer zu verträumt und hilflos. Der Unhold hat sie sich gegriffen, als Annemieke nicht aufpasste. Er hätte sich auch jedes andere Kind packen können, das unbeaufsichtigt am Markplatz stand.«

»Margaretha, meinst du das wirklich?«

Sie stutzte, sah ihn an. »Ja. Wieso?«

»Eure Eva war anders …« Jan schaute zur Seite.

»Ja, natürlich war sie das. Sie war ein Sonnenschein.«

»Sie war krank, sie war … missgebildet. Mach dir doch nichts vor. Deine Schwester wäre nie eine normale Frau geworden. Bei aller Liebe, die ihr für sie empfunden habt, das muss euch doch bewusst gewesen sein.«

Margaretha schluckte. Dann nickte sie schwach. Sie drehte sich um, würgte.

»Margret!«, stöhnte Jan erschrocken. »Nicht doch.« Er legte seinen Arm um sie, zog sie an sich. »Ich meine es weder abwertend noch böse.« Er griff in seine Jackentasche und zog ein kleines Fläschchen hervor. »Branntwein. Magst du?« Bevor sie antworten konnte, hatte er die Flasche schon entkorkt und hielt sie ihr unter die Nase. Es roch scharf und brennend. Margaretha verzog das Gesicht, nahm aber dann die Flasche und trank einen Schluck. Es brannte in ihrem Mund, an ihrem Gaumen, in Kehle und dann in ihrem Magen. Aber schließlich breitete sich eine wohltuende Wärme in ihr aus. Sie hustete, atmete tief ein, lehnte sich gegen Jan. Er roch gut, nach Pferd und Holz, nach würzigem Speck und sich selbst.

»Wir haben Eva geliebt«, sagte sie leise.

»Ja, das hat auch jeder gewusst. Für manchen, auch aus der Gemeinde, war es befremdlich. Und viele haben immer noch Angst vor solchen Kindern, vor den Menschen, die daraus werden. Ich glaube nicht, dass Eva nur zufällig ausgewählt wurde. Das war Absicht. Sie wollten dieses Kind schänden und umbringen.«

Margaretha stockte der Atem. Diese Gedanken hatte sie auch gehabt, aber weder zu Ende gedacht noch ausgesprochen. Irgendetwas in ihr hatte sie davor zurückgehalten. Und jetzt lagen die Worte vor ihr. Zischend stieß sie die Luft aus.

»Hätten sie dann nicht ein Messer nehmen können? Es kurz und schnell machen? Musste es so sein? So grausam?«, fragte sie tonlos und hastig. Wieder stiegen Tränen in ihr hoch.

»Sie haben die Tat nicht zu Ende gebracht. Mein Vater und mein Bruder meinen, dass es Absicht war. Ein Zeichen, das sie gesetzt haben. Um uns zu warnen und zu erschrecken, ja womöglich, um uns zu vertreiben. Wir sind nicht mehr wohlgelitten in der Stadt, meint meine Familie.« Jan zog sie sanft an sich, strich ihr schüchtern über den Rücken. »Ich wollte dich nicht verletzen, noch frische Wunden weiter aufreißen, Margret. Bei Gott, das wollte ich nicht, und es tut mir leid, überhaupt darüber gesprochen zu haben.«

Margaretha genoss seine Berührung, seinen Trost, drückte sich noch ein wenig enger an ihn, spürte die Wärme seines Körpers. »Aber alle sprechen doch darüber, warum solltest du es nicht auch?« Sie wischte sich die Tränen von den Wangen, rückte von Jan ab, schaute ihn an. »Hast du Eva auch für eine Missgeburt gehalten?«

Jan zögerte, dachte nach. Seine Haare hatte er der Mode gemäß zu einem Zopf gebunden, bisher war er glatt rasiert gewesen, aber nun schien es, als ob er sich einen Bart wachsen lassen wollte. Ein Flaum bedeckte das Kinn, um die Lippen war die Haut jedoch noch glatt. Ihr Bruder Abraham hatte auch seit kurzer Zeit so einen Kinnbart.

Er fuhr sich über das Kinn, so als wolle er prüfen, ob der Flaum noch da war. Dann schüttelte er den Kopf. »Eine Missgeburt? Nein. Oder doch, schon am Anfang, als andere darüber geredet haben. Und dann habe ich sie kennengelernt. Weißt du noch den Nachmittag im Wallgarten? An dem Tag, als ich nach Krefeld zurückkehrte? Sie hatte so eine Freude in sich, hat sich an Kleinigkeiten erfreut. Sie trug die pure Lust am Leben in sich und hat das ausgestrahlt.« Er schluckte. »Sie war keine Missgeburt, sie war ein ganz besonderer Mensch.«

Margaretha senkte den Kopf. »Danke«, flüsterte sie.

»Nicht weinen, Margaretha, bitte weine nicht.« Er nahm sie in den Arm und hielt sie fest.

»Was ist hier los? Margret?« Isaak stand auf der Türschwelle. Sie hatten ihn nicht kommen hören. »Jan?«

Wie gestochen fuhren sie auseinander.

»Vater …«

»Margret, ich bin entsetzt. Was macht ihr hier? Und das gerade heute.« Fassungslos sah Isaak sie an.

»Mijnheer op den Graeff, Ihr täuscht Euch. Ich habe Margaretha geholfen …«

»Geholfen?«, polterte Isaak.

»Geholfen, das Geschirr zu trocknen.« Hilflos hielt Jan das Linnentuch hoch.

»Ihr habt Geschirr getrocknet, während Ihr meine Tochter im Arm hieltet? Wollt Ihr Euch über mich lustig machen, Mijnheer Scheuten?«

»Vater …« Margaretha wischte sich die Tränen aus dem Gesicht. »Ich habe ihn gebeten, mir zu helfen, und dann haben wir über Eva gesprochen.« Sie hielt inne, schüttelte verzweifelt den Kopf. »Und all die Erinnerungen … er hat mich gerade nur getröstet.«

»Diese Art, dich zu trösten, steht ihm nicht zu. Verlasst das Waschhaus, Scheuten! Am besten geht Ihr mir ganz aus den Augen und lasst Eure Finger von meiner Tochter. Bei Gott, wisst Ihr, wie alt sie ist? Sie ist noch ein Kind.« Isaak wurde immer lauter.

Abraham trat hinter ihn, spähte dem Vater über die Schulter. »Was ist hier geschehen?«

»Nichts, nichts, wir wollen nicht noch mehr Aufhebens um die Sache machen. Noch wurde die Ordnung nicht gebrochen.« Isaak wandte sich ab, wedelte mit den Händen. »Geleite den jungen Mijnheer Scheuten zur Tür, minn Zoon. Scheuten wollte gerade gehen.«

»Ach?« Abraham zog die Augenbrauen hoch.

Margaretha ergriff kurz die Hand von Jan und drückte sie.

»Es ist … heute ist ein schlimmer Tag … er meinte es nicht so«, wisperte sie.

»Ich verstehe das schon.« Jan erwiderte den Druck, sah ihr in die Augen, schien dort für einen Moment einzutauchen. Dann drehte er sich um und verließ die Waschküche.

Margaretha ballte die Hände zu Fäusten. Der Augenblick des Trostes, den sie in Jans Armen empfunden hatte, war verflogen. Sie trocknete die Teller und Schüsseln ab, goss das noch dampfende Wasser aus der Spülschüssel in den Hof, trug das saubere Geschirr in die Küche. Ob jemand den Streit mitbekommen hatte, wusste sie nicht, doch nach und nach verabschiedeten sich die Gäste. In der Stube saßen zwei der Gemeindeältesten, Isaak und Hermann. Abraham hatte Jan zur Tür gebracht, kehrte dann in die Küche zurück.

»Was war denn los?«

Margaretha schüttelte den Kopf. »Ein Missverständnis. Jan wollte mir nur helfen.«

»Dir zu helfen ist nicht seine Sache, Margaretha«, sagte Abraham ernst. »Aber es ist unser Fehler, dass wir nicht erkannt haben, dass du Hilfe benötigst. Annemieke fehlt. Wir werden für Ersatz sorgen müssen. Alleine kannst du das nicht bewältigen. Schon gar nicht, solange es Mutter schlecht geht.«

Margaretha schaute auf. »Hat jemand nach ihr gesehen?«

Abraham strich sich über den Bart. »Ich glaube nicht. Mach du das mal. Dieweil werden Dirck und ich uns um das Geschirr und die Essenreste kümmern.«

»Das geziemt sich aber doch nicht«, sagte Margaretha.

»Ach was, nun geh schon nach Mutter gucken.« Er drängte sie sacht zur Treppe.

Kapitel 10

Als sie die Stiege erklommen hatte und auf dem Absatz vor den Kammern stand, hielt Margaretha inne. Die Brüder würden nun das Geschirr einsammeln und spülen. Das war leichter als das, was sie nun zu tun hatte. Ihr grauste es davor, zu ihrer Mutter zu gehen.

Sie klopfte leise an die Tür der Kammer der Eltern, doch Gretje antwortete nicht. Vorsichtig öffnete Margaretha die Tür einen Spalt und spähte hinein. Die Kerze auf dem Kasten neben dem Bett flackerte leicht im Luftzug. Gretje lag auf dem Rücken, die Hände gefaltet. Margaretha stockte der Atem, doch Gretjes Brust hob und senkte sich regelmäßig, sie schlief. Die Tochter schlich an das Bett der Mutter. Die Decke war ein wenig verrutscht, Margaretha hob sie an und deckte die Mutter sacht zu. Gretje bewegte sich kurz, wachte jedoch nicht auf. Erleichtert verließ Margaretha die Kammer. Dirck und Abraham hatten schon tüchtig aufgeräumt. Nun wuschen sie weiteres Geschirr ab. Isaak und Hermann saßen immer noch mit zwei der Ältesten in der Stube. Sie sprachen leise miteinander. Obwohl Margaretha den Wortlaut nicht verstehen konnte, klangen die Stimmen sehr ernst.

Sie räumte die Essenreste zusammen. Viel war nicht übrig geblieben, doch einiges würde sie morgen zu den Armen der Stadt bringen können. Margaretha hatte gerade die Speisen in die Kühlkammer im Hof gebracht, als ihre Brüder das saubere Geschirr in die Küche trugen.

»Was ist mit Mutter?«, fragte Abraham angespannt.

»Sie schläft friedlich.«

»Lasst uns Gott danken!«

Die drei senkten die Köpfe und sprachen still ein kurzes Gebet. Schließlich schaute Margaretha wieder auf. Sie gähnte verstohlen, doch Abraham bemerkte es.

»Du bist sicher müde. Was gibt es noch zu tun?«

»Die Stühle, Bänke und der zweite Tisch müssen nach nebenan gebracht werden. Ich werde noch Brotteig ansetzen. Dirck, du könntest den kleinen Kessel schon mal mit Wasser füllen. Alles Weitere können wir morgen machen.«

Während die Brüder die Möbel in das Gesindehaus schleppten, verabschiedete Isaak die letzten Gäste. Als sie gegangen waren, öffnete Margaretha die Fenster vorne und hinten weit, ließ die kalte, aber reine Nachtluft durch das Haus ziehen. Es kam ihr so vor, als ob nicht nur der Qualm der Pfeifen und der Essensgeruch nach und nach weggeweht wurden, sondern auch die Wortfetzen, die immer noch in der Luft zu hängen schienen. Schließlich kehrte Ruhe in das Haus der op den Graeffs ein.

Margaretha bedeckte die Schüssel mit dem Brotteig mit einem Tuch, kontrollierte das Feuer im Kamin.

»Nun komm, mein Kind. Der Tag war lang und anstrengend. Hermann überlässt dir für heute nochmal sein Zimmer. Morgen werden wir das zweite Bett aus deinem Zimmer nehmen«, sagte Isaak bedächtig.

Margaretha sah ihn an. Er schien keinen Groll mehr gegen sie zu hegen. Einen Moment lang überlegte sie, ob sie den Vorfall mit Jan noch einmal ansprechen und klären sollte, entschied sich aber dann dagegen. Gemeinsam löschten sie die Kerzen, stiegen schließlich die Treppe hoch. Kurz drückte Isaak sie, bevor er in das Schlafzimmer ging.

Obwohl Margaretha müde und erschöpft war, sie jeden Muskel ihres Körpers spürte, gelang es ihr kaum, in den Schlaf zu finden.

Die Tür knarrte und öffnete sich dann. Sie war wohl nicht richtig geschlossen gewesen, der Luftzug hatte sie geöffnet, dachte Margaretha. Doch dann sprang der dicke Hauskater in das Bett und rollte sich schnurrend an ihrem Bauch zusammen. Sie streichelte das Tier und schlief, eingelullt von dem Schnurren, endlich ein.

Die letzten Wochen des Jahres vergingen schnell und quälend langsam zugleich. In den letzten Jahren hatte Eva das Christfest und Neujahr zu besonderen Ereignissen gemacht. Ihre freudige Erwartung hatte alle angesteckt, das Haus wurde liebevoller geschmückt, Leckereien hergerichtet und kleine Überraschungen für das Kind gebastelt. In diesem Jahr wollte keine Vorfreude aufkommen.

Nach einigen Tagen der Ruhe schien Gretje fast wieder hergestellt zu sein. Doch sie hatte sich verändert. Tiefe Sorgenfalten hatten sich am Mund und auf der Stirn eingegraben, sie war in sich gekehrt. Oft saß sie einfach nur da und schaute aus dem Fenster. Ihre Hände, die früher nie geruht hatten, lagen nun gefaltet in ihrem Schoß.

Obwohl Isaak sah, dass der Haushalt für Margaretha kaum zu schaffen war, sträubte er sich dagegen, eine neue Magd einzustellen.

»Nächstes Jahr werden wir uns Hilfe holen. Bruder Selbach kennt da ein Mädchen von einem der Höfe an der Landwehr. Sie soll sauber und fleißig sein. Doch ich will Mutter jetzt nicht noch eine Umstellung zumuten. Wir werden das schon zusammen schaffen.« Er nickte seiner Tochter zu und begab sich nach nebenan. Immer früher ging er in die Webstube und kam später als gewöhnlich nach Hause. Er schien sich in seiner Arbeit zu vergraben.

»So geht es nicht mehr weiter«, sagte Abraham eines Abends kurz vor Weihnachten. Er hatte sich an den Tisch gesetzt, die Beine von sich gestreckt und massierte sich müde den Nacken. Margaretha reichte ihm eine Schüssel Brühe und einen Becher mit starkem Wein. Gretje hatte sich wie neuerdings häufiger schon früh nach oben zurückgezogen. Das Essen für die Familie und die Lehrjungen und Gesellen zu kochen, oblag Margaretha allein. Seit Evas Tod aß die Familie alleine und das Gesinde drüben. Das bedeutete doppelten Aufwand für Margaretha, denn sie musste die Mahlzeiten teilen und nach drüben bringen, dort genauso wie hier im Anschluss aufräumen und das Geschirr waschen. Meistens half ihr einer der Brüder, doch der Vater trieb alle mehr und mehr zur Arbeit an, und Margaretha wollte ihnen nicht auch noch die Hausarbeit aufbürden.

»Wenn Vater meint, dass er sich zu Tode arbeiten muss, dann soll er das tun«, sagte Abraham verbittert. »Aber er soll uns nicht auch noch in den Tod treiben. Was er von den Lehrlingen verlangt, ist fast schon unmenschlich.«

»Die Stoffballen wachsen und wachsen.« Hermann hatte sich gewaschen und zog ein frisches Hemd an. Auch er nahm dankend einen Becher mit Wein, setzte sich dann an den Tisch. Es roch köstlich nach Braten und Wurzeln, das frische Brot stand dampfend neben dem Herd. »Und die Flachsvorräte schrumpfen. Wenn das so weitergeht, müssen wir im Januar neuen Flachs kaufen. Aber lange kann das so nicht mehr gehen. Margret, du solltest nachher mal nach dem kleinen Jasper gucken. Seit zwei Tagen hustet er, es wird immer schlimmer. Was Vater uns allen zumutet, ist unmenschlich.«

Abraham warf seiner Schwester einen Blick zu. »Soll sie das jetzt auch noch machen, Hermann? Sich um die Kranken kümmern? Was denn noch? Schau sie dir doch an, wie mager und bleich sie ist.«

»Das ist richtig, aber was sollen wir tun? Mutter schafft es gerade nicht. Wir haben die Verantwortung für die Lehrjungen. Nicht auszudenken, wenn einem von ihnen etwas passiert.« Hermann rieb sich über das Gesicht.

»Margret braucht dringend Hilfe. Sie kann nicht alles alleine machen, sie arbeitet schon viel zu viel.« Abraham lehnte sich vor und schlug mit der flachen Hand auf den Tisch.

Hermann schaute ihn an, nickte dann. »Ich werde morgen zum Platenhof reiten. Simon Platen hat drei Töchter. Er ist sicher froh, wenn wir eine zur Anstellung nehmen.«

»Vater wird das nicht gefallen«, wandte Margaretha leise ein. »Er will bis zum nächsten Jahr warten, wegen Mutter.«

»Ich weiß das wohl, Meisje. Aber es kann nicht sein, dass

du dich für uns aufreibst. Wie siehst du es denn? Würde es Mutter schaden?«

Margaretha nahm sich einen Becher Würzwein, wischte sich die Hände an der Schürze ab und setzte sich zu den Brüdern an den Tisch.

»Ich kann Mutter schlecht einschätzen. Wenn Vater meint, dass es sie verstören würde und eine neue Magd eher Unruhe bedeutet, wird er schon seine Gründe dafür haben.« Margaretha seufzte. »Vielleicht hat er ja mit ihr darüber gesprochen.«

»Verdomme! Ich wünschte, er würde mit uns auch darüber sprechen und uns mitteilen, wie es weitergehen soll.«

»In meinem Haus wird nicht geflucht, Sohn!« Isaak hatte, unbemerkt von allen, die Küche betreten. Er zog die Stirn in Falten und sah Hermann streng an. Isaak war hager geworden. Der buschige Bart, der ihm bis auf die Brust reichte, war inzwischen durchzogen mit weißen und grauen Haaren. Er schien in den letzten Wochen sehr gealtert zu sein.

»Wer soll mit dir worüber sprechen?« Isaak ließ sich schwer auf einen Stuhl fallen.

Hermann räusperte sich. »Du, Vater, solltest mit uns reden. Margaretha reibt sich für uns alle auf. Wie lange soll sie das noch machen und wie durchstehen? Die Lehrjungen und die Gesellen treibst du an und an, du hast unser Tagespensum fast verdoppelt. Wohin soll das noch führen?«

Isaak sah seinen Sohn mit einem strafenden Blick an, der Margaretha das Blut gefrieren ließ. »Harte und ehrliche Arbeit hat noch niemandem geschadet.«

»Nein, harte Arbeit schadet nicht, Vater, aber Margaretha hat die Verantwortung für zwei Haushalte inzwischen, zehn hungrige Mäuler, die gestopft werden müssen, zwei Häuser, die es gilt sauber zu halten. Zudem muss sie sich um die Wäsche kümmern und nicht zuletzt auch um Mutter. Guck dir deine Tochter an, sie geht daran kaputt.«

Isaak sah Margaretha an. Das Mädchen senkte beschämt

den Kopf. So in der Aufmerksamkeit aller zu stehen war ihr unangenehm.

»Margret ist ein kräftiges und junges Mädchen. Als ich deine Mutter geehelicht habe, war sie nicht viel älter als Margret, und wir hatten keine Magd. Sie hatte keine Probleme damit. Eine Magd konnten wir uns erst leisten, als Abraham schon geboren war.«

»Ja, da waren wir zu viert. Margret muss für zehn Personen das Essen zubereiten. Davon sind acht hungrige Männer. Ich glaube kaum, dass du das vergleichen kannst. Und wenn mich meine Erinnerung nicht täuscht, war Mutter schon zweiundzwanzig, als du sie zur Frau nahmst. Margret ist fünfzehn.«

»Sie wird bald sechzehn. Ich habe auch nicht gesagt, dass dieser Zustand auf ewig anhalten soll. Nur jetzt möchte ich keine weitere Unruhe in dieses Haus bringen, Sohn. Deine Mutter hätte bestimmt Schwierigkeiten damit, wenn eine fremde Person hier einzieht. Eine neue Magd müsste erst alles lernen. Das bedeutet Unruhe.« Missmutig schaute Isaak in die Runde. »Bring mir Wein, Tochter.«

Margaretha sprang auf, ihre Hände zitterten. Es war ihr unangenehm, dass wegen ihr gestritten wurde. Beinahe hätte sie den Wein verschüttet. Der Vater nahm den Becher, trank einen großen Schluck.

»Vater, ich bin mir sicher, dass Mutter es verstehen, ja, sogar gutheißen wird, wenn wir uns Unterstützung holen«, sagte Hermann versöhnlich.

»Willst du mir sagen, wie ich meinen Haushalt führen soll, willst du das, Hermann?«, brummte der Vater mürrisch.

Hermann lehnte sich zurück. Eine steile Falte erschien zwischen seinen Augenbrauen. »Nein, ganz sicher nicht. Ich suche nur nach Lösungen, die allen gerecht werden, nicht nur Mutter.«

»Und du meinst, ich sei dazu nicht fähig?« Isaaks Stimme war leise, und deshalb klang er umso bedrohlicher. Er trank den Becher leer, reichte ihn Margaretha, ohne sie anzusehen. Das Mädchen sprang eilends auf und füllte ihn erneut. Der rote Wein schimmerte im Kerzenlicht dunkel wie Blut.

»Doch, Vater, natürlich. Mir scheint nur, dass du den Blick für einige Dinge verloren hast.«

»Bitte?« Isaak richtete sich auf. Es lag eine unerträgliche Spannung im Raum, Margaretha ballte wieder die Hände zu Fäusten. Am liebsten hätte sie alle angefleht, doch aufzuhören.

»Hermann, ich warne dich«, knurrte Isaak. »Vergiss deine Stellung hier im Haus nicht.«

Hermann schob seinen Stuhl zurück. »Nein, ganz sicher nicht, Vater. Ich mache mir nur meine Gedanken und wollte helfen. Offensichtlich habe ich mich im Ton vergriffen. Verzeih.« Er stand auf, griff nach seiner Jacke und dem Hut und ging. Krachend fiel die Haustür hinter ihm ins Schloss.

Margaretha stand verstört auf und deckte den Tisch. Dirck kam von nebenan. Auch er sah erschöpft aus.

»Ich bringe den Jungs das Essen«, sagte er zu Margaretha, die gerade den Topf vom Herd nehmen wollte.

Sie aßen schweigend. Dirck sah Margaretha fragend an, doch sie schüttelte nur den Kopf. Isaak füllte seinen Becher zum vierten Mal nach, brach das Brot und stippte einen Kanten in den Schmalztopf, als sie Schritte auf der Treppe hörten.

Gretje, gehüllt in ihr Umschlagtuch, kam in die Küche. »Kannst du mir bitte einen Becher Würzwein geben, Meisje«, sagte sie zu Margaretha.

»Magst du nichts essen, Mutter? Der Braten ist ganz saftig und zart.«

»Danke, mein Kind. Ein Becher Wein reicht.« Dann stutzte sie, schaute sich um. »Wo ist Hermann? Was ist hier los?«

»Das frage ich mich auch«, murmelte Dirck so leise, dass nur Margaretha ihn hören konnte.

»Dein Sohn hat seltsame Anwandlungen, er meint, ich könne meinen Haushalt nicht mehr führen.« Isaak schob den Teller beiseite.

»Wieso meint er das?«, fragte Gretje verblüfft.

»Ach, vergiss es, minn Haart.« Isaak winkte ab.

»Hermann meint, dass Margaretha dringend Hilfe bedarf. Die Arbeit, der ganze Haushalt, es ist zu viel für sie«, sagte Abraham leise. »Und ich bin seiner Meinung.«

Margaretha wäre am liebsten im Erdboden versunken.

»Gottegot!« Gretje schlug die Hand vor den Mund und ließ sich auf einen Stuhl sinken. Dann sah sie ihre Tochter an. »Meisje, oh je!«

Isaak funkelte Abraham wütend an. »Das Thema haben wir hinreichend besprochen!«

»Ich find schon, dass auch Mutter etwas dazu sagen darf.« Abraham verschränkte die Arme vor der Brust.

»Das meine ich auch.« Gretje räusperte sich. Nachdenklich schüttelte sie den Kopf. »Es tut mir so leid, ich habe wohl die Lage aus den Augen verloren.« Sie senkte den Kopf, hob ihn dann wieder. »Natürlich ist das viel zu viel Arbeit für dich. Zwei Häuser und all die hungrigen Männer, die Wäsche und was dazu gehört. Warum haben wir noch keine neue Magd, Isaak?«

Der Vater strich über seinen Bart. Margaretha meinte, es knistern zu hören.

»Ich wollte keine fremde Person im Haus. Ich wollte dich nicht belasten«, murmelte er dann.

»Aber damit belastest du mich doch nicht, sondern entlastest uns alle. Warum habe ich nicht früher daran gedacht? Ich war so in meine Gedanken, in meine Trauer vertieft, dass ich überhaupt nicht darüber nachgedacht habe, welche Last unsere Tochter zu tragen hat. Das muss sich ändern, schnell.«

»Hermann meinte, dass Simon Platen froh wäre, gerade bei dem strengen Winter, wenn eine seiner Töchter hier Aufnahme fände«, sagte Abraham.

»Simon vom Platenhof? Das sind gute und ehrbare Leute. Er hat drei Töchter, wenn ich mich nicht täusche. Das wäre bei Gott eine gute Lösung.« Gretje nickte zufrieden. »Wir sollten so schnell wie möglich dort vorsprechen.«

»Nun denn, sei's drum. Soll Hermann sich darum kümmern.« Isaak stand auf, nahm seine Jacke und stülpte sich den Hut über. Ohne ein weiteres Wort zu sagen, verließ er das Haus.

»Wo geht er nur hin?«, fragte Margaretha leise. »Ist er mir jetzt böse?«

»Ach, du liebes, du gutes Kind. Das ist er sicher nicht. Mach dir keine Gedanken. Er wird zum ›Schiffchen‹ gehen und einige Pints Branntwein trinken. Morgen wird er mit einem dicken Schädel und wohlverdienten Kopfschmerzen aufwachen.« Gretje lächelte. »Du hättest mir längst etwas sagen sollen. Ich habe die Last nicht gesehen, die du zu tragen hast. Das ist unverzeihlich.«

Margaretha setzte sich neben sie. »Mutter, es ist alles nicht so schlimm. Ich würde es auch noch weiter meistern, da bin ich mir sicher.«

»Das würdest du, aber es kostet dich mehr Kraft, als sein muss. Ich werde mich auch wieder mehr kümmern, das verspreche ich dir.«

»Das ist gut, Mutter. Vielleicht solltest du dir Jasper mal ansehen«, sagte Dirck.

»Jasper?«

»Jasper Tönnis, unser jüngster Lehrjunge. Er hustet seit Tagen. Heute wäre er fast zusammengebrochen, als er einen Ballen Leinen wegtragen sollte. Ich habe ihn ins Bett geschickt und vorhin etwas zu essen gebracht.«

»Warum erfahre ich das jetzt erst?« Gretje stand auf, zog das Umschlagtuch fester um sich.

»Vater wollte dich schonen.«

»Das hat er sicher gut gemeint. Husten hat er, sagst du?« Sie öffnete die Tür zum Hof.

»Wo gehst du hin, Mutter?«, fragte Dirck verwirrt.

»Wohin wohl? Zu dem Lehrjungen. Margret, du solltest mitkommen.«

Die Geschwister sahen sich hoffnungsfroh an. Endlich verspürten sie die frühere Lebenskraft der Mutter wieder. Margaretha nahm sich eilends ein Tuch und folgte Gretje durch den Hof in das Nachbarhaus. Die beiden Gesellen und der zweite Lehrjunge saßen noch am Tisch, in der Mitte stand ein Krug Bier. Sie erhoben sich, als sie Gretje sahen.

»Goedenavond Mevrouw op den Graeff, was führt Euch zu uns?«

»Jasper. Wo ist der Junge?«

Daniel Lemmen, der älteste Geselle, zeigte zur Stiege. »Oben.«

Schon auf dem Weg nach oben hörten sie den bellenden Husten des Jungen. Er lag auf seiner Bettstatt, die Decke bis zum Kinn gezogen. Seine Augen glänzten fiebrig, auf seiner Stirn standen die Schweißperlen, doch er zitterte vor Kälte.

»Gottegot, dich hat es aber erwischt, Jong.« Sie setzte sich auf die Bettkante und legte ihm die Hand auf die Stirn. »Seit wann bist du so krank?«

»Ein paar Tage«, krächzte er. »Der Meister meinte, ich solle mich nicht so haben, aber es wurde immer schlimmer und nicht besser.«

»Der Meister hat dich arbeiten lassen? In deinem Zustand?« Gretje schnalzte mit der Zunge. »Margret, hol ein wenig Brühe. Haben wir noch Hühnerbrühe?«

»Ja, habe ich gestern gekocht, sie steht in der Kühlkammer.«

»Gut, mach ihm eine Schale warm. Dann brauche ich einen Aufguss aus Efeuwurzeln, Vogelmiere und Hagebutte, damit sich der Husten löst. Wir machen ihm einen heißen Breiumschlag auf der Brust, um seine Atmung zu erleichtern, und lauwarme Wickel um die Waden, damit das Fieber heruntergeht.«

Margaretha nickte und eilte nach unten. Sie holte den kleinen Topf Brühe aus der kühlen Vorratskammer, hängte ihn über den Herd, setzte Wasser auf und holte dann die Zutaten aus Gretjes Kräuterkammer. Für den Breiumschlag nahm sie Senfkörner und Arnika, die sie im Mörser zerrieb. Dann rührte sie mit warmem Wasser eine Paste und strich sie auf ein Tuch.

Dirck hatte den Tisch abgeräumt und sah ihr nun zu.

»Brauchst du Hilfe?«, fragte er.

»Ja, du kannst mir tragen helfen.« Sie seufzte. »Mutter scheint es besser zu gehen, ich bin so froh.«

»Hoffentlich ist das so. Und hoffentlich wäscht sie Vater den Kopf. Er schindet uns.«

»Das macht er nicht mit böser Absicht, ganz sicher nicht. Auch er ist verzweifelt.«

»Möglich. Richtig ist es trotzdem nicht, was er tut und wie er es tut.« Dirck schüttelte den Kopf. »Umso besser wäre es, wenn Mutter endlich wieder mehr am Leben teilnehmen würde.«

»Ja, vielleicht brauchte sie nur endlich wieder eine Aufgabe. Jasper ist zum richtigen Zeitpunkt erkrankt, auch wenn ich niemandem eine Krankheit wünsche.«

Gemeinsam gingen sie zum Gesellenhaus. Die Mutter wartete schon. Jasper wand sich verlegen auf dem Bett, als Gretje den Breiumschlag auflegte.

»Was hast du da hinein getan außer Senf?«, fragte Gretje ihre Tochter.

»Arnika.«

»Sehr gut. Du kannst jetzt gehen, ich kümmere mich um den Jungen.«

»Ich kann dir auch helfen …«

»Das weiß ich wohl. Doch ich warte nun nur, ob das Fieber auch sinkt, dann muss er sich gesundschlafen. Du hast schon genug getan und nicht nur heute. Geh ruhig, Kind.«

In dieser Nacht schlief Margaretha das erste Mal seit Wochen wieder gut ein. Sie hatten Evas Bett aus der Kammer geräumt, die Möbel ein wenig umgestellt. Der dicke Kater hatte sich angewöhnt, nachts zu ihr zu kommen. Sein tiefes Schnurren beruhigte sie, und so ließ sie die Tür immer schon einen Spalt offen. An diesem Abend wartete er schon auf sie, streckte sich auf ihrem Bett aus und sah sie vorwurfsvoll an, so als wolle er sie fragen, warum sie ihn so lange habe warten lassen. Sie nahm ihn hoch und drückte ihn an sich. Mit seiner rauen Zunge leckte er ihr über die Hand. Margaretha legte ihn neben sich, er rollte sich zu einer Kugel zusammen, schnurrte sie beide in den Schlaf.

Mitten in der Nacht wurde sie von lauten Stimmen wach. Es waren ihre Eltern, die stritten. Margaretha zog sich das Kissen über den Kopf, einen Streit, das wollte sie nun wirklich nicht. Für einen Moment machte sie sich Vorwürfe. Hätte sie den Haushalt besser meistern können? Hatte sie zu viel Schwäche gezeigt? Der Kater trat ihr mit den Pfoten rhythmisch gegen den Bauch, schmiegte seinen Kopf in ihre Hand, drängte sie dazu, ihn zu kraulen. Schon bald schlief sie wieder ein.

Als Margaretha am nächsten Morgen in die Küche kam, war ihre Mutter schon dort. Das erste Mal seit Wochen war Gretje bei Tagesbeginn aufgestanden. Draußen war es immer noch stockduster, doch schon bald würden die Männer nach Frühstück verlangen. In der Küche roch es nach ausgelassenem Speck, das Feuer prasselte munter.

»Mutter?« Erstaunt blieb Margaretha an der Türschwelle zur Küche stehen.

»Margret, guten Morgen«, erwiderte ihre Mutter geschäftig. »Haben wir noch Eier?«

»Die beiden alten Hennen legen nicht mehr, fürchte ich. Ich hatte schon daran gedacht, sie für die nächste Suppe zu nehmen. Wenn wir der jungen Henne das Gelege lassen, haben wir mit einigem Glück im Frühjahr den Stall voller junger Hühner.«

»Nein, nein. Da kaufen wir lieber Legehennen. Mit Pech brütet die Henne nur Hähne aus und was dann? Dann haben wir ihre Legekraft für nichts und wieder nichts verloren.«

Margaretha lachte. »Hermann liebt Brathähnchen.« Dann

ging sie beschwingt in den Stall. Im Sommer hatten die Hühner ein Gehege im Garten, im Winter kamen sie in den Stall. Zwei Pferde besaß die Familie. Einen braunen Wallach und eine helle Stute. Der Wallach schnaubte freundlich, doch die Stute tänzelte nervös und trat gegen die Tür.

»Nun, nun«, murmelte Margaretha beruhigend. »Das Wetter war schlecht, aber vielleicht kannst du ja bald wieder laufen, meine Gute.« Sie strich der aufgeregten Stute über die Nüstern, gab ihr einen schrumpeligen Apfel aus dem Bottich neben der Tür. Der Atem des Tieres war warm, und die langen Haare an den Nüstern kitzelten Margarethas Hand. Auch der genügsame Wallach bekam einen Apfel, bevor Margaretha zum Verschlag der Hühner ging. Nur vier Eier hatten sie gelegt. Zu wenig für die Männer, dachte sie enttäuscht.

Gretje nahm die Eier, schlug sie in eine irdene Schüssel, verrührte sie mit Milch und Gewürzen, bereitete eine Pfanne Rührei zu. Es duftete köstlich. Margaretha buk das Brot, deckte den Tisch und kochte die allmorgendliche Grütze. Gretje ging nach nebenan, um nach Jasper zu schauen.

Hastig und laut erklangen Schritte auf der Stiege, keuchend kam Isaak in die Küche. »Wo ist Mutter?«, fragte er entsetzt. »Sie ist weg.«

»Weg?« Margaretha schüttelte verdutzt den Kopf. »Sie ist nebenan, schaut nach Jasper, dem kranken Lehrjungen.«

Schnaufend setzte Isaak sich, strich sich über die Stirn. Margaretha gab ihm Rührei, Speck, Grütze und ein Stück noch heißes Brot.

Schweigend aß er, doch dann hob Isaak den Kopf, schaute Margaretha an. »Dochtertje, ich habe dir Unrecht getan. Du hast eine Last getragen, die viel zu schwer für deine jungen und schmalen Schultern war. Die Schuld liegt bei mir. Ich schäme mich dafür. Gott ist sicherlich sehr zufrieden mit dir, aber nicht mit mir. Ich habe dich alleine gelassen. Kein guter Vater tut dies seinem Kind an.« Er senkte den Kopf.

Margaretha hielt den Atem an. Was sollte sie sagen?

Schließlich tat sie, was ihr Herz ihr sagte. Sie ging zu ihm und legte den Arm um ihn.

»Es ist eine schwierige Zeit für uns alle«, sagte sie leise.

»Bei Gott, das ist es.«

Wenig später kamen die Brüder in die Küche. Hermann sah Margaretha lächelnd an. »Meisje, geh und zieh dein warmes Wollkleid und die festen Stiefel an. Wir reiten zum Platenhof.«

Margaretha riss die Augen auf. »Wir? Ich soll mitkommen?«

»Ja!«

»Aber das geht doch nicht, es gibt so viel zu tun.«

»Nun, für heute bleibt es liegen, oder andere werden deine Arbeit übernehmen. Du hast dir einen freien Tag verdient. Und es wird dir gut tun, einmal aus der Stadt zu kommen, dir frische Luft um die Nase wehen zu lassen.«

»Wirklich?« Immer noch konnte Margaretha ihr Glück nicht ganz fassen.

»Ja, nun beeil dich, sobald die Sonne aufgeht, sollten wir losreiten. Dirck, sattel die Pferde.«

Margaretha eilte nach oben. Es war kalt, der Himmel klar. Sie zog sich zwei Paar warme Strümpfe an, das dicke Wollkleid und die feste Haube statt der Organzahaube, die sie täglich trug. Ein Tuch schlang sie sich um die Schultern. Auch Hermann hatte sich warm angezogen. Seine Wangen leuchteten, und er strahlte seine Schwester an, als er ihr aufs Pferd half.

»Bist du dir sicher, dass du die Stute reiten willst? Sie ist ungestüm und nervös und ist lange nicht ordentlich bewegt worden«, sagte er besorgt.

»Aber, Hermann, ich reite sie doch immer.«

»Halt sie schön kurz!« Hermann schwang sich auf den Wallach. Durch das hintere Tor ritten sie auf die Gasse. Noch war nicht viel los auf den Straßen. Sie passierten das Obertor im Schritttempo, ritten am Graben entlang bis zum alten Brückchen und nahmen dann den Weg nach Vorst. Die Sonne ging auf und beschien die verschneiten Äcker und Wiesen.

Margaretha hatte Mühe, die tänzelnde Stute zu halten, und als sie auf der geraden Strecke waren, die auf das Dorf Fischeln zuführte, gab sie dem Pferd die Zügel. Das Tier hob den Kopf, wieherte und lief im gestreckten Galopp. Margaretha spürte den Wind im Gesicht, fühlte sich plötzlich frei und leicht. Ihr Vater und die Brüder hatten ihr früh das Reiten beigebracht, und sie war sicher im Sattel. Als sie in ein kleines Wäldchen kam, brachte sie das Pferd in den Trab und wendete es. Hermann lag weit zurück, der Wallach war ein ruhiges Tier, ohne viel Elan. Sie ritt zu ihm zurück, lachte laut vor Freude.

»Es ist wunderbar, endlich wieder dein Lachen zu hören, Meisje. Ich habe es in den letzten Wochen und Tagen vermisst«, sagte er lächelnd.

»Wie hast du Vater dazu gebracht? Ich meine dazu, dass wir einen Ausflug machen dürfen, und warum zum Platenhof?«

»Wir werden uns heute um eine neue Magd bemühen, Meisje. Du sollst endlich die Hilfe bekommen, die du benötigst. Du kannst dich doch nicht für uns krumm arbeiten.« Hermann lachte fröhlich. »Vater habe ich gar nicht dazu gebracht. Ich habe ihm einfach gesagt, dass ich es machen werde. Und dass ich dich mitnehme. Siehst du, ich hatte recht, es tut dir gut. Endlich bist du wieder fröhlich.«

»Ja!« Sie schnalzte mit der Zunge, und sofort legte die Stute wieder an Geschwindigkeit zu. Eine ganze Weile ging es so, Margaretha ritt voraus, kehrte dann zu Hermann zurück, ritt wieder vor. Schließlich schnaubte die Stute, ihr Fell dampfte. Gemächlich setzten sie das letzte Stück fort. Die Landwehr, ein Erdwall, der dicht an dicht mit Bäumen und Sträuchern bepflanzt war, teilte die Gegend. Auch jetzt im Winter, da die Bäume ihr Laub verloren hatten, bildete das dichte Geflecht aus Ästen und Zweigen, das undurchdringliche Unterholz, eine unüberwindbare Barriere. Hin und wieder gab es einen Durchlass, der durch eine Schranke und Wachen gesichert wurde. So auch an der Hückelsmay.

Kapitel 11

Sie ritten von dort aus an der Wehr entlang, bis zum nächsten Baumschließerhaus, am Stockshof. Dort baten sie um Durchlass. Auf der anderen Seite der Wehr breitete sich die Heide aus. Tiefe Schneeverwehungen umgaben die vereinzelten Sträucher und Bäume. Der Platenhof – sowie die anderen Gutshöfe – war durch einen künstlichen Wassergraben, die Flöt, gesichert. Die Flöt umschloss die Höfe meist ganz, manchmal aber auch nur zum Teil. Den Platenhof begrenzte eine hohe Hecke, die sie schon von weitem sahen. Lustig stieg der Qualm aus dem Kamin. Eine Brücke führte über die Flöt, die Hufe der Pferde klangen dumpf auf dem dicken Holz. Eine Krähe flog krächzend über die Heide, stieß herab. Dort mochte ein toter Hase oder anderes Aas liegen. Die Scheune und das große Gutshaus der Platens lagen im rechten Winkel zueinander. Hermann und Margaretha ritten auf den Hof. Es war Jahre her, seit Margaretha das letzte Mal hier gewesen war. Neugierig schaute sie sich um. Doch bis auf einen neuen Stall, der gegenüber dem Wohnhaus errichtet worden war, hatte sich nicht viel verändert. Ein großer Kirschbaum stand in der Mitte des Hofes, es waren gelbe Knackkirschen, groß, fruchtig und herrlich süß, daran erinnerte sie sich noch. Sie waren im Sommer hier gewesen, irgendein Fest wurde gefeiert. Ein ganzer Ochse war gebraten worden. Die Kinder hatten Haschen in den Gebüschen rund um den Hof gespielt, und die großen Jungen hatten in der Flöt geangelt. Es roch nach Feuer und Fett, aber auch nach Mädesüß und Schafgarbe. Sie hatte die Lämmer der Schafe streicheln dürfen, ihre Wolle war ganz weich, und die Augen der Tiere waren so dunkel und tief wie Waldtümpel.

Inzwischen war es Mittag. Von der Familie und dem Gesinde war nichts zu sehen. Hermann sprang ab, half Margaretha aus dem Sattel, als ein großer Mann aus dem Haus auf den Hof trat. Er hatte eine Forke in der Hand und schaute grimmig drein. Doch schien er sie zu erkennen.

»Mijnheer op den Graeff? Welch eine Freude, Euch zu sehen. Ich hoffe, Ihr kommt aus einem freudigen Anlass?«

Hermann lächelte. »Macht Euch keine Sorgen, das Schwein, das wir im Herbst von Euch gekauft haben, ist genauso hervorragend wie das Rindfleisch, die Gänse und auch der Weizen. Wir sind sehr zufrieden mit Euren Gütern. Doch sagt, habt Ihr Schwierigkeiten?«

Mijnheer Platen seufzte tief. »Der Winter ist hart, schon jetzt ziehen Räuber über das Land. Wir mussten den Kohl einholen und lagern, er wurde in Massen vom Feld gestohlen. Und hin und wieder kommen Soldaten aus Linn oder Anrath und versuchen zu stehlen. Nun kommt rein, der Knecht wird sich um Eure Pferde kümmern.«

»Die Stute muss gut abgerieben werden, meine Schwester hat einige Rennen gegen sich selbst veranstaltet.« Hermann lachte, nahm Margaretha bei der Hand und zog sie nach vorne. »Ihr erinnert Euch an meine Schwester Margaretha?«

»Die kleine Margret? Das kann nicht sein. Verzeiht, Mevrouw op den Graeff, ich kenne Euch als kleines Mädchen. Das muss schon eine Weile her sein. Aber nun kommt rein. Wir wollen gerade essen und für Gäste ist immer Platz.«

Margaretha senkte beschämt den Kopf, folgte dann den beiden Männern in die Halle des Gutshofes. Hier gab es keine Herdstelle wie bei den Häusern in der Stadt. In einem großen Kamin an der Stirnseite des Raumes brannte ein munteres Feuer, und doch war die Wohnhalle nur mäßig warm. An langen Tischen mit Bänken saßen die Familie und das Gesinde. Dies war eine große Hofgemeinschaft, es waren bestimmt zwanzig Leute, dachte Margaretha verblüfft.

Der Hausherr führte sie zum Tisch, es wurde zusammengerückt, Teller und Besteck gereicht, Becher gefüllt. Hermann war sofort mit dem Gutsherrn in ein Gespräch vertieft. Nur Bruchstücke hörte Margaretha. Es ging um die Ernte, den kalten Winter, die leidende Bevölkerung, die Kompanien, die in der Umgebung lagen, froren und hungerten. Schüchtern sah sie sich um. Schräg ihr gegenüber saß ein Mädchen mit Augen so braun wie frisch gepflügter Acker. Ihre Haare waren unter einer Haube verborgen, doch zwei oder drei Strähnen lugten vorwitzig hervor. Ihr Gesicht war klar und rein, das Lächeln, das sie Margaretha schenkte, offen. Sie mochte in ihrem Alter sein, doch Margaretha scheute sich, sie anzusprechen.

Brot und süße Butter wurden herumgereicht. Es gab Eintopf aus Hammelfleisch, gebratene Hähnchen und vielerlei mehr. Margaretha fragte sich, wer diese Dinge so zubereiten konnte. Bei den Königen und Herzogen kann es keine besseren Speisen geben, dachte sie. Immer noch redete Hermann mit Simon Platen über die politischen Zusammenhänge, die Tafel wurde allmählich aufgehoben. Margaretha fühlte sich überflüssig und wusste nichts mit sich anzufangen. Zuhause wartete die Wäsche auf sie. Heute war es kalt, aber klar. Ein idealer Tag, um Laken zu waschen und zu trocknen. Sie haderte mit sich. War dieser Tag es wirklich wert, dachte sie für einen Moment.

»Ich bin Rebecca«, sagte das Mädchen, das ihr schräg gegenübergesessen hatte. Nun stand es hinter ihr und beugte sich über Margarethas Schulter. »Die Männer müssen gewiss ernste Gespräche führen.«

»Ja, das denke ich auch«, sagte Margaretha unsicher.

»Meine Hündin hat geworfen. Magst du mitkommen, die Welpen anschauen? Sie sind so putzig.«

»Natürlich.« Margaretha sprang auf und folgte Rebecca. Das Gewirr der Gänge erschien ihr schier endlos, doch schließlich gelangten sie in den Hof und von dort aus in den Stall. Kühe muhten, und Schweine grunzten, Pferde schnaubten und wieherten. Der Stall war riesig. Margaretha schaute sich um. Derart viele Tiere unter einem Dach, die alle versorgt werden mussten, so etwas war in der Stadt nicht möglich.

Noch schien das Sonnenlicht durch die Ritzen des Daches, und die Staubkörner glitzerten und tanzten im Licht. Es roch nach Heu und Tier, nicht unangenehm, aber intensiv.

»Hier lang.« Rebecca zog sie am Ärmel bis zu einer Box. Darin lag die Hündin mit fünf Welpen. Die jungen Hunde hatten die Augen schon geöffnet und tapsten im Stroh umher.

»Sind die schön«, flüsterte Margaretha und kniete sich nieder, sie streckte die Hände aus und ließ die jungen Hunde schnuppern und knabbern. »Wunderschön.«

»Ja, nicht?« Grinsend hockte sich das Mädchen neben sie. »Es sind drei Mädchen und zwei Rüden. Die Rüden sind schon Nachbarn versprochen. Die Eltern sind gute Wach- und Hütehunde. Alle reißen sich um sie. Eines der Mädchen wird Vater zur Zucht behalten, zwei sind noch zu vergeben.«

»Die sind ja zauberhaft.« Ein Welpe war auf ihren Schoß gekrochen, tapsig, mit breiten Pfoten, aber noch unsicher. »Wie alt sind sie?«

»Sechs Wochen. Bald sind alle weg.« Rebecca verzog das Gesicht. »Ich mag gar nicht daran denken.« Sie schwieg für einen Moment, dann sah sie Margaretha neugierig an. »Weshalb seid Ihr hier? Wollt Ihr Vorräte kaufen? Vater verkauft nichts mehr. Wir haben gerade genug für alle, sagt er, denn der Winter fängt schon frostig an, und wer weiß, wie lange er noch dauert.«

»Ja, das fürchten wir auch. Aber Vorräte haben wir zur Genüge.« Sie stockte, schaute an dem Mädchen vorbei. »Aber wir brauchen eine Magd.«

»Ach ja?«, sagte Rebecca tonlos. »Eine Magd in der Stadt … ja.« Sie wandte den Kopf ab. »Ja.«

»Rebecca …« Margaretha fehlten die Worte, sie wusste nicht, was sie sagen oder fragen sollte.

»Ich bin die mittlere Tochter, wisst Ihr. Die zweite der ersten Ehe meines Vaters. Meine große Schwester ist verheiratet. Meine Brüder arbeiten hier am Hof, bis auf einen, der hat sich zur Armee verpflichtet. Vater hat wieder geheiratet, und es gibt ein weiteres Mädchen, ein Püppchen, geliebt von allen.« Sie schüttelte den Kopf. »Ich will gar nicht neidisch sein. Aber ich weiß, dass Vater umherfragt, nach einer Dienststelle für mich. Ich war nur wenige Male in der Stadt und fürchte mich …« Nun weinte sie.

Margaretha legte ihr den Arm um die Schulter, drückte sie an sich. »Ich brauche Hilfe bei der Haushaltsführung. Mutter ist krank. Alleine schaffe ich es nicht mehr. Aber mit jemandem wie dir könnte ich es.« Margaretha schluckte, sie fühlte mit dem Mädchen. »Wir haben gar keinen Hund. Nur einen fetten Kater. Vielleicht könnten wir einen der Welpen mitnehmen, dann hättest du immer etwas, das dich an Zuhause erinnert.«

»Würde deine Familie das erlauben?« Ungläubig schaute das Mädchen auf.

»Ja, wenn ich darum bitte, vielleicht.« Margaretha lachte leise.

»Wirklich glücklich war ich in den letzten Jahren nicht mehr. Seit Mutter starb und Vater wieder geheiratet hat, ist alles anders … Hart arbeiten kann ich, das musste ich immer. Vielleicht ist es in der Stadt gar nicht so schlimm.« Verzagt sah das Mädchen zu Margaretha auf.

»Schlimm? Ich weiß nicht. Anders als hier ist es. Ich glaube aber, wir könnten uns gut vertragen. Ich wäre über deine Hilfe wirklich froh und dankbar. Du hättest dein eigenes Zimmer und Verdienst. Wir sind drei hungrige Brüder, der Vater, zwei Gesellen und zwei Lehrjungen – acht hungrige Männer und meine Mutter, du, ich …«

»Nur zehn?«

»Mit dir elf.«

»Das hört sich nicht schwer an.«

»Rebecca, das Leben in der Stadt ist anders. Wir haben einen Garten am Wall, einen Küchengarten, einiges an Vorräten, doch das meiste müssen wir kaufen. Milch … wir können keine Kuh halten.«

»Davon habe ich gehört, aber ich kann es mir nicht vorstellen.«

»Rebecca? Margaretha?«

Bevor sie weiterreden konnten, scholl der Ruf durch den Stall. Die Mädchen schauten sich erschrocken an.

»Wähl einen Hund, schnell. Welchen …?«, wisperte Margaretha. Rebecca packte zwei Welpen im Nacken, drehte sie um, begutachtete sie. »Den hier«, sagte sie dann hastig. »Das ist ein Weibchen. Aber was machen wir mit ihr?«

»Sssh.« Margaretha nahm einen Welpen, steckte ihn in ihren Mantel und stand auf. Flüchtig strich sie das Stroh von ihrer Kleidung. »Hermann? Wir sind hier.«

»Wo seid ihr?«, rief nun auch Simon Platen.

Rebecca schaute Margaretha verstört an. »Ob wir jetzt Ärger bekommen?«

»Ach was, wieso denn?« Sie fasste das Mädchen beim Arm, zog es mit sich.

»Hermann, wir sind hier hinten.« Der Welpe fiepte, Margaretha strich ihm über den Kopf, zog den Mantel dann über das Hundekind.

»Rebecca, Dochtertje, wir haben euch überall gesucht. Die Herrschaften müssen bald zurückreiten, die Dämmerung kommt schnell. Vorher muss ich mit dir reden«, sagte Simon Platen. »Allein.«

Rebecca senkte den Kopf. »Ja, Vater.«

Margaretha sah ihren Bruder an, doch der schaute den beiden hinterher, als sie durch den Stall hindurchgingen. »Komm«, sagte er dann und nahm seine Schwester beim Arm. »Lass uns noch einen Moment in der Wärme sitzen. Die Dämmerung kommt schnell, und ich will heute noch nach Hause reiten.«

»Gibt es Schwierigkeiten?«

»Schwierigkeiten? Nein, Platen möchte seine Tochter lieber gestern als heute in einem Dienstverhältnis wissen.«

»Aber? Du klingst so, als gäbe es Zweifel.«

»Die Mutter glaubt nicht, dass das Mädchen es in der Stadt schafft.«

»Ach? Und ich hätte gedacht, sie wäre froh, wenn Rebecca mit uns geht.« Margaretha schüttelte den Kopf.

»Wieso das?«

»Ich habe mit dem Mädchen gesprochen. Die Mutter ist nicht ihre Mutter, es ist die zweite Frau des Vaters, und die beiden sind nicht wirklich glücklich miteinander.«

Hermann blieb stehen, runzelte die Stirn. »So hat das natürlich auch Sinn. Mevrouw Platen sprach nicht wirklich einnehmend über das Mädchen. Das hatte mich schon gewundert.«

»Aber sie müsste doch eigentlich froh sein, Rebecca loszuwerden.«

»Schon, aber wenn wir Schwierigkeiten mit dem Mädchen bekämen, könnte sie immer sagen: Hab ich es nicht gewusst.«

Margaretha hielt den Atem an. »Das wäre aber böse.«

»So sind Menschen manchmal.« Hermann zuckte mit den Schultern.

»Ich finde sie nett. Sie hat Angst vor der Stadt, das Leben dort kennt sie nicht. Aber die Angst können wir ihr doch nehmen, oder?«

»Du magst sie? Das ist gut. Ich traue Mutters Genesung noch nicht ganz. Womöglich wird sie sich wieder zurückziehen, und du bist diejenige, die alles regeln muss. Da ist es wichtig, dass du mit der Magd auskommst. Du darfst ihr nicht zu viel durchgehen lassen, aber musst freundlich bleiben. Ach, was rede ich hier, freundlich bist du ja immer.« Er lächelte, legte den Arm um sie und zog sie an sich. Der Welpe winselte leise. »Was war das denn?«, fragte Hermann verblüfft.

Margaretha senkte den Kopf. »Ein Hund.« Sie öffnete den Mantel, zeigte das Tier, das sich an sie schmiegte.

»Ein Hundekind?« Verblüfft sah Hermann sie an. »Willst du ihn haben?«

»Rebecca hängt an dem Wurf, an den Hunden. Ich dachte, wenn wir einen mitnehmen, fällt es ihr leichter, sich bei uns einzuleben. War das falsch?«

Hermann sah sie überrascht an. »Das hast du gedacht? Du wolltest den Hund nicht für dich?«

»Ich finde ihn putzig, niedlich. Ich mag Tiere. Aber ich muss ihn nicht haben. Habe ich einen Fehler gemacht, Hermann?« Margaretha runzelte die Stirn.

»Einen Fehler?« Hermann warf den Kopf in den Nacken und lachte laut. »Nein, es war kein Fehler. Du machst keine Fehler. Du hast ein gutes Gespür für das, was richtig ist. Von wem hast du das nur? Welch ein glorreicher Gedanke, die neue Magd gleich durch ein Geschenk aus ihrem alten Zuhause mit dem Umzug zu versöhnen. Aber wir können den Hund nicht einfach so mitnehmen. Wir müssen schon fragen, und vermutlich wird er etwas kosten. Platen weiß genau, was seinem Hof entspringt, und er will dafür Entgelt.«

»Daran habe ich überhaupt nicht gedacht.« Beschämt senkte Margaretha den Kopf.

»Das macht ja nichts. Wir klären das.«

Die große Tafel in der Halle war abgeräumt. Es schien niemand mehr da zu sein. Für einen Moment schaute sich Hermann suchend um, dann zog er zwei Stühle vor den Kamin. Wies Margaretha an, sich zu setzen, tat es ihr gleich. Aus dem Nebenraum, es musste die Küche sein, drangen Gelächter und Stimmen zu ihnen.

»Sollten wir nicht in die Küche gehen?«, fragte Margaretha.

»Nein, wir sind Gäste, und sie sollten sich um uns kümmern. Der Hausherr ist beschäftigt, also ist es Aufgabe der Dame des Hauses. Sie tut es nicht, das wirft kein gutes Licht auf sie.«

»Woher soll sie wissen, dass wir hier sitzen, Hermann?«

»Ja, woher?« Hermann stand auf, ging zur Küchentür. »Können wir noch zwei Becher Würzwein haben, bevor wir nach Hause reiten?«

»Ich bring gleich etwas«, rief jemand.

Hermann setzte sich wieder. Es dauerte, bis eine Magd kam

und ihnen den Wein brachte. Sie reichte die Becher wortlos, verschwand dann wieder.

»Wenn das Mädchen auch so ist, sollten wir lieber sofort und ohne sie losreiten. Es wird schnell dunkel werden.« Hermann schaute besorgt nach draußen. Wind war aufgekommen, der Kirschbaum im Hof schien zu tanzen.

»Willst du sie denn heute schon mitnehmen? Wie soll das gehen?« Margaretha wärmte sich die Hände an dem Becher. Der kleine Hund lag auf ihrem Schoß und hatte die Schnauze unter seine Rute geschoben, ein kleines, weiches Bündel Fell.

»Du hast recht, darüber habe ich noch gar nicht nachgedacht. Ich sollte auch erst mit den Eltern darüber sprechen, wobei mir Vater die Entscheidung überlassen hat.« Er seufzte und stand auf, ging unruhig durch die Halle.

Endlich kam Simon Platen zurück in die Halle, Rebecca folgte ihm verschüchtert und mit gesenktem Kopf

»Mijnheer op de Graeff, ich habe mit dem Mädchen gesprochen, und sie will es versuchen. Ein wenig verschüchtert sie der Gedanke an die große Stadt.«

»Das kann ich verstehen. Wir werden alles dafür tun, dass sie sich wohlfühlt. Sollte sie sich nicht eingewöhnen, kann sie ja jederzeit nach Hause zurückkehren.« Hermann sah zu Rebecca. »Wichtig ist, dass du uns sagst, wenn dir etwas schwerfällt oder du Angst hast.«

Rebecca schaute immer noch nicht auf, ihr Nicken war kaum zu erkennen.

»Ach, ich freue mich ganz doll. Wir werden uns gut verstehen.« Margaretha sprang auf. Den kleinen Hund hatte sie ganz vergessen, er fiel fiepend ins Stroh. »Oh!« Erschrocken hockte sie sich hin und nahm das Bündel Fell hoch. »Hast du dir weh getan, Jonkie?«

»Was haben wir denn da?« Mijnheer Platen kam auf sie zu.

»Eine Hündin aus Ihrem Wurf, Mijnheer Platen«, sagte

Margaretha verlegen. »Rebecca hat sie mir gezeigt, und ich fand diese Hündin so entzückend …« Sie stockte.

Hermann trat zu ihnen. »Was wollt Ihr für den Hund haben, Mijnheer Platen? Wird er groß werden? Ist es ein Wachhund? So etwas könnten wir gut gebrauchen.«

Simon Platen kratzte sich am Hinterkopf. »Damit es ein Wachhund wird, muss der Hund ausgebildet werden. Das ist nicht einfach.«

»Ich weiß, wie man das macht«, sagte Rebecca nun schüchtern. »Ich habe viel zugeguckt und Vater auch geholfen. Ich könnte das Tier ausbilden.«

Platen sah sie nachdenklich an. »Rebecca hat ein gutes Händchen für Hunde, das stimmt. Nun denn, wenn Ihr meine Tochter in Anstellung nehmt, bekommt Ihr den Hund obendrein. Sollte sie vor Jahresfrist zu uns zurückkehren, dann nimmt sie den Hund wieder mit.«

»Das ist ein guter Vorschlag, Mijnheer Platen. Abgemacht.« Hermann reichte ihm die Hand. »Ab wann kann Eure Tochter zu uns kommen?«

»Meinetwegen sofort.«

Rebecca riss die Augen auf, ein ersticktes Stöhnen drang aus ihrem Mund.

»Das wird ein wenig schwierig. Es wird gleich dunkel, und wir wollten alsbald zurückreiten. Gibt es keine andere Möglichkeit?«

»Am Freitag fährt der Knecht mit dem Wagen in die Stadt, einige Dinge ausliefern und für meine Frau etwas vom Markt holen. Da könnte Rebecca mitfahren.«

»Wunderbar, das hört sich gut an.« Hermann lächelte dem Mädchen zu. »Wir freuen uns auf dich.«

»Ja!« Margaretha ging zu ihr und gab ihr die Hündin. »Pass gut auf Jonkie auf und bring sie am Freitag mit.«

»Jonkie – das heißt Kleines.« Rebecca grinste plötzlich. »So klein wird sie nicht bleiben.«

»Macht nichts, ich werde mich immer daran erinnern, wie

sie jetzt aussieht.« Margaretha berührte kurz die Schulter des Mädchens. »Kopf hoch, gemeinsam schaffen wir das«, sagte sie leise.

»Danke«, wisperte Rebecca.

Margaretha drehte sich um. »Mijnheer Platen, mir fällt da noch etwas ein. Habt Ihr noch junge Legehennen? Unsere Hennen werden wohl zu alt und taugen nur noch für die Suppe.«

»Legehennen? Ja, drei oder vier könnte ich abgeben. Eine Henne hat heimlich ein Gelege ausgebrütet. Wir schauen immer schon gründlich, aber bei dreißig Hennen passiert das immer mal. Da habt Ihr Glück gehabt.«

Sie handelten den Preis aus und vereinbarten, dass der Knecht die Hennen am Freitag gleichfalls mitbringen sollte.

»Fällt Euch noch etwas ein?« Mijnheer Platen zwinkerte Margaretha zu, als sie im Hof standen und auf die Pferde warteten, die der Knecht holen gegangen war.

»Eure Tochter sagte, dass Ihr keine Vorräte mehr abgebt, da der Winter hart werden wird.« Margaretha rieb sich die Hände. Die Sonne schien nur noch blass am unteren Rand des Horizontes.

»Hat sie das?« Platen lachte. »Braves Mädchen. Aber so ganz stimmt das nicht. Wir sagen das, damit wir schauen können. Aber Eure Familie ist schon immer gute Abnehmer für unsere Waren gewesen. Wenn Ihr also etwas braucht, dann wendet Euch an mich. Ich hätte noch jede Menge Grünkohl.«

»Grünkohl?« Margaretha dachte nach. Auch sie hatten Grünkohl im Wallgarten angebaut, aber es reichte nicht, die hungrigen Mäuler zu stopfen. Grünkohl wuchs buschig, fiel allerdings beim Kochen in sich zusammen. Man brauchte Unmengen, um den Kessel für alle zu füllen. Doch mit Speck und Würsten war der Kohl eine schmackhafte und nährende Mahlzeit. »Nehmen wir gerne. Nur zu.« Sie warf Hermann einen fragenden Blick zu.

»Du weißt mehr über unsere Vorräte als ich. Da vertraue ich dir voll und ganz«, sagte er lächelnd.

»Zwiebeln brauchen wir auch.« Margaretha ließ sich von Hermann auf das Pferd helfen. »Falls Ihr noch welche habt, nehmen wir gern einen Sack.«

»Das geht klar.« Platen lachte laut und gefällig, während sie die Pferde vom Hof lenkten.

»Margret, manchmal staune ich über dich.« Hermann ließ den behäbigen Wallach neben der Stute traben.

»Warum?«

»Hühner, Grünkohl, Zwiebeln. Wie kamst du darauf?«

Margaretha grinste in sich hinein. »Naja, eigentlich hat er gefragt, nicht wahr? Und ich habe nur eine Chance genutzt.«

»Aber du weißt, dass wir kaum noch Legehennen haben, das weiß ich nicht.«

»Es ist doch auch nicht deine Aufgabe, Hermann.« Sie schnalzte mit der Zunge und stob davon.

»Deine auch nicht«, sagte Hermann leise und war sich bewusst, dass sie ihn nicht mehr hörte.

Sie erreichten die Stadt, kurz bevor das Tor geschlossen wurde. Inzwischen war es dunkel. Margaretha war froh, als sie endlich das Haus erreichten. Sie führten die Pferde in den Stall.

»Ich sattele ab. Schick mir jemanden, der mir hilft die Pferde abzureiben und zu füttern, Meisje«, sagte Hermann so bestimmend, dass Margaretha sich jeden Einspruch ersparte.

In der Küche prasselte das Feuer, es roch nach leckeren Speisen. Margaretha legte erschöpft Mantel und Haube ab, nahm ein Stück Brot und einen Becher Wein.

»Wie war es?«, fragte Gretje.

»Schön. Wie war es hier? Was macht Jasper?«

»Jasper geht es besser.« Gretje zog sich einen Stuhl an den Tisch, setzte sich. »Was ist mit der Magd?«

»Die Tochter von Mijnheer Platen, Rebecca, kommt am Freitag. Sie scheint nett zu sein, ich mag sie sehr.«

»Das klingt gut. Freitag? Das ist übermorgen. Was müssen wir noch alles tun? Das Bett beziehen und die Kammer richten … Hemeltje. Wie alt ist sie?«

»Nur wenig jünger, als ich es bin. Sie ist nett, hat aber Angst vor der Stadt. Doch der Hof dort ist so groß, sie ist mit Arbeit vertraut, es dürfte ihr nicht schwer sein, sich hier einzuleben, wenn wir ihr die Möglichkeit geben.«

»Das werden wir dann tun.« Gretje erhob sich schwerfällig. »Essen ist im Topf über dem Herd. Ich gehe jetzt zu Bett.« Fast entschuldigend sah sie ihre Tochter an, bevor sie ging. Margaretha hatte Dirck in den Stall zum Helfen geschickt. Nun saß das Mädchen alleine da, ließ den aufregenden Tag noch mal an sich vorbeilaufen. Versunken hing sie den beeindruckenden Erinnerungen nach – den Galopp über die geraden Strecken, die jungen Hunde im Stall … allein das Licht der untergehenden Sonne, rot wie Feuer über den Feldern mit den wenigen kahlen Bäumen und dazu das Krächzen der Krähen, die aufgeregten Schreie der schwarz-weißen Elstern, die kleiner, aber flinker als die behäbigen Krähen waren. Der Tag war voller Bilder, die sie sich einprägen und bewahren wollte.

»Margret!« Abraham betrat die Küche, er roch nach Tabak. »Ihr seid zurück? Erfolgreich?« Er hängte die Joppe an den Haken neben dem Herd, legte den Hut ab, nahm sich einen Becher Wein, schenkte Margaretha nach. Ihren verzagten Protest überhörte er.

»Wie war der Tag, Liefje? Hattest du Freude?« Lächelnd nahm er ihr gegenüber Platz, streckte die Beine aus. »Habt ihr eine Magd gefunden?«

»Ja!« Margaretha strahlte plötzlich. »Es war wunderbar«, begann sie. »Die Stute brauchte dringend Bewegung. Sie lief herrlich. Ihr Galopp ist unbeschreiblich leicht. Traumhaft.«

»Das klingt, als hättest du mit der Stute ein paar schöne

Stunden gehabt.« Abraham lächelte. »Gut. Und was ist mit der Magd?«

»Rebecca? Sie kommt am Freitag mit dem Knecht, der muss zum Markt in die Stadt.«

»Das sind wunderbare Nachrichten.« Abraham trank einen großen Schluck, er wirkte erleichtert.

»Wie war der Tag?«, fragte Margaretha leise.

»Puhh.« Abraham stieß die Luft aus. »Anstrengend. Du hast uns gefehlt mit deiner Leichtigkeit und deinem Lächeln. Es war viel für Mutter. Alles, was ihr früher schnell von der Hand ging, scheint nun länger zu dauern. Ich mache ihr keinen Vorwurf, nein, ich kann es verstehen, aber wir sind durch dich inzwischen anderes gewöhnt.« Er lächelte schief. »Ist das Mädchen nett?«

»Ja, ist sie. Ich mag sie gerne.«

»Wenn du sie magst, hat sie bei uns direkt einen Stein im Brett.« Abraham lachte. »Eine gute Wahl, Meisje.«

Der Kater kam in die Küche, schaute Margaretha vorwurfsvoll an, maunzte laut und sprang dann auf ihren Schoß. Er rollte sich zu einer Kugel zusammen, schnurrte vernehmlich. Margaretha kraulte ihn mit einem schlechten Gewissen.

Offenbar war es ihr anzusehen, denn Abraham betrachtete sie nachdenklich. »Was ist los?«, fragte er leise.

»Warum?«

»Du liebst den fetten Kerl, und seinen Körperumfang hat er nur, weil du ihm immer wieder Leckereien zusteckst. Aber jetzt schaust du, als hätte er die Krätze.«

»Ach …« Margaretha streichelte den Kater verzagt. »Auf dem Platenhof haben sie Hunde. Einen jungen Wurf … die Welpen sind zauberhaft, so niedlich.«

»Und?«

»Rebecca, die Magd, bringt eine Hündin mit. Ein Fellknäuel, Jonkie habe ich sie genannt.« Margaretha senkte beschämt den Kopf.

»Ein Hund? Hier?« Abraham lachte. »Du wirst Katze und

Hund schon miteinander anfreunden. Egal wie, das schaffst du.« Dann wurde sein Blick ernster. »Du hast dich tatsächlich in den Hund verguckt, oder? Er bedeutet dir etwas?«

»Jonkie ist wunderschön. Ja, ich hätte sie gerne. Sie zu haben ist jedoch an Rebecca gekoppelt. Bleibt sie eine Jahresfrist bei uns, gehört uns das Tier, ansonsten darf sie es wieder mitnehmen.«

»Jetzt mal ehrlich, Margret. Magst du den Hund oder das Mädchen?«

Erstaunt sah Margaretha ihren Bruder an. »Beide. Warum?«

»Ich will keine faule Magd nur um eines Tieres willen, lieber kaufe ich dir den Welpen.«

»Nein, so ist das nicht. Rebecca ist nett, lieb und folgsam. Ich glaube aber, Jonkie hat mich verzaubert.« Beschämt senkte Margaretha den Kopf.

»Jonkie? Es ist ein Zwerg?« Er grinste verhalten. »Wenn dir der Hund etwas bedeutet, dann wird es deiner sein. Darauf kannst du dich verlassen. Egal, wie die Magd ist. Du musst es nur mit dem Kater klären, er hat einen Narren an dir gefressen.«

Als wolle der Kater die Worte bekräftigen, streckte er sich in Margarethas Schoß aus, streckte alle viere wohlig von sich und schnurrte laut.

»Ich auch an ihm«, sagte Margaretha und streichelte den Kater. »Das werden wir bestimmt hinbekommen.«

Die Haustür wurde aufgeschlossen. Isaak stapfte den Flur entlang, kam in die Küche. Er sah missmutig aus. Margaretha legte den Kater behutsam auf die Bank, füllte einen Becher mit Wein und reichte ihn Isaak. Schnaubend nahm er den Becher, setzte sich.

»Was ist passiert, Vater?«, fragte Abraham.

»Unruhen in der neuen Stadt. In einem der Häuser hat es gebrannt.«

»Schlimm?«

»Nein, das Feuer konnte rechtzeitig gelöscht werden, bevor es schweren Schaden anrichtete oder gar auf andere Häuser übergriff. Doch die Verhältnisse dort sind grauenvoll. Bruder Selbach und auch Bruder Scheuten wollen sich mit dem Magistrat zusammensetzen, es muss eine andere Lösung geben. So geht es nicht weiter.«

»Eine Lösung? Welcher Art?«

»Eine Stadterweiterung ist unumgänglich. Zehn weitere Familien wollen nach Krefeld ziehen. Sie kommen zum Teil aus Gladbach, zum Teil aus dem Bergischen, aus Radevormwald.«

»Zehn neue Familien? Wo sollen die hin?«

»Ja, minn Zoon, wohin? Die Frage stellen wir uns auch.« Isaak nippte an dem Wein, immer noch war sein Gesicht sorgenzerfurcht.

»Sind es Glaubensbrüder? Mennoniten?«

»Ja, der Großteil schon. Das macht sie für die Stadt so interessant. Die Abgaben, die die Gemeinde zu zahlen hat, füllt das Stadtsäckel.« Isaak seufzte. »Aber bis die Neuen sich eine Existenz aufgebaut haben, dauert es, und solange zahlen wir für sie mit.« Er nahm die Pfeife aus der Tasche, stopfte sie bedächtig. »Dem Magistrat ist das nur recht. Und die Bedingungen für die Menschen werden immer schlechter. Sie haben kaum ein Auskommen bisher und leben in unbarmherzigen Verhältnissen. Unglücksfälle sind eigentlich nicht zu vermeiden. Dass der Brand sich nicht ausgeweitet hat, ist der Umsicht der Hausbewohner zu danken. Es hätte viel schlimmer kommen können.«

»Du willst also nicht noch mehr Glaubensbrüder in der Stadt?« Abraham verschränkte die Arme vor der Brust.

»Hörst du mir eigentlich zu, Zoon?«, fauchte Isaak. »Ich habe nicht den Eindruck. Ich würde lieber jetzt als gleich die Stadttore für alle verfolgten und gläubigen Menschen öffnen. Aber das geht doch nicht auf Kosten der anderen. Nicht, wenn es Gefahr für uns alle bedeutet. Diese Stadt ist schon einmal niedergebrannt, ein zweites Mal muss das nicht sein.«

Abraham setzte gerade zu einer Erwiderung an, als Hermann und Dirck vom Hof in die Küche kamen. Sie brachten kalte Luft und Schnee mit.

»Gibt es hier etwas zu essen?«, fragte Hermann hungrig.

»Ja.« Margaretha trug auf.

Die Männer aßen schweigend. Margaretha hatte keinen Hunger. Zu aufregend war der Tag gewesen, zu viele Eindrücke beschäftigten sie. Immer wieder dachte sie an den berauschenden Ritt, an den großen Stall, die Gerüche, die Empfindungen.

»Wie war es bei Platens?«, fragte Isaak kauend.

Hermann wischte sich den Mund ab. »Ihre Lage ist schwierig. Es wird viel gestohlen. Sie müssen nachts Wachen aufstellen. Dafür haben sie eigentlich nicht genügend Leute, also fehlen ihnen Kräfte bei der Hofarbeit.«

»Der Winter fängt gerade erst an«, brummte Isaak. »Das kann ja was werden. Und das Mädchen?« Er hob den Kopf und sah seinen Sohn an.

»Rebecca. Sie ist knapp fünfzehn. Ein liebes und nettes Mädchen. Fleißig.«

»War Annemieke auch.« Isaak brach ein Stück Brot ab.

»Ja, das stimmt. Und Annemieke war zudem noch herzlich. Ich vermisse sie jetzt noch.« Hermann lehnte sich zurück.

»Annemieke ist schuld an dem Tod deiner Schwester, minn Zoon!« Isaak richtete sich auf, eine bedrohliche Falte zwischen seinen Augenbrauen war zu sehen.

»Sie war fahrlässig. Eva ist aber an einem Fieber gestorben.« Die beiden Männer starrten sich an. Wut stand plötzlich greifbar im Raum, und sie galt nicht der Magd. Margaretha hielt den Atem an.

»An einem Fieber, das sie nicht gehabt hätte, wenn Annemieke Obacht gegeben hätte. Sei's drum. Dich hat das Mädchen überzeugt?« Isaak senkte den Blick, griff wieder zum Brot.

Hermann schaute zu Margaretha, lächelte ihr zu. »Ich denke, das Mädchen passt hier hinein. Sie ist ein wenig schüchtern und verzagt, aber Margret wird das richten. Das Mädchen kommt übermorgen, wenn der Knecht der Platens zum Markt fährt, hierher.«

»Gut.« Isaak leerte seinen Becher, füllte ihn erneut.

»Ja, der Besuch war in der Tat gut. Margret hat ihn genutzt. Mit dem Mädchen kommen Grünkohl, Zwiebeln und sogar junge Legehennen. Deine Tochter ist bewundernswert.«

»Legehennen? Brauchen wir noch mehr Hühner?« Isaak sah verwirrt auf.

»In diesem Winter nehmen wir alles, was wir bekommen können, Vater.«

»Natürlich, minn Zoon.«

Hermann zog die Stirn in Falten. »Aber da ist noch etwas. Rebecca, die neue Magd, kann Hunde ausbilden.«

»Sag bloß?« Isaak schien plötzlich wieder interessiert zu sein.

Margaretha biss sich auf die Unterlippe.

»Ja. Sie bringt eine Hündin mit. Noch ist es ein Welpe. Aber sie hat versprochen, den Hund auszubilden und zu erziehen, so dass wir einen Wachhund hätten.«

»So? Ein guter Wachhund kostet viel Geld.« Isaak schüttelte den Kopf.

»Dieser Hund ist noch nicht ausgebildet. Das wird die Magd übernehmen«, sagte Hermann. »Sie bringt den Welpen mit.«

Margaretha rutschte unruhig auf der Bank hin und her. Was, wenn der Vater den Hund gar nicht haben wollte?

»Ein Wachhund?« Isaak fuhr sich über den Bart. »Das ist eine gute Idee. Einen Wachhund können wir gebrauchen.«

Hermann zwinkerte Margaretha zu. »Ja, das dachte ich auch. Sollte die Magd jedoch binnen Jahresfrist gehen, darf sie den Hund wieder mitnehmen, haben wir vereinbart.«

»Onzin. Ein Wachhund. Dass ich nicht früher daran gedacht habe. Den nehmen wir. Das ist lohnend, gerade bei der Stimmung in der Stadt. Wir müssen gewappnet sein. Wenn es mit der Magd auch gut läuft, umso besser.« Isaak nickte.

Kapitel 12

Die nächsten zwei Tage vergingen wie im Fluge. Es gab einiges zu tun und vorzubereiten. Die Sonne strahlte weiterhin, auch wenn sie gegen die Eiseskälte nicht ankam. Margaretha und Gretje wuschen Laken und Decken. Im Waschhaus waberten die Dampfschwaden, das Feuer loderte. Margarethas Hände wurden durch das heiße Wasser und die Seifenlauge rot und schrumpelig. Gemeinsam wrangen Gretje und sie die Wäsche aus, hängten sie dann zum Trocknen in den Hof. Die Arbeit war schweißtreibend, doch die eisige Luft im Hof ließ Margaretha zittern. Gegen Mittag waren sie endlich fertig, alle Wäsche flatterte im Wind.

»Hoffentlich fällt die Temperatur nicht noch mehr«, sagte Gretje zweifelnd. »Dann friert uns die Wäsche.« Sie drückte die Hände in das Kreuz, streckte sich dann. »Es war das letzte Mal in diesem Jahr, dass wir große Wäsche gemacht haben. Du kannst jetzt das Essen kochen, ich schau nach Jasper.«

»Wie geht es ihm?«, fragte Margaretha. Ihr taten die Arme weh.

»Besser. Das Fieber ist gesunken, er hustet jedoch noch. Ich habe gestern Zwiebeln in Honig eingelegt, das gibt einen guten Hustensaft. Ich denke, bis zum Christfest sollte er gesund sein.« Gretje nahm das Gefäß mit dem Zwiebelsaft und ging nach nebenan.

Das Christfest ist schon in vier Tagen, dachte Margaretha, und immer noch gab es reichlich zu tun. Während sie das Essen vorbereitete, überlegte sie, was sie noch für Rebecca machen mussten. Annemieke hatte das Haus fluchtartig verlassen. In dem kleinen Zimmer waren noch einige Sachen von dem Mädchen. Die Strohmatratze musste überprüft, eventuell der Bodenbelag ausgetauscht werden. Als das Fleisch auf dem Herd schmurgelte, machte sie sich an die Arbeit. Als Erstes sammelte sie die wenigen persönlichen Sachen von Annemieke zusammen, brachte sie in den Anbau des Nebenhauses. Wegwerfen mochte sie die Dinge nicht, vielleicht käme ja das Mädchen irgendwann zurück.

Dann kehrte Margaretha das Stroh aus dem Raum, wischte den Boden und putzte überall gründlich. Es war noch genügend heißes Seifenwasser da. Die Matratze schien so weit noch in Ordnung zu sein. Margaretha streute Farnkraut, Lavendel und Rosmarin gegen Wanzen und Flöhe aus, holte frisches Stroh aus dem Stall und legte es auf dem Boden aus. Nun musste nur noch das Bett bezogen werden, und Rebecca konnte einziehen, dachte Margaretha und schaute sich in der Kammer um. Der Raum erschien ihr kahl und kalt. In der Abstellkammer fand sie noch einen alten Spiegel, er musste noch von den Vorbesitzern der Nachbarhäuser stammen. Zwar hatten Margaretha und Gretje welche, um den Sitz der Haube kontrollieren zu können, aber grundsätzlich galten Spiegel als eitel und nicht gottgefällig. Auch Platens waren Mennoniten; wie strenggläubig sie waren und was bei ihnen als schicklich galt, wusste Margaretha nicht. Sie nahm den Spiegel und ein Windlicht und stellte beides in die Kammer. Inzwischen fiel die Dämmerung ein, obwohl es kaum Nachmittag war. Nachdem Gretje Jasper versorgt hatte, war sie zu einer schwangeren Frau in der Nachbarschaft gegangen, die sie um Hilfe gebeten hatte. Margaretha schaute nach dem Fleisch und dem Kohl, schob das Brot in den Ofen. Dann ging sie in den Hof und nahm die Wäsche ab. Die Laken fühlten sich klamm an. Isaak hatte Haken in den Wänden des Waschhauses befestigt. Dort zog Margaretha nun eine Wäscheleine kreuz und quer durch den Raum. Der Dampf war abgezogen, das heiße Wasser verbraucht, das Feuer brannte noch schwach, die Wärme würde ausreichen, um die Wäsche zu trocknen.

Margaretha unterdrückte das Gähnen, als sie den Männern das Essen anrichtete. Beinahe wäre ihr das Brot verbrannt, gerade im letzten Moment konnte sie es noch aus dem Ofen ziehen. Die Sonne war untergegangen, die Nacht würde wieder sternenklar werden. Dirck kam aus dem Stall, er hatte die Tiere versorgt und rieb sich die Hände.

»Potverdorie! Es wird bitterkalt. Noch kälter als zuvor, fürchte ich. Ich hole mal ein paar Eimer Wasser aus dem Brunnen und stell sie in die Waschküche, bevor uns der Brunnen zufriert.«

»In der Waschküche hängt alles voller Wäsche«, sagte Margaretha und rieb sich die rauen Hände. Sie würde die Mutter um Hamamelissalbe bitten müssen.

»Das macht nichts, ich stell die Eimer einfach an die Seite. Oder ich füll den großen Kessel. Ist darin noch Seifenwasser?«

»Nein, aber ausgeschrubbt habe ich ihn noch nicht.« Margaretha schaute ihn müde an.

Er sah sie besorgt an. »Das musst du auch nicht tun, Zusje. Ich mache das schon. Wo ist Mutter?«

»Sie ist immer noch bei einer schwangeren Frau.«

»Nun dann. Was muss noch getan werden?«

Margaretha schüttelte den Kopf. »Nicht mehr viel. Aber wenn es so kalt wird, werden die Armen frieren und hungern. Ich sollte vielleicht noch eine Suppe kochen oder einen Eintopf.« Wieder unterdrückte sie krampfhaft ein Gähnen.

Dirck schüttelte den Kopf. »Wir sind zwar Stützen der Gemeinde, aber nicht alle Last muss auf uns liegen. Schon gar nicht auf dir. Du hast heute noch vor Tagesbeginn Wäsche gewaschen. Irgendwann ist es auch einmal gut. Morgen kommt die neue Magd, und ich werde drei Kreuze machen.« Er drehte sich um und ging in den Hof. Schon bald hörte Margaretha das hohe Quietschen der Brunnenwinde.

Hermann kam wenig später herein. Margaretha gab ihm einen Becher Würzwein, den er dankend annahm. »Was ist mit dem Zimmer für die Magd?«, fragte er.

Margaretha führte ihn in die Kammer. »Meinst du, das ist so in Ordnung? Wird es ihr gefallen?«

»Du hast alles alleine hergerichtet? Manchmal weiß ich nicht, wo du die Kraft hernimmst, Meisje. Ich bewundere dich.« Hermann drückte sie an sich. »Es ist wunderbar, ihr wird es schon gefallen. Aber denk daran: Sie ist nur eine Magd, auch wenn du sie gern hast.«

»Ach, ich weiß ja noch gar nicht, wie gut wir wirklich miteinander auskommen werden. Doch ich habe versucht, mir vorzustellen, wie es für sie ist: Sie muss ihre Familie verlassen und kommt an einen fremden Ort zu fremden Leuten. Ihr Leben wird sich verändern, nichts wird mehr so sein wie früher.« Margaretha schluckte. »Sie dauert mich, denn bestimmt hat sie Angst. Ich hätte es.«

Hermann nickte. »Ja, sie hat bestimmt Angst, aber wir werden uns bemühen, es ihr so leicht wie möglich zu machen. Sie hat aber auch etwas, was nur wenige andere haben: dich. Jemanden, der sich um ihre Ängste und Nöte sorgt, der sich Gedanken macht.«

Beschämt senkte Margaretha den Kopf, sie spürte das Blut in ihren Wangen.

Die Hoftür ging auf und fiel krachend ins Schloss.

»Gibt es in diesem Haus kein Essen?«, rief Isaak grummelnd.

»Doch, doch.« Margaretha eilte in die Küche und deckte den Tisch.

»Leg noch drei Gedecke mehr auf, die Gesellen kommen auch herüber. Mir gefällt nicht, dass sie so viel Bier trinken, wenn sie alleine essen. Heute Morgen habe ich schon wieder zwei leere Krüge auf dem Tisch gefunden und einen weiteren unterm Tisch.« Seufzend setzte sich der Vater an den Tisch. Nach und nach kamen die Brüder und die Gesellen dazu.

Gerade als sie das Tischgebet gesprochen hatten, kehrte Gretje zurück. Sie stellte den Korb mit ihren Kräutern und

Tinkturen neben den Herd, wusch sich die Hände und setzte sich.

»Du kommst spät, Vrouw.« Isaak sah sie besorgt an.

»Lisabeta, die Schwiegertochter von Kunders, erwartet ein Kind. Sie ist noch nicht sehr weit, aber jetzt ist sie krank geworden, und es scheint Komplikationen zu geben.«

»Was hat sie denn?«, fragte Abraham und brach das Brot.

»Ich fürchte, es ist Blutfluss.«

Plötzlich lag Schweigen über dem Raum, nur das Prasseln des Feuers war zu hören und das Knacken im Gebälk.

»Blutfluss, die Ruhr? Gott steh uns bei. Aber das kann doch gar nicht sein. Blutfluss breitet sich doch erst im Armenviertel aus, bevor er diesen Stadtteil erreicht.« Isaak schüttelte den Kopf.

»Möglicherweise sind die Armen auch erkrankt. Ich war in den letzten Wochen ja nicht dort und weiß nicht, wie es um die armen Frauen und Kinder steht. Lisabeta war wohl vor ein paar Tagen noch in der Neuen Stadt und hat Suppe und altbackenes Brot verteilt.« Gretje trank einen Schluck Wein. Die Besorgnis war ihr deutlich anzusehen.

»Was hat sie denn gesagt? Hat sie dort Kranke versorgt?«, fragte Margaretha leise.

»Sie hat gar nichts gesagt, Meisje. Sie ist nicht bei Bewusstsein.«

»Godallemachtig. Lasst uns beten, dass es ein Einzelfall bleibt. Nicht auszudenken, wenn die Krankheit um sich greift.« Isaak senkte den Kopf in stiller Andacht, alle folgten seinem Beispiel.

»Amen«, sagte er schließlich leise.

»Ich möchte euch inständig bitte, reinlich zu bleiben. Ich weiß, dass gesagt wird, dass das Wasser dem Körper Kraft entzieht, doch ich glaube nicht daran. Schmutz und Dreck tragen Krankheiten in sich. Trinkt kein Wasser bei anderen, sofern es nicht frisch ist. Manche Familien entleeren die Nachttöpfe im Hof neben ihrem Brunnen.« Gretje sah jeden in der Runde nachdrücklich an. »Und gebt mir Bescheid, sobald einem von euch unwohl ist. Nicht warten, ob es besser wird. Je schneller man gegen Krankheiten vorgeht, desto besser ist es. Und nun lasst uns essen, bevor die Speisen erkalten.«

Alle langten zu, doch die Stimmung blieb nachdenklich und gedrückt.

In dieser Nacht kam Margaretha kaum zur Ruhe. Blutfluss verlief oft tödlich, denn die Kranken konnten weder Speisen noch Flüssigkeit bei sich behalten. Sie sorgte sich um ihre Mutter, die nach dem Essen wieder zu der Kranken gegangen war, hatte Angst um die Familie, fürchtete sich vor der Krankheit, die meist rasch um sich griff und oft zum Tod führte.

Dann dachte sie über Rebecca nach. Ob das Mädchen wohl schlafen konnte in der letzten Nacht, die es zu Hause verbrachte? Welche Gedanken machte Rebecca sich wohl? Wovor fürchtete sie sich am meisten? Würde es ihnen gelingen, das Mädchen in die Familie einzubeziehen?

Als Margaretha das Spülwasser in den Hof gekippt hatte, war der Kater nach draußen gelaufen. Er kehrte auch nicht zurück, als sie ihn mit ein wenig Fleisch zu locken versuchte. Ihr fehlte der warme Tierkörper, das wohlige und beruhigende Schnurren des Tieres. Schließlich stand sie auf, nahm die Kerze und schlich sich nach unten. Im Herd glühte immer noch die Glut. Margaretha öffnete die Tür zum Hof, rief leise nach dem Kater. Der Himmel war sternenklar, und es war bitterkalt. Noch mal lockte sie, und wie ein Schatten huschte der Kater an ihr vorbei ins Haus. Lächelnd verschloss Margaretha die Tür, wollte nach oben gehen, da sah sie Lichtschein aus der Stube. Die Tür war nur angelehnt, sie spähte hinein. Hermann saß am Kamin und starrte sorgenvoll in das Feuer. Erst zögerte sie, dann aber öffnete sie die Tür und trat ein.

»Hermann?«, fragte sie leise. Ihr Bruder zuckte zusammen, schaute erschrocken auf.

»Zusje, was machst du denn hier? Es ist mitten in der Nacht.«

»Das könnte ich dich auch fragen. Hast du Kummer?«

Er zog die Stirn in Falten, nickte dann bedächtig. »Die Zeiten sind nicht einfach. Aber es ist nichts, worüber du dir auch noch den Kopf zerbrechen müsstest. Was machst du überhaupt hier unten?«

Margaretha zog sich den zweiten Sessel vor den Kamin, setzte sich und zog die Füße an sich. »Ich habe nach dem Kater gesucht.«

Hermann lachte leise. »Und? Warst du erfolgreich?«

»Ja, er war draußen, ist aber soeben an mir vorbei nach oben gehuscht. Es ist so kalt, ich habe mir Sorgen um ihn gemacht …«

»Aber er ist auch früher im Winter nachts draußen geblieben, Zusje. Er erfriert schon nicht, in kalten Nächten sucht er Zuflucht im Stall.«

»Das weiß ich doch. Aber ich habe mich so an ihn in meinem Bett gewöhnt.«

Hermann lachte wieder. Dann wurde er ernst. »Nun wird es aber Zeit, ins Bett zu gehen.«

»Und was ist mit dir?«

»Ich bleibe noch ein wenig, sehe zu, wie das Feuer niederbrennt, werde noch einen Becher Wein trinken und gehe dann auch schlafen, Hartje. Mach dir keine Gedanken.«

»Worüber grübelst du denn so arg?«, bohrte Margaretha nach. Etwas bedrückte ihren Bruder, das spürte sie genau.

»Nun, eigentlich nur über die Zukunft.«

»Geht es um Esther?«, fragte sie leise.

Erstaunt sah Hermann auf. »Ja, tatsächlich, darum geht es auch. Woher weißt du das?«

»Ich habe geraten.« Margaretha senkte den Kopf. »Was ist an der Zukunft mit euch so schwierig?«

»Wir wollen heiraten, aber was dann? Der Haushalt hier ist schon so groß, noch eine weitere Person und dann vielleicht Kinder, wie soll das gehen? Außerdem glaube ich kaum, dass sich Esther hier mit allen wohlfühlen würde.« Er schaute zur Seite.

Margaretha dachte nach. »Ja, das kann ich verstehen. Dies ist Mutters Haushalt. Und auch dein Zimmer wäre zu klein für euch. Hast du schon mit Vater gesprochen?«

Hermann schüttelte stumm den Kopf.

»Hermann, du musst mit ihm sprechen. Es gibt doch ganz sicher eine Lösung.«

»Aber welche?«

Knarzend öffnete sich die Tür zur Stube, der Kater kam herein, setzte sich mit vorwurfsvollem Blick vor Margaretha, so als wolle er sagen: Wo bleibst du? Ich warte schon. Dann sprang er auf ihren Schoß. Geistesabwesend vergrub Margaretha ihre Hand in dem warmen und weichen Fell des Tieres.

»Ich habe noch nicht mit Vater gesprochen, weil der Zeitpunkt einfach ungünstig ist, jetzt so kurz nach Evas Tod.« Hermann seufzte. »Aber viel länger warten möchte ich auch nicht. Doch wenn er mich dann fragt, wie ich mir das vorstelle, weiß ich auch keine Antwort.«

»Was ist denn daran so schwierig? Warum könnt ihr keinen eigenen Hausstand gründen?«

»Wo denn, Zusje? Es gibt so gut wie keinen freien Wohnraum mehr in Krefeld, und wenn, dann nur in der Neuen Stadt, im Armenviertel. Das möchte ich Esther nun wahrlich nicht antun.«

Margaretha nickte verstehend. »Die Neue Stadt geht nun wirklich nicht, das stimmt. Aber es muss doch eine andere Möglichkeit geben, zumindest so lange, bis ihr ein Haus findet. Was ist denn mit nebenan? Dort ist eine Küche, auch wenn sie fast leersteht. Im Anbau sind noch Kammern, dort könnten die Lehrjungen und die Gesellen schlafen. Und ihr hättet das obere Stockwerk für euch.«

Hermann schaute auf. »Das ist gar keine schlechte Idee, jedoch sind die Kammern mit Flachs und Tuchballen gefüllt und allerlei anderem Krempel.«

»Aber das kann man doch ändern, Hermann. Ein Anbau zum Beispiel an der Scheune oder hinter dem Waschhaus lässt sich schneller bauen als ein ganzes Haus. Sprich mit Vater, ich bin mir sicher, dass er dir zustimmt und auch deinem Glück nicht im Weg stehen möchte.« Margaretha erhob sich mit dem Kater auf dem Arm. »Und jetzt gehe ich zu Bett. Das solltest du auch tun. Morgen ist ein neuer Tag, wir sollten ihn nicht verschlafen beginnen.«

»Ich danke dir, Zusje. Du hast recht, Lösungen gibt es immer. Spätestens im neuen Jahr werde ich mich darum kümmern. Schlaf schön, meine Gute. Ich kümmere mich noch um das Feuer und geh dann auch zu Bett. Danke.«

Am nächsten Morgen bekam Margaretha kaum die Augen auf, doch dann fiel ihr ein, welcher Tag heute war. Eilends wusch sie sich und zog sich an. Dann eilte sie nach unten, die Müdigkeit schien verflogen zu sein. Noch einmal kontrollierte sie die Kammer der Magd, es duftete nach dem frischen Stroh und den Kräutern. Sie zog das Laken glatt, schüttelte das Kissen auf.

In der Küche köchelte schon der Brei. Ein wenig Fleisch war von der gestrigen Mahlzeit übriggeblieben. Margaretha schnitt es in kleine Stücke und gab es zur Grütze. Die Männer kamen nach unten. Hermann hatte dunkle Schatten unter den Augen, aber er lächelte ihr zu. Auch Gretje sah übernächtigt aus.

»Wie geht es Kunders Schwiegertochter?«, fragte Isaak.

»Schwer zu sagen. Ich gehe gleich wieder nach drüben und schaue nach ihr. Ziemlich sicher wird sie das Kind verlieren.«

»Das ist ja furchtbar«, murmelte Margaretha.

»Ja, aber vielleicht bleibt wenigstens sie am Leben. Die Schwangerschaft kostet sie noch zusätzliche Kraft.«

»Sind denn noch weitere Familienmitglieder der Kunders betroffen?«

»Bisher nicht. Ich halte sie an, viel Brühe zu trinken. Doch wer weiß, was in den nächsten Tagen passiert. Mevrouw Kunders erzählte, dass es in der Neuen Stadt einige Todesfälle gegeben hat, meist Kinder oder geschwächte Ältere. Noch scheint es sich in Grenzen zu halten. Das mag daran liegen, dass die Abwassergräben zugefroren sind.«

Nach dem Frühmahl holte Gretje verschiedene Kräuter und Wurzeln aus ihrer Vorratskammer, bereitete Aufgüsse und Tinkturen zu, nahm sie mit zu den Nachbarn.

Margaretha kümmerte sich um den Haushalt. Die Wäsche war getrocknet und musste zusammengelegt werden, die Stube gefegt. Sie ging in Gedanken die Vorräte durch und überlegte, ob sie alles für das Weihnachtsfest besorgt hatten. Dann setzte sie Lebkuchen- und Pastetenteig an, bereitete eine würzige Honigmarinade für den Schinken zu und legte ihn darin ein. Zwischendurch lief sie immer wieder zur Tür, schaute die Straße entlang, doch ein Pferdegespann war nicht zu sehen.

Gegen Mittag wurde sie immer fahriger. Was, wenn Rebecca gar nicht käme? Wenn sie oder ihr Vater es sich anders überlegt, Zweifel bekommen hätten? Sie nahm Zwiebeln, häutete diese und schnitt sie klein für das Abendmahl. Das Messer rutschte ab, und Margaretha schnitt sich tief in den Daumen.

»Potdomme«, fluchte sie leise und drückte ein Tuch auf die Wunde. Ihr wurde schwindelig. Sie setzte sich auf die Bank. Plötzlich stiegen ihr die Tränen in die Augen, die ganze nervöse Anspannung, die sie in den letzten Tagen gespürt hatte, fiel von ihr ab. Erschöpfung machte sich in ihr breit. Sie ließ den Kopf auf die schrundige Tischplatte sinken und weinte haltlos. Dass die Haustür sich öffnete, hörte sie nicht. Doch dann drang eine Stimme zu ihr.

»Wie schön, dass du da bist. Wir freuen uns alle sehr und können deine Hilfe gut gebrauchen. Komm mit, hier entlang geht es«, sagte Gretje.

Margaretha fuhr hoch. Ihr Daumen pochte schmerzhaft, das Tuch war inzwischen blutgetränkt, immer noch liefen ihr die Tränen aus den verquollenen Augen. So mochte sie ihrer Mutter und der neuen Magd nicht begegnen. Rasch schlüpfte sie durch die Tür in den Hof. Dort war es kalt und zugig. Verzweifelt sah sie sich nach einem Fluchtort um, eilte schließlich zum Stall. Es roch nach Heu und Pferd, in dem großen Fass dufteten süßlich die schrumpeligen Futteräpfel. Im Stroh raschelte es, die Stute schnaubte laut.

Margaretha ließ sich auf einen Ballen Stroh fallen. Sie hatte das Gefühl, für nichts mehr Kraft zu haben. Zu ihrem Entsetzen hörte sie nun Gretjes Stimme im Hof.

»Hier entlang, dort ist der Stall. Im Sommer sind die Hühner dort hinten im Gehege, im Winter kommen sie in den Stall. Nachdem das Schwein geschlachtet wurde, haben wir ja Platz. Wunderbar, dass Ihr Legehennen mitgebracht habt. Und auch die anderen Sachen können wir gut gebrauchen.« Gretje ging auf die Stalltür zu.

Und nun, dachte Margaretha verstört, wo kann ich nun hin? Panisch sah sie sich um. In die Box zum Pferd? Es würde unruhig werden, und auch dort hatte sie keine wirkliche Möglichkeit, sich zu verstecken. Ihr Blick fiel auf die Leiter, die zum Heuschober führte. Flugs kletterte sie hinauf, verbarg sich im Heu.

»Ich weiß gar nicht, wo unsere Margret ist«, sagte Gretje munter. »Aber weit kann sie nicht sein. Sie hat sich so auf dich gefreut, Rebecca.«

Die neue Magd murmelte etwas.

»Wohin mit den Hennen?«, fragte mit rauer Stimme der Knecht.

»Dort drüben.«

Die Hennen stoben laut gackernd auseinander, als der Knecht die neuen Hühner in das Gehege entließ.

»Den Grünkohl und die Zwiebeln legt in den Hof. Wir werden die Dinge nachher verstauen. Ich zeige Euch, wohin Ihr die Sachen des Mädchens bringen könnt.«

»Und was ist mit dem Hund? Habt Ihr ein Gehege für ihn?«, fragte der Knecht unwirsch.

»Hund? Welcher Hund?«

Margaretha zuckte zusammen. Hatte ihr Vater nicht mit der Mutter über die Hündin gesprochen? Spätestens jetzt hätte sie hinunterklettern müssen, aber sie konnte sich nicht überwinden. Stattdessen presste sie die Faust vor den Mund, unterdrückte das Schluchzen. Gretje schob das Scheunentor zu, langsam gingen sie wieder über den Hof zum Haus. Die Stimmen wurden leiser. Margaretha kuschelte sich in das Heu, schloss die Augen. Sie fühlte sich so leer und antriebslos. Nun hatte sie drei Tage Rebecca entgegengefiebert, doch nun war sie zu schwach, zu antriebslos, um aufzustehen und die neue Magd zu begrüßen.

»Zusje?« Jemand rüttelte an ihrer Schulter. »Zusje, Hartje, was ist mit dir?« Dirck beugte sich besorgt über sie. »Alle suchen dich. Bist du krank?« Sie spürte seine kühle Hand auf ihrer glühenden Stirn. »Moedertje, komm schnell. Margret ist hier. Godallemachtig, sie ist krank. Schnell!«

Margaretha versuchte krampfhaft, ihre Augen zu öffnen, doch es wollte ihr nicht gelingen. Wie in Nebel gehüllt nahm sie alles wahr. Jemand trug sie nach unten, Gretje zog sie aus, verband ihre Hand, machte Wadenwickel und flößte ihr Brühe und bitter schmeckende Aufgüsse ein.

Der Tag wich der Nacht, und ein weiterer Tag begann. Und dann wurde es wieder dunkel. Alle Versuche, die Nebelschleier zu lichten, scheiterten. Ich sterbe, dachte Margaretha. So muss das sein, wenn man stirbt. Alles wird grau und unklar und schwach, und dann geht man. Sie kämpfte nicht mehr gegen die Nebelschichten an, ließ sich treiben. Das Fieber kämpfte in ihrem Körper, und obwohl sie zu Anfang mitgekämpft hatte, war sie es nun müde.

Doch irgendwann öffnete sie die Augen, und der Blick war wieder klar. Gretje saß, in sich zusammengesunken, neben dem Bett. Ihr Atem ging tief und gleichmäßig. Vorsichtig versuchte Margaretha, nach der Wasserflasche zu greifen, die auf dem Kasten neben dem Bett stand. In dem Moment zuckte die Mutter hoch.

»Margret!« Gretje füllte den Becher, gab ihn ihr, legte vorsichtig die Hand auf ihre Stirn, dann schob sie sie in den

Nacken. »Du scheinst kein Fieber mehr zu haben«, sagte sie erstaunt.

»Ich war krank, nicht wahr?«, wisperte Margaretha kraftlos. »Es tut mir leid.«

»Meisje, ich bin so froh, dass du endlich wieder ansprechbar bist. Dir muss nichts leidtun.« Gretje sah zur Seite, schluckte hart. »Ich fühle mich schuldig. Du bist noch ein Kind, mein Kind. Und doch hast du alleine die schwere Last der letzten Wochen getragen, den Haushalt für alle verrichtet. Du bist daran fast zerbrochen. Daran trage ich die Schuld.«

»Onzin, Mutter.« Margaretha richtete sich auf. Noch immer war ihr schwindelig, aber sie schaffte es, sich hinzusetzen. Dann kamen die Erinnerungen zurück. »Was … ist mit mir? Hab ich den Blutfluss?« Sie knüllte die Decke zusammen, presste sie gegen ihren Bauch. Das Entsetzen griff nach ihr.

»Nein, Kind. Du hattest ein Fieber und warst wohl einfach erschöpft. Eine Wunde in der Hand kam hinzu. Nichts Dramatisches, es war einfach zu viel.« Immer noch sah Gretje sie nicht an.

»Welcher Tag ist heute?«, fragte Margaretha verwirrt.

»Der zweite Weihnachtstag. Drei Tage hast du gefiebert. Wir haben um dein Leben gebangt, Meisje.«

»Der zweite Weihnachtstag. Godallemachtig. Ich war zwei Tage ohne Bewusstsein, und es ist Weihnachten?«

»Ja, Kind.«

Margaretha schlug die Decke zur Seite, schwang die Beine aus dem Bett. »Gottegot.«

»Meisje? Was hast du vor?«, fragte Gretje verblüfft.

»Es gibt doch sicher unzählige Dinge zu tun. Essen vorbereiten, die Stube herrichten, Brot und Kuchen backen …« Verzweifelt schaute sie auf.

»Meisje, bewahr Ruhe. Wir haben alles getan. Du musst nur gesund werden, sonst nichts. Viel zu lange habe ich dich Dinge tun lassen, die gar nicht deine Aufgabe waren, und fast wärest du daran zerbrochen.«

Margaretha sank zurück in das Kissen. »Und was ist mit der Magd?«

»Rebecca?« Gretje lachte. »Da habt ihr eine Perle, einen Edelstein aufgetan. Sie ist ein Schatz, fleißig, wissbegierig, umsichtig. Seit sie da ist, geht alles viel leichter von der Hand. Das Weihnachtsfest war sicher nicht fröhlich bisher. Wir haben viel an Eva gedacht, und dann hast du uns Sorgen gemacht, aber Rebecca hat mit ihrer fröhlichen Art alles versüßt.«

Margaretha drückte ihren Kopf noch tiefer in das Kissen. »So ist das«, murmelte sie.

»Ja, Rebecca fügt sich wunderbar ein. Sie ist harte Arbeit gewohnt, hat einiges an Kräuterwissen. Ich bin überrascht, wie anders die Zusammenarbeit mit ihr ist im Vergleich zu Annemieke, die von Kräutern und Heilpflanzen nichts wissen wollte.« Gretje stand auf und strich sich den Rock glatt. »Ich bin so froh, dass es dir besser geht. Jetzt zwischen den Jahren ruhen die Webstühle und die Arbeit. Endlich kann ich mich auch einmal ausruhen. Die Jungen sollen Wasser heißmachen, ich werde ein Bad nehmen. Das habe ich mir verdient. Ich schicke jemanden mit Brühe hoch und komm später nach dir schauen.«

»Ja, Moedertje«, sagte Margaretha leise. Vor dem Fenster hingen Eiszapfen, das Sonnenlicht brach sich in ihnen und ließ sie wie Edelsteine funkeln. An dem Anblick hielt sich Margaretha fest.

Ihre Mutter verließ den Raum, und für eine Weile kämpfte Margaretha mit den Tränen, fühlte sich überflüssig. Doch dann pochte es leise an der Tür.

»Margret.« Hermann spähte in die Kammer. »Mutter sagt, es gehe dir besser?«

»Ja.«

»Schön. Denn jemand sitzt seit zwei Tagen vor deiner Tür und jammert. Mutter wollte keine Störung.«

»Wer denn?«

»Na, wer wohl? Jonkie.« Hermann öffnete die Tür, und die junge Hündin stob ins Zimmer, sprang nach kurzem Zögern auf das Bett und leckte Margarethas Hände.

»Liefje, was machst du denn hier?« Margaretha streichelte das weiche Fell des tapsigen Tieres.

Hermann lachte. »Na, was wohl? Hier wird alles nach dir riechen. Du hast seit Wochen den Haushalt gemacht, mit aller Kraft. Hunde sind treue Begleiter, und dich kennt sie noch vom Platenhof. Nur so kann ich mir erklären, dass sie immerzu nach dir gesucht hat.«

»Aber Rebecca …«

»Ja, Rebecca ist auch da. Sie ist wie ein Wirbelwind. Aber der Hund hat sich immer nach hier oben geschlichen und vor deine Tür gelegt.« Hermann setzte sich auf den Stuhl, griff Margarethas Hände. »Zusje, wie geht es dir? Ich habe mich so um dich gesorgt.« Margaretha entzog ihm die linke Hand, sie schmerzte unter Druck. Natürlich, dachte sie, ich habe mich geschnitten, dort in die Hand. Aber was war dann? Sie hatte kaum noch Erinnerungen.

»Ich habe mich geschnitten.«

»Ja, Meisje, aber davon bekommt man kein Fieber. Oder jedenfalls nicht direkt.« Hermann lachte leise, wie es seine Art war, drückte ihre rechte Hand. »Mutter meinte, es wäre einfach zu viel für dich gewesen die letzten Wochen. Wir alle fühlen uns schuldig.«

»Onzin.« Margaretha senkte den Kopf. Dieses Gespräch war ihr unangenehm. Sie hatte nur ihre Pflicht getan. Wäre die Mutter gestorben, hätte sie dasselbe tun müssen, nämlich den Haushalt führen. Und Leben oder Tod lag in Gottes Hand. »Ich habe nur meine Pflicht getan.«

Plötzlich knarrte die Tür wieder, der Kater schob seinen Kopf zwischen Türblatt und Rahmen. Er maunzte leise, fauchte dann, als er die Hündin wahrnahm.

»Nun, nun«, sagte Margaretha beschwichtigend. »Jonkie ist doch noch klein.« Sie nahm den Hund, hielt dessen Schnauze mit der einen Hand, klopfte mit der anderen auf die Decke. »Komm.«

Für einen Moment zögerte der Kater, dann sprang er auf das Bett, fauchte die Hündin an, rollte sich schließlich zufrieden zusammen. Margaretha ließ den Hund vorsichtig los, er fiepte leise, klemmte die Rute zwischen die Hinterläufe und legte sich an Margarethas Füße. Der Kater schnurrte, es klang triumphierend.

»Du hast alle im Griff, Zusje.« Hermann lachte. »Nun müssen wir dich nur noch wieder auf die Beine bekommen. Aber sicherlich nicht heute. Ich schicke Dirck mit Speisen und Wein.« Er küsste sie auf die Stirn, bevor er ging.

Margaretha lehnte sich zurück. Ihr war schwindelig, der Kopf pochte. Es war Weihnachten, und sie lag krank im Bett. Sie fühlte sich schuldig, aber auch erschöpft. Und doch sehnte sie sich, mit der Familie unten in der Stube zu sitzen, zu reden oder einfach nur den anderen zuzuhören. Die Männer würden über Politik und die Wirtschaftslage diskutieren, Gretje würde Strümpfe stopfen. Hin und wieder würde ihre Mutter sacht und ruhig, wie es ihre Art war, eine Bemerkung fallen lassen und die Diskussionen in eine andere Richtung lenken. In den letzten Jahren war Eva im Mittelpunkt gewesen. Um sie hatte sich alles beim Weihnachtsfest gedreht. Ihr fröhlich glucksendes Lachen, die strahlenden Augen, ihre Verwunderung und Freude hatten alle reichlich beschenkt. Nun war sie nicht mehr da. Wie mochte die Stimmung sein? Doch bevor Margaretha weiter grübeln konnte, war sie eingeschlafen.

Kapitel 13

Am nächsten Morgen ging es Margaretha schon besser. Sie aß mit gesundem Appetit, wusch sich, zog sich frische Sachen an. Gretje bestand darauf, dass sie noch in ihrer Kammer blieb.

Die Brüder kamen, um nach ihr zu schauen, nahmen den Hund mit und ließen ihn in den Hof. Doch schon kurze Zeit später stand das Tier wieder vor Margarethas Zimmertür. Sie ließ ihn herein. Er sprang glücklich auf ihr Bett, drehte sich im Kreis, bis er eine bequeme Position gefunden hatte, und schlief wieder ein.

Am Tag darauf stand Margaretha morgens auf und ging in die Küche. In den Tagen zwischen den Jahren lief alles langsamer, bedächtiger. Die Arbeit ruhte, die Familien schliefen länger, sogar der Hahn schien später zu erwachen und zu krähen.

In der Küche glomm die Glut im Herd und ließ sich mühelos entfachen. In der Stube standen noch einige Becher, zum Teil gefüllt. Die Luft roch abgestanden, und obwohl wieder Schneefall eingesetzt hatte, öffnete Margaretha die Fenster und ließ die kalte Luft durch die Räume strömen.

Der Kater und der junge Hund waren ihr gefolgt. Noch fauchte der Kater bei jeder Bewegung der Hündin, und sie wich unsicher zurück. Margaretha gab beiden Fleischreste. Jonkie fraß wenig, kratzte dann an der Tür zum Hof.

»Ach je, du musst ja raus.« Margaretha öffnete die Tür, und der Hund sprang in den Hof, stob durch den Schnee. Weglaufen konnte er nicht, das Grundstück war von einer Mauer umgeben. Lächelnd schloss Margaretha die Tür, räumte die Küche auf und hängte den Kessel über das nun prasselnde Feuer. Ganz in Gedanken versunken verrichtete sie die täglichen Arbeiten und fuhr erschrocken zusammen, als plötzlich Rebecca in der Küche stand.

Verschlafen schaute das Mädchen sie an. »Was macht Ihr hier am frühen Morgen?« Sie rieb sich die Augen und gähnte.

»Frühstück. Willkommen, Rebecca. Ich freue mich, dass du da bist. Wir konnten uns ja noch gar nicht wirklich begrüßen.« Margaretha strahlte freudig.

»Frühstück? Jetzt schon? Es schlafen doch noch alle.«

Margaretha stutzte. »Ja, aber nicht mehr lange. Und wenn

die Männer aufstehen, dann wollen sie ein gutes Mahl, das sie über den Tag bringt. Wo ist denn der Brotteig? In der Vorratskammer?«

»Brotteig? Das weiß ich nicht. Eure Mutter hat bisher das Essen zubereitet. Und noch schlafen ja alle. Dann wollen wir mal nicht zu laut sein und keinen wecken.« Das Mädchen drehte sich um und ging zurück in ihre Kammer.

Verblüfft schaute Margaretha ihr hinterher, fand keine Worte. Ein Rest Sauerteig lag in der Vorratskammer. Eilig setzte Margaretha den Teig an, setzte Wasser für die Grütze auf. An den Feiertagen gab es immer ein reichliches Frühmahl mit viel Speck und Würsten, Eiern, Butter und Schmalz. Dazu Buchweizengrütze und Brot.

Summend deckte Margaretha den Tisch, genoss die Ruhe. Hin und wieder schaute sie in den Hof, doch Jonkie lief schnüffelnd und stöbernd umher. Schließlich wurde es dem Hund zu kalt, er kam in die Küche, fraß und trank ein wenig, rollte sich dann zufrieden in der Ecke neben dem Herd zusammen und schlief ein. Der Kater saß auf der Bank, beobachtete das fremde Tier. Dann ging er zu dem jungen Hund, beschnupperte ihn, leckte schließlich über den Kopf des Hundes und legte sich neben ihn. Margaretha lachte leise.

»Du bist schon auf? Und so fröhlich?« Hermann fuhr sich durch die Haare, während er verstohlen gähnte.

»Du scheinst noch nicht wirklich wach zu sein. Warum bist du aufgestanden?«

»Wir hatten letzte Woche Probleme mit einem Webstuhl, da scheint sich der Rahmen verzogen zu haben. Ich wollte mal in Ruhe danach schauen und dachte, dies wäre die beste Gelegenheit.«

»Du hättest doch den ganzen Tag dafür Zeit gehabt, Hermann.« Margaretha schüttelte den Kopf.

»Nein, Hartje.« Er zwinkerte ihr zu. »Nachher habe ich etwas Besseres vor. Ich gehe Esther besuchen.«

»Das ist ein Argument.« Margaretha lachte leise. »Willst

du erst frühstücken?« Sie warf einen zweifelnden Blick zum Herd. »Das Brot braucht noch etwas.«

»Ein Becher Dünnbier und eine Schale Grütze oder Brühe reichen, um den Magen zu wärmen.« Er aß in Ruhe, trank ein wenig warmes Bier und ging dann nach drüben. Die Gesellen und Lehrlinge waren zu ihren Familien gefahren, selten war es so still im Haus wie zwischen den Jahren. Und doch gab es genügend zu tun.

»Was machst du hier?« Gretje steckte die Haube auf ihren Haaren fest, schaute Margaretha erschrocken an. »Du bist krank, Kind, gehörst ins Bett.«

»Ich war wach und konnte nicht mehr liegen. Mir geht es gut, Moedertje.«

Gretje trat zu der Tochter, legte ihr die Hand in den Nacken. »Fieber hast du nicht mehr, doch trotzdem, du solltest noch ruhen.«

»Ich habe gar nicht viel gemacht.« Beschämt sah Margaretha zu Boden.

»Wo ist Rebecca?«, fragte Gretje dann.

»Sie ist zurück in ihre Kammer.«

»So?« Gretje schnaufte unwirsch. »Dann werde ich sie mal wecken.«

Gemeinsam deckten sie den Tisch. Es gab allerlei Leckereien. Immer wieder schaute Margaretha verstohlen zu Rebecca. Natürlich war alles neu und fremd für das Mädchen, doch sie arbeitete langsam und brauchte viel Anleitung. Die Männer kamen herunter, so dass sich nach und nach die Runde füllte. Hermann allerdings kam nicht.

»Schläft Hermann etwa noch?«, fragte Isaak unwirsch nach einem Blick in die Runde.

»Nun lass den Jungen doch«, sagte Gretje beschwichtigend.

»Aber er war doch schon vor euch allen wach.« Margaretha schaute erstaunt hoch. »Er hat eine Kleinigkeit zu sich genommen und ist dann nach drüben gegangen, wollte nach einem Webstuhl schauen.«

»Wirklich?« Isaak räusperte sich. »Gib mir noch eine Scheibe von dem köstlichen Schinken.«

Margaretha lehnte sich zurück und genoss den Anblick der Familie am Tisch. Ohne Zeitdruck aßen sie, erzählten, lachten. Rebecca fügte sich gut ein. Sie schien wenig Hemmungen zu haben und brachte durch ihre heitere Art die Brüder das eine aufs andere Mal zum Lachen.

»Wie ist es in der Neujahrsnacht, Vater?«, fragte Dirck. »Darf Rebecca mit zum Brummtopfsingen?«

In der Neujahrsnacht versammelte sich die Jugend am Stadttor und zog Reime singend und den Brummtopf schlagend um die Stadt. Es war ein wahres Vergnügen, und bisher hatten sie daran teilnehmen dürfen.

»Ich weiß nicht.« Isaak lehnte sich zurück, nahm den Tabakbeutel aus der Westentasche. Dirck sprang auf und holte die Pfeifen vom Kaminsims.

»Aber warum nicht, Vater? Wir passen auf sie auf. Abraham, du gehst doch auch mit, nicht wahr?«

Abraham schaute fragend zu Margaretha. Sie biss sich auf die Lippe. Eigentlich hatte sie sich auf das Neujahrsfest gefreut, seit Jan wieder in der Stadt war. Nicht oft hatten die jungen Leute Gelegenheit, ausgelassen und ohne Aufsicht der Eltern miteinander zu feiern. Die Neujahrsnacht war ein Höhepunkt im jährlichen Kreislauf.

»Ich weiß nicht, Kinder. Dies Jahr ist alles anders. Die Stimmung ist schlecht, und nicht nur Mennoniten werden um die Stadt laufen.«

»Aber gerade das ist doch gut«, wandte Gretje ein. »Wo sonst können die Kinder aller Religionen ausgelassen zusammen sein? Ohne Beschränkungen? Wenn Dirck und Abraham mitgehen, dürfen die Mädchen auch.« Sie warf Margaretha einen skeptischen Blick zu. »Solange alle gesund sind.«

»Meinst du wirklich, Vrouw?«

Gretje nickte.

»Ich gehe mit und passe auf, Vater«, sagte Abraham. »Eigentlich wollte ich nicht mehr, ich werde zu alt für solche Kindereien, aber mir ist wohler, wenn sie nicht allein auf der Straße sind.«

»Dann dürfen wir also? Rebecca auch?« Ein Strahlen lag in Dircks Augen.

»Falls in den nächsten Tagen nicht noch irgendetwas passiert«, dämpfte der Vater die Freude.

Bevor Dirck noch etwas dazu sagen konnte, ging die Hoftür auf. Hermann kam, begleitet von einem Schwall eisiger Luft, in die Küche.

»Verdorrie, wat ein Driet«, murmelte er und stampfte den Schnee von den Schuhen.

»In diesem Haus wird nicht geflucht, minn Zoon!« Isaak drehte sich ärgerlich zu ihm herum.

»Verzeih, Vater.« Hermann holte tief Luft. »Ich komme aus dem Webhaus. Am großen Webstuhl ist der Rahmen gerissen.«

»Was?«

»Ja, nun. Der Rahmen hatte sich verzogen. Ich wollte ihn richten. Er muss schon angebrochen gewesen sein, vielleicht ist das passiert, als wir ihn neu bespannt haben. Und nun ist er ganz gebrochen.« Schnaufend setzte Hermann sich.

»Können wir das flicken?«, fragte Dirck.

»Nein, das glaube ich kaum. Ich fürchte, die Seite muss ersetzt werden«, sagte Hermann.

»Das darf nicht wahr sein.« Isaak sprang auf, stieß seinen Becher mit Dünnbier um und eilte nach nebenan. Hermann wollte aufstehen und ihm folgen, doch Gretje hielt ihn zurück.

»Komm, iss und trink erstmal etwas. Lass Vater das in Ruhe anschauen. Nach Lösungen können wir dann immer noch suchen.«

»Die Lösung wird ein guter Tischler sein.« Hermann schüttelte den Kopf, eine steile Falte zeigte sich zwischen seinen Brauen. »Ich hoffe, Vater gibt mir nicht die Schuld.«

»Ein guter Tischler wird zu finden sein. Nun zerbrich dir nicht den Kopf, sondern nimm von dem Schinken.«

Auch Isaak konnte nur feststellen, dass der Rahmen gerissen war. Er kontrollierte die anderen Webstühle, auch diese waren verzogen.

»Der Sommer und der Herbst waren feucht, der Winter ist streng. Durch das Feuer trocknet das Holz aus und wird spröde. Da muss tatsächlich ein Tischler ran. Ich frag Johann Lenßen. Es wäre gut, wenn er zwischen den Jahren Zeit hätte.« Isaak seufzte.

»Zeit wird er haben. Aber ob er in dieser Zeit arbeiten möchte, ist die andere Frage«, murmelte Hermann. Er zog sich die Stiefel über.

»Wo willst du hin, Zoon?«

Margaretha räumte den Tisch ab. Abraham und Dirck saßen in der Stube und lasen Zeitungen. Gretje sortierte ihre Kräuter und Tinkturen. Rebecca hatte sie zum Töpfe schrubben in die Waschküche geschickt. Für die Frauen blieb immer noch genügend Arbeit, aber die Tage verliefen gemächlicher, ruhiger.

»Ich gehe Theißens besuchen«, sagte Hermann friedlich.

Margaretha hatte bemerkt, dass ihr Vater zunehmend unwirsch auf Hermann reagierte, als läge ein Streit zwischen den beiden. Isaak war ungeduldiger, aufbrausender geworden in der letzten Zeit. Verstohlen schaute Margaretha zu ihrem Vater. Er saß am Tisch, die Fäuste geballt, die Stirn zerfurcht. Vor ihm stand ein Becher Rotwein.

»So, so, du gehst zu Theißens. Und was ist mit dem Gottesdienst?«

»Dorthin werde ich natürlich kommen. Mit Familie Theißen.« Hermann lächelte sanft. »Keine Sorge, Vater. Der Glaube ist mir wichtig.« Er nahm seine Jacke und den Hut und ging.

An den Tagen des Christfestes und bis zum Neujahr hielt die Gemeinde täglich Gottesdienst. Margaretha hatte die ersten Versammlungen verpasst, doch nun würde sie mitgehen. Die Gemeindeversammlungen fanden im Haus der Selbachs statt, die einen Raum im Anbau dafür hergerichtet hatten.

Gretje bereitete eine Pastete vor, ließ Margaretha nach den Hühnern schauen. Im Hof heulte der Wind, doch im Stall war es warm. Jonkie war ihr nach draußen gefolgt, lief schnuppernd durch den Hof, wagte sich in den Kräutergarten. Die Hündin schreckte eine Krähe und zwei Elstern auf, die sich um den Kadaver eines toten Karnickels stritten, schleppte das Aas, das fast größer war als sie selbst, bis zum Stall. Triumphierend legte die Hündin das tote Tier vor Margaretha auf den Boden.

»Ach je«, seufzte sie.

»Du musst sie loben. Das hast du gut gemacht, Hund. Fein. Du bist ein guter Hund!« Rebecca war wie aus dem Nichts erschienen und streichelte nun die Hündin.

»Jonkie«, sagte Margaretha. »Sie heißt Jonkie. Warum soll ich sie loben?«

»Du hattest noch nie einen Hund, scheint es mir. Jonkie? Kleines? Sie hat einen Namen?« Rebecca lachte. »Wozu? Es ist ein Tier. Ein Hund. Hat die Hauskatze auch einen Namen? Oder das Pferd?«

»Der Kater heißt Rover, die Stute heißt Sterje. Der Wallach nur Brauner.«

»Rover, also Räuber? Sterje, Sternchen? Brauner? Und die Hündin nennst du Jonkie, Kleines? Sie wird nicht so klein bleiben. Hemeltje, ihr Städter seid komisch.« Sie gluckste.

»Das mag so sein. Was machst du hier, Rebecca?« Margaretha versuchte ein freundliches Lächeln.

»Ich habe die Töpfe geschrubbt. Und nun wollte ich mich ein wenig im Hof umsehen.«

»Umsehen? Es gibt sicher noch genügend zu tun. Und der Hof ist auch gar nicht groß.«

»Das habe ich auch festgestellt. Wie vertreibt ihr euch eure Zeit? Ihr könnt nicht angeln, nicht durch die Wiesen laufen. Was macht ihr so den ganzen Tag?«

Margaretha schluckte. Rebecca kam von einem der Höfe außerhalb der Stadt. Dort, so hatte sie zumindest gedacht, war das Leben härter und mühsamer als zwischen den Stadtmauern.

»Wir vertreiben uns keine Zeit. Es gibt immer etwas zu tun. Und wenn das nicht der Fall sein sollte, dann lesen wir.«

Rebecca riss die Augen auf. »Du kannst lesen?«

»Nun ja, Deutsch und Niederländisch, ein wenig Latein. Französisch kann ich nicht wirklich lesen, verstehe aber ein wenig. Aber die Zeitungen, die wir bekommen, lese ich. Und auch das eine oder andere Buch.«

»Wirklich?«

»Natürlich. Das darfst du sicherlich auch.«

»Ich kann aber gerade meinen Namen schreiben und nur wenige Worte entziffern.« Rebecca senkte den Kopf.

»Warst du nicht auf der Schule?«

»Schule? Nein? Du etwa?«

Margaretha trat unruhig von einem Bein auf das andere. »Ja. Natürlich. Alle Kinder in der Stadt sind angehalten, zur Schule zu gehen. Jetzt muss ich aber nach den Hühnern schauen. Und Mutter sucht dich bestimmt schon.« Sie wandte sich ab, ging in den Stall. Ihre anfängliche Begeisterung für Rebecca war verschwunden, ohne dass sie wusste, warum. Vielleicht liegt es daran, dass ich krank war, als die Magd kam, dachte sie. Das Mädchen hatte anscheinend schnell Zugang zur Familie gefunden, und das ganz ohne Margarethas Hilfe. Die Jungen schienen sie zu mögen. Aber ob Rebecca ihr wirklich Arbeit abnehmen würde, erschien Margaretha plötzlich fraglich. Sie schalt sich eine dumme Gans und bat Gott um Vergebung für ihre bösen Gedanken. Rebecca war noch keine Woche im Haus, sie konnte sich immer noch entwickeln.

Mittags gingen sie alle gemeinsam zu Selbachs Haus. Wie eine Prozession schien der Zug der mennonitischen Familien zu dem Haus an der Stadtmauer zu ziehen. Jede Familie brachte Speisen und Getränke mit, nach dem langen Gottesdienst würden alle beieinandersitzen und gemeinsam essen.

Es fiel Margaretha schwer, den Worten des Predigers zu

folgen. Immer wieder schaute sie auf die andere Seite, dorthin, wo Scheutens saßen. Jan hatte ihr am Eingang zugezwinkert, doch nun hielt er seinen Kopf andächtig gesenkt. Margaretha ertappte sich dabei, dass sie sich nach einem freundlichen Blick von ihm sehnte, und senkte den Kopf, versuchte, die Worte der Predigt zu erfassen. Es wollte ihr nicht gelingen, ständig schweiften ihre Gedanken ab. Endlich wurde der letzte Psalm gesungen. Margaretha versenkte sich in die langgezogenen Verse, sang mit heller, klarer Stimme »Ich steh an deiner Krippen hier.« Endlich hatte sie auch ein Gefühl von Andacht. Sie blieb noch einen Moment sitzen, als alle anderen sich erhoben, bemühte sich darum, das Gefühl aufrechtzuerhalten.

»Nun komm, Margret.« Ihre Mutter stieß sie in die Seite. »Wir müssen die Speisen aufwärmen und auftragen.«

Margaretha stand seufzend auf. Der Gottesdienst hatte über zwei Stunden gedauert, daher waren ihre Füße eingeschlafen, ihre Glieder steif. Sie ging langsam hinter ihrer Mutter und den anderen Frauen her in Richtung Küche. Im Gegensatz zu dem zugigen und kalten Versammlungsraum waberte hier der Dampf, die Luft schien zum Schneiden dicht. Sie zogen ihre Jacken aus, hängten sie über die Garderobe und bereiteten das Essen zu, während die Männer im Nebenraum saßen, Pfeife rauchten und diskutierten.

Margaretha und drei weitere Mädchen wurden nach nebenan geschickt, um den Männern Getränke zu bringen. Vergeblich versuchte sie, in die Nähe von Jan zu kommen. Er saß mit mehreren jungen Männern zusammen und diskutierte lebhaft. Zu der Gruppe gehörten auch Margarethas Brüder.

»Ich finde die Idee der Quäker nicht verkehrt. Ich habe Steven Crisp letztes Jahr in Duisburg gehört. Er hat angekündigt, dass er wiederkommt. Gerne höre ich mir nochmal seine Ansichten an«, sagte Hermann bedächtig.

»Das ist Unsinn. Die Quäker sind nur eine weitere Glaubensabspaltung. Sie sagen nichts Neues. Sie wollen uns nur einfangen«, sagte jemand und schnaubte empört.

»Das ist nicht ganz richtig. Die Quäker haben sich schon Gedanken über die Gottesfurcht gemacht. Sie sagen: Gott ist der Herr und niemand sonst.« Hermann zog ruhig an seiner Pfeife.

»Das sagen wir doch auch, Bruder Hermann. Wo ist der Unterschied?«, fragte Mijnheer Selbach.

»Wenn ich Euch jetzt nun duzen würde, Bruder Jakob, wie würdet Ihr das finden?«

Jakob Selbach räusperte sich. »Ich bin älter als Ihr, und gewisse Regeln sollten in einer Gemeinde gelten.«

»Aber sollten wir denn nicht nur Gott unsere Ehrerbietung erbringen? Sind wir vor ihm nicht alle gleich? Wenn wir nackt und bloß vor Gottes Thron treten, sind wir es. Warum nicht auch auf Erden?«

»Und warum muss man den Hut ziehen vor anderen? Warum muss man jemandem diese Art von Ehrerbietung erbringen außer Gott?«, brachte Abraham hervor. »Nur vor Gott senken und entblößen wir ganz und gar unser Haupt. Aber doch nicht vor anderen, oder doch? Und weshalb?«

»Und damit nicht genug. Wir haben heute über zwei Stunden dem Prediger gelauscht. Er hat uns seine Sicht von Gottes Worten gezeigt. Das ist schön und gut, aber liegt der Glauben nicht in uns? Hat nicht jeder seinen eigenen Glauben?«, fragte Heinrich Janßen. Margaretha kannte ihn, er war ein guter Freund von Hermann. »Wir haben unseren Glauben und können ihn zelebrieren, nur indem wir auf unsere eigene Stimme lauschen, ihr zuhören, unseren Glauben erkennen, das Wort Gottes hören und Gott spüren.« Er klang begeistert, seine Augen leuchteten. Margaretha sah zu Jan. Er saß am Rande der Gruppe, hörte aufmerksam zu. Ihr schenkte er keinen Blick. Enttäuscht ging sie zurück in die Küche.

Dort waren die Frauen emsig am Werk. Es wurde gekocht, gebraten, aufgewärmt und zubereitet. Gretje drückte Margaretha einen großen Krug Bier in die Hand und schob sie wieder in Richtung Versammlungsraum. Ergeben schenkte

Margaretha das Bier aus, holte neues, brachte dann Speisen und Teller, Brot und Wein zu den Männern. Die Gespräche dort waren ernster Natur, während in der Küche viel gelacht und getratscht wurde. Irgendwann ging Margaretha in den Hof, der an die Stadtmauer angrenzte. Leichte Schneeflocken tanzten vom Himmel, leuchteten im Licht der Fackeln, die in Ständern ringsum standen. Zischend schmolz der Schnee im Feuer, die Flammen flackerten immer wieder unruhig auf. Margaretha fuhr sich müde mit dem Unterarm über die Stirn.

»Margret?«, sagte eine ihr bekannte Stimme belustigt hinter ihr.

Erschrocken fuhr sie herum, erkannte Stimme und Gestalt.

»Jan!« Margaretha errötete und drückte sich in den Schatten.

»Was macht du hier draußen, Meisje?« Er trat auf sie zu. »Du warst krank, habe ich gehört?«

»Nur ein wenig. Nichts Schlimmes.« Margaretha senkte den Kopf.

»Du warst nicht bei der Christmette. Ich habe mir Sorgen gemacht. Deine Brüder sagten, du wärst erkältet?«

»Ja.« Margaretha räusperte sich. »Aber jetzt geht es mir besser.«

»Und dann gehst du aus der Hitze da drinnen in die Kälte?«

»Jan, ich brauchte einfach ein wenig frische Luft. Mir geht es wirklich besser, sonst hätte mich meine Mutter erst gar nicht hierher kommen lassen.«

Er lachte leise. »Ja, das glaube ich.«

Sie standen nebeneinander. Noch immer fielen Schneeflocken, ihr Atem verdichtete sich zu kleinen Wölkchen vor ihren Gesichtern. Schüchtern sah Margaretha zu ihm. »Die Männer sind ernst.«

»Ja.« Jan schwieg für einen Moment und starrte in den Himmel. »Es ist eine schwierige Zeit.«

»Nicht alle sehen hier wohl ihre Zukunft in Krefeld.«

»Nein. Ich weiß nicht, ob sie nicht übertreiben. Wir sind alle Gottes Kinder und sollten Wege finden, miteinander auszukommen.«

Margaretha seufzte. »Ich wünsche es mir so sehr. Ich möchte hier nicht weg.«

»Ich auch nicht.« Jan lachte leise und nahm ihre Hand, drückte sie. »Herrje, ist deine Hand kalt. Die andere auch?« Er trat vor, griff nach ihren beiden Händen, hielt sie fest. »O ja, beide sind eisig.« Er zog sie zu seinem Gesicht, hauchte darauf, knetete Margarethas Finger sanft. Dann küsste er sanft die Fingerspitzen. »Du bist ein ganz besonderer Mensch, Margret. Ich hoffe sehr, dass deine Familie nicht die Stadt verlässt.«

Bevor Margaretha antworten konnte, öffnete sich die Küchentür. Gretje trat nach draußen. »Margret?« Sie klang energisch.

Jan ließ Margarethas Hände erschrocken los, wich etwas zurück, stieß sie sanft in Richtung Tür. »Nun geh schon«, wisperte er. »Mach deiner Mutter keinen Kummer. Wir werden uns sehen, versprochen.«

Verdattert stolperte Margaretha in Richtung Küchentür. »Hier bin ich, Mutter. Ich wollte nur kurz frische Luft schnappen.«

»Du wirst aber drinnen gebraucht«, sagte Gretje ungehalten, strich sich mit dem Handtuch über die Stirn und ging zurück in die Küche.

Margaretha drehte sich noch einmal zu Jan um. Er lehnte im flackernden Schein der Flammen an der Mauer und lächelte ihr zu. Sie lächelte zurück und folgte ihrer Mutter eilig in die Küche. An den Fingern meinte sie immer noch den Hauch seines Atems zu spüren.

Es war spät in der Nacht, als sie nach Hause gingen. Margaretha konnte sich kaum noch auf den Füßen halten. Sie war kaum zur Ruhe gekommen, und Zeit, um etwas zu essen, hatte sie auch nicht gehabt. Die Männer hatten zuerst gegessen, und als die Frauen sich endlich an den großen Gesindetisch in der Küche setzten, riefen die Männer nach weiteren Schoppen. Die Mädchen hatten nachzuschenken.

Während Margaretha das Gefühl hatte, im Stehen einschlafen zu können, hüpfte Rebecca fröhlich neben Dirck durch den Schnee. Die beiden unterhielten sich, lachten und schienen jede Menge Spaß zu haben.

Wo nimmt sie die Kraft her?, dachte Margaretha missmutig. Ob ich einfach noch von meiner Krankheit geschwächt bin? Doch als sie nachdachte, konnte sie sich nicht daran erinnern, Rebecca gesehen zu haben.

»Bist du gar nicht müde, Rebecca?«, fragte sie.

»Nun, doch. Aber es war ein lustiger Abend.« Das Mädchen stupste Dirck an. »Nicht wahr?«

»Ja, das ist wohl so.« Margarethas Bruder lachte sein tiefes und freundliches Lachen.

»Lustig? Ich fand es anstrengend.« Margaretha schnaufte. Gretje trat neben sie und hielt ihren Arm fest.

»Warte, Meisje.«

Sie ließen die anderen vorgehen. Erstaunt sah Margaretha ihre Mutter an.

»Kind, dies sind heilige Nächte, die wir friedlich verbringen sollten«, sagte Gretje dann sanft.

»Wieso? Ich habe doch nur …«

Gretje schüttelte den Kopf. »Ich weiß, was du sagen willst, und du hast sicher nicht unrecht. Rebecca muss sich erst noch in ihre Rolle als Magd fügen, und sie tut sich schwer damit. Schwerer, als ich gedacht habe.« Gretje seufzte. »Sie war die Tochter des Hauses auf dem Hof draußen vor der Landwehr. Sicherlich musste sie mit zupacken, aber offenbar ist sie doch verwöhnt worden. Und nun ist sie Magd.« Gretje nickte. »Ja, und das scheint ihr schwerzufallen. Gib ihr noch ein wenig Zeit. Ich habe ein Auge darauf, und ich sehe auch dich. Ich weiß, was du heute geleistet hast, du musst ihr nicht gram sein.«

»Es ist aber nicht gerecht.« Margaretha stiegen die Tränen in die Augen. Hinter ihnen hörte man plötzlich die knirschenden Schritte von Stiefeln im Schnee, leises Lachen und das Gemurmel von Stimmen.

»Meisje, lass uns nach Hause gehen«, sagte Gretje. »Da kommen Scheutens. Du willst doch sicher nicht, dass sie dich hier klagend sehen?«

Margaretha wischte sich über das Gesicht, nahm ein Tuch hervor und putzte sich die Nase. Dann folgte sie ihrer Mutter, die trotz des schweren Korbes eilig die Straße hinunterlief.

Hatte ihr Mutter recht? War sie voller Neid? Sie wollte nicht neidisch sein, aber ungerecht fand sie es doch. Natürlich, jetzt, wo sie darüber nachdachte, für Rebecca musste es hart sein, schlimm. Oder zumindest schwierig. Margarethas Familie löste es wie immer mit viel Geduld und Gnade. Dem Mädchen wurde Zeit gegeben, sich einzufinden, einzuleben. Und irgendwann würde sie schon ihre Aufgaben erfüllen müssen. Margaretha schalt sich eine dumme Gans und versuchte zur Familie aufzuschließen. Doch die Scheutens holten sie ein, und plötzlich war sie von ihnen umgeben.

»Margaretha, Meisje, geht es dir gut? Wir alle waren bestürzt, dass du nicht zu den Christmetten gekommen bist.« Mevrouw Scheuten drückte ihren Arm.

»Doch, doch …«

»Kind, du und deine Mutter haben unsere Tochter und den Enkel ganz wunderbar versorgt.« Nun trat auch Mijnheer Scheuten neben sie, schlug ihr freundlich auf die Schulter. Margaretha zuckte erschrocken zusammen.

»Wir haben aber …«

»Nein, nein. Bescheidenheit ist gottesfürchtig. Aber hier seid ihr gut zu Werke gegangen. Das Kind ist gesund und munter und eine solche Freude. Man weiß ja nie, wie das endet.« Er lachte, die weiße Atemwolke aus seinem Mund roch nach Branntwein.

Am liebsten wäre Margaretha vor ihnen davon gelaufen.

Sie war zu müde für höfliches Geplänkel, wusste nichts zu sagen. Also schwieg sie, ging einfach mit ihnen mit, sah ihre Familie einige Schritte vor sich und wünschte sich in ihre Reihen. Müde senkte sie den Kopf, trottete mit, fiel zurück. Dem Ehepaar Scheuten schien das nicht aufzufallen, sie unterhielten sich munter.

»Margret.« Jan ging nun neben ihr. »Was ist mit dir? Bedrückt dich etwas?«, fragte er besorgt.

»Nein, nein. Es war nur ein langer Abend.«

»Richtig.« Jan schwieg für einen Moment. »Gib mir deinen Korb«, murmelte er dann und griff danach. »Lass mich deine Last tragen.«

Widerstrebend gab Margaretha ihm das Behältnis. »Ich bin nicht unpässlich, auch nicht leidend.«

»Nein, das weiß ich.« Jan lachte leise. »Du bist stark. Du bist kraftvoll. Dafür bewundere ich dich. Aber so ich dir helfen kann, lass es mich tun.«

Margaretha senkte den Kopf. »Danke.«

Schweigend gingen sie nebeneinander her und kamen zur Kreuzung. Margaretha musste nach rechts, die Scheutens wohnten ein gutes Stück weiter Richtung Niedertor. Beklommen blieb Margaretha an der Weggabelung stehen. »Nun scheiden sich unsere Wege.«

»Nein.« Er warf einen Blick auf seine Familie, die unbekümmert weiterging. »Ich bringe dich nach Hause.«

»Das ist nicht nötig, Jan.«

»Das weiß ich. Und deshalb tue ich es umso lieber. Ich tue es für dich. Aber nun, wohlan, lass uns gehen, denn du gehörst ins Bett. Immer noch erscheinst du mir blass, und auch deine Finger werden kalt sein.«

»Um meine Finger musst du dir keine Gedanken machen.« Margaretha war froh, dass die Dunkelheit das Glühen ihres Gesichts verbarg. Sie kamen zum Haus der op den Graeffs. Für einen Moment blieben sie schweigend stehen.

»Margret«, sagte Jan dann leise. »In der Silvesternacht werden wir den Brummtopf schlagen und um die Stadt ziehen. Ich würde nicht wollen, dass du mitgehst, wenn du noch schwach oder krank bist …«

»Ich bin weder schwach noch krank!« Ein wenig trotzig nahm sie ihm den Korb ab. »Und ich werde beim Brummtopfsingen dabei sein. Goedenacht, Jan.« Sie drehte sich um, öffnete die Tür.

»Warte, Meisje.«

»Ja?« Margaretha drehte sich zu ihm um. »Was denn?«

»Nichts, nichts. Slaapwel, Liefje.« Er beugte sich zu ihr, küsste sie zart und flüchtig auf die Wange. Dann drehte er sich um und ging.

Die nächsten Tage verliefen ruhig und besinnlich. Die Männer saßen in der Stube, lasen oder redeten. Sie genossen die arbeitsfreie Zeit. Obwohl es im Haushalt immer etwas zu tun gab, war es auch für die Frauen eine geruhsamere Zeit. Wäsche wurde in den Tagen zwischen den Jahren nicht gewaschen. Der geräucherte Schinken und andere Köstlichkeiten kamen auf den Tisch. Sie aßen gemeinsam ohne Eile, erzählten viel, lachten. Hin und wieder erinnerten sie sich wehmütig an die vergangenen Jahre mit Eva. Margaretha begleitete ihre Mutter zu dem Friedhof außerhalb der Stadtmauern. Sie weinten stille Tränen, aber der Schmerz war nicht mehr so qualvoll. Sterben und der Tod gehörten zu ihrem Leben dazu, das war ihnen bewusst. Margaretha kniete neben dem Grab, das dick mit Schnee bedeckt war. Sie wühlte im Schnee, fand die beiden Holzkätzchen und legte sie an das kleine Kreuz.

»Was machst du da?«, fragte Gretje und beugte sich vor. Dann presste sie die Faust auf den Mund. »Oh, ihre Kätzchen. Hast du die hierher gebracht?«

Margaretha nickte stumm.

»Dass du daran gedacht hast, mein Kind. Eine wunderbare Geste. Doch nun lass uns nach Hause gehen.«

Gemeinsam gingen sie zurück in die Stadt. Am Himmel

hingen dick und drohend schwere Wolken, es würde wieder schneien.

Bevor sie gegangen waren, hatte Gretje Rebecca angewiesen, den Brotteig zu kneten und das Mahl vorzubereiten. Doch in der Küche war es dunkel, und von Rebecca war nichts zu sehen. Kopfschüttelnd zündete Gretje Kerzen an und schürte das Feuer.

»Geh und hol Wein aus dem Keller, ein heißer Würzwein wird uns gut tun«, bat sie Margaretha.

Margaretha holte einen Krug Wein aus dem Vorratsraum, vor der Küchentür blieb sie stehen.

»Verdorrie, Meisje, was glaubst du eigentlich, was du hier machst? Du bist als Magd angestellt und nicht zu Besuch bei Freunden. Ich bin nachsichtig gewesen und habe dir bisher nicht viele Aufgaben zugewiesen. Doch wenn du noch nicht einmal diese wenigen Arbeiten verrichtest, wirst du in dein Elternhaus zurückkehren müssen.« Gretje holte tief Luft. »Ein jeder hier muss sich beteiligen, Müßiggang können wir nicht dulden.«

»Es tut mir leid, Mevrouw op den Graeff. Ich habe einfach die Zeit vergessen.« Rebecca schniefte.

»Ja, du hast die Zeit vergessen, und das nicht zum ersten Mal. Ich gebe dir nun eine letzte Gelegenheit, um dich zu bewähren. Wenn du sie nicht nutzt, werde ich dich nach Hause schicken. Und nun geh die Hühner füttern. Der alten Henne kannst du den Hals umdrehen, sie legt keine Eier mehr. Du kannst sie dann auch gleich rupfen.«

»Den Hals umdrehen? Das kann ich nicht. Das macht bei uns immer der Knecht«, jammerte Rebecca.

»Dann wird es Zeit, dass du das lernst!« Gretjes Ton erlaubte keine Widerrede. Margaretha spähte durch den Türspalt und sah, wie Rebecca in den Hof schlich. Verblüfft stieß Margaretha die Luft aus, sie hatte gar nicht gemerkt, dass sie den Atem angehalten hatte. Sie ging in die Küche.

»Danke, dass du den Wein geholt hast«, sagte Gretje fröhlich und zwinkerte ihrer Tochter zu. »Und nun lass uns schnell das Essen bereiten, die Männer haben bestimmt Hunger.«

In aller Eile knetete Margaretha den Brotteig, während Gretje den Wein in einen kleinen Topf füllte, sie gab Zimt, Anis und Nelken hinzu, etwas Honig, und schon bald zog der aromatische Duft durch die Küche.

Jonkie, die neben dem Ofen geschlafen hatte, kam nun hervor und setzte sich neben Margaretha, sah sie mit ihren großen Hundeaugen bittend an. Ihre Rute klopfte gleichmäßig auf den Boden. Amüsiert schaute Margaretha zu ihr hinunter.

»Du möchtest wohl etwas abhaben?«

Der Hund jankte leise. Margaretha lachte und gab ihm ein Stückchen Fleisch.

»Im Vorratsraum neben dem Stall sind noch Knochen. Ich wollte daraus eine Suppe kochen, doch nun kommt das Huhn zuerst in den Topf. Es hat keinen Sinn, die Henne weiterhin durchzufüttern. Du kannst dem Hund einen von den Knochen geben«, sagte Gretje.

»Wirklich?« Margaretha wischte sich die Hände an der Schürze ab.

»Ja, er hat eine Belohnung verdient. Es ist wirklich ein lieber Hund, ich habe mich schon an ihn gewöhnt.« Gretje lächelte.

»Komm«, sagte Margaretha und ging in den Hof. Es war kalt und dunkel hier, nur aus dem Stall drang ein kleiner Lichtschein. Sie hatte Schwierigkeiten, den Riegel der Tür aufzuschieben, das kalte Metall schien an ihrer Haut zu kleben. Doch schließlich schaffte sie es. Die Schüssel mit den Knochen stand direkt neben der Tür, und Margaretha wählte eilig einen aus, verriegelte die Tür wieder. Plötzlich hörte sie Stimmen aus dem Stall. Mit wem sprach Rebecca nur? Jonkie sprang an Margaretha hoch, versuchte, den Knochen zu erhaschen.

»Warte«, sagte Margaretha leise und ging zur Stalltür.

»Meinst du, deine Mutter wird noch lange böse auf mich sein?«

»Nein, Rebecca. Sie neigt nicht dazu, nachtragend zu sein«, sagte Dirck.

Was macht er in der Scheune?, fragte sich Margaretha. Dann fiel ihr ein, dass er die Pferde bewegt hatte.

»Aber dass du der Henne den Hals umgedreht hast, war sehr freundlich von dir. Vielen Dank.«

»Kein Problem, Meisje. Ich kann verstehen, dass du das nicht machen konntest. Es ist keine Aufgabe für ein Mädchen wie dich.«

Margaretha schnaubte wütend. Oft genug hatte sie Hühnern den Hals umgedreht oder den Kopf abgeschlagen. Es gehörte zu ihren Pflichten und zu Rebeccas auch. Ihr behagte es nicht, wie Dirck dem Mädchen Honig ums Maul schmierte, sie würde in einer ruhigen Minute mit ihm darüber reden, beschloss sie und ging zurück ins Haus.

Während sie den Tisch deckte, kaute Jonkie glücklich an dem Knochen. Gretje schob das Brot in den Ofen, schaute nachdenklich in den Hof. »Ich hoffe, Rebecca beeilt sich mit dem Huhn. Ich würde es gerne heute noch kochen. Eine kräftige Brühe ist gut als Vorbeugung gegen Erkältungen. Immer mehr Leute plagt der Husten.«

»Wie geht es eigentlich Lisabetha Kunders?«, fragte Margaretha.

»Sie hat das Kind verloren, die Ruhr aber überlebt. Noch ist sie schwach. Ich hoffe, sie kommt schnell wieder zu Kräften. So ein kalter Winter kann tückisch sein, wenn man nicht gestärkt ist.«

»Das tut mir leid für sie.«

»Zum Glück hat sie niemanden angesteckt. Und noch sind nicht viele andere Fälle bekannt.« Wieder sah Gretje in den Hof, doch von Rebecca war nichts zu sehen. »Wie lange kann ein Mädchen brauchen, um ein Huhn zu rupfen?« Sie schüttelte den Kopf. »Oder steht sie etwa vor dem Stall und traut sich nicht, dem Vogel den Hals umzudrehen?«

»Das hat Dirck schon für sie gemacht.« Margaretha schlug die Hand vor den Mund, es war ihr herausgerutscht, sie hatte nicht petzen wollen.

»Dirck?« Gretje drehte sich um. »Wirklich? Na warte …« Sie ging in Richtung Hoftür, doch in diesem Moment kam Dirck in die Küche. Er stampfte den Schnee von den Stiefeln, rieb sich die Hände.

»Wir werden wohl Hafer nachkaufen müssen, wenn das mit dem Schnee so bleibt.« Er zog die Jacke aus, hängte sie an den Haken und wärmte sich die Hände vor dem Feuer.

»Hier, minn Zoon, nimm Würzwein, der wärmt dich auch von innen.« Gretje reichte ihm einen Becher. »Wie weit ist die Magd mit dem Huhn?«

»Rebecca? Ich denke, sie ist gleich fertig. Es ist kalt im Stall, und ihre Finger sind klamm.« Er nahm den Becher mit beiden Händen, seufzte wohlig.

»Woher weißt du, wie klamm ihre Finger sind?« Der Ton der Mutter wurde deutlich schärfer.

Dirck verdrehte die Augen. »Mutter, was hast du? Rebecca kam ganz aufgelöst in den Stall. Sie fürchtet sich vor dir.«

»Zu recht, minn Zoon. Sie hat Aufgaben zu erfüllen. Und bisher tut sie das nicht. Jedenfalls nicht vollständig. Ich habe ihr Zeit gegeben und sie auch nicht mit Arbeit überladen, aber das bisschen, was ihr aufgetragen wird, soll sie auch machen. Selbst dann, wenn es eine unangenehme Aufgabe ist.« Gretje sah ihn an und zog die Augenbrauen hoch.

Dirck errötete. »Aber … ich wollte …«

»Ich weiß«, unterbrach Gretje ihn, »dass du nur helfen wolltest. Das war ehrenvoll, aber leider am Ziel vorbei. Rebecca muss lernen sich zu fügen. Bitte denke zukünftig daran. Und jetzt geh dich waschen, gleich gibt es Essen.«

Als sie sich um den Tisch versammelten, runzelte Isaak die Stirn. »Wo ist Hermann?«

»Er ist bei Theißens. Dort wird er wohl den Abend verbringen«, sagte Gretje lächelnd.

»Will er dort einziehen? Es gefällt mir nicht, dass er seine Zeit dort verbringt.« Schnaufend setzte Isaak sich, faltete die Hände und senkte den Kopf zum Gebet. Alle folgten seinem Beispiel. Aus den Augenwinkeln sah Margaretha, dass Rebecca versuchte, Dircks Blick zu erhaschen, doch er schaute auf seine Hände. Margaretha verkniff sich ein Lächeln und bat Gott um Gnade, Schadenfreude war keine Tugend.

Kapitel 14

Zu Margarethas Erstaunen flackerte das Feuer schon eifrig, als sie am nächsten Morgen in die Küche kam. Rebecca knetete den Brotteig, und auch Wasser hatte sie schon geholt. Offensichtlich hatte sie sich Gretjes Worte zu Herzen genommen. Margaretha ließ Jonkie in den Hof, holte den Topf mit der Hühnerbrühe hinein, den die Mutter gestern Abend zum Abkühlen vor die Tür gestellt hatte. Die Fettschicht auf der Brühe schien zu Eis gefroren zu sein. Margaretha stellte den Topf neben den Herd. Nachher würde sie die Brühe abseihen und das Huhn absuchen. Das weichgekochte Fleisch, zusammen mit Reis, Erbsen und Wurzeln, ein wenig Rahm und Gewürzen, würde ein leckeres Frikassee geben.

Als das Wasser für die Grütze kochte, gab Margaretha Zwiebeln und Buchweizen hinzu, auch ein Stück Speck für den Geschmack. Rebecca wischte den Tisch ab, deckte ihn ein. Butter- und Schmalztopf standen schon bereit, das Brot buk im Ofen. Die Aromen breiteten sich in der Küche aus. Margarethas Magen knurrte hörbar.

»Es dauert ja nicht mehr lange bis zum Frühmahl«, sagte Rebecca leise, und sie lächelten sich an. Zum ersten Mal, seit das Mädchen eingezogen war, hatte Margaretha wieder das Gefühl, Freundschaft zu ihr aufbauen zu können.

Die Grütze köchelte gerade erst, als Isaak in die Küche kam. Überrascht sah Margaretha auf, sie hatte so früh noch nicht mit ihm gerechnet.

Schweigend nahm er einen Becher Dünnbier, setzte sich an den Tisch.

»Es dauert noch ein wenig, Vater. Ich könnte dir ein paar Scheiben kaltes Fleisch geben, wenn du magst.«

»Ist recht. Johann Lenßen kommt gleich, um nach den Webstühlen zu schauen.« Müde rieb sich Isaak über das Gesicht. »Ich hoffe, er kann uns helfen.«

»Das glaube ich ganz gewiss.« Margaretha zog das heiße Brot aus dem Ofen, schnitt ein wenig Fleisch von dem Stück Braten des gestrigen Tages ab, legte es ihm auf den Teller. Die Hühnerbrühe war inzwischen aufgetaut, Margaretha hatte sie abgeseiht. Nun hängte sie den Topf über den Herd, ließ die Brühe aufkochen und gab Isaak eine Schüssel Brühe mit einem Kanten noch dampfenden Brotes.

»Gott soll es dir danken«, sagte er leise. »Deine Mutter wurde heute Nacht zu einer Frau gerufen, die in den Wehen lag.«

Margaretha hatte sich schon gewundert, wo Gretje blieb. »Warum hat sie mich nicht mitgenommen?«

»Sie wollte dir den Gang durch die kalte Nacht ersparen. Und außerdem«, er zwinkerte ihr zu, »muss ja jemand für unser Frühstück sorgen.«

Kaum hatte er seine Schale Suppe gegessen, klopfte es schon an die Haustür. Noch war kein Sonnenlicht zu sehen, es dämmerte nur schwach. Isaak stand seufzend auf. Es war Johann Lenßen, der Tischler.

»Wohlan«, begrüßte Isaak ihn. »Ich bin froh, dass Ihr Euch die Zeit genommen habt, zu uns zu kommen.«

»Ihr habt Schwierigkeiten, Bruder, und braucht Hilfe. Auch wenn dies Tage der Ruhe sind, so soll man doch seinen Brüdern in der Not beistehen«, sagte Lenßen freundlich.

»Dafür sind wir sehr dankbar«, sagte Isaak und ging mit dem Tischler nach nebenan in die Webstube.

Rebecca rührte eifrig in der Grütze. »Was muss noch an Gewürzen hinein?«

»Kümmel auf jeden Fall, dann wird es bekömmlicher. Ein wenig getrocknete Petersilie, um das Blut zu reinigen. Mal schauen, ob sie noch Salz vertragen kann oder ob der Speck genug Geschmack abgegeben hat.« Margaretha schmeckte die Grütze ab, nickte dann zufrieden. Der Hund saß jankend an der Hoftür, Rebecca ließ ihn hinaus.

»Wirst du mir zeigen, wie sie zu erziehen ist?«, fragte Margaretha leise.

»Der Hund? Ja, natürlich. Vielleicht haben wir ja nachher ein wenig Zeit. Es ist nicht schwierig, aber man muss hartnäckig sein. Jonkie ist wissbegierig, sie hat sehr schnell begriffen, dass sie ihr Geschäft nur im Hof machen darf. Wir halten eigentlich selten Hunde im Haus, aber bei Jonkie scheint das keine Schwierigkeiten zu bereiten.«

Margaretha nickte. Jonkie schlief bei ihr im Zimmer. Sie hatte eine alte Decke vor das Bett gelegt, dort schlief der Hund nun. Der Kater hatte eine Weile gebraucht, um das zu akzeptieren, doch nun schienen sich die beiden zwar nicht zu lieben, aber gegenseitig hinzunehmen.

»Ja, wenn nachher ein wenig Zeit ist, würde ich das gerne machen.«

Erst gegen Mittag kehrte Gretje erschöpft heim. Müde setzte sie sich an den Tisch. Margaretha gab ihr etwas zu essen und einen Becher Würzwein.

Ermattet schaute sich Gretje um. »Wo ist Vater?«

»Seit heute Morgen mit Mijnheer Lenßen drüben die Webstühle begutachten. Ich habe Brot, Schmalz und Bier nach nebenan gebracht. Aber es scheint wohl noch eine Weile zu dauern.« Margaretha sah ihre Mutter nachdenklich an. »Warum legst du dich nicht einfach nochmal hin?«

»Mitten am Tag? Das geht doch nicht, Meisje.«

»Mutter, du warst wach zu einer Zeit, wo wir geschlafen haben. Warum soll das umgekehrt nicht auch gehen? Heute ist weder Gottesdienst noch irgendetwas anderes. Vater ist beschäftigt, ich werde das Essen machen und Rebecca die Flickwäsche. Du kannst dich noch ein wenig hinlegen und ausruhen. Unser Prediger hat gesagt: Ein jegliches hat seine Zeit. Dazu gehört auch die Zeit der Ruhe und Erholung.«

»Du erstaunst mich, Zusje. Anscheinend bist du in den letzten Monaten erwachsener geworden, als ich gedacht hatte. Und du hast recht. Ich werde mich nochmal hinlegen. Ich weiß, falls es Probleme gibt, wirst du zu mir kommen.« Gretje stand auf, sie zögerte kurz, nahm dann ihre Tochter in den Arm und drückte sie herzlich. Dann stieg sie langsam die Treppe hinauf. Margarethe sah ihr bedrückt hinterher. Es war einige Zeit her, seit die Mutter sie das letzte Mal umarmt hatte. Gretje fühlte sich auf einmal schmal, fast schon zerbrechlich an. Doch viel Zeit blieb ihr nicht, sich darüber Gedanken zu machen. Isaak kam mit dem Tischler an, sie setzten sich in die Stube und baten um Wein. Margaretha holte auch Käse aus der Vorratskammer, schnitt das restliche Brot auf. Dann setzte sie neuen Teig an, fütterte die Hühner und bereitete das Nachtmahl vor. Noch schien die Sonne von einem diesigen Himmel, und als ein wenig Ruhe eingekehrt war, gingen die beiden Mädchen mit dem Hund in den Hof. Rebecca machte Margaretha mit den Grundbegriffen der Hundeerziehung vertraut.

»Es ist ganz einfach, einen Hund mit Angst zu erziehen. Hunde kommen aus einem Rudel, sie folgen dem Leittier. Und das bist nun du. Du kannst den Hund anschreien, ihn schlagen oder treten. Er wird es begreifen und voller Furcht deinen Befehlen folgen. Mein Vater hält nicht viel davon. Er gibt den Tieren zwar keine Namen«, sie lachte leise, »aber er belohnt sie eher, als dass er sie bestraft. Die Hunde sind folgsamer, es dauert etwas länger, aber nach einer Weile haben sie begriffen, was du willst, und sie werden dich bedingungslos lieben und beschützen.«

Margaretha nickte. »Nur loben reicht?«

»Nein.« Die Magd lachte. »Du musst sie mit Leckereien belohnen. Wenn sie etwas gut macht, dann bekommt sie eine Belohnung. Schau, ich habe ein wenig Fleisch von dem Braten kleingeschnitten. Sitz, Jonkie!« Der Welpe stand freudig vor ihnen, machte keine Anstalten sich hinzusetzen. »Sitz!«, wiederholte Rebecca und drückte das Hinterteil des Hundes herunter. Das machte sie drei Mal, beim vierten Mal setzte der Hund sich, und sie gab ihm ein Stückchen Fleisch.

»Das ist ja ganz einfach!« Margaretha lachte.

»Nein, das ist es nicht. Es dauert eine ganze Weile, bis er wirklich begreift, was du willst, und es auch macht. Du musst immer üben. Und du darfst ihn zwischendurch nicht mehr füttern. Nur wenn er gehorcht.«

»Hemeltje. Wirklich? Aber sie schaut doch immer so lieb, wenn ich das Essen bereite …«

»Lieb schauen und gehorchen sind zwei Paar Schuhe. Glaube mir.«

Als sie zurück ins Haus gingen, saß Hermann am Küchentisch. Er las in einer Schrift, schaute nur kurz auf. Hermann war in den letzten Tagen selten zu Hause gewesen. Margaretha gab ihm einen Becher Würzwein und schickte dann Rebecca in den Stall, um die Tiere zu versorgen.

»Bedrückt dich etwas?«, fragte Margaretha vorsichtig und setzte sich zu ihrem Bruder. Er sah sie an, die Stirn gefurcht.

»Hast du Lust mit mir auszureiten? Die Pferde könnten sicher Bewegung gebrauchen«, sagte er dann.

Dirck hat sie gestern bewegt, dachte Margaretha, nickte aber nur, es ging nicht um die Pferde, Hermann beschäftigte etwas anderes. So schnell es ging, zog sie sich warm an. Dann erklärte sie Rebecca kurz, worauf sie bei dem köchelnden Essen achten musste, bat die Magd, das Brot zu backen. Hermann hatte die beiden Pferde schon gesattelt. Der Atem der

Tiere stand dampfend vor ihren Nüstern, sie scharrten mit den Hufen, schienen begierig auf den Ausritt zu warten. Hermann half seiner Schwester in den Sattel, und schon bald passierten sie das Stadttor.

»Wohin willst du?«, fragte Margaretha und versuchte, die Stute zu zügeln.

»Lass uns zur Burg Crackau reiten.«

»Ja!« Margaretha ließ die Zügel frei. Vorsichtig tänzelte das Pferd durch den Schnee. Doch dann fasste es Zutrauen in die feste Schneedecke. Margaretha genoss den Wind, der ihr ins Gesicht wehte, die schneebedeckten Felder, an denen sie vorbeiritten. Alles sah rein und unberührt aus, ganz anders als das matschige Grau in der Enge der Stadt. Sie ließ die Stute laufen, kehrte nach einer Weile um. Hermann versuchte vergebens, den Braunen in eine schnellere Gangart zu bewegen.

»Du scheinst mehr zu schwitzen als der Dicke«, sagte Margaretha lachend.

»Er hat sich vermutlich an das faule Winterleben gewöhnt«, murrte Hermann.

»Wobei die beiden auch im Sommer und Herbst dieses Jahres nicht viel bewegt worden sind. Sterje ist so spritzig wie immer, aber sie ist ja auch noch jung.«

»Ja.« Hermann ließ den Wallach Schritt gehen. Margaretha hatte Mühe, die Stute zu zügeln, doch schließlich gingen beide nebeneinander her. Es dämmerte schon, das fahle Sonnenlicht spiegelte sich seltsam blass im Schnee.

»Wenn wir bis zur Burg reiten, wird es bald dunkel werden«, meinte Hermann.

»Ja und? Meinst du, wir finden den Weg nach Hause nicht mehr?« Margaretha lachte.

»Doch sicher, aber hast du keine Angst im Dunkeln?«

»Du bist doch bei mir.«

»Ja«, sagte Hermann, aber es klang merkwürdig.

»Ja?«

»Natürlich bin ich bei dir.«

Das klingt seltsam, dachte Margaretha, etwas bedrückte ihren Bruder. Sie versuchte seinen Blick zu erhaschen, doch Hermann schaute stur geradeaus.

»Hast du Kummer, Hermann?«

»Kummer? Nein.« Hermann klang verstockt, dann schluckte er. »Meisje, es ist alles nicht so einfach. Die Gemeinde, Vater, das Leben in der Stadt … eigentlich alles.«

»Ich weiß, dass es nicht einfach ist, aber was quält dich denn so sehr?«

»Im nächsten Monat kommt der Quäker Steven Crisp wieder nach Duisburg und wird dort einen Vortrag halten. Einmal habe ich ihn schon gehört. Das nächste Mal nehme ich dich mit. Seine Ansichten und das, was er vertritt, sind faszinierend. Jeder Mensch trägt die Anlage Gottes in sich, es ist an dem Menschen, herauszufinden, was dies für ihn bedeutet.« Plötzlich klang Hermann euphorisch.

»Aber was ist daran anders oder neu? So ähnlich hat es der Prediger neulich auch formuliert.«

»Doch, doch, das ist neu, es ist anders. Wir feiern Gottesdienst nach einer Liturgie. Wir haben eine lange Predigt, Psalmgesänge. Zeiten, in denen die Gedanken abschweifen können. Die Quäker haben das nicht, sie sitzen still beieinander, und wenn jemanden aus der Gemeinde das göttliche Licht streift, erhebt er sich und tut es kund. Es ist die Hingabe an den Glauben, ganz und gar. Ohne Regeln und Grenzen.«

»Du meinst, sie singen noch nicht einmal Psalmen?« Margaretha sah ihren Bruder ungläubig an.

»Nein, das tun sie nicht. Kein getragenes Gehabe im Namen Gottes. Nur der Glaube gilt, wahr und wahrhaftig.«

»Wie langweilig. Ich mag den Gesang. Was machen die denn bei der Andacht?«

»Margaretha, sie glauben. Und sie geben sich ihrem Glauben hin.«

Margaretha schüttelte leise den Kopf. »Und dich begeistert diese Art zu glauben, den Glauben zu leben?«

»Ja!«

»Hast du schon mit Vater darüber gesprochen?«

Hermann warf ihr einen vernichtenden Blick zu. »Natürlich nicht. Vater möchte zu den Gemeindeältesten gehören. Wenn sein ältester Sohn sich von den Mennoniten abwendet, wird er nicht begeistert sein.«

»Vermutlich nicht. Doch es ist dein Leben und dein Glaube. Das kann und wird er dir nicht vorschreiben.«

Hermann seufzte. »Da bin ich mir nicht so sicher. Aber mich lässt der Gedanke nicht mehr los. Dieser reine Glaube, so ganz ohne Vorgaben, nur die Bibel gilt.«

»Das glückt nicht«, sagte Margaretha leise.

»Warum nicht, Zusje? Warum sollte das nicht glücken?«

»Weil es dann schon längst geschehen wäre, Hermann. Von Anbeginn an. Der reine Glaube war doch immer da. Aber die Menschen brauchen Regeln, Formen, Gesetze und Lieder. Wirklich. Manchmal komme ich erst dann, wenn wir die Psalmen singen, zur Ruhe und spüre die Gegenwart Gottes. Erst dann finde ich meinen Glauben.«

»Wirklich? Dann gibst du dir nicht redlich Mühe. Das solltest du aber tun.«

Margaretha schnaufte, dann wendete sie die Stute. »Es wird dunkel, lass uns nach Hause reiten. Wer als Erster am Stadttor ist.«

»Das ist ungerecht. Du weißt, dass ich dich nie einholen kann …«, rief Hermann hinter ihr her.

Als sie das Haus erreichten, duftete es schon im Hof nach Braten und Kohl.

»Mutter hat Grünkohl aufgesetzt«, sagte Hermann und leckte sich über die Lippen. »Hoffentlich hat sie noch Würste dazu. Rindswürste und Schweinebauch, so schmeckt er am besten.«

»Nein, mit Gänseschmalz und Mettenden«, meinte Margaretha. »Der Kohl sollte glänzen. Aber essen dürfen wir den erst morgen. Kohl muss eine Nacht durchziehen, sonst schmeckt er nicht.«

»Aber auch mit Schweinefüßen schmeckt Grünkohl köstlich ...«

»Hör auf, Hermann.« Margaretha stupste ihren Bruder sacht in die Seite, während sie über den Hof gingen. »Ich habe Hunger. Es wird Schweinebraten geben und Hühnerfrikassee.«

»Mit Erbsen?«

»Ja, mit Erbsen und Äpfeln.«

»Ich bin als Erster am Tisch.« Spielerisch drängte er sie zur Seite und öffnete die Tür zur Küche. Dampfschwaden quollen ihnen entgegen, hüllten sie ein.

Die Stimmung am Tisch war fröhlich, sie genossen das gute Mahl.

»Morgen in der Früh wird Tischler Lenßen mit einem Lehrling kommen und versuchen, den Webstuhl zu reparieren.« Isaak seufzte, nahm sich dann nochmal nach. »Ich danke Gott, dass es überhaupt machbar zu sein scheint. Aber Flickwerk hält nie lange, und ich habe einen neuen Webstuhl in Auftrag gegeben. Doch das kann dauern.«

»Das ist eine gute Entscheidung«, sagte Hermann und trank einen Schluck Würzwein. »Lenßen ist ein guter Tischler, der Beste hier in Krefeld. Hat Lenßen gesagt, wie lange er brauchen wird?«

»Das konnte er nicht, minn Zoon. Aber wir haben ja schon ordentlich gearbeitet in diesem Jahr. Unser Pensum haben wir übertroffen bisher. Wenn wir jetzt ein paar Tage länger aussetzen müssen, wird das nicht so schlimm sein.«

»Das stimmt allerdings, Vater. Unsere Flachsvorräte sind arg geschrumpft.« Abraham lehnte sich zurück. »Das Essen war köstlich, Mutter. Habt Dank dafür.«

»Ja!«, sagte Dirck. »Es war so gut, dass ich einen Branntwein gebrauchen könnte. Wer noch?«

»Geh in den Vorratsraum, dort steht ein Krug«, meinte Gretje vergnügt. »Ich denke, wir alle könnten einen Schluck vertragen.«

Sie redeten über dies und das, verbrachten einen schönen Abend. Schließlich zogen sich die Männer auf eine Pfeife in die Stube zurück, während die Frauen die Küche aufräumten.

Den ganzen Abend hatte Margaretha das Gespräch mit Hermann verdrängt, doch als sie im Bett lag, kamen die Worte wieder hervor. Glaubte sie nicht genug? Nicht intensiv genug? Waren die Predigt, die Lieder, die Liturgie denn wirklich so verwerflich? Mehrfach war sie in lutheranischen Gottesdiensten gewesen, wenige Male hatte sie katholische Messen besucht. Dort gab es viel mehr an vorgegebener Frömmigkeit, an Ritualen und Opfern als bei den mennonitischen Gottesdiensten. »Schlicht sollt ihr sein«, sagte der Prediger immer. Schlicht und gottesfürchtig. Aber das war sie doch, oder nicht? Was fehlte ihr, um so glauben zu können wie Hermann? Zu glauben ohne Regeln und ohne schlichte Rituale, das konnte Margaretha sich nicht vorstellen. Für Hermann schien es unabdingbar zu werden, seinen Glauben anders, intensiver zu leben. Aber vielleicht, dachte Margaretha und drehte sich auf den Rücken, hob den Kater an und legte ihn sich auf den Bauch, wo er sich schnurrend zusammenrollte, vielleicht war das auch nur eine Art, sich von der Familie abzugrenzen. Hermann war fast dreißig. Es wurde Zeit für ihn, sein eigenes Leben zu leben. Nur Sohn war er schon lange nicht mehr. Er führte die Geschäfte mit dem Vater zusammen, erledigte viele Geschäfte und trug Verantwortung. Und doch hatte er nicht den Stand eines gleichberechtigten Partners, noch nicht einmal den eines gleichberechtigten Familienangehörigen.

Soweit Margaretha wusste, hatte Hermann noch nicht mit dem Vater über Esther, eine Heirat und alles Weitere gesprochen. Diese Ungewissheit machte ihn gewiss unruhig. Er hatte als erstes Kind, das sich aus dem Familienband löste, einen schweren Stand. Auf einmal tat Hermann ihr leid. Sie streichelte den Kater, der sanft schnurrte, lauschte den gleichmäßigen Atemzügen des Hundes, der zu ihren Füßen auf der Bettstatt lag. Würde Hermann der Glaube helfen? Konnte sie ihn unterstützen? Über diese Gedanken schlief sie ein.

Der Tischler Johann Lenßen kam am nächsten Morgen mit seinem Lehrling. Isaak führte beide direkt in das Nebenhaus. In der Küche roch es streng nach Kohl. Margaretha riss die Fenster und Türen auf, lüftete einmal durch.

»Zu bitter«, sagte auch Gretje und probierte das Mahl und rümpfte die Nase. »Woher ist der Grünkohl?«

Margaretha senkte den Kopf. »Vom Platenhof.«

»Ach? Nun wirklich?« Gretje lachte leise. »Wir werden den Kohl retten, das bekomme ich hin und werde es im Hinterkopf behalten. Wir werden auch kein Wort darüber zu Rebecca verlieren.«

»Warum nicht?«

»Weil sie nichts dafür kann, keine Schuld trägt und keine Verantwortung tragen soll.« Gretje schaute zum Hof, sie hatte die Magd hinausgeschickt, um das Vieh zu füttern und Speck aus der kalten Vorratskammer zu holen.

»Mutter, darf ich dich etwas fragen?« Margaretha knetete den Brotteig.

»Bedrückt dich etwas?«

»Ich mache mir Gedanken um meinen Glauben. Hermann hat mir von den Quäkern erzählt und ihrer Hingabe zu Gott. Sie brauchen keine Regeln, keine Predigt, keine Lieder. Ich brauche das aber. Ist mein Glaube nicht tief genug?«

»Ob dein Glaube tief und fest ist, kann ich nicht beantworten. Darauf wissen nur du und Gott die Antwort.« Gretje wischte sich die Hände ab, setzte sich an den Küchentisch und sah Margaretha nachdenklich an. »Du wirst im nächsten Jahr getauft, wenn du das willst. Willst du?«

»O ja, natürlich. Das ist mir wichtig. Ich möchte ein Teil der Gemeinde sein.«

»Ich weiß noch nicht viel über die Quäker. Ich weiß allerdings sehr wohl, dass die Männer sich damit auseinandersetzen und mehr darüber in Erfahrung bringen wollen. Das ist gut und rechtens. Gott ist das Wichtigste in unserem Leben.« Gretje lehnte sich zurück, verschränkte die Arme vor der Brust. »Es scheint, als würden die Quäker intensiver, reiner glauben oder ihren Glauben schlichter ausleben. Wir Mennoniten begreifen uns ja auch durch die Schlichtheit. Im Vergleich mit den Katholiken sind wir sehr schlicht. Und auch schlichter als die Lutheraner. Und doch haben wir einige Rituale.«

»Ja, Mutter. Ich schätze die Rituale. Manchmal komme ich erst dann, wenn wir Psalmen singen, wirklich zur Ruhe und kann mich auf Gottes Wort besinnen.«

»Und was ist daran falsch?«

Margaretha sah sie verblüfft an. »Das weiß ich ja eben nicht. Das Gespräch mit Hermann hat mich dazu gebracht, darüber nachzudenken. Und ich hatte Zweifel an mir. Eben weil ich diese Rituale brauche.«

»Die meisten Menschen brauchen Rituale. Davon haben wir viele. Unser ganzer Tagesablauf ist vorgegeben. Und jeder Mensch unterscheidet sich vom anderen ein wenig. Ich mag auch feste Sitten und Regeln. Manche brauchen das nicht. Ich denke, das muss jeder mit sich selbst ausmachen, Dochtertje.«

»Du meinst, ich sollte mir den Kopf nicht weiter zerbrechen?« Margaretha lächelte.

»Weiter darüber nachdenken und deinen Glauben prüfen solltest du schon. Wenn du aber gar keine wirklichen Zweifel hast, solltest du dich nicht von anderen verunsichern lassen.« Gretje nickte, stand dann seufzend auf. »Ich muss gleich noch zu der jungen Mutter. Magst du mich begleiten? Die Geburt war schwer, aber das Wochenbett verläuft bisher problemlos.«

»Natürlich komme ich mit.«

Die nächsten Tage verliefen friedlich, auch wenn konstantes Sägen und Hämmern vom Nebenhaus zu ihnen drangen. Rebecca gab sich alle Mühe, ihre Pflichten zu erfüllen. Nach Wochen hatte Margaretha endlich wieder einmal das Gefühl, durchatmen zu können. Sie schlief ruhiger, ging mit der Mutter auf Krankenbesuche, lief mit dem Hund durch den Wallgarten oder ritt mit einem der Brüder aus. Ihre Pflichten im Haushalt erfüllte sie sorgsam, da aber nun Rebecca tatsächlich einiges übernahm, konnte sie entspannter vorgehen.

Am Silvestermorgen herrschte die gespannte Erwartung, die alle dann ergriff, wenn ein besonderes Ereignis bevorstand. Margaretha und Gretje bereiteten Fettgebäck vor, Rebecca musste die Stube fegen und putzen. Heute würden sie dort am Tisch sitzen, der Raum geschmückt mit Äpfeln, Tannenzapfen und Kerzen. Der Jahresübergang war immer ein besonderer Tag, und es gab, obwohl sie Aberglauben ablehnten, doch ein paar mystische Spiele. Blei wurde gegossen, Rätsel wurden gestellt. Für die Jugendlichen gipfelte der Abend in dem Gang mit dem Brummtopf durch die Stadt und um die Stadtmauern herum. Es wurden Lieder gesungen, sie bekamen süße Speisen und Früchte von den Leuten geschenkt. Der Brummtopf war eine Trommel, mit Schweinehaut überzogen, durch einen Stab oder eine Saite wurde die gespannte Haut zum Schwingen gebracht und erzeugte einen tiefen Ton, der manchmal gar grässlich klang. Das Instrument gab den Rhythmus der langen Spottlieder vor, die die jungen Leute in der Nacht zum neuen Jahr sangen. Sie reimten grobe Strophen über jeden eines Haushalts, begleitet mit viel Gelächter. Jeder versuchte, den anderen zu übertrumpfen. Es war ein Heidenspaß.

Margaretha, Dirck und Rebecca zogen sich warm an, tranken vorsorglich noch einen Schluck Branntwein. Die Silvesternacht war bitterkalt, der Himmel sternenklar.

»Was ist mit dir, Abraham?«, fragte Dirck seinen Bruder, der vor dem Kamin saß und las.

»Geht schon mal vor, ihr könnte es ja kaum erwarten. Ich komme gleich nach. Verfehlen kann ich euch ja nicht.« Abraham lachte.

»Wohl wahr.« Margaretha legte sich noch ein Tuch um die

Schultern. Ihre Wangen glühten, und das lag nicht nur an dem Schluck Branntwein. Die Aufregung schien den Raum fast zum Knistern zu bringen. Kichernd und lachend gingen sie in die Nacht. Die kalte Luft biss in die Haut, tat für einen Moment weh und brachte ihre Augen dazu zu tränen, aber nach wenigen Schritten hatten sie sich daran gewöhnt. Am Schwanenmarkt rührte schon jemand den Brummtopf, und die ersten Verse wurden zaghaft angestimmt.

»Herr Hadubrand lebt ohne Sorg, er lebt auf seiner Ritterborg. Er war ein schrecklicher Barbur und konnte saufen wie einer nur. Ein Barbur, ein Barbur, und die Geschichte ist ganz wuhr!«

»Sie singen schon!« Rebecca klatschte in die Hände und beschleunigte ihren Schritt.

»Das war doch keine Ritterborg, Borg Karkau hieß die Stätte nur, und saufen konnte man ganz fein, man lebte doch am Niederrhein!«, sang jemand anderes. Vielfältiges Lachen erklang.

»Am Niederrhein da ist es fein, auch Krefeld, wenn es noch so klein, dort gibt es reichlich und genug, gewebt wird da manches Tuch!«

Und wieder wurde die Trommel geschwungen, Gelächter erscholl.

»Weben können wir und auch flachsen, mancherlei auch viele Faxen, können wir hier treiben, solange die Oranier bleiben.«

Margaretha blieb stehen. Der Ton wurde deutlich in den Liedern. Aber Dirck eilte Rebecca hinterher. Hörten denn die beiden nicht, worum es hier ging? Hatten sie keine Angst? Unsicher schaute Margaretha sich um. Aus allen Straßen und Gassen kamen die jungen Leute. Sie ließ sich mitziehen. Um den Brunnen am Schwanenmarkt versammelten sie sich. Es war ein Lachen und Krakeelen, ein fröhliches Getümmel. Margaretha hatte Dirck und Rebecca aus den Augen verloren.

»Flachs weben, das ist gut und schön, damit lassen wir uns sehen, doch die Stadt beschützen, dazu können wenige nur nützen.« Wieder klang der Brummtopf, und das Gelächter erscholl. Margaretha wurde eiskalt. Diese Verse gingen gegen die Mennoniten, die Täufer, die den Kriegsdienst und das Führen von Waffen ablehnten. Sah das denn niemand außer ihr? Wieder suchte sie den Bruder und die Magd in der Masse. Ihr Herz pochte bis zum Hals, der sich zusammenzuziehen schien. Angst kroch ihr den Rücken hoch.

»Du bist ja tatsächlich gekommen.« Jan Scheuten stand plötzlich an ihrer Seite. »Den ganzen Abend habe ich dich schon gesucht. Als ich vorhin Dirck sah, wusste ich, du kannst nicht weit sein oder bist zu Hause geblieben.«

Margaretha war erschrocken zusammengefahren, als er ihren Arm fasste, doch dann erkannte sie ihn. »Jan! Ich bin so froh, dass du da bist. Wo ist Dirck? Ich habe ihn verloren.« Tränen stiegen ihr in die Augen, doch sie wusste nicht, ob es Tränen der Verzweiflung oder der Erleichterung waren. Beide Gefühle mischten sich in ihr wie zwei Strömungen.

»Nun, nun. Wir werden ihn schon wiederfinden.« Er zog eine kleine Flasche aus der Jackentasche und reichte sie ihr. »Nimm einen Schluck, das wird dich beruhigen. Immerhin bist du gekommen.« Er strahlte sie an, nahm ihren Arm und zog sie mit sich.

»Ja, ich bin gekommen, aber ich weiß nicht, ob ich das nicht bedauern sollte. Meinst du, es könnte zu Krawallen kommen?«

»Du meinst wegen der Verse? Nimm sie dir nicht zu Herzen.« Er legte den Arm um ihre Schulter, drückte sie an sich. »Das ist doch immer so. Es sind Spottgesänge.«

»Aber waren die immer schon gegen uns gerichtet?«

»Gegen uns? Ach, egal. Wir wollen alle Spaß haben, da muss man austeilen und aushalten.«

Nach einer Weile zog die Schar durch die Stadt. Sie hielten am Haus des Magistrats, sangen Verse über seine Familie. Es waren lustige Verse, die seinen Putz im Visier hatten. Der Magistrat trug immer große Hüte mit noch größerer Federzier, seine Frau die neusten Kleider aus Amsterdam. Es gab einige Reime auf Pfauen und Eitelkeit, dann kam auch schon die Magd aus dem Haus mit einem Korb voller Naschereien. Die Gruppe nahm reichlich, zog weiter zum nächsten Haus. Nun waren die Schöffen an der Reihe. Und so zog es sich durch die Stadt, bis sie schließlich zum Niedertor kamen. Das Tor war um diese Zeit geschlossen.

»Macht hoch die Tür, die Tore macht weit, wir wollen bejubeln die Feierlichkeit!«, sang jemand. Lachend wurde der Vers wiederholt. Der Stadtwache wurden Würste und Süßigkeiten als Bestechung angeboten, und nach einem lustigen Schlagabtausch wurden die Tore geöffnet. Es war ein Spiel. Vor der Stadt brannte schon längst ein großes Feuer, um das sich die Jugend nun versammelte. Stockbrot wurde gebacken, und Würzwein floss reichlich. Es wurde gesungen, gejohlt und geflachst. Doch die Stimmung schien sich zu verändern. Die Spottverse wurden bissiger, die Witze boshafter. Nicht nur das Knistern des Feuers lag in der Luft. Jan zog Margaretha von den johlenden Lutheranern weg. Die Mennoniten sammelten sich auf der einen Seite des Feuers, die Lutheraner und Katholiken auf der anderen. Noch gingen die Verse und Reime hin und her, aber je angriffslustiger die Lutheraner wurden, umso ruhiger wurden die Mennoniten.

»Lass uns gehen«, wisperte Margaretha Jan zu.

»Ja, gleich.« Seine Stirn war gefurcht, er schaute sich zu den anderen um.

»Sie können es einfach nicht lassen«, sagte Fridjoff ter Meer, der neben ihnen stand. »Schade um die Nacht, aber das sollten wir uns nicht bieten lassen.«

»Das sehe ich auch so«, zischte Jasper Tönnis. »Das Maul aufreißen können sie vortrefflich, aber auch nur, weil sie wissen, dass wir uns nicht wehren.«

»Und das ist auch richtig so!« Plötzlich ertönte die tiefe und warme Stimme von Abraham hinter ihnen. Margaretha hatte ihn den ganzen Abend noch nicht gesehen.

»Gut, dass du da bist«, sagte sie erleichtert.

»Ihr werdet euch doch nicht von den Maulaffen ärgern lassen? Gewalt und Zorn sind nicht gottesfürchtig. Lasst sie tönen.« Abraham schaute sich um. »Wo sind Dirck und Rebecca, Margret?«

»Ich weiß es nicht, ich habe sie aus den Augen verloren.«

Einige der jungen Leute aus beiden Lagern machten sich auf den Weg zurück in die Stadt. Die verbleibende Gruppe auf der anderen Seite des Feuers wurde immer lauter und gehässiger. Abraham lauschte ihren Liedern und Reimen, schüttelte den Kopf. »Das hört sich nicht gut an. Sie haben mehr getrunken, als sie vertragen können. Jan, bring Margret nach Hause, ich suche Dirck und Rebecca.«

»Sollen wir nicht warten und alle zusammen gehen?«, fragte Margaretha. Sie musste an die Nacht in der Gasse denken, als Dirck und Jan zusammengeschlagen worden waren.

»Nein«, sagte Jan und schaute grimmig zu den Lutheranern. »Wir gehen jetzt. Komm, Margret.« Er nahm ihre Hand, drückte sie. »Es ist besser. Und es wäre besser für alle anderen, auch zu gehen. Begleite uns, Fridjoff.«

Ter Meer sah ihn einen Augenblick nachdenklich an, dann schüttelte er den Kopf. »Wir sind friedliebend und lehnen Gewalt ab. Aber ich will nicht, dass man uns nachsagt, wir wären feige. Ich bleibe noch.«

»Du solltest mit deinem Freund gehen, mein Junge«, meinte Abraham ernst. »Die schaukeln sich hoch, und wer weiß, wann die Stimmung endgültig kippt?«

»Und dennoch bin ich nicht feige.« Fridjoff vergrub die Hände in den Manteltaschen.

»Niemand ist feige, wenn er einer unnötigen Auseinandersetzung aus dem Wege geht. Kühnheit ist nicht unbedingt eine Tugend, Junge.« Abraham legte ihm die Hand auf die Schulter, drängte sich dann durch das Jungvolk und machte sich auf die Suche nach seinem Bruder und der Magd.

Margaretha und Jan versuchten nur noch kurz, Fridjoff

und Jasper zum Mitkommen zu bewegen, da es aber nicht fruchtete, gaben sie auf. Der Mond wurde schon blass, als sie das Stadttor erreichten. Immer noch hielt Jan Margarethas Hand. Gut und irgendwie vertraut fühlte sich die Wärme seiner Haut an, hin und wieder strich er mit dem Daumen über ihren Handrücken. Schweigend gingen sie nebeneinander her, so als gäbe es zu viele Worte, die gesagt werden wollten, und keiner wusste, welches er als Erstes hervorholen sollte. Langsam gingen sie durch den knirschenden Schnee, der durch die vielen Tritte und Schritte aufgeweicht, zu Matsch geworden und wieder gefroren war. Dadurch war der Weg uneben, und sie gingen zögernd und bedachtsam. Die Gassen wirkten dunkel und unheimlich. Keine Fackel erleuchtete mehr den Weg, durch kaum ein Fenster schien noch Kerzenschein auf die Straße. Die Stadt schien friedlich zu schlafen.

»Ich mache mir Sorgen«, sagte Margaretha schließlich leise.

»Aber wir sind doch schon fast am Schwanenmarkt, und von dort ist es nicht weit bis zu euch, Liefje.«

Margaretha lachte leise. »Nein, ich mache mir doch keine Sorgen um den Heimweg, du Drol!«

»Drol? Ich bin nicht drollig und auch nicht einfältig.« Jan schnaubte, drückte aber ihre Hand und zog sie zu sich. »Worüber machst du dir dann Sorgen?«

»Die Stimmung in der Stadt wird immer schlechter, so scheint es mir, oder bilde ich mir das nur ein?«

Jan schwieg für einen Moment. Dann seufzte er. »Du meinst den heutigen Abend?«

»Nicht nur, aber ich erinnere mich an das letzte Jahr, da durfte ich das erste Mal zur Neujahrsnacht mitgehen und damals war es fröhlicher, ausgelassener. Vielleicht täuscht mich ja auch meine Erinnerung, weil ich eben das erste Mal mitgehen durfte und es aufregend war, vielleicht habe ich damals auch diese Schwingungen nicht mitbekommen und war einfach nur naiv.«

»Du hast vermutlich mit beidem recht. Auch im letzten

Jahr gab es Spottverse und Anfeindungen, doch diesmal liegt eine bedrohliche Missstimmung in der Luft, die auch mir neu ist. Die letzten zwei Jahre war ich in Linn. Dort gibt es kaum Mennoniten, und wenn, zeigen sie ihren Glauben nicht öffentlich. In Krefeld ist das anders. Es gibt viele von uns, es werden immer mehr. Den Lutheranern schmeckt das nicht. Aber das ist nichts, worüber wir uns am ersten Morgen eines neuen Jahres Gedanken machen müssen. Alles wird gut, Margret, ganz sicher.«

Sie blieben stehen, sahen sich an. Ihre Blicke tauchten ineinander. Langsam und vorsichtig beugte Jan sich zu ihr, küsste sie sacht. Sie spürte seinen warmen Atem, er legte den Arm um sie und zog sie an sich. Für einen Moment blieben sie so stehen, genossen die Gegenwart des anderen.

»Lass uns weitergehen«, sagte Jan schließlich. Bedauern lag in seiner Stimme. Arm in Arm gingen sie durch die Gassen. Es schien, als hätte alles um sie herum aufgehört zu existieren und es würde nur noch sie beide geben. Sie bogen in die Straße ein, in der das Haus der op den Graeffs stand. Aus dem Fenster der Stube schien noch Licht. Vermutlich war der Vater aufgeblieben und wartete auf die Rückkehr der Kinder.

»Magst du noch mit hineinkommen und dich ein wenig aufwärmen?«, fragte sie Jan leise.

»Ich glaube nicht, dass das schicklich ist.« Er strich ihr mit den Fingerspitzen zärtlich über die Wange. »Und außerdem ist es Zeit für dich, ins Bett zu gehen. Wir sehen uns spätestens im Gottesdienst.«

»Ja.« Margaretha biss sich auf die Lippe. Zu gerne hätte sie ihn ein weiteres Mal geküsst oder umarmt, doch der Zauber des Augenblicks war verflogen.

Im Haus duftete es nach Würzwein und guter Brühe. Es war nicht Isaak, sondern Grete, die in der Stube saß, Strümpfe stopfte und in das Kaminfeuer starrte.

»Margret, Liefje, seid ihr schon zurück? Ich habe noch gar nicht mit euch gerechnet. Bitterkalt ist es, nicht wahr?

Möchtest du ein wenig Wein und einen Schluck Brühe?« Sie stand auf, half der Tochter aus dem Mantel. Margaretha merkte jetzt erst, wie verfroren sie war. Gretje sah über Margarethas Schulter in die Diele.

»Wo sind denn Abraham, Dirck und Rebecca? Bist du so schnell gegangen?«

Margaretha errötete, schnell waren sie und Jan nun wirklich nicht gewesen. »Jan Scheuten hat mich nach Hause gebracht. Ich habe Dirck und Rebecca aus den Augen verloren, Abraham wollte sie suchen und dann nachkommen.« Sie ließ sich von der Mutter in die Stube führen. Die Wachskerzen auf dem Kamin rochen betörend nach Honig, das Feuer prasselte munter.

»Ich hol dir Wein und Brühe, einen warmen Backstein für deine Füße, Kind.«

Margaretha saß kaum, als Jonkie in die Stube gestürmt kam. Der Hund sprang an ihr hoch, leckte ihr eifrig über die Hand und versuchte, auf ihren Schoß zu klettern.

»Hast du mich vermisst?« Margaretha lächelte und drückte Jonkie sanft auf den Boden. »Leg dich! Du wirst zu groß, um auf meinen Schoß zu kommen.« Sie zog die Stiefel aus, bewegte die vor Kälte schmerzenden Zehen.

Gretje brachte den Backstein, und Margaretha stellte die Füße wohlig seufzend darauf. Die Wärme ließ die kalten Glieder kribbeln, ein gutes Gefühl. Der Wein und die Brühe füllten ihren Magen, wohlige Müdigkeit breitete sich in ihr aus.

»War es denn schön?«, fragte Gretje und nahm ihr gegenüber Platz. Doch ihr Blick wanderte unruhig zum Fenster.

Margaretha überlegte. »Es war schon lustig«, sagte sie dann nachdenklich. Sie hatte die Nacht an Jans Seite genossen, seine Vertrautheit und das Gefühl, mit jemandem verbunden zu sein. Ein Gefühl, das sie bis dahin noch nicht gekannt hatte. Es war schön und unheimlich zugleich.

»Lustig? Du klingst aber nicht so.« Wieder hob Gretje lauschend den Kopf, doch der Schnee schluckte alle Geräusche.

»Ich weiß nicht, Moedertje. Mir schien es, als ob die Empfindungen doch hochkochten. Wir sind nicht besonders beliebt in dieser Stadt, oder?«

Gretje seufzte. »Wir sind hier willkommener als anderswo. Bisher zumindest. Aber es wird schwieriger. Je mehr von uns hierher kommen, desto mehr werden wir abgelehnt. Gab es denn Streit?«

»Als wir gingen noch nicht. Aber einige der jungen Männer hatten ordentlich getrunken. Vor der Stadt waren ein großes Feuer und ein Kessel mit Wein, dem manche kräftig zugesprochen haben. Ich kann mich auch täuschen und bin zu ängstlich. Jan hat es keine Angst gemacht, er hatte Spaß.«

»Du bist ein scheues Vögelchen und siehst hinter jedem Busch eine Gefahr. Warum seid ihr nicht alle gemeinsam nach Hause gekommen?« Gretje lächelte.

Margaretha zog die Stirn kraus. »Weil wir Dirck und Rebecca aus den Augen verloren hatten. Abraham wollte sie suchen und hat Jan gebeten, mich nach Hause zu bringen.«

Kapitel 15

Für einen Moment saßen sie schweigen beieinander, doch dann war plötzlich Lärm von draußen zu hören. Stimmen riefen, jemand klopfte an die Tür. Gretje sprang auf, Margaretha folgte ihr.

»Schnell, schnell!«, rief jemand. »Er ist verletzt ...«

»Was ist passiert?«

»Er blutet ...«

Die Stimmen verwoben sich so ineinander, dass Margaretha nicht mehr unterscheiden konnte, wer was schrie. Aufgeregt und entsetzt klangen alle. Sie wich zurück, drückte sich an die Wand. Jemand wurde in die Stube getragen.

»Er ist tot!«, heulte Rebecca.

»Oh, nein!«, klagte Gretje entsetzt. »Oh, nein!«

»Mutter, es ist so furchtbar!«

Margaretha blieb wie erstarrt stehen. Jemand war umgekommen in dieser Nacht. Sie hatte es geahnt, befürchtet. War es Dirck oder Abraham? Noch jemand aus der Familie, der gestorben war? Noch ein Toter? Wie sollten sie das verkraften, überstehen? Leise wimmernd rutschte sie an der Wand entlang zu Boden, kauerte sich zusammen. Diese Nacht war eine der schönsten in ihrem Leben gewesen. Wieder fühlte sie den Hauch von Jans Atem auf ihrer Haut, spürte seinen Herzschlag, seine Wärme, die sie genossen hatte. Und auf einmal schämte sie sich dafür, nein, schlimmer, sie verdammte sich. Sie hatte sich erfreut an Gefühlen, die ihr nicht zustanden, und andere hatten gelitten, waren sogar getötet worden. Die Wucht dieser Erkenntnis traf sie wie eine Keule und drückte sie zu Boden. Leise jammernd und zusammengekrümmt lag sie da, bis die Stimme ihrer Mutter zu ihr drang: »Margret, ich brauche heißes Wasser. Und Arnika.«

Margaretha presste die Fäuste auf die Augen, versuchte, das Schluchzen zu unterdrücken. Sie war in dieser Nacht glücklich gewesen, mit welchem Recht?

»Margret? Hemeltje, drehen jetzt alle durch? Verdorrie, Margret, Mutter braucht dich« Abraham ist verletzt! God verdomme, reiß dich zusammen!«, sagte Dirck und schüttelte sie an der Schulter. »Margret, steh auf!«

»Du?« Margaretha drehte sich zu ihm um, staunte ihn an. »Du bist nicht tot? Abraham auch nicht? Wen habt ihr denn dann gerade beklagt?« Sie wischte sich die Tränen von den Wangen.

»Noch lebt Abraham, aber es geht ihm nicht gut. Mutter braucht deine Hilfe«, schnaubte Dirck. Er presste seine Faust auf das linke Auge, und aus seiner Nase tropfte Blut.

Margaretha sprang auf und lief in die Küche. Dirck folgte ihr, ließ sich stöhnend auf einen Stuhl fallen.

»Zeig mal!« Margaretha zog ihm die Hand vom Gesicht.

Sein Auge war zugeschwollen, die Nase wirkte schief. »Hemeltje, was ist denn geschehen?«

»Es gab eine Prügelei. Halb so wild bei mir. Abraham hat es schlimmer erwischt.«

Margaretha eilte nach draußen, sie wickelte eine Handvoll Schnee in einen Lappen, brachte ihn Dirck. »Drück dir das aufs Auge. Ich hole Arnika – das hilft auch gegen Schwellungen. Die Nase ist gebrochen, nehme ich an. Leg den Kopf in den Nacken.«

Sie setzte Wasser auf, holte Tücher und Salben, brachte alles in die Stube. Auf dem Sofa lag Abraham auf dem Bauch. Sie hatten ihm den Mantel ausgezogen. Die Weste und auch das Hemd waren voller Blut. Vorsichtig schob Gretje den Stoff nach oben.

»Das sieht nicht gut aus«, murmelte sie. »Ich fürchte, wir werden den Arzt brauchen.«

»Soll ich ihn holen?«

Erst jetzt sah Margaretha, dass Jan in der Stube stand. Überrascht sah sie ihn an.

»Sie kamen mir entgegen«, sagte er leise. »Dein Bruder konnte sich kaum noch auf den Beinen halten, deshalb bin ich mitgekommen.«

»Was ist denn passiert?«, wisperte Margaretha. Das viele Blut, das aus der Wunde in Abraham Rücken sprudelte, machte ihr Angst.

»Jemand hatte wohl ein Messer.«

Gretje drückte ein Tuch auf die Wunde, doch es färbte sich sofort blutrot. Abraham stöhnte schmerzvoll auf.

»Margret, bring Wasser zum Kochen. Dann weiche Eichenrinde darin ein. Eichenrinde ist auf dem hinteren Regal in einem Korb. Du musst dich beeilen! Rebecca, ich brauche noch mehr saubere Tücher und einen Becher mit Würzwein, verquirle zwei Eigelb darin und lass dir von Margret Blutwurztinktur geben. Zehn Tropfen gibst du in den Wein.« Gretje sprach schnell, aber bestimmend.

In der Küche hatte Dirck schon den kleinen Kessel über das Feuer gehängt. Immer noch presste er sich das Tuch gegen das Auge. Das Schmelzwasser lief ihm über das Gesicht. Er ging in den Hof, holte sich einen dicken Eiszapfen und wollte ihn gegen das geschwollene Auge drücken.

»Wickel das Tuch um das Eis, sonst wird es eher schlimmer als besser, Dirck.« Margaretha nahm den Korb mit der Eichenrinde, weichte mehrere große Stücke im kochenden Wasser ein, nahm sie vorsichtig heraus und brachte die nun weich gewordene Rinde ihrer Mutter.

»Das wird jetzt weh tun, minn Zoon«, sagte Gretje leise, doch Abraham reagierte nicht mehr. Sie nahm die dampfenden Stücke der Eichenrinde. »Nimm das Tuch weg, Margret.«

Margaretha schluckte, dann hob sie vorsichtig das Tuch an, das die Mutter auf die Wunde gepresst hatte. Das Fleisch klaffte auseinander, sofort blutete es wieder. Der Blutfluss wurde jedoch schon schwächer. Gretje drückte die Rinde auf die Wunde, legte ein sauberes Tuch darauf. »Jan, hilf Margret, ihn anzuheben, damit ich einen Verband anlegen kann.«

Schließlich drehten sie Abraham auf die Seite. Er war leichenblass.

»Bringt Decken und einen warmen Backstein. Er hat viel Blut verloren, zu viel.« Gretje schüttelte besorgt den Kopf.

»Was ist denn los?«, fragte Isaak verschlafen. »Wollt ihr hier weiterfeiern?« Doch dann fiel sein Blick auf die blutgetränkten Tücher, die auf dem Boden lagen. »Gottegot, was ist passiert?«

»Es gab eine Schlägerei«, sagte Dirck zerknirscht.

Entsetzt sah Isaak seinen Sohn an. »Was?«

»Ja, schlimmer sogar.« Dirck seufzte und drückte den Eiszapfen, den er vorsorglich in ein Tuch gewickelt hatte, gegen sein Auge.

»Das ist jetzt alles nebensächlich. Abraham muss trinken. Er ist bewusstlos, hat zu viel Blut verloren. Wir müssen ihn stärken.« Gretje kniete sich neben das Sofa, strich ihrem Sohn über die Wangen. »Abraham, minn Hartje, kannst du mich hören? Bitte, schlag die Augen auf. Du musst etwas trinken, es wird dir guttun.«

Abraham reagierte nicht. Gretje schloss die Augen, senkte den Kopf zu einem stillen Gebet, dann sah sie ihren Sohn wieder an, berührte ihn sacht. »Abraham, du musst aufwachen, nur für einen Augenblick.«

Seine Lider flatterten, für einen kurzen Moment sah er sie an, dann verdrehte er die Augen.

»Verdorrie«, sagte Gretje nun energisch, schob den linken Arm unter seinen Nacken und hielt ihm mit der rechten Hand den Becher mit Würzwein an den Mund. »Trink, minn Zoon. Bitte, trink!«, sagte sie eindringlich.

Abraham schaffte nur wenige Schlucke, dann sank er wieder zurück. Er begann zu zittern, seine Lippen verfärbten sich ins Bläuliche.

»Noch eine Decke, rasch!«, wies Gretje an. »Aber erstmal müssen wir ihn wieder vorsichtig auf den Bauch legen. Ich muss nach dem Verband schauen.«

Margaretha nahm die Decke, Dirck und Isaak fassten Abraham vorsichtig an, drehten ihn sachte. Nur wenig Blut zeigte sich an dem Verband, die starke Blutung schien tatsächlich gestoppt.

»Lasst ihn so liegen und deckt ihn gut zu.« Gretje seufzte. »Ich konnte nicht sehen, ob es nur eine tiefe Fleischwunde ist oder ob Organe verletzt wurden. Das werden die nächsten Stunden zeigen.« Sie sank erschöpft zurück, die Anstrengung der letzten Stunde zeigte sich deutlich auf ihrem Gesicht.

Margaretha suchte die blutgetränkten Tücher zusammen und brachte sie ins Waschhaus. Dort legte sie sie in einen Bottich mit kaltem Wasser und spülte sie mehrfach aus, schließlich ließ sie die Verbände einweichen. Morgen würde sie den Stoff auskochen.

Sie fühlte sich schlapp und ausgelaugt, aber nicht müde. Schlafen würde sie nicht können, nicht jetzt, wahrscheinlich niemand von ihnen. Dirck, Rebecca und Jan saßen in der Küche, als Margaretha wieder hereinkam. Sie löffelten lustlos Brühe. In der Stube hatte Isaak das Feuer geschürt. Gretje hatte sich den Sessel an das Sofa gerückt und wachte über den verletzten Sohn.

»Wir können nichts tun, als zu warten«, sagte Gretje leise. Sie klang verzweifelt. Margaretha brachte ihr einen Becher mit Würzwein. Unsicher stand Isaak am Kamin, doch seine Frau hatte nur Augen für den verletzten Sohn, so folgte er Margaretha in die Küche.

»Ich will wissen, was passiert ist.« Schwer ließ sich der Vater auf den Stuhl fallen. »Sprich, Dirck.«

»Warte, Vater. Seine Nase ist gebrochen. Wir müssen sie richten«, sagte Margaretha. Alles um sie herum schien zu verwischen und zu drehen, aber die Leute in der Küche nahm sie überdeutlich wahr, so als ob sie durch ein geschliffenes Glas schauen würde. Sie stellte sich vor den Bruder und strich sacht über die krumme Nase, fühlte den Bruch deutlich unter ihren Fingerspitzen.

»Bist du des Teufels, Margret? Du wirst nichts richten!«, schnauzte Dirck entsetzt, doch er konnte nicht ausweichen.

»Es dauert nicht lange und wird nur kurz schmerzen, im Vergleich zu deinem Arm, damals.« Mit Daumen und Zeigefinger griff sie sanft seine Nase, sie zog den Nasenrücken vom Nasenbein unterhalb der Fraktur in Richtung Oberlippenmitte. Dirck stöhnte auf. Dann ließ sie den gerichteten Teil der Nase zurückgleiten und fuhr sanft mit dem Finger über den nun wieder glatten Nasenrücken.

»Siehst du, ging ganz schnell!«, sagte sie lächelnd.

»Ahhh!« Dirck krümmte sich zusammen, presste die Hände an den Kopf. »Verdomme!«

Isaak zuckte zwar zusammen, sagte aber nichts zu dem Fluch.

»Hol Eis aus dem Hof, Rebecca«, wies Margaretha die Magd an, »und zerkleinere es. Wir werden es in ein Tuch tun und vorsichtig auf Dircks Nase legen. Lehn den Kopf am besten zurück, Dirck. Keine Sorge, ich fass dich nicht mehr an.« Sie lächelte erschöpft. »Du wolltest doch nicht mit einer krummen Nase durch die Gegend laufen, oder, Brodertje?« Margaretha nahm sich einen Becher Würzwein aus dem Topf, der über dem Herd simmerte. Dann setzte sie sich an den Tisch, vergrub das Gesicht in den Händen. Tränen stiegen ihr in die Augen, und verzweifelt versuchte sie, sie hinunterzuschlucken.

Rebecca brachte das Eis, zerstampfte es in dem Mörser und hüllte die Stücke in ein Tuch, welches Dirck dankbar nahm und auf sein Gesicht legte.

»Was ist denn nun heute Nacht passiert?«, fragte Isaak leise. »Scheuten, wart Ihr dabei?«

Jan schüttelte den Kopf. »Wir waren auf dem Feld, bei dem Feuer. Bis dahin waren zwar die Sprüche und Verse voller Seitenhiebe, auch gegen die Mennoniten, aber nicht viel schlimmer als in den Jahren zuvor. Auf dem Feld kippte die Stimmung.« Er schluckte, senkte den Kopf. »Ich kann es auch verstehen. Es war schwer für Jasper und Fridjoff, für andere auch. Wer lässt sich schon gerne einen Feigling nennen?«

»Ach, Onzin, Jan. Wir sind doch keine Feiglinge, wenn wir nicht auf Provokation reagieren.« Dirck versuchte den Kopf zu schütteln, hielt aber in der Bewegung inne und stöhnte auf. »Vater, die Reformierten und Katholiken haben uns herausgefordert. Wir sind nicht darauf eingegangen. Das hat sie noch mehr geärgert. Nach und nach sind wir alle zurück in die Stadt. Viele Schmähworte fielen, eines schlimmer als das andere. Abraham hat die Jungspunde unserer Gemeinde beruhigt und zurückgehalten.« Dirck stöhnte wieder auf. Seine Stimme wurde plötzlich flach und blechern. »Wir waren schon am Schwanenmarkt, da lauerte so eine Gruppe und ging auf uns los. Einfach so. Mit Knüppeln und Stöcken schlugen sie auf uns ein. Abraham zog uns weg. Wir leisteten keinen Widerstand, sind nur weggerannt, so schnell es ging, aber sie sind hinter uns her. Jasper drehte sich dann um.« Dirck keuchte. »Er schrie sie an, sie sollten uns in Ruhe lassen. Uns nach Hause gehen lassen. Aber sie lachten nur, prügelten auf uns ein.« Er schluckte. »Jasper schlug dann zurück. Voller Wut. Fridjoff und einige andere auch. Damit hatten sie nicht gerechnet und wichen zurück.«

»Aber nicht lange«, sagte Jan leise. »Ich kam gerade um die Ecke, sah den Tumult. Plötzlich wurde es fatal. Sie schlugen zu, erbarmungslos, sie gingen auf unsere Leute, hauten, schrien, traten, es war fürchterlich. Ich sah Rebecca und zog sie in einen Hauseingang.« Auch Jan schluckte, schlug die Hände vor das Gesicht.

»Jasper lag am Boden«, sagte Dirck tonlos. »Irgendwer zog ihn hoch. Und plötzlich hatte jemand ein Messer und drückte es Jasper in die Hand.«

»Wir konnten nicht eingreifen. Wir waren zu weit weg und auch zu erschüttert, fast wie gelähmt standen wir da und mussten zusehen, wie Jasper … wie er …« Jan schüttelte den Kopf.

»Er nahm das Messer und stach zu. Direkt in den Oberkörper. Der andere fiel zu Boden. Ich glaube kaum, dass er noch lebt.« Dirck holte tief Luft. »Es war furchtbar.«

»Ja«, fügte Jan atemlos hinzu, »und dann stürzten sie sich alle auf Jasper. Er schrie, es war grauenhaft. Irgendwann verstummten seine Schreie.«

»Sie hauten und trampelten. Wir wollten eingreifen, aber … aber …« Jan schnappte nach Luft. Er schüttelte entsetzt den Kopf, drehte sich um, eilte in den Hof und erbrach sich.

»Wir sind dann weiter, irgendwie. Abraham zog uns mit sich. ›Kommt, kommt‹, sagte er immer, aber sie folgten uns.« Nun beugte sich Dirck vor, würgte. Margaretha stand eilig auf, reichte ihm gerade noch rechtzeitig den Eimer.

»Ich weiß nicht, warum das so war. Sie waren hinter uns her. Abraham drehte sich schließlich um, blieb stehen, wollte dem Treiben Einhalt gebieten. Es glückte jedoch nicht, sie wurden nur noch toller. Abraham trieb uns zur Eile an …« Dircks Stimme brach, er schluchzte laut auf. Jan kam zurück in die Küche, wischte sich über den Mund. »Jemand hat ihm mit einem Messer feige in den Rücken gestochen. Das war kein aufrechter Mann, das war abscheulich und barbarisch.« Matt setzte er sich an den Tisch. »Grausam. Abraham schrie auf, und da liefen sie davon.«

»Jasper Tönnis hat einen Menschen getötet?«, fragte Isaak entsetzt. »Einer von uns hat einen anderen getötet?«

»Es war fast Notwehr«, stammelte Jan.

»Fast? Notwehr? Wohin läuft das hier?« Isaak stand auf, ging kopfschüttelnd ein paar Schritte. »Ihr habt jemanden getötet. Darüber müssen die Ältesten beraten.«

»Vater, Jasper wurde auch getötet. Und Abraham … kämpft um sein Leben«, sagte Dirck leise.

»Jasper und Abraham wäre nichts geschehen, hättet ihr euch nicht reizen und in einen Kampf verwickeln lassen. Ich bin entsetzt. Wo soll das die Gemeinde hinführen?« Er nahm den Mantel vom Haken. »Komm, Jonkie, ich brauche frische Luft.« Er pfiff dem Hund, der unter dem Tisch lag, und ging auf den Hof. Die Tür fiel krachend ins Schloss.

»Vater hat recht«, sagte Margaretha leise und schaute zu Jan, doch er wich ihrem Blick aus. »Die Unstimmigkeiten waren von Beginn an da und wurden immer heftiger.« Sie holte tief Luft. »Aber das ändert nun nichts mehr.« Müde stand sie auf. »Rebecca, hol neues Eis. Bald bricht der Tag an, bereite den Brotteig vor. Der erste Tag des neuen Jahres.« Sie schüttelte den Kopf. Ein gutes Omen hatte das neue Jahr nicht. Als Margaretha in die Stube kam, saß Gretje zusammengesunken im Sessel vor der Ottomane, auf der Abraham lag, und schlief. Margaretha nahm eine Wolldecke und deckte sie zu. Abrahams Atem ging flach, doch immerhin atmete er. Sacht fühlte Margaretha an seiner Stirn, diese war mit kaltem Schweiß bedeckt. Vorsichtig setzte sie sich auf die Kante der Ottomane und nahm Abrahams schlaffe Hand, streichelte sie. Aus der

Küche war das dumpfe Gemurmel von Stimmen zu hören. Jan und Dirck diskutierten vermutlich immer noch die Ereignisse der Nacht. Die Haustür wurde aufgeschlossen, jemand stapfte Schnee von den Stiefeln. War der Vater etwa schon zurück?

»Liever Hemel, was ist das denn hier? Habt ihr ein Tier abgeschlachtet?« Es war Hermann.

Margaretha stand müde auf, Gretje seufzte im Schlaf, drehte murmelnd den Kopf.

»Leise, Hermann«, sagte Margaretha. Nun sah sie auch die Blutspur, die bis zum Wohnzimmer führte. »Mutter schläft in der Stube und Abraham auch. Komm in die Küche.«

»Ist etwas?« Erstaunt sah ihr Bruder sie an.

»Komm, ich erkläre es dir.« Sie zog ihn mit sich.

»Was macht ihr denn hier? Solltet ihr nicht längst im Bett sein?«

»Wo kommst du her, Hermann?«, fragte Dirck.

»Ich habe mit Freunden zusammengesessen, ein Pfeifchen geraucht, wieso?« Hermann setzte sich an den Tisch, schaute seine Geschwister erschrocken an. Nach und nach erzählten sie ihm, was vorgefallen war. Auch Isaak kehrte mit Jonkie zurück und setzte sich zu ihnen an den Tisch. So wirklich begreifen konnte es noch niemand von ihnen. Schließlich schwiegen sie. Hermann sah sie lange an, stand dann kopfschüttelnd auf und ging in die Stube.

»Mutter schläft«, sagte er, als er in die Küche zurückkam. »Und Abraham atmet noch.« Er ließ sich schwer auf die Bank fallen. »Weiß man, wer es war?«

»Nein«, sagte Jan. »Es war zu dunkel. Wir konnten außer Schatten kaum etwas erkennen.«

»Ich habe die Stadtwache getroffen«, sagte Isaak leise. Er klang heiser. »Der getötete Junge ist der Sohn von Friedrich Lemmen, dem Schöffen.«

»Der kleine Gottlieb?« Jan schlug die Hand vor den Mund. »Er war doch höchstens vierzehn Jahre alt.«

Isaak nickte. »Ja, genau der. Die Wache wird im Laufe des

Tages kommen, um euch zu vernehmen. Jasper Tönnis ist tot. Das ist sein Glück, denn ansonsten wäre er sicherlich auf das Rad geflochten worden.« Isaak verzog das Gesicht. Nicht oft wurde diese grausame Strafe in Krefeld verhängt. »Die Stadtwache will feststellen, inwieweit ihr beteiligt ward. Insbesondere Abraham.« Er schnaufte wütend. »Da wird der Sohn niedergestochen und soll daran schuld sein. Die Welt ist verkehrt und schlecht.«

»Ich kann die Wache verstehen, Vater«, sagte Hermann bedächtig. »So etwas hat es hier am Neujahrstag noch nicht gegeben. Schlägereien sicherlich schon, aber keine Toten. Vor allem nicht unter den jungen Leuten. Das ist doch etwas anderes, als wenn sich zwei alte Säufer an die Kehle gehen. Die Stimmung in der Stadt ist zum Zerreißen gespannt. Sie werden hart durchgreifen müssen.«

Margaretha rieb sich über das Gesicht. Sie fühlte sich wie ausgewrungen. Rebecca schlief, den Kopf auf die Arme gelegt, am Tisch.

»Der Tag wird hart werden. Du solltest nach Hause gehen, Jan. Deine Eltern machen sich bestimmt Sorgen um dich.« Margaretha stand auf und schürte das Feuer. »Dirck, geh ins Bett und schlaf wenigstens ein paar Stunden, du auch, Vater. Es nützt ja nichts, wenn wir hier alle sitzen.«

»Ich bringe Jan nach Hause«, sagte Hermann ernst. »Wir wollen ja nicht, dass noch jemandem etwas zustößt.«

Seufzend stand Jan auf. Margaretha begleitete ihn zur Tür. »Das Jahr fängt nicht gut an«, sagte sie leise.

»Nein. Aber so kann es eigentlich nur besser werden. Ich hoffe inständig, dass dein Bruder genesen wird.« Er strich ihr mit den Fingerspitzen über die Wange. »Pass gut auf dich auf, Liefje. Geh nicht mehr alleine aus dem Haus.«

Jonkie war ihnen gefolgt und drängte sich nun winselnd zwischen sie.

»Was ist eigentlich mit dem Hund? Ist es ein Wachhund?«, fragte Jan.

»Noch nicht.« Margaretha ging in die Hocke und nahm den jungen Hund in die Arme. Jonkie leckte ihr freudig über das Gesicht.

»Mein Lehrherr in Linn hatte auch Hunde. Ich kann dir gerne dabei helfen, er hat mir einige Tricks verraten.«

»Das ist eigentlich Rebeccas Aufgabe.«

»Eure Magd soll den Hund ausbilden? Sie ist doch noch grün hinter den Ohren. Nun ja, solltest du Hilfe brauchen, lass es mich wissen.«

Hermann kam in die Diele, zog sich den Mantel über und setzte den Hut auf. Er sah grimmig aus. Vielleicht war es aber auch nur Müdigkeit.

»Geh auch zu Bett, Margret.«

»Nein«, sagte sie und schüttelte den Kopf. »Bald dämmert der Morgen. Ich werde die Küche aufräumen, eine kräftige Fleischbrühe für Abraham kochen und die Grütze für das Frühmahl zubereiten. Mutter wird mich brauchen.«

»Mute dir nicht zu viel zu, Zusje«, sagte Hermann und öffnete die Tür. Die eiskalte Luft strömte in das Haus, und Margaretha erschauerte.

In der Stube war das Feuer heruntergebrannt. Margaretha legte Holz nach. Gretje schlief immer noch im Sessel vor der Ottomane. Margaretha stopfte die Decke um sie fest. Abraham atmete noch, aber sein Atem ging schnell und war flach. Margaretha holte eine Schüssel und einen Lappen, wusch ihm das schweißbedeckte Gesicht ab. Nach der Wunde zu schauen traute sie sich nicht. Dann räumte sie die Küche auf, spülte das Geschirr, setzte die Grütze an und buk das Brot. Aus den Vorräten ihrer Mutter holte sie einige Zutaten und bereitete einen Aufguss. Rebecca hatte sie ins Bett geschickt. Eine übermüdete Magd konnten sie nicht gebrauchen. Sorgenvoll schaute sie wieder nach Abraham. Er schlug die Augen auf, sah sie an.

»Margret?«

»Ja, Liefje. Alles wird gut. Trink! Es riecht ekelig, schmeckt wahrscheinlich auch so, aber es wird dir helfen. Es lindert die Schmerzen und hilft bei der Heilung.« Sie hielt ihm den Becher mit dem Aufguss an die Lippen. Er nippte, verzog dann das Gesicht. »Willst du mich vergiften?«

»Nein, eigentlich nicht. Trink, es wird dir gut tun.« Wieder hielt sie ihm den Becher an die Lippen. Er trank ein wenig, sank dann erschöpft zurück. »Was ist passiert? Bin ich krank? Mein Rücken brennt wie Feuer.«

»Du bist verletzt.« Margaretha stockte. Doch bevor sie entschieden hatte, was sie sagen sollte, war Abraham wieder weggedämmert. Unschlüssig blieb sie einen Moment an dem Sofa stehen, doch sie konnte hier nichts mehr tun. Langsam ging sie zurück in die Küche. In der Diele stand Jonkie und leckte den Boden ab. Dort waren immer noch die Blutspuren. Margaretha erhitzte Wasser und wischte die Diele und die Küche. Dann schrubbte sie die Töpfe, schnitt eine Speckseite klein, gab den Speck zur Grütze, und schließlich holte sie ein Fässchen gesalzene Heringe aus der Vorratskammer.

Als sie alles bereitet hatte, setzte sie sich an den Tisch. Immer wieder fielen ihr die Augen zu. Hinter ihren Lidern brannte es, und die Tränen, die sie mühsam herunterschluckte, schmeckten salzig. Sie konnte immer noch nicht begreifen, was in dieser Nacht passiert war. Sie musste eingenickt sein, denn plötzlich stand Gretje neben ihr und hatte ihr die Hand auf die Schulter gelegt.

»Geh zu Bett, Dochtertje.«

Margaretha rieb sich über die Augen. »Aber es wird gleich dämmern.«

»So wie es hier aussieht, hast du schon alles bereitet. Wo sind die anderen? Rebecca?«

»Sie haben sich nochmal kurz hingelegt. Ich konnte und wollte nicht schlafen.« Margaretha schüttelte den Kopf. Ihr war flau, und sie fror. »Ich habe Abraham einen Aufguss aus Weidenrinde, Mädesüß und Klatschmohn bereitet. Er hat ein wenig davon getrunken. Der Becher müsste noch in der Stube stehen.«

»Das freut mich. Du hast genau die richtigen Zutaten genommen. Abraham ist nicht bei Bewusstsein.« Sie seufzte. »Er hat viel Blut verloren. Das macht mir Sorgen. Wir müssen nach der Wunde sehen. Kannst du Eichenrinde einweichen?«

Margaretha setzte Wasser auf und holte weitere Rindenstücke aus der Kammer. Außerdem nahm sie eine Handvoll Eisenkraut mit und übergoss die getrockneten Kräuter mit kochendem Wasser. Sie nahm die Rinde aus dem Kessel, seihte den Trunk ab und ging in die Stube. Gretje wickelte vorsichtig den Verband ab. Abraham stöhnte leise, öffnete jedoch nicht die Augen. Seine Haut glänzte schweißfeucht, doch als Margaretha ihm über die Stirn strich, war diese erschreckend kalt.

»Ich ziehe sacht die Rinde von der Wunde. Wir brauchen neuen Verband.« Gretje furchte die Stirn. Behutsam legte sie die Wunde frei. Die Blutung hatte aufgehört, doch nun sickerte es wieder durch die Wundränder.

»Rotes, helles Blut, das ist ein gutes Zeichen. Die Wundränder sind angeschwollen, aber nicht verfärbt.« Zufrieden nickte sie. »Ich hoffe, es entzündet sich nicht.« Sorgfältig strich sie Salbe auf die Wunde, bedeckte diese dann wieder mit der aufgeweichten Eichenrinde, die sich beim Trocknen zusammenzog. Dann legten sie einen Verband und deckten Abraham wieder zu.

»Nur Gott weiß, ob der Junge das überlebt. Was hast du da? Eisenkraut? Das ist gut, das wird ihm helfen.« Gretje setzte sich auf den Rand der Ottomane und wusch das Gesicht ihres Sohnes ab. Hilflos stand Margaretha daneben und wusste nicht, was sie tun sollte.

»Ich habe die Verbände und Tücher ausgewaschen und in kaltes Wasser gelegt. Über dem Herd hängt ein Topf mit Rinderbrühe. Außer Knochen, Wurzeln, Zwiebeln und Porree habe ich auch Petersilienwurzel und Eisenkraut zugefügt.«

»Sehr gut. Du lernst und begreifst schnell. Nun geh und leg dich hin. Du hast schon mehr als genug getan. Auch du musst schlafen, mein Kind. Wenn ich dich brauche, werde ich dich wecken.« Gretje lächelte Margaretha zu, doch das Lächeln erreichte nicht ihre Augen. Aus Gretjes Augen sprachen der Kummer und die Angst. »Es wird eine Weile dauern, bis wir wissen, ob Abraham überlebt. Zwei oder drei Tage bestimmt. Also müssen wir uns abwechseln. Und es hat keinen Sinn, wenn du darüber wieder krank wirst.«

Margaretha nickte. Noch einmal strich sie behutsam über Abrahams Stirn und Wange, dann drehte sie sich um und ging nach oben. Sie schaffte es kaum, die Haken der Ösen des Kleides zu öffnen und es auszuziehen. Das Unterkleid ließ sie einfach an, schlüpfte unter die Decke. Kühl fühlte sich das Kissen an, als sie ihren Kopf in das Leinen drückte. Die Tür, die sie wie immer einen Spalt aufgelassen hatte, öffnete sich, und der Kater sprang maunzend zu ihr ins Bett. Kurz nachdem er sich schnurrend zusammengerollt hatte, schlief sie schon.

Am nächsten Tag schien die Sonne von einem Himmel so klar wie Eis auf einem tiefen See. Margaretha streckte sich verwirrt. Es war hell, und doch war es totenstill im Haus. Nur das Gebälk verzog sich ächzend in der Kälte, und hin und wieder brach krachend ein Eiszapfen von der Dachtraufe. Der Kater räkelte sich genüsslich, leckte dann ausgiebig seine Pfoten, bevor er vom Bett sprang, einen Buckel machte und aus dem Zimmer stolzierte. Plötzlich fiel Margaretha ein, was in der vergangenen Nacht passiert war. Die Stille im Haus verhieß nichts Gutes. Eilends sprang sie auf, wusch sich flüchtig mit dem kalten Wasser in der Schüssel und zog sich an. In der Küche war niemand. Vorsichtig ging sie zur Stube. Die Tür war nur angelehnt, Margaretha spähte durch den Spalt. Gretje saß im Sessel und stopfte Strümpfe. Sie sah erschöpft aus, aber keineswegs verzweifelt.

»Mutter?« Margaretha atmete erleichtert aus. Erst jetzt merkte sie, dass sie den Atem angehalten hatte.

»Meisje, hast du etwas schlafen können? Ich habe alle anderen nach drüben geschickt. Du und Abraham solltet Ruhe haben können.«

»Und ich habe mich so erschreckt, weil es so ruhig war«, gab Margaretha zu.

»Ach je, das tut mir leid. Nun komm, iss etwas.« Gretje stand auf, reckte sich müde. »In der Küche ist noch jede Menge.«

Margaretha schaute zu Abraham. Bei Tageslicht sah er noch fahler aus als in der Nacht. Sein Atem war unruhig, die Stirn glänzte wie mit frischem Lack überzogen.

»Es geht ihm besser«, sagte Gretje nicht sehr überzeugend und zog Margaretha mit sich in die Küche. Sie stellte der Tochter eine Schale mit Grütze hin, schnitt kalten Braten und zwei dicke Scheiben Brot ab, die sie mit Butter und Schmalz bestrich.

Margaretha aß schweigend. Schließlich wischte sie die Schale mit einem Rest Brot aus, biss ab und gab den letzten Rest Jonkie, die neben ihr saß und ihre Hand mit dem Löffel nicht aus den Augen gelassen hatte.

»Abraham geht es nicht besser, das habe ich wohl gesehen«, sagte Margaretha schließlich leise.

»Nein, aber auch nicht schlechter.« Gretje senkte den Kopf. »Wir können nur hoffen und beten. Er trinkt nicht oder nur wenig, das ist schlimm.«

»Hat er Fieber?«

»Schüttelfrost, doch das kann durch die Schmerzen kommen. Wirklich Fieber hat er noch nicht. Aber eine Entzündung kann sich noch entwickeln, noch nach Tagen.« Gretje seufzte. »Er ist sehr geschwächt.«

»Dann muss er etwas zu sich nehmen. Hast du schon versucht, ihm die Brühe zu geben?«, fragte Margaretha besorgt.

Gretje schüttelte stumm den Kopf.

»Nun denn.« Margaretha füllte eine Schale mit der Brühe, die auf dem Herd simmerte, und ging in die Stube.

»Abraham?«

Er rührte sich nicht. Behutsam berührte sie ihn am Arm, doch er zeigte keine Reaktion. Sie setzte sich neben ihn. »Abraham, wach auf. Nun komm schon, es ist wichtig. Du musst etwas trinken.« Sie strich ihm über die Stirn. Er bewegte sich kurz, die Augenlider flatterten. »So ist es richtig. Werde wach. Gib dir Mühe.« Vorsichtig rüttelte sie an seiner Schulter, hin- und hergerissen zwischen der Besorgnis, ihm wehzutun, und der Verzweiflung, dass er abrutschen würde in einen Dämmerzustand, aus dem er nicht mehr erwachte.

»Abraham, du musst etwas trinken, bitte«, flehte sie, doch er reagierte nicht. Verzweifelt schloss sie die Augen. Mutter würde es nicht überstehen, wenn ein weiteres ihrer Kinder starb. Und auch Margaretha selbst konnte den Gedanken kaum ertragen, ihren Bruder zu verlieren. Es konnte nicht sein, es durfte nicht sein. Sie betete still.

»Liefje …«, sagte plötzlich Abraham leise mit brüchiger Stimme. »Was ist bloß passiert?«

»Ein Unfall. Alles wird gut, wenn du nur etwas trinkst.«

»Schmeckt es wieder so scheußlich?« Er versuchte ein Lächeln, doch es gelang ihm nicht.

»Schlimmer. Hier. Sei einfach tapfer.« Margaretha schob ihren Arm unter seinen Kopf, hielt die Schale an seinen Mund. Er schaffte nur ein paar Schlucke, schloss dann wieder die Augen.

»Danke, Gott«, flüsterte Margaretha. Sie blieb bei ihm sitzen, hielt seine Hand und betete.

Das energische Klopfen an der Tür riss sie aus ihren Gedanken. Gretje eilte die Diele entlang und öffnete die Tür. Es waren zwei Männer der Stadtwache und der Schöffe Heinrich Loos. Sie führte die Männer in die Küche, holte Isaak und die Söhne von drüben. Auch Margaretha wurde hinzugebeten. Doch sie alle konnten kaum Auskunft geben. In der Nacht war es zu dunkel gewesen, so dass sie niemanden erkannt hatten.

»Es kam zu plötzlich«, sagte Dirck leise. »Wir haben gar nicht damit gerechnet. Und dann ging auf einmal alles drunter und drüber. Es war entsetzlich. Ich habe nur versucht, unsere Magd zu schützen. Wir wollten nur weg, so schnell wie möglich.«

»Euer Bruder wurde niedergestochen?«, fragte Heinrich Loos. »Weiß er von wem?«

»Abraham ist nicht bei Bewusstsein«, sagte Gretje.

»Nun gut, meldet Euch, sobald es ihm besser geht und wir mit ihm reden können.« Der Schöffe Heinrich Loos räusperte sich. »Was in der Nacht passiert ist, ist abscheulich. Wir werden alles versuchen, um den Gesellen dingfest zu machen und ihn seiner gerechten Strafe zuzuführen.« Loos nahm umständlich die Pfeife aus seiner Tasche, stopfte sie und zündete sie dann an. »Ich habe schon einige der jungen Leute zu den Ereignissen befragt. Euch dürfte nicht neu sein, dass die Stimmung in der Stadt recht angespannt ist. Ich kann Euch nur raten, Euch zurückzuhalten.«

»Wie bitte?« Isaak richtete sich auf. »Meine Kinder wurden angegriffen. Sie haben nichts getan.«

»Möglicherweise ist das so. Ich war nicht dabei. Gehört habe ich aber, dass die Mennoniten die Reformierten gereizt haben. Und Jasper Tönnis hat als Erster zu einer Waffe gegriffen. Er war Mennonit.«

»Wir wurden angegriffen, mit Prügeln wurde auf uns eingeschlagen«, sagte Dirck entrüstet.

»Das sagt Ihr. Ich habe auch andere Aussagen vernommen.«

»Verstehe ich das richtig, Schöffe Loos, dass Ihr uns die Schuld gebt für den Aufruhr?«, fragte Hermann bedächtig.

Loos zog an seiner Pfeife. »Schuld ist nicht das richtige Wort. Die Anzahl der Mennoniten in der Stadt wächst. Der Magistrat möchte keine weiteren Zuwanderer. Jetzt schon ist es viel zu eng in der Stadt. Und Ihr wisst genau, dass Eure Glaubensgemeinschaft mit Skepsis betrachtet wird. Nun kam es zu Ausschreitungen und laut aller Aussagen, auch der Euren, hat Jasper Tönnis als Erster zu einer Waffe gegriffen und den kleinen Gottfried Lemmen getötet. Ihr behauptet, Ihr würdet gewaltfrei leben, lehnt den Waffengebrauch und Besitz ab. Doch einer von Euch hat getötet. Das widerspricht sich. Unruhe macht sich breit.«

»Einer. Jasper Tönnis hat sich verteidigt. Ich glaube kaum, dass er töten wollte.« Hermann runzelte die Stirn.

»Das vermag nun niemand mehr zu beurteilen, denn er ist tot und kann sich nicht mehr äußern. Und doch ist es passiert. Wird es wieder passieren?«, fragte Loos.

»Wir werden das in der Gemeinde ausführlich bereden. Natürlich werden wir auch mit den Jungen sprechen und sie eindringlich ermahnen.« Isaak schnaufte. »Wir waren schon immer gegen Gewalt und werden es auch weiterhin sein.«

»Das ist gut möglich, Mijnheer op den Graeff, aber die Haltung Eurer Gemeinde stört doch viele in der Stadt. Ihr lehnt den Gebrauch von Waffen ab, Ihr lehnt auch Ämter und Pflichten ab, wollt mit der Obrigkeit nichts zu tun haben. Aber die Dienste der Stadt nehmt Ihr dennoch in Anspruch. So wird nun die Stadtwache den Angriff auf Euren Sohn Abraham untersuchen, und sollte ein Täter gefunden werden, wird er nach Recht und Gesetz angeklagt und verurteilt werden.«

»Ist es nicht so, dass wir redlich dafür bezahlen?«, fragte Hermann und zog die Augenbrauen hoch.

»Und doch nehmt Ihr Euch das Recht heraus zu entscheiden, woran Ihr Euch beteiligt und woran nicht. Viele Bürger sehen das mit Argwohn.« Loos stand auf. »Ich will Euch nur warnen. Ihr solltet Euch zurückhalten.«

»Wir halten uns zurück, das haben wir immer schon getan. Wir unterhalten den größten Teil der Armenkasse der Stadt. Für unsere notleidenden Gemeindemitglieder sorgen wir selbst, sie nehmen keine Gelder der Stadt in Anspruch.« Auch Hermann erhob sich. »Wir unterstehen zu allererst Gott und dann unserer Gemeinde.«

»Dann sollte Eure Gemeinde vielleicht eine eigene Wache aufstellen, denn ich kann nicht gewährleisten, dass wir Euch zu schützen vermögen.« Heinrich Loos nahm seinen Hut. Die Stimmung in der Küche schien zum Schneiden gespannt zu sein.

»Das klingt wie eine Drohung.« Isaak schüttelte entsetzt den Kopf. »Sind wir ob unseres Glaubens nun Freiwild in der Stadt?«

»Es war eine Warnung, keine Drohung.« Loos nickte ihnen zu und verließ dann gemeinsam mit der Wache die Küche. Hermann begleitete sie zur Tür. Die Familiemitglieder sahen sich entsetzt an.

»Ich gehe zu den Gemeindeältesten«, sagte Isaak schließlich. »Darüber müssen wir dringend reden.«

»Tu das.« Gretje nickte, ihr Gesichtsausdruck war ernst. »Es nimmt bedrohliche Ausmaße an. Wir müssen wohl tatsächlich schauen, wie wir unsere Familien und die Gemeinde schützen.«

Margaretha kümmerte sich um Abraham. Mehrfach wurde er wach und trank von der Brühe oder den Aufgüssen, die sie ihm reichte. Sie war voller Hoffnung, dass er sich bald erholen würde. Hermann hatte Isaak begleitet, und als es Zeit für das Nachtmahl war, waren beide immer noch nicht zurückgekehrt. Müde und bedrückt aßen sie in kleiner Runde. Am nächsten Tag würden die Gesellen und Lehrlinge wiederkommen, und das nächste Arbeitsjahr begann.

»Was wird werden, Mutter?«, fragte Margaretha besorgt.

»Das weiß Gott allein, mein Kind.«

Kapitel 16

Das Jahr begann schleppend und voller Ängste und Sorgen. Die Gemeindeältesten waren bestürzt über die Äußerungen des Schöffen. Immer wieder berieten sie, was zu tun sei, ermahnten die jungen Mennoniten zu Obacht und Bedachtsamkeit im Umgang mit anderen. Sie schlossen sich noch mehr zusammen und mieden die anderen Mitbürger.

»Das ist nicht gut«, meinte Gretje düster eines Abends Anfang Februar. Abraham hatte sich leidlich von der Verletzung erholt. Immer noch war er geschwächt, und die Wunde nässte leicht. Er war nicht belastbar. Die Familie versuchte alles, um ihn zu schonen. So übernahm er erstmal die Buchhaltung. Mit den Bestellungen und Rechnungen saß er oft in der Küche, dem wärmsten Raum des Hauses.

»Was ist nicht gut, Moedertje?«, fragte er.

»Die Stimmung in der Stadt und die Zurückhaltung der Gemeinde. Je mehr wir uns absondern, umso mehr werden wir zu Außenseitern.« Gretje schüttelte den Kopf. »Und das ist nicht gut. Außenseiter sind verpönt, sie sind gefährlich, sie sind verrufen.«

»Aber wir müssen uns schützen.«

Als Abraham das Bewusstsein wieder erlangte, hatte ihn der Schöffe, zusammen mit der Stadtwache, befragt. Abraham erinnerte sich daran, dass Otto Klucken ihn geschlagen und an seiner Schulter gezogen hatte, kurz bevor er zusammengebrochen war. Tatsächlich fand die Stadtwache ein Messer bei Klucken, das die Tatwaffe sein konnte. Otto leugnete die Tat; es sah nicht so aus, als ob man ihm das Verbrechen anlasten konnte.

»Ja, einerseits müssen wir das. Andererseits wird das Leben für uns so nur noch schwerer.« Gretje seufzte.

»Verdomme, Mutter! Wir müssen uns weder anpassen noch fügen. Die Stadt verändert sich. Sie krankt an Missgunst und Neid.« Abraham verzog das Gesicht. »An Eitelkeit und

Hass. Es ist unerträglich.« Er schlug die Bücher zu und stand auf. »Ich brauche frische Luft. Jonkie, komm!«

»Darf ich dich begleiten?«, fragte Margaretha leise.

Für einen Moment sah er sie an, dann senkte Abraham den Kopf. »Natürlich, Meisje.«

Sie half ihm in den Mantel. Gemeinsam gingen sie Richtung Obertor und aus der Stadt hinaus. Dank Jan folgte der Hund inzwischen gut, blieb nahe bei ihnen.

»Jonkie ist eine Pracht«, sagte Margaretha strahlend.

»Ja.«

Sie sah ihren Bruder an, er hatte die Fäuste in die Taschen des Mantels gestopft, seine Stirn war gefurcht.

»Gottegot, Abraham, was ist mit dir? Immerzu hast du schlechte Laune, bist griesgrämig. Schau doch, wie schön alles ist. Die Sonne, die sich auf dem Eis bricht.«

»Verstehst du eigentlich nicht, was los ist, Meisje? Wir sollen aus der Stadt vertrieben werden. Es ist nicht alles schmuck und schön, nur weil unser Ofen warm, unsere Töpfe noch gefüllt sind.«

Margaretha biss sich auf die Lippe. »Natürlich weiß ich das. Vielleicht sogar besser als du. Ich gehe zum Markt und in die Stadt, ich begleite Mutter nachts auf Krankenbesuch oder zur Geburtshilfe. Ich habe immer Angst. Jedes Mal, wenn ich vor die Tür trete, habe ich Angst. Ich habe Angst vor Pöbeleien, vor Angriffen, vor anderen Menschen. Mutter hat auch Angst. Und doch überwinden wir uns. Wir gehen hinaus, um einzukaufen und das Leben aufrechtzuerhalten oder um anderen zu helfen. Wir begeben uns in Gottes Hand, er wird uns leiten und führen.«

»Gottes Hand? So einfach ist das?« Abraham schnaubte. »Wo war Gott in der Neujahrsnacht?«

Erschrocken sah Margaretha ihren Bruder an. »Du zweifelst an Gott?«

Abraham schwieg für einen Moment, stapfte durch den Schnee. Der Winter war kalt geblieben, die Armen der Stadt hungerten und froren. Das Leid allerseits war entsetzlich. Manchmal schämte sich Margaretha, dass sie immer noch Vorräte hatten, dass es warm bei ihnen war und noch nicht einmal die Tiere Hunger leiden mussten.

»Ich zweifele nicht an Gott«, sagte Abraham schließlich. »Nein, meinen Glauben habe ich noch nicht verloren. Ich zweifele aber an den Obrigkeiten und glaube nicht mehr daran, dass es ein friedliches Miteinander geben wird. Nicht hier und nicht jetzt.« Er biss sich auf die Unterlippe. »Das Leben in Krefeld wird nicht friedlich verlaufen für uns.«

»Aber es liegt doch an uns!«

»Nicht nur, Zusje.« Abraham blieb stehen, stöhnte leise auf.

»Lass uns zurückgehen, mir wird kalt«, sagte Margaretha und mied seinen Blick.

Rebecca hatte schon den Tisch gedeckt; es duftete nach Rotkohl, Zwiebeln und Kardamom, als sie das Haus betraten. Immer langsamer war Abraham auf dem Rückweg geworden. Er zog sich die Stiefel aus, seufzte dann auf. »Mir ist schwindelig. Ich glaube, ich gehe ins Bett.«

Gretje sah Margaretha überrascht an. »War etwas? Habt ihr euch gestritten?«, flüsterte sie.

»Gottegot, nein. Moedertje. Ich glaube, er hat sich einfach nur geärgert, aber nicht über mich.« Sie senkte den Blick. »Hoffe ich.«

»Sei's drum. Geh und sieh nach dem Fleisch.« Besorgt schaute Gretje ihrem Sohn hinterher. »Wir werden das klären. Später.«

Abraham blieb verschlossen und in sich gekehrt. Früher hatte er oft einen lustigen Spruch auf den Lippen gehabt und ein tröstendes Wort für jeden. Nun sprach er kaum noch, und Margaretha hatte ihn in dem neuen Jahr noch nicht einmal lachen gesehen.

Der Frühling kam nur zögerlich. Doch endlich schmolz der Schnee, und von den Eiszapfen tropfte es. Fast wie eine

Melodie hörte es sich an. Jeden Tag wurde es ein wenig wärmer, und in der Luft lag der Duft des Frühlings. Schon bald konnten Margaretha und Gretje die Kräuterbeete im Küchengarten hinter dem Haus von den schützenden Ästen und Zweigen befreien. Durch den Schutz hatten die meisten Heil- und Würzpflanzen den strengen Winter gut überstanden und trieben aus. Die erste frische Petersilie, die erste Suppe mit den glänzenden Blättern des Giersches schmeckten allen wunderbar.

In den Wallgärten vor der Stadt dauerte der Winter länger an. Margaretha kontrollierte regelmäßig das Grundstück. Endlich war auch dort der letzte Rest Schnee und Eis geschmolzen. Es duftete nach feuchter Erde, und die Vögel schienen zu jubilieren. Die Obstbäume waren voller Knospen, und auch die Beerensträucher hatten den Winter gut überstanden. Der Ewige Heinrich und der Liebstöckel hatten schon unter der schützenden Schicht des Reisigs ausgetrieben.

Vergnügt grub Margaretha den Garten um, pflanzte Zwiebeln und Setzlinge, säte Mangold, Fenchel und Wurzeln in langen Reihen aus. Auch wenn ihr abends das Kreuz schmerzte, merkte sie doch, wie ihr die Bewegung an der frischen Luft gut tat. Jonkie, die inzwischen zu einem stattlichen Junghund herangewachsen war und Margaretha bis zum Knie reichte, begleitete sie auf ihren Wegen.

Der Hund war folgsam, und wenn sich Margaretha jemand näherte oder sie unfreundlich ansprach, drang ein dumpfes Knurren aus seiner Kehle. Durch den Hund fühlte Margaretha sich sicherer und ging wieder unbeschwerter durch die Stadt, auch wenn eine grundsätzliche Angst blieb.

Es hatte keine weiteren Vorfälle gegeben, so dass die Mennoniten-Gemeinde hoffte, dass sich die Stimmung langsam wieder verbessern würde.

Selbst Abraham taute ein wenig auf. Mitte April reisten Hermann, Abraham, Isaak und andere der Gemeinde nach Duisburg, wo der englische Prediger Steven Crisp weilte. Sie hörten sich seine Reden an, debattierten mit ihm über den Glauben der Quäker und trafen Freunde und Verwandte.

»Er hat seine Worte wohlgewählt«, sagte Isaak, als sie ein paar Tage später abends in der Küche saßen. Margaretha und Rebecca räumten den Tisch ab, während sich die Männer die Pfeifen stopften. Gretje schenkte ihnen Dünnbier ein. »Und doch überzeugt er mich nicht ganz.«

»Warum nicht, Vater?«, fragte Hermann nachdenklich.

»Weil ich annehme, dass es für viele schwierig ist, durch Schweigen zum Glauben zu kommen. Viele Menschen brauchen die Worte Gottes.«

»Aber auch die Quäker, so hat es zumindest Crisp erklärt, lesen die Bibel«, wandte Abraham ein. »Mir gefällt der Gedanke, schweigend zum Glauben zu kommen. Der Glaube liegt doch in uns.«

»Und doch sind Schriftlesungen und eine Predigt etwas, was die Gemeinde leitet«, sagte Isaak bedächtig.

»Wahrlich. Aber wenn man sich von dem Gedanken löst und sich ganz Gott hingibt, ist das nicht eine ehrlichere Art zu glauben?«, meinte Abraham.

»Ich sehe das ähnlich.« Hermann nickte. »Wir bestehen auf unserer Eigenständigkeit, warum dann nicht auch im Glauben?«

»Wir sind Gott untertan und niemandem sonst. Wir brauchen keine Gemeindeältesten.« Abraham nahm dankend den Becher Bier, den Gretje ihm reichte.

»Du magst das so sehen, du liest die Bibel und setzt dich damit auseinander. Doch es gibt auch schlichtere Gemüter. Diese Leute brauchen Hilfe und Anleitung, sie brauchen eine Auslegung der heiligen Worte«, sagte Isaak.

»So ähnlich formuliert das die katholische Kirche auch, Vater. Und dann übernimmt sie den Glauben für die Gläubigen. Mit Auslegungen fängt es an, dann kommt die Beichte und der Ablasshandel.« Abraham lachte höhnisch.

»Ich denke, du übertreibst jetzt maßlos. Die Katholiken

haben keinen freien Glauben, das weißt du so gut wie ich. Auch die Reformierten sind auf halbem Weg stehen geblieben.« Isaak schnaubte. »Und doch haben wir als Gemeinde unseren Mitgliedern gegenüber eine besondere Verantwortung.«

»Siehst du, das glaube ich nicht«, sagte Abraham und runzelte die Stirn. »Die Verantwortung für den Glauben liegt in jedem Einzelnen. Wer glauben will, findet den Weg durch Gott eher im inneren Zwiegespräch als durch Schriftlesungen und Predigten. Und der Glaube ist dann ehrlicher und aufrichtig.«

»Ja, auch wenn es möglicherweise eine Lebenszeit dauert«, stimmte Hermann ihm zu. »Ich bin mir sicher, dass wir diese Gedanken noch ausführlich in der Gemeinde besprechen werden.«

»Heißt das«, fragte Margaretha leise, »dass ihr nun Quäker seid?«

Hermann lachte auf. »Ach, Meisje, was bedeutet denn schon so ein Name? Wir machen uns Gedanken darüber, wie wir unseren Glauben leben. Ob das nun so oder so heißt, ist dabei völlig gleichgültig.«

»Aber von den Quäkern sagt man, dass sie oft verrückt sind«, wandte Margaretha ein.

»Ja, diese Gerüchte gehen um«, sagte Hermann. »Weißt du, es ist so, bei den Gottesdiensten versammelt sich die Gemeinschaft der Gläubigen, und zusammen versinken sie in eine Art Meditation. Jeder versucht, in ein Zwiegespräch mit Gott zu kommen. So ähnlich wie still beten, nur noch nachdrücklicher. Und hin und wieder hat jemand aus der Gemeinschaft der Freunde so etwas wie eine Eingebung. Ihm wird der Sinn des Wortes Gottes offenbar, und er erhebt sich und teilt es den Brüdern mit. Solche Momente sind sehr gefühlvoll, sehr eindringlich. Nicht selten zittert der Vortragende vor Erregung. Und deshalb sind die Quäker, die Zitterer, als verrückt verschrien. Dabei ist es nur der körperliche Ausdruck des tiefen Glaubens.«

»Und dir ist auch so etwas widerfahren?«

Hermann schüttelte den Kopf. »Noch nicht. Noch muss ich mich nachhaltiger mit dieser Art, den Glauben zu leben, auseinandersetzen. Aber ich habe es miterlebt, und es hat mich beeindruckt.«

»Mich auch.« Abraham nickte. »Es war eine seltsame Erfahrung, es hatte etwas Mystisches. Der Mann war in Ekstase, die er dann an uns weitergab. Ich möchte unbedingt auch so ein Erlebnis haben. Ich möchte so glauben können.«

Zum ersten Mal seit der Silvesternacht strahlte Abraham wieder. Nun gut, dachte Margaretha, wenn ihm diese Art zu glauben den Lebensmut wiedergibt, dann kann es so verkehrt nicht sein.

Die Wochen vergingen. Der Frühling entwickelte seine ganze Pracht, überall blühte, spross und wuchs es. Endlich kam wieder frisches Gemüse auf den Tisch. Auch zwei neue Ferkel zogen in den Stall der op den Graeffs. Zuerst begegnete Jonkie ihnen mit tiefem Misstrauen. Sie bellte und kläffte jedes Mal, wenn die Stalltür geöffnet wurde, doch mit der Zeit gewöhnte sie sich an die neuen Gesellen. Sie wuchs noch immer und wurde kräftiger. Inzwischen schlief sie nachts in der Küche, da sie einfach zu groß für Margarethas Bett geworden war. Die Hündin fügte sich, begrüßte Margaretha aber jeden Morgen stürmisch. Die Hühner liefen wieder in dem großen Gehege im hinteren Teil des Grundstücks herum, und als eines Nachts jemand ein Huhn stehlen wollte, schlug Jonkie laut und aufgebracht an. Den Dieb vertrieb es, und alle lobten die Hündin.

»Sie wird tatsächlich zu einem Wachhund. Es war eine gute Entscheidung, sie hierher zu holen«, sagte Gretje fröhlich und gab Jonkie einen großen Fleischknochen.

Auch Rebecca hatte sich gut in den Haushalt eingefügt. Die täglichen Arbeiten gingen ihr leicht von der Hand, und als sie im Mai alle großen Wäschestücke wuschen und auf den Wiesen vor der Stadt zum Trocknen ausbreiteten, hatten die beiden Mädchen viel Spaß zusammen. An den Abenden brachte Margaretha der Magd das Lesen und Schreiben bei. Rebecca sog das neue Wissen begierig auf, verlangte nach mehr. Abends saß sie oft mit in der Stube, wenn die Männer die verschiedenen Journale, die aus Frankfurt oder Amsterdam kamen, lasen, und lauschte den Gesprächen.

Im Sommer stand ein großes Ereignis an. Hermann würde endlich Esther heiraten. Nach einigen Gesprächen hatte Isaak schließlich der Eheschließung zugestimmt. Er machte Hermann zu seinem Partner, und das Nachbargebäude wurde umgebaut, so dass die Eheleute einen eigenen Hausstand gründen konnten. Die Gesellen zogen in den Anbau, es wurde ein weiterer Lagerraum für den Flachs errichtet. Alle freuten sich auf die Hochzeit, nur Gretje machte sich Sorgen.

»Wie sollen wir bei der Feier alle Leute unterbekommen, und wie soll ich das vorbereiten?«, fragte sie Isaak.

Isaak lachte. »Mach dir keine Gedanken, Vrouw. Ich habe das schon geregelt. Wir feiern die Hochzeit auf dem Platenhof bei Rebeccas Familie. Das Spanferkel und auch die anderen Dinge habe ich bestellt. Wir können dort übernachten, Zimmer werden für uns bereitstehen. Es wird für dich einfacher so, dachte ich.«

Gretje wischte sich die Hände am Geschirrtuch ab und setzte sich seufzend ihm gegenüber an den Tisch. »Ist das dein Ernst?«

»Warum denn nicht?«, fragte Isaak lachend.

»Hätten wir das nicht gemeinsam beschließen oder besprechen können?« Gretje klang spröde. Margaretha beschloss, nach den Pferden zu schauen, um der beklemmenden Situation in der Küche zu entfliehen. Sie hatte sich angewöhnt, jeden Abend kurz auszureiten. Die Stute wurde zu wenig bewegt, und Isaak hatte nichts dagegen, dass seine Tochter am frühen Abend ausritt, wenn alle Arbeiten erledigt waren. Seit Rebecca ordentlich mitarbeitete, hatte Margaretha die Möglichkeit, wenigstens für kurze Zeit dem Haushaltstrott zu entkommen. Der Knecht hatte das Pferd schon gesattelt und half ihr aufzusteigen. Sie ritt wie fast jeden Abend bis zum Niedertor und wartete dort. Schon bald kam Jan auf dem Fuchs seines Vaters. Gemeinsam ritten sie bis zum Bockumer Wald, drehten dort um und kehrten zurück. Meist legten sie die letzte Strecke im Galopp zurück. Lachend erreichten sie das Tor.

»Du hast mich wieder geschlagen«, keuchte Jan und zügelte den Fuchs. »Gegen deine Stute kommt unser Fuchs einfach nicht an.«

»Sie wird halt gut gepflegt«, neckte Margaretha ihn. Die Freundschaft zwischen den beiden jungen Leuten hatte sich vertieft; die Familien sahen es mit Wohlwollen.

»Wir sind zu der Hochzeit deines Bruders eingeladen.« Jan grinste sie an. »Was mich sehr freut.«

»Ja, mein Vater will die Verbindung zu deiner Familie verstärken, sagt er.«

»Sie wollen wohl zusammen das Leinen in den Niederlanden und nach Frankreich verkaufen. Noch ist der Krieg nicht beendet, und der Handel ist nicht sicher.« Jan fuhr sich durch die Haare, sein Zopf hatte sich gelöst.

»Vater macht sich Sorgen. Er sagt, es gibt zu viele Weber inzwischen und in den Niederlanden wird minderwertiges Leinen gewoben, welches billiger ist als unseres, sich aber in den schlechten Zeiten besser verkauft. Aber damit kenne ich mich nicht aus.«

»Unsinn, du erstaunst mich immer wieder. Du bist gut unterrichtet, was Politik und andere Dinge angeht. Höchst erstaunlich für ein Mädchen in deinem Alter.«

Margaretha sah ihm empört an, wendete dann ihr Pferd. »Also wirklich, Mädchen müssen nicht zwangläufig dumm sein. Wer ist als Erster an der alte Eiche?«

»Noch ein Wettrennen? Das verliere ich sowieso.« Jan schüttelte den Kopf.

»Wo ist deine Abenteuerlust geblieben?« Margaretha lachte und trieb die Stute an, ritt wieder in Richtung Wald.

»Na warte …«

Lachend erreichten sie den großen Baum.

»Ich habe gewonnen«, rief Margaretha fröhlich.

»Was zu erwarten war. Aber nun lass uns nach Hause reiten, es dämmert schon, Liefje.« Margaretha senkte errötend den Kopf. Schweigend erreichten sie den Schwanenmarkt.

»Bis morgen«, sagte Jan und winkte ihr zum Abschied.

Zu Hause erwartete der Knecht sie schon. »Habt Ihr die Stute ordentlich getrieben«, fragte er und half ihr aus dem Sattel. »Ich werde sie wohl abreiben müssen.«

»Das kann ich auch übernehmen. Ich wollte keine zusätzliche Arbeit machen, aber die Luft mit dem lauen Wind war so wunderbar, dass ich einfach nicht anders konnte.« Margaretha senkte beschämt den Kopf.

»Macht Euch keine Gedanken. Dem Tier tut die Bewegung nur gut, und für mich ist es keine große Arbeit.« Er nickte ihr zu und führte die Stute in den Stall.

Auch wenn die Hochzeit auf dem Platenhof gefeiert wurde, gab es dennoch eine Menge vorzubereiten. Die Umbauarbeiten waren in vollem Gange, und der Lärm und Dreck waren kaum noch zu ertragen. Margaretha verbrachte so viel Zeit wie möglich im Wallgarten oder in dem kleinen Kräutergarten hinter dem Haus. Dort zog Gretje ihre Heil- und Würzkräuter. In diesem Jahr würden sie viel Frauenmantel brauchen und auch Weide und Birkenrinde. Gretjes Vorhersage war eingetreten, in dem kalten Winter hatten die Menschen Wärme und Geborgenheit gesucht, und viele Frauen trugen nun ein Kind unter dem Herzen.

»Der Herbst wird anstrengend, so viele Kinder, die zur Welt kommen werden.« Gretje sah Margaretha nachdenklich an. »Du wirst die eine oder andere Geburt betreuen müssen.«

»Alleine?« Margaretha schrak hoch. »Das kann ich nicht.«

»Vermutlich wirst du das müssen, wenn in einer Nacht zwei Kinder kommen.«

»Aber, Mutter, was ist, wenn ich etwas falsch mache? Ich habe doch bisher immer nur zugeschaut oder für dich etwas zubereitet.«

Gretje seufzte. »Vielleicht hast du recht. Du bist auch erst sechzehn. Vermutlich wäre es zu viel Verantwortung für dich. Wir werden sehen, wie es wird.«

Der Tag der Hochzeit rückte immer näher. An einem Nachmittag ließ Gretje die Kutsche anspannen. Sie wollte zum Platenhof fahren und Details besprechen. Margaretha und Rebecca durften sie begleiten. Für Rebecca war es das erste Mal, dass sie ihre Familie wiedersah, seit sie bei den op den Graeffs war. Aufgeregt stiegen die beiden Mädchen in den Wagen. Jonkie folgte der Kutsche. Sie fuhren durch das Obertor aus der Stadt hinaus. Es war diesig, die Sonne wollte sich nicht so recht zeigen. Immer wieder schaute Gretje besorgt zum Himmel. »Ich fürchte, ein Gewitter braut sich zusammen.«

»Aber es sind doch gar keine Wolken zu sehen, Mutter.«

»Nein, doch es liegt Spannung in der Luft. Kannst du es nicht riechen und fühlen? Ich hoffe, wir erreichen den Hof noch rechtzeitig.«

Margaretha tat die Besorgnis der Mutter als Unkerei ab. Die Mädchen genossen die Fahrt, scherzten und lachten, erfreuten sich an der Hündin, die begeistert neben dem Wagen herlief und nur hin und wieder einen Abstecher in die Felder und Wiesen machte. Doch als sie das Baumschließerhaus am Stock passiert hatten und auf der anderen Seite der Landwehr waren, fegte plötzlich ein heftiger Wind über die Heide. Der Himmel zog sich zu. Gretje trieb den Wallach an, der allerdings scheute, als der Wind eine Wolke Staub vor ihm hochwirbelte. Nur mit Mühe konnte Gretje das Tier beruhigen. Sie überquerten die Flöt und fuhren auf den Hof. Rebecca sprang vom Wagen, noch ehe er angehalten hatte. Sie stürmte zum Haus und fiel ihrem Vater, der vor der Tür stand, um den Hals.

»Meisje, Gottegot, hattest du so Sehnsucht?« Simon Platen

rückte die Tochter ein wenig von sich ab und schaute sie an. »Gewachsen bist du, und gut schaust du aus. Dir kann es in der Stadt nicht allzu schlecht ergangen sein. Oder doch?«

»Nein, Vater, schlecht ist es mir nicht ergangen. Aber ich freu mich doch, dich zu sehen und euch besuchen zu dürfen.« Sie löste sich aus seinem Griff und stürmte ins Haus. »Hallo«, rief sie fröhlich, »Wo seid ihr alle?«

Kopfschüttelnd blickte Platen hinter seiner Tochter her, dann wandte er sich den Gästen zu. »Mevrouw op den Graeff, verzeiht meine Unhöflichkeit. Euch hätte mein erstes Wort gelten müssen. Kommt herein, kommt schnell, gleich wird es regnen. Der Knecht wird sich um Pferd und Wagen kümmern.« Er streckte Gretje beide Hände entgegen, nickte Margaretha herzlich zu. In diesem Moment fielen die ersten dicken Tropfen; in der Ferne grollte plötzlich Donner.

»Danke für Euer Willkommen, Mijnheer Platen.« Gretje ließ sich von ihm in die Wohnhalle des Gutshofes führen. Im Gegensatz zum letzten Mal, als Margaretha hier war, war es nun anheimelnd und gemütlich. Draußen riss der Wind junge Zweige und die zarten Blätter von den Bäumen, fegte sie über den Hof. Dicke Regentropfen klatschten gegen die Fenster, aber in der Halle brannte freundlich das Feuer in dem großen Kamin, und es duftete nach Braten und den frischen Kräutern, die in dicken Bündeln von den Balken hingen.

»Nehmt Platz.« Simon Platen zog die Stühle an dem großen Tisch vor dem Kamin vor. Eine Magd brachte Brot und Wein, frischen Käse und kalten Braten. Jonkie war ihnen in das Haus gefolgt und legte sich wie gewohnt zu Margarethas Füßen nieder.

»Ist das der Hund aus meiner Zucht?«, fragte Platen überrascht.

»Jonkie? Ja, ist sie.« Margaretha lachte leise. »Sie ist eine große Bereicherung und ein guter Wachhund.«

»Das ist sie tatsächlich, und auch Eure Tochter ist eine gute Magd, die wir nicht mehr missen mögen.« Gretje lächelte.

»Alles aus Eurem Haus scheint gut zu sein, Ihr könnt stolz sein, Mijnheer Platen.«

»Das freut mich sehr. Vor zwei Wochen bekam ich einen Brief von meiner Tochter. Ich war bass erstaunt, wusste gar nicht, dass sie so schreiben kann. Mehr als das Nötigste vermochten wir die Kinder nicht zu lehren, dazu fehlte uns schlicht die Zeit. Anscheinend hat sie jedoch einiges mitgenommen. Es hat mich stolz gemacht. Doch wichtiger ist, dass Rebecca ordentlich arbeitet.«

Margaretha warf ihrer Mutter einen verstohlenen Blick zu, Lesen und Schreiben hatte Rebecca bei den op den Graeffs gelernt, und einige Dinge mehr. Aber das musste Platen nicht wissen, sollte er doch stolz auf seine Tochter sein.

Gretje besprach mit den Platens die anstehende Feierlichkeit, Margaretha schaute gelangweilt aus dem Fenster. Der Regen prasselte nun heftig nieder, große Pfützen bildeten sich auf dem Hof, und wie Blasen platzten die dicken Tropfen auf der Wasseroberfläche. Erschrocken fuhr sie aus ihren Gedanken, als Rebecca sie an der Schulter berührte. »Magst du mitkommen, oder wirst du hier gebraucht?«

Margaretha sah ihre Mutter fragend an; diese nickte ihr ermunternd zu. Rebecca führte sie an der Küche vorbei, wo ihnen die Köchin Schmalzgebäck zusteckte, in einen Gang, der zu den Ställen führte. Im hinteren Teil des Stalles war es dämmerig. Strohstaub füllte die Luft, es roch intensiv nach den Tieren.

»Schau mal«, sagte Rebecca. Im Stroh lag eine Hündin mit sechs oder sieben Welpen. Die Kleinen hatten die Augen noch geschlossen.

Margaretha kniete sich in das Stroh. »Die sind aber niedlich. Darf ich sie anfassen?«

»Besser nicht. Man weiß nie, wie die Mutter reagiert, wenn die Welpen noch so klein sind.«

Den Rest des Tages verbrachten die beiden Mädchen in den weitläufigen Gebäuden des Hofes. Rebecca führte Margaretha herum, erklärte ihr die verschiedenen Gerätschaften und Vorrichtungen. Die großen Brüder und auch die Knechte und Mägde begrüßten Rebecca herzlich und überschwänglich. Gegen Abend kehrten die beiden in die Wohnhalle zurück. Die große Tafel wurde gedeckt, und aus der Küche duftete es verführerisch. Immer noch regnete und stürmte es draußen. Gretje schaute zweifelnd aus dem Fenster. Mijnheer Platen sah ihren Blick.

»Die Frage stellt sich gar nicht, Mevrouw op den Graeff. Heute und bei dem Wetter könnt Ihr unmöglich zurück in die Stadt fahren. Ich habe schon ein Zimmer für Euch richten lassen. Die Mädchen können zusammen in Rebeccas Zimmer schlafen. Morgen wird sich das Unwetter verzogen haben, und Ihr könnt ohne Schwierigkeiten heimkehren.«

»Das Angebot werde ich wohl annehmen, vielen Dank«, sagte Gretje.

»Aber was ist mit Vater und den Brüdern? Wer bereitet ihnen das Nachtmahl?«, fragte Margaretha entsetzt.

»Ach, Kind, ich hatte etwas vorbereitet. Es ist nicht das erste Mal, dass ich abends außer Haus bin. Sie werden schon nicht verhungern.« Gretje strich Margaretha über die Wange. »Aber wo zum Kuckuck bist du gewesen? Du siehst aus, als hättest du den Dachboden der Scheune geputzt, und zwar mit deiner Kleidung.«

Margaretha sah an sich herunter. Tatsächlich waren sie nicht nur im Stall, sondern auch auf dem Dachboden und in einer Menge anderer Räume gewesen. Sogar das Kellergewölbe hatten sie aufgesucht. Ihr Kleid war verstaubt und verdreckt. Verschämt senkte Margaretha den Kopf.

»Nun seht Euch meine Tochter an. Wo auch immer Euer Kind war, mein Kind hat sie dorthin geführt.« Platen lachte laut auf. »Sie sollen sich waschen und die Kleider ausbürsten.«

Als sie nach dem üppigen Essen ins Bett gingen, wurde Margaretha bewusst, wie anders das Leben auf dem Hof war. Es lebten mehr Menschen auf dem Hof, aber die Arbeiten wurden ganz anders aufgeteilt. Erst jetzt begriff sie, wie schwer Rebecca die Umstellung gefallen sein musste. Von nun an gab sie sich noch mehr Mühe, Rebecca das Leben in der Stadt leichter zu machen.

Der Frühling wurde zum Sommer, und die Hochzeit stand an. Der reformierte Pastor traute das Paar, denn den Mennoniten war nicht erlaubt, eine Eheschließung vorzunehmen. Er tat es kurz und seine Missbilligung war zu spüren. Anschließend machte sich die Hochzeitsgesellschaft auf zum Hof der Platens außerhalb der Stadt.

In den Wochen vorher war es feucht und nasskalt. Gretje hatte immer wieder besorgt das Wetter beobachtet. Die Stadt versank in Schlamm und Abfällen, es stank manchmal bestialisch. Die Gräben waren von dem Unrat der vielen Menschen verstopft, die die Stadt überfüllten. Die Preise für Lebensmittel und Holz stiegen, die Unruhe in der Stadt wuchs. Aber das war nicht Gretjes größte Sorge. Was, wenn es so nass und kalt bliebe? Wie sollten sie dann draußen auf dem Platenhof feiern?

»Es wird grauenvoll werden«, sagte Gretje drei Tage vor dem Fest. »Regnerisch und windig.«

»Nun warte es ab, Vrouw. Bis dahin kann das Wetter umschlagen, und falls nicht, hat Platen die Scheune freigeräumt, Tische und Bänke dort aufgebaut«, versuchte Isaak sie zu beruhigen.

»Ich werde morgen schon dorthin fahren und bei den Vorbereitungen helfen.« Gretje setzte eine finstere Miene auf.

»Das wirst du ganz sicher nicht tun. Dein Erstgeborener tritt in den Stand der Ehe. Du musst dabei sein und es bezeugen.«

»Aber, Isaak, es gibt sicherlich noch furchtbar viel zu tun und zu überprüfen.«

»Das können Margret und Rebecca machen. Du bleibst auf jeden Fall hier.« Isaaks Ton ließ keinen Widerspruch zu.

Margaretha zuckte bei seinen Worten zusammen. Sie freute

sich sehr auf die Feier, hatte aber auch an der Zeremonie teilnehmen wollen. Doch Gretje hatte recht, es gab sicherlich noch viel, was gemacht und kontrolliert werden musste. Verwandtschaft kam aus anderen Städten, sogar aus den Niederlanden wollten Leute anreisen. Platen hatte ihnen Unterkünfte zugesagt, aber waren die Zimmer sauber, die Betten frisch bezogen? Gab es genügend Nachtgeschirr, Handtücher, Waschschüsseln? All dies musste geregelt werden. Nun sollte sie diese Aufgabe übernehmen. Die Last der Verantwortung wog plötzlich schwer auf ihren Schultern. Auch der abendliche Ausritt konnte das Gefühl nicht nehmen. Besorgt sah Jan sie immer wieder an, versuchte sie mit heiteren Scherzen aufzumuntern. Es gelang ihm nicht. Seufzend verabschiedete er sich schließlich von der in sich gekehrten Margaretha am Schwanenmarkt.

»Welche Wolke auch immer dein Gemüt für heute verdunkelt hat, ich hoffe, sie ist spätestens übermorgen vorübergezogen, wenn dein Bruder heiratet. Ich dachte, du freust dich auf das Fest?«

»Tue ich doch«, sagte Margaretha stockend.

»Ja, du sprühst geradezu vor Freude.« Jan grinste spöttisch. »Ist dir eine Laus über die Leber gelaufen, oder ist euer Bier schal geworden?«

»Weder noch.«

»Nun gut. Wir sehen uns morgen Abend am Stadttor zur gewohnten Zeit?«

»Nein, Jan. Morgen früh fahre ich schon hinaus auf den Platenhof und helfe bei den Vorbereitungen.«

»Ach herrje, ist es das, was dir zu schaffen macht?« Mitfühlend sah er sie an.

»Ja. Es wird viel zu tun sein.«

»Das glaube ich gerne. Nun denn, dann sehen wir uns übermorgen.« Er tippte an seinen Hut und wendete das Pferd.

Schon vor Tagesanbruch brachen Margaretha und Rebecca auf, der Knecht fuhr sie nach draußen vor die Landwehr, brachte sie zu dem Hof, wo schon emsige Betriebsamkeit herrschte. Bis spät in die Nacht liefen die Vorbereitungen, und nach wenigen Stunden unruhigen Schlafes ging es am nächsten Morgen weiter. Sie hatten Glück, seit gestern schien die Sonne, trocknete die Feuchtigkeit in den Wiesen und ließ alles erstrahlen. Als die ersten Gäste eintrafen, hoffte Margaretha auf ein paar schöne und heitere Stunden, doch überall war Hilfe nötig. Sie eilte von der Küche zu den Gästezimmern, beantwortete Fragen oder brachte Getränke. Gretje krempelte die Ärmel hoch und half tatkräftig mit. In einem kleinen Augenblick der Ruhe nahm sie ihre Tochter in den Arm.

»Ich bin stolz auf dich, Meisje. Mijnheer Platen hat mir gesagt, wie fleißig du warst und wie gut du die Situation überschaut hast. Er sagte, du hättest auf die richtigen Kleinigkeiten geachtet, und ist sehr dankbar für deine Hilfe.«

Errötend strich sich Margaretha mit dem Unterarm über die Stirn. Im Hof flackerte seit dem frühen Morgen ein großes Feuer, über dem die Spanferkel von einem Knecht langsam gedreht wurden. Nun tropfte Fett zischend in das Feuer, und ein köstlicher Duft breitete sich aus. Große Laibe noch dampfenden Brotes wurden aufgetragen, Töpfe mit Butter und Schmalz, Krüge mit schäumendem Bier und süßem Wein auf die Tische gestellt. Die Gesellschaft nahm Platz, senkte den Kopf zum stillen Gebet. Doch schon bald setzten muntere Gespräche ein. Nachdem der erste Hunger gestillt worden war, standen die Kinder auf und liefen auf die Wiesen. Sie spielten Haschen und Verstecken, heiteres Lachen erfüllte die Luft.

Kalte Braten, Sülze, die ersten Äpfel, Kirschen, süße Pfirsiche und vielerlei andere Leckereien wurden nach und nach aufgetragen. Irgendwann ließ sich Margaretha erschöpft auf einer Bank nieder. Bisher hatte sie kaum Gelegenheit gehabt, Luft zu schöpfen.

»Hast du schon etwas gegessen?« Jan stand plötzlich neben ihr.

Margaretha schüttelte den Kopf, strich eine Haarsträhne hinter ihr Ohr und rückte die Haube zurecht.

»Ich hole dir etwas.« Kurze Zeit später kehrte Jan zurück, brachte Wein und Brot, Braten und Kirschen. Obwohl sie keinen großen Hunger verspürte, aß sie doch von den Speisen, die schlicht, aber köstlich waren. Die Sonne stand schon tief am Himmel, über den Feldern tanzte der Staub, den die Kinder aufwirbelten.

»Meinst du, es ist ein gutes Fest?«, fragte Margaretha und schaute sich um. Überall sah sie glückliche und zufriedene Gesichter. Nur an einem Tisch hatten sich die älteren Männer versammelt und zündeten nun ihre Pfeifen an. Dort waren die Mienen ernst.

»Ja, es ist ein gutes Fest. Es hebt sich wohltuend von den albernen Feierlichkeiten in der Stadt ab. Die Hochzeiten der Reformierten verkommen immer mehr zu Possen. Es wird gesungen und getanzt und nicht Gottes gedacht. Dieses Fest hier zur Ehre des Brautpaares ist gottesfürchtig.«

»Ich hatte den Eindruck, dass die Stimmung in der Stadt sich verbessert hätte.« Margaretha brach ein weiteres Stück Brot ab, bestrich es dick mit Butter.

»Mein Vater meint, dass der Eindruck trügt. Es ist die Ruhe vor dem Sturm. Mennoniten wird der Zuzug in die Stadt verweigert, obwohl die Obrigkeiten der Oranier es erlaubt hatten. Der Magistrat ist erbost darüber, dass die meisten unserer Brüder das Bürgerrecht nicht erwerben wollen.« Jan verzog das Gesicht. »Dabei würden sie es andererseits auch gar nicht zulassen wollen.«

»Ernste Gespräche?« Mit einem Krug Wein in der Hand stand plötzlich Dirck neben ihnen. »Mögt ihr?« Er schenkte ihnen ein und setzte sich neben seine Schwester auf die Bank.

Margaretha trank durstig, merkte aber, wie ihr der Alkohol zu Kopf stieg. »Das verstehe ich nicht. Wieso sollte der Magistrat etwas fordern, was er gar nicht will?«

»Das Bürgerrecht?«, fragte Dirck und lachte leise. »Im Prinzip ist es ganz einfach. Es gilt als Ehre, Bürger der Stadt zu sein. Nur als Bürger kann man gewisse Stellen besetzen.

Aber unsere Bruderschaft ist daran nicht interessiert. Es reicht uns, Einwohner der Stadt zu sein und die Abgaben zu zahlen. Keiner von uns will in den Magistrat, keiner will Schöffe werden oder andere Ämter einnehmen. Wir dienen Gott und ihm alleine.«

»Richtig«, fügte Jan hinzu. »Einerseits wollen sie uns nicht als Bürger, andererseits sehen sie die Taler, die ihnen verloren gehen. Und zu gerne würden sie uns in die Pflicht nehmen. Möglicherweise hoffen sie so auf eine Bekehrung. Als ob einer von uns zum reformierten Glauben übertreten würde.« Er lachte höhnisch.

»Aber auch als Einwohner zahlt man doch Abgaben.«

»Ja, Margaretha, doch wenn du das Bürgerrecht erwirbst, dann kaufst du dich ein. Du musst Bürgergeld zahlen, dich an der Feuerbekämpfung beteiligen und ein Gelage ausrichten.« Dirck biss sich auf die Lippe. »Die Abgaben sind höher. Da wir als Weber in keiner Zunft sind, sind wir nicht verpflichtet, Bürger zu werden. Das ärgert die Stadt.«

»Ja, und deshalb ärgern sie uns«, sagte Jan leise. »Immer mehr Stimmen werden laut, uns aus Krefeld zu verjagen.«

Noch bevor Margaretha weitere Fragen stellen konnte, rief Gretje sie. Das Fest nahm seinen Lauf. Ein Teil der Gäste reiste in der Dämmerung ab, der andere Teil blieb auf dem Hof. Die Kinder bezogen juchzend den Heuschober, die Erwachsenen die Zimmer und Quartiere. Nur die Gruppe Männer blieb bis spät in die Nacht am heruntergebrannten Feuer sitzen und diskutierte.

Auch Hermann und seine Frau Esther reisten zurück in die Stadt, während die Familie auf dem Hof blieb. Das Brautpaar wollte die erste Nacht alleine verbringen.

Margaretha würde sich immer an dieses sonnige und schöne Fest erinnern. Danach, so schien es ihr, zogen die dunklen Wolken der Bedrohung auf, die sich schon angekündigt hatten.

Kapitel 17

Am 10. August schloss Frankreich mit der Republik der sieben vereinigten Niederlande in Nimwegen einen ersten Friedensvertrag. Am 17. September wurde in Nimwegen ein weiterer Friedensvertrag unterzeichnet, diesmal auch mit Spanien. Der Holländische Krieg galt als beendet. In Krefeld wurde diese Nachricht bejubelt. Viele Leute versammelten sich auf dem Schwanenmarkt, es wurde gefeiert und getrunken. Die Mennoniten trafen sich in Selbachs Scheune und dankten Gott.

»Jetzt sollte für uns alles besser werden«, sagte Isaak froh. Doch er täuschte sich. Die Grenzen für den Handel öffneten sich zwar, aber der Handel zwischen den Niederlanden und Frankreich florierte bald. Die niederländischen Weber boten minderwertiges Tuch an und konnten den Preis deutlich drücken. Schon bald hatten die Krefelder Weber unter dieser Entwicklung zu leiden.

Auch der nächste Winter brach früh herein. Durch den nassen Frühling und Sommer war viel der Ernte auf den Feldern verfault. Die Preise für Lebensmittel stiegen. Im Herbst hatten Gretje und Margaretha alle Hände voll zu tun. Doch Freude und Trauer gingen in diesem Jahr Hand in Hand. Viele der Mütter waren geschwächt und unterernährt. Etliche Kinder wurden zu früh oder tot geboren, viele Säuglinge starben in den ersten Wochen. Ein böses Lungenfieber verbreitete sich in der Neuen Stadt, dem Viertel der Armen und Ärmsten. Obwohl sie fast Tag und Nacht auf den Beinen waren, Arzneien, Tinkturen, kräftigende Suppen und auch Trost spendeten, konnten sie nicht viel erreichen. Der Totengräber fuhr jeden Tag mit seinem Karren durch die Stadt und sammelte die Leichen ein.

Das Weihnachtsfest verbrachte die Familie op den Graeff in aller Stille. Nur das Glück von Esther und Hermann brachte ihnen in dieser dunklen und erschreckenden Zeit Freude.

In der Neujahrsnacht überließen die Mennoniten den reformierten und katholischen jungen Leuten den Brummtopflauf. Sie waren sehr darum bemüht, kein weiteres Aufsehen zu erregen und Missfallen auszulösen.

»Ich habe es schon wieder gehört«, sagte Dirck, als er in die Stube trat, und schüttelte den Schnee von seinem Hut.

Margaretha saß auf einem Kissen vor dem Kamin, Jonkie hatte den Kopf in ihren Schoß gelegt und ließ sich kraulen. Isaak und Hermann studierten die Journale, Abraham half der Mutter, Holz hereinzuholen. Das Jahr hatte mit starkem Frost begonnen, doch nun schneite es seit zwei Tagen ununterbrochen. Dicke Flocken fielen aus den tief hängenden Wolken.

»Wo?« Isaak sah seinen jüngsten Sohn besorgt an.

»Auf dem Schwanenmarkt. Diesmal war einer der Schöffen dabei. Bisher wurden die bösen Gerüchte nur von den alten Marktweibern verbreitet, aber nun diskutieren erwachsene Männer öffentlich darüber, dass das Lungenfieber eine Strafe Gottes für die Mennoniten ist und dass die Stadt mitbestraft wird.«

»Komm, leg deinen Mantel ab, trink einen Becher Würzwein und setz dich, Zoon.« Gretje reichte ihm den Becher und nahm ihm den Mantel ab. »Und dann erzähl in Ruhe, was du gehört hast.«

Doch Dirck war zu erregt, er lief durch die Stube, schnaufte. »Sie standen am Brunnen und unterhielten sich lauthals. Kein heimliches Geflüster in dunklen Ecken, nein. Es wurde von einer Abordnung gesprochen, die zum Grafen von Moers reisen und die Vertreibung der Mennoniten durchsetzen soll.«

»Aus welchem Grund?«, fragte Hermann leise.

»Gott hat den Mennoniten die Seuche geschickt, weil wir unsere Kinder ungetauft sterben lassen. Und nun würde die ganze Stadt von Gott gestraft. Verdomme!«

»In meinem Haus wird nicht geflucht, Zoon.« Isaak richtete sich auf. »Bis du dir sicher, dass solche Worte gesagt wurden?«

»Natürlich, Vater. Ich stand daneben. Ebenso Fridjoff ter Meer und Daniel Lemmen. Du kannst sie fragen, wenn du mir nicht glaubst.«

»Wie kommen sie dazu, solch einen Unsinn zu verbreiten?«, fragte Esther, die mit dem Flickzeug neben Hermann saß. »Eine Seuche unserer Glaubensgemeinschaft?«

»Nun, das kann ich schon nachvollziehen. Im feuchten und kalten Herbst ist das Lungenfieber in der Neuen Stadt ausgebrochen, bei den ärmsten unserer Brüder und Schwestern. Und es verbreitet sich immer weiter, nun sind auch andere Familien betroffen. Aber den Ursprung nahm es dort.« Gretje schüttelte den Kopf. »Das liegt aber sicher nicht an unserem Glauben, sondern an den schlechten Verhältnissen, zu wenig Nahrung, der Enge und der Schwäche der Leute.«

»Manche Familien haben kaum Brennstoff, bei ihnen ist es bitterkalt, die Wände sind klamm. Man wird schon krank, wenn man sich dort nur umsieht.« Margaretha schauderte und rückte noch ein wenig näher zum Kamin.

»Ja, es ist furchtbar. Wir tun schon, was wir können, aber es reicht nicht.«

»Diese Reden sind gefährlich. Missfallen herrscht nun schon länger gegen uns, doch wenn daraus Hass wird?« Isaak stand auf. »Ich muss mit den Ältesten reden.«

»Was willst du erreichen?« Abraham lehnte sich gegen den Türrahmen.

»Ich weiß es nicht. Aber wir müssen uns besprechen, müssen gewappnet sein.«

»Vater, der Hass schwelt seit Jahren. Was willst du machen, wenn er nun ausbricht? Nichts, gar nichts kann die Gemeinde tun. Wir können die andere Wange hinhalten und beten. Mehr nicht. Diese Stadt verfault von innen, sie ist voller Hass und Missgunst. Hier liegt unsere Zukunft nicht.« Abraham drehte sich um und ging nach oben. Krachend fiel die Tür seines Zimmers ins Schloss.

Margaretha sah ihm bestürzt hinterher. Abraham war still

und in sich gekehrt geblieben. An den Abenden, die die Familie gemeinsam in der Stube verbrachte, hielt er sich lieber alleine in seinem Zimmer auf und las in der Bibel.

»Abraham hat nicht ganz unrecht, Vater«, sagte Hermann nachdenklich. »Es gibt wenig, was wir tun können.«

»Es gibt etwas, was helfen könnte. Wir müssen die Seuche eindämmen, den Kranken helfen, sie noch mehr unterstützen, als wir es bisher getan haben. Die Gemeinde muss noch besser für ihre Armen sorgen, auch für bessere Quartiere«, wandte Gretje ein. »Und das ist etwas, was du mit den Ältesten besprechen könntest.«

Trotz aller Bemühungen griff die Krankheit immer weiter um sich. Erst waren nur Säuglinge, Kinder und alte Leute betroffen, doch dann erkrankten auch andere. Nicht nur das Lungenfieber forderte Opfer, auch die Auszehrung und die Ruhr erfassten die Stadt. Die Märkte wurden geschlossen, kaum jemand traute sich auf die Straße.

Doch schon Ende Februar setzte in diesem Jahr die Schneeschmelze ein. Der Frühling kam früh, brachte milde Luft und viel Sonne mit sich. Die Stadt erholte sich, die Anfeindungen wurden weniger.

Mit Rebecca und Esther wusch Margaretha das Leinen, brachte es zur Bleiche. Margaretha war nun siebzehn Jahre alt. Im letzten Jahr war sie in die Höhe geschossen, ihr Gesicht hatte alles Runde und Kindliche verloren, doch die blauen Augen blitzten immer noch fröhlich und manchmal voller Schalk. Ihre dunklen Locken trug sie nun nicht mehr als Zopf, sondern in einem festen Knoten im Nacken. Die drei jungen Frauen verstanden sich gut. Obwohl Esther und Hermann ihre eigene Küche und Stube hatten, kamen sie oft ins Nachbarhaus zu gemeinsamen Mahlzeiten und Abenden.

»Ich hatte so Angst vor deiner Mutter«, erzählte Esther lachend Margaretha, als sie die Wäsche zum Bleichen auf der Wiese ausbreiteten. »Meine Schwester leidet sehr unter ihrer Schwiegermutter. Nichts kann sie ihr recht machen. Ich habe befürchtet, das gleiche Schicksal vor mir zu haben, wenn wir in einem Haus wohnen.«

»Hermann hatte mir von deiner Sorge erzählt. Da du die erste Schwiegertochter bist, wussten wir nicht, wie Mutter sein würde.« Margaretha grinste. »Doch die Lösung mit den beiden Häusern ist doch gut.«

»Natürlich. Deine Mutter ist ein herzensguter Mensch, ich könnte mir keine bessere Schwiegermutter vorstellen«, sagte Esther.

»Doch was wird werden«, warf Rebecca ein und nahm ein weiteres Laken aus dem Wäschekorb, »wenn die anderen Brüder heiraten?«

Margaretha runzelte die Stirn. »Ich hoffe, dass Abraham bald jemand findet, der sein Herz erwärmt. Er ist so still geworden, so hart und unnachgiebig.«

»Hart? Du empfindest ihn als hart?«, fragte Esther verwundert. »Still, ja, aber hart?«

»Früher war er anders. Er konnte lachen und Scherze machen. Nun liest er nur noch in der Bibel, versenkt sich ins Gebet. Am wirklichen Leben nimmt er nicht mehr teil.«

»Das geht vorüber. Wenn erstmal die richtige Frau auftaucht. Und bei Dirck hat es ja noch lange Zeit.« Esther nahm die Enden des Lakens, zog es glatt.

Margaretha sah, wie Rebecca den Kopf senkte, ihre Wangen waren plötzlich sehr rot. Dirck und Rebecca hatten sich von Anfang an gut verstanden. Oft half er ihr, wenn sie etwas Schweres zu tragen hatte, oder begleitete sie zum Markt. Sollte ihr Bruder etwa mehr in dem Mädchen sehen als eine Magd? Auch sie empfand freundschaftliche Gefühle für Rebecca, mehr als einer Magd zustand. Doch für Dirck ziemten sich solche Gefühle nicht. Die roten Wangen des Mädchens verrieten sie. Soll ich mit Mutter darüber reden?, fragte Margaretha sich besorgt, schob den Gedanken dann aber zur Seite.

»Aber ob Abraham eine Frau findet, wenn er sich weiter so in die Bibel versenkt?« Esther schüttelte den Kopf. »Er ist fast schon fanatisch. Nächste Woche will er wieder nach Duisburg, um diesen Crisp zu treffen, diesen Engländer.«

»Der Glaube ist ihm wichtig, er findet darin Halt«, sagte Margaretha leise. »Und Crisp ist für ihn ein leuchtendes Vorbild. Ihn begeistert der stille Glauben der Quäker.«

»Möglich, Margret. Hermann ist auch gläubig, aber nicht so unduldsam, so … so …« Sie fuchtelte hilflos mit den Armen. »So blind und fanatisch. Hermann stößt es sauer auf, dass Abraham mehr in der Bibel liest als in den Geschäftsbüchern. Er hat die Buchhaltung übernommen, vernachlässigt sie aber sträflich. Statt Angebote einzuholen, Flachs zu kaufen oder Rechnungen einzutreiben, geht er zu Versammlungen der Quäker oder trifft sich mit diesem Engländer.« Esther schnaubte empört. »Und seine Arbeit bleibt an den anderen hängen. Vor allem an Hermann.«

Margaretha sah erstaunt auf. »Ist Hermann böse auf Abraham? Ich habe gar nicht gewusst, dass es Schwierigkeiten gibt.«

»Nein, natürlich hast du das nicht gewusst.« Esther lachte bitter auf. »Hermann versucht alles, um den Ärger von Abraham fernzuhalten. Euer Vater ist jetzt schon sehr erbost, aber wenn er wüsste, wie wenig Abraham wirklich macht, würde er vor Wut platzen. Mein Mann arbeitet für zwei. Er macht seine Arbeit und die seines Bruders. Und bald kann er diese Last nicht mehr tragen.« Tränen traten ihr in die Augen. »Hermann ist der beste Ehemann, den ich mir hätte wünschen können, und es dauert mich, ihn so belastet zu sehen. Er macht sich große Sorgen.«

Margaretha ging zu ihrer Schwägerin und legte ihr den Arm um die Schultern. »Nun komm, setz dich. Wir haben Wein, Brot und Käse dabei.« Sie zog Esther in den Schatten, gab Rebecca ein Zeichen, dass sie den Korb mit der Vesper bringen sollte. Den Wein hatten sie im Wassergraben gekühlt, und die Magd holte ihn nun. Gemeinsam setzten sie sich unter eine der Kopfweiden, die die Wiese begrenzten.

»Abraham meint es sicher nicht böse. Er braucht nur etwas Zeit, um sich wieder zu fangen. Er hat Schweres durchgemacht«, sagte Margaretha.

Esther zog die Luft zischend ein. »Ich weiß, was er durchgemacht hat. Das ist bald zwei Jahre her. Wie viel Zeit braucht er noch? Ihr alle schützt ihn, alle zusammen, alle op den Graeffs. Er hat eine Sonderstellung in der Familie. Ihr seht nur nicht, dass ihr es ihm damit gar nicht leichter macht, sondern ihn immer tiefer in seine Glaubenskrise stürzt. Er hat nämlich bei euch keinen Halt mehr.«

»Bitte?« Erschrocken sah Margaretha ihre Schwägerin an. Noch nie hatte sie die junge Frau so aufgebracht gesehen.

»Ach, ist doch wahr. Eure Eva starb, euer Schützling. Sie habt ihr immer ganz besonders behandelt, verhätschelt. Als sie starb, blieb eine Lücke, eine Kluft, und ihr alle wusstet nicht wohin mit eurer Fürsorge. Dann wurde Abraham verletzt. Schwer verletzt, ohne Zweifel. Aber seitdem füllt er die Lücke, die Eva gerissen hat. Ihr beschützt und behütet ihn.« Esther holte tief Luft. »Er hat nur Rechte, aber keine wirklichen Pflichten. Dabei bräuchte er die. Er muss in die Pflicht genommen werden. Seine Aufgaben muss er erfüllen und niemand sonst.« Sie schüttelte den Kopf, wischte sich eine Träne von der Wange. »Aber Hermann will das nicht hören. Niemand will das hören.«

Margaretha stand auf und ging ein paar Schritte. Die Worte ihrer Schwägerin rührten sie auf. Bisher hatte sie immer Mitleid mit Abraham gehabt, und so ging es vermutlich auch dem Rest der Familie. Esther war zwar nun auch Teil der op den Graeffs, aber sie sah die Dinge losgelöster, von außen. Hatte sie recht? Schonten sie Abraham zu seinem Nachteil? Waren sie gar zu nachgiebig? Oder nahmen sie ihm vielleicht auch Aufgaben und Pflichten, die ihm Halt geben würden? Die Gedanken schlugen Purzelbaum in ihrem Kopf. Verwirrt starrte sie auf die Felder, die im Sonnenlicht goldgelb schimmerten.

»Es tut mir leid«, murmelte Esther und berührte Margaretha sacht an der Schulter. »Ich wollte deine Familie nicht schlechtreden. Ich war so aufgebracht, und das war nicht angemessen.« Sie biss sich auf die Lippen.

»Unfug!« Margaretha nahm sie in den Arm. »Ich bin so froh, dass du mir deine Gedanken mitgeteilt hast. Ich werde darüber nachdenken. Vermutlich hast du recht. Es sind Dinge, die wir nicht sehen, weil wir zu tief in der Geschichte stecken. Du bist die beste Schwägerin, die ich mir vorstellen kann. Ich danke dir für deine offenen Worte.«

»Ach, Margret, ich bin glücklich, dass es dich gibt. Du bist ein herzensguter Mensch.« Wieder wischte sie sich über die Augen, lächelte kläglich. »Ich bin im Moment so empfindlich, könnte immerzu weinen, aus nichtigen Anlässen. Es ist geradezu albern.«

Margaretha schob sie von sich, schaute Esther aufmerksam an. »Ist das so?« Bedächtig nickte sie dann. »Ja, du hast dich verändert, dein Gesicht hat sich gerundet, deine Lippen sind voller. Wie lange bist du schon … nun, launisch?«

»Launisch?« Verlegen senkte Esther den Kopf. »Doch, das ist die richtige Bezeichnung. Es beschämt mich. Noch nicht lange, ein paar Wochen vielleicht. Möglicherweise macht mir die Hitze zu schaffen, mir ist immerzu warm.«

»Warm?« Margaretha lachte laut auf. »Du trägst ein Kind. Darauf würde ich einen Taler verwetten, wenn ich wetten dürfte.«

Mit großen Augen sah Esther sie an. »Was? Nein, das kann nicht sein.«

»Wann waren deine letzten Blutungen?«

»Das war … das war, das muss vor … ich weiß nicht? Das war im März. Anfang März.«

»Esther, wir haben Ende Mai, fast Juni. Du bist mit Kind. Ach, wird das die Eltern freuen. Ein Enkelkind. Wie schön!« Sie lachte laut heraus, doch Esther verzog das Gesicht und begann zu weinen.

»Nein, nein. Bitte nicht. Oh, bitte, bitte nicht.« Sie sackte in sich zusammen, kauerte sich auf den Boden und weinte.

»Aber was ist denn?« Hilflos stand Margaretha vor ihr, sah sie bestürzt an. Dann hockte sie sich neben die junge Frau, strich behutsam über ihren Rücken. »Willst du keine Kinder?«

»Nein.« Vehement schüttelte Esther den Kopf.

»Warum nicht?«

»Die erste Frau meines Vaters starb im Kindbett, die Frau meines Bruders auch. Meine Schwester hat unsagbar gelitten. Ich habe Angst. Ich werde es nicht überleben. Und wer ist dann für Hermann da? Ich weiß, das Kindbett ist die Last der Frauen, und wir müssen es ertragen, aber ich … ich will nicht.«

Margaretha seufzte, drückte ihre Schwägerin an sich. »Ich weiß, es ist schwer und eine Bürde. Aber wir stehen dir zur Seite, und eine bessere Hebamme als meine Mutter gibt es nicht in der Stadt. Sie wird alles dafür tun, dass du es leicht hast. Glaube mir, es gibt viele Mittel, um es erträglich zu machen, und Mutter kennt sie alle. Wir werden für dich da sein.«

Gretje und Margaretha versuchten alles, um Esther die Angst zu nehmen. Die Familie freute sich unbändig über den kommenden Nachwuchs, doch Esther konnte die Freude nicht teilen. Obwohl sie die Schwangerschaft ohne große Beschwerden trug, blieb sie ernst und traurig. Sie war davon überzeugt, dass sie sterben würde.

Der Sommer wurde zum Herbst. In diesem Jahr würde die Ernte gut werden. Die Schweine waren fetter als jemals zuvor, die Hühner legten fleißig Eier, und die Obstbäume hingen voller Früchte. Die Tuchgeschäfte wurden schwieriger, aber die op den Graeffs lieferten feines und gutes Tuch, sie konnten sich nicht beklagen. Doch zum ersten Mal mussten sie ihren Lehrjungen auf die Walz schicken. Seine Gesellenjahre würde er woanders ableisten müssen. Der Abschied fiel keinem leicht, Tränen flossen.

»Daniel ist ein guter Junge«, sagte Gretje abends, als sie vor dem Kamin in der Stube saßen. »Ich hoffe, ihm wird es gut ergehen.«

»Mach dir keine Sorgen, Vrouw.« Isaak streckte die Füße aus. »Es wird ihm gut tun, auch andere Lehrmeister zu erleben, andere Handhabungen kennenzulernen. Und sollte alles schiefgehen, kann er zurückkehren, das habe ich ihm angeboten.«

»Hast du? Gut.« Beruhigt nahm sich Gretje Flickwäsche aus dem Korb.

»Was ist mit Abraham?«, fragte Margaretha leise. Sie saß, wie so oft, auf dem Boden und spielte mit dem Hund.

»Er ist in Duisburg.« Dirck kam mit einem Krug Würzwein in die Stube.

»Er ist oft in Duisburg.« Margaretha reichte ihm ihren Becher.

»Ja«, sagte Isaak und nahm die Pfeife hervor. »Zu oft.«

»Ach, Isaak, der Junge hadert mit seinem Leben, seiner Berufung, seinem Glauben.« Gretje seufzte und ließ sich von Dirck einschenken.

»Er hadert seit nunmehr fast zwei Jahren. Irgendwann muss es auch mal gut sein. Hermann übernimmt fast alle seine Arbeiten, deckt ihn. Er denkt wohl, ich werde alt und bemerke es nicht.« Isaak lachte rau auf. »Aber er täuscht sich. Ich sehe sehr wohl, was in meiner Familie vor sich geht. Und ich weiß genau, dass Abraham seinen Aufgaben nicht gerecht wird.«

»Das wissen wir wohl alle«, sagte Dirck und zog sich einen Sessel vor den Kamin. »Was willst du tun?«

»Ich werde mit ihm reden. Wenn er sein Erbe ausgezahlt haben will, um sich seinen religiösen Studien zu widmen, dann soll er das tun. Dann übernimmt Hermann seine Stelle. So geht es auf jeden Fall nicht weiter.«

»Nun seid doch nicht so hart mit dem Jungen«, versuchte Gretje zu vermitteln. »Wenn ihr ihm den Halt hier zuhause nehmt, wird er ganz abgleiten. Das darf nicht sein. Dann verliert er sich.«

»Möglich, Vrouw. Aber es darf auch nicht sein, dass seine Brüder unter seinen Spinnereien leiden.«

Margaretha kicherte. »Wir sind Weber, Vater, keine Spinner.«

Für einen Augenblick sah Isaak sie verblüfft an, dann lachte er auf. »Ich brauche ein Pint Branntwein.«

Margaretha sprang auf. In der Küche stieß sie beinahe mit Hermann zusammen, der durch die Hoftür hereinstürmte. »Wo ist Mutter?«, rief er atemlos. »Esther geht es schlecht.«

Margaretha wies zur Stube.

»Mutter, komm schnell. Bitte, komm«, rief Hermann verzweifelt.

»Was ist mit Esther?« Gretje stand auf und folgte ihm in die Küche. Im Hof heulte der erste Herbststurm, fing sich unter den Dachtraufen, sang ein schauerliches Lied.

»Sie ist aufgebracht, verzweifelt, todunglücklich. Sie weint schon seit Stunden, prophezeit ihren Tod. Ich kann sie gar nicht mehr beruhigen.« Hermann strich sich durch die Haare. Er war schon immer hager gewesen, doch nun war er dürr. Die Erschöpfung war ihm anzusehen. »Sie hat furchtbare Angst.«

»Aber die Wehen haben noch nicht eingesetzt? Auch keine Blutung?« Gretje verbarg ihre Anspannung, doch Margaretha sah den Nerv unter ihrem Auge zucken. »Es wäre zu früh für das Kind.«

»Nein, nein. Sie leidet nur, hat Angst. Ansonsten geht es ihr gut.«

»Nun gut.« Gretje seufzte. »Margret, hol mir Frauenmantelsamen und Johanniskraut aus der Kammer. Und ein wenig Veilchenwurzel. Zerreib alles im Mörser, aber pass auf mit der Veilchenwurzel, nur wenig davon. Zuviel löst Durchfall aus. Mach aus den Zutaten einen Aufguss und lass ihn ein wenig ziehen, dann seih ihn gründlich ab und bring ihn nach nebenan.« Entschlossen ging sie zur Tür zum Hof. Kurz vor der Tür drehte sie sich nochmal um. »Hol dir und deinem Vater einen Branntwein. Und beruhige dich. Um alles andere kümmere ich mich.«

Die Aufgüsse und Tinkturen halfen Esther, sie wurde ruhiger. Der Bauch wuchs, das Kind bewegte sich ordentlich, doch die Angst der jungen Frau wurde nicht weniger. Es wurde Spätherbst, Winter. Und wieder fiel der Schnee, das Eis wuchs auf dem Rhein. Es wurde spät hell, früh dunkel, dichte Wolken hingen über dem Niederrhein. Esther wurde zu einem Schatten der fröhlichen Frau von einst. Unter ihren Augen lagen dicke Ringe, der Bauch stach hervor, aber alles Fleisch an Armen und Beinen hatte sie verloren. Nur selten verließ sie das Schlafgemach des Ehepaares. Gretje kochte schmackhafte Suppen, bereitete Gänseleber zu, Rinderbraten. Esther aß kaum. Apathisch starrte sie aus dem Fenster auf die Gasse vor dem Haus, als ob sie Gevatter Tod kommen sehen würde.

»Ich weiß nicht, Hermann«, sagte eines Abends Gretje erschöpft, »was ich noch tun soll. Sie glaubt wirklich, dass sie sterben wird.«

»Ich weiß«, sagte Hermann düster und zündete sich die Pfeife an. »Wird sie?«

Gretje seufzte. »Ja. Wenn sie so sehr daran glaubt, wird sie es. Sie wird sich gegen den Schmerz stemmen und nicht mitarbeiten, wenn die Wehen kommen. Sie wird verkrampfen und sich aufgeben. Und dann wird sie sterben. Ich habe alles getan, was ich tun konnte. Es tut mir leid.«

»Godverdomme.« Hermann senkte den Kopf. »Das kann doch nicht sein, Moedertje. Es kann nicht sein, es darf nicht sein.« Er schluchzte auf. »Ich liebe sie. Ich liebe sie so sehr, ich mag sie nicht verlieren.«

Margaretha wartete nicht auf die tröstende Antwort der Mutter, sie schob den Hund von ihrem Schoß. Jonkie quittierte dies mit einem unwirschen Brummen. Doch Margaretha erhob sich und ging durch die Küche und den eisbedeckten Hof ins Nebenhaus. Sie war es leid, dass alle so litten. Esther lag im Bett, die Hände über dem geschwollenen Bauch gefaltet, und starrte die Decke an. Im Kohlebecken brannte ein warmes Feuer.

»Wie geht es dir?«, sagte Margaretha munter und riss das Fenster weit auf. »Es ist stickig hier. Ein wenig frische Luft wird dir gut tun. Hast du zu essen bekommen?« Sie drehte sich um und sah ihre Schwägerin an. »Wir hatten köstlichen Grünkohl mit Würsten und Speck.«

Esther richtete sich auf. »Schließ das Fenster! Es ist kalt.«

»Ja, das ist es.«

»Ich könnte mir den Tod holen. Mach das Fenster zu.«

»Den Tod? So, so.« Margaretha verharrte nachdenklich, schaute sich dann um. Es hatte wieder zu schneien begonnen. Dicke Tupfen Schnee fielen durch das offene Fenster auf den Dielenboden, schmolzen zu kleinen Pfützen.

»Es ist kalt, Margret!« Esther zog die Decke bis zu ihrem Kinn. »Mich friert. Schließ das Fenster.«

»Damit dich der Tod nicht holt?«, fragte Margaretha belustigt. »Aber ich dachte, du stirbst sowieso. Im Kindbett. Dein Kind kommt in den nächsten Wochen, bis zum Jahreswechsel stirbst du doch eh. Da ist doch so ein offenes Fenster egal, oder?« Sie lachte leise, zog das Schultertuch enger um sich. »Bitterkalt ist es tatsächlich.« Dann nahm sie den Wasserkrug und schüttete ihn auf dem Kohlebecken aus. Zischend erstarb die Glut. »Oh, wie dumm von mir, jetzt ist auch das Feuer aus. Nun ja, drüben in der Stube ist es warm.« Sie nickte Esther zu und stieg die Treppe hinab. In ihrem Magen lag ein dicker Kloß. Sie hatte ungestüm gehandelt, angetrieben von dem Kummer und der Verzweiflung ihres Bruders. Sie mochte Esther, sie mochte sie sehr gerne. Aber alle lieben Worte, alle Beteuerungen, alle Hilfestellungen, Tinkturen und Aufgüsse hatten nichts gebracht. Sie biss sich auf die Lippe, setzte sich dann wieder vor den Kamin in der Stube, rief Jonkie zu sich.

»Wo warst du?«, fragte Dirck.

»Bei Esther. Sie friert. Ich habe mich um das Feuer und das Fenster gekümmert.« Margaretha senkte den Kopf, vergrub die Nase in das dichte Hundefell. Jonkie drehte sich begeistert auf den Rücken und ließ sich den Bauch kraulen.

»Du bist ein gutes Kind«, sagte Gretje.

Margaretha wandte den Kopf ab. Wenn du wüsstest, dachte sie und schämte sich.

Hermann saß immer noch in dem Sessel vor dem Kamin, er hatte die Hände gefaltet und schien tief in Gedanken zu sein.

»Möchtest du ein Glas Würzwein, Margret?«, fragte Dirck und stand auf. »Ich könnte auch noch eines gebrauchen.«

»Gerne.«

»In der neuen Zeitung aus Amsterdam steht schon wieder ein Artikel über William Penn. Das ist schon der dritte oder vierte.« Isaak hielt das Journal hoch.

»Was steht denn da?«, fragte Margaretha, dankbar für jede Ablenkung.

»Dieser Mann, ein Sohn aus reichem Haus, predigt Toleranz und Liberalität. Und zwar auf noch unbekannte und vehemente Art. Schon seit ein paar Jahren fordert er die Länder auf, einen Staat in den Kolonien zuzulassen, der gottesfürchtig, aber glaubensfrei, frei von Beschränkungen der Konventionen und der Kirchen sein soll. Er hat es nicht nötig, die Familie ist wohlhabend.« Isaak schüttelte den Kopf. »Und seine Gedanken sind erstaunlich. So klar und schlicht.«

»Er ist Quäker. Ich habe ihn getroffen. Ein wunderbarer Mensch. Er ist Quäker durch und durch. Gott ist sein Heiland, sein Herrscher. Und trotzdem spricht er mit den Vertretern der englischen Krone.« Abraham setzte sich auf. »Er ist Gottes Kind, Gott untertan, und er hat den Glauben erfasst, in seiner reinsten Güte und Klarheit.« Ein Strahlen schien Abraham zu umgeben, so enthusiastisch war er auf einmal. »Als ich ihn traf, hat er mich begeistert. Er möchte in den neuen Kolonien einen Staat gründen. Frei von Ängsten und Beschränkungen. Frei für alle, die guten Glaubens sind.«

»Frei für alle? Katholiken und Reformierte? Quäker und Mennoniten?« Dirck war in der Türöffnung stehen gebliebene.

»Ja. Frei für alle. Er will nicht das Gleiche nur spiegelverkehrt dort drüben aufbauen, was hier stattfindet. Hier herrschen die Katholiken oder die Reformierten, die Täufer oder anders Gesinnten müssen leiden. Er ist Quäker, tief gläubig, aber er will niemanden den Glauben vorschreiben. Dort, in der neuen Welt, sollen alle nebeneinander leben. In Frieden und Eintracht.«

»Nett.« Isaak lachte auf. »Wie soll das gehen?«

»Vater, was ist falsch daran? Was ist daran verkehrt? Es geht um eine neue Ordnung. Um Gottesfürchtigkeit, um Akzeptanz, um ein friedliches Miteinander. Jeder in seinem Glauben. Warum soll das nicht gehen?«

»Glückt es hier, Abraham? Den Simon Lucken haben die Katholiken nachts zusammengeschlagen. Johann Lenßen wurde von den Reformierten beraubt, seine Frau misshandelt. Das Lager der Familie Arets wurde angezündet, nur mit Not konnte sie den Brand löschen. Die Übeltäter wurden gefasst, aber der Droste von Kinsky beschloss, dass es nur Unfug war, und sie bekamen keine Strafe. Es waren Reformierte. Das klappt nicht.«

»Ach, der Droste. Der lebt in Moers. Was hat er hier schon zu sagen«, winkte Abraham ab.

»Genug, um einzugreifen und die Übeltäter auf freien Fuß zu setzen. Dein Glaube und unserer in allen Ehren, minn Zoon, wir müssen uns an Regeln halten. Wir leben in einer Stadt, die vom Magistrat und vom Droste bestimmt wird.« Isaak schüttelte den Kopf. »Ein netter Gedanke, aber er wird nicht umzusetzen sein.«

»Wo will er das denn verwirklichen?« Dirck schenkte allen nach. Der Wind pfiff um das Haus, es knarrte im Gebälk.

»In den Kolonien, in der neuen Welt.« Immer noch klang Abraham begeistert.

»Ach ja, die neue Welt. Darüber gibt es viele Berichte, aber was davon ist wahr? Die Überfahrt dauert zwei Monate mindestens, nicht jedes Schiff kommt an. Und selbst wenn, was wissen wir über das Leben dort? Nicht viel.« Isaak lehnte sich zurück. »Das ist ein wildes Land, von Wilden bevölkert. Man hört grausame Berichte darüber, wie sie mit ihren Feinden umgehen. Und da willst du hinziehen? Ohne Land? Ohne Einkommen? Was kannst du denn? Wir sind Tuchweber. Wir sind keine Bauern, keine Zimmerleute, keine Maurer.« Isaak schnaubte auf.

»Wir sind gottesfürchtige Menschen, Vater. Wir wollen ein Leben mit Gott. Wir können Tuch weben. Wir können aber auch Früchte anbauen, ohne Bauern zu sein. Seit einigen Jahrzehnten wird dieses neue Land bevölkert. Es soll gutes Land sein, fruchtbar und voller Ertrag. Siedler werden gesucht, sie ziehen dorthin. Und sie brauchen Kleidung und Tuch. Überall braucht man Tuch. Das neue Land mag wie der Garten Eden sein, aber nackt wird dort keiner sein wollen.« Abraham trank einen großen Schluck. »Es könnte eine große Gelegenheit für uns sein, wenn wir uns Penn anschließen.«

Isaak winkte ab. »Das sind Hirngespinste. Es gibt noch nicht mal Land, das man kaufen könnte. Meine Familie wird sich diesem Wagnis nicht aussetzen. Wenn du gehen willst, hast du meinen Segen, aber mehr nicht.«

»Goedenavend.« Esther kam unsicher in die Stube. Sie hatte sich angekleidet, zog den Überwurf fester um sich, obwohl es dank des prasselnden Feuers warm war.

»Meisje«, sagte Gretje glücklich, »Wie schön, dass du da bist. Geht es dir besser? Margret sagte, dass dich friert.«

»Ach?« Esther warf Margaretha einen giftigen Blick zu. Hermann sprang auf und rückte seiner Frau einen Sessel vor den Kamin. Margaretha vergrub wieder ihr Gesicht im Fell des Hundes, der sich auf ihrem Schoß räkelte.

»Ich freu mich so, dass du zu uns kommst. Meisje. Hast du Hunger?« Gretje glühte vor Freude. »Wir haben noch Eintopf mit Würsten und Speck. Das schmeckt dir sicher.« Sie erhob sich.

»Ich hole den Eintopf schon«, fuhr Margaretha dazwischen. »Und dann lass ich nochmal den Hund in den Hof.« Sie räusperte sich und vermied es, Esther anzusehen. In der Küche füllte sie eine große Schüssel Grünkohl, gab Würste und Speck hinzu, brachte die Schüssel in die Stube und reichte sie Esther.

»Lass es dir schmecken, Schwägerin. Meine Mutter hat den Eintopf gekocht, er weckt die Lebensgeister.« Sie grinste, setzte sich wieder vor den Kamin.

Gretje seufzte, erhob sich und drückte die Hände in das Kreuz. »Ich muss nochmal los. Ich habe versprochen, Hilde Simons ein paar Kräuter zu bringen.«

»Bekommt sie ein Kind?«, fragte Isaak überrascht.

»Nein, sie hat Frauenprobleme.«

»Ich kann das bringen«, sagte Margaretha. »Ich nehme Jonkie mit, sie braucht Bewegung.«

»Ich weiß nicht.« Gretje sah zweifelnd zum Fenster. »Es ist schon ganz dunkel.«

»Ach, das macht nichts, Moedertje, ich habe ja den Hund dabei, und bis zu Simons' ist es nicht weit.«

»Nun gut.« Gretje ging in die Vorratskammer und holte die getrockneten Kräuter. »Sie soll sie jeden Abend mit heißem Wasser aufgießen und fünf Minuten ziehen lassen, dann abseihen und trinken. Es ist Frauenmantel und Johanniskraut.«

»Gut, das sage ich ihr. Komm, Jonkie.«

Es schneite sanft. Die Luft war kalt, es roch nach Eisen und Schnee. Doch nach dem schneidenden Geruch im Haus, der durchsetzt war von Glaubensfragen und Unsicherheit, tat ihr die frische Luft gut. Margaretha hatte nach dem ersten Mantel gegriffen, der am Haken hing. Es war Dircks. Er roch nach Pferden, Tabak und Flachs.

In den letzten Tagen war Margaretha kaum vor die Tür gekommen, daher empfand sie die kalte und beißende Nachtluft als erfrischend. Sie pfiff nach dem Hund und ging durch die Hofeinfahrt auf die Straße. Es war düster, kaum ein Licht fiel aus den Fenstern auf das verschneite Pflaster. Nur langsam kam sie auf dem vereisten Pflaster unter der dicken und weichen Schneeschicht vorwärts. Jonkie stob beglückt durch den Schnee, froh, laufen zu können.

Im Sommer und Herbst hatte Margaretha den Hund immer mitgenommen, wenn sie ausritt, aber der Winter machte dem ein Ende. Gedankenverloren lief sie die Gasse entlang in Richtung Schwanenmarkt. Woher die Männer kamen, bemerkte sie nicht. Plötzlich ergriff jemand sie von hinten, lachte rau.

»Wen haben wir denn hier? Wenn das nicht das Mädchen von den op den Graeffs ist, fress ich einen Besen.«

»Das ist sie. Die Tochter der Kräuterhexe.«

Margaretha schlug der faulige Atem des Betrunkenen entgegen. Der eine trat vor sie, lachte, während der andere ihre Arme hinter ihrem Rücken festhielt. Verzweifelt versuchte sie, sich zu befreien.

»Was wollt Ihr, Mijnheers? Lasst mich gehen. Ich muss Arzneien ausliefern.« Sie versuchte, ihrer Stimme einen festen Klang zu geben.

»Heilmittel? Wer weiß, ob das alles so rechtens ist, was ihr macht, du und deine Mutter.«

Margaretha kroch die Angst den Rücken hoch. Diese Männer waren alles andere als freundlich.

»Zeig mal deine Arzneien. Vermutlich getrocknete Kröten und Alraun. Heilen? Ihr heilt niemanden, ihr verhext nur.« Er lachte rau und entwand ihr das Säckchen mit den Kräutern.

»Es sind Kräuter, Frauenmantel und Johanniskraut. Meine Mutter verhext niemanden, sie will nur helfen!«

»Ja, ja. Sie hilft den Leuten eures Glaubens. Die anderen lässt sie verrecken oder quält sie.« Der Mann zog ihre Arme nach hinten, packte ihre Handgelenke mit einer Hand, mit der anderen riss er ihr die Haube vom Kopf. Es ging so schnell, dass Margaretha gar nicht begriff, was die beiden taten.

»Schneid sie ihr ab, Jakob!« Er warf die Haube in den Schnee, löste unsanft den Haarknoten in ihrem Nacken. Der andere Mann trat noch näher auf sie zu, jetzt erst sah sie das Messer in seiner Hand, sie schrie auf, als er die Hand hob, dann spürte sie das kalte Metall in ihrem Nacken, hörte das ratschende Geräusch, als er ihr den Zopf abschnitt. Wieder schrie sie entsetzt auf.

Jonkie hatte die drei bisher nur knurrend umrundet, doch als Margaretha zu schreien begann, bellte sie auf. Dann sprang sie den Mann vor Margaretha an, biss in seinen Arm. Ein tiefer, bedrohlicher Knurrton entwich ihrer Kehle. Sie rutschte an dem dicken Stoff der Jacke ab.

»Was zum Teufel …« Der Mann ließ von Margaretha ab, versuchte nach Jonkie zu treten. Sie sprang ein weiteres Mal, diesmal biss sie in sein Handgelenk, der Mann schrie gequält auf und ließ das Messer fallen. Der zweite Mann hatte Margaretha losgelassen, sie stolperte, wäre beinahe gefallen.

»Das ist eine Teufelsbestie. Komm, schnell weg …«

Doch Jonkie biss wieder zu, diesmal in die Wade des Mannes. Er heulte auf, trat nach der Hündin.

»Lass ab, Jonkie«, rief Margaretha entsetzt, als sie sah, dass er sich nach dem Messer bückte und es aufhob. Das Blut tropfte von seinem Handgelenk. Jonkie kam zu ihr, stellte sich an Margarethas Seite und bleckte die Zähne. Der Mann warf Margaretha einen Blick zu, der ihr das Blut gefrieren ließ. Voller Hass und Zorn funkelten seine Augen. Dann drehte er sich um und lief seinem Kumpan hinterher. Margaretha sank in sich zusammen, kauerte sich in den Schnee. Mit beiden Händen fuhr sie entsetzt in ihren Nacken, der sich nackt und bloß anfühlte. Sie hatten ihr die Haare abgeschnitten, wie einer Straftäterin. Margaretha schluchzte auf. Erst jetzt wurde ihr wirklich bewusst, was passiert war, und sie zitterte vor Angst und Entsetzen. Jonkie stand winselnd neben ihr, leckte ihr über das Gesicht. Nach einer Weile schaffte Margaretha es, aufzustehen. Ihr Zopf lag im Schnee, wie benommen nahm sie ihn und auch ihre Haube, die sie ausschüttelte und überzog. Dann drehte sie um und ging langsam nach Hause. Immer wieder schaute sie sich um, doch die Gasse war menschenleer. Jonkie ging dicht an ihrer Seite, als spürte sie Margarethas Angst.

Vor der Haustür blieb Margaretha stehen, zögerte, die Tür zu öffnen. In der einen Hand hielt sie den Zopf, in der anderen das Säckchen mit den Kräutern, das sie vom Boden aufgeklaubt hatte. Sie schaffte es weder zu klopfen noch die Klinke zu ergreifen. Tränen rannen ihr über die Wangen. Am liebsten hätte sie sich in den Schnee gelegt, um für immer einzuschlafen.

Jonkie kratzte erst zaghaft, doch dann immer heftiger an der Tür, bellte kurz auf.

Abraham war es, der zur Tür kam und seine völlig verstörte Schwester fand.

»Was ist passiert?« Er zog sie in die warme Diele, nahm ihr den Mantel ab. Noch immer krallte sie sich an ihren abgeschnittenen Haaren fest, brachte kein Wort heraus. Erst in der Stube brach die Erstarrung. Mit zitternden Fingern zog sie die Haube vom Kopf und hob anklagend die Hand mit ihrem Zopf.

»Gottegot«, stöhnte Gretje auf. »Wer war das?«

Margaretha schüttelte stumm den Kopf.

»Was haben sie dir angetan?« Abraham strich ihr über die Schultern. »Bist du verletzt?«

»Nein«, wimmerte Margaretha. »Sie haben mir nur die Haare abgeschnitten. Es ging alles so schnell, ich wusste gar nicht, wie mir geschah. Jonkie hat sie dann vertrieben.«

»Guter Hund. Setz dich und beruhige dich, Meisje. Die Haare wachsen wieder nach«, sagte Gretje beruhigend, doch ihre grimmige Miene zeigte ihre wirklichen Gefühle.

»Ich habe die Kräuter nicht abgegeben.« Margaretha vergrub das Gesicht in den Händen.

»Das macht nichts. Du wirst bei Dunkelheit auch nie wieder alleine vor die Tür gehen.« Isaak erhob sich. »Wer war es?«

»Das weiß ich nicht, Vater. Zwei Männer, sie waren beide betrunken. Der eine hat mich von hinten festgehalten, der andere hat mir … hat … die Haare …« Sie schluchzte auf.

»Würdest du sie wieder erkennen?«

Margaretha zuckte hilflos mit den Schultern.

»Ich werde durch die Stadt gehen. Vielleicht sind sie im Schiffchen oder streunen noch durch die Straßen, um weitere Frauen zu belästigen. Wenn ich die erwische, dann Gnade ihnen Gott!«

»Den einen hat Jonkie in die Hand gebissen, er blutet.«

Isaak nickte, nahm seinen Hut und den Mantel. Abraham und Hermann folgten seinem Beispiel. Doch obwohl sie die ganze Stadt durchstreiften, fanden sie die Männer nicht. Als sie spät in der Nacht nach Hause kamen, hatte Gretje Margaretha schon ins Bett geschickt.

Margaretha hörte die Schritte der Männer und das Stimmengemurmel, aber sie hatte nicht die Kraft, aufzustehen und nachzufragen. Eigentlich wollte sie auch gar nicht wissen, ob sie die Männer gefunden hatten. Sie wollte dieses schreckliche Erlebnis einfach nur vergessen. Doch das gelang ihr nicht, es verfolgte sie bis in ihre Träume.

Kapitel 18

In den nächsten Tagen ging Margaretha nicht mehr vor die Tür. Jedes Mal, wenn es klopfte, zuckte sie erschrocken zusammen und verkroch sich in der Vorratskammer. Seit diesem Abend hatte sich auch Esther verändert. Sie kam jeden Tag in die Küche und half. Ihre Angst schien sie verloren zu haben.

Sie bemühte sich, Margaretha aufzumuntern, erzählte Geschichten und scherzte. Margaretha ließ jedoch niemanden an sich heran.

Es ging auf Weihnachten zu. In der Küche herrschte die hektische Betriebsamkeit, wie jedes Jahr vor den Feiertagen. Mitte Dezember, es war ein sonniger, aber frostiger Morgen, zog Gretje ihren Mantel an und legte das Umschlagtuch um ihre Schultern.

»Wohin gehst du, Moedertje?«, fragte Margaretha verblüfft, denn an diesem Morgen wollten sie Wäsche waschen.

»Ich muss etwas erledigen«, sagte Gretje leise. Sie hatte Dirck gebeten, ihr einen kleinen Hund zu schnitzen, und diesen legte sie nun in den Korb.

»Für wen ist das Spielzeug? Willst du eine Familie besuchen?«

»Nein, Meisje. Ich will auf den Friedhof vor die Stadt zu Evas Grab.«

Margaretha schaute sie betroffen an. Zwei Jahre war es jetzt her, seit ihre Schwester gestorben war. Zu Anfang hatten sie noch oft von Eva gesprochen, doch das hatte nachgelassen.

»Ich denke jeden Tag an sie und schließe sie in meine Gebete ein«, sagte Gretje leise. »Und nun will ich ihr ein neues Spielzeug bringen.«

»Ich komme mit.« Margaretha griff nach ihrem Mantel.

»Du?«

»Ja.« Margaretha schluckte hart. Der Gedanke, vor die Tür zu gehen, behagte ihr nicht. Aber sie schämte sich, weil sie Eva vergessen hatte.

»Nun gut. Rebecca kann schon mal Wasser und Lauge aufsetzen. Allzu lange werden wir nicht unterwegs sein.«

Jonkie folgte den beiden Frauen, hielt sich dicht an Margarethas Seite. Den Kopf hatte sie aufmerksam gehoben. Schweigend gingen sie bis zum Stadttor. Plötzlich lachte Gretje leise auf.

»Ich muss an Eva denken. Wie drollig sie manchmal war. Weißt du noch, als sie das erste Mal eine Kuh gesehen hat?«

»Ja.« Auch Margaretha lächelte nun. »Sie wollte gar nicht mehr aus dem Stall raus. Und wie stolz sie war, als sie die Schweine alleine füttern durfte. Sie hat oft noch einen Kanten frisches Brot mitgenommen.«

»Ja, sie dachte, ich sehe es nicht. Aber natürlich habe ich es bemerkt.«

»Und das eine Mal, als eine Henne in der dunklen Stallecke ein Gelege gebaut und die Eier ausgebrütet hat – sie wollte die Küken am liebsten mit in ihr Bett nehmen.«

»Sie war so schnell zu begeistern, so fröhlich«, sagte Gretje. »Sie war ein Geschenk des Himmels.«

»Sie ist immer noch bei uns.«

»Aber nur, solange wir sie nicht vergessen.«

»Moedertje, auch wenn wir nicht mehr so oft über sie sprechen und von ihr erzählen, ganz vergessen wird sie wohl keiner der Familie.«

»Das will ich hoffen, denn nun kommt ein neues Kind, das von Hermann und Esther. Ich freue mich darauf, ich freue mich für die beiden. Doch Eva darf darüber nicht vergessen werden. Ich habe Dirck einen Hund schnitzen lassen, damit sie auch eine Jonkie hat, die über sie wacht.«

Margaretha biss die Zähne zusammen, zu bitter waren die Gefühle, die nun in ihr hochstiegen. Sie schluckte hart, räusperte sich, suchte nach Worten und fand keine.

»Ich finde es schön, ja, es freut mich sehr, dass du dich hast überwinden können mitzukommen«, sagte Gretje, die nichts von Margarethas innerem Kampf zu spüren schien. »Es wird Zeit, dass du deine Ängste wieder überwindest und dich wieder auf die Straße traust. Bisher hast du nicht viel über die Nacht erzählt, aber sie hat dir wohl große Angst gemacht.«

»Das hat sie«, sagte Margaretha leise. »Wenn Jonkie nicht gewesen, wer weiß, was dann noch passiert wäre.«

»Jonkie ist ein kluger Hund.«

»Doch auch Jonkie kann nicht viel gegen zwei Männer mit Messer ausrichten.«

»Nein, Meisje, aber abschrecken kann sie. Du wirst natürlich nicht mehr im Dunkeln alleine auf die Straße gehen. Das wird wohl zu gefährlich.«

Margaretha blieb stehen, zog die Luft zischend ein. »Aber du solltest auch nicht mehr alleine auf die Straße gehen. Nie mehr.«

»Warum?« Gretje sah sie verblüfft an.

»Sie haben dich Hexe genannt, mich Tochter der Hexe. Sie haben gesagt, dass du nur die Frauen unseres Glaubens richtig behandelst, Protestanten würdest du vergiften oder verhexen.« Nun sprudelte es aus ihr heraus. »Sie hätten mich ganz sicher … gequält, sie fingen gerade erst an, als sie mir die Haare abgeschnitten haben. Wäre Jonkie nicht gewesen, würde ich vielleicht nun nicht mehr leben. Geschändet hätten sie mich ganz sicher.«

»O Gott, Meisje. Warum hast du das nicht eher gesagt?« Gretje war erschüttert stehen geblieben. »Das ist furchtbar, aber es zeugt nur von dem Geist, der die Stadt beherrscht.«

»Moedertje, hast du keine Angst? In Köln ist erst jüngst eine Frau als Hexe angeklagt worden. Was, wenn sie dich zur Hexe erklären? Dich anklagen und dir den Prozess machen?«

Gretje schüttelte den Kopf. »Die Oranier unterstützen die Inquisition nicht, das ist katholisches Gebaren. Die katholische Kirche wird hier genauso nur geduldet wie wir Mennoniten. Es wird in Krefeld niemals eine Anklage wegen Hexerei geben.«

»Wie kannst du dir da so sicher sein?« Margaretha biss sich auf die Lippe.

Gretje holte tief Luft, fasste ihre Tochter am Arm und zog sie mit sich, aus der Stadt hinaus und in Richtung Friedhof. »Das bin ich nicht, aber ich glaube es, will es glauben.«

»Moedertje, die Brüder und auch einige der anderen sind nun Quäker. Sie leben ihren Glauben nochmal anders. Schon unser Glauben wird nicht verstanden, die bewusste Taufe abgelehnt. Und nun gehen einige noch einen Schritt weiter, werden noch anders, noch gläubiger. Das wird nicht gut gehen. Die Menschen hier verstehen es nicht, wollen es auch nicht verstehen. Für sie sind wir vom Teufel und werden es immer mehr.« Margaretha blieb wieder stehen. Das Entsetzen über diese Gedanken, die sie nun das erste Mal aussprach, lähmte sie. »Wir werden hier nicht mehr glücklich leben können«, sagte sie tonlos.

»Unfug, die Gemüter werden sich beruhigen, Meisje. Sie haben uns akzeptiert. Wie wir unseren Glauben nun leben, ob laut und mit Psalmen oder still und andächtig, das wird niemanden stören. Wir taufen bewusst, und erst als Erwachsene lassen wir uns taufen. Aber das war doch schon immer so.«

»Mutter, sie nennen dich eine Hexe!«

»Ja, auch das war schon immer so. Und wenn ihre Frauen in den Wehen liegen oder am Kindbettfieber kranken, kommen sie doch und wollen meine Hilfe.« Grimmig stapfte Gretje weiter durch den Schnee.

»Irgendwann stirbt eine ihrer Frauen, und du wirst dafür mit deinem Leben zahlen«, sagte Margaretha verzagt.

»Das ist möglich. Das Risiko trage ich bewusst.«

»Und ich werde auch mit meinem Leben zahlen müssen. Meine Haare habe ich schon gegeben.« Margaretha flüsterte die Worte nur. Gretje blieb stehen, drehte sich zu ihr um.

»Oh, Hartje, oh, mein Herz, komm her. Du brauchst keine Angst haben.« Sie ging zu ihrer Tochter, nahm sie in die Arme, drückte sie an sich. »Ist es das, was dir Sorge macht?«

Margaretha nickte stumm, biss sich auf die Lippe und schluckte die Tränen herunter.

»Darüber musst du dich nicht sorgen. Dir wird nichts passieren. Mir ist doch bislang auch nichts geschehen, Meisje.«

»Eva haben sie getötet. Sie war deine Tochter. Mich wollten sie schänden.«

Gretje seufzte, drückte Margaretha noch fester an sich. »Ja, ich weiß«, sagte sie schließlich. »Vielleicht sehe ich das anders. Seit Jahren, eigentlich immer schon, warte ich darauf, dass mir etwas passiert, dass mich jemand angreift oder verletzt. Das ist nicht geschehen. Mir würde es nichts machen. Mein Tun ist rechtens, mein Gewissen ist rein und mein Glauben stark. Dass meine Töchter angegriffen, dass das schwächste Glied der Familie, dass Eva getötet wurde, war schlimmer als alles andere. Sie konnte sich nicht wehren. Sie konnte noch nicht einmal in gutem Glauben und für Gott sterben. Und das kannst du auch noch nicht. Es tut mir so leid. Sie treffen mich dadurch viel mehr, als wenn sie mich überfallen würden.«

»Hast du keine Angst vor dem Tod, Moedertje?«

Gretje schwieg einen Moment, dann schob sie ihre Tochter ein Stück weg, die Hände immer noch auf Margarethas Schultern, sah ihr in die Augen. »Hast du Angst vor dem Tod, Meisje?« Sie nickte, seufzte. »Nein, ich habe keine Angst vor dem Tod, mein Kind. Aber ich habe auch gelebt. Ich habe gelebt, geliebt, Kinder bekommen, Leid erfahren, Schmerz und Freude. Mein Leben war bis heute erfüllt. Nicht alles war schön, aber das meiste. Schwer ist manches zu ertragen, aber schön sind die kleinen Dinge. Und ich habe meinen Glauben, der mich trägt. Wenn ich sterbe, dann werde ich irgendwann das Himmelreich sehen. Das Leben ist wundervoll, doch der Tod, sollte er ohne Qual und Schmerzen sein, hat für mich keinen Schrecken. Jesus und Gott werden mich empfangen. Davor habe ich keine Angst, nein. Dein Leben ist noch zu kurz, als dass du meine Empfindungen nachvollziehen kannst. Irgendwann wirst auch du keine Angst mehr vor dem Tod haben.«

Margaretha atmete bewegt tief ein und aus, der Atem wurde zu einer dichten Wolke vor ihrem Gesicht. »Ich habe auch keine Angst vor dem Tod, vor dem Himmelreich und der Erlösung, aber …«

»Du hast Angst vor den Menschen und dem, was sie dir zufügen können. Damit hast du nicht ganz unrecht.« Gretje sah hoch. Der Himmel hatte sich wieder bezogen, die Temperaturen fielen. »Es wird kalt, wir müssen uns beeilen.« Sie zog ihre Tochter mit sich, hakte sich bei ihr unter. »Angst ist manchmal gesund und alles andere als verkehrt. Wir müssen tatsächlich aufpassen, denn wir sind nicht wohlgelitten in der Stadt. Aber die Lebensfreude sollte es dir nicht nehmen. Denk an Eva, sie war so froh und glücklich in ihrem kurzen Leben.«

»Und wie ist sie gestorben, Mutter? Gequält und misshandelt wurde sie. Sie ist unter Schmerzen und voller Angst gestorben.«

Gretje blieb abrupt stehen und schluchzte auf. »Ja, das ist sie. Mein Hartje, mein Sonnenschein.« Dann fasste sie sich wieder, rieb sich die Tränen in die Wangen. »Nun ist sie bei Gott. Kein Leid kann ihr mehr zugefügt werden.«

Sie hatten den Friedhof erreicht, die Gräber waren zugeschneit, und fast hätten sie das schlichte Kreuz mit Evas Namen nicht gefunden. Doch dann entdeckten sie das kleine Grab. Gemeinsam schaufelten sie das Kreuz frei. Gretje legte behutsam das Spielzeug auf das Grab. »Möge er dich beschützen, so wie Jonkie auf unsere Margaretha aufpasst.«

Sie beteten still, machten sich dann auf den Heimweg. In der Nähe des Stadttores ergriff Gretje wieder das Wort.

»Du hast Angst. Das verstehe ich, aber es ändert nichts an der Situation. Du kannst Angst haben und dich verkriechen, dich verstecken. Du kannst aber auch den Kopf heben und so leben, wie du es möchtest. Der Tod kommt ganz gewiss, und mancher Pein kann man nicht entgehen. Das siehst du doch an Esther. Sie hatte Angst vor der Geburt. Die hat sie immer noch, aber jetzt lässt sie sie zu, erwartet das Kommende. Ihrem Schicksal kann sie ebenso wenig entgehen wie du.«

»Kann man das vergleichen, Moedertje? Sie bekommt ein Kind. Sie hat Angst vor der Geburt und dem Wochenbett. Wie hätte sie dem entgehen können? Mich machen andere Menschen bange. Ich kann einfach zu Hause bleiben, da kann mich keiner erwischen und quälen.«

Gretje lachte leise. »Esther hätte nicht heiraten brauchen. Ein schlichtes Nein und das Schicksal wäre ihr entgangen.«

Margaretha sah sie erstaunt an. »So habe ich das noch nie gesehen.«

»Ja, aber so ist das. Sobald du heiratest, nimmst du das Wagnis einer Schwangerschaft auf dich. Die Angst vor der Geburt und dem Kindbett hatte sie fest ergriffen.« Gretje lachte leise. »Was genau hast du ihr gesagt, um sie auf den Boden der Tatsachen zu holen, Meisje?«

Margaretha senkte den Kopf, das Blut schoss ihr in die Wangen. »Wie bitte?«

»Nun komm«, sagte Gretje belustigt. »Esther kam zu mir, ein oder zwei Tage nach … nach … du weißt schon, nach dem Abend. Sie bat um eine Aufgabe. Ich fragte sie nach ihren Ängsten. Sie zuckte nur mit den Schultern und sagte, du habest ihr den rechten Weg gezeigt.«

»Ich habe ihr nur … nur gesagt, dass sie den Tod nicht zu fürchten braucht. Dass sie stark sei und wir sie unterstützen würden. Na ja, in etwa so etwas habe ich gesagt«, murmelte Margaretha.

»So, so. Nun gut, was auch immer du ihr genau gesagt hast, es hat seine Wirkung nicht verfehlt. Sie beschäftigt sich wieder, hilft im Haushalt, kümmert sich. Das lenkt sie ab. All diese Stunden alleine in ihrer Kammer, das war ungesund, das war falsch und hat alles nur schlimmer gemacht. Isaak hätte nie zugelassen, dass ich so sehr in Selbstmitleid versinke. Aber Hermann ist da anders. Wenn er könnte, würde er seine Frau auf Händen tragen. Nicht immer ist das gut, auch wenn es von Liebe zeugt.«

Sie hatten die Stadt erreicht, eilten durch die Gassen. Wind kam auf, Gretje sah besorgt nach oben. »Ich hoffe, es schneit nicht schon wieder. Wir haben nicht mehr viele Tage, um die Wäsche zu machen. Bald ist Weihnachten.«

Sie kamen bei ihrem Haus an, schlossen die Tür auf. Der Duft von Lauge drang ihnen entgegen. In der Waschküche standen Rebecca und Esther und wuschen die Laken in dem großen Waschbottich aus. Gretje schälte sich eilig aus ihrem Mantel.

»Esther, Meisje, das ist keine Tätigkeit mehr für dich. Geh in die Küche und setz das Essen auf. Es müsste auch noch Fleischbrühe da sein, die kannst du warm machen.«

»Es geht doch«, sagte Esther und lachte. »Ich fühle mich gut. Wir wollten nicht mehr länger warten.«

»Das war gut gedacht, aber nun übernehme ich die Arbeit. Rebecca und Margret können die Laken auswaschen und wringen. Niemand von uns wird Zeit haben, das Essen zu kochen. Gleich kommen die hungrigen Männer.«

Margaretha holte frisches, aber eisiges Wasser aus dem Brunnen. Sie spülten die seifigen Betttücher wieder und wieder, wrangen sie dann aus, so fest sie konnten. Irgendwann waren Margarethas Hände rot und schmerzten, dann spürte sie sie nicht mehr. Es begann wieder zu schneien, und die Mädchen versuchten sich zu beeilen. Schließlich war das letzte Stück gewaschen, ausgespült und gewrungen. Gretje und Rebecca schütteten den Waschbottich im Hof aus, während Margaretha die Leinen in der Waschküche spannte. Es fiel ihr schwer, die Knoten zu schlingen und festzuziehen. Immer wieder hauchte sie auf ihre steifen Finger. Mit Mühe hängten sie und Rebecca die Wäsche auf. Noch ein Mal legte Margaretha Holz nach und schloss dann den Ofen. Sie spürte jeden Knochen, jeden Muskel, ihre Hände taten ihr weh. Auch Rebecca lehnte sich erschöpft an die Wand, strich sich eine Haarsträhne aus der Stirn. Die beiden nickten sich zu, gingen dann über den Hof, auf dem noch das Waschwasser dampfte, in die Küche. Sie freuten sich auf den warmen Raum, ein gutes Essen und heißen Würzwein. Doch die Küche war kalt, es duftete nicht nach einer warmen Mahlzeit. Der kleine Topf, in dem immer etwas Wein simmerte, war leer.

Erschrocken starrten sie zu Gretje, die sich über Esther beugte. Die junge Frau kauerte wimmernd in der Ecke.

»Seit wann geht es dir so?«, fragte Gretje leise, aber eindringlich. Esther öffnete den Mund, schloss ihn dann jedoch wieder, kniff die Augen zusammen und stöhnte auf.

»Was ist mit ihr, Moedertje?«, fragte Margaretha entsetzt. »Ist sie krank? Warum hat sie uns nicht gerufen?«

»Sie ist nicht krank, Meisje, sie bekommt das Kind. Du musst aufstehen, Esther. Du kannst es nicht hier in der Küche bekommen.«

»Ich kann nicht«, schnaufte Esther gepresst. »Ich kann mich nicht bewegen. Es tut weh.«

Gretje sah sich zu Margaretha um. »Schürt den Herd und setzt das Essen auf, Meisjes. Heißes Wasser brauchen wir auch, Würzwein. Margaretha, du musst einen Aufguss für sie machen.«

»Frauenmantel, Baldrian, Birke und Weide?«

»Vollkommen richtig, gut, Meisje. Weide und Birke nehmen den Schmerz, Frauenmantel bringt die Geburt voran, und Baldrian beruhigt ihre Nerven.« Sie nickte anerkennend. »Wir werden sie nicht bis nach drüben bringen können.« Zweifelnd schaute Gretje ihre Schwiegertochter an.

»Zusammen bekommen wir sie die Treppe hoch, in meine Kammer. Dort ist es warm. Mit einer Kohlepfanne wird es noch wärmer. Das Bett ist nicht allzu breit, aber es sollte gehen.«

»Das ist eine gute Idee, Margret. Rebecca, kannst du die Töpfe nach drüben schaffen und dort für die Männer das Essen bereiten? Das Haus hier muss nicht voll sein, die Männer, Gesellen und Lehrjungen können auch drüben essen.«

»Ich laufe schnell rüber und heize dort den Herd an.« Rebecca schürte den Ofen und ging dann über den Hof in das Nachbarhaus.

Margaretha eilte nach oben, bereitete das Bett vor. Der Kater lag ausgestreckt auf ihrer Decke und wollte sich nicht vertreiben lassen.

»Pack dich«, schimpfte Margaretha und jagte ihn davon.

Fauchend sprang er vom Bett, verließ aber nicht die Kammer, sondern drückte sich in eine Ecke, dort, wo der Kaminzug entlangführte. Margaretha lief wieder nach unten. Immer noch saß Esther auf dem Boden und drückte sich gegen die Wand.

»So wird das nichts, Kind. Du musst dich entspannen, es zulassen. Nun komm, wir gehen nach oben.« Gretje fasste ihren Arm.

»Nein. Ich kann nicht.« Esther schüttelte zerzweifelt den Kopf.

»Ich helfe dir«, murmelte Margaretha und nahm Esthers anderen Arm. Gemeinsam zogen sie die junge Frau auf die Füße. Erst jetzt sah Margaretha die Pfütze auf dem Boden. »O je. Ist das Blut? Soviel?«

Gretje schüttelte den Kopf. »Die Blase ist gesprungen. Mehr kann ich nicht sagen, bevor ich sie nicht untersucht habe. Esther, wir gehen jetzt zur Treppe, wir lassen uns Zeit. Margret und ich stützen dich, du wirst nicht fallen, aber du darfst dich auch nicht hängen lassen. Komm, einen Schritt nach dem anderen. Komm, Meisje, komm.«

Langsam gingen sie durch die Küche und bis zur Treppe. Jeder Schritt war eine Qual. Esther jammerte und weinte. Sie zogen und schoben sie mit sich, zwangen sie weiterzugehen.

»Nur noch die Stiege, Hartje. Das schaffst du, wir helfen dir ja«, sagte Gretje beruhigend.

Die ersten Stufen schienen unüberwindbar und schwer, doch dann fasste sich Esther ein Herz und stieg die Treppe empor. Margaretha hatte die Kerzen am Fenster angezündet, das Zimmer wirkte warm und anheimelnd. Seufzend ließ Esther sich auf das Bett sinken. Margaretha lief wieder nach unten, setzte Wasser auf, bereitete Würzwein zu, holte die Kräuter für den Trank, der ihre Schwägerin beruhigen und entspannen würde. Margaretha hatte in den letzten Jahren Erfahrungen mit Geburten sammeln können. Auch wenn die Fruchtblase geplatzt war, hatte Esther noch keine wirklichen Wehen. Denn dann hätten sie sie vermutlich kaum die steile Stiege hochbekommen. Die Angst hatte Esther eingeholt und das Wissen, dass es kein Zurück mehr gab.

»Was ist mit Esther, was ist mit meiner Frau?« Hermann stürmte hemdsärmelig in die Küche, fasste Margaretha am Arm, schüttelte sie.

»Sie bekommt das Kind«, sagte Margaretha und lächelte, dann befreite sie sich aus seinem Griff. »Kein Grund, besorgt zu sein. Wir kümmern uns um sie.«

»Wo ist sie? Ich will zu ihr.«

»Hermann, sie bekommt ein Kind. Den Letzten, den sie sehen will, bist du.« Margaretha schüttelte amüsiert den Kopf. »Hilf lieber Rebecca und bring die Töpfe nach drüben.«

Doch er hörte sie schon nicht mehr, stürmte die Treppe nach oben, öffnete eine Tür nach der nächsten.

»Esther? Liefje? Wo bist du? O mein Herz …«

Margaretha war ihm in die Diele gefolgt, stand am Fuß der Stiege. Gretjes Stimme klang laut und unüberhörbar durch das Haus.

»Hermann, das ist eine Frauensache. Sieh zu, dass du verschwindest. Wenn wir dich brauchen, werden wir dich holen. Nun geh, worauf wartest du?«

»Esther …«

»Deine Frau bekommt ein Kind. Sie bekommt das Kind, nicht du. Nun geh, los, los. Geh.«

Wie mit kaltem Wasser begossen, kam er nach unten. Er sah seine Schwester nicht an, ging mit gesenktem Kopf an ihr vorbei, seine Schultern bebten, und auf einmal dauerte er Margaretha. Sie legte den Arm um ihn, zog ihn an sich.

»Es wird alles gut, Hermann. Alles wird gut, wir werden dafür sorgen«, wisperte sie.

»Ach, Margret.« Er vergrub sein Gesicht in ihrer Schulter, weinte haltlos. »Sie hat so Angst zu sterben. So sehr.«

»Ich weiß.«

»Ich will sie noch einmal sehen, sollte es tatsächlich geschehen, ich will sie vorher noch einmal sehen.«

»Das verspreche ich dir, Hermann.« Margaretha drückte ihn an sich, hielt ihn für einen Moment fest. Dann schob sie ihn von sich. »Und nimm den Kessel mit dem Eintopf mit nach drüben. Alle sind bestimmt hungrig.«

Sie folgte ihm in die Küche, gab ihm den Topf und das Brot, sah ihm hinterher, als er zur Tür ging. Er hatte sie kaum geöffnet, als der erste Schrei aus dem Obergeschoss erklang. Er drehte sich um, seine Augen vor Entsetzen geweitet, doch Margaretha schickte ihn hinaus. »Das ist Frauensache. Nicht schlimm. Wird es schlimm, dann rufe ich dich. Das verspreche ich dir.«

Sie heizte den Kamin an, kochte Wasser, bereitete den Trunk aus den Kräutern zu, holte frisches Leinen und ging dann nach oben. Ihr Herz klopfte wild, ein kleines Tier, gefangen in ihrem Brustkorb. Was, wenn Esther wirklich starb? Was wäre dann mit Hermann? Zögernd öffnete sie die Tür. Esther stand am Fenster, stützte sich auf das Fensterbrett, sie hatte nur noch ihr Unterkleid an. Doch sie wirkte wahrlich nicht wie eine Frau, die dem Tode nahe war. Verblüfft legte Margaretha die Leinentücher auf das Bett, stellte den Becher mit dem Aufguss auf die Kleiderkiste und schaute ihre Mutter an. Gretje lächelte.

»Kannst du noch ein Kohlebecken holen? Eines steht in Abrahams Kammer.«

»Aber es ist doch warm hier, angenehm«, sagte Margaretha zweifelnd.

»Nicht warm genug. Wir haben noch ein paar Stunden vor uns.«

Margaretha nickte, holte das Kohlebecken und füllte es. Esther schnaufte, Gretje trat hinter sie und tastete den Bauch ab.

»Atme hierhin, da, wo meine Hände sind. Atme zu meinen Händen. Atme tief ein, zu meinen Händen. So ist es gut, ich kann es spüren. Sehr gut. Und nun lasse die Luft langsam raus.«

Esther keuchte.

»Nein, Esther, atme langsam aus, so: Puhhhhh. Ganz langsam. Komm, mach es so wie ich. Gemeinsam. Puuuuhh. Du kannst das.«

Esther wimmerte, dann fügte sie sich.

Die nächsten Stunden zogen sich hin. Margaretha eilte von der Kammer zur Küche, brachte Würzwein, bereitete einen weiteren Aufguss, machte einen Breiumschlag, holte heißes Wasser, Kohlen, kaltes Wasser. Eigentlich war sie so müde, dass sie sich am liebsten zu dem Kater gelegt hätte, der sich an dem Kamin zusammengerollt hatte und trotz des Lärms und der Betriebsamkeit schlief.

Die Nacht verging. Im Hühnerstall krähte der Hahn. Es wäre schon längst Zeit gewesen, das Frühstück zu bereiten. Doch auch die Männer im Nebenhaus hatten kaum geschlafen. Immer wieder hatten sie Rebecca geschickt, um Nachricht einzuholen. Immer wieder hatte Margaretha sie unverrichteter Dinge nach drüben schicken müssen.

»Es dauert noch. Aber Esther geht es gut. Alles ist normal soweit«, sagte Margaretha und gähnte herzhaft.

»Hermann möchte zu seiner Frau.« Rebecca verzog das Gesicht. »Er ist kaum zu halten.«

»Er möchte zu seiner Frau?« Sie lachte leise. »Nein, das möchte er nicht. Das würde er nicht wirklich wollen. In dem Zimmer ist es heiß und stickig. Esther jammert. Mutter tut alles, um ihr die Schmerzen zu erleichtern. Aber sehen will er das nicht, bestimmt nicht.«

»Was soll ich ihm sagen? Er lässt sich kaum beruhigen.«

Margaretha holte tief Luft. »Ach«, sagte sie dann und schüttelte den Kopf, »warum soll man den Männern das Leid ersparen? Soll er rüberkommen und es sich ansehen. Ja, schick ihn hierher. Soll er es miterleben.« Margaretha stemmte die Fäuste in die Hüften.

»Das meinst du nicht ernst?«

»O doch, glaub mir, er wird nicht lange bleiben.«

Margaretha ging wieder in ihre Kammer. Etwas hatte sich verändert. Esther atmete anders als zuvor, ihr Gesicht war angespannt, aber nicht verkrampft.

»Das machst du gut, Meisje«, lobte Gretje. »Es dauert nicht mehr lange, bald hast du es geschafft.«

»Wie lange?«, fragte Esther keuchend.

»Wenn die Sonne aufgeht, hast du dein Kind in den Armen.«

Zweifelnd schaute Margaretha zum Fenster, es dämmerte schon. Sollte ihre Mutter recht haben, würde es nun schnell gehen.

»Margret, bring warme, saubere Tücher. Und warmes Wasser.«

»Jetzt schon?«

Doch Gretje antwortete ihr nicht. Margaretha drehte sich um, im Flur wäre sie beinahe mit Hermann zusammengestoßen. Sein Gesicht war bleich und wirkte eingefallen.

»Und? Steht es schlecht …?«

In diesem Moment schrie Esther auf. Laut und gellend war ihr Schrei.

»Nun, nun«, murmelte Gretje beruhigend. »Nicht schreien. Hol tief Luft, drück dein Kinn auf die Brust, fass nach deinen Kniekehlen und dann presst du.«

Doch Esther legte den Kopf in den Nacken und schrie wieder.

»Esther«, sagte Gretje lauter und strenger. »Wenn du schreist, wird es nur mehr schmerzen. Du musst das Kind auf die Welt pressen, jetzt! Komm! Tief Luft holen, bis in den Bauch.« Gretje legte die Hand an den Hinterkopf ihrer Schwiegertochter, drückte den Kopf nach vorne. »Und nun press!«

»Aaaaaaaaaah«, stöhnte Esther.

Hermann klammerte sich an den Türrahmen, schaute mit aufgerissenen Augen zum Bett. Margaretha drückte sich an ihm vorbei, sie stellte den Krug mit dem heißen Wasser auf die Kleiderkiste, legte die Tücher an das Fußende des Bettes.

»Margret, nimm einen Lappen und tränke ihn mit kaltem Wasser, dann halte ihren Kopf«, sagte Gretje. »Esther, die Wehe ist vorbei. Atme tief ein und aus. Du machst das gut.«

»Ich will nicht mehr. Ich will nicht mehr«, jammerte Esther. »Da kommt die nächste Wehe. O nein!«

»Wie vorhin. Tief Luft holen, Kinn auf die Brust und drücken!« Gretje beugte sich über sie. »Drück! So feste du kannst! Ja, gut machst du das.«

Margret stützte den Kopf der Schwägerin und blickte zum Bettende. Der Kopf des Kindes wurde geboren.

»Du hast das Schlimmste hinter dir«, sagte Gretje strahlend. Sie hatte recht, bei der nächsten Wehe rutschte der kleine Körper hinterher. Gretje nahm das Kind auf, wischte ihm über Mund und Nase, noch hatte es die Augen fest zusammengekniffen, doch es öffnete den Mund, tat seinen ersten Atemzug und schrie leise.

»Da bist du ja, Hartje. Willkommen!« Gretje lachte. »Es ist ein Junge, und mir scheint, es ist alles dran.«

Esther ließ sich erschöpft zurücksinken, doch ihre Augen leuchteten, sie lächelte glücklich. Margaretha goss das warme Wasser in die Waschschüssel. Nachdem ihre Mutter die Nabelschnur durchtrennt hatte, durfte sie ihren Neffen waschen. Dann wickelten sie das Kind in die warmen Tücher und legten ihn in Esthers Arme. Flink nahm Margaretha die blutigen Tücher und die Nachgeburt auf, wickelte alles zusammen. Erst als sie sich umdrehte, bemerkte sie Hermann, der wie versteinert an der Tür stand.

»Oh, dich habe ich ganz vergessen. Herzlichen Glückwunsch zu deinem Sohn«, sagte Margaretha lachend. »Nun geh schon rein und schau ihn dir an.«

Unsicher betrat Hermann den Raum. Gretje sah ihn an. »Nun, seit wann stehst du denn in der Tür? Deiner Frau geht es gut. Du hast einen gesunden Sohn.« Sie trat zurück und ließ ihn an das Bett.

Hermann kniete sich hin. »Liefje, du Ärmste. Ich habe nicht gewusst, dass es so schrecklich ist.«

Esther lächelte, dann schüttelte sie den Kopf. »Was ist schrecklich?« Sie sah das Kind an, dann ihren Mann. »Ich finde ihn wunderschön.«

»Ja, das ist er. Wunderschön. Ich meinte die Qual der Geburt, die du aushalten musstest«, murmelte er und senkte den Kopf.

»Ich hatte es mir viel schlimmer vorgestellt.« Esther seufzte beglückt auf und drückte den Säugling an sich. Das Kind schmatzte leise. »Deine Mutter und deine Schwester waren eine große Hilfe. Es war gar nicht so schmerzhaft, wie ich befürchtet hatte.«

»Aber du hast geschrien …«

»Ja, weil ich nicht anders konnte. Es war wie eine mächtige Kraft, die in mir steckte. Ich wusste nicht, wohin damit. Deine Mutter hat es mir aber gezeigt. Sie war wunderbar.«

»Komm«, sagte Gretje leise und führte Margaretha in den Flur, dann schloss sie die Tür. »Wir lassen die beiden alleine.«

Kapitel 19

An diesem Tag noch holte Isaak die alte Wiege vom Dachboden. Zusammen mit Hermann säuberte er das Bettchen und besserte es aus. Mit Wehmut betrachtete Gretje die Wiege. Eva hatte zuletzt darin geschlafen. Gegen Abend brachten sie das kleine Bett, ausgebessert und mit neuen Decken versehen, in Margarethas Zimmer. Isaak schlug Hermann stolz auf die Schulter.

»Mein erster Enkel, dein Sohn, was für ein wunderschönes Kind! Das habt ihr beide gut gemacht, ich bin stolz auf euch.«

Er nickte Esther zu, ohne sie wirklich angesehen zu haben. Eine Wöchnerin war nichts für Männeraugen, so befand er, als er den Branntwein aus dem Keller holte, um auf das Kind anzustoßen.

Margaretha überließ Esther für die erste Zeit des Wochenbetts die Kammer und zog zu Rebecca. Zuerst war es für die beiden ungewohnt, ein Zimmer zu teilen, doch dann lagen sie oft stundenlang kichernd und erzählend im Bett.

Zum Christfest kam Esther das erste Mal wieder nach unten. Stolz trug Hermann seinen Sohn. Sie hatten ihn Samuel Isaak genannt, und die ganze Familie liebte ihn jetzt schon.

Es gab Schinken in Honigkruste, Gänsepastete, Schmalz und Brot. Die kleinen Äpfel aus dem Wallgarten, die auf den Fensterbänken nachreiften, waren so süß und saftig wie der Sommer. In diesem Jahr war die Ernte gut ausgefallen und die Vorratskammer voll. Sie hatten Obst im Ofen gedörrt oder in der Sonne getrocknet, in Öl oder Alkohol eingelegt, Kompott gekocht. Gretje wusste, wie wichtig dies in den dunklen Monaten des Winters war, wenn es kaum frische Lebensmittel gab. Nur gepökeltes oder geräuchertes Fleisch, Getreidebrei und Brot waren auf Dauer zu wenig. Nicht jeder in der Stadt hatte einen Wallgarten, und nur wenige konnten sich Obst vom Bauern leisten. Viele Familien hungerten oder ernährten sich mangelhaft. Obwohl in diesem Winter noch keine Seuche aufgetreten war, fürchteten sich alle davor.

Schnell vergingen die nächsten Wochen. Das Weihnachtsfest und die Tage zwischen den Jahren verbrachten sie geruhsam. Auch dieses Jahr ging niemand von ihnen mit dem Brummtopf um die Stadt. Die Feindschaft zwischen den Glaubensgemeinschaften schien zu wachsen.

Deshalb schloss sich die mennonitische Gemeinde noch enger zusammen und unterstützte die Armen und Ärmsten so gut sie konnte. Doch es gab auch Reibereien innerhalb der Glaubensgemeinschaft. Nicht nur die op den Graeffs hatten sich mit der stillen Andacht der Quäker beschäftigt und wollten ihren Glauben auf diese Weise ausüben, andere Familien hatten sich dem angeschlossen. Nach vielen langen Besprechungen gestand man ihnen die versunkene Andacht zu. Nach der Verslesung gingen sie in den Vorraum und versenkten sich dort stumm ins Gebet. Nicht jeder sah das mit Wohlgefallen, doch es herrschte kein offener Streit. Sie versuchten, ihrem Glauben gerecht zu werden und Toleranz zu üben. Den Älteren fiel dies sichtlich schwerer als den Jungen, und doch bemühten sich alle um Verständnis füreinander.

Hermann, glücklich über die Geburt des gesunden Kindes, vertiefte sich immer mehr in den Glauben. Er, Abraham und Heinrich Janßen, ein guter Freund der beiden, fuhren mehrfach zu Glaubensbrüdern nach Duisburg. Anfang Februar fand eine große Versammlung der Gemeinschaft der Freunde, wie sich die Quäker auch nannten, in Düsseldorf statt. Daran wollten die drei jungen Männer um jeden Preis teilnehmen. Doch am Tag vor ihrer Abreise rutschte Abraham auf einer vereisten Pfütze aus und verstauchte sich den Fuß. Bedauernd sah er seinem Bruder und dessen Freund hinterher, als sie losfuhren.

Die beiden jungen Männer wollten drei Tage bleiben, doch auch am vierten Tag war von der Kutsche nichts zu sehen.

»Sie werden noch Freunde besuchen, weitere Gespräche führen«, sagte Abraham mürrisch. Esther stand viel am Fenster, blickte auf die Gasse. Sie wirkte blass und ängstlich.

»Hermann wird nichts passiert sein«, versuchte Gretje sie zu beruhigen.

»Doch, etwas Schreckliches ist geschehen«, sagte Esther leise.

Als in der folgenden Nacht heftig an die Tür geklopft wurde, sprangen alle erschrocken aus den Betten. Isaak öffnete die Tür. Die Stadtwache stieß die beiden jungen Männer in die Diele.

»Eine Stunde habt ihr, um eure Sachen zu packen und euch zu verabschieden. Das Haus wird bewacht. Wagt es nicht, abzuhauen.«

»Was … was ist passiert?« Gretje zog das Umschlagtuch enger um sich, rang die Hände. »Habt ihr etwas angestellt?«

Hermann antwortete nicht. Wortlos ging er an allen vorbei in die Küche, öffnete die Tür zum Hof, überquerte diesen und ging in das Nachbarhaus zu seiner Frau.

Heinrich Janßen, Hermanns Freund, sah die Familie mit großen Augen an. »Ich muss nach Hause, zu meiner Familie. Ich muss packen und es erklären.«

»Was musst du erklären, minn Zoon?«, wollte Isaak wissen. »Was ist denn geschehen?«

»Wir haben viele Brüder in Düsseldorf getroffen und gute Gespräche geführt. Das Glaubensfeuer hat uns entflammt, und voller Enthusiasmus sind wir zurückgekehrt. Auf dem Weg … wir begegneten dem Droste. Der Droste von Kinsky, er kam uns entgegen. Er …« Heinrich schüttelte sich entsetzt.

»Nun komm erstmal, Jong. Nimm einen Schluck Wein und beruhige dich. Habt ihr jemanden etwas angetan?«, fragte Isaak.

Margaretha war ihren Eltern in die Diele gefolgt. Nun eilte sie in die Küche und holte Wein und Brot. Sie führten Heinrich in die Stube, Margaretha legte Holz in den Kamin. Schon bald flackerte das Feuer auf. Heinrich umklammerte den Becher, immer noch war er bleich.

»Wir sind dem Droste begegnet. Wir haben ihn gegrüßt mit aller Höflichkeit, doch den Hut haben wir nicht gezogen. Es gibt keine Macht außer Gott. Wir sind Gottes Diener, aber nicht die irgendeiner Staatsform. Wir zollen den weltlichen Herrschern Respekt, doch den Hut lüpfen wir nur vor Gott. Nur Gott schulden wir den wahrhaftigen Gehorsam.«

»Das sieht der Droste sicher anders«, sagte Isaak leise.

»Ja, durchaus. Er hat uns inhaftieren lassen und dann verurteilt und gebannt. Wir müssen die Stadt verlassen. Sofort.« Heinrich sprang auf. »Ich muss nach Hause, ich muss zu meiner Familie.«

»Ich begleite dich, Heinrich«, sagte Abraham ernst. »Ihr

habt richtig gehandelt. Ich werde mich dafür einsetzen, dass ihr zurückkehren dürft.«

Der Abschied war bitter und zu schnell. Kaum eine Stunde blieb den beiden, um ihre Sachen zu packen und zu gehen. Esther weinte haltlos, sie war kaum zu trösten. Margaretha verbrachte die Nacht bei ihr, hielt die Schwägerin fest. Am nächsten Morgen saß die Familie stumm und fassungslos am Küchentisch.

»Ich reite zum Droste und bitte ihn, das Urteil aufzuheben«, sagte Isaak. »Es kann doch nicht sein, dass zwei junge Männer wegen ihrer Überzeugung, ihres Glaubens der Stadt verwiesen werden. Unser Glauben ist frei, das wurde uns gewährt.«

Doch all seine Bemühungen und die der Gemeindeältesten fruchteten nicht. Einige Wochen waren sie ohne Mitteilung von den beiden Männern, wussten nicht, wohin es sie verschlagen hatte. Isaak nahm dies sichtbar mit. Er sank in sich zusammen, wirkte klein und verhuscht, schlief schlecht und hustete viel. Gretje machte sich große Sorgen um ihn, kochte Aufgüsse und machte Breiumschläge. Seine düstere Stimmung hielt jedoch an. Auch Esther litt unter der Situation und der Ungewissheit. Gerade erst hatte sie ihre Unbekümmertheit und Unbeschwertheit wiedererlangt, und nun kam der große Rückschlag. Endlich erhielten sie einen Brief: Hermann und Heinrich hatten sich bis nach Amsterdam durchgeschlagen. Sie waren bei Freunden untergekommen.

Mehrfach fuhren Isaak und Abraham nach Moers zum Droste von Kinsky. Doch all ihr Flehen und Bitten brachte nichts. Im Gegenteil, beim letzten Mal setzte der Droste sie unsanft vor die Tür und drohte ihnen, die gesamte Familie aus der Stadt zu jagen. Auch das Klima in der Stadt hatte sich weiter verschlechtert. Die Reformierten sahen die Verbannung der beiden Quäker als Sieg gegenüber den Täufern. Immer mehr Stimmen wurden laut, auch die anderen Familien aus der Stadt zu hetzen. Der Droste unterstützte diese Gesuche und ahndete Vergehen gegen die Täufer kaum noch.

Hermann und Heinrich verfassten eine Druckschrift in Amsterdam, in der sie sich gegen die Vertreibung wehrten. Diese Druckschrift schickten sie auch zum Droste. Doch auch dies half nicht.

Es wurde Frühjahr. Isaak litt sichtlich unter der Situation, er wurde immer schwächer. Diejenigen, die dem Glauben der Quäker nahestanden, schlossen sich noch enger zusammen. Oft besuchten sich die Familien op den Graeff und Janßen, lasen die Briefe der beiden jungen Männer, die nun regelmäßig eintrafen, vor und versuchten, sich Trost zu spenden. Esther wurde immer dünner und verschlossener. Sie klammerte sich sehr an den kleinen Samuel, ließ ihn kaum aus den Augen und nahm ihn sogar mit in ihr Bett. Fast jeden Abend blieb sie so lange es ging mit ihm im Arm in der Stube sitzen. Nur widerwillig ging sie in das Nebenhaus. Gretje betrachtete das Verhalten ihrer Schwiegertochter voller Sorge.

»Meisje«, sagte sie eines Abends im Mai. »Ich weiß, dass du Hermann vermisst, wir alle tun das. Aber du darfst dich nicht so sehr in deinem Kummer vergraben. Das tut dir nicht gut und Samuel auch nicht.«

»Samuel ist alles, was ich jetzt noch habe. Samuel und ihr …«

»Das ist doch Unfug.« Gretje schüttelte energisch den Kopf. »Das klingt fast so, als wäre Hermann tot. Das ist er aber nicht, er lebt.«

»Ja, in Amsterdam. Weit weg von uns. Wer weiß, ob ich ihn jemals wiedersehe«, schluchzte Esther. »Ich fürchte mich, ich fühle mich so alleine und habe Angst.«

»Wovor hast du Angst, Meisje?«

»Vor dem Alleinsein. Es ist jedes Mal schrecklich für mich, wenn ich die warme Stube verlassen und ins Nebenhaus gehen muss.«

Gretje nickte. »Das habe ich mir fast gedacht.«

»Du kannst meine Kammer haben«, sagte Abraham. »Solange, bis Hermann wiederkommt, und das wird er, das verspreche ich dir. Wir haben uns mit einigen einflussreichen Brüdern in Verbindung gesetzt und sie um Unterstützung gebeten. Unsere Bitten werden nicht ungehört verklingen.«

»Würdest du wirklich die Kammer mit mir tauschen?« Esther sah ihn mit tränenverhangenen Augen an.

»Ja, natürlich, Hartje. Ich gehe sofort und packe meine Sachen. Rebecca kann die Kammer ordentlich reinigen, und dann helfen wir dir, deine Sachen herüberzutragen.«

»Mit wem habt ihr euch denn in Verbindung gesetzt?«, fragte Isaak.

»Mit mehreren Leuten in England und Friesland. William Penn haben wir angeschrieben und auch Steven Crisp.«

»Ob es so hohe Herren interessiert, was mit zwei jungen Burschen in Krefeld passiert?« Isaak schüttelte zweifelnd den Kopf. Dann lehnte er sich zurück und schloss erschöpft die Augen.

»Ich bin mir sicher, dass sie uns helfen«, sagte Abraham und stand auf.

Nachdem Esther umgezogen war, ging es ihr sichtlich besser. Sie wirkte entspannter und nicht mehr so unruhig. Als ein Brief von William Penn aus England kam, blühte sie geradezu auf.

»Habe ich es nicht gesagt?« Abraham schwenkte den Brief enthusiastisch.

»Was schreibt er?« Gretje wischte sich die Hände an der Schürze ab, schickte Rebecca in den Keller, um kühlen Wein zu holen.

Vorsichtig öffnete Abraham den Brief und faltete ihn auseinander. Er las ihn stumm, bewegte dabei nur die Lippen.

»Nun spann uns nicht so auf die Folter, minn Zoon. Was schreibt der Engländer?«, fragte Isaak unwirsch.

»Er schreibt, dass er den Prinzen von Oranien angeschrieben und sich für Hermann und Heinrich eingesetzt hätte.« Abraham setzte sich, trank einen Schluck Wein und las ihnen den Brief vor.

Penns energisches Eintreten für die beiden jungen Männer hatte Erfolg. Auch wenn der Droste von Kinsky eine Delegation der Reformierten empfing und mit ihnen zusammen die Maßnahmen gegen die Quäker verteidigte, musste er sich schließlich doch fügen.

Unter großem Jubel konnten die Familien Anfang Juni Hermann und Heinrich wieder in ihre Arme schließen. Der Prinz hatte angeordnet, dass sie nicht mehr belästigt werden durften. Die Stadt hielt sich wohl an diese Vorgabe, doch die Stimmung zwischen den Glaubensgemeinschaften wurde immer schlechter.

Der Sommer kam, und im August fuhr Abraham mit Freunden nach Duisburg zu einer Versammlung der Quäker. Hermann wäre gerne mitgefahren, doch Esther, die wieder ihr Schlafzimmer im Nebenhaus bezogen hatte, flehte ihn an, daheimzubleiben. Er fügte sich.

Aufgeregt kehrte Abraham zwei Tage später zurück. »Mutter, Vater, am Freitag kommt ein hoher Gast. Wir müssen das Haus putzen und gutes Essen bereiten. Steven Crisp wird uns beehren. Ich habe ihn eingeladen, und er hat zugesagt.« Abraham riss sich den Hut vom Kopf und warf ihn in die Luft. Schon lange hatte Margaretha ihren Bruder nicht mehr so ausgelassen gesehen.

»Steven Crisp? Der Steven Crisp? Er kommt nach Krefeld?«, fragte Isaak erstaunt.

»Ja, der Steven Crisp. Ich habe schon eine Weile schriftlichen Kontakt zu ihm. Auch er hat sich für Hermann und Heinrich eingesetzt. Mehrfach lud ich ihn ein, ohne große Hoffnung, denn er hatte viele Zusammenkünfte, viele Gläubige wollen seinen Rat und seinen Beistand. Doch nun kommt er tatsächlich hierher. Und wir haben kein ordentliches Gästezimmer.« Abraham fuhr sich durch die Haare, schaute sich um. »Wie sieht es hier überhaupt aus?«

»Es sieht so aus wie immer, minn Zoon«, sagte Gretje lächelnd und nahm ihm den Mantel ab. »Bis Freitag ist noch genügend Zeit alles zu planen und vorzubereiten. Der Sinjeur wird keinen Palast erwarten. Weltliches Gut wird ihn nicht beeindrucken. Seit wann ist es dir wichtig?«

Abraham errötete. »Ich will nur … ja, es geht um den Glauben, aber … der Eindruck, den wir machen …«

»Ist unwichtig, Zoon. Glaube mir. Frömmigkeit und Gottgläubigkeit werden ihn mehr beeindrucken als weiche Kissen und kostbare Teppiche. Und nun lasst uns essen, das Brot ist gerade aus dem Ofen.« Gretje drehte sich um und ging voraus in die Küche.

Am nächsten Morgen, als die Männer in die Webstube gegangen waren, krempelte Gretje die Ärmel hoch und wies Rebecca an, in der Waschküche den Ofen anzuheizen. Die Mädchen sollten den großen Kessel mit Wasser befüllen und dieses erhitzen. Zusammen mit Margaretha räumte Gretje die Stube aus. Nicht nur diese, die Diele und die Küche wurden gründlich gefegt, nein, auch die Schlafräume. Von oben bis unten wirbelte Gretje. Der alte Strohbelag kam auf den Mist. Gretje erntete eifrig Kräuter aus dem Garten, verteilte die duftenden Zweige in den gekehrten und gesäuberten Zimmern. Kein Staubkorn sollte übersehen werden. Sie wischten, wuschen, putzten. Die Fenster wurden abgewaschen, die Kamine gereinigt. Am Abend glänzte das Haus, es roch nach Seifenlauge und Kräutern. Erschöpft sanken die Mädchen auf die Küchenbank. An diesem Abend gab es nur Brot und kalten Braten, doch die Männer beschwerten sich nicht. Überrascht schauten sie sich um. Die Frauen hatten an einem Tag die Arbeit einer ganzen Woche geleistet, trotzdem waren sie noch lange nicht fertig.

»Ich dachte, weltliches Gut und weiche Kissen sind nicht wichtig für wahre Gläubige«, murmelte Isaak leise, als er sich in der Stube umsah. Dann lächelte er seiner Frau zu.

»Ich fand, dass eine gründliche Reinigung anstand«, sagte Gretje und senkte den Kopf, damit man ihre roten Wangen nicht sah.

Am Donnerstagmittag spannten Hermann und Abraham den Wallach vor die kleine Kutsche und fuhren nach Duisburg, um den hohen Gast abzuholen. Am nächsten Tag wollten sie zur Mittagszeit wieder zurück sein. Gretje schickte Margaretha in den Wallgarten, um Gemüse zu ernten.

Zufrieden schaute sich Gretje am nächsten Tag um. Alles war für den Besuch vorbereitet. Das Brot buk im Ofen, der Braten duftete, und das Gemüse köchelte. Die Aromen vermischten sich mit Duft der frischen Kräuter. Rebecca hatte ihre Kammer für den Besuch geräumt. In den nächsten Tagen würde sie bei Margaretha schlafen. Den beiden Mädchen machte das nichts, im Gegenteil, sie freuten sich darauf. Tagsüber, da waren sie sich sicher, würden ernste und religiöse Themen das Haus beherrschen.

Endlich hörten sie die Kutsche in der Gasse vor dem Haus. Isaak ging zur Tür, um den Besuch zu begrüßen.

Mit Spannung warteten Margaretha und Rebecca in der Küche. Crisp wurde in die gute Stube geführt, dort hatte Gretje den Tisch gedeckt. Schon bald wurden die Mädchen gerufen, sie brachten Wein und Bier, frisches Brot und Schmalz. Neugierig sah Margaretha den kleinen Mann an, mit den deutlichen Falten um Mund und Augen. Er hatte das schüttere Haar zu einem Zopf gebunden, war glatt rasiert. Freundlich begrüßte er die Mädchen, bedankte sich für die Erfrischungen. Er sprach verständlich Deutsch, mit vielen niederländischen Ausdrücken, so wie sie auch.

»Ihr sprecht unsere Sprache«, entfuhr es Margaretha verblüfft.

»Nicht gut, aber wenigstens verständigen kann ich mich.« Crisp lächelte sie an. Seine blauen Augen strahlten. »Seit Jahren, Jahrzehnten sogar, besuche ich die Niederlande, Friesland und auch Deutschland. Überall gibt es die ›Gemeinschaft der Freunde‹, wenn auch die Gemeinden klein sind. Doch Gottes Ruf wird vielerorts gehört, und ich möchte mich austauschen können.«

»Gemeinschaft der Freunde«?, fragte Margaretha.

»Gemeinschaft der Freunde, Freunde unter Freunden. Freunde der Wahrheit – es gibt viele Namen für unsere Glaubensbrüder und -schwestern. Quäker ist auch einer davon, aber er gefällt mir nicht besonders.«

»Sei nicht so neugierig und unhöflich«, zischte Dirck ihr zu. »Lass ihn doch erst einmal essen und trinken und löchere ihn nicht gleich mit dummen Fragen.«

Crisp, der die geflüsterten Worte vernommen hatte, schüttelte den Kopf. »Warum sollte Eure Schwester nicht fragen? Fragen zu stellen ist wichtig, lebensnotwendig für den geistig wachen Menschen. Mir ist es lieber, wenn Fragen offen gestellt werden, als dass sie im Verborgenen bleiben und man sich falsche Gedanken macht. Fragen zu stellen, auch an Gott, gehört zu unserem Glauben.«

»Aber nun esst und trinkt«, sagte Isaak.

Der Gast wirkte müde und abgespannt. Er erzählte, dass ihn seit einigen Jahren immer wieder ein Fieber plagte. Gretje hörte ihm aufmerksam zu, bereitete ihm dann einen Aufguss und zeigte ihm nach dem Essen die Kammer.

»Ruht Euch aus! Heute Abend kommen viele Besucher, die Eure Worte hören wollen. Wir sind alle sehr glücklich, dass Ihr uns mit Eurem Besuch beehrt, doch wollen wir Euch nicht überanstrengen. Trinkt diesen Aufguss, er wird Euch stärken.«

»Ich danke Euch sehr, Mevrouw op den Graeff. Eure Gastfreundschaft ist vorzüglich.«

»Wir sind Euch zu Dank verpflichtet, habt Ihr Euch doch für unseren Sohn und seinen Freund eingesetzt, damit sie aus ihrer Verbannung zurückkehren konnten.«

»Mevrouw op den Graeff, das war doch selbstverständlich. Viele unserer Brüder und Schwestern werden verfolgt und drangsaliert. Und das ohne Grund, denn wir lehnen die Gewalt ab. Es gibt keine friedlicheren Menschen als die Gemeinschaft der Freunde. Vielleicht werden die Herrschenden das irgendwann begreifen und uns tolerieren.« Er räusperte sich, setzte sich auf die Bettkante. »Doch für die Begnadigung Eures Sohnes ist William Penn verantwortlich. Er hat sich sehr energisch für ihn eingesetzt.«

»Jeder, der für Hermann und Heinrich gesprochen hat, hat ein gutes Werk getan, Mijnheer Crisp. Und jedem gebührt Dank. Doch nun ruht euch aus, der Abend wird sicherlich anstrengend und lang.«

Gretje hatte recht, gegen Abend füllte sich das Haus mehr und mehr. Die Brüder op den Graeff hatten einige Freunde und Bekannte eingeladen, die der stillen Form der Andacht folgten. Am morgigen Tag sollte Crisp zu Selbachs kommen und dort ein Treffen und eine Andacht abhalten. Rebecca und Margaretha hatte alle Hände voll zu tun, um das Essen vorzubereiten. Die Männer brachten Stühle, Bänke und Tische von nebenan in die Stube. Gretje hatte Dirck angewiesen, den Zuber im Waschhaus mit warmem Wasser für Sinjeur Crisp zu füllen. Dankbar nahm Crisp ihr Angebot an, seine Wäsche zu waschen.

»Ich bin jetzt schon seit drei Monaten unterwegs. Nicht immer sind die Unterkünfte so komfortabel wie in Krefeld«, sagte er mit einem stillen Lächeln, als er in der Stube am Tisch saß.

Andächtig schweigend lauschten die Anwesenden seinen Worten. Margaretha setzte sich auf ein Kissen vor dem Kamin, nachdem sie allen Wein und Bier eingeschenkt hatte, und lauschte dem Gast. Er sprach mit leiser Stimme, doch das machte nichts. Seine Worte waren wohlgewählt und eindringlich. Ein fast geisterhaftes Schweigen lag über dem Raum. Alle versuchten, jedes Wort des Gastes in sich aufzunehmen. Er sprach von seiner Glaubensfindung, berichtete von der harten Zeit in dem kleinen Weberstädtchen in England, in dem er groß geworden war. Nichts, was er sagte, war ihnen unbekannt, doch es erschien in einem anderen Licht, hatte eine andere Perspektive.

»Als ich ein Kind war, waren wir bitterarm. Ich war einer der Fadenjungen und für die Kettfäden verantwortlich, damit ein Muster gewebt werden konnte. Zwölf Stunden am Tag habe ich auf dem Webrahmen gehockt, es war kalt. Meine Finger waren kalt, meine Füße eisig. Meine Seele fror. Ich fragte mich nach dem Sinn des Lebens. Meine Mutter, Gott habe sie selig, war an der Pest gestorben, wie viele andere auch. Und ich fragte nach dem Warum und Wieso. Ich fragte nach dem Sinn des Lebens. Die Kirche predigte mit grausamen Bildern, predigte von der Hölle und der Verdammnis. Die Erbsünde lastete schwer auf mir. Als Kind war ich zutiefst unglücklich und habe Gott angefleht, mir einen Weg aufzuzeigen. Doch in der Kirche antwortete er nicht, denn in der Kirche gab es keinen Moment der Stille. Es gab die Zeremonie und den festen Ablauf, aber es gab keinen Moment für meine Fragen und Gedanken. Vorgefertigte Fragen werden durch festgemeißelte Antworten erwidert. Für den eigenen Glauben und die Zwiesprache mit Gott bleiben weder Platz noch Zeit. Gebete werden gesprochen, Danksagungen. Die Liturgie rauf und runter.« Er hielt kurz inne, trank einen Schluck Wein. »Aber meine Fragen hat das nicht beantwortet. Lieber wäre ich ein Tier auf dem Feld gewesen, eine einfache Kreatur, ohne Fragen und ohne den Drang nach Antworten. Ich wäre gerne gestorben, wäre gerne in das Himmelreich eingekehrt. Noch lieber hätte ich alles weltliche Hab und Gut verschenkt, die Welt gegeben, wenn ich denn Antworten bekommen hätte. Doch so bekam ich sie nicht. Und ich litt.«

Er senkte den Kopf und faltete die Hände. Andächtig folgten viele seinem Beispiel.

»Doch alles Leiden, alle Schreie und mein Weinen brachten mich nicht weiter. Ich sah die Kinder in meinem Alter, und es erstaunte, ja, erschreckte mich, wie unbedarft, wie frei und fröhlich sie lebten. Ohne Angst und ohne Fragen. Sie beschäftigte die Frage nach Gott nicht. Nicht nach Schuld und Sühne, nicht nach dem rechten Glauben. Sie lebten, trieben Schabernack und machten Späße. Sie gingen zur Messe, hörten die Worte der Pfaffen und hörten sie doch nicht. Die Hölle schreckte sie nicht.«

Crisp sah auf, blickte sich um. »Die Hölle schreckte sie nicht, egal, was sie taten.« Er schwieg für einen Moment. »Und irgendwann begriff ich, dass diese Hölle auch niemanden schreckt, der reinen Glaubens ist. Diese Kinder waren es sicherlich nicht, aber sie hatten die Möglichkeit, es zu werden. Gott urteilt nicht so. Nicht so wie es die Kirche tut. Gott möchte keine Ablasszahlungen, er will, dass wir im Glauben zu ihm leben und dies wahrhaftig.«

Noch eine Weile fuhr Crisp fort. Er fesselte die Anwesenden mit seinen schlichten Worten mehr, als es Prunk und Pracht hätten tun können.

An diesem Abend ging Margaretha voller fremder und neuer Gedanken ins Bett. Rebecca folgte ihr. Das Gesicht des Mädchens glühte. In der Küche hatte sie viel Tratsch und Klatsch erfahren, doch an diesem Abend wollte Margaretha nichts davon hören. Sie war ganz in Gedanken. War ihr Glaube richtig? War er wahrhaft und ehrlich? Machte sie es sich nicht zu einfach, indem sie dem Ablauf der Gottesdienste bereitwillig folgte? Sie drehte sich mit dem Rücken zur Magd, murmelte ein »Gute Nacht« und hing ihren Grübeleien nach, ohne auf Rebeccas Wortschwall einzugehen.

»Was ist denn mit dir los?«, fragte die Magd angesäuert. »Hat dich etwa der Geist des Glaubens erfasst?«

»Und wenn es so wäre?«

»Dann hilft er dir morgen in der Frühe sicher auch, um das Feuer im Herd anzufachen, denn irgendetwas verstopft den Kamin.« Rebecca schnaubte und drehte sich um.

Der Kater versuchte, sich zwischen die beiden Mädchen zu drängen, doch das Bett war zu schmal. Beleidigt maunzend zog er von dannen.

Crisp blieb drei Tage, Tage, in denen er mit vielen Brüdern der Gemeinde sprach, Andacht hielt, predigte. Seine Art fesselte die Zuhörer, jedoch nicht alle waren begeistert von ihm und seiner Weise zu glauben. Hermann und sein Freund Heinrich waren besonders angetan von Crisp. Sie brachten ihn zurück nach Duisburg, wollten die Fahrt für weitere Gespräche nutzen.

Seufzend setzte sich Isaak abends in die Stube und zündete sich eine Pfeife an. Sie hatten die zusätzlichen Tische, Stühle und Bänke wieder nach drüben gebracht, aufgeräumt und geordnet. Trotzdem war noch nicht alles wieder an seinem Platz.

»So eine Aufregung und so viel Arbeit.« Isaak streckte die Beine aus.

»Die meiste Arbeit hatten doch wohl wir Frauen«, sagte Gretje und lachte verschmitzt.

»Das ist wohl wahr, Vrouw, und ihr habt Großartiges geleistet. Ich bin sehr stolz auf euch.« Wieder seufzte er auf.

Nachdenklich sah Gretje ihn an. »Geht es dir nicht gut, Isaak?«

»Es war aufregend, aufreibend. Viele Dinge wurden genannt, über die ich mir Gedanken mache. Und nicht nur ich, viele aus der Gemeinde sind aufgewühlt.« Er kratzte sich im Nacken. »Es war gut, Crisp zu hören, aber ob es gut für die Gemeinde war, das bezweifle ich.«

»Darüber machst du dir Sorgen?«

»Ja. Einen Riss gab es schon länger, doch nun wird sich zeigen, wie gut die Gemeinde trotzdem zusammenhalten kann.«

»Hast du da Zweifel?«

»Ja. Die Alten wollen das neue Gedankengut nicht. Ich kann sie verstehen. Umbruch bringt Unruhe, und wir haben schon so genug Ärger in der Stadt. Jetzt sind die Quäker verhasst, die Mennoniten werden gelitten.«

»Mach dir nicht zu viele Gedanken.« Gretje stand auf und ging in die Küche. Margaretha und Rebecca waren gerade damit fertig geworden, die Töpfe, Tiegel und Pfannen zu spülen. Gretje nickte den beiden zu. »Nehmt euch etwas zu essen,

Reste haben wir reichlich. Und auch Wein. Haben wir noch frische Eier? Margret, geh in die Kräuterkammer und hole mir Sanddorn und Eisenhut.«

Überrascht sah Margaretha ihre Mutter an, holte dann die gewünschten Kräuter. »Für wen machst du denn einen Stärkungstrunk?«, fragte sie, als sie sah, wie Gretje die Kräuter in den heißen Rotwein gab und ein Eigelb einrührte.

»Deinem Vater geht es nicht gut. Er schläft schon seit Tagen schlecht, ist unruhig und isst nicht mehr richtig«, murmelte Gretje.

»Vater?« Erschrocken schaute Margaretha in Richtung Stube. Isaak wurde immer dünner und hinfälliger. Ein wenig hatte es sich wieder gebessert, nachdem Hermann zurückgekommen war, doch er war schon lange nicht mehr der starke und kräftige Mann, der er vor einem Jahr noch gewesen war.

Gretje schüttelte den Kopf, nahm den Trank und ging wieder in die Stube.

Viele Leute waren im Haus der op den Graeffs ein- und ausgegangen, viele Gespräche waren geführt worden. Es gab eine Menge Dinge, die Rebecca und sie besprechen konnten. Obwohl der Gast das Haus verlassen hatte, verbrachte Rebecca die Nacht noch einmal in Margarethas Kammer. Bis in den frühen Morgen tauschten sie Klatsch und Gedanken aus.

»Hast du bemerkt, wie Jan Scheuten dich anschaut?«, fragte Rebecca murmelnd und schläfrig, als der Hahn schon krähte.

»Jan? Er ist ein alter Freund. Wie soll er mich schon anschauen?« Margaretha zog sich die Decke zurecht, gähnte herzhaft.

»Er ist in dich verliebt.« Rebecca lachte leise.

»Ist er nicht. Wir sind nur Freunde.«

»O doch. Weißt du es wirklich nicht, oder willst du es nicht wissen?« Rebecca schnaufte und schlief ein.

Margaretha lag noch einen Moment wach. Jan, dachte sie, Jan, und ein seltsames Gefühl erfasste sie.

Im September traf ein Erlass des Prinzen von Oranien ein, dass die Quäker in seinem Land völlige Freiheit hätten. Mürrisch nahmen die Krefelder den Erlass an. Das Jahr ging friedlich zu Ende. Vor Weihnachten feierte die Familie Samuels ersten Geburtstag. Er gedieh gut und war die Freude aller. Am Silvesterabend verkündete Abraham überraschend seine Verlobung mit Catharina Janßen, der Schwester von Hermanns Freund Heinrich. Die Familien standen seit der Verbannung der beiden Männer in engem Kontakt, doch eine Romanze zwischen Abraham und Catharina hatte niemand bemerkt. Die Freude war groß, denn die Janßens gehörten inzwischen fast zur Familie. Die Hochzeit wurde im Februar in aller Stille und im kleinen Kreis gefeiert.

Am 4. März 1681 schenkte König Charles der Zweite von England William Penn Land in den Kolonien. Er nannte das Land Pennsylvania und überließ es dem Beschenkten, die Gesetze für dieses Land zu erlassen. William Penn hatte damit das erreicht, was er schon seit Jahrzehnten anstrebte: ein Land der Bruderliebe und Gerechtigkeit, ein Zufluchtsort für des Glaubens wegen Verfolgte, ein Ort, an dem Gottesfürchtige einer redlichen Arbeit nachgehen und gleichzeitig ihren Glauben leben konnten.

Die Nachricht über Penns Staat in der neuen Welt erreichte auch Krefeld. Verwundert lasen sie die Berichte darüber.

»Das ist eine große Chance für uns«, erklärte Abraham, seine Augen leuchteten.

»Wie meinst du das?« Isaak war inzwischen zu schwach, um den Webstuhl zu bedienen. An manchen Tagen schaffte er es noch nicht einmal, das Bett zu verlassen. Mit sorgenvollen Blicken verfolgte die Familie sein Leiden. Auch an diesem Tag war er erst spät aufgestanden und lag nun mehr, als er saß, im Sessel vor dem Kamin, in Decken gehüllt.

»Ein Land für uns. Ein Land für alle Gläubigen. Ein Land Gottes. Das Paradies.« Abraham war aufgestanden, durchschritt den Raum.

»Ein Land, das Penn bisher noch nicht einmal selbst gesehen hat«, sagte Dirck leise. »Mach dir doch nichts vor, wir wissen nichts darüber. Nichts über die Verhältnisse, das Leben, das Wetter, den Boden. Es kann genauso eine Ödnis sein. Warum sonst sollte ein mächtiger Herrscher wie der englische König Land verschenken? Doch nur deshalb, weil es nichts wert ist und nicht besiedelt werden kann.«

»Das weißt du doch gar nicht«, herrschte Abraham ihn erbost an.

»Und du auch nicht, genauso wenig wie Penn.« Dirck lachte. »Mach dir doch nichts vor. Niemand weiß, wie das Land ist und was dort ist. Eine Zukunft? Ja, gewiss, aber eine unsichere Zukunft.«

»Es wäre aber doch einen Gedanken wert, eine Überlegung.« Abraham ging wieder ein paar Schritte. »In einem Land zu wohnen, in dem man keine Angst vor Übergriffen haben muss, wo die Kinder frei und ohne Angst aufwachsen können. Ein Neuanfang, besser und reiner.«

»Ich habe Berichte gelesen, aus Jamestown.« Hermann stopfte sich nachdenklich seine Pfeife. »Die Menschen, die dort leben, die Wilden, sind grausam. Von über zweihundert Bewohnern der ersten Stadt dort drüben haben nur an die sechzig den ersten Winter überlebt.«

»Das ist Jahrzehnte her, Hermann. Inzwischen gibt es dort einige Städte. Der Handel floriert. Der Tabak, den du dir gerade in deine Pfeife stopfst, kommt von dort.« Abraham schüttelte den Kopf. »Immer wieder wurden unsere Familien vertrieben, wegen unseres Glaubens. William Penn möchte einen Staat gründen, in dem der Glaube frei ist, für alle die gottesfürchtig sind. Wir sind gottesfürchtig.«

»Das ist richtig, minn Zoon«, sagte Gretje leise. »Aber noch ist nicht viel bekannt über dies neue Land. Lass uns abwarten, was berichtet wird. Du musst auch eines bedenken: Du bist jung und deine Frau auch. Noch habt ihr keine Kinder. Die Reise dorthin wird lang und hart sein. Die Alten und die Jungen leiden als Erste.« Sie warf einen Blick zu Isaak, der schwer atmend in seinem Sessel saß, die Augen geschlossen. Abraham senkte den Blick, nickte kaum merkbar.

Noch mehrfach war Pennsylvania Gesprächsthema. Abrahams Begeisterung für das neue Land ließ jedoch im Frühsommer merklich nach, denn seine Frau Catharina war schwanger. Catharina litt sehr unter der Schwangerschaft, die ständige Übelkeit machte ihr zu schaffen. Abraham sorgte sich um seine Frau. Auch Esther erwartete ein weiteres Kind. Ihr ging es gut, diesmal plagten sie keine Ängste. Sie versuchte, ihrer Schwägerin Zuversicht zu geben, und auch Gretje bemühte sich um Catharina. Doch die stille, junge Frau wurde zu einem Schatten ihrer selbst.

Dass die Geschäfte deutlich nachgelassen hatten, machte es nicht einfacher für die Familie. Obwohl Isaak schon lange nicht mehr arbeiten konnte und Hermann seinen Webstuhl übernommen hatte, mussten sie nun auch die Gesellen und Lehrjungen entlassen. Das brachte ihnen auf der einen Seite mehr Platz in den Häusern, den Abraham und seine Frau gut gebrauchen konnten, andererseits bedeutete es auch deutlich weniger Einnahmen. Immer noch produzierten sie hochwertiges Tuch, das Abnehmer fand und gut bezahlt wurde. Auch hatten sie sich in den fetten Jahren ein gutes finanzielles Polster geschaffen, doch die Zukunft machte ihnen Sorgen. Die Familie wuchs, der Ertrag nicht. Lange hatten sie gerechnet, überlegt, die Preise verglichen und Angebote eingeholt. Schließlich fuhren Abraham und Dirck im Herbst los, um Flachs zu kaufen. Catharina sah ihnen eine Weile nach, ging dann langsam ins Haus.

»Sie kommen schon bald wieder«, versuchte Esther die Schwägerin aufzumuntern.

»Ja, sicher.« Catharina senkte den Kopf, ihre Augen glitzerten verdächtig.

»Was betrübt dich so?«, fragte Margaretha nachdenklich. »Sie werden nur ein paar Tage fort sein.«

»Ich mache mir Sorgen. Was, wenn etwas passiert? Was, wenn sie verhaftet und verbannt werden, so wie Hermann und Heinrich? Was, wenn sie nie wiederkommen?« Catharina schluchzte auf.

»Nun komm, sie wissen um das, was passieren kann, und sie werden es nicht herausfordern. Abraham liebt dich sehr. Er wird dich nicht alleine lassen wollen.« Esther legte den Arm um ihre Schwägerin.

»Liebt dich Hermann nicht?«, fragte Catharina leise.

»Doch.« Esther zog die junge Frau mit sich in die Küche. Das Feuer im Herd knisterte. Gretje erntete Kräuter im Küchengarten, nebenan klapperten die Webstühle. Es war ein sonniger Tag. Die Tür zum Hof stand auf. In einer Sonnenpfütze auf den Steinen vor der Tür räkelte sich der Kater, Jonkie lag in der kühlen Ecke der Küche. Margaretha schöpfte Hühnerbrühe in Becher und stellte sie auf den Tisch, dann brach sie frisches Brot.

»Schau dich um«, sagte Margaretha. »Uns geht es gut. Wir haben gutes Essen, ein schönes Zuhause. Natürlich gibt es Schwierigkeiten in der Stadt, doch in der letzten Zeit halten sich alle zurück.«

»Ja«, sagte Catharina. »Die Ruhe vor dem Sturm. Fühlt ihr das nicht? Das Pulverfass, auf dem wir sitzen? Irgendwann wird es hochgehen.«

Margaretha sah sie verblüfft an. »Empfindest du das wirklich so?«

»Du nicht?«

»Nein.« Margaretha setzte sich an den Tisch, nahm einen Becher mit Brühe, pustete. Dann nippte sie vorsichtig. »Seit Hermann und Heinrich zurückkehren durften und der Erlass des Prinzen kam, finde ich es friedlicher als vorher. Oft bin ich mit Mutter nachts unterwegs, wenn Frauen in den Wehen liegen oder jemand erkrankt ist. Letztes Jahr noch hatte ich im Dunkeln immer Angst. Die habe ich nicht mehr.«

»Du machst dir etwas vor, Margret. Die Gefahr ist immer

noch da. Sie lauert in den Ecken und Winkeln, in den dunklen Höfen. Aber sie ist da, und irgendwann wird das Böse wieder zuschlagen und uns zerstören.«

Margaretha und Esther schauten sich entsetzt an. Catharina saß in sich zusammengesunken am Tisch, hielt den Becher umklammert. Sie war blass, unter ihren Augen lagen Schatten, und sie wirkte schmal, nur der wie aufgeblähte Bauch stach hervor.

»Hartje, wie kommst du darauf?«, fragte Esther vorsichtig. »Bedroht dich jemand? Bist du bedrängt worden?«

Catharina schüttelte den Kopf. »Nein, aber ich spreche viel mit meinem Mann darüber, und er sieht es auch so.«

»Er sieht lauter drohende Gefahren?«, fragte Esther leise.

Catharina nickte stumm.

»Und er lässt dich trotzdem … zurück? Er muss ja furchtbare Angst um dich haben.« Margaretha setzte sich auf, schüttelte den Kopf. »Das passt nicht zu meinem Bruder. Wenn er solche Gedanken in sich trägt und solche Angst um dich hat, dann lässt er dich nicht zurück. Er wäre gar nicht gefahren. Nicht Abraham. Du hast das gewiss missverstanden.«

Catharina starrte Margaretha für einen Moment an, dann stand sie auf, warf in ihrer Eile den Becher mit Brühe um. »Du weißt gar nichts!«, schnauzte sie Margaretha an. »Du weißt überhaupt nichts. Du weißt nicht, wie es um die Geschäfte steht, wie es um die Gelder steht. Es steht schlecht, das sage ich dir. Aber träume ruhig weiter, Meisje. Bisher haben dich ja deine Brüder beschützt und verhätschelt.« Sie stürmte, so gut es mit ihrem dicken Bauch ging, an den beiden vorbei, lief durch den Hof in das Nebenhaus.

»Grundgütiger«, entfuhr es Margaretha leise. »Was ist denn in die gefahren?«

Esther sah der Schwägerin kopfschüttelnd nach. »Das ist bestimmt die Schwangerschaft. Beim ersten Mal hat mich das auch mitgenommen. Hemeltje, hatte ich Angst.«

Margaretha kicherte. »Die hattest du. Du warst ein Schatten deiner selbst. ›Ich sterbe, ich werde sterben‹, hast du immerzu gesagt.« Sie lachte leise. »Und dann wolltest du, dass ich das Fenster schließe, damit du dir nicht den Tod holst.«

»Ja, und du hast es aufgelassen, den Ofen gelöscht und mich weinend und zitternd liegen lassen. Ich fand dich furchtbar und gefühllos. Dann habe ich nachgedacht, bin aufgestanden, habe das Fenster zugemacht und bin zu euch gegangen. Hättest du mir nicht so drastisch die Augen geöffnet, wer weiß, wie ich die Geburt überstanden hätte.«

»Vermutlich gar nicht.« Nachdenklich sah Margaretha nach draußen. »Meinst du, Catharina hat Angst vor der Geburt? Ist sie deshalb so?«

Esther schüttelte den Kopf. »Ich weiß es nicht. Ich habe schon oft versucht, mit ihr ins Gespräch zu kommen. Von Anfang an habe ich mich in dieser Familie angenommen gefühlt. Bei Catharina scheint das nicht so zu sein. Sie sagt nicht, was sie wirklich bedrückt. Ob es nun die Schwangerschaft ist oder andere Dinge.«

»Nun ja, wir werden versuchen, sie weiterhin anzunehmen. Vielleicht noch geduldiger und mit mehr Einsatz als zuvor. Abraham liebt sie schließlich«, sagte Margaretha.

Kapitel 20

Der Herbst kam und war in diesem Jahr sehr mild und warm. Alle Familien, die einen Wallgarten hatten, füllten ihre Vorratskammern im Überfluss. Die Mastschweine waren so dick wie selten zuvor. Auf dem Markt sanken die Preise für Lebensmittel, doch auch die Löhne und Handgelder waren gesunken. Den Armen ging es weiterhin schlecht.

Zum Erntedankfest trafen sich die Mennoniten in dem Haus der Selbachs, nahe der Stadtmauer. Auch die Familien kamen, die sich nun zu den Quäkern zählten. Täufer waren sie alle, und das verband sie. Zu größeren Übergriffen war es nicht mehr gekommen, trotzdem war die Stimmung in der Stadt schlecht. Die Täufer wurden beschimpft, ihre Ware wurde nicht gekauft, auch die Leistungen der Zimmerleute oder anderer Handwerker wurden nicht in Anspruch genommen.

Nach dem Gottesdienst versammelten sich die Männer in der Scheune und diskutierten lautstark an den langen Tischen. Die Frauen bereiteten die Speisen zu, aber auch in der Küche wurde viel geredet.

Zum ersten Mal, so empfand es Margaretha, gab es Anfeindungen untereinander. Der Ton wurde schärfer, die Bemerkungen wurden bissiger.

Catharina und Esther versuchten zu helfen, soweit sie noch in der Lage waren. Doch die großen Krüge mit Wein und Bier waren zu schwer für sie. So blieben sie in der Küche, unterhielten sich mit anderen jungen Frauen und Müttern. Rebecca und Margaretha und einige andere junge Frauen schenkten aus, trugen Platten mit Fleisch und Brot auf, Schüsseln mit Gemüse und Suppe.

Isaak war zu schwach, um zu dem Gottesdienst zu gehen, sie hatten ihn zu Hause zurücklassen müssen. Nach der Andacht zeigte Gretje Margaretha schnell, wo die vorbereiteten Speisen standen, dann eilte sie zurück nach Hause zu ihrem Mann. Es war das erste Mal, dass Isaak bei einer großen Versammlung nicht dabei war, und es stimmte sie alle traurig.

Irgendwann ging Margaretha in den Hof. Dort wartete Jonkie geduldig. Sie gab dem Hund Fleischreste, hockte sich erschöpft neben das Tier.

»Margret, bist du hier draußen?« Jan hatte die Küchentür einen Spalt geöffnet und schaute in den Hof.

»Ja. Werde ich gebraucht?« Margaretha erhob sich eilig. »Ich habe nur kurz den Hund gefüttert.«

Jan schaute über die Schulter. »Ich glaube kaum, dass du gebraucht wirst. Die Männer sind versorgt, und es sind genügend andere da, die helfen können.« Er drehte sich um, kam kurze Zeit später mit zwei Bechern Dünnbier zurück, reichte einen davon Margaretha. Der Mond war gerade aufgegangen, Fledermäuse flogen in ihrem irrwitzigen Zickzackkurs über den Hof. Margaretha wischte sich über die Stirn. Sie war müde, und durch die heiße und stickige Luft in der Küche hatte sie Kopfschmerzen bekommen. Dankbar nahm sie den Becher, trank einen großen Schluck.

»Heute ist irgendetwas anders als sonst, finde ich«, sagte Margaretha leise. »Die Leute sind angespannter. Oder bilde ich mir das nur ein?«

Jan nickte. »Ich empfinde das auch so. Die Kluft wird größer. Ich fürchte, es wird zu einem Bruch innerhalb der Gemeinde kommen.«

»Aber wieso denn nur? Allen geht es schlechter als noch vor drei Jahren. Vielleicht wird es aber auch wieder besser.«

»Es ist nicht nur die wirtschaftliche Lage, die die Leute nachdenklich macht, es sind auch andere Dinge. Die Reformierten werde keine Ruhe geben. Im Moment halten sie sich zurück, doch du kannst gewiss sein, dass sich das wieder ändert. Die Quäker sind ihnen ein Dorn im Auge, und sie wollen sie vertreiben. Und viele unserer Glaubensbrüder denken ähnlich.«

Erschrocken sah Margaretha ihn an. »Aber bisher ist doch die Gemeinschaft der Freunde in der Gemeinde willkommen gewesen. Warum sollte sich das plötzlich ändern? Meine Brüder sind doch immer noch dieselben Menschen, die sie vor drei Jahren waren.«

»Nein, das sind sie nicht. Sie sind überzeugt von ihrem Glauben. So sehr, dass sie sich dem Stadtrat kaum noch beugen wollen. Und viele aus der Gemeinde haben Angst, dass dieses Verhalten auf sie zurückfällt und sie Nachteile dadurch haben.«

»Das ist doch Unfug.«

Jan schüttelte bedächtig den Kopf. »Ich kann das schon verstehen. Die Mennoniten werden geduldet, wenn auch nicht geliebt. Jetzt trennt sich eine Gruppe ab, hat noch andere Ansichten, beschert uns noch mehr Ablehnung. Mijnheer Selbach hat das ganz treffend formuliert, schon in der Bibel steht: ›Gebt dem Kaiser, was des Kaisers ist.‹ Deine Brüder sehen das aber nicht ein.«

Margaretha seufzte. »Ihr Glaube ist ernst und fest. Sie wollen für niemanden Nachteile, sie wollen nur ihren Glauben leben.«

»Das weiß ich schon, aber die anderen sehen das nicht. Ich hoffe nur, dass es nicht zum offenen Streit innerhalb der Gemeinde kommt.« Er trank einen Schluck, blickte nachdenklich zu Boden. »Ich mag deine Familie«, sagte er dann leise. »Ich mag deine Brüder, es sind offene und freundliche Männer, ehrbar und fleißig. Sie leben schlicht und gottesfürchtig.«

»Wenn du das so siehst, warum können die anderen es dann nicht auch?«

»Weil sie Angst haben. Und Angst ist nie ein guter Begleiter.« Er seufzte. »Mein Vater ist auch nicht begeistert von dieser Entwicklung. So sehr er deine Familie mag, dies geht ihm zu weit. Und das macht mir Angst.«

»Wieso?«, fragte Margaretha leise.

Jan zögerte, dann nahm er ihre Hand, sah sie an. »Du musst doch wissen, dass ich weitaus mehr für dich empfinde als nur Freundschaft. Das weißt du doch, oder?« Er biss sich auf die Lippe.

Margarethas Herz klopfte. Sie nickte.

»Margret, ich weiß, du bist noch sehr jung. Und deine Familie braucht dich. Aber in ein, zwei Jahren möchte ich, dass du meine Frau wirst. Ich möchte mein Leben mit dir verbringen.« Jan senkte den Kopf.

Margaretha spürte, dass er zitterte. »O Jan …« Doch bevor sie noch mehr sagen konnte, stürmte jemand auf den Hof. Es war Martin, der Knecht der op den Graeffs. Er sah sie, hielt atemlos inne. »Mejuffer Margret, wo sind Eure Brüder? Sie müssen kommen, schnell kommen …«

»Vater?« Margaretha wurde schwindelig.

Der Knecht nickte. »Es geht ihm sehr schlecht. Eure Mutter schickt mich, ich sollt Euch holen.«

»Gottegot!« Margaretha drückte Jan den Becher in die Hand, lief zur Scheune. Auf den ersten Blick konnte sie Hermann und Abraham nicht finden, nur Dirck sah sie. Sie fasste ihn an der Schulter. »Dirck, wo sind die anderen? Wir müssen nach Hause. Schnell. Vater …«

Dirck sah sie für einen Moment fassungslos an. Tränen liefen Margaretha über die Wangen, doch das bemerkte sie nicht.

»Vater?« Er sprang auf, schaute sich suchend um. »Hermann, Abraham!«, rief er dann. »Kommt, wir müssen nach Hause!«

»Was?« Hermann stand langsam auf, dann sah er Margaretha. Er wurde blass. Die Gespräche verstummten. Alle schauten die Geschwister an.

»Vater …« Dircks Stimme erstarb. Wortlos griffen sie nach ihren Mänteln und verließen das Haus. Im Hof wartete der Knecht, auch er war fassungslos.

»Martin«, sagte Hermann eindringlich. »Begleite unsere Frauen nach Hause. Sie werden nicht so schnell gehen können. Pass auf sie auf, hörst du?«

Der Knecht nickte. »Ja, das werde ich tun.«

Die vier liefen durch die Gasse. Margaretha schürzte ihre Röcke und versuchte, mit den langen Schritten der Brüder mitzuhalten. Sie erreichten atemlos das Haus. In der Diele blieben sie stehen, holten Luft, sahen sich entsetzt an.

»Es kommt nicht überraschend«, sagte Hermann schließlich leise. Sie gingen die Treppe hoch. Das warme Licht einiger Kerzen leuchtete aus dem Schlafzimmer der Eltern. Sie konnten Isaaks schweren Atem hören. Nacheinander betraten sie den Raum. Gretje saß auf dem Bett, hielt die Hand ihres Mannes. Trotz der Tränen sah sie gefasst aus.

Isaak hatte die Augen geschlossen, doch nun öffnete er sie und sah seine Kinder an. »Hermann«, sagte er mühsam, »komm zu mir, minn Zoon.«

Hermann trat an das Bett, Gretje stand auf, und er setzte sich auf die Bettkante, nahm Isaaks Hand.

»Minn Zoon.« Isaak holte röchelnd Luft. »Ich werde von euch gehen.«

Hermann senkte den Kopf, seine Schultern bebten.

»Ich gehe zu Gott, minn Zoon. Ich gehe in das ewige Himmelreich. Ihr müsst nicht trauern. Gott wird mich empfangen.«

»Oh, Vater …«

Wieder atmete Isaak schwer. Mühsam versuchte er, sich aufzurichten. »Minn Zoon, du musst jetzt die Familie führen.« Er ließ sich zurücksinken.

»Mach dir keine Sorgen, Vater. Ich werde das Wohl der Familie, das Wohl aller, immer beachten und danach handeln«, sagte Hermann mit tränenerstickter Stimme.

»Pass auf Margret auf …« Isaak schloss die Augen. Er atmete immer noch, doch die Zeit zwischen den Atemzügen wurde immer länger. Schließlich hob sich sein Brustkorb noch einmal, dann entwich die Luft pfeifend aus seinem Mund.

»Vater!« Margaretha schluchzte auf. »O Gott, Vater …«

»Es ist gut, Meisje.« Gretje nahm sie in den Arm. »Es ist gut. Er hat seinen Frieden gefunden. Sein Leiden ist beendet. Nun ist er bei Gott.«

Margaretha und Gretje wuschen ihn, richteten ihn her, dann bahrten sie ihn in der Stube auf. Schweigend hielten sie Nachtwache. Der Knecht hatte Esther und Catharina nach Hause geleitet. Esther kochte einen großen Topf kräftiger Suppe, bereitete Pastetenteig zu. Am nächsten Tag würden viele Gemeindemitglieder kommen, um ihr Beileid auszusprechen. Catharina nahm die Situation mit, sie ging früh schlafen. Esther setzte sich, nachdem sie mit Rebecca alles vorbereitet hatte, zu der trauernden Familie in die Stube.

»Euer Vater war ein ganz besonderer Mensch«, sagte sie leise. »Ich habe ihn sehr gemocht. Am Tag nach unserer Hochzeit nahm er mich beiseite. Ich war damals sehr verschüchtert, wusste gar nicht, wie ich mit euch umgehen sollte.« Sie schluckte, schaute nicht auf. »Er sagte zu mir: Wir sind Weber, Meisje. Bei uns geht es immer drunter und drüber – einen Faden hoch, einen runter, Schiffchen durch. Und beim nächsten Mal andersherum. So sollte ich das auch sehen. Eine Goldwaage, sagte er, haben wir nicht, also such sie auch nicht. Er schlug mir recht kräftig auf die Schulter und umarmte mich dann herzlich. Er hatte recht. Ihr seid so, und ich bin froh, Teil dieser Familie zu sein.«

Gretje stand auf und nahm Esther in den Arm, sie schluchzte, das erste Mal in dieser Nacht. »Das hast du so schön gesagt, Meisje. So schön und so wahr. So war Isaak. Er hatte viel Herz.«

Jeder erinnerte sich an etwas Besonderes, was Isaak gesagt oder getan hatte. Sie teilten diese Erinnerungen leise und bedächtig. Die Nacht verging, der Morgen graute. Rebecca bereitete das Frühmahl zu. Müde, voller Trauer, aber ohne Verzweiflung nahmen sie die Mahlzeit ein. Im Laufe des Vormittags kamen Freunde und Bekannte, um Abschied von Isaak zu nehmen.

Margaretha wunderte sich, wie gefasst Gretje alles über sich ergehen ließ. Nur manchmal wischte sie sich eine Träne aus dem Augenwinkel.

Es war schon spät am Abend, als Hermann Gretje zu Bett schickte.

»Du hast seit gestern nicht geschlafen, Moedertje. Geh und ruh dich aus. Morgen ist die Beerdigung, da wirst du alle Kräfte brauchen.«

»Ihr habt auch alle nicht geschlafen.« Gretje schüttelte den Kopf.

»Das ist richtig, und deshalb werden wir uns bei der Nachtwache abwechseln. Ich übernehme den ersten Teil, dann löst mich Abraham ab. Schließlich wird Dirck die Wache übernehmen. Ihr Frauen solltet euch jedoch ausruhen. Morgen werden viele Menschen kommen, noch mehr als heute. Ihr werdet alle Hände voll zu tun haben.« Sein Ton duldete keinen Widerspruch. Er nahm seine Mutter in den Arm, drückte sie an sich. Gretje fügte sich. Gemeinsam mit Margaretha ging sie nach oben. Auf dem Treppenabsatz blieb sie stehen und schaute zögernd zu ihrem Schlafzimmer. Margaretha bemerkte ihr Stocken.

»Moedertje«, sagte sie leise. »Magst du bei mir schlafen? Ich habe Angst, die Nacht alleine zu verbringen.«

Gretje sah sie kurz an, senkte dann den Kopf. »Du musst keine Angst haben.« Sie schluckte hart. »Aber gerne schlafe ich heute Nacht bei dir. Mir graust es vor dem leeren Bett. Danke, Hartje.«

Als sie im Bett lagen, schlich sich der Kater in die Kammer und drängte sich zwischen Mutter und Tochter. Er drehte sich ein paar Mal im Kreis, ließ sich dann seufzend nieder und schnurrte laut.

Gretje lachte leise. »Der Kater mag dich wirklich«, sagte sie und schluchzte dann auf. »O Gott. Wie soll das alles werden? Ohne Isaak? Ohne meinen Mann?«

Margaretha drehte sich zu ihr um. »O Moedertje …«

»Ach Margret, ich wusste es, wusste es doch. Und er wusste es auch. Sein Leben ging zu Ende. Er war schwach und krank und fühlte sich schon lange nicht mehr wohl. Das Gefühl, ein alter Mann zu sein, der nichts mehr zum Lebensunterhalt der Familie beitragen kann, war schier unerträglich für ihn.« Sie biss sich auf die Lippe. »Isaak wusste, dass er sterben würde, er ist friedlich und ohne große Qual im Beisein seiner Familie eingeschlafen. Das macht es für mich leicht, ihn gehen zu lassen. Aber … »Sie stockte, schluckte. »Aber ich war seine Frau, seine Geliebte, seine Freundin. Er wird mir unendlich fehlen.« Sie drehte sich um und weinte in das Kissen. Margaretha zögerte kurz, dann legte sie ihren Arm um die Mutter.

»Ach, Moedertje«, sagte sie tonlos. »Ich weiß.«

Der nächste Tag zog sich qualvoll in die Länge. Nachbarn, Freunde und Gemeindemitglieder kamen. Isaak wurde in den Sarg gebettet, und sie brachten ihn zum Friedhof außerhalb der Stadt. An diesem Tag nieselte es, alles schien grau und trist zu sein. Lang war der Zug der Trauernden. Der Prediger der Gemeinde fand ergreifende Worte. In Tränen aufgelöst zogen sie wieder zurück in die Stadt.

Viele hatten Essen und Getränke mitgebracht, in der Küche stapelten sich die Braten, Pasteten, Bierfässer und Weinkrüge. Im Ofen buk Brot, und in den Töpfen köchelten Suppe und Eintopf.

Gretje nahm die Beileidsbekundungen entgegen, bot Getränke und Speisen an. Doch sie ließ sich nicht auf Gespräche ein. Mit Sorge betrachteten die Geschwister ihre Mutter.

»Wird sie wieder so werden wie nach Evas Tod?«, fragte Dirck besorgt.

»Das glaube ich nicht.« Abraham schüttelte den Kopf, doch auch er sah bekümmert zur Mutter.

»Die Zeit wird es zeigen«, sagte Margaretha, schob sich an den Brüdern vorbei und holte weiteres Brot aus dem Ofen.

Der Tag zog sich lange hin, viele Leute hatten Isaak gekannt und gemocht und trauerten nun um ihn. Margaretha und Rebecca hatten so viel zu tun, dass sie gar nicht zum Nachdenken kamen, Esther half ihnen, so gut sie es vermochte. Sie fand für jeden ein freundliches Wort, und dafür bewunderte Margaretha sie. Catharina jedoch saß seufzend und klagend in der Stube.

Sie will gar nicht wirklich dazugehören, dachte Margaretha, oder sie scheut die Arbeit. Für den letzten Gedanken schämte sie sich.

Schließlich war der letzte Gast gegangen, und sie räumten müde auf. Auch Gretje half. Sie verstauten die übrig gebliebenen Speisen im Keller oder der Vorratskammer, spülten Teller und Becher. Die Männer brachten Tische und Stühle wieder in das Nachbarhaus, räumten geliehene Bänke in den Hof.

Schließlich war alles getan. Nach und nach gingen sie in ihre Kammern. Übrig blieben nur Gretje und Margaretha.

Unsicher sah Gretje sich um. »Der Brotteig für morgen …«

»Ist schon vorbereitet, Moedertje.« Margaretha seufzte leise. Sie verstand ihre Mutter. Gretje hatte Angst, nach oben zu gehen und in ihrer nun einsamen Kammer alleine zu schlafen. »Komm, wir trinken noch einen deiner Kräuterliköre. Ich weiß auch schon, welchen.« Zielsicher holte sie die Flasche mit Anis, Baldrian und Johanniskraut hervor, schenkte beiden ein. »Setz dich, Moedertje. Ich habe heute nachgedacht. Bald bekommen Hermann und Esther ihr zweites Kind, Esthers Bauch steht schon tief, lange kann es nicht mehr dauern. Abraham und Catharina werden ihr erstes Kind bekommen. Beide Familien wohnen dort drüben im Nebenhaus. Und dort stehen auch die Webstühle. Es ist laut und unruhig, manchmal hektisch. Kein guter Ort für viele Kinder. Auch glaube ich nicht, dass es auf Dauer gutgeht, wenn Esther und Catharina sich einen Haushalt teilen.«

»Da magst du recht haben.« Gretje nippte an dem Becher mit Likör. Sie lächelte. »Baldrian und Johanniskraut? Ach, Meisje, du hast dein Handwerk gut gelernt.«

Beschämt senkte Margaretha den Kopf. »Ich wollte nur … helfen.«

»Und du hast genau das Richtige gewählt. Baldrian beruhigt, und Johanniskraut hilft gegen düstere Gedanken. Das war eine gute Wahl.« Gretje nickte. »Und auch deine anderen Gedanken sind nicht verkehrt.« Sie seufzte. »Ich liebe euch alle, alle meine Kinder. Gott hat euch so gemacht, wie ihr seid. Jeder von euch hat gute und weniger gute Seiten, so wie ich auch. Wir sind Menschen. Ich habe darüber lange nachgedacht und auch mit eurem Vater darüber gesprochen.« Sie hielt inne, Tränen stiegen ihr in die Augen. »Gott habe ihn selig und möge es ihm nun besser ergehen.« Sie schluckte.

»Vater muss nicht mehr leiden, Moedertje.«

»Nein, das muss er nun nicht mehr.« Gretje holte tief Luft.

Dann sah sie zu ihrer Tochter. »Was hältst du von Esther und Catharina?«

»Bitte?« Margaretha schnaufte kurz, dann lächelte sie. »Ich mag Esther. Ich mag sie sogar sehr. Am Anfang fand ich sie schwierig, aber sie hatte einfach nur Angst. Angst vor dir, dann Angst vor der Schwangerschaft und Geburt. Sie hat sich gefangen. Ich mag ihren Humor, ihre offene Art. Sie ist die Schwägerin, die ich mir gewünscht habe.«

Gretje nickte und lächelte schwach. »Und Catharina?«

Margaretha stand auf, ging zur Tür, dort lag Jonkie, sie streichelte den Hund, kehrte nachdenklich zum Tisch zurück. »Catharina ist eine gebildete Frau. Sie liebt Abraham und teilt seinen Glauben bedingungslos.« Margaretha setzte sich wieder, schenkte ihrer Mutter und sich noch einmal nach. Dann zuckte sie mit den Schultern.

»Nun sag schon, was denkst du von ihr?«, fragte Gretje leise.

»Ich bin mir nicht sicher.«

Gretje lachte leise. »Du bist lieb, Margret. Manchmal bist du zu lieb. Ich möchte Catharina mögen. Ich möchte es sogar sehr. Ich möchte sie so mögen, wie ich Esther mag. Mehr sogar, wenn es mir vergönnt wäre. Catharina gibt mir aber nicht die Chance. Sie lässt alle außen vor, manchmal denke ich sogar, dass Abraham gar nicht an sie herankommt. Ich weiß nicht, warum das so ist. Wir haben sie herzlich aufgenommen, so wie Esther auch. Esther war unsicher, aber sie hat ihre Zweifel überwunden. Catharina ist nicht unsicher, sie ist kalt.« Gretje senkte den Kopf. »Sie ist kalt wie ein toter Fisch.« Dann schüttelte sie den Kopf. »Das sind keine gottgefälligen Gedanken, aber ich meine das gar nicht böse.« Wieder stockte sie, trank ihren Becher leer, stellte ihn fest auf den Tisch und sah Margaretha an. »Darf ich heute Nacht wieder bei dir schlafen? Ich mag nicht mehr in das einsame Schlafgemach zurückkehren.« Sie biss sich auf die Lippe. Margaretha wusste in diesem Moment, wie viel an Überwindung ihre Mutter die Frage gekostet hatte.

»Aber natürlich. Ich dachte sowieso … deshalb habe ich doch darüber nachgedacht … wenn wir alles neu aufteilen?« Margaretha sah unsicher auf, stockte immer wieder.

»Was würdest du denn vorschlagen, Meisje?«

»Nun ja, ich weiß nicht, warum Catharina so schwierig ist, aber ich komme auch nicht an sie heran. Sie will lieber für sich sein. Das macht es schwierig. Vom Platz her sollten Hermann und Esther in dieses Haus ziehen und wir beide nach drüben. Aber vermutlich würde das nur Streit geben.« Margaretha räusperte sich verlegen.

»Der Gedanke ist mir noch gar nicht gekommen, aber sicher hast du recht. Darüber sollten wir nachdenken.« Gretje erhob sich müde. »Vielleicht wäre es aber auch eine Chance für Catharina, sich mehr auf die Familie einzulassen. Doch andererseits, wir wollen niemanden zwingen.« Langsam ging sie zur Treppe, stieg die erste Stufe empor. »Esther und Hermann könnten das große Schlafzimmer haben, die Kinder deine Kammer.«

»Ja, das würde auch Hermanns Position stärken. Vielleicht wäre das ganz gut. Abraham …«, sagte Margaretha sanft und schluckte die folgenden Worte herunter.

»Abraham ist neidisch. Das hast du richtig erkannt. Hermann setzt sich seit Jahren für uns ein, für das Geschäft, die Weberei. Abraham folgt seinem Glauben.« Gretje schüttelte den Kopf und stieg die Treppe empor. »Ich könnte Dircks Zimmer nehmen. Dirck geht nach drüben.«

»Und ich?«, fragte Margaretha verzagt.

»Du könntest in Rebeccas Kammer. Sie geht in eins der Zimmer der Gesellen. Die stehen ja leer.«

Noch eine Weile planten sie hin und her, schließlich wünschten sie sich eine gute Nacht. Margarethas Bett war breit und gemütlich, der Kater fand Platz in der Mitte zwischen ihnen.

Auch die nächsten Nächte verbrachten sie so. Zu Margarethas Überraschung trieb Gretje jedoch eine neue Ordnung der Räume voran. Nach einigen Diskussionen blieben Abraham und Catharina im Anbau des Nebenhauses. Dirck und Rebecca zogen in das Obergeschoss des Nebenhauses. Margaretha bekam Rebeccas Kammer hinter der Küche, und Gretje bezog Dircks Zimmer.

Es war ein wahres Hin und Her, aber schließlich war alles geregelt. Margaretha freute sich über die Kammer im Erdgeschoss. Endlich konnte Jonkie wieder bei ihr im Zimmer schlafen. Der Kater tat sich etwas schwer mit der Umstellung, fügte sich jedoch dann und rollte sich schwer seufzend und dunkel schnurrend an ihrer Seite zusammen.

Das Jahr 1681 verging. Weihnachten und Neujahr waren ohne Isaak voller Wehmut und Trauer. Esther gebar einen zweiten Sohn, die Geburt verlief leicht und problemlos. Catharina bekam drei Wochen später ihr Kind. Gretje und Margaretha freuten sich sehr, der Mutter das gesunde Mädchen zeigen zu können, doch Catharina sank erschöpft und enttäuscht in ihr Kissen und drehte den Kopf weg.

»Kein Stammhalter?«

»Dein Kind ist gesund, das ist mehr als viele andere haben«, sagte Gretje ernst. »Und es braucht dich.«

Die Kleine wimmerte leise, doch Catharina reagierte nicht. Gretje schnaubte wütend, drückte Margaretha den Säugling in den Arm und legte ihre Hand auf Catharinas Schulter.

»Hör mir gut zu, Meisje. Du bist die Frau meines Sohnes, die Mutter meiner ersten Enkelin. Abraham liebt dich, er liebt dich sehr. Er wird stolz auf dieses Kind sein, froh und glücklich, dass ihr beide die Geburt gesund überstanden habt.«

Catharina drehte den Kopf weiter zur Seite, sah Gretje nicht an. »Ich will das nicht«, sagte sie tonlos.

»Das? Das ist deine Tochter. Dein Kind. Sie braucht dich! Sie braucht dich jetzt. Nun nimm sie in den Arm.« Hart drehte Gretje ihre Schwiegertochter zu sich. »Dieses Kind braucht dich. Es braucht dich, um zu überleben, und du wirst dich um die Kleine kümmern! Sofort! Deine Tochter ist ein Geschenk Gottes an dich und deinen Mann.«

Selten hatte Margaretha ihre Mutter in so einem harten Tonfall sprechen hören, erschrocken wich sie zurück, trat dann wieder vor, als Gretje sie an das Bett winkte.

»Ich zeige dir, wie du deine Tochter anlegst. Es ist ganz einfach. Sie braucht diese erste Milch, das ist wichtig.« Gretje klang ruhiger, aber dennoch ernst und bestimmend. Sie nahm Margaretha das Kind aus dem Arm und legte es der Mutter an die Brust.

Margaretha packte die Wäsche zusammen und verließ den Raum. Tränen standen ihr in den Augen, schon jetzt liebte sie dieses kleine Kind, das gerade erst seinen ersten Atemzug getan hatte.

Gretje tat alles, was in ihrer Macht stand, doch auch die Aufgüsse, Tinkturen, die Umschläge und Kräuter halfen nichts. Catharina hatte weder Milch noch Liebe für das Kind. Schnell wurde eine Amme besorgt, eine junge Mutter, deren Kind verstorben war. Sie kam aus einem der Höfe am Rande der Stadt. Liebe fand die kleine Mirjam bei Gretje und Margaretha.

1682 war ein bitteres Jahr. Der Frühling war trocken, der Sommer heiß und der Herbst feucht. Die Ernte fiel schlecht aus. Nach dem Ende des Krieges hatten sich die Grenzen nach Frankreich und Spanien geöffnet, so dass den Krefelder Webern die Aufträge fehlten. Neid, Hass und Willkür breiteten sich in der einst so toleranten Stadt aus. Immer wieder wurden die Familien der Quäker bedroht. Der Rat der Ältesten der Mennoniten sah die Quäker als Gefahr für die Sicherheit der Gemeinde, und so traf sich die Gemeinschaft der Freunde nicht mehr bei Selbachs, sondern bei den op den Graeffs zur Andacht.

Hermann und Abraham befürworteten diese Regelung, doch sie brachte Arbeit und Unruhe in die Haushalte der Familie. Jeden Samstag wurde die Stube ausgeräumt, Bänke und Stühle wurden aufgestellt, es wurde Essen gekocht und für Getränke gesorgt. Etwa zwanzig Familien trafen sich regelmäßig zur Andacht. Nach der stillen Zusammenkunft, in der jeder versuchte, sein Gespräch mit Gott stumm zu führen, wurde diskutiert. Die Situation in der Stadt stimmte alle nachdenklich.

»Lange kann das so nicht mehr gut gehen«, sagte Abraham ernst. »Die Lutheraner werden immer bitterer in ihren Vorwürfen. Meiner Frau wollte der Bauer neulich keine Milch verkaufen.«

Margaretha sah zu Esther, die beiden tauschten einen wissenden Blick. Dass Catharina keine Milch verkauft worden war, lag nur bedingt an ihrem Glauben. Catharina war hart gegen jeden, auch gegen sich selbst. Der Umgang mit ihr fiel allen zunehmend schwerer. Sie war aufbrausend, wurde schnell verletzend und ausfällig. Abraham sah über ihre Fehler hinweg, liebte seine Frau abgöttisch und nahm keine Kritik an.

»Wir sind auf die Bauern angewiesen, Bruder Abraham. Wenn das so weitergeht, bekommen wir ernste Schwierigkeiten«, sagte Johannes Bleikers. »Unsere Brüder, die dem Glauben von Menno Simons anhängen, haben diese Plagen nicht. Nicht in diesem Umfang. Manchmal überlege ich, ob es das wert ist.« Er senkte den Kopf.

»Du zweifelst an deinem Glauben, Bruder?« Abraham stand auf. »Du zweifelst wirklich an deinem Glauben? Hast du nicht Mijnheer Crisp gehört? Seine Worte in dich aufgenommen? Hast du nicht auch gesagt, dass diese Art zu glauben rein, offen und ehrlich ist?«

»Das habe ich. Fürwahr, das habe ich, Bruder Abraham. Aber ich habe auch eine Familie, die über den Winter kommen will und muss. Ich habe Frau und Kinder.« Bleikers schluckte. »Der Winter steht uns bevor. Ich bin es meiner Familie schuldig, sie zu ernähren. So wie du. Macht dir das keine Sorgen?«

»Wir machen uns alle Sorgen, Bruder Johannes. Auch unsere Familie. Aber unser Glaube ist stark und fest. Er trägt uns in den schwierigen Zeiten«, sagte Hermann beschwichtigend.

»In den schwierigen Zeiten?« Elisabeth Kürdis stand auf. »In den schwierigen Zeiten? Was bedeutet das für dich, Bruder? Hast du schon mal Hunger erlebt? Einen Winter, in dem die Kinder weinen vor Kälte und Hunger? Mach dir doch nichts vor. Deine Familie hat Bürgerrechte in der Stadt. Ihr seid wohlhabend. Keiner von euch hat jemals wirklich Hunger gelitten. Meine Familie schon.« Sie blickte sich um, und etliche andere nickten. »Zu glauben ist gut für die Seele, aber Grütze ist gut für den Magen. Deine Kinder haben noch nie vor Hunger geweint, und das wünsche ich dir auch nicht, denn es ist schrecklich.«

»Ja, das ist es«, murmelten etliche Stimmen.

Hermann stand auf und hob beschwichtigend die Hände. »Wir wollen doch jetzt hier nicht aufrechnen, Brüder und Schwestern, wer am meisten leidet. Das bringt uns zu nichts. Verhungert ist noch keiner der Gemeinschaft, dafür haben wir immer gesorgt.« Er schaute sich um. Die meisten senkten ihre Köpfe. »Es geht um unsere Zukunft. Erinnert ihr euch an Sir William Penn? Den englischen Adeligen? Er hat sich für mich und Bruder Heinrich eingesetzt, als wir verbannt wurden. Inzwischen besitzt er Land in der neuen Welt.«

»Ja, ja, wir erinnern uns«, sagten einige leise. Alle lauschten erwartungsvoll.

»Abraham und ich haben mehr Informationen über dieses Land angefordert. Es gibt in Frankfurt eine Gesellschaft, die es verwaltet. Mit dieser Gesellschaft, es sind Quäker wie wir, sind wir in Kontakt getreten.« Hermann ließ seinen Blick über die Runde wandern. »Wir glauben«, er holte hörbar Luft, »dass unsere Zukunft im neuen Land liegt.«

»In Übersee?« Tönis Kunders sah ihn überrascht an. »Dort drüben? Bei den Wilden?«

»Die Wilden sind nicht mehr so wild.« Abraham reichte

einen Beutel Tabak herum. Jeder Mann griff zu, stopfte sich eine Pfeife. Abraham holte Kienhölzer, er wartete ab, bis der Rauch aus den Pfeifen quoll.

»Der Tabak«, sagte er dann bedächtig, aber deutlich, »den ihr raucht, stammt aus der neuen Welt. Dort wird er angebaut. Die Bauern dort sind inzwischen reich und mächtig.«

»Reichtum und Macht ist nicht gottesfürchtig«, warf Tönis Kunders ein.

»Das ist richtig. Wir wollen ja auch keinen Tabak anbauen, Bruder Tönis.« Hermann setzte sich wieder auf die Bank an den Tisch, winkte seiner Frau, ihm und allen anderen Bier nachzuschenken. Esther und Margaretha sprangen auf und eilten in die Küche, Catharina blieb am Ofen sitzen.

»Manchmal«, sagte Esther, während sie das Bier aus dem großen Fass in die Krüge schöpfte, »manchmal wünsche ich Catharina Böses, und ich schäme mich dafür.« Sie seufzte.

»Musst du nicht«, sagte Margaretha leise. »Schämen, meine ich. Ich finde sie unerträglich hochmütig. So sehr ich mich vor dem neuen Land fürchte, der Reise dorthin und allem, was es bedeutet, so sehr träume ich auch davon, dass wir geteilte Häuser haben, mit viel Platz dazwischen. Wenn sie Abraham alleine den Haushalt führen muss, vielleicht sieht er dann, wie sie wirklich ist.« Margaretha biss sich auf die Lippe. »Meine Gedanken sind nicht gottesfürchtig.«

Die beiden Frauen sahen sich an, lachten, nahmen die Krüge und kehrten in die Stube zurück. Dort wurde inzwischen lautstark diskutiert. Sie schenkten kühles Bier und Wein aus, die Getränke schienen die Gemüter zu beruhigen.

»Was weißt du über das Land dort drüben?«, fragte Johann Simons.

»Nicht viel. Darum habe ich Mijnheer Pastorius angeschrieben. Er verwaltet das Land der Gesellschaft. Ich warte noch auf Antwort. Sobald ich sie habe, werde ich euch alles mitteilen.« Hermann hob seinen Becher, prostete den Männern zu. »Es ist nur ein Gedanke, aber für mich und meine Familie wird er immer greifbarer. William Penn möchte einen neuen Staat gründen, der auf dem Glauben in Gott beruht. Ein friedlicher Staat, ein friedliches Leben.«

»Wer ist Pastorius? Und welches Land verwaltet er?«, fragte Lenert Arrats.

»Franz Daniel Pastorius ist ein Advokat aus Frankfurt. Er gehört zur Frankfurter Land Compagnie und verwaltet einen Teil des Landes von William Penn in der neuen Welt«, antwortete Abraham ruhig.

»Weit über dem Meer«, murmelte jemand.

»Ja, aber auch weit ab von den Streitigkeiten mit den Lutheranern.« Abraham sah sich um. »Ihr müsst darüber nachdenken, was ihr wollt – ein Leben hier, welches immer unerträglicher wird. Ein Leben hier, ohne den wahren Glauben leben zu dürfen. Oder eine ganz neue Zukunft.«

»Noch haben wir keine Informationen, und vorher braucht sich auch niemand den Kopf zu zerbrechen«, lenkte Hermann ein. »Wir werden nicht überstürzt aufbrechen. Wir werden abwägen, und die neue Welt ist nur eine Möglichkeit. Ich habe viele Kontakte in die Niederlande. Dort gibt es auch Quäker, ihnen geht es gut. Vielleicht wird es hier wieder leichter irgendwann, doch das gilt es noch abzuwarten.«

»Wir können nicht bis in alle Ewigkeit warten!«, sagte Abraham und hob den Kopf. »Und wir können uns nicht ewig ducken.«

»Amen«, rief jemand. »Amen, Amen, Amen …« Der Ruf wurde von den anderen aufgenommen, und schließlich standen alle und hoben ihre Becher und Gläser. »Auf eine friedliche Zukunft.«

Es war weit nach Mitternacht, als der letzte Gast ging. Seufzend räumten Rebecca, Margaretha und Esther das Geschirr zusammen, sortierten übrig gebliebene Speisen, spülten ab und fegten die Stube.

»So kann das nicht weitergehen«, sagte Esther und gähnte herzhaft. »Jeden Sonntag wird das Treffen länger. Morgen müssen wir früh aufstehen. Wie machen das die Selbachs? Dort treffen sich viel mehr Familien.«

»Selbachs haben schon vor Jahren eine Scheune angebaut, nur für die Treffen der Mennoniten. Das ist nicht ihre gute Stube, sie können die Bänke und Tische stehen lassen, das Geschirr am nächsten Tag in aller Ruhe wegräumen und spülen.« Margaretha drückte die Fäuste in ihr Kreuz.

»Das würde ich mir auch wünschen«, sagte Esther leise. Sie sah sich um. »Catharina ist schon vor zwei Stunden zu Bett gegangen«

Margaretha schaute sie verständnisvoll an. »Ich weiß, was du meinst. Wäre ja auch mal nett, wenn die Treffen drüben bei Catharina und Abraham stattfinden würden. Aber sie haben den Platz nicht, dort stehen die Webstühle«

»Das mag sein. Aber helfen könnte sie doch, oder? Sie tut nichts, sie ist immer müde oder beschäftigt. Ich will ihr nichts Böses, aber es ärgert mich, dass wir ihre Arbeit immer übernehmen müssen.« Esthers Stimme wurde lauter.

»Psst. Ruhig. Die Kinder schlafen.« Gretje war leise in die Küche gekommen und sah sich um. »Ihr habt schon wunderbar aufgeräumt. Den Rest machen wir morgen. Jetzt ist es Zeit für alle, ins Bett zu gehen.« Sie legte Esther die Hand auf die Schulter. »Gräme dich nicht. Tue es nicht. Du hast zwei wunderbare Söhne, die du liebst, und sie lieben dich. Dein Mann liebt dich auch. Catharina hat das nicht, nicht so wie du. Irgendetwas zerfrisst sie. Sei gnädig mit ihr, Hartje.«

Esther senkte den Kopf. »Du hast ja recht.« Dann schluckte sie. »Werden wir davonziehen? Ins fremde Land?«

Gretje schüttelte den Kopf. »Ich weiß es nicht, Meisje. Aber ich fürchte mich davor.«

»Wer ist dieser Advokat?«, fragte Margaretha.

»Das weiß ich auch nicht, Meisje. Aber er wird uns sicherlich besuchen kommen.« Gretje seufzte. »Die Männer werden entscheiden. In Krefeld scheint nicht unsere Zukunft zu liegen.«

Margaretha pfiff Jonkie zu sich, ging mit dem Hund in den Hof. Ein Advokat, dachte sie voller Zorn, ein Rechtsverdreher. Ich hasse ihn jetzt schon. Er braucht gar nicht zu kommen.

Margaretha versuchte, mit allen Kräften, so zu glauben, wie ihre Brüder es taten. Sie wollte eine gute Schwester in der Gemeinschaft der Freunde sein. Sie wollte es, doch jedes Mal, wenn sie sich in das stille Gebet zu vertiefen suchte, kamen ihre Gedanken auf das Essen, das zu kochen war, die Vorräte, die aufgefüllt werden mussten, kranke Gemeindemitglieder und schließlich diesen Franz Daniel Pastorius und seine Frankfurter Land Compagnie. Angst erfasste sie und auch Wut. Obwohl es schwieriger wurde, ging es ihrer Familie noch gut in Krefeld. Sie wollte hier nicht weg. Margaretha schämte sich, weil sie sich nicht so tief ins Gebet versenken, keine Zwiesprache mit Gott führen konnte, sondern zornige Gedanken hatte.

Das Jahr ging zu Ende, ohne dass Pastorius von sich hören ließ. Die Frauen der Familie sahen es mit Erleichterung, die Männer warteten ungeduldig auf Antwort.

Traurig und einsam fühlte sich Margaretha in der Neujahrsnacht. Keiner der Quäker ging mit dem Brummtopf um die Stadt. Zu Jan Scheuten hatte sie kaum noch Kontakt, seit die Quäker sich bei den op den Graeffs trafen. Er mied ihre Anwesenheit, ritt nicht mehr mit ihr aus und scheute Treffen.

Sie vermisste seine Freundschaft schmerzlich.

»Frohes neues Jahr«, schallten die Rufe um Mitternacht durch die Stadt. Die Glocken der Kirche wurden geläutet. Dirck ging mit Rebecca vor die Tür, prostete den Nachbarn zu. Erst eine Stunde später kamen die beiden zurück, Rebecca zupfte sich Strohhalme aus dem Haar. Nur Margaretha schien das zu beobachten, keiner sonst nahm Notiz von den beiden, die sich verliebt ansahen. Einsam verkroch Margaretha sich in ihr Bett.

Kapitel 21

Das Jahr begann feucht. Der Winter war allzu mild, es fror kaum und schneite auch nicht. Gretje sah es mit Sorge.

»Moedertje, sollten wir nicht froh sein?«, fragte Margaretha, die sich darüber freute, nicht durch hohen Schnee stapfen zu müssen.

»Es ist zu mild, Meisje.« Gretje sah sorgenvoll in den Hof, wo sich tiefe Schlammpfützen gebildet hatten. »Die Schädlinge sterben nicht, die Wintergerste verfault.«

»Ach, Moedertje, nie ist es recht«, seufzte Margaretha. Sie war das Klagen leid.

»Nein, du irrst. Ein zu langer und kalter Winter ist furchtbar, das hatten wir in den letzten Jahren mehrfach. Ein zu feuchter und milder Winter hat auch seine Tücken. Die Natur spielt verrückt.« Gretje schüttelte den Kopf. »Wer weiß, wie dieses Jahr werden wird. Wir müssen mit Fieber rechnen. Hoffentlich haben wir genug Weidenrinde.«

»Wir haben auf jeden Fall noch Holundertinktur und auch Samen der Esche, und die Brunnenkresse treibt schon wieder aus im Kräutergarten.« Margaretha rührte den Eintopf um. Durch das milde und feuchte Wetter verdarben ihnen die getrockneten Hülsenfrüchte, vieles schimmelte in der Vorratskammer. Sie hatten einen Sack Erbsen wegwerfen müssen, verkochten nun die Reste des zweiten mit Schweinespeck und frischer Petersilie, die schon im Kräutergarten wuchs.

»Was ist mit Rebecca?«, fragte Gretje leise. »Sie ist so verändert.«

»Ich glaube, sie wird krank, Moedertje. Sie ist müde, lustlos, blass. Ob das auch mit dem Wetter zusammenhängt?«

»Das könnte gut sein. Ich werde ihr heute Abend einen stärkenden Aufguss bereiten. Aber nun muss ich zu Familie Lenßen. Das Kind sollte jeden Tag kommen.« Gretje nahm ihren Korb, sah ihre Tochter an. »Du wirst dich um den Haushalt kümmern.«

Margaretha nickte ergeben. Lieber wäre sie ihrer Mutter gefolgt, doch Esthers Söhne husteten, und Catharina fühlte sich überfordert damit, für alle die Mahlzeit zu bereiten. Es war eine Ausrede, das wusste nicht nur Margaretha. Catharina versenkte sich lieber in die Bibel und las gläubige Schriften, als sich um Hausarbeit zu kümmern, Erbsen zu schälen oder Speck zu braten.

Also bereitete Margaretha das Essen, wusch Wäsche und kehrte den Hof. Rebecca hockte im Abort, ihr war schlecht, so wie schon seit Tagen. Margaretha hatte ihr Dillsamen in Wein aufgekocht, ein wirksames Mittel gegen Übelkeit. Doch dem Mädchen ging es nicht besser, deshalb schickte Margaretha sie mit einer Schale Gemüsebrühe zu Bett.

Auch die nächsten Tage wurden nicht leichter, die Kinder krankten, Rebecca blieb schwach, Margaretha hielt sie von der Familie fern, fürchtete Ansteckung. Gretje war mit der Wöchnerin beschäftigt. Nach einem heftigen Schauer schien die Sonne von einem Himmel, der wie frisch gewaschen aussah. Die Erde schien zu dampfen, und man konnte dabei zusehen, wie die Knospen aufplatzten und sich die neuen Blätter an den Zweigen entrollten.

»Schau!« Samuel zeigte begeistert nach draußen. »Schön!« Der zweieinhalbjährige Sohn von Hermann und Esther hielt sich gerne bei Margaretha in der Küche auf.

»Ja, und alles duftet.« Margaretha sah in den Aprilhimmel. Der nächste Regen konnte rasch wieder aufziehen, doch im Moment war es sonnig. »Sollen wir in den Wallgarten gehen und nachschauen, was dort wächst? Vielleicht haben wir noch Lauch dort, und auch mit der Aussaat könnte ich getrost beginnen.«

Der Junge nickte begeistert. Margaretha holte seine Joppe, schlug sich ein Tuch um die Schultern, nahm ihn an die eine Hand, den Korb in die andere.

»Sag Esther, dass wir im Wallgarten sind«, rief sie Rebecca zu, die auf der Küchenbank saß und getrocknete Bohnen sortierte. »Ich habe ein Stück Rindfleisch rausgelegt, das kannst du für die Abendmahlzeit nehmen. Und vergiss nicht, das Brot zu backen.«

Rebecca nickte müde. Entgegen Margarethas Befürchtungen hatte die Magd nicht die Ruhr bekommen, die im Armenviertel wieder um sich griff. Es schien nur eine Magenverstimmung gewesen zu sein. Doch immer noch wirkte das Mädchen blass und krank. Margaretha hoffte, dass die Wärme des Frühlings, die frischen Kräuter und Früchte Rebecca wieder zu Kräften kommen lassen würden.

Fröhlich stapfte der kleine Samuel an ihrer Seite. Jonkie lief aufmerksam vor ihnen her, den Kopf wachsam erhoben. Margaretha war froh, den Hund dabei zu haben. Der Unmut gegen die Quäker hatte noch mehr zugenommen. Manches Mal war sie rüde beschimpft, war vor ihr ausgespuckt worden. Doch dank des Hundes war nie mehr passiert. Anderen Frauen war es schlechter ergangen. Beleidigungen und Beschimpfungen waren an der Tagesordnung, und das Leben wurde immer schwieriger für die Gemeinschaft der Freunde.

Der Weg zu den Wallgärten war matschig, aber das machte ihnen nichts. Am Wegesrand spross Huflattich, auch einige frühe Blüten des Wiesenschaumkrauts waren schon zu sehen. Es duftete nach jungem Gras und regenfeuchter Erde.

Noch sah der Garten trostlos aus, doch am Bach blühten Krokusse und Gänseblümchen. Durch den milden Winter hatten die Obstbäume und Sträucher schon früh Knospen angesetzt. Jetzt im April war die Gefahr des Frostes nahezu gebannt. Wahrscheinlich würde es wieder eine gute Ernte geben.

Zwiebeln und Knoblauch streckten die ersten Triebe aus der dunklen Erde. Margaretha hatte schon letzte Woche ein Beet umgegraben und säte nun Mangold und Fenchel aus. Der Gute Heinrich wuchs unter den Apfelbäumen, und davon pflückte sie einige der frischen Blätter. Die jungen Pflanzen würden Rebecca Kraft geben.

Obwohl die Sonne immer noch am Himmel stand, wurde es im Laufe des Nachmittags deutlich kühler. Schließlich beendete Margaretha ihre Arbeit, wusch sich die Hände im kalten Wasser des Baches und wischte sie an ihrem Rock ab. Samuel hatte fröhlich gespielt, doch die frische Luft hatte ihn müde gemacht. Sie nahm ihn hoch und setzte ihn auf ihre Hüfte. Vor ein paar Jahren, dachte sie traurig, war ich hier mit Eva. Es schien unendlich lange her zu sein, dabei waren erst fünf Jahre vergangen. Samuel legte seine kleinen Ärmchen um sie, kuschelte sich an sie. Er duftete nach Kind und Gras, ein leichter Hauch von Seife hing in seinen Haaren.

Langsam ging sie in der Dämmerung zum Stadttor. Kurz vor der Weggabelung blieb Jonkie stehen, stellte die Nackenhaare auf und knurrte leise. Margaretha drückte Samuel enger an sich, jemand kam den Weg entlang, ein Mann mit einer Tasche in der Hand. Sein Schritt war langsam und bedächtig, so als wäre er schon eine ganze Strecke gelaufen. Auch er hatte sie gesehen, schaute nun auf den Hund und blieb stehen. Freundlich tippte er an den Hutrand.

»Guten Abend, Mevrouw. Gelange ich hier zum Stadttor von Krefeld?«

Im ersten Moment verwunderte es Margaretha, dass der Fremde den Hut nicht lüpfte. Sollte er auch Quäker sein?

»Ja«, sagte sie leise, aber mit fester Stimme. »Dieser Weg führt nach Krefeld.«

»Gut. Ist es noch weit? Ich fürchtete schon, die Stadt nicht mehr vor der Dunkelheit zu erreichen.« Er lächelte freundlich.

»Nun, das sollte Euch wohl gelingen.« Margaretha rückte Samuel zurecht. »Ich muss auch in die Stadt, Ihr könnt mich begleiten.«

»Gerne, Mevrouw. Ich bin auf dem Weg zu Freunden, komme aus Köln.«

»Seid Ihr mit dem Schiff gekommen?«

»Ja, ich bin in Uerdingen von Bord gegangen.«

»Ich bin noch nie mit dem Schiff gefahren«, sagte Margaretha. »Das stelle ich mir aufregend vor. Mein Vater hat mich ein paar Mal mit nach Uerdingen genommen, und manchmal gehen wir im Sommer an den Fluss. Da habe ich immer die Schiffe beobachtet und mich gefragt, wie es wäre, auf so einem Schiff zu sein, keinen festen Boden mehr unter den Füßen zu haben.«

»Die Fahrt auf einem Schleppkahn ist eigentlich sehr gemächlich. Es mag hin und wieder schaukeln, aber nur ein wenig. Anders ist es, wenn man auf einem Segelschiff fährt und dann noch über das Meer. Das ist tatsächlich beängstigend.«

»Ihr seid schon über das Meer gesegelt?« Erstaunt sah Margaretha den Mann an. Seine Haare waren im Nacken zu einem ordentlichen Zopf zusammengebunden. An den Schläfen zeigten sich graue Strähnen, soweit sie das trotz seines Hutes sehen konnte. Um seine Augen hatten sich Lachfältchen eingegraben, wie die Speichen eines Rades. Obwohl er schon den ganzen Tag unterwegs gewesen sein musste, strahlten die blauen Augen. Er musste etwa so alt sein wie ihr Bruder Hermann.

»Einmal. Nach England. Und natürlich auch wieder zurück.« Er lachte leise. »Das war aufregend. Aber wir hatten gutes Wetter.«

Er erzählte von der Fahrt, es war ein anregendes Gespräch, und manches Mal brachte er Margaretha zum Lachen. Als sie das Stadttor erreichten, war sie verwundert, wie schnell und kurzweilig die Zeit vergangen war.

»Wir haben unser Ziel erreicht, Mijnheer. Dies ist die Stadt Krefeld. Hier trennen sich wohl nun unsere Wege.« Ein wenig Bedauern klang in ihrer Stimme mit, hatte sie den Begleiter doch als sehr angenehm empfunden.

»Vielleicht könnt Ihr mir ein weiteres Mal helfen. Ich kenne mich in der Stadt so gar nicht aus, bin zum ersten Mal hier am Niederrhein. Ich suche die Familie op den Graeff. Ist sie Euch bekannt? Wisst Ihr, wo ich sie finde?«

Verwirrt trat Margaretha einen Schritt zurück. »Wen sucht Ihr?«, fragte sie tonlos.

»Die Familie op den Graeff. Sie haben mich eingeladen.«

Obwohl sie sich über viele Dinge unterhalten hatten, hatten sie sich einander nicht vorgestellt. Plötzlich wurde Margaretha klar, wer vor ihr stand.

»Ihr seid Mijnheer Pastorius?« Sie hielt den Atem an. Abraham hatte davon gesprochen, dass er mit dem Advokaten korrespondierte, dass er ihn sogar zu sich eingeladen hatte, mehr aber nicht.

Nun fiel ihr ein, dass Catharina in der letzten Woche das Gästezimmer hergerichtet hatte. Margaretha dachte, dass ihre Schwägerin mit dem Frühjahrsputz angefangen hätte, denn Gäste hatten sie kaum.

»Franz Daniel Pastorius.« Er lächelte und deutete eine Verbeugung an. »Ich habe mich gar nicht vorgestellt, verzeiht.«

Im ersten Augenblick wusste Margaretha nicht, was sie sagen sollte. Kalte und warme Strömungen schienen sie zu durchfließen. Sie hatte gehofft, dass der Name dieses Mannes eine leere Hülle bleiben würde, ein Geist, der nie auftauchte. Aber nun war er da und schien so warmherzig, nett und gebildet zu sein. In der Tiefe ihres Herzen wusste Margaretha schon längst, dass die Familie die Stadt verlassen musste, hier hatten sie auf Dauer keine Zukunft mehr. Doch nun wurde das Ende greifbar. Sie atmete tief ein, suchte nach Worten, fand jedoch keine.

Samuel rührte sich. Er hob den Kopf und sah seine Tante an. »Hunger«, murmelte er leise.

»Ja, Hartje, wir gehen nach Hause.« Margaretha schluckte. »Ich weiß, wo die Familie wohnt«, sagte sie, ohne Pastorius anzusehen. »Es liegt auf dem Weg. Folgt mir.«

»Oh, Ihr kennt die Familie. Mögt Ihr mir von ihnen erzählen? Schon eine Weile schreibe ich mit einem der Mijnheer op den Graeff.«

»Abraham op den Graeff ist unser Nachbar.« Margaretha schnaufte. Sie hatte nicht gelogen.

Die unbeschwerte Stimmung, die auf dem Weg zur Stadt zwischen den beiden geherrscht hatte, war verflogen. Auf den Straßen war einiges an Verkehr. Das gute Wetter belebte die Geschäfte. Doch bald würden die Tore geschlossen werden, und die Bauern, die die ersten Erträge in die Stadt gebracht hatten, machten sich auf den Heimweg. An der Kirche hielten sie inne, ein Trupp Zimmermänner kam aus der Neuen Stadt und ging in Richtung »Schiffchen«. Die Männer hatten seit Morgengrauen gearbeitet, waren hungrig und verschwitzt. Jan Scheuten war einer von ihnen. Er blieb stehen, sein Blick traf den Margarethas. Für einen Moment verlor ihr Herz den Takt, und ihr Atem stockte. Kurz erschien es ihr so, als wolle er auf sie zugehen, endlich wieder mit ihr sprechen. Sie wünschte es sich, wünschte es sich so sehr, dass ihr flau wurde. Jan, dachte sie, Jan. Wo ist unsere Freundschaft hin? Wo unsere Liebe?

Pastorius deutete ihre Unsicherheit falsch. Er fasste sie am Ellenbogen, rückte dicht zu ihr. »Nur keine Bange, Mevrouw. Sie werden Euch nichts tun, ich bin ja da. Zeigt mir den Weg, den wir gehen müssen.«

Überrascht sah Margaretha ihn an, dann wandte sie sich wieder Jan zu. Doch er hatte sich umgedreht, folgte seinen Freunden. Einmal noch schaute er über die Schulter zu ihr. Sein Blick war kalt und abweisend. Verzweifelt senkte Margaretha den Kopf. Ganz sicher hatte er die Situation falsch ausgelegt. Sie kannte Pastorius doch gar nicht. Für einen Moment war sie versucht, hinter Jan herzulaufen, aber Samuel jammerte leise.

»Wir müssen da lang«, sagte sie beklommen und zeigte dem Advokaten den Weg. Vor der Tür von Abraham und Catharinas Haus blieb sie zögernd stehen. Niemand benutzte diesen Eingang. Sie wusste noch nicht mal, ob man das Klopfen hören würde, solange die Webstühle klapperten.

»Hier wohnt Abraham op den Graeff.«

»Ich danke Euch sehr.« Pastorius erhob die Hand und klopfte an die Tür.

Margaretha ging drei Schritte weiter. »Und hier wohnen wir.« Sie schloss die Tür auf. »Mein Name ist Margaretha op den Graeff, ich bin Abrahams Schwester. Kommt mit mir.« Sie ging hinein, ohne zu warten. In der Diele setzte sie Samuel ab. »Zieh die Schuhe aus, kleiner Mann. Es war ein langer Tag. Bestimmt hat Grootmoedertje eine Leckerei für dich in der Küche.«

»Gottegot.« Pastorius war ihr gefolgt. »Ihr seid eine op den Graeff?«

»Ja.«

»Das hätte ich nicht … ich bin überrascht.«

»Warum?« Margaretha hockte sich hin, schnürte ihre dreckverkrusteten Schuhe auf und zog sie aus.

Pastorius sah sich um. »Ihr wohnt hier und nebenan?«

»Nebenan wohnt mein Bruder mit seiner Frau. Dort ist die Weberei. Ich wohne hier mit meiner Mutter, meinem Bruder Hermann und seiner Familie. Dazu gehört auch Samuel, der kleine Junge.«

»Es ist Euer Neffe, nicht Euer Sohn?«

Margaretha richtete sich wieder auf und lachte leise. »So ist es. Ihr mögt sicher einen Becher Würzwein. Und vielleicht mögt Ihr nach der langen Reise auch ein Bad?«

»Ein Bad?« Er fragte, es klang begehrlich, vermischt mit einem leichten Ton des Unglaubens.

»O ja. Wir haben einen Badezuber. Ich werde warmes Wasser bereiten lassen. Kommt mit, die Küche ist hier hinten. Wir wussten nicht, dass Ihr heute kommt, und haben nicht in der Stube gedeckt. Ich hoffe, das stört Euch nicht?« Sie sah sich nicht nach ihm um, ging in die Küche. Dort duftete es nach frischem Brot und Eintopf. Eine Rinderbrühe köchelte zudem noch auf dem Herd. Rebecca deckte gerade den Tisch. Sie hatte Samuel einen Kanten Brot, dick mit Butter bestrichen, gegeben.

»Wo ist Catharina?«, fragte Margaretha.

Rebecca zuckte mit den Schultern. »Wer weiß das schon?«

»Sie und Abraham haben einen Gast.« Margaretha wies in die Diele. »Ein Advokat. Er kommt von weit her und hat eine anstrengende Tagestour hinter sich. Mach den Badezuber fertig, er möchte baden.«

»Was?« Rebecca sah sie mit großen Augen an.

»Nun mach schon«, zischte Margaretha. »Ich weiß, es ist viel Arbeit, den großen Kessel zu füllen. Fang schon mal an, ich helfe dir gleich.«

»Ich helfe dir jetzt«, sagte Dirck. Er saß auf der Küchenbank, Margaretha hatte ihn nicht gesehen. »Such du Catharina und Abraham, Margret.« Er stand auf und zwinkerte den beiden zu.

»Wo ist Mutter?«, fragte Margaretha müde.

»Bei einer Wöchnerin. Sie sagte, dass sie erst spät nach Hause kommen würde.«

»Und Abraham und Hermann?«

»Sie arbeiten noch. Esther stillt den Kleinen. Sie kommt gleich wieder herunter.«

Margaretha nickte. Alles war wie immer, nur dass überraschend ein Gast da war, von dem niemand vorher etwas gewusst hatte. Catharina hatte sicherlich davon gewusst, rief sie sich ins Gedächtnis, ihre Schwägerin würde nicht umsonst einen Raum kehren und herrichten. Sie rieb sich über die Stirn, seufzte leise, zog dann ein Lächeln über ihr Gesicht und drehte sich zu dem Gast um.

Pastorius stand an der Küchentür, schaute sich unsicher um. »Ich habe das Gefühl, dass ich ungelegen komme.«

»Nein, nein. Kommt herein. Legt Euern Mantel ab und setzt Euch.« Flüchtig wischte sie ein paar Krümel vom Tisch. Es sah aus wie immer, der Tisch war noch nicht abgewischt und nicht gedeckt. Es war nicht dreckig, aber auch nicht besonders ordentlich, die Spuren der täglichen Arbeit waren zu sehen. Margaretha gab ihm einen Becher Würzwein, begann die Küche aufzuräumen. Samuel hatte sein Brot aufgegessen, er saß nun vor dem Herd und quengelte leise.

Margaretha hielt inne, schöpfte tief Luft und nahm den kleinen Jungen dann auf den Arm. »Du bist müde, nicht wahr?«

Samuel nickte.

»Dann gebe ich dir jetzt etwas Warmes zu essen, und danach gehst du zu Bett. Du brauchst nicht zu warten, ja, Hartje?«

Wieder nickte das Kind. Seine Wangen glühten, die Augen fielen ihm beinahe zu.

»Verzeiht. Ihr seid nicht unwillkommen, aber ein überraschender Gast. Wir haben hier einen großen Haushalt mit vielen Menschen. Nicht alles ist perfekt. Das Abendessen wird schlicht sein, aber gut, das versichere ich Euch.« Sie biss sich auf die Lippe.

»Um Gottes willen, macht Euch keine Gedanken um mich. Ich bin froh, hier sitzen zu können. Ich hatte meinen Besuch angekündigt, aber vielleicht ist der Brief verloren gegangen.«

Ja, dachte Margaretha wütend, bei Catharina. Bestimmt hatte die Schwägerin das genaue Datum gewusst. Immer noch waren weder sie noch Abraham in der Küche aufgetaucht. Dabei war Dirck vor etlichen Minuten nach drüben gegangen. Margaretha schluckte ihren Ärger herunter.

»Bis zum Essen wird es noch ein Weilchen dauern. Euer Bad wird gerade bereitet. Mögt ihr eine Scheibe Brot? Es ist nur schlichtes Brot, aber ganz frisch. Ich habe auch Butter und Schmalz …«

»Das klingt ganz wundervoll. Eine Scheibe frisches Brot ist oftmals köstlicher als ein aufwendiges Mahl.« Pastorius lächelte ihr zu. »Mögt Ihr mir das Kind geben? Ich würde es halten. Ihr hättet die Hände frei … ich könnte Euch auch zur Hand gehen …« Unsicher sah er sich um. Röte stieg an seinem Hals empor, goss sich über das rasierte Kinn und die Wangen. Den Hut hatte er endlich abgesetzt und neben sich gelegt.

»Gehst du zu unserem Gast, Samuel? Du kannst dich auf seinen Schoß setzen, und ich mache dir dann das Essen fertig. Machst du das, ja?«, fragte sie den kleinen Jungen. Unschlüssig sah Samuel zu dem fremden Mann, nickte aber dann. Erleichtert setzte Margaretha das Kind ab. Auf dem Herd kochte der Eintopf. Margaretha kostete und verzog das Gesicht, das Gericht war versalzen. Was war nur mit Rebecca los? Und musste das heute passieren? Sie holte altes Brot aus der Vorratskammer, zerbröselte es und mischte es mit saurer Sahne unter den Eintopf. Dann schrubbte sie ein paar Wurzeln, schnitt sie klein und gab sie dazu. Eine Handvoll Petersilie auch noch, und schon schmeckte es ganz anders. Erleichtert füllte sie eine Schale mit dem Brei und stellte sie vor Samuel auf den Tisch. Hungrig griff der Junge nach dem Löffel, tauchte ihn in den Eintopf, kleckerte. Tränen der Verzweiflung stiegen dem Kind in die Augen.

»Nun, nun, immer mit der Ruhe, ich helfe dir.« Pastorius nahm dem Kind den Löffel ab. »Ich mach das schon«, sagte er beruhigend zu Margaretha. »Wirklich. Ihr habt bestimmt noch mehr zu tun.«

Margaretha nickte und wandte sich um. Brot, Eintopf und Brühe waren keine Mahlzeit für einen Gast aus der Fremde. Sie überlegte, was sie noch an Speisen anbieten konnte. Jetzt im Frühjahr war die Vorratskammer fast leer. Sie hatten noch geräuchertes oder gepökeltes Fleisch. Zwei kleine Ferkel warteten im Schuppen darauf, in diesem Jahr gemästet zu werden. Die Hühner legten fleißig Eier. Margaretha könnte einen von ihnen den Hals umdrehen, aber bevor das Huhn ausgenommen, gerupft und gebraten war, wäre der Gast vermutlich verhungert. Für heute Abend, dachte sie verärgert, wird er mit unserer Hausmannskost vorliebnehmen müssen. Immer noch ließen sich weder Catharina noch Abraham blicken, auch das machte sie wütend.

Margaretha wischte den Tisch ab, deckte ihn. Sie nahm das gute Geschirr, das sich auf dem schrundigen Holztisch seltsam machte. Dann holte sie Heringe aus der Kammer, schnitt Zwiebeln in Ringe, richtete alles zusammen mit frischer Brunnenkresse aus dem Garten auf einem Teller an.

Immer wieder schaute sie zu dem Advokaten, der Samuel geduldig fütterte, ihn kitzelte und unterhielt. Schließlich war die Schale des Kindes geleert. Der kleine Junge gähnte herzhaft und streckte Margaretha die Arme entgegen.

»Ich bring dich ins Bett«, sagte sie und nahm das Kind. In diesem Moment kam Dirck in die Küche.

»Goedenavond, Mijnheer. Ich bin Dirck op den Graeff. Wir haben uns noch gar nicht begrüßt.« Herzlich schüttelte er die Hand des Fremden. »Ihr haltet uns bestimmt für unhöfliche Gastgeber, aber dem ist nicht so. Wir sind nur etwas überrascht von Eurer Ankunft, hatten noch nicht mit Euch gerechnet. Das ist unser Fehler. Ich hoffe, Ihr verzeiht dies.« Er räusperte sich. »Das Bad ist bereit. Vielleicht möchtet Ihr Euch säubern und entspannen, bevor es Essen gibt.«

»Das Bad? Ich kann es kaum glauben. Ihr habt wirklich einen Badezuber?« Pastorius stand auf. »Es muss einen Fehler in der Korrespondenz gegeben haben. Es ist sicher meine Schuld. Ich bin seit Wochen, ja Monaten im Auftrag der Frankfurter Land Compagnie unterwegs. Ich reise kreuz und quer durch das Land, und nicht immer erreicht mich meine Post. Ich fühle mich ganz schlecht, einfach hier eingedrungen zu sein.«

»Das müsst Ihr nun wirklich nicht, guter Mann.« Dirck lachte auf. »Nun kommt mit, genießt das Bad. Meine Mutter befasst sich mit Kräutern. Ich habe eines ihrer Badeöle und eine gute Seife bereitgestellt. Nehmt Euch Zeit! Mögt Ihr ein Glas Rotwein dazu? Ich wollte gerade eine Flasche aus dem Keller holen.«

»Ein Bad mit heißem Wasser, Seife und Badeöl. Dazu noch Rotwein. Ich bin gewiss im Himmel. Habt Dank!« Pastorius schüttelte den Kopf, stand auf und griff nach seiner abgewetzten Tasche, die er neben die Küchenbank gestellt hatte. »Mit so einem Willkommen hatte ich ganz sicher nicht gerechnet.«

Verwundert wechselten Margaretha und Dirck einen Blick.

»Kommt mit, hier entlang in den Hof geht es zur Waschstube«, sagte Dirck dann, während Margaretha den müden Jungen nach oben trug. Sie zog ihn aus und wusch ihn flüchtig, legte ihn dann in sein Bett. Esther hatte gerade den Säugling gewickelt und legte ihn nun in die Wiege.

»Was war da unten los?«, wisperte sie. »Ich habe Stimmen gehört und dann die Pumpe im Hof. Ist etwas passiert? Ich konnte nicht schneller herunterkommen, mein kleiner Sohn meint jedes Mal, es wäre die letzte Mahlzeit, die er bekommt.« Lächelnd stopfte sie die Decke um das Kind fest. »Was ist mit Samuel?«

»Samuel ist satt, sauber und schläft.« Margaretha lachte leise. »Ihm geht es gut.« Dann stockte sie. »Wir haben Besuch. Einen Gast.«

»Wer ist es?« Neugierig sah ihre Schwägerin sie an.

»Ein Mijnheer Pastorius.«

»Wer? Doch nicht dieser Advokat aus Frankfurt?«

»Doch.« Margaretha setzte sich auf die Kleidertruhe. »Genau dieser Pastorius. Ich hatte gehofft, dass er nie hier auftaucht, aber nun ist er da.«

»Ach.« Esther wischte sich über das Gesicht. »Nun ja.« Sie drehte sich um, sah aus dem Fenster. »Hermann hat immer wieder von ihm gesprochen.«

»Ich weiß«, sagte Margaretha tonlos. »Aber ich habe nicht geglaubt, dass er wirklich kommt.«

»Ich auch nicht.« Esther schüttelte den Kopf. »Das Leben hier wird nicht besser, aber ich möchte trotzdem nicht weg.«

»Können wir uns wehren?« Margaretha biss sich so fest auf die Lippe, dass sie Blut schmeckte.

»Nein.«

Die beiden Frauen sahen sich an. Ihn ihrem Blick lag Entsetzen gepaart mit Verzweiflung. Schließlich stand Margaretha auf, umarmte ihre Schwägerin. »Hermann würde nie etwas machen, was den Kindern schaden würde. Er liebt sie und dich auch.«

Sie schaute in die Wiege, in der ihr Neffe selig schlummerte.

»Ja.« Esther schluckte hart.

»Und nun hilf mir bitte, das Essen zu bereiten. Catharina hat gewiss gewusst, dass Pastorius kommt, und hat es nicht gesagt. Mutter ist unterwegs, und unten sieht es aus … nun ja, wie immer halt.« Margaretha zwang sich zu lächeln.

»Dieser Mann will uns an das andere Ende der Welt bringen. Dort wird es sicher nicht jeden Tag ein Festmahl geben.« Esther seufzte. »Catharina hat es gewusst? Nun komm, wir machen das Beste daraus und werden sie vor Neid erblassen lassen.«

»Rebecca hat dem Mann ein Bad bereitet, das hat ihn erstaunt.« Margaretha kicherte leise. Gemeinsam gingen die beiden die Treppe hinunter.

»Ein Bad. Das hätte ich jetzt auch gerne.« Esther streckte sich müde. »Ist da nicht noch Kaninchen in der Vorratskammer? Der Knecht hat doch letzte Woche im Wallgarten Fallen aufgestellt.«

»Die habe ich ganz vergessen. Natürlich, wir haben noch Kaninchen.«

»Dann mach daraus deine Pastete, Margret. Die ist köstlich. Vielleicht kannst du den Mann damit verzaubern, und er vergisst sein Anliegen.«

»Schön wäre es«, murmelte Margaretha.

In der Küche wartete schon Catharina auf sie. »Wo wart ihr denn? Wir haben einen Gast, wurde mir gesagt.«

»Ja, wir haben einen Gast, meine Liebe«, sagte Margaretha so freundlich, wie sie es vermochte. »Franz Daniel Pastorius, der Advokat aus Frankfurt. Er nimmt ein Bad.« Margaretha ging zur Vorratskammer. »Kannst du den Pastetenteig kneten, Esther? Ich schaue nach dem Kaninchenfleisch.«

»Natürlich, Margret.« Esther schmunzelte. »Catharina, prüfe doch, ob die Hühner noch Eier gelegt haben.«

»Das kann Rebecca machen, es ist ihre Aufgabe.«

»Da hast du recht. Aber Rebecca erhitzt das Wasser für das Bad deines Gastes und sorgt sich um sein Wohlbefinden. Eigentlich wäre das deine Aufgabe.«

»Ich wusste ja gar nicht, dass er da ist.« Catharina schnaubte

»Wir wussten noch nicht einmal, dass er kommt, meine Liebe.« Margaretha legte die beiden Kaninchen auf den Küchentisch. Sie waren schon abgezogen und ausgenommen. Margaretha nahm ein Messer und entbeinte die Tiere, während Esther den Teig knetete.

»Aber Abraham hat doch gesagt, dass er den Advokaten eingeladen hat.« Mürrisch ging Catharina zur Hoftür.

»Ja, das hat er schon vor Monaten gesagt, aber er hat kein Datum genannt. Kann der Mann bei euch schlafen? Ist das Zimmer bereit?«

»Ich schaue noch mal«, sagte Catharina kurz angebunden und verließ die Küche.

Esther lachte auf. »Gottegot. Sie ist böse mit uns.«

»Soll sie sein.« Margaretha schnitt das Fleisch in kleine Stücke, würfelte Zwiebeln und holte Speck aus der Vorratskammer. »Haben wir denn noch Eier?«

»Ich habe die letzten von gestern gerade verbraucht. Die Hühner sollten jedoch gelegt haben.«

»Wo ist Rebecca eigentlich?« Margaretha wischte sich die Hände an der Schürze ab und ging in den Hof. Die Magd war weder beim Waschhaus noch beim Hühnergehege. Margaretha nahm vorsichtig die Eier ab. Auf dem Weg zurück zum Haus hörte sie, dass Dirck im Stall auf jemanden einredete. Plötzlich öffnete sich die Stalltür. Rebecca rannte hinaus, sie hatte die Hände vor das Gesicht geschlagen und weinte lauthals. Dirck folgte ihr, blieb stehen, als er seine Schwester sah.

»Was hast du mit ihr gemacht?«, fragte Margaretha erbost. »Hast du sie verletzt?«

Dirck senkte beschämt den Kopf, schaute zu Boden. »Nein«, murmelte er dann.

»Was hast du dann gemacht? Sie wird ja nicht ohne Grund weinen.«

Dirck sah sie an, seine Augen waren dunkel, ob vor Wut

oder Verzweiflung konnte Margaretha nicht ausmachen. Abrupt drehte er sich um, ging zurück in den Stall. Er sattelte die Stute und ritt davon.

Kopfschüttelnd ging Margaretha zurück in die Küche.

»Wo ist Rebecca?«, fragte sie.

»In ihrem Zimmer. Sie hat irgendwas von Dirck gesagt, aber ich habe es nicht verstanden. Haben sich die beiden gestritten?«, wollte Esther wissen.

»Scheint so.« Wütend schlug Margaretha die Eier auf, verknetete sie mit dem Kaninchenfleisch, den Gewürzen und Zwiebeln. Dann füllte sie die Masse in die Pastetenform, die Esther mit Teig ausgelegt hatte, und schob die Form in den Ofen. »Und jetzt hat er sich aus dem Staub gemacht, ist einfach ausgeritten. Deckst du den Tisch? Ich schaue nach Rebecca.«

Vorsichtig klopfte sie an die Tür zu Rebeccas Kammer, doch die Magd antwortete nicht. Wieder klopfte Margaretha, diesmal ein wenig kräftiger.

»Lass mich in Ruhe«, schluchzte Rebecca.

»Rebecca? Was ist denn passiert?«

»Nichts. Lass mich einfach in Ruhe.«

»Nichts? Und deshalb weinst du? Warum glaube ich dir nicht?« Margaretha öffnete die Tür und betrat die Kammer. Rebecca saß auf ihrem Bett, die Beine an den Leib gezogen, und weinte haltlos. Margaretha setzte sich neben sie, legte den Arm um die Schultern des Mädchens und drückte sie an sich. »Was hat er gesagt? Getan?«

Rebecca schüttelte den Kopf. »Ich kann es nicht sagen.«

»Hat er dich beleidigt?«

»Nein.«

»Verletzt?«

»Auch nicht.«

»Rebecca, er hat dich zum Weinen gebracht. Das muss doch einen Grund haben.«

»Ja, aber ich kann nicht darüber sprechen.«

Eine Herzenssache, dachte Margaretha. Jan fiel ihr ein und

sein kalter Blick, mit dem er sie am Nachmittag gemustert hatte. Alle Freundschaft und Zuneigung waren daraus verschwunden, es tat ihr weh. War das der Grund für die Verzweiflung der Magd? War Rebecca verliebt in Dirck? Die beiden hatten sich immer gut verstanden, eigentlich mehr als das, es hatte immer eine Art Vertrautheit zwischen ihnen geherrscht. So wie zwischen Bruder und Schwester, hatte Margaretha angenommen, aber vielleicht täuschte sie sich. War Rebecca womöglich in Dirck verliebt? Und Dirck erwiderte die Gefühle nicht so, wie sich das Mädchen es erhoffte? Margaretha seufzte.

»Rebecca, putz dir die Nase und wasch dir das Gesicht. Wir haben einen Gast und müssen das Essen bereiten.«

»Ich kann nicht«, wimmerte das Mädchen.

Margaretha holte tief Luft. Sie wünschte sich, dass ihre Mutter da wäre und das Problem lösen würde, doch Gretje hatte andere Aufgaben. »Nun gut, dann beruhige dich. Ich hebe dir etwas vom Essen auf. Wenn du reden willst, kannst du immer zu mir kommen.«

»Wirklich?«

»Natürlich, das weißt du doch. Ich muss mich jetzt aber um den Haushalt kümmern.« Langsam stand sie auf. Immer noch weinte die Magd, doch sie schien schon ruhiger geworden zu sein. »Bleib hier, ich bringe dir gleich etwas Suppe. Komm wieder zu dir und schlaf dann ordentlich aus. Morgen wird hier sicher viel los sein, bestimmt werden Abraham und Hermann alle zusammenrufen wegen dieses Advokaten.« Sie schnaufte. »Heute Abend sind wir aber unter uns. Also ruh dich aus. Und wenn Dirck dir etwas angetan hat, dann sag es mir. Ich werde dich rächen. Er hasst Mäuse, hat er schon immer. Sollte er dich beleidigt haben, werde ich Mäuse in sein Zimmer stecken. Der alte Kater fängt noch einige, hat aber nicht mehr die Kraft, sie totzubeißen.«

Zum ersten Mal hob Rebecca den Kopf und wischte sich die Tränen aus den Augen. »Er hasst Mäuse? Wirklich?«

»Ja, tut er.«

»Gut zu wissen. Danke, Margret. Du bist ... wie eine Schwester.« Wieder schniefte sie und verbarg den Kopf in den Händen.

Eine liebeskranke Magd hatte Margaretha gerade noch gefehlt. Sie ging zurück in die Küche, wo Esther den Tisch schon gedeckt hatte.

»Was ist mit Rebecca?«, fragte Esther.

Margaretha schüttelte den Kopf. »Ich weiß es nicht, befürchte aber, dass sie Liebeskummer hat.«

»O je. Wer ist denn der Auserwählte?« Esther schaute ihre Schwägerin an, dann hob sie plötzlich die Hände. »Doch wohl nicht Dirck?«

»Ich fürchte schon.«

Die beiden sahen sich an und seufzten.

»Sie wird schon wieder darüber hinwegkommen.«

Margaretha holte die Pastete aus dem Ofen, ein köstlicher Duft zog durch die Küche. Das Geklapper der Webstühle war verstummt, und Hermann betrat die Küche. Er nickte den beiden zu und ging nach oben, um sich zu waschen und umzuziehen.

Catharina kam zusammen mit dem Gast in die Küche. Die beiden schienen in ein angeregtes Gespräch vertieft zu sein. Pastorius rückte ihr den Stuhl zurecht, und sie setzte sich, ohne ihre beiden Schwägerinnen anzusehen.

»Nun dann sind die Rollen ja geklärt«, murmelte Margaretha. Esther stieß sie in die Seite und grinste verschmitzt.

»Magst du einen Becher Rotwein, Catharina?«

Die Schwägerin nickte. Esther nahm den Krug und trat einen Schritt nach vorne, sie strauchelte und goss Catharina den Wein über den Rock. Erschrocken schlug Esther die Hand vor den Mund. »Das tut mir leid. Wie dumm von mir ...«

Catharina sprang auf. Ein dunkelroter Fleck verlief über ihren Schoß bis hin zu den Knien.

Sie schnaubte wütend auf. »Ich werde mich umziehen müssen.«

»Ja, das wirst du wohl. Sieht aus, als wäre es Blut. Hoffentlich können wir das wieder auswaschen, wäre so schade um das Kleid«, sagte Margaretha bedauernd. »Du solltest Salz auf den Fleck geben und es dann in kaltem Wasser einweichen.«

Catharina verließ die Küche, ohne zu antworten. Esther biss sich auf die Lippen, aber Margaretha entging das fröhliche Funkeln in ihren Augen nicht.

»Mögt Ihr einen Becher Wein, Mijnheer? Ich verspreche auch, ganz vorsichtig zu sein, um nicht zu kleckern.«

»Ich nehme gerne einen Becher Wein«, sagte Franz Daniel Pastorius und rückte ein wenig vom Tisch ab, als Esther zu ihm trat.

Margaretha lachte leise. »Keine Sorge, für gewöhnlich ist sie nicht so ungeschickt. War das Bad zu Eurer Zufriedenheit? Ist das Zimmer in Ordnung?« Sie stellte Brot und Butter auf den Tisch. »Bedient Euch.«

Pastorius lächelte. »Das Bad war wunderbar, und das Zimmer ist es auch. Euer Wein ist köstlich, es duftet aromatisch. Ich weiß nicht, wo ich mich das letzte Mal so wohlgefühlt habe.«

»Das klingt gut«, sagte Hermann, der gerade die Küche betrat. »Ich versichere Euch, auch das Essen wird Euch schmecken.« Er nahm sich einen Becher Wein und prostete dem Gast zu. »Willkommen in Krefeld, Mijnheer Pastorius.«

Kapitel 22

Margaretha brachte Rebecca eine Schale Brühe. Das Mädchen hatte sich auf dem Bett zusammengerollt und schlief. Einen Augenblick überlegte Margaretha, ob sie es wecken sollte, doch dann ließ sie Rebecca schlafen.

Sie saßen gerade am Tisch, als Gretje nach Hause kam. Überrascht begrüßte sie den Gast. Gretje wirkte abgespannt und müde. Margaretha gab ihr einen Becher Wein und sah sie fragend an. Gretje schüttelte nur den Kopf.

»Es gibt Komplikationen. Ich glaube nicht, dass die Frau das Wochenbett überlebt«, sagte Gretje leise.

»Wie furchtbar.«

»Ich habe alles getan, was in meiner Macht steht. Nun liegt es an Gott und an ihr, ob sie wieder zu Kräften kommt.« Gretje nippte an dem Wein, sah sich um. »Wo ist Dirck?«

»Ausgeritten.«

»Weiß er nicht, dass wir einen Gast haben?«

»Doch, schon. Ich bin mir sicher, dass er bald zurückkehren wird.«

Nach dem Essen gingen die Männer in die Stube, um eine Pfeife zu rauchen. Gretje holte einige Kräuter und Tinkturen und ging wieder zu der Wöchnerin. Gerade als Margaretha die letzten Teller gespült hatte, kam Dirck aus dem Hof in die Küche.

»Ich komme zu spät«, sagte er leise und bedrückt. »Das tut mir leid.«

»Setz dich, ich habe dir etwas aufgehoben.« Margaretha gab ihm Wein und Brühe, schnitt ein paar Scheiben vom Braten ab und holte einen Rest Brot und Butter aus der Vorratskammer. »Was war denn los?«

Dirck nahm das Brot und biss ab, er kaute bedächtig. »Es ist schwer zu erklären«, sagte er dann.

»Du könntest es ja wenigstens probieren.«

»Ach, Margret, nicht heute.« Er seufzte.

»Rebecca ist schon zu Bett gegangen«, sagte sie leise, doch er ging nicht weiter darauf ein. Schweigend beendete er das Mahl und ging dann zu den Männern in die Stube. Margaretha knetete nachdenklich den Brotteig für den nächsten Tag.

»Darf ich um einen Becher Wasser bitten?«

Der Satz riss Margaretha aus ihren Gedanken. Erschrocken fuhr sie herum. Franz Daniel Pastorius stand an der Türschwelle.

»Ich wollte Euch nicht erschrecken«, sagte er entschuldigend. »Verzeiht mir.«

Margaretha wischte sich die Hände an einem Küchentuch ab. »Wollt Ihr nicht lieber noch einen Becher Wein? Es ist noch genug im Krug. Meine Brüder werden doch sicher noch eine ganze Weile mit Euch diskutieren wollen.«

»Nein, danke. Mir reicht ein Becher frisches Wasser. Reden können wir noch morgen. Meine Reise war lang und anstrengend. Ich habe mich schon zur Nacht verabschiedet.«

»O ja, das kann ich verstehen.« Margaretha ging in den Hof und schöpfte Wasser aus dem Brunnen in einen kleinen Krug. Pastorius war ihr gefolgt. Er schaute nach oben, tausend Sterne funkelten wie Tautropfen auf schwarzem Samt.

»Wunderschön«, murmelte er.

Unschlüssig hielt sie den Krug in der Hand. Immer noch wusste sie nicht, was sie von dem Besuch des Mannes halten sollte. Den Abend über hatte sie keine Zeit gehabt, darüber nachzudenken, und auch jetzt hatte der Gedanke an die Folgen etwas fast Unerträgliches. Sie gab ihm wortlos den Krug, drehte sich um, um in die Küche zurückzugehen.

»Darf ich Euch etwas fragen, Mejuffer op den Graeff?«

Margaretha blieb stehen, biss sich auf die Lippe, dann drehte sie sich langsam um. »Ja?«

»Ich weiß gar nicht, wie ich anfangen soll. Seht, ich habe schon länger Kontakt zu Euern Brüdern. Sie haben mich in Euer Haus eingeladen. Ich bin hier sehr herzlich aufgenommen worden. Nur Ihr scheint ein wenig … zurückhaltend zu sein.«

Margaretha holte Luft, sie wusste zuerst nicht, was sie antworten sollte. »Habe ich Euch schlecht behandelt?«, fragte sie dann.

»Nein, nein. So habe ich das nicht gemeint. Schaut, auf dem Weg in die Stadt haben wir uns angeregt unterhalten. Eine sehr angenehme Konversation. Aber kaum habt Ihr erfahren, wer ich bin, habt Ihr Euch zurückgezogen wie die

Schnecke in ihr Haus. So als hätte ich Euch etwas angetan, oder Ihr würdet Euch vor mir fürchten. Gibt es dafür einen Grund?«

War ihre Ablehnung tatsächlich so stark zu merken? Margaretha senkte beschämt den Kopf. »Es tut mir leid, wenn ich unhöflich gewirkt habe.«

»Um Himmels willen, es war absolut kein Vorwurf. Es war eine Frage. Eigentlich frage ich mich, ob ich etwas gesagt oder getan habe, was Euch verschreckt oder verletzt hat?«

Margaretha zog die Schultern hoch. »Obwohl der Tag wunderbar sonnig war, ist es nun etwas kühl. Zu kühl, um hier draußen zu stehen. Mögt ihr nicht doch noch einen Becher Wein?«

Für einen Moment zögerte er, dann aber nickte er und folgte ihr in die Küche. Aus der Stube klang noch das Gemurmel der Männer, das Feuer im Ofen war fast heruntergebrannt, und Margaretha legte zwei Scheite Holz nach, schenkte Wein ein und setzte sich auf die Küchenbank.

»Ihr habt das gar nicht so falsch gedeutet, Mijnheer Pastorius. Als ich Euern Namen hörte, wusste ich, wer Ihr seid. Schon lange wird über Euch und die Frankfurter Compagnie in der Krefelder Gemeinschaft der Freunde diskutiert und gesprochen. Ich bin hier nur die kleine Schwester, noch jung, aber sicherlich nicht dumm genug, um nicht zu wissen, was Eure Ankunft bedeutet. Ihr werdet von William Penns Land in der Neuen Welt berichten.« Sie senkte den Kopf, zog die Stirn in Falten. »Und nicht nur das, Ihr werdet für das Land werben.« Sie sah ihn wieder an.

»Das ist richtig«, sagte er leise. »Aber Eure Familie hat mich eingeladen …?« Ein deutliches Fragezeichen erklang am Ende des Satzes.

»Meine Brüder haben Euch eingeladen.« Sie seufzte. »Versteht mich nicht falsch. Ich setze mich intensiv mit dem Glauben auseinander. Ich versuche, Zwiesprache mit Gott zu halten. Auch der Gedanke an ein Leben ohne Ärger und Beschimpfungen ist verlockend. Doch ich habe viele Bedenken, die mir Angst machen. Ja, ich fürchte mich.«

»Ihr fürchtet Euch?«

»Nun ja, ich bin gerade einundzwanzig Jahre alt, nicht verheiratet, nicht versprochen. Sollten meine Brüder eine Entscheidung treffen, habe ich ihr zu folgen. Es ist nicht meine Entscheidung, sondern ihre.«

»Aber … was ist daran verwerflich?«, fragte Pastorius verblüfft.

Margaretha lächelte. »Nichts. Ihr seid ein Mann. Ihr könnt gehen, wohin es Euch beliebt. Ihr könnt Euch niederlassen, wo Ihr Euch wohlfühlt. Ich muss meinen Brüdern und ihren Familien folgen. Selbst wenn es mich in die weite Welt ziehen würde, was es nicht tut, müsste ich mich ihnen fügen. Ich habe nicht die Freiheit einer Entscheidung. Mir macht der Gedanke, über das weite Meer zu segeln, große Angst. Ich habe Furcht vor dem Leben in der Fremde. Lieber ertrage ich die Anfeindungen hier, habe aber mein Zuhause, meine Freunde und die Gemeinde.«

»Ihr würdet … Ach, so habe ich das noch nie gesehen.« Nachdenklich trank er einen Schluck Wein. »Ihr wollt nicht in die Neue Welt?«

»Ich weiß es nicht. Es macht mir einfach Angst. Hier haben wir unser Haus, damit ein Dach über dem Kopf. Und ich mag das Haus, so verwinkelt es ist. Wir haben alles hier, was wir brauchen. Im Stall sind zwei Ferkel, die wir im Herbst schlachten können. Im Kräutergarten wachsen Heilpflanzen und im Wallgarten Obst und Gemüse. Im Keller lagert der Wein, und nebenan stehen die Webstühle. All das kann man nicht mitnehmen.«

»Aber man kann sich eine neue Existenz aufbauen, in einem Land, in dem man nicht verfolgt wird, in dem der Glauben frei ist.«

»Ja, das ist richtig. Der Glaube ist überall, und dort ist er wahrscheinlich freier. Aber satt wird man davon nicht.« Margaretha stand auf. »Ich wünsche Euch eine gute Nacht.« Sie ging in ihre Kammer, ohne ihn noch einmal angesehen zu haben.

Nur schwer fiel sie in den Schlaf. Immer wieder drehte sie sich von einer Seite zur anderen, knüllte das Kissen zurecht, suchte eine kühle Stelle auf dem Leinenbezug, doch obwohl ihr von der Arbeit im Garten die Muskeln wehtaten, ihr die Müdigkeit in den Knochen steckte, fand sie nicht zur Ruhe.

Der neue Kontinent, die neue Welt. Ganz anders und fremd. Würde es ihre Brüder tatsächlich dorthin ziehen? Das gläubige Leben war ihnen wichtig, das wusste Margaretha. Würden sie dafür alle Sicherheiten aufgeben? All das, was sie hier hatten? Die Furcht legte sich um ihr Herz wie eine Faust, die sich zusammenballte, langsam und mit Bedacht, wie ihr schien.

Die Wilden, sie hatte viele Berichte über die wilden Menschen in der neuen Welt gelesen und gehört, die Wilden waren grausam. Die Wilden akzeptierten niemanden in ihrem Land. Da waren sie den Papisten und Lutheranern ähnlich, doch die Christen waren auf andere Weise grausam.

Der Kater schnurrte laut an ihrem Bauch, doch nachdem sie sich das dritte Mal umgedreht hatte, gab er auf und sprang auf den Boden. Der Hauskater war alt geworden, seine Schnurrhaare weiß. Schon eine Weile jagte er nur noch die Mäuse im Stall, die ihm kaum entkommen konnten. Eine junge Katze hatte ihr Jagdrevier in den Hof und Keller verlegt. Sie schlief im Stall, begnügte sich mit einer Schale Milch, die sie hastig im Hof ausleckte, und mochte nicht angefasst werden.

Der Kater und Jonkie kamen inzwischen leidlich miteinander zurecht. Nun schlich der grau gewordene Mausefänger auf die Decke des Hundes und suchte dort ein Nachtquartier. Jonkie schnaufte einmal, ließ den Kater dann aber ruhen.

Vielleicht ist das so, dachte Margaretha. Vielleicht ist das auch so in der neuen Welt. Möglicherweise hatten sich die Wilden auch an die neuen Bewohner gewöhnt. Die Angst blieb trotzdem und verfolgte sie bis in die unruhigen Träume.

Am nächsten Morgen saß Pastorius schon in der Küche, als Margaretha aufstand.

Für gewöhnlich liebte sie die erste halbe Stunde des Tages, die sie alleine verbringen konnte. Sie schürte dann das Feuer, formte das Brot, briet Eier und Speck und setzte den Getreidebrei auf.

Überrascht blieb Margaretha in der Küchentür stehen, schnürte die Schürze, strich sich über den Rock und die Haube, doch Pastorius schien sie nicht zu sehen. Er hatte die Hände auf dem Tisch gefaltet und den Kopf gesenkt. Für einen Moment zögerte sie, dann schritt sie entschlossen in die Küche. Mochte er doch beten, alle anderen erwarteten ihr Frühstück. Sie legte Holz nach, blies in die Glut, die langsam aufflammte und an den Scheiten entlangleckte und -züngelte. Die meisten Eier hatte sie für das gestrige Mahl verbraucht, die letzten briet sie nun mit würzigem Speck. Rebecca würde zum Markt gehen müssen, Eier waren nicht das Einzige, was ihnen fehlte. Heute würden viele Besucher kommen. Nachdem sie dicke Rippe zusammen mit Rüben und Hafer aufgesetzt hatte, ging sie in die Stube. Es roch nach Pfeifenqualm, kaltem Rauch und Alkohol. Sie riss die großen Fenster auf. Schon waren die ersten Händler aufgestanden, trabten Pferde durch die Gasse. Wo blieb Rebecca? Wo war Gretje? Ihre Schuhe standen in der Diele, und das Manteltuch hing an der Garderobe, sie war also in der Nacht nach Hause gekommen.

»Kann ich Euch helfen?« Pastorius hatte sich erhoben.

Verblüfft sah Margaretha ihn an. »Ich wollte Euch nicht in Eurem Gebet stören …«

»Das habt Ihr nicht. Wenn ich bete, dann bete ich. Egal wo. Doch nun habe ich meine Zwiesprache mit Gott beendet.« Er sah sich um, hob den Kopf und schnupperte, so wie Jonkie es manchmal tat. »Es duftet gar köstlich.«

»Es sind nur ein paar Eier und Speck, Brot und ein kräftiger Eintopf.«

»Nur.« Er lachte leise. »Das ist mehr, als viele andere haben.«

Margaretha musterte den Mann. Er war hochgewachsen, schlank. Seine Haare waren ordentlich zu einem Zopf im Nacken gebunden, seine Wangen und das Kinn glatt rasiert. Sie wusste, dass er Advokat war, er konnte sich gewählt ausdrücken, seine Kleidung war von guter Qualität, und er entstammte gewiss nicht einer armen Familie.

»Das mag sein. Und sicher gibt es andere, die mehr haben als wir«, sagte sie und bemerkte ihren ablehnenden Tonfall. Sie nahm einen Lappen, wischte den Tisch energisch ab.

»Ich habe mich schon wieder falsch ausgedrückt, scheint es mir.« Er lachte leise. »Nehmt es mir nicht krumm, Mejuffer op den Graeff. Kann ich irgendetwas tun, um Euch zu helfen?«

»Ich brauche Wasser aus dem Brunnen. Das ist eigentlich die Aufgabe der Magd, aber sie kränkelt.« Margaretha wies auf den Eimer, der in der Ecke stand. Bereitwillig griff Pastorius nach dem Eimer und ging in den Hof, Jonkie folgte ihm.

Nach kurzer Zeit kam der Advokat wieder, stellte ihr den gefüllten Eimer an den Herd und sah sie erwartungsvoll an.

»Holz brauche ich auch. Es liegt neben dem Schuppen.« Margaretha sah ihm nach, fast schien es ihr, als hätte der Mann Freude daran, diese Dienste zu leisten. Vielleicht gehörte es zu seiner Art Gott zu dienen, möglicherweise wollte er sie alle aber auch nur einlullen und mit seinem Benehmen für seine Sache sprechen.

Sie nahm das Brot aus dem Ofen, stellt es zum Abkühlen auf die Anrichte, holte einen geräucherten Schinken aus der Vorratskammer. Der Schinken war so schwer, dass sie Mühe hatte, ihn vom Haken zu nehmen.

»Lasst mich das machen.« Wie ein Geist war Pastorius hinter ihr aufgetaucht, griff nun über sie hinweg nach dem Haken. Sie spürte die Wärme seines Körpers, er roch nach der Seife ihrer Mutter, ein wenig nach Pfeifentabak und ganz leicht nach gesundem Schweiß. Seine körperliche Nähe war ihr unangenehm, und sie wand sich unter seinem Arm durch.

»Das wäre zauberhaft. Ich fürchte, dieser Schinken ist zu schwer für mich.«

»Warum müsst Ihr all die Arbeit alleine machen?« Pastorius hob den Schinken von dem Haken, schnaufte auf und wuchtete ihn in die Küche auf den Tisch. »Und wofür braucht Ihr so viel Fleisch?«

»Ein wenig wollte ich für das Frühmahl abschneiden, der Rest ist für später. Es werden eine Menge Leute kommen, um Euch zu hören.« Margaretha nahm das Messer und den Wetzstein, schärfte das Messer energisch.

»Allmählich bekomme ich Angst vor Euch«, sagte Pastorius, lächelte jedoch.

»Angst? Gottegot, dafür gibt es keinen Grund. Aber Ihr seht hier alles mit Verwunderung. Warum?« Sie gab ihm einen Becher mit verdünntem Bier, machte sich dann daran, den Schinken aufzuschneiden.

Pastorius setzte sich auf die Bank, sah ihr für einen Moment schweigend zu und nippte an dem Bier.

»In Köln habe ich den dänischen Konsul besucht. Von dort komme ich. Er gehört zu der Gemeinschaft der Freunde, ist sehr gläubig und hatte fast schon eine Parzelle in Pennsylvania, dem Land in der Neuen Welt, gekauft. Der Konsul ist ein reicher Mann, sein Haus ist groß. Sie haben alle Vorzüge des guten Lebens, und doch ist er sehr gläubig.«

»Der dänische Konsul wird nach Pennsylvania übersiedeln?«, fragte Margaretha ungläubig.

»Nein.« Pastorius schaute zu Boden, schüttelte den Kopf. Dann sah er sie wieder an. »Nein, das wird er nicht. Seine Frau war vehement dagegen. ›Soll ich mich dort um Vieh kümmern, am Ende gar Kühe melken, während ich hier im Wagen spazieren fahren kann?‹, hat sie gefragt. Damit war das Schlusswort gesprochen.«

»Das kann ich verstehen.«

»Was?«

»Dass sie ihr Leben hier nicht aufgeben will für die Ungewissheit, die einen dort drüben erwartet.«

»Aber, Mejuffer, was ist das bequeme Leben hier gegen das Leben für Gott in Freiheit dort? Das kann man doch nicht aufrechnen.«

»Mijnheer Pastorius, habt Ihr schon einmal Kühe gemolken? Vieh gehütet? Ein Haus gebaut? Einen Garten angelegt, der die Familie ernährt?«

»Nein, natürlich nicht. Warum?«

»Weil das doch alle machen müssen, die dorthin auswandern. Es wird keinen Markt geben, keinen großartigen Handel, keine Häuser. Lediglich den freien Glauben, doch er ernährt keine Familie.« Margaretha seufzte auf.

»Was wäre da der große Unterschied für Euch, Mejuffer op den Graeff? So wie ich das verstanden habe, ist dieser Schinken von einem Schwein, welches Ihr letztes Jahr im eigenen Stall gemästet habt, was Ihr geschlachtet, gepökelt und geräuchert habt. Das hat der dänische Konsul gewiss nicht gemacht.«

»Richtig, er hat es machen lassen. Das tun wir nicht. Aber wir wissen, wo wir unsere Ferkel kaufen können, haben einen Vorrat an Speisen, haben unseren Garten. Dort müssten wir neu anfangen. Dort hätten wir noch nicht mal einen Schuppen, geschweige denn ein Haus.« Wütend säbelte Margaretha an dem Schinken entlang. Die Fleischscheiben wurden dicker als gewöhnlich.

»Wenn ich Euch und Eurer Familie nun eine Heimstatt in den Niederlanden oder in Spanien versprechen würde, mit der gleichen Prämisse – ein freier Glauben, wäre es dann einfacher für Euch? Wenn die Überfahrt nicht wäre?«, fragte Pastorius.

Margaretha hielt inne, dachte nach. »Warum fragt Ihr das?«

»Weil ich es mich selbst frage.«

»Weshalb?«

»Weil Ihr das Thema nun das zweite Mal aufbringt. Ich

habe letzte Nacht lange darüber nachgedacht. Nun tue ich es wieder. Und wie wäre es? Liegt es an der Überfahrt, an dem fremden Land, dem fernen Kontinent?«

»Nein.«

»Nicht? Ich hätte gedacht, dass Euch das abschreckt.«

»Das tut es durchaus auch. Doch auch in einem anderen Land, selbst in einer anderen Stadt müssten wir von vorne anfangen, uns alles neu aufbauen. Vielleicht wäre es einfacher als in der Neuen Welt, denn hier gibt es schon Bauern, Handwerker, Städte, Dörfer ... dort aber nicht. Dort gibt es Wildnis. Und Wilde.«

Pastorius nickte nachdenklich.

»Seht Ihr das anders, Mijnheer Pastorius? Macht es für Euch keinen Unterschied?«

»Ich habe das noch nicht so betrachtet, Mejuffer op den Graeff. Mir ging es bisher immer darum, Mitstreiter im Glauben zu finden. Das ist gar nicht so einfach.«

»Das heißt, Ihr habt Euch mit den Glaubensfragen beschäftigt, aber nicht mit den Dingen des täglichen Lebens?« Margaretha lachte auf, es klang bitter.

»William Penn will einen Glaubensstaat errichten. Die Frankfurter Compagnie hat aus dem Grund Land gekauft. Ich auch. Es geht mir darum, im freien Glauben leben zu können. Frei und unabhängig von anderen.«

»Und wovon wollt Ihr leben, Mijnheer?«

Er sah sie an, schluckte. »Es gibt schon eine Stadt dort, zumindest die Anfänge. Es sind schon viele Siedler ausgewandert. Ich bin Schriftgelehrter, auch dafür wird es irgendwann eine Verwendung geben.«

»Dann habt Ihr genug Geld, um Euch ein Haus bauen zu lassen. Das ist wunderbar für Euch.«

Pastorius strich sich über den Kopf, räusperte sich mehrfach. Margaretha schenkte ihm Bier nach. Sie bereitete das Frühstück weiter vor, er schien ganz in Gedanken versunken zu sein. Schließlich hob er den Kopf.

»Mejuffer op den Graeff, mich verwundert …«

In diesem Moment betrat Gretje die Küche. »Guten Morgen, Hartje. Wie schön, du hast schon fast alles vorbereitet. Es tut mir leid, aber ich bin erst so spät nach Hause gekommen.«

Pastorius stand auf. »Guten Morgen, Mevrouw op den Graeff.« Er verneigte sich vor ihr.

»Ach, Ihr seid schon wach? Zu so früher Stunde? Einen guten Morgen auch Euch.«

»Ja, der frühe Vogel fängt den Wurm«, sagte er lächelnd. »Ich nutze die ersten und stillen Stunden des Tages gerne für meine Gebete und die Zwiesprache mit Gott.«

Gretje nickte und sah sich suchend um. »Wo ist Rebecca?«

»Krank.« Margaretha rührte den Eintopf um. Sie machte sich Sorgen um Rebecca, wollte ihre Mutter aber nicht beunruhigen. »Mijnheer Pastorius hat mir geholfen. Er hat Wasser geholt und den Schinken aus dem Vorratsraum getragen.«

Gretje sah den Gast überrascht an. »Das ist lobenswert.«

Pastorius räusperte sich wieder. Verlegen schaute er sich um. »Kann ich noch irgendetwas tun?«

»Nein. Es dauert nur noch ein wenig, dann gibt es das Frühmahl«, sagte Margaretha herzlich.

»Wäre es vermessen von mir, wenn ich ein wenig frische Luft schnappen würde?« Seine Wangen färbten sich.

»Geht ruhig. Seid so gut und nehmt den Hund mit«, sagte Margaretha. Jonkie schien ihre Worte verstanden zu haben und erhob sich von ihrem Platz am Ofen. Sie schüttelte sich, streckte sich und trottete dann zur Tür. »Sie tut nichts.« Margaretha verkniff sich ein Lächeln.

»Das weiß ich«, murmelte Pastorius. Er öffnete die Tür, ging hinaus, drehte sich dann noch mal um. »Mejuffer, ich würde das Gespräch gerne später weiter führen.«

»Natürlich.« Margaretha nickte.

»Gespräch? Worüber habt ihr gesprochen?«, fragte Gretje und nahm sich einen Becher Würzwein.

»Über das Auswandern.« Margaretha seufzte. »Er wollte wissen, was ich davon halte.«

»Ich vermute, du warst ehrlich und hast ihm deine Meinung gesagt.« Gretje lächelte. »Er scheint es mit Fassung zu tragen.«

»Ich hatte erst angefangen. Was ist mit der Wöchnerin?«

»Sie ist heute Nacht gestorben, kurz nach ihrem Kind. Beide waren zu schwach.«

»Das ist schrecklich.«

Gretje nickte. »Das Kind war krank, es wäre nie gesund geworden. Klumpfüße, Wasserkopf und sicherlich noch anderes. Die Geburt hat sich schier endlos hingezogen, das hat die Mutter über alle Maßen geschwächt. Manchmal ist das Schicksal grausam.« Gretje senkte den Kopf. »Was ist mit Rebecca?«, fragte sie dann leise.

»Sie ist in ihrer Kammer.«

»Nun, dann werde ich mal nach ihr sehen. Hoffentlich ist sie nicht ernsthaft erkrankt«, sagte Gretje.

»Ich glaube, sie ist nur erschöpft. Lass sie doch einfach ausschlafen.« Margaretha biss sich auf die Innenseite der Wange. Doch Gretje hatte sich schon umgedreht und war zu der Kammer der Magd gegangen. Sie klopfte, öffnete dann die Tür und schloss sie hinter sich. Margaretha deckte den Tisch, holte Butter und Schmalz aus der Vorratskammer und schnitt das noch dampfende Brot. Gretje kam nicht zurück, und Margaretha begann, sich Sorgen zu machen. War Rebecca tatsächlich erkrankt? Hatte sie irgendein Zeichen übersehen? Das Mädchen wirkte müde und traurig, aber nicht fiebrig. Inzwischen hatte Margaretha einen guten Blick für Krankheitsanzeichen. Blass war die Magd schon seit Wochen. Blass und lustlos. Aber das mochte am vergangenen Winter liegen.

Esther kam die Treppe hinunter. Sie trug ihren kleinen Sohn. »Guten Morgen«, sagte sie fröhlich. »Tut mir leid, dass ich so spät komme, aber der Luttele hatte großen Durst.«

»Das macht gar nichts. Schläft Samuel noch?«

»Ja, der gestrige Tag scheint ihn geschafft zu haben.« Esther lächelte. »Hast du alles so weit fertig?«

»Der Eintopf muss noch ein wenig ziehen, aber ansonsten ist alles bereit. Wir müssen uns gleich überlegen, was wir heute zu essen machen. Sicherlich kommen viele Gäste.«

»Guten Morgen«, sagte Hermann und trat in die Küche. »Ja, es werden sicherlich viele Gäste kommen. Sehr viele der Gemeinschaft der Freunde, aber auch einige Mennoniten.«

»Ach je, dann werden wir die Stube freiräumen müssen.« Esther seufzte.

»Das können wir Männer machen. Heute bleiben die Webstühle still. Ich bin sehr gespannt auf das, was Mijnheer Pastorius uns zu berichten hat.«

»Ich nicht«, flüsterte Margaretha missmutig. Sie konnte die Männer nicht verstehen, die von der neuen Welt so begeistert waren.

»Gespannt bin ich auch«, sagte Esther. »Aber eher darauf, ob wir alle Leute unterbekommen und genügend zu essen haben.« Sie drückte den Säugling ihrem Mann in den Arm und half der Schwägerin. »Rebecca muss auf jeden Fall zum Markt. Wo ist sie überhaupt?«

»Mutter ist bei ihr.« Margaretha verschluckte sich beinahe an den Worten.

»Ist sie krank?«, fragte Esther überrascht.

»Ich hoffe nicht«, murmelte Margaretha, doch je länger ihre Mutter auf sich warten ließ, umso mulmiger wurde ihr.

»Eine von uns muss auf jeden Fall auf den Markt.« Esther ging in die Vorratskammer. In diesem Moment kehrte Gretje in die Küche zurück.

»Wo ist Dirck?«, fragt sie harsch, die Stirn voller Furchen.

»Was ist mit Rebecca? Ist sie krank? Hat Dirck sie beleidigt?« Margaretha schaute ihre Mutter erschrocken an.

»Sie ist nicht krank. Wo ist mein jüngster Sohn? Ich will ihn sehen. Sofort!«

»Was ist denn dann mit ihr?«

»Margaretha, wo ist dein Kopf? Seit sechs Jahren begleitest du mich nun, und du weißt nicht, was mit dem Mädchen ist? Ich bitte dich, mach die Augen auf. Ich nehme an, ich finde Dirck in seiner Kammer?« Ohne die anderen anzusehen, stapfte sie die Treppe hoch.

»Gottegot.« Margaretha schlug die Hand vor den Mund und ließ sich auf einen Stuhl sinken.

»Worum geht es hier eigentlich?« Hermann legte seinen jüngsten Spross in den Weidenkorb, der in der Ecke an den Deckenbalken hing. Klein Isaak schlief und nuckelte an seinem Daumen.

»Um Rebecca und Dirck …«, murmelte Margaretha. »Ich war so blind. Hemeltje, wie konnte ich das übersehen?«

»Was? Um was geht es denn hier?«, fragte Hermann nun aufgebracht. »Ist irgendetwas Schlimmes passiert? Ist jemand krank?«

»Vader? Moedertje?« Samuel tappte in die Küche. Das Nachthemd schlenkerte um seine Fußgelenke, er rieb sich die Augen.

»Hartje, bis du endlich wach geworden?« Esther kam aus der Vorratskammer und nahm ihren Sohn auf den Arm, drückte ihn an sich. »Hach, du riechst so lecker nach Kind und Schlaf. Komm, wir gehen dich anziehen. Tante Margret hat schon das Frühstück bereitet, und du willst doch sicher frisches Brot mit Butter.«

»Ja, gerne«, sagte der Kleine.

Esther trug das Kind die Treppe wieder hoch, scherzte mit ihm.

Hermann schaute ihnen nach, sah dann wieder seine Schwester an. »Was ist hier los, Margret? Was ist mit Rebecca und Dirck? Was meinte Mutter, und wieso seid ihr plötzlich alle so bedrückt?«

»Ach, Hermann …«

Die Hoftür wurde geöffnet, und Jonkie stürmte in die Küche. Sie setzte sich erwartungsvoll vor Margaretha, ihre

Rute peitschte rhythmisch auf den Boden und wirbelte das Stroh auf.

»Hast du Hunger, meine Süße? Meine Jonkie? Na komm, ich habe einen guten Knochen für dich.« Margaretha fischte die dicke Rippe aus dem Eintopf, inzwischen war das Fleisch vom Knochen gefallen. Den Knochen brachte sie in den Hof und legte ihn auf den Boden. Die Hündin umkreiste den dampfenden Leckerbissen. Margaretha wusste, das Tier würde ihn erst nehmen, wenn er abgekühlt war. Mijnheer Pastorius war dem Hund in die Küche gefolgt, auch Abraham und Catharina kamen nun. Catharina legte die kleine Mirjam in den Korb neben Isaak, Hermanns Sohn. Die beiden Säuglinge schlummerten dort selig, trotz des Lärms, der in der Küche aufkam.

Alle setzten sich, nahmen sich Schüsseln mit Eintopf, bestrichen Brot mit Butter und Schmalz oder Marmelade. Esther kam mit Samuel wieder herunter, der Junge war nun bekleidet und lächelte fröhlich. Hungrig biss er in eine Scheibe Brot, löffelte den dampfenden Eintopf aus seiner Schale. Hermann suchte den Platz neben seiner Schwester. Immer wieder wanderte sein Blick zur Treppe, doch weder Gretje noch Dirck erschienen.

»Was zum Teufel ist hier los«, flüsterte er Margaretha zu. »Irgendetwas ist doch im Gange. Was ist mit Dirck? Ist er etwa ernsthaft erkrankt?«

»Wie kommst du darauf?« Margaretha sah ihn nicht an, sondern stippte ihr Brot in den Eintopf.

»Weil Mutter zu ihm nach oben gegangen ist.«

»Nun, ich schätze, sie muss etwas mit ihm klären.« Margaretha räusperte sich.

»Wirst du mir irgendwann sagen, worum es hier geht, oder muss ich es erraten?« Hermann zog an ihrem Ärmel, zwang sie, ihn anzusehen.

»Du wirst es schon herausfinden«, sagte seine Schwester leise. »Lass uns nicht vor unserem Gast darüber reden.«

Nachdenklich löffelte Hermann seinen Eintopf. »Hemeltje!«, rief er dann aus und sah Margaretha erschrocken an. »Dirck und Rebecca?«

Margaretha nickte.

Hermann schob seinen Stuhl zurück, machte Anstalten aufzustehen. Seine Schwester hielt ihn fest. »Lass Mutter erst einmal mit ihm reden. Für eine Standpauke ist es vermutlich zu spät.«

Hermann seufzte. »Wahrscheinlich hast du recht. Warum habe ich das nicht früher bemerkt?«

»Keiner von uns hat es bemerkt. Dirck und Rebecca haben sich immer gut verstanden, niemand hat damit gerechnet, dass es mehr als nur Eintracht sein könnte. Ich dachte, sie wäre unglücklich in ihn verliebt, und habe gehofft, dass es vorübergeht. Doch vermutlich hat er ihre Zuneigung erwidert.«

»Und jetzt haben wir den Schlamassel.«

Abraham unterhielt sich angeregt mit Franz Daniel Pastorius. Die beiden schienen sich gut zu verstehen. Schon lange hatte Margaretha Abraham nicht so gelöst und freundlich erlebt. Oft war er in sich gekehrt und schweigsam, manchmal wirkte er regelrecht bedrückt. Doch davon war nun nichts zu spüren.

Sie beendeten das Frühmahl, ohne dass Gretje wieder heruntergekommen war. Auch Rebecca hatte sich nicht blicken lassen. Margaretha füllte eine Schale mit Eintopf, nahm zwei Scheiben Brot und etwas von dem Schinken. Das brachte sie zu Rebecca. Das Mädchen lag auf dem Bett, den Kopf zur Wand gedreht. Sie rührte sich nicht, als Margaretha den Raum betrat. Sie setzte sich neben dem Mädchen auf das Bett, strich ihr leicht über den Rücken.

»Wie geht es dir? Ich habe dir etwas zu essen mitgebracht.«

»Ich habe keinen Hunger«, murmelte Rebecca.

»Du musst etwas essen.«

»Ich will aber nicht.«

»Das ändert doch nichts mehr, Rebecca. Wie weit bist du denn?« Margaretha seufzte leise.

»Meine letzte Blutung hatte ich im Dezember«, sagte das Mädchen leise, dann weinte sie tonlos.

Margaretha schluckte. »Warum hast du nicht eher etwas gesagt? Dann hätten wir dir vielleicht helfen können.«

»Ich konnte es gar nicht glauben, ich dachte, es läge an dieser Magengeschichte, die ich hatte.«

»Magengeschichte, ja, eigentlich hätte uns da schon bewusst sein müssen, was mit dir war.« Margaretha streichelte wieder sacht über Rebeccas Rücken. »Nun ist es so wie es ist, und wir werden das Beste daraus machen. Du musst etwas essen, Liefje. Zu hungern ändert nichts mehr daran.«

»Mein Vater wird mich verstoßen.« Nun schluchzte Rebecca auf. »Was mach ich denn dann?«

»Warum sollte er das tun? Dirck wird für dich einstehen«, sagte Margaretha mit mehr Überzeugung, als sie hatte.

»Das glaube ich nicht. Er war entsetzt.«

»Daran hätte er vorher denken sollen. Jetzt beruhige dich. Was hat meine Mutter gesagt?«

Rebecca schüttelte den Kopf. »Darüber möchte ich nicht reden.«

»Hat sie geschimpft?«, fragte Margaretha überrascht.

»Nein«, heulte Rebecca auf. »Im Gegenteil.«

Verwirrt schüttelte Margaretha den Kopf. »Ja, und was ist daran schlimm?«

Endlich drehte sich das Mädchen um. Ihr Gesicht war verquollen, und dunkle Ringe lagen unter ihren Augen. »Alles ist schlimm. Ich habe meinen Vater enttäuscht, deine Mutter, unsere Familien. Ich habe Schande über mich und sie gebracht.«

Margaretha sah sie ungläubig an. »Wie kommst du darauf? Was sagt Dirck eigentlich dazu?«

Wieder schluchzte Rebecca auf, sie bekam einen Schluckauf, konnte sich fast nicht beruhigen. Margaretha reichte ihr einen Becher mit Wasser. »Nichts ist so schlimm, wie es im ersten Moment aussieht, hat mein Vater oft gesagt. Meistens hatte er recht. Du hast keine Schande über dich gebracht. Wenn überhaupt, kannst du das Dirck in die Schuhe schieben. Er wird sich doch irgendwie dazu geäußert haben?«

Bevor Rebecca antworten konnte, hörte Margaretha, dass die Mutter sie rief. Eilig sprang sie auf, fast hätte sie vergessen, dass heute viele Gäste erwartet wurden und noch jede Menge Arbeit anstand. »Iss etwas, wasch dir das Gesicht, und dann komm, wir haben viel zu tun. Es bringt dich nicht weiter, wenn du dir den Kopf zerbrichst. Mutter wird schon eine Lösung finden.«

Gretje und Esther hängten gerade den großen Topf über den Herd, als Margaretha in die Küche kam. Die Männer räumten die Stube leer, große Unruhe machte sich breit.

»Was ist mit Rebecca?«, fragte Gretje, sie klang unwirsch.

»Ich denke, sie kommt gleich«, sagte Margaretha leise. »Wo ist Dirck? Was sagt er?«

Gretje zuckte mit den Schultern. »Er ist ein Kindskopf und schämt sich gar sehr.«

»Das hilft aber weder ihm noch Rebecca«, sagte Esther. »Hermann ist aufgebracht. Er wird dafür sorgen, dass Dirck die Verantwortung übernimmt.«

Das erste Mal an diesem Morgen lächelte Gretje. »Das ist gut. Dirck glaubt nämlich, dass Hermann die Magd zurückschicken würde.«

»Dirck ist noch jung, zu jung, um eine Ehe einzugehen. Er hat auch bisher nicht die Mittel, Frau und Kind zu ernähren«, sagte Margarethe. »Das ist es doch, was ihn umtreibt, nicht wahr?«

»Ja. Deshalb hat er das Pferd von hinten aufgezäumt, und nun ist das Kind in den Brunnen gefallen.« Wieder lächelte Gretje. »Aber es hätte schlimmer kommen können. Rebecca ist nicht dumm und auch nicht arbeitsscheu. Sie hat sich gut in die Familie eingefügt und wird sich wieder fangen.«

Margaretha schaute sich suchend um. »Wo ist Catharina?«

Esther schnaubte auf. »In der Waschküche. Sie wäscht ihr Kleid.«

»Heute? Jetzt?«

Die beiden anderen zuckten nur mit den Schultern.

»Guten Morgen.« Rebecca blieb verschämt auf der Türschwelle stehen, den Kopf gesenkt. Doch sie hatte sich angekleidet und schien auch ihr Gesicht gewaschen zu haben, Wassertropfen glitzerten in ihren Haaren.

»Hast du etwas gegessen, Meisje?«, fragte Gretje milde.

»Ja, Margret hatte mir Eintopf und Brot gebracht. Was kann ich tun?«

Gretje wies auf den Korb, der auf dem Tisch stand. »Du kannst zum Markt gehen. Wir brauchen Eier. Mindestens dreißig. Außerdem junge Zwiebeln.«

»Im Wallgarten haben wir noch Zwiebeln, Moedertje«, sagte Margaretha.

»Es dauert zu lange, dorthin zu laufen und sie zu ziehen. Zuckerschoten wären auch gut, schau, ob du welche bekommst. Und vielleicht Fisch, wenn es Hering gibt. Wir haben noch einen Rest aus dem Fässchen, aber er beginnt, ranzig zu schmecken.«

»Ist gut.« Rebecca nahm den Korb. Sie sah zum Herd, in der Ecke lag Jonkie, Samuel saß neben ihr und spielte mit Holzfiguren, die Dirck ihm geschnitzt hatte. »Magst du mitkommen, Samuel?«

Der kleine Junge sprang begeistert auf. Rebecca half ihm in die Joppe und schnürte seine Stiefel, dann nahm sie ihn bei der Hand und ging.

»Eine gute Idee. So kommt er uns nicht vor die Füße. Margret, hol Linsen aus der Vorratskammer. Esther kann den Speck auslassen. Ich werde die Stube fegen, bevor die Männer die Stühle und Bänke aufstellen.«

Kapitel 23

Der Vormittag verging voller Betriebsamkeit. Die Frauen kneteten Teig, buken Brot und Pasteten, kochten ein gehaltvolles Linsengericht mit Speck und Schinken, schnitten Fleisch auf. Die Frühlingssonne verwöhnte sie mit warmem Licht, das wie Tupfen über den Hof wanderte. Rebecca hatte frische Milch und Rahm von Markt mitgebracht. Margaretha setzte sich nach draußen und stieß den Stößel in das mit Rahm gefüllte Butterfass. Die Arbeit war eintönig, aber anstrengend, doch sie konnte ihren Gedanken freien Lauf lassen. Dirck half den Männern die Stube zu richten, er war ungewöhnlich still und in sich gekehrt. Kein fröhliches Lachen, kein Scherz kam über seine Lippen. Er wich Rebecca aus, die sich in eine Ecke der Küche verzog und mit gesenktem Kopf Erbsen und Linsen verlas.

Hoffentlich findet Dirck den Mut, für Rebecca einzustehen, dachte Margaretha besorgt. Sie war sich sicher, dass Hermann ihn unterstützen und ermuntern würde, trotz Dircks jugendlichem Alter und obwohl er ohne Besitz war. Der Leinenhandel hatte deutlich nachgelassen, aber die Familie musste noch lange keinen Hunger leiden. Abraham würde es skeptisch sehen, ein wenig wettern, sich aber schließlich fügen. Catharina würde sticheln, doch sie hatten gelernt, dies zu überhören.

»Darf ich mich zu Euch setzen?« Franz Daniel Pastorius war neben sie getreten und riss Margaretha aus ihren Gedanken. Erschrocken blickte sie auf, Pastorius lächelte sie verlegen an. »Oder störe ich Euch?«

»Beim Buttern? Wohl kaum.« Margaretha schaute in das Fass, die ersten Butterflöckchen hatten sich schon gebildet, doch sie würde sicher noch eine ganze Weile stampfen müssen.

Bedächtig stopfte sich Pastorius die Pfeife, zündete sie an und paffte ein paar Mal. Dann nahm er die Pfeife in die Hände, drehte sie nachdenklich. »Immer noch muss ich über Eure

Worte nachdenken. Ihr wisst sicherlich, dass ich heute Nachmittag vor einigen Leuten über den Landkauf in Pennsylvania sprechen werde. Die Frankfurter Land Compagnie hat ein großes Stück Land in der neuen Welt erworben und sucht nun Mitstreiter.«

»Ein großes Stück Land«, murmelte Margaretha. »Sehr groß?«

»O ja. Es ist genügend Platz für etliche Interessenten.«

»Und wie viele haben sich Euch schon angeschlossen?«

Pastorius senkte plötzlich den Kopf, eine leichte Röte schien seine Wangen zu überziehen. »Wir haben viele Interessenten.«

»Aber noch nicht viele Käufer?«

»Bisher noch nicht, aber es werden ganz sicher stetig mehr. Viele Gläubige wollen sich uns anschließen, aber ihnen fehlen die Möglichkeiten.«

»Wieso?«, fragte Margaretha überrascht.

»Seht, ich reise nun schon eine Weile durch die Lande und werbe für die Frankfurter Land Compagnie. Viele tiefgläubige Täufer sind begeistert von der Idee, frei und ohne Verfolgung ihren Glauben leben zu können. Jedoch fehlt den meisten die finanzielle Grundlage. Selbst wenn wir ihnen das Land erst nur verpachten, müssten sie doch die Überfahrt zahlen. Mit Erschrecken habe ich festgestellt, dass es scheinbar nur zwei Gruppen von Gläubigen gibt.« Er zog an seiner Pfeife, stopfte umständlich nach, während Margaretha den Stößel wieder und wieder in das Butterfass stieß und herauszog. Das rhythmische Klopfen hatte etwas Beruhigendes.

»Zwei Gruppen?«, fragte sie.

»Ja, entweder sind die Gläubigen wohlhabend, so wie der dänische Botschafter. Sie beschäftigen sich intensiv mit Glaubensfragen, lesen viele Papiere dazu, diskutieren Themen ausführlich. Wirklich in Not sind sie nicht, ihre Stellung schützt sie. Und dann gibt es die sehr armen Leute, die einen einfachen, aber deshalb nicht weniger frommen Glauben haben. Sie können ihren schlichten Glauben kaum leben, werden verfolgt und eingeengt. Die Reichen werden sicherlich in die Neue Welt kommen, dann, wenn dort schon einige Städte und Dörfer gebaut worden sind, wenn die Gefüge sich gefestigt haben und das Leben reibungsfrei abläuft.«

»Das kann ich gut verstehen.« Margaretha nickte.

»Ja, so habe ich Euch auch verstanden. Aber so ein neuer Staat braucht mutige Mitbegründer, tapfere Männer und Frauen, die das Wagnis annehmen.«

»Das klingt gut, solange man nicht selbst betroffen ist, werter Mijnheer Pastorius. Schließlich setzt man doch nicht nur das eigene Leben aufs Spiel, sondern auch das von anderen.«

»Es gibt schon Häuser dort in der Stadt, die William Penn Philadelphia genannt hat.«

»Philadelphia – hat das Wort eine Bedeutung?«

»Ja, es kommt aus dem Griechischen und bedeutet so viel wie ›geschwisterliche Liebe‹. Die Brüder und Schwestern im Glauben sollen dort friedlich miteinander leben, das ist Penns Grundgedanke.«

Margaretha nickte, prüfte abermals die Konsistenz der Butter. »Das habe ich schon verstanden, aber es braucht viel Mut, meint Ihr nicht? Sehr viel Mut, um dies Wagnis einzugehen.«

»Mejuffer op den Graeff, das ist mir wohl bewusst. Und dennoch, ich werde das Wagnis eingehen. Ich habe Land gekauft in der Neuen Welt, die Schiffspassage ist schon gebucht, und von Krefeld aus werde ich in die Niederlande reisen und mich nach England einschiffen. Dann geht es weiter über das große Meer. Ich fahre ohne Furcht im Herzen, bin mir sicher, einer wunderbaren Zukunft entgegenzusegeln.«

»Das klingt sehr pathetisch, doch ich spüre Eure wahre Begeisterung. Nun habt Ihr aber keine Familie, oder doch?«

Pastorius schüttelte den Kopf. »Nein, habe ich nicht. Doch hätte ich sie, würde ich sie froh mitnehmen. Glücklich darüber, mit ihnen an einem Ort leben zu können, an dem der

Glauben frei ist.« Er atmete tief ein. »Und mich überrascht Eure Familie. Ihr seid weder sehr reich, noch sehr arm. Ihr seid wohlhabend und gebildet. Ihr beschäftigt Euch ernsthaft mit den Fragen des Glaubens. Natürlich ist Krefeld eine Ausnahme, hat die Stadt doch schon den Mennoniten Zuflucht gewährt, ja, ihnen sogar Bürgerrechte übertragen. Und dennoch wollen Eure Brüder mehr.«

»Ja, das ist richtig.« Margaretha verzog das Gesicht. »Dabei geht es uns gar nicht schlecht.«

»Aber es könnte Euch besser gehen. Ihr könntet Euren Glauben frei und leicht leben.«

»Mijnheer Pastorius, das mag sein, aber eine Bürgschaft gibt es dafür nicht. Ihr verkauft Land, das Ihr noch nie gesehen, in einem Staat, den Ihr noch nie betreten habt.«

»Ich habe viele Berichte gelesen, viele Briefe von dort bekommen. Sie klangen durchweg zusagend und aufbauend.«

»Vielleicht würde ich anders denken, wenn ich auch solche Briefe bekommen hätte. Ich habe aber nur Berichte aus Jamestown gelesen, und die ließen mir das Blut in den Adern gefrieren.«

»Aber diese Berichte sind Jahrzehnte alt. Inzwischen haben sich die Wilden an die Siedler gewöhnt, Handel und Tausch sind gang und gäbe.«

»Ihr verbürgt Euch dafür, dass die Wilden nun niemanden mehr angreifen?«, fragte Margaretha leise.

Pastorius zögerte. Mehrfach zog er an seiner Pfeife. Dann stand er auf, ging ein paar Schritte über den Hof, drehte sich schließlich um und sah Margaretha an. »Verbürgen kann ich mich nicht. Aber auch hier können Euch Wegelagerer auflauern und überfallen. Die Berichte, die ich bekommen habe, sprechen von friedlichem Kontakt zu den Wilden. Ich werde mich in ein paar Wochen selbst davon überzeugen können, doch ich glaube und vertraue den Berichten. Wenn es anders wäre, würde ich nicht dafür werben, dass ganze Familien sich dort Land kaufen.«

Bevor Margarethe etwas hinzufügen konnte, war Pastorius an ihr vorbei und zurück in das Haus gegangen. Verblüfft schaute sie ihm hinterher. Habe ich ihn etwa verärgert?, dachte sie. Oder habe ich Gedanken ausgesprochen, die er auch hat, Ängste, die ihn auch plagen? Es ist seine Aufgabe, für das Land zu werben. Sie hoffte, dass bei den Gesprächen mit ihren Brüdern und den anderen Männern der Gemeinde auch kritische Fragen gestellt werden würden.

Gerade als sie die Butter abgenommen und in die kühle Vorratskammer gebracht hatte, kamen die ersten Gäste. Bald waren die Stube und die Küche mit Menschen gefüllt. Der Küchentisch schien sich unter den Speisen zu biegen. Margaretha und Rebecca kamen kaum hinterher, allen Getränke zu reichen. Die Stühle und Bänke reichten nicht aus, und so mussten einige der Gäste stehen bleiben, um Pastorius zu lauschen. Doch das schien niemanden zu stören. Aufmerksam hörten sie ihm zu. Auch die Frauen standen in der Diele vor der geöffneten Stubentür und versuchten, den Worten zu folgen.

Pastorius sprach von Penn und seinen Visionen. Von seiner Vorstellung, einen Staat zu führen, in dem Verfolgungen aus religiösen Gründen undenkbar waren. Ein Miteinander voller Respekt und Gottesfürchtigkeit. Er malte die Bilder in lebhaften Farben. Dann sprach er von dem Land, von Pennsylvania, las Berichte aus den Briefen vor, die er bekommen hatte. Schließlich kam er auf das Land der Frankfurter Land Compagnie zu sprechen. Fünfzehntausend Acker an Land hätte man schon erworben. Man sei geneigt, noch weiteres Land zu kaufen.

»Mijnheer Pastorius, Eure Compagnie hat das Land schon gekauft?«, fragte Hermann.

»So ist es.«

»Und wo liegt das Land? Gibt es eine Karte von Pennsylvania? Ist es fruchtbares Land? Ackerland?«

Pastorius räusperte sich. »Ich kann Euch nicht genau sagen, wo das Land liegt. Es wird im Umfeld der Stadt Philadelphia sein, die Penn errichtet. Der Anspruch auf das Land ist gegeben, ausgemessen wird es jedoch erst, wenn die Siedler dort sind.«

»Das heißt, wir würden die Katze im Sack kaufen?«, fragte jemand.

»Ganz so ist es nicht. Das Land ist sehr fruchtbar. Überall. Obstbäume mit Pfirsichen und Äpfeln wachsen dort und tragen reiche Ernte. Wasserläufe sind zur Genüge vorhanden, das Klima ist mild.«

»Und doch wüssten wir nicht, wohin es uns verschlagen würde.«

»Nun, selbst wenn ich Euch einen Fleck auf einer Karte zeigte, was brächte es Euch? Ich verbürge mich dafür, dass Ihr das Land in der Größe bekommt, die Ihr kauft. Ich reise umgehend in die Neue Welt, um alles in Augenschein zu nehmen und vorzubereiten.«

Unsicherheit machte sich breit. Die Männer begannen, lautstark zu diskutieren. Gretje schüttelte den Kopf und zog Margaretha mit sich in die Küche. Für eine Weile arbeiteten sie schweigend, rührten in Töpfen, richteten Speisen an und schöpften Getränke in Krüge. Schließlich fasste sich Margaretha ein Herz.

»Was denkst du darüber, Moedertje?«

»Worüber?«

»Über die Neue Welt, über das Auswandern? Über … all das?«, fragte sie schüchtern.

Gretje kostete die Suppe, rührte dann heftig um. »Sie setzt an. Der Topf muss vom Feuer, hilf mir mal.« Zusammen wuchteten sie den großen Kessel vom Herd. Gretje strich sich eine Strähne unter die Haube, schnaufte. »Was ich denke? Was spielt es für eine Rolle? Hermann und Abraham entscheiden über diese Familie, seit dein Vater verstarb. Sie machen es nicht schlecht, nein, weiß Gott, das machen sie nicht. Es wird alles schwieriger, die Preise sinken, der Absatz der Ware. Die Mitbürger, die Reformierten und die Katholiken, werden unfreundlicher, nein, sogar feindlich werden sie. Doch rechtfertigt das einen Auszug?« Sie schöpfte Würzwein in zwei Becher, reichte ihrer Tochter einen davon, setzte sich dann auf die Küchenbank. »Ich habe schon viel erlebt. Als ich klein war, musste meine Familie von einem Tag auf den anderen die Stadt verlassen und woanders Zuflucht suchen. Die fanden wir hier in Krefeld. Ich weiß immer noch nicht genau, weshalb wir so überstürzt geflohen sind, aber mein Vater war ein bedächtiger Mann. Es musste Not geherrscht haben.«

»Aber die herrscht hier nicht, Moedertje«, sagte Margaretha und biss sich auf die Lippe. »Uns geht es gut.«

»Das ist wahr, Meisje. Noch ist das wahr. Aber nicht mehr lange. Rebecca musste heute auf dem Markt zu drei Händlern, bevor ihr jemand Eier verkaufte. Es lag nicht an dem Angebot, sondern an unserem Glauben.« Gretje nahm einen großen Schluck aus dem Becher. »Ich weiß nicht, was ich denken oder fühlen soll. Ich fühle mich hier wohl, ich bin hier zu Hause. Und doch spüre ich die Veränderung, die Bedrohung, wie dunkle Wolken, die am Himmel aufziehen und ein Gewitter ankündigen.« Sie nickte heftig. »Noch ist alles gut, an der Oberfläche, aber das kann sich schnell ändern, denn darunter brodelt es.«

»Du würdest also einem Umzug in die Neue Welt zustimmen?«, fragte Margaretha erschrocken.

»Ich füge mich der Entscheidung deiner Brüder.«

»Das kann nicht sein, Moedertje. Sie wollen in die Neue Welt ziehen, in dieses fremde Land, weit ab von jedem uns bekannten Leben. Wir werden dahin ziehen, ohne Haus und Grund, ohne Vorräte, ohne … Sicherheiten …« Margaretha schlug die Hände vor das Gesicht. »Wir werden ins Ungewisse ziehen.«

»Wieso bist du so fest davon überzeugt? Deine Brüder sehen das anders, auch Mijnheer Pastorius scheint eher freudig in die Neue Welt zu gehen. Mijnheer Penn ist kein Träumer, sondern ein gestandener Mann. Er lebt inzwischen in der Neuen

Welt, hat eine Stadt gegründet. Meinst du, er muss Hunger leiden? Wohnt in einem Verschlag? Das kann ich mir nicht vorstellen, Meisje.«

»Ihm gehört der Staat, Moedertje, er ist mit ganz anderen Mitteln in das Land gereist.« Margaretha senkte den Kopf. »Was hätte Vater dazu gesagt?«

»Isaak?« Gretje seufzte laut auf. »Die Rede von dem Land jenseits des Meeres gab es schon, als er noch lebte, Hartje. Er war zwiegespalten. Diese fremde Welt und alles, was man darüber lesen kann, hat ihn verschreckt. Jamestown und die Wilden, das sind sehr befremdliche Berichte. Sie lassen mich fürchten, ihn hatten sie auch erschreckt. Aber der Gedanke an diesen Staat hat ihn fasziniert und begeistert. Wie er entschieden hätte? Ich weiß es nicht.«

»Pastorius sagt, die Wilden in Pennsylvania wären nicht so schlimm wie die in Jamestown, aber er war noch nie da, er kennt nur Berichte.«

Gretje lachte leise. »Die ersten Siedler hatten noch nicht einmal Berichte. Sie sind aus Überzeugung und mit großem Glauben über das Meer gesegelt, vielleicht sind sie auch für ihren Glauben gestorben, oder wegen ihrer Abenteuerlust.« Sie nahm das Brot aus dem Ofen, legte es zum Auskühlen auf die Anrichte. »Fast achtzig Jahre sind vergangen. Eine lange Zeit. Als die ersten Siedler Jamestown bauten, kamen auch die ersten Mennoniten nach Krefeld. Die Mennoniten fanden hier Zuflucht, die Siedler in Jamestown mussten bitter um ihr Überleben kämpfen und verloren größtenteils. Jetzt hat sich aber das Blatt gewendet. Wir sind hier gerade noch geduldet, es gibt Ausschreitungen gegen unsere Glaubensbrüder, Ausgrenzung und Schlimmeres. Wer weiß, wie das weitergeht. Woanders könnte es besser sein.«

»Moedertje, aber wir wissen nichts über das Leben dort. Was würden wir mitnehmen? Und erst wenn wir da sind, werden wir wissen, was wir verlassen haben.«

»Meisje, das mag alles sein. Lass uns abwarten. Gott wird

uns schon die richtige Richtung zeigen. Manchmal glaube ich, dass dein Glaube nicht sehr stark ist.« Sie schüttelte den Kopf.

Margaretha sah sie überrascht an. »An meinem Glauben brauchst du nicht zu zweifeln, Moedertje.«

Bevor Gretje etwas erwidern konnte, kamen die Frauen in die Küche. Sie tuschelten leise miteinander, eine gewisse Beklemmung schien über ihnen zu liegen. Bisher war die Neue Welt weit weg gewesen und der Gedanke, dorthin zu ziehen, nur eine vage Idee. Doch nun nahm dieser Gedanke Gestalt an. Viele der Täuferfamilien waren schon oft umgesiedelt, manchmal freiwillig, oft unter Zwang. Und doch war es anders, als über das Meer zu reisen und in die Fremde zu ziehen.

Immer noch diskutierten die Männer in der Stube. Die Frauen füllten Becher und Schalen, brachten Brot und Bier nach nebenan.

»Gebt den Männern ordentlich, vor allem Fleisch. Mit gefülltem Magen kann man ruhiger reden«, sagte Gretje.

Nach einer Weile war die Luft in der Küche stickig und heiß. Während die Männer in der Stube aßen, setzten sich die Frauen nun an den Tisch. Auch sie sprachen über die Pläne. Die Kinder spielten im Hof. Margaretha brachte ihnen Brot und Schmalz, ein wenig Fleisch und die letzten, schon schrumpeligen, süßen Äpfel. Sie setzte sich auf die Bank, lehnte den Kopf an die sonnengewärmte Hauswand und schloss die Augen.

»Immer treffe ich Euch hier im Hof«, sagte Pastorius lächelnd.

Margaretha schreckte hoch.

»Habe ich Euch erschreckt?« Er setzte sich neben sie.

»Müsst Ihr nicht drinnen sein?«, fragte Margaretha überrascht.

»Nein, ich glaube, es ist besser, wenn ich die Männer alleine lasse. So können sie in Ruhe ihre Gedanken und vielleicht auch Bedenken austauschen. Ich möchte sie nicht bedrängen. So eine Entscheidung muss aus freiem Willen geschehen.«

»Da habt Ihr recht.« Margaretha zögerte. Jonkie lag zu ihren Füßen, streckte sich im fahler werdenden Sonnenlicht aus und gähnte herzhaft. »Mögt Ihr ein paar Schritte gehen?«, fragte sie dann.

»Gerne.« Pastorius erhob sich.

Sie gingen durch den Hof, an den Ställen vorbei und durchquerten den Kräutergarten. Die Backsteinmauern, die das Grundstück begrenzten, speicherten die Wärme und gaben sie am Ende des Tages wieder ab. Dadurch gediehen die Kräuter und Pflanzen besonders gut. Es duftete nach Thymian, Majoran und Minze. Der Liebstöckel streckte seine Triebe aus, und der Bärlauch verblühte schon. In der hinteren Mauer war eine kleine Pforte eingelassen. Margaretha öffnete das Tor, Jonkie stürmte an ihr vorbei in die schmale Gasse, die zwischen den Grundstücken zur Straße führte.

Für eine Weile gingen sie schweigend nebeneinander her.

»Euch liegt etwas auf dem Herzen, nicht wahr?«, fragte Pastorius dann leise.

»Eher auf der Zunge, aber ich traue mich nicht, Euch zu fragen.« Margaretha lachte gezwungen.

»Immer zu. Ich nehme es auch nicht übel, was auch immer es ist.«

»Nun denn.« Margaretha kaute auf ihrer Unterlippe, schließlich drehte sie sich zu ihm. »Mijnheer Pastorius, welchen Eindruck hattet Ihr von meinen Brüdern und ihren Freunden?«

Erstaunt sah Pastorius sie an. »Eindruck? Nur den besten. Seit gestern komme ich aus dem Staunen nicht heraus. Ihr habt einen Badezuber, zwei große Häuser mit sauberen Zimmern, Eure Vorratskammer scheint wohl gefüllt zu sein. Den Händen und Armen Eurer Brüder sieht man die harte Arbeit an, sie haben Muskeln und Schwielen.« Er streckte seine feingliedrigen Hände aus. »Anders als meine. Und doch ist Eure Familie sehr gebildet und belesen. Ihr vermögt Konversation zu betreiben, seid informiert, was das politische Geschehen angeht, und besitzt ein umfassendes theologisches Wissen. Der Glaube Eurer Familie ist stark und tief. Hemeltje, Quäker dieser Art kann man sich in Pennsylvania nur wünschen.«

Margaretha schnaubte belustigt auf. »Diese Art der Einschätzung meinte ich nicht, sondern ich wollte wissen, welchen Eindruck Ihr von ihnen habt, was die Neue Welt angeht?«

Pastorius blieb stehen. »Ach so, verstehe.« Nachdenklich nickte er, setzte dann den Weg langsam fort. »Nun, ich kann das nicht wirklich beurteilen.«

»Aber Ihr habt doch sicherlich ein Gefühl dafür, was sie denken mögen?«

»Mejuffer op den Graeff, Ihr macht es mir nicht einfach.« Verlegen schaute Pastorius zur Seite.

»Weshalb? Es ist eine simple Frage, die Ihr schlicht beantworten könnt. Es geht doch nur um Euer Gefühl.«

»Schlicht? Nein, das ist nicht schlicht. Ich muss doch so einiges bedenken. Ich kenne inzwischen Eure Meinung zu der Angelegenheit, Ihr seid dagegen, in Pennsylvania zu siedeln. Ihr habt gute, wichtige Gründe. Eure Brüder haben andere Gründe, die für das Aussiedeln sprechen. Aber sie zweifeln auch. Sie haben mich hierher gebeten, damit ich über das Land spreche, erkläre, wie es sein wird, was Euch erwartet.«

»Wie wollt Ihr das wissen, ohne dort gewesen zu sein?«

»Richtig. Das habt Ihr mich schon gestern gefragt. Als erste Person überhaupt. Eure Frage hat mich verblüfft und lange beschäftigt.«

»Ich kann kaum glauben«, sagte Margaretha, »dass noch nie jemand zuvor dies gefragt hat.«

Pastorius lachte leise. »Nun denke ich ebenso wie Ihr. Aber es ist wahr. Es gab andere Fragen, Fragen, die hier noch nicht gestellt worden sind.«

»Welche?« Margaretha blieb stehen. Ein Kloß hatte sich in ihrem Magen gebildet, und auf der Zunge schmeckte sie den bitteren Geschmack der Enttäuschung.

»Die meisten Fragen, die hier nicht gestellt wurden, waren

monetärer Art. Welche Währung dort gelten würde, ob Gold dort etwas wert wäre, man hätte von Muschelschnüren gehört. Ob es Handel gäbe und welcher Art? Woher man Wein oder Branntwein beziehen könnte? Diese Fragen scheinen sich Euch nicht zu stellen.«

»Branntwein?« Margaretha lachte laut auf, ihr Lachen hallte zwischen den engen Wänden der Backsteinmauern. »Solche Fragen mögen vielleicht noch kommen. Mich beschäftigt eher: Woher bekomme ich ein Schwein, das ich mästen kann, und wächst dort Flachs?«

»Flachs wächst dort, wurde mir versichert. Die Böden sind gut, unverbraucht.«

»Das ist gut und schön, Mijnheer Pastorius, aber was machen wir im ersten Jahr? Flachs muss angebaut, er muss wachsen, dann geerntet werden und verarbeitet. Es dauert eine Weile, bis man Faden daraus spinnen und diesen verweben kann.«

»Ihr habt recht. Das sind Gedanken, die ich bisher nicht hatte. Ich denke darüber nach, denn es wird nicht möglich sein, Flachs oder Leinen mitzunehmen.«

Schweigend gingen sie die nächsten Schritte, näherten sich der Hochstraße, die vom Ober- zum Niedertor durch die Stadt führte.

»Meine Frage habt Ihr immer noch nicht beantwortet. Glaubt Ihr, dass meine Brüder Euch folgen wollen?« Margaretha blieb stehen. Sie sah ihn an und fühlte die Tränen in ihren Augen.

»Meine liebe Mejuffer op den Graeff, in den wenigen Stunden, die ich Euch nun kenne, habe ich Euch sehr schätzen gelernt.« Er nahm ihre Hände in seine. Zuerst sträubte sich Margaretha gegen die Berührung, doch seine Finger schlossen sich warm um ihre. »Ich möchte Euch nicht unglücklich sehen. Es schmerzt mich, mit welchen Ängsten Ihr in die Zukunft schaut. Ich sehe es ganz anders, viel verlockender. Ein neues Land, ein neues Leben ohne Beschränkungen, ohne Verfolgung und Restriktion. Ihr habt aber recht – man muss dieses Leben erst aufbauen, und ob ich dazu imstande bin?« Er sah auf seine Hände. »Ich weiß es nicht.«

»Wenn man arbeiten muss, dann kann man es auch.« Margaretha drehte sich um, ging die schmale Gasse zurück Richtung Pforte.

»Vermutlich habt Ihr recht. Ich war noch nicht in Amerika, ich kenne nur die Berichte und vertraue ihnen. In ein paar Wochen weiß ich, wie es da wirklich ist.«

»Und Ihr habt keine Angst?«

Pastorius überlegte. »Nein, nicht wirklich. Vielleicht male ich es mir aber auch zu schön.«

Jonkie war ihnen nicht gefolgt, und Margaretha blieb stehen, pfiff einmal laut und schrill. Der Hund tauchte am Ende der Gasse auf, lief zu ihr. »Braves Mädchen.« Margaretha wandte sich wieder Pastorius zu. »Ich weiß, dass meine Brüder in die Neue Welt ziehen wollen. Ich glaube nicht, dass Euer Bericht sie abgeschreckt hat, eher hat er das Gegenteil erzeugt. Das ist nun mal so, und ich werde mich fügen, wie auch immer die Entscheidung ausfällt.«

»Ich habe das dumpfe Gefühl, das Ihr nicht glücklich mit so einer Entscheidung seid, und fürchte, dass Ihr es mir anlastet.«.

»Ihr seid nur der Überbringer einer Botschaft, Mijnheer. Macht Euch nicht zu viele Gedanken«, sagte Margaretha munterer, als sie sich fühlte. »Es wird Zeit zurückzukehren. Habt Ihr schon gegessen? Der Schinken ist köstlich, und auch das Linsengericht meiner Mutter kann ich Euch empfehlen.«

»Ihr seid herrlich praktisch, Mejuffer op den Graeff.« Pastorius lachte. »Und Euer Essen ist phantastisch.«

Beklommen betrat Margaretha das Haus. Die Luft in der Küche war mit den Dünsten der Töpfe, den Gerüchen von Essen und Trinken und den vielen Stimmen der Menschen gefüllt. Esther und Gretje spülten Teller und Besteck, Catharina füllte Krüge mit Bier und Wein. Margaretha beeilte sich, ihr zu helfen. Die Versammlung würde sicher noch lange andauern.

Erst nach Mitternacht gingen die letzten Gäste. In den vergangenen beiden Stunden hatte sich die Stimmung gelockert, die Anspannung schien verschwunden zu sein. Das Thema Auswanderung wurde nicht mehr erwähnt, nachdem sie lang und breit darüber diskutiert hatten.

»Die Informationen und Berichte müssen erst einmal sacken«, sagte Hermann zu Pastorius. »Eine Nacht werden wir wohl darüber schlafen müssen, auch wenn uns nun vieles klarer ist als zuvor.«

»Schlaft ruhig zwei oder drei Nächte darüber, besprecht es mit Euren Familien. Ich denke, auch die Frauen haben dazu eine Meinung.«

»Das ist wohl so. Viele Fragen sind geklärt, Euer Besuch ist wirklich hilfreich und gut. Ich wünsche Euch eine gute Nacht.«

Während die Männer sich zurückzogen, öffnete Margaretha die Fenster und Türen weit. Die Räume waren voller Qualm, es roch nach Essen und stank nach Schweiß. Die kühle Nachtluft durch das Haus strömen zu fühlen war eine Wohltat. Sie setzte einen Kessel mit Wasser auf.

»Geh ins Bett, Margret«, sagte Esther gähnend. »Wir können auch morgen noch spülen und aufräumen.«

»Geh du ruhig, Catharina hat sich vor Stunden schon zurückgezogen, und Mutter habe ich in ihre Kammer geschickt, da sie auf ihrem Stuhl eingenickt war.« Margaretha lächelte. »Rebecca bringt noch eben die Abfälle zur Grube, dann soll auch sie zu Bett gehen. Ich bin zu unruhig und werde sowieso nicht schlafen können.«

»Ach, Meisje, mach dir nicht so viele Sorgen. Die Entscheidungen, die fallen, werden alle unsere Überlegungen und Ängste berücksichtigen.«

»Die Entscheidung ist schon gefallen, machen wir uns nichts vor.« Margaretha tauchte ihre Hände in das seifige Wasser, schloss für einen Moment die Augen und versuchte, die Angst, die wie ein Stein in ihrem Magen lag, zu verdrängen.

»Margret, du machst dir zu viele Gedanken.« Esther legte ihr die Hand auf den Arm. »Geh ins Bett und schlaf. Morgen sieht alles schon anders aus.«

Margaretha nickte, sie sah ihrer Schwägerin hinterher, die langsam nach oben ging. Für sie alle war es ein langer und anstrengender Tag gewesen. Dann nahm Margaretha den nächsten Teller und tauchte ihn in das Wasser.

Als der Hahn im Hof krähte, hatte sie das Gefühl, gar nicht geschlafen zu haben. Und doch lag der Kater neben ihr, räkelte sich und schnurrte laut. Als sie zu Bett gegangen war, hatte sie ihn vergeblich gerufen. Sie seufzte, alles in ihr sträubte sich dagegen aufzustehen. Ihre Beine und Arme taten weh, der Rücken schmerzte, und hinter ihren Schläfen pochte es. Noch einen Moment, dachte sie, noch einmal die Augen schließen.

Kurz darauf hörte sie Geräusche aus der Küche. Zum ersten Mal seit vielen Monaten war sie nicht die Erste, die aufgestanden war. Langsam erhob sich Margaretha. Das Wasser in dem Krug auf ihrer Kleiderkiste war kalt, fast eisig. Anfang April war es morgens noch sehr frisch. Sie schüttete ein wenig davon in die Schüssel, wusch sich. Das kühle Wasser erfrischte sie, allmählich kehrten ihre Lebensgeister zurück. Nachdem sie ein sauberes Kleid angezogen und sich eine Schürze umgebunden hatte, ging sie in die Küche. Pastorius saß, wie am Tag zuvor, auf der Bank, hatte die Augen geschlossen und die Hände gefaltet.

Rebecca hatte das Herdfeuer geschürt, Wasser aufgesetzt und schnitt Speck und Zwiebeln in kleine Würfel. Sie hatte den Kopf gesenkt und machte einen verhuschten Eindruck. Margaretha hatte noch nicht mit ihr alleine gesprochen.

»Guten Morgen«, sagte sie freundlich und strich eine widerspenstige Haarsträhne unter ihre Haube. »Du bist ja schon auf?«

Rebecca sah kurz zu ihr hoch, wies dann auf Pastorius und zog eine Grimasse.

»Guten Morgen, Mijnheer Pastorius, lasst Euch nicht in Eurem Gebet stören.« Margaretha grinste. »Was machst du zum Frühstück, Rebecca?«

»Es ist noch ein wenig von dem Linsengericht da und zwei halbe Pasteten. Ich habe das Brot schon in den Ofen geschoben, aber es wird noch eine Weile brauchen.« Wieder sah sie verunsichert erst zu Pastorius, dann zu Margaretha. Diese lachte lautlos.

»Das wird nicht reichen.« Margaretha schaute in die Vorratskammer und seufzte. »Im Wallgarten wächst der Gute Heinrich schon kräftig. Davon werde ich für das Nachtmahl einiges ernten. Mir hängen die Hülsenfrüchte zum Hals raus. Zum Glück hast du gestern reichlich Eier vom Markt mitgebracht, daraus können wir mit dem Speck und den Zwiebeln Rührei machen. Pastinaken haben wir auch und einige Möhren. Die können wir mit saurer Sahne und ein wenig Dörrfleisch zu einem Brei kochen.« Sie brachte die Wurzeln in die Küche, legte sie auf den Tisch. Pastorius hatte sich inzwischen erhoben und stand an der Tür zum Hof. Verlegen schaute er die beiden an.

»Die Küche eines großen Haushalts ist nicht der richtige Ort, um stille Andacht zu halten. Es tut mir leid. Ich werde ein paar Schritte gehen. Darf ich den Hund wieder mitnehmen? Er ist eine angenehme Begleitung.«

»Aber sicher, Mijnheer Pastorius. Die Morgenluft ist frisch und klar, genießt es.«

Sie warteten, bis er das Haus verlassen und den Hof durchquert hatte, dann sahen sie sich an und brachen in Gelächter aus.

»Ich habe mich so erschrocken, als ich ihn bemerkte«, sagte Rebecca kichernd. »Ich hatte schon das Feuer geschürt und ordentlich mit den Töpfen geklappert, dann drehte ich mich um und da saß er – stocksteif und mit gesenktem Kopf.«

»So ging es mir gestern auch.« Margaretha lachte. »Erst dachte ich, ihm ginge es nicht gut, aber dann sah ich seine gefalteten Hände, und mir wurde klar, dass er betet.«

»Es war ihm unangenehm, das konnte man sehen.«

»Ja, Mijnheer Pastorius ist ein feinfühliger Mensch. Es wird ihm sehr unangenehm sein. Wir müssen dafür sorgen, dass er sich gleich wohlfühlt.« Margaretha begann, die Wurzeln zu putzen. »Wie geht es dir?«, fragte sie dann leise.

Rebecca stockte, sie holte tief Luft, sah ihre Freundin an. »Ich weiß es nicht.«

»Hat Dirck mit dir gesprochen?«

»Nein.«

Margaretha schluckte, das hatte sie nicht erwartet. Der gestrige Tag war angefüllt gewesen mit Betriebsamkeit und Unruhe, aber Dirck hätte fünf Minuten Zeit finden müssen, um mit Rebecca zu reden. Dass er es nicht getan hatte, sprach nicht für ihn.

»Er wird für dich einstehen und auch für das Kind«, sagte Margaretha mit mehr Überzeugung, als sie besaß.

»Und wenn nicht?«, fragte Rebecca zaghaft. »Mein Vater bringt mich um, wenn ich mit einem Bastard nach Hause komme.«

Margaretha legte das Messer beiseite, nahm das Mädchen in den Arm. »Keine Sorge«, flüsterte sie. »Das werden wir alles hinbekommen. Du trägst ein Kind der Familie und keinen Bastard.«

Rebecca drückte sich an sie. »Ich habe so Angst.«

»Das musst du nicht. Alles wird gut.« Margaretha holte tief Luft. Sie belog Rebecca und sich selbst, das wusste sie.

Zwei Stunden später saßen alle um den Tisch. An diesem Morgen verlief das Frühmahl deutlich ruhiger als gewöhnlich. Alle waren in Gedanken und erschöpft. Nach der Mahlzeit zogen sich die Männer mit Pastorius noch einmal in die Stube zurück, um weitere Fragen zu erörtern.

Die Frauen kümmerten sich um den Haushalt, vermieden

das Thema Neue Welt und Pennsylvania. Die Atmosphäre war ungewöhnlich gedämpft. Wie die Ruhe vor dem Sturm, dachte Margaretha. Gegen Mittag hielt sie es nicht mehr aus, nahm ihren Korb und ein scharfes Messer. »Ich gehe in den Wallgarten und werde Melde und Guten Heinrich ernten, nach den Setzlingen schauen und aussäen.«

»Lass das Aussäen«, sagte Gretje müde. »Zumindest, bis wir wissen, was wird.«

Margaretha wandte sich ab, ihr stiegen die Tränen in die Augen. Jemand zog an ihrem Ärmel. Es war der kleine Samuel.

»Darf ich mitkommen, Tante? Bitte. Onkel Dirck hat mir ein Rindenschiffchen gebaut, und ich möchte es im Graben schwimmen lassen.«

Sie warf Esther einen fragenden Blick zu, ihre Schwägerin nickte zustimmend, beinahe erleichtert. Da die Bürger der Stadt zunehmend aggressiv den Quäkern gegenüber waren, durfte Samuel nicht auf der Straße spielen, so wie die anderen Kinder. Obwohl er ein liebes Kind war und sich gut beschäftigen konnte, war doch das Leben, eingeschränkt in Küche und Hof, eher langweilig für den aufgeweckten Jungen. Margaretha nahm seine Jacke und die Stiefel, half Samuel beim Anziehen und pfiff nach Jonkie. Der Wind war aufgefrischt, und es war nicht mehr so milde, wie an den Tagen zuvor. Samuel trug das kleine Schiff aus Rindenholz vorsichtig in seinen Händen, Margaretha rührte der Anblick.

»Ein schönes Boot hat dir Dirck geschnitzt.«

»Ja. Ich finde es auch sehr schön. Aber ich muss wissen, ob es schwimmt, wirklich schwimmt, nicht nur im Eimer im Hof.« Er sah sie ernsthaft an. »Das ist wichtig.«

»Im Eimer im Hof schwimmt es?«

»Ja.«

»Aber Samuel, warum musst du es dann im Wasserlauf ausprobieren? Möglicherweise geht es dort unter, oder es wird davongetragen, das wäre doch schade.« Margaretha lächelte.

»Ich möchte das aber wissen. Ich habe gehört, wie Mutter und Vater über ein Schiff sprachen. Es soll über das weite Meer segeln. Wir sollen mitfahren. Ich will wissen, wie ein Schiff auf dem Wasser fährt.«

Margaretha schluckte. »Wann haben sie das gesagt?«

»Schon vor einer Weile und heute Nacht wieder.« Samuel hielt das Schiffchen hoch. »Onkel Dirck hat es geschnitzt. Er kann gut schnitzen, wenn dieses Boot im Wassergraben fahren kann, dann habe ich keine Angst vor dem Meer.« Er lächelte Margaretha an.

»Du musst keine Angst haben, alles wird sich fügen.«

»Hast du denn keine Angst vor dem Meer?«

Ja, dachte Margaretha, die habe ich und vor allem anderen auch, aber ich kann es nicht ändern, genauso wenig wie du.

»Nein«, sagte sie und holte tief Luft.

»Mejuffer op den Graeff, Margret …!«, rief jemand.

Margaretha drehte sich um, Pastorius stand vor dem Haus der op den Graeffs und winkte. Sie blieb abwartend stehen. Eilig lief Pastorius hinter ihr her. Er trug seinen Rucksack über der Schulter, hatte den Hut noch in der Hand. Als er sie erreichte, wischte er sich über die Stirn, setzte dann den Hut auf.

»Ich wollte nicht gehen, ohne mich von Euch verabschiedet zu haben«, sagte er zögernd.

»Ihr verlasst die Stadt?«

»Ja, ich werde jetzt nach Rotterdam reisen und von dort alles Weitere regeln. So schnell es geht, werde ich mich einschiffen.«

Margaretha nickte. Sie wusste nicht, was sie noch sagen sollte. Samuel zog an ihrer Hand. »Komm, Tante. Ich möchte zum Graben.«

»Wir sind auf dem Weg zum Wallgarten«, sagte Margaretha unschlüssig.

»Ihr geht zum Stadttor? Dann können wir noch ein Stück weit gemeinsam gehen.« Pastorius strahlte. »Ich hatte so gehofft, noch mal mit Euch sprechen zu können.«

»Worüber?«

Pastorius biss sich auf die Lippe. »Wie denkt Ihr heute Morgen über die Sache?«

»Über die Neue Welt? Nicht anders als gestern auch. Ich kann es mir nicht vorstellen, vielleicht will ich es mir auch nicht vorstellen. Ich habe die Stadt noch nie für eine längere Zeit verlassen. Weiter als bis Moers oder Uerdingen bin ich nicht gereist. Die Ferne, die Reise an sich machen mir Angst.«

»Ich kann Euch durchaus verstehen«, sagte er nachdenklich. Für eine Weile gingen sie schweigend nebeneinander her. »Vielleicht …«, sagte er dann zögernd. »Vielleicht kann ich Euch die Angst ein wenig nehmen, Mejuffer op den Graeff, wenn ich Euch schreibe. Ich könnte Euch von meiner Reise berichten, zumindest bis Rotterdam.«

Margaretha sah ihn an, verlegen schaute er zur Seite. »Ich wollte … wollte nicht … aufdringlich sein«, stotterte er.

»Euer Vorschlag ist nicht aufdringlich.« Margaretha dachte nach. »Das würdet Ihr wirklich tun? Mir Briefe schreiben?«

»Ja, wenn ich darf?«

»Natürlich. Aber Ihr müsst versprechen, ehrlich zu sein.« Sie lächelte.

»Ihr meint, ich soll nichts beschönigen? Das werde ich nicht, ich verspreche es.«

Als sie das Stadttor erreichten, trennten sich ihre Wege. Pastorius schaute Margaretha noch einmal lange an, so als wolle er sich ihren Anblick genau einprägen. Dann reichte er ihr die Hand.

»Mejuffer op den Graeff, der Besuch bei Eurer Familie war sehr wohltuend. Ich glaube, ich habe gute Mitstreiter in Euren Reihen gefunden.«

Margaretha senkte den Blick.

»Verzeiht, Mejuffer, ich weiß, Ihr denkt anders über das Thema als ich.« Er drückte ihre Hand.

»Haben meine Brüder Euch ihre Entscheidung schon mitgeteilt?«

»Nein, das haben sie noch nicht. Und selbst wenn sie sich

dazu entschließen, das Land nicht zu verlassen, so weiß ich, dass sie rechte Mitstreiter des Glaubens sind. Falls Eure Familie aber doch nach Pennsylvania auswandert, werde ich mich freuen, Euch dort willkommen heißen zu dürfen. Ihr seid nicht nur anmutig, sondern auch eine kluge und angenehme Gesprächspartnerin.«

»Ich danke Euch, Mijnheer«, sagte sie leise. Sie sah ihm hinterher, als er die Straße entlangging, und fragte sich, ob sie ihn jemals wieder sehen würde.

Kapitel 24

Zwei weitere Tage hintereinander versammelten sich die Krefelder Quäker im Hause der Brüder op den Graeff, sie diskutierten und rechneten. Dann stand ihre Entscheidung fest. Von den zwanzig Familien, die sich zu der Gemeinschaft der Freunde zählten, beschlossen zehn weitere Familien mit den Brüdern op den Graeff nach Pennsylvania auszuwandern.

»Wir werden gehen«, verkündete Abraham der Familie am Abend, während sie um den Tisch saßen und auf das Essen warteten. Margaretha ließ die Schale fallen, die sie gerade mit Suppe füllen wollte. Klirrend zerbrach das Steingut auf dem Boden. Die junge Frau schlug die Hand vor den Mund, Tränen stiegen ihr in die Augen.

»Nun, nun«, sagte Abraham beruhigend. »Wir können zwar nicht alles an Geschirr mitnehmen, aber zerwerfen musst du es auch nicht.« Er lachte. Gretje aber stand auf und nahm ihre Tochter in den Arm.

»Wir haben beschlossen, das Angebot der Frankfurter Land Compagnie anzunehmen«, sagte Hermann ernst. »Diese Entscheidung haben wir uns nicht leichtgemacht, aber nachdem wir alles abgewogen haben, sind wir der Meinung, dass unsere Zukunft in der Neuen Welt liegt. Dort können wir der

Verfolgung und Ächtung, die wir und unsere Glaubensbrüder seit Jahrzehnten erfahren, entgehen und ein neues, ein gottesfürchtiges und freies Leben beginnen. Wir haben uns dazu entschlossen auch im Sinne unserer Kinder, die frei im Glauben aufwachsen sollen.«

»Wovon werden wir leben?«, fragte Margaretha tonlos.

»Das wird sich zeigen«, sagte Dirck. »Vielleicht müssen wir am Anfang Ackerbau und Viehzucht betreiben. Ganz unerfahren sind wir ja nicht, was das angeht. Aber auch dort müssen die Menschen Kleidung und Decken, Tuche und Stoffe haben. Weber werden sicher gebraucht.«

Gretje setzte sich an den Tisch, den Rücken hielt sie kerzengerade, die Hände faltete sie im Schoss. »Ihr habt euch das sicher reiflich überlegt, min Zoons. Bestimmt habt ihr alle Dinge bedacht und auch die Schwierigkeiten und Unabwägbarkeiten gesehen.« Sie schluckte. Esther stand auf und füllte Gretjes Becher mit Wein. »Danke, Meisje«, sagte sie und lächelte Esther zu. Dann schaute sie wieder in die Runde. »Wie wollt ihr das Land bezahlen? Und was wird aus den Häusern?«

Abraham senkte den Kopf, doch Hermann nickte. »Moedertje, das hängt von dir ab. Wir können über dich und dein Leben keine Entscheidung fällen. Es steht dir frei, zu bleiben oder mitzukommen.« Er holte tief Luft. »Wenn du bleibst, kannst du die Häuser vermieten und den Wallgarten verpachten. Von dem Ertrag solltest du gut leben können.«

»Und ihr? Von welchem Geld kauft ihr das Land, min Zoon?«

»Wir werden so schnell es geht unser Lager leeren. Wir haben noch etliche Ballen Leinen. Auch werden wir das Geschäftsvermögen, das noch gebunden ist, zur Auszahlung bringen. Das Land können wir, wenn wir nicht genügend Geld haben, um es zu kaufen, auch pachten. Der Preis für dreitausend Acker Land beträgt hundert Pfund Sterling. Das Geld sollten wir haben. Weiteres Land können wir bei ewiger

Erbpacht von einem Schilling auf den hundertsten Acker erwerben. Die Überfahrt kostet auch einiges, aber das werden wir erst wissen, wenn wir in Rotterdam sind. Und erst da müssen wir das Land kaufen oder pachten.«

Gretje sah ihren Sohn an, der ihrem Blick standhielt. Die Luft schien vor Spannung zu knistern. »Es hängt also von mir ab?«, fragte Gretje leise.

»Nein, wir haben genug Geld, auch wenn wir die Häuser und den Wallgarten nicht verkaufen, Moedertje. Wir könnten verstehen, dass du hier bleiben willst.«

»Ich soll hier bleiben? Alleine? Und ihr geht alle in das neue Land? Ich würde euch nie wiedersehen. Das kann ich nicht.« Sie trank einen großen Schluck aus dem Becher, schaute dann wieder auf. »Ich komme mit euch, und wenn es das Letzte ist, was ich tue.« Sie lachte auf, es klang ein wenig bitter. Margaretha lief ein Schauer über den Rücken.

»Wir wollen dich nicht zwingen, Moedertje. Von der Pacht könntest du hier bequem leben …« Hermann hob hilflos die Schultern.

»Ihr zwingt mich ja nicht. Schon als Kind musste ich mit meiner Familie fliehen, weil wir nicht mehr erwünscht waren. Wir fanden Zuflucht in dieser Stadt. Aber diese Stadt birgt keine Zuflucht oder Sicherheit mehr. Noch können wir alles verkaufen, aus freien Stücken von dannen ziehen. Wir müssen nicht fliehen und nicht alles hinter uns lassen. Wir können die Häuser verkaufen und haben somit ein Polster.« Wieder trank sie einen Schluck. »Ich mag es nicht verhehlen, die weite Reise über das Meer in die Ungewissheit schreckt mich. Noch mehr schreckt mich aber ein Leben alleine. Alt zu werden ohne meine Familie, ohne meine Enkel aufwachsen zu sehen. Ich habe schon zweimal in meinem Leben neu angefangen, ich werde es ein drittes Mal tun. Ich freue mich nicht darauf, aber es schreckt mich auch nicht.« Gretje trank ihren Becher leer, stand auf und ging nach oben in ihr Zimmer, ohne ihre Kinder anzusehen.

Hermann lehnte sich zurück, nachdem sie gegangen war, und atmete tief aus. »Hemeltje«, seufzte er.

»Was denn?«, Abraham schlug ihm auf die Schulter. »Sie wird sich schon finden. Es sieht doch gut aus. Morgen werde ich die Häuser zum Verkauf anbieten. Es gibt bestimmt eine Menge Interessenten. Die Häuser sind groß, gut erhalten, das Grundstück ist gut, und den Wallgarten haben wir auch noch. Es sollte genug Geld für sechstausend Acker haben, wenn nicht mehr.«

»Du Zecke«, murmelte Margaretha böse und biss sich auf die Lippe, senkte den Kopf. Wieder stiegen ihr die Tränen in die Augen.

Esther strich ihr über den Arm. »Nun komm, Hartje«, wisperte sie. »Das Schicksal trifft uns alle. Glaub nicht, dass ich mich unbändig darüber freue.«

Margaretha wischte sich die Tränen aus den Augen. »Wie soll das gehen? Was nehmen wir mit? Wann wollt ihr los?« Tausend Fragen brannten ihr auf der Zunge.

»Immer mit der Ruhe, Meisje. Wir fangen jetzt an zu planen«, sagte Hermann bedächtig. »Es ist aber so, dass im Herbst kein Schiff mehr über das Meer fährt. Ich dachte, dass wir so schnell wie möglich alles packen und den Rest verkaufen und uns auf den Weg machen. Wir könnten in zwei Wochen schon so weit sein.« Er räusperte sich.

»In zwei Wochen?« Margaretha schüttelte den Kopf. »Wie stellst du dir das vor? Wir sind … sind … zehn Personen. Wir müssen alles packen, verstauen … wir müssen … planen.«

»Zehn? Wie kommst du auf die Zahl?«, fragte Catharina spröde. »Wir sind neun. Dabei zählen die beiden Säuglinge noch gar nicht. Ohne sie sind wir sieben.«

Margaretha sah sie überrascht an. »Natürlich sind wir zehn. Wen willst du denn nicht mitnehmen? Mutter hat doch gerade gesagt, dass sie uns folgt.«

»Ich weiß nicht, wie du zählst, Kindje, aber ich komme nur auf neun. Hermann, Esther, zwei Kinder – macht vier. Abraham und ich, mit einem Kind, das sind drei. Drei plus vier gibt sieben. Du und eure Mutter. Das sind neun.«

»Und Rebecca?« Margaretha sah Catharina fassungslos an. »Was ist mit Rebecca?«

»Rebecca?« Catharina sah die Magd an. »Was soll mit ihr sein? Sie geht zurück zu ihrer Familie.«

»Nein«, sagte Dirck ernst. »Rebecca kommt mit.«

Catharina lachte spitz auf. »Ich bitte dich, wir brauchen doch keine Magd, zuerst zumindest nicht.«

»Da hast du völlig recht, Schwägerin. Rebecca kommt als meine Frau mit, nicht als Magd.«

»Bitte? Das ist nicht dein Ernst. Du wirst doch jetzt nicht die Magd ehelichen? Es gibt in der Neuen Welt genug Frauen, die auf Ehemänner warten.«

»Catharina, ich scherze durchaus nicht. Rebecca wird als meine Frau mitkommen. Wir werden binnen Wochenfrist heiraten.« Er stand auf, setzte sich neben die Magd, nahm ihre Hand. Rebecca hielt den Kopf gesenkt, ihre Schultern zuckten. Dirck legte den Arm beschützend um sie, zog sie an sich.

Endlich, dachte Margaretha. Wenn wir dafür auswandern müssen, dann ist es das vielleicht wert. Nach und nach ließ sie sich auf den Gedanken ein, fing an zu planen.

»Bist du des Teufels, Schwager?«, fragte Catharina entsetzt.

»Catharina, bitte«, sagte Hermann leise. »Es ist seine Entscheidung, und es ist eine gute Entscheidung.«

»Was? Seid ihr verrückt geworden? Sie ist eine Magd. Er würde unter unserem Stand heiraten, wir müssten sie mitnehmen und ihre Überfahrt bezahlen. Dirck hat noch keine Anteile an dem Besitz, er ist der dritte Sohn dieser Familie.«

»Catharina, wie kannst du nur?« Esther stand auf. »Wir sind doch keine Adelsfamilie, die Titel zu vergeben hat. Schäm dich. Rebecca ist mehr wert als du, wenn es um das Leben in der Neuen Welt geht. Immerhin weiß sie, wie man Fleisch pökelt, räuchert und wie man Brot backt. Sie steht jeden Morgen vor dir auf und bereitet dir das Frühstück.«

»Ja, sie ist eine Magd, und das ist ihre Aufgabe.« Catharina schnaufte. »Das ist kein Grund, sie zu ehelichen.«

»Catharina, liebe Schwägerin, nein, das ist kein Grund sie zu ehelichen. Damit magst du recht haben«, sagte Dirck und stand auf. Er ließ seine Hand auf Rebeccas Schulter. Das Mädchen traute sich immer noch nicht hochzuschauen. »Margret, füll die Becher, bitte. Ich möchte einen Toast ausbringen.« Dirck sah in die Runde, sein Mund wirkte verkniffen, obwohl er sich um ein Lächeln bemühte. Margaretha holte den Weinkrug, schenkte allen nach. »Ich trinke auf Rebecca, geborene Platen, meine zukünftige Frau.« Er hob seinen Becher, sah Catharina herausfordernd an.

»Hemeltje, Dirck, bist du von allen guten Geistern verlassen?«, fragte Catharina. »Warum willst du das Mädchen heiraten?«

»Catharina, abgesehen davon, dass sie mein Herz gewonnen hat, und das schon vor Jahren, trägt sie mein Kind. Ist dir das Grund genug?«

»Du hast die Magd geschwängert? Gottegot, dafür hätte dir ja kein besserer Zeitpunkt einfallen können.« Catharina schluckte. »Aber das ist doch nichts, was man nicht mit einer gewissen Summe bereinigen könnte.«

»Bist du noch bei Trost, Schwägerin?«, fragte Hermann fassungslos.

»Vrouw, du solltest nach unserem Kind sehen, jetzt«, murmelte Abraham.

Catharina schaute sich um, ihre Miene wirkte ungläubig. »Ihr könnt das doch nicht gutheißen? Sie ist eine Magd. Und wer sagt denn, dass es Dircks Kind ist?«

»Verdomme, Vrouw!« Abraham stand auf. »Geh und sieh nach dem Kind.«

Catharina schob ihren Stuhl zurück, sie schaute zu Rebecca, ihr Blick war voller Verachtung.

»Nein, warte«, sagte Hermann ruhig, aber kalt. »Catharina, hast du gehört, was Dirck gesagt hat?«

»Natürlich. Er hat die Magd bestiegen und geschwängert. Das passiert. Wir wollen ins neue Land aussiedeln, ein Vorhaben, das uns viel Geld kosten wird. Sie soll mitkommen. Schwanger, obwohl nicht klar ist, von wem das Kind ist.«

»Bezweifelst du, dass das Kind von Dirck ist?«

»Sie ist eine Magd, Schwager. Weißt du, was sie auf dem Markt treibt?«

Inzwischen weinte Rebecca haltlos.

»Nein«, sagte Hermann, »das weiß ich nicht. Aber ich weiß, dass du es auch nicht wissen kannst, denn du gehst nie zum Markt. Du überlässt alle harten Arbeiten den anderen Frauen dieses Haushalts. Rebecca, Margret und meine Frau leisten mehr als du. Warum sollen wir dich mitnehmen? Weißt du einen Grund dafür?«

Catharina schnappte empört nach Luft, sah Abraham an, doch er senkte den Kopf.

»Nein, Catharina, ich will keine Antwort«, sagte Hermann leise. »Ich will gar keine Antwort von dir, aber ich fordere, dass du dich zurückhältst. Dirck hat Rebecca erwählt. Er liebt sie, und nur ein Blinder konnte das übersehen. Er liebt sie, und ganz sicher trägt sie sein Kind. Sie werden heiraten. Rebecca wird einen Erben des Hauses op den Graeff gebären.« Hermann hielt inne, atmete tief ein. »Und ich will nie wieder ein böses Wort über Rebecca hören. Gute Nacht, Schwägerin.«

Catharina drehte sich um und ging. Die Tür fiel krachend hinter ihr ins Schloss.

Alle schwiegen für einen Moment, dann hob Esther den Becher. »Auf Dirck und Rebecca. Ich freue mich sehr für euch!«

»Ich auch«, sagte Margaretha. Zum ersten Mal seit Tagen fühlte sie sich wieder leicht, die dunkle Wolke an Ängsten, die bisher über ihr geschwebt hatte, schien verwunden. Mit Rebecca und Esther an meiner Seite werde ich alles meistern, dachte sie.

Am nächsten Morgen setzten sich Gretje, Esther und Margaretha zusammen und schrieben Listen. Sie notierten, was sie alles an Besitz hatten, wie viel Geschirr und Steingut sie besaßen, was an Kleidung und an Tuch vorhanden war. Nur Catharina gesellte sich nicht zu ihnen. Abraham ließ ausrichten, dass sie an Kopfschmerz litt. Gretje bereitete einen Aufguss aus Frauenmantelkraut zu, gab diesen Abraham für seine Frau mit.

»Sie soll einen Teil trinken, in den anderen Teil ein Tuch tunken und sich dieses auf die Stirn legen. Das wird den Schmerz lindern«, sagte Gretje.

Esther und Margaretha warfen sich einen belustigten Blick zu. »Kopfschmerzen, so, so«, sagte Margaretha leise.

Gretje wartete, bis Abraham die Küche verlassen hatte, dann setzte sie sich an den Küchentisch.

»Meisjes, ich kann euch gut verstehen. Hermann hat mir gesagt, was sich gestern Abend zugetragen hat. Das war nicht schön von Catharina. Aber sie ist ein Mitglied unserer Familie. Und sie wird es bleiben. Wir wandern nach Pennsylvania aus und werden aufeinander angewiesen sein. Häme und Streit sind da nicht am Platze.«

»Rebecca wird auch ein Teil der Familie sein, Moedertje. Was ist mit ihr? Muss sie Catharinas Benehmen ertragen?«, fragte Margaretha.

»Catharina hat gestern doch deutliche Worte zu hören bekommen, wenn mich nicht alles täuscht. Sie wird darüber nachdenken, und ich bin mir sicher, sie wird sich entsprechend verhalten.«

»Moedertje, du weißt doch, wie sie ist. Ich kann mir gar nicht vorstellen, dass sie mit uns zieht. Die Reise wird nicht einfach werden, die erste Zeit sicherlich auch nicht. Catharina ist nicht dafür geschaffen. Sie weiß es, und sie wird ihren Unmut an uns auslassen«, sagte Esther bedächtig.

»Vielleicht ist das eine Prüfung, die wir bestehen müssen. Ich verstehe dich und deine Gedanken, aber wir können sie ja nicht hier lassen. Sie ist Abrahams Frau, die beiden scheinen glücklich miteinander zu sein. Das ist etwas, was ich all meinen Kindern wünsche. Hermann hat es mit dir gut getroffen, Esther, so wie wir auch. Rebecca ist schon lange ein Teil der Familie, mehr als eine Magd.« Gretje lächelte. »Vielleicht war das eine Fügung des Schicksals, denn ansonsten könnten wir sie sicherlich nicht mitnehmen, das würde ihr Vater nicht zulassen.«

»Was ist, wenn er die Heirat nicht erlaubt?«, fragte Margaretha leise.

»Das wird er schon, da bin ich mir sicher.« Wieder lächelte Gretje. »Die beiden Brautleute sind unterwegs zum Platenhof, um das zu klären. Und anschließend werden sie beim Konsistorium vorsprechen und um einen Dispens bitten, denn das Aufgebot können sie nicht einhalten.«

»Hoffentlich geht das alles gut«, murmelte Margaretha besorgt.

Gretje legte ihr die Hand auf den Arm. »Das wird es. Und nun lasst uns schauen, was wir an Besitztümern haben und was wir mitnehmen wollen.«

Die Entscheidungen fielen ihnen nicht leicht. Im Nachbarhaus klapperten die Webstühle rhythmisch, die Reste an Flachs sollten noch verwebt werden. Gegen Mittag kehrten Rebecca und Dirck zurück. Rebecca kam schüchtern in die Küche, während Dirck Hermann am Webstuhl ablöste.

Hermann nahm seinen Mantel und den Hut und ging in die Stadt, eine Menge Dinge mussten geregelt werden, und plötzlich erschien es so, als liefe ihnen die Zeit davon.

Am frühen Abend nahm Margaretha ihr Schultertuch und rief den Hund. Die Luft war lau, noch war es nicht wirklich dunkel. Sie hatte das Gefühl, eine Weile für sich sein zu müssen. Viele Gedanken schwirrten ihr durch den Kopf. In der Gasse traf sie einen Boten.

»Ihr seid doch Mejuffer op den Graeff?«, fragte der junge Mann.

»Ja.«

»Ich komme aus Uerdingen, von der Fähre. Ich habe einen Brief für Euch.« Er reichte ihr den Umschlag, nickte ihr zu und ging.

Verwirrt suchte Margaretha in ihrer Manteltasche nach einer Münze, doch der Mann entfernte sich zu schnell. Sie nahm den Umschlag in beide Hände. Ihr Name stand deutlich geschrieben auf der Vorderseite. Sie brach das Siegel und öffnete das Schreiben.

»Liebe Mejuffer op den Graeff,
so schnell als möglich möchte ich mein Versprechen, Euch zu schreiben, einhalten.
Vor einem Tag habe ich Krefeld verlassen, und noch immer bin ich in Gedanken in Eurem Haus, rieche die Düfte der reichhaltigen Küche, höre die vielen Stimmen Eures Haushalts. Der Eindruck, den Eure Familie bei mir hinterlassen hat, ist tief und prägend. Eure Familie ist die letzte, die ich auf meiner Reise im Namen der Frankfurter Land Compagnie besucht habe. Von jetzt an werde ich meine Kraft und mein Bestreben auf die Reise lenken. Doch Eure fröhliche und freundliche Familie wird immer als Bild vor meinen Augen stehen. Irgendwann einmal möchte ich auch Teil so einer Familie sein.«

Margaretha hielt inne. Gut, dachte sie, dass Ihr am gestrigen Abend nicht mehr hier wart, dann wäre Euer Eindruck von der harmonischen Familie sehr plötzlich in sich zusammengefallen. Sie lachte leise, dann schaute sie sich um. Immer noch stand sie auf der Straße, um sie herum gingen Menschen, Pferde trabten entlang, und Fuhrwerke suchten ihren Weg. Dies war kein Ort, um den Brief zu lesen. Doch die Küche daheim, inmitten der Vorbereitungen für das Abendessen, war auch kein passender Platz. Um auf ihr Zimmer zu gelangen, musste sie durch die Küche, und das würde nicht ohne Fragen gehen.

Sie schlug den Weg zu der kleinen Gasse ein, die hinter den Häusern und zwischen den Gärten entlangführte, eilte diese hinunter. Die Gartenpforte war verschlossen, doch hinter einem losen Stein in der Mauer, den nur sie und Dirck kannten, befand sich ein Schlüssel. Sie hatten ihn dort deponiert, um heimlich das Haus verlassen und genauso zurückkehren zu können. Schon eine Weile, seit die Stimmung in der Stadt schwierig geworden war, hatten sie ihn nicht mehr benutzt. Doch nun tat er seinen Dienst. Margaretha öffnete die Pforte und ging in den Garten. Am Stall setzte sie sich auf die kleine Gartenbank. Jonkie seufzte und legte sich ihr zu Füßen.

Margaretha öffnete den Brief erneut und las weiter.

»Doch bevor ich an eine Familie denken kann, muss ich erst einmal die Wagnisse dieser Reise bestehen. Von Eurem Haus aus wanderte ich mit schnellem Schritt nach Uerdingen. Man hatte mir versichert, dass ich dort jederzeit auf einem der Lastkähne den Rhein hinunterfahren könne, aber als ich das Städtchen erreichte, lag kein Lastkahn am Kai. Man konnte mir auch keine Auskunft darüber geben, ob ich am nächsten Tag bessere Möglichkeiten haben würde. Obgleich ich mich schon an den Gedanken gewöhnte, dass meine weitere Reise sich verzögern würde, war mir das Glück hold. Die Postkutsche traf ein. Mit ihr konnte ich bis nach Moers weiterreisen. Die Stadt erreichten wir gegen Abend, und ich nahm dort ein Nachtquartier. Am nächsten Tag, also heute, hatte ich wieder Glück und konnte bei jemandem in der Kutsche bis nach Goch fahren. Die Straße, das muss ich zugeben, war so schlecht, dass wir ordentlich durchgeschüttelt wurden. Doch die Landschaft mit den Feldern und Weiden, den dichten Wäldern und

den vielen Wasserläufen hat mich für die holperige Fahrt entschädigt. Das eine oder andere Mal mussten wir aussteigen und neben dem Gefährt gehen, wenn der Weg gar schlecht war oder die Steigung zu hoch. Aber auch das machte mir nichts aus. Wir erreichten Goch. Nun sitze ich hier in einem kleinen Gasthof, labe mich an Brot und Wein und schreibe Euch schnell diese Zeilen. Die Postkutsche fährt heute Abend noch zurück nach Moers. Von dort soll ein Bote Euch diesen Brief überbringen. Ich hoffe, meine Zeilen erreichen Euch bei bester Gesundheit, und verbleibe mit hochachtungsvollen Grüßen auch an Eure Familie
Euer
Franz Daniel Pastorius«

Margaretha ließ das Blatt auf ihre Knie sinken. In Goch war er nun, nein, inzwischen war er sicher schon weitergereist. Sie las den Brief erneut, sog die Beschreibung in sich auf. Wie würden sie reisen? Mit dem Kahn? Oder zu Fuß? Würden sie auch über holperige Wege gehen? Die Nächte im Gasthof verbringen? Sie wusste es nicht. Der Gedanke an die ungewisse Zukunft machte sie bange.

Doch dann schüttelte sie den Kopf, faltete den Brief sorgfältig und steckte ihn in die Schürzentasche. Ob er noch einmal schreiben würde? Sollte sie ihm antworten? Sie war sich nicht sicher. Den ganzen Abend über grübelte sie darüber, schließlich ging sie zu Bett, ohne eine Entscheidung getroffen zu haben. Der Vollmond erleuchtete den Garten hell. Sie konnte nicht in den Schlaf finden. Nachdem sie sich von einer Seite auf die andere gedreht hatte, stand sie wieder auf. Sie nahm ihr Schultertuch und ging in die Küche. Im Herd glühten die letzten Reste des Feuers, es war angenehm warm. Mit einem Kienspann zündete sie die Kerze an, holte Papier, Federkiel und Tinte aus der Stube und setzte sich an den Küchentisch.

»Mein lieber Mijnheer Pastorius,
heute erreichten mich Eure Zeilen, die Ihr gestern in Goch geschrieben habt. Überraschend schnell hat der Bote den Weg hierher gefunden.
Ich habe Eure Zeilen voller Erwartung gelesen, denn, und dies wird Euch freuen, meine Brüder haben beschlossen, Euch zu folgen und nach Pennsylvania zu ziehen.«

Sie hielt inne, las das Geschriebene noch einmal. Pastorius wusste, wie sie über dieses Vorhaben dachte. Sollte sie nun freundliche und nette Worte finden? Sie beschloss, weiterhin ehrlich zu ihm zu sein.

»Obwohl mich die Entscheidung nicht überraschte, habe ich mich dennoch noch nicht ganz mit dem Gedanken abgefunden, nun bald mein Zuhause verlassen zu müssen. Ich möchte Euch jedoch nicht verhehlen, dass Eure Worte mich aufgemuntert haben. Die Beschreibung der Reise interessiert mich sehr, denn schon bald werden wir uns auch auf den Weg machen.
Ich würde mich freuen, mehr von Euch zu hören und verbleibe mit herzlichen Grüßen
Margaretha op den Graeff«

Margaretha überlegte, ob sie noch etwas hinzufügen sollte, unterließ dies jedoch dann. Pastorius hatte eine Adresse in Rotterdam hinterlassen, an diese würde sie den Brief schicken. Sie faltete den Bogen Papier zusammen, versiegelte ihn und legte ihn auf ihre Kleiderkiste. Am nächsten Morgen gab sie dem Knecht eine Münze und den Brief, bat ihn, diesen jemandem mitzugeben, der zur Poststation in Uerdingen fuhr.

Am späten Nachmittag klopfte es an die Haustür. Margaretha knetete gerade den Brotteig und bat Samuel, der in der Küche mit seinen Holztieren spielte, die Tür zu öffnen. Die

Männer webten mit aller Kraft, Gretje, Esther und Catharina waren auf dem Dachboden und sortierten die Besitztümer.

Samuel ging zur Tür und kam mit einem Brief zurück. Erstaunt sah Margaretha, dass ihr Pastorius ein weiteres Mal geschrieben hatte.

»Leg den Brief auf das Fensterbrett«, sagte sie. Doch dann siegte ihre Neugierde, und sie strich den klebrigen Teig von ihren Fingern, wusch sich die Hände und trocknete sie sorgfältig ab. Sie nahm den Brief, drehte ihn ein paar Mal in den Händen, brach schließlich das Siegel. Sorgfältig strich sie das Blatt glatt.

»Liebe Mejuffer op den Graeff,
ich hoffe, mein erster Brief hat Euch erreicht. Heute bin ich von Goch aus weitergereist. Diesmal hatte ich nicht soviel Glück wie gestern, nur ein Fuhrwerk nahm mich mit. Habe ich mich gestern über den holperigen Weg beklagt, möchte ich das heute wieder zurücknehmen. Neben Ferkeln und alten Kohlköpfen zu sitzen entbehrt jeder Romantik, da mag die Landschaft noch so schön sein. Schön war auch das Wetter an diesem Tag nicht. Morgens hielt sich der Nebel lange über den Feldern. Nachdem wir dann die Maas auf einer sehr schaukelnden Fähre überquert hatten, setzte ein feuchter Nieselregen ein. In den Niederlanden herrscht ein gemächliches Tempus, so scheint es mir. In Nijmegen verließ ich den Karren und suchte nach einer anderen Möglichkeit weiterzukommen. Doch es war schon zu spät am Tag, und das scheußliche Wetter hinderte mich daran, zu Fuß zu gehen. Ich werde die Nacht hier verbringen. Beim spärlichen Licht einer Kerze schreibe ich Euch diese Zeilen und hoffe, sie erreichen Euch. Ein Fährmann, der mit mir in diesem schlichten Gemäuer übernachtet, wird den Brief mitnehmen und weiterleiten.

Ich traue mich kaum zu fragen – hat Eure Familie eine Entscheidung getroffen? Mich bewegt dieser Gedanke sehr, denn diese Entscheidung, ob nun dafür oder dagegen, wird Euer Leben verändern. Auf der Fahrt heute, so schaukelnd und unbequem sie war, musste ich immer wieder an Euch denken. An das erste Mal, als wir uns vor der Stadt getroffen haben und Ihr so unbefangen, offen und freundlich mit mir gesprochen habt. Ihr kamt aus dem Wallgarten, hattet Euren Neffen an der Hand. Obwohl Ihr den ganzen Tag im Garten gearbeitet hattet, wirktet Ihr munter und fröhlich. Eure Wangen waren gerötet, die Augen strahlten. Für mich ward Ihr der Inbegriff des Lebens, so frisch und aufgeweckt. Verzeiht, wenn das ein wenig seltsam klingt. Ich stehe auf der Schwelle zur Abreise in eine fremde Welt und rufe mir gerade die Bilder des Lebens hier ins Gedächtnis. Ich möchte nicht fahren ohne wirkliche Überzeugung. Bisher hatte ich die. Ohne Frage wollte ich ein neues, ein Leben mit Gott und für den Glauben in einer fremden Welt beginnen. Alle Fragen, alle Zweifel, denen ich bislang begegnet bin, konnte ich für mich abwiegeln. Doch dann traf ich Euch, Mejuffer op den Graeff. Eure Fragen waren anders als die der anderen. Eure Fragen haben mein Herz getroffen. Ist das Aussiedeln in eine fremde Welt, auf einen fernen Kontinent nicht eher eine Flucht? Kann man nicht wahrlicher seinen Glauben da vertreten, wo er abgelehnt und verfolgt wird? Flieht man in eine andere Welt, in ein neues Leben voller Hoffnung und lässt andere zurück, die nicht die Möglichkeiten haben?
Diese Fragen stelle ich mir, und ich stelle sie mir erst, seit ich Euch kenne. Noch komme ich zu keiner Antwort, doch mein Land habe ich schon gekauft. Noch habe ich nicht den Hafen erreicht, das Schiff nicht

betreten. Für mich gäbe es noch ein Zurück. Aber was ist mit Eurer Familie? Solltet Ihr aufbrechen, dann wäre es ein Abschied für immer. Das bedrückt mich plötzlich. Auch das Wissen, dass Ihr, Mejuffer op den Graeff, Euch der Entscheidung Eurer Brüder fügen müsst. Ihr würdet nicht voller Begeisterung reisen, nicht mit Überzeugung. Ihr habt keine Wahl. Das stimmt mich traurig. Ich hätte lieber, dass auch Ihr voll des Mutes, des Glaubens und der Hoffnung Pennsylvania erreicht.

Meine Kerze brennt nieder, der Tag war lang, die folgenden werden vermutlich länger. Ich schließe hiermit.

Euer

Franz Daniel Pastorius«

Margaretha ließ den Brief sinken, starrte in das Feuer des Kamins. Seine Worte wühlten sie auf. Sein Auftreten war so sicher gewesen, so überzeugt. Angst hatte er nicht gezeigt, als er vom Staat Pennsylvania berichtete. Und nun klangen Zweifel an. Zweifel, die er nicht benannte, sondern auf sie reflektierte. Obwohl sie mit der Entscheidung der Brüder haderte, stellte sie sie nicht in Frage. Es gab keine Möglichkeit für sie, in Krefeld zu bleiben. Darüber hatte sie auch nie nachgedacht. Sie liebte ihre Familie, wollte mit ihr zusammenbleiben, etwas anderes wäre ihr nie in den Sinn gekommen. Sie holte Papier, Federkiel und Tinte, schrieb eine Antwort.

»Lieber Mijnheer Pastorius,

auch Euer zweiter Brief hat mich erreicht. Ich sitze hier und lese Eure Zeilen. Vielleicht wäre es wirklich ehrlicher und gottfürchtiger, im Lande zu verbleiben und sich den Repressalien der Protestanten auszusetzen, gegen sie, aber für den Glauben, einzustehen. Doch das ist nicht das, was William Penn will. Er

möchte neu anfangen, in der neuen, in der sicherlich fremden und unbekannten Welt.
Diese Möglichkeit haben meine Brüder begriffen und wollen sie wahrnehmen. Ein Leben frei im Glauben. Eine wunderbare Vorstellung, die auch mich begeistert. Ihr habt mich falsch verstanden. Die Idee an sich finde ich berückend, sie fasziniert mich. Aber der Weg dahin, der Weg wird steinig und schwer. Ihr seid nun in Nijmegen. Dafür habt ihr drei Tage gebraucht, oder waren es vier? Wenn wir reisen werden, werden wir länger brauchen. Schon jetzt packen und sortieren wir. Unser Haushalt umfasst zehn Personen, die Kleidung, Nahrung, Betten und andere Dinge benötigen. Ihr reist bisher mit einem Kleidersack und ohne weiteres Gepäck. Habt Ihr Geschirr? Besteck? Werkzeug? Vorräte? Bisher brauchtet Ihr das nicht, seid bei Familien wie der meinigen untergekommen, habt gegessen, gebadet, in unseren Betten geschlafen. Nun schlaft Ihr in Gasthöfen. Reist schnell und vielleicht unbequem, aber Ihr seid alleine, Mijnheer Pastorius, wir werden es nicht sein. Andere haben sich unserer Familie angeschlossen. Es werden sieben oder acht Familien sein, die mit uns reisen. Gasthöfe und Fuhrwerke von Bauern werden wir nicht in Anspruch nehmen können, denke ich. Wie der Weg wird? Vermutlich holpriger als Eurer. Aber inzwischen sehe ich es mit mehr Gelassenheit. Gott wird uns führen. Er wird uns leiten.
Wir werden uns in Pennsylvania sehen, so Gott will.
Eure
Margaretha op den Graeff«

Sie versiegelte den Brief und gab ihn dem Knecht. Der nickte nur, nahm die Münze und machte sich auf den Weg.

Am nächsten Tag wartete sie auf den Boten mit einem weiteren Brief, doch es kam niemand. Auch am Tag darauf wartete sie vergebens. Margaretha begann, sich Sorgen zu machen. War Pastorius etwas zugestoßen? Oder war seine Euphorie, ihr zu schreiben, erloschen? Hatte er es sich möglicherweise anders überlegt und würde nicht nach Pennsylvania auswandern?

Währenddessen nahmen die Vorbereitungen im Hause op den Graeff Gestalt an. Die Stube wurde leer geräumt und ausgefegt. Immer mehr Stapel lagerten dort. Gretje sortierte Wäsche, Kleidung und Geschirr, die jungen Frauen wuschen, die Männer webten immer noch mit Hochdruck. Hermann und Abraham sprachen mit verschiedenen Interessenten, die die Häuser kaufen wollten. Das Vorhaben der Auswanderer hatte sich in der Stadt schnell herumgesprochen. Da Wohnraum Mangelware war, rückten die Familien in den Mittelpunkt des öffentlichen Interesses.

Jeden Abend fiel Margaretha erschöpft ins Bett, stand früh am nächsten Tag auf. Ihre Arme schmerzten, die Haut an den Händen war durch die Seifenlauge rissig geworden. Sie hatte keine Zeit mehr, sich Gedanken und Sorgen zu machen. Als am Ende der Woche der Bote einen weiteren Brief von Pastorius brachte, freute sie sich dennoch sehr. Sie schlich sich wieder in die Ecke hinter der Scheune, holte tief Luft und versuchte zur Ruhe zu kommen, bevor sie den Brief öffnete.

»Liebe Mejuffer op den Graeff,
ich habe Rotterdam erreicht und Eure Briefe vorgefunden. Mein Herz hat vor Freude gejubelt. Ich gestehe, ich hatte mit Bangen darauf gehofft, ein Zeichen von Euch vorzufinden. Es hat mich einige Überwindung gekostet, Eure Briefe zu öffnen und zu lesen, befürchtete ich doch zu hören, dass sich Eure Familie anders entschieden hätte.
Und nun sitze ich hier, halte Eure Schreiben in meinen Händen und weiß nicht, ob ich lachen oder weinen soll. Mich plagt das schlechte Gewissen, denn im

Grunde meines Herzen weiß ich ja, dass Ihr nichts lieber tätet, als in Krefeld zu bleiben. Das ist Euch aber nicht vergönnt, und ich trage Schuld daran.
Liebe Mejuffer op den Graeff, aber dennoch freue ich mich unbändig, denn es bedeutet, dass wir uns wiedersehen werden. Ich werde Eure Ankunft in Philadelphia erwarten, und ich werde alles dafür tun, dass Ihr Euch dort wohlfühlt.
Nun bin ich also in Rotterdam angekommen, eine große und unruhige Stadt. Die Handelskontore sind voller Waren aus aller Welt. Gerüche und Geräusche, wie ich sie selbst in Frankfurt nie erlebt habe, strömen auf mich ein und überwältigen mich.
Dies ist nur eine Etappe auf meiner Reise, und doch werde ich mich einige Tage in der Stadt aufhalten müssen, obgleich ich nichts lieber täte, als sofort in die Neue Welt abzureisen. Zuvor werde ich mich jedoch um die Belange der Frankfurter Land Compagnie kümmern müssen. Ich habe hier zwei ehrenhafte und gottesfürchtige Mitstreiter gefunden, der eine ist sogar Eurer Familie bekannt, denn seine Familie stammt aus Krefeld. Es ist der Kaufmann Jacob Telner. Mit ihm und Mijnheer Benjamin Furly von der Frankfurter Land Compagnie werden wir alle weiteren Schritte einleiten, damit Eure Familie und alle anderen, die sich Euch angeschlossen haben, alles zu Eurer Zufriedenheit vorfinden. Ein Schiff ist schon gefunden, liegt in Gravesend, dem Hafen vor London. Noch ist das Schiff nicht reisefertig, und ich werde mir eine andere Überfahrt suchen müssen. Doch davon später mehr. Nun drängen mich die Geschäfte.
Ich verbleibe vorerst mit aufrichtigen Grüßen und großer Freude
Euer
Franz Daniel Pastorius«

Ein Schiff lag also schon bereit. Margaretha lehnte sich zurück, ließ die Sonne auf ihr Gesicht scheinen und schloss die Augen. Wie mochte so ein Schiff aussehen? Wie würden sie darauf Platz finden? Alle Mutmaßungen brachten sie nicht weiter, sie würde abwarten müssen.

Auch Hermann hatte Post aus Rotterdam erhalten. Er hatte Pastorius geschrieben und um Verträge gebeten. Die op den Graeffs hatten sich entschlossen, Land bei der Compagnie zu kaufen und es nicht zu pachten. Die Brüder unterschrieben die Verträge, schickten sie zurück in die Niederlande. Margaretha gab dem Boten heimlich ihren Brief, den sie nachts an Pastorius geschrieben hatte.

»Mein lieber Mijnheer Pastorius,
unsere Vorbereitungen nehmen Gestalt an. Schon jetzt sind einige Kisten gepackt, Wäsche zusammengelegt und Listen geschrieben. Meine Brüder wären lieber gestern als morgen abgereist. Auch mich hat inzwischen das Reisefieber erfasst. Eure Zeilen über die gefüllten Handelskontore machen mich neugierig. Doch der Gedanke an die lange Seereise verschreckt mich. Wie habe ich mir das Schiff vorzustellen? Wie viele Personen finden Platz darin und wo? Gibt es Kämmerchen oder Schlafquartiere? Gibt es einen Raum für die Vorräte? Wo wird gekocht, oder ist das gar nicht möglich? Wie lange dauert die Schiffsreise? Diese und viele weitere Fragen stelle ich mir. Was könnt Ihr uns ans Herz legen, was ist wirklich wichtig für das Leben in der neuen Welt? Was müssen wir auf jeden Fall mitnehmen und dürfen wir nicht vergessen? Wäre es Euch möglich das herauszufinden? Nur, wenn Eure Arbeit Euch Zeit dazu lässt. Aber ich wäre Euch zutiefst verbunden, wenn ich Antworten erhalten würde.
Erwartungsvoll,
Eure Margaretha op den Graeff«

Nur drei Tage später erhielt sie den nächsten Brief.

»Meine liebe Mejuffer op den Graeff,
wie froh mich Eure Zeilen stimmten. Da war kein Zweifel mehr zu lesen, nein, indess, die Reiselust, die auch mich erfasst hat, scheint Euch gepackt zu haben. Seid Euch versichert, es lohnt sich. Das sind keine leeren Worte, Mejuffer op den Graeff, nein, es ist ein Versprechen für eine bessere Zukunft.
Das Schiff, das für Eure Fahrt gerade bereit gemacht wird, ist ein Dreimaster mit dem Namen ›Concord‹. Das Schiff ist mit Geschützen ausgestattet. Es wird ausreichend Schlafplätze geben, wurde mir versichert. Es gibt die Möglichkeit, an Bord zu kochen, aber nicht zu backen. Schiffszwieback wird deshalb immer ausreichend mitgeführt.
Das hört sich für Euch sicher auch so fremd an wie für mich, und doch werden wir diese Reise überstehen. Ich werde am Ende der Woche nach England segeln und weiß nicht, wie schnell ich eine Überfahrt in die Neue Welt bekommen kann. Ich hoffe, sehr schnell, denn nun zieht es mich mit aller Macht dorthin. Deshalb werde ich nicht warten, bis die ›Concord‹ seetauglich und beladen ist, sondern Euch voraussegeln.
Ihr solltet Kleidung mitnehmen, fest und wettertauglich, für zwei Jahre, Schuhe desgleichen. Eisen zum Bauen, welches Ihr in England erwerben könnt. Handwerkzeuge wie Hammer, Säge, Axt habt Ihr ja sicherlich. Gute Messer sind auch von Vorteil. Stricke jeder Art sind wichtig, Fischernetze und Flinten zur Jagd. Mir widerstrebt es, Waffen zur Hand zur nehmen, mein Glaube spricht dagegen, aber in langen Gesprächen habe ich mich davon überzeugt, dass es unabdingbar ist, Feuerwaffen ordentlich gebrauchen

zu können. Als Schutz gegen die wilden Tiere und zur Jagd. Erwerben solltet Ihr auch Öl, Hirse, Reis – das bekommt Ihr vor Ort günstiger als in Krefeld. Hier werden diese Dinge aus aller Welt angeliefert und weiterverkauft. Belastet Euch also nicht mit diesen Grundstoffen auf der Fahrt hierher. Feld- und Gartensamen werdet Ihr sicher haben, weitere können hier erworben werden. Kessel, Geschirr und irdene Töpfe solltet Ihr mitnehmen. Sicherlich wird mir noch das eine oder andere einfallen. Die meisten Dinge mögen längst auf Euren Listen stehen oder schon verpackt sein.

Während ich durch die Straßen dieser Stadt wandelte, kam ich an mancher Kirche vorbei. Auch hier gibt es die Gemeinschaft der Freunde, und sie versammelt sich regelmäßig, übt den Dienst an Gott gemeinsam in stiller Andacht aus. Trotzdem zog es mich in das eine oder andere Gotteshaus, nicht um das Wort der Schrift zu hören, sondern den wunderbaren Klängen zu lauschen. Eine Orgel ist ein gar wundersames Instrument. Der Blasebalg erzeugt Luft, die den Pfeifen den Klang geben. Der Organist spielt das Instrument auf Tasten. Nun ja, in einer Kirche hörte ich ein Stück, das mir nicht mehr aus dem Kopf gehen will. Es ist ein Kanon, ein Lied, dessen Teile sich wiederholen und aufgreifen. Ein Johann Pachelbel soll es geschrieben haben. Diese Musik hat meine Seele berührt und mir eine Gänsehaut verpasst. Wenn Ihr in Rotterdam seid, versucht, das Stück zu hören. Überhaupt ist es eine laute Stadt. Abgesehen von den Rufen der Marktleute, der Kutscher, der Ausrufer und der Menschen, die sich etwas zuschreien, um den Lärm der Straße zu übertönen, ist diese Stadt voller Musik. Bisher hat mich Musik nie interessiert. Wenige Kirchenlieder konnte ich mitsingen, doch hier berührt die Musik meine Seele. Wie trunken taumelte ich wieder auf die Straße, lief durch die Gassen, nur um am nächsten Tag abermals diese Kirche aufzusuchen. Doch dort war niemand bis auf den Pastor, der mich verwirrt ansah, als ich ihn nach der Musik vom Vortag befragte. Man hätte für eine Hochzeit geübt, er wisse nicht, welches Lied das war und ich solle später wiederkommen. Das tat ich. Und ich hörte wiederum dieses Lied, diesen Kanon. Meine liebe Margaretha op den Graeff, mich hat diese Musik so berührt, so gefasst. Dieses Ineinandergreifen der schlichten und simplen Melodien, es war für mich wie der Gesang der Engel. Gott braucht nicht nur unser Stillschweigen, auch Musik ist Lob. Da bin ich mir nun gewiss, auch wenn dies nicht mit dem Gedankengut der Quäker zusammenpasst.

Liebe Margret, ich hoffe, ich darf Euch so nennen, ich bete zu Gott, dass auch Ihr diese Musik hören könnt, denn in der Neuen Welt wird es das für lange Zeit nicht geben, und doch sollten wir wenigstens den Gedanken daran mit uns führen.

Herzlichst Euer

Franz Daniel Pastorius«

Musik, dachte Margaretha und lachte leise. Pastorius war ein Schöngeist. Statt sich um Geschirr und Wäsche zu kümmern, Werkzeug zu besorgen und nach Verpflegung zu schauen, verglich er Klänge in einer Kirche mit dem Gesang der Engel. Sie hoffte inständig, dass er sich mit der gleichen Inbrunst um das Land für die Auswanderer kümmern würde.

Kapitel 25

Mitte Mai, kaum einen Monat, nachdem Franz Daniel Pastorius in Krefeld gewesen war, waren die inzwischen dreizehn Familien bereit, die Stadt zu verlassen. Das Gepäck war gepackt, die Häuser und Gärten waren verkauft. An einem frühen Morgen trafen sich die Auswanderer mit ihren Karren und Wagen am Schwanenmarkt. Dann zogen sie durch das Obertor aus der Stadt hinaus, wandten sich auf dem Münkersweg in Richtung Linn.

Noch einmal ging Margaretha durch die leeren Räume, schaute auf den Hof und strich mit den Fingerspitzen über das schrundige Holz des Küchentisches. Ihr Hals fühlte sich zugeschnürt an, der Mund trocken, und ihre Augen brannten. Tränen hatte sie keine mehr. In den letzten Nächten war sie kaum zur Ruhe gekommen, immer wieder hatte sie die Verzweiflung gepackt, und meist weinte sie sich in den Schlaf. Der dicke Kater saß vor ihr und maunzte leise. Er würde hier bleiben, von dem Käufer übernommen werden, genauso wie die beiden Ferkel im Stall. Den meisten Hausrat, den sie nicht mitnehmen konnten, hatten sie verkauft oder verschenkt. Wieder sah sich Margaretha um, ohne die Kessel und Töpfe, ohne die getrockneten Kräutersträuße ihrer Mutter wirkte das Haus seltsam fremd.

Sie drehte sich um und ging. Krachend fiel hinter ihr die Tür ins Schloss. Obwohl sie gedacht hatte, dass sie nie wieder würde weinen können, schossen ihr die Tränen in die Augen.

Langsam ging sie die Straße entlang zum Schwanenmarkt, rieb sich die Tränen in die Wangen und atmete tief durch. Zum letzten Mal ging sie hier entlang, zum letzten Mal sah sie den großen Brunnen auf dem Marktplatz. Sie war nicht die Einzige, die trauernd Abschied von der Stadt nahm, etliche bedrückte Gesichter waren unter den fast fünfzig Auswanderern zu sehen. Es dauerte eine Weile, bis der Tross sich aufgestellt und langsam in Bewegung gesetzt hatte. Ein letztes Mal schritten sie durch das große Tor. Viele drehten sich um, als sie die Straße entlanggingen, und warfen noch einen Blick auf die Stadt, die ihre Heimat gewesen war. Margaretha blickte nicht zurück. Sie wusste, sie würde die Stadt nie wieder sehen. Schließlich hob sie ihren Kopf, atmete tief durch und straffte die Schultern. Was immer auch nun kommen mochte, sie würde es ertragen.

Jonkie lief neben ihr, schaute sie hin und wieder verwirrt an.

»Ja«, murmelte Margaretha. »Nun ist es wahr. Wir ziehen von dannen.«

In ihrer Manteltasche war der jüngste Brief von Pastorius. Sie hatte ihn noch nicht gelesen, wollte sich Zeit dafür nehmen. Fast täglich waren Briefe zwischen ihnen ausgetauscht worden, über dreißig hatte sie nun von ihm, die sie in Wachstuch gewickelt in ihrer Kleiderkiste aufbewahrte. Sie hatte das Gefühl, den Mann durch die Korrespondenz zu kennen, fast so, als hätten sie viel Zeit miteinander verbracht. Sie kannte seine Wünsche und Hoffnungen, die er in das Leben in der Neuen Welt setzte, sie wusste von seinem Traum nach einer Familie, so wie er sie als Kind nie erlebt hatte. Er hatte ihr seine kleinen Schwächen gebeichtet, seine Ängste. Obwohl er mit viel Enthusiasmus in die Neue Welt zog, fürchtete er sich doch davor, dort nicht bestehen zu können.

Margaretha hatte ihm von ihrer Furcht berichtet, aber auch von dem alltäglichen Geschehen in der Familie. Selbst wenn sie nicht so begeistert in die Neue Welt zog wie ihre Brüder, so freute sie sich doch auf ein Wiedersehen mit Pastorius. Er war zu einem Freund geworden, zu einem Vertrauten.

Pastorius hatte fünf Tage gebraucht, um von Krefeld nach Rotterdam zu reisen. Der Tross der Auswanderer brauchte länger. Wie Margaretha schon vorausgesagt hatte, konnten sie weder Postkutschen noch Gasthäuser in Anspruch nehmen. Die Quäker hatten ihr Hab und Gut auf Karren geladen. Nur die kleinen Kinder durften fahren, die anderen gingen nebenher. Langsam und behäbig ging es voran. Gegen Abend wurde das Nachtlager aufgeschlagen, Feuer entzündet und karge Kost gereicht.

Auf drei Wagen war die bewegliche Habe der Familien op den Graeff verteilt. Obwohl es so aussah, als hätten sie viel, war es dennoch wenig im Vergleich zu dem, was sie hatten zurücklassen müssen. Gretje hatte bei jedem Säckchen, jedem Gramm an Samen, Rinde oder Kräutern, das sie zurücklassen musste, gejammert. Catharina konnte nicht all ihre Kleider und Wäsche mitnehmen, was beinahe dazu geführt hatte, dass die Familie Abraham op den Graeff in Krefeld verblieben wäre. Abraham überzeugte seine Frau von der Abreise mit dem Versprechen, dass sie in Jahresfrist angemessenen Ausgleich bekommen würde.

Esther war es schwergefallen, das gute Geschirr ihrer Großmutter zurückzulassen. Schweren Herzens schenkte sie es schließlich ihrer Schwester.

Rebecca fiel der Abschied aus der Stadt schwer, denn sie ging nicht im Guten. Obwohl ihr Vater schließlich der Hochzeit zugestimmt hatte, schickte er seine Tochter ohne versöhnende Worte fort. Dirck ehelichte sie, nachdem er den Dispens bekommen hatte, in aller Stille.

»Wir holen die Feier nach, hat er gesagt.« Rebecca folgte neben Margaretha dem Wagentross.

»Das werden wir bestimmt, Hartje, wenn wir erstmal in der Neuen Welt angekommen sind. Ich bin froh, dich zur Schwägerin zu haben.«

»Danke.« Rebecca senkte den Kopf. Es war seltsam für sie, plötzlich nicht Magd, sondern Teil der Familie zu sein, obwohl sich ihre Aufgaben nicht verändert hatten. Bis auf Catharina gingen alle sehr herzlich mit ihr um. Catharina strafte sie mit Missachtung.

»Was wirst du am meisten vermissen, Margret?«

»Das weiß ich noch nicht. Ich kann es mir gar nicht vorstellen, wie das Leben dort sein wird. Bisher habe ich immer ein Bild im Kopf – Häuser, so wie wir sie hatten, nur die Umgebung etwas anders. Aber wie kann ich ja noch gar nicht sagen. Es ist diese Ungewissheit, dieses Unbekannte, was mich unruhig werden lässt. Aber alles wird sicher gut werden.« Margaretha schaute sich um, pfiff den Hund zu sich, der im Gesträuch neben dem Weg auf Jagd gegangen war. Sie war froh, dass sie Jonkie mitnehmen durfte. Der alte Kater fehlte ihr in jeder Nacht. Unter freiem Himmel zu schlafen war auch ungewohnt. Die letzten Jahre hatte sie alleine in ihrer Kammer geschlafen, nur der Kater teilte das Bett mit ihr. Davor war die kleine Eva mit im Zimmer gewesen. Doch das ließ sich nicht vergleichen mit der Unruhe, die in dem Nachtlager herrschte. Irgendein Kind schrie oder weinte immer, das Holz in der Feuerstelle knackte, im Gebüsch raschelte es, jemand hustete, seufzte, stöhnte. Wirklich zur Ruhe fand sie selten. Doch nach der ersten Woche siegte die Erschöpfung, und sie schlief ein, kaum dass sie ihr Lager bereitet hatte.

Vielleicht gewöhne ich mich auch nur an die Unruhe, dachte sie müde und wickelte sich in ihre Decke.

Zweimal hatte Margaretha die Möglichkeit, der Postkutsche einen Brief an Pastorius mitzugeben. Sie wusste allerdings nicht, ob die Briefe ihn noch erreichten oder ob er inzwischen ein Schiff für die Überfahrt gefunden hatte. Sie bekam vorläufig keine Briefe mehr von ihm. Er hatte ihr versprochen, weitere Billetts nach Rotterdam zu schicken. Margaretha freute sich darauf, auch auf die Stadt an sich, die er ihr so lebhaft beschrieben hatte.

Fast einen Monat brauchten sie, um nach Rotterdam zu gelangen. Der Weg schien unendlich zu sein, er zog sich hin, und die anfängliche Begeisterung wich dem Unmut. Die Nächte waren klamm, manchmal regnete es, dichter Nebel lag morgens über den Feldern und Wiesen, obwohl es schon Juni wurde. Manch einer der Schwachen, ob jung oder alt, bekam Husten oder Gelenkfieber. Gretje kochte Aufgüsse, rührte

Brei, machte Umschläge, kümmerte sich um die Schwachen und Kranken und gönnte sich kaum Ruhe. Ihre Kräutervorräte, die für das Leben in der Neuen Welt gedacht waren, wurden immer kleiner. Sie sah es mit Sorge.

»Ob ich noch Anis, Eibisch und Kampfer in Rotterdam bekomme?«, fragte sie mit Sorge.

»Ganz sicher, Moedertje.« Margaretha lachte leise. »Dort in den Handelskontoren gibt es alles und noch viel mehr, als du dir vorstellen kannst.«

»Woher willst du das wissen, Meisje?«, fragte Gretje misstrauisch. »Du warst nie da.«

»Das hat mir Mijnheer Pastorius geschrieben.«

Gretje sah sie an, schüttelte den Kopf. »Er hat dir viel geschrieben, nicht wahr? Du hast zwar versucht, es geheim zu halten, aber ich habe es dennoch bemerkt.«

»Ja.« Margaretha schluckte. »Wir haben uns geschrieben. Was ist schlimm daran?«

»Nichts, Meisje, gar nichts. Aber warum und worüber habt ihr euch geschrieben? Du kennst ihn doch gar nicht.«

Margaretha senkte den Kopf. »Wir haben nur Belanglosigkeiten geschrieben. Er hat mir von seiner Reise berichtet, von Rotterdam und London, über die Schiffe, die im Hafen liegen, über die Handelkontore.«

»Fast täglich?«

»Die Städte sind groß, so schrieb er. Es gab jeden Tag etwas Neues zu entdecken und zu berichten.«

»Und das war alles?« Gretje lachte leise. »Der Mann hat sich in dein Herz geschlichen, nicht wahr? Daran ist nichts Schlimmes, Pastorius ist ein gebildeter, ein zuvorkommender Mann. Wenn er sich in Krefeld niedergelassen hätte, wäre eure Bekanntschaft von Vorteil. Aber ich fürchte, in der neuen Welt wird er vor deinen Brüdern nicht bestehen.«

»Warum nicht?«

Gretje zog das Tuch über ihre Schultern, rückte näher zu ihrer Tochter. »Das ist nur meine Annahme, Hartje. Mijnheer

Pastorius ist bestimmt ein guter und gebildeter Mann, aber in der Neuen Welt werden andere Eigenschaften wichtiger sein. Zumindest vorerst. Du hast ihn gesehen. Traust du ihm zu, einen Baum zu fällen? Ein Haus zu bauen? Ein Schwein zu schlachten?«

Margaretha kicherte leise. »Ich weiß es nicht, aber ich glaube, dazu ist er kaum imstande.«

»Wie soll er dann für Frau und Familie sorgen, Meisje?«, fragte Gretje ernst.

»Moedertje, er hat bisher für sein Auskommen gesorgt, und ihm schien es nicht schlecht zu gehen. Wie es in der Neuen Welt wird, weiß doch keiner von uns. Gibt es einen Grund, ihn von vorneherein abzulehnen?« Margaretha schüttelte entsetzt den Kopf. »Das hätte ich nicht gedacht. Und außerdem – wir schreiben uns Briefe. Wir haben uns seit einem Monat nicht gesehen und werden uns vermutlich noch viele weitere Monate nicht sehen. Wir sind befreundet. Von einem Antrag war nie die Rede.« Entrüstet stand sie auf.

Gretje lachte. »Warum regst du dich dann so auf, wenn es nur ein flüchtiger Bekannter ist? Hartje, ich kenne dich. Sobald sein Name fällt, errötest du. Das ist dir vor vier Jahren das letzte Mal passiert, und da ging es um Jan Scheuten.«

Margaretha schnaubte. »Jan Scheuten? Ich weiß gar nicht, wer das ist.« Sie stand auf und pfiff nach dem Hund.

Als die Bebauung dichter wurde, die Straßen besser und breiter wurden, wussten sie, dass Rotterdam nicht mehr weit war. Mit Staunen traf der Tross am achtzehnten Juni in der Stadt ein. Benjamin Furly erwartete sie schon. Viele der Familien hatten Freunde oder Verwandte in der Stadt, bei der sie Unterkunft bekamen. Für die anderen hatte Mijnheer Furly Übernachtungsmöglichkeiten besorgt. Die Männer setzten sich zusammen und besprachen mit dem Bevollmächtigten der Land Compagnie nochmals ihr Vorhaben. Auch Jacob Telner stand ihnen beratend zur Seite. Während die Männer diskutierten, gingen die Frauen staunend durch die Stadt. Die hohen Häuser, das Kopfsteinpflaster der Straßen und der Hafen mit den Kauffahrteischiffen beeindruckten sie sehr. Gretje konnte ihr Glück gar nicht fassen. Sie hatte noch nie so viele Kräuter und Gewürze gesehen. Wie gebannt ging sie durch die Gassen, hob schnuppernd die Nase und sog die vielen verschiedenen Gerüche und Düfte in sich auf.

»Schau mal hier«, sagte Margaretha staunend. »Dies sind Gewürze aus Indien, von denen ich noch nie gehört habe. Kardamom – was ist das? Und hier, Muskatnüsse.«

»Ja«, sagte Gretje und zog sie weiter.

»Willst du nichts erwerben?«

»Noch nicht, ich möchte erst alle Angebote prüfen.«

In den nächsten Tagen ging Gretje von Händler zu Händler, wanderte durch den Hafen mit den vielen Handelskontoren und konnte sich nicht sattsehen und -riechen. Voller Begeisterung besprach sie den Zweck und Nutzen der verschiedenen Kräuter, Gewürze und Pflanzen, die aus aller Welt hierher gebracht und angeboten wurden.

Margaretha folgte ihr meistens, versuchte, so viel wie möglich in sich aufzunehmen und einzuprägen. Es war ein feuchter Sommer, die Luft im Hafen war gefüllt von üblen Ausdünstungen, von Gestank und klammer Kälte, die vom Wasser, das gegen die Kaimauern schwappte, hochzog.

Hermann, Esther und ihre Kinder waren zusammen mit Gretje und Margaretha bei Jakob Telner untergekommen, der Hermann schon vor drei Jahren aufgenommen hatte, als er aus Krefeld verbannt worden war. Die Familie des Kaufmanns stammte aus Krefeld, und er hatte engen Kontakt zu der Gemeinde gehalten.

Dirck, Rebecca, Abraham und Catharina wohnten bei entfernten Verwandten.

Obwohl sie sehr herzlich aufgenommen wurden, waren die räumlichen Verhältnisse sehr beengt. Trotzdem genoss es Margaretha, endlich wieder in einem Bett zu schlafen, ordentliche Speisen zuzubereiten und auch ein Bad nehmen zu können.

Zehn Briefe hatte Pastorius ihr geschrieben und nach Rotterdam geschickt. Der elfte kam, als sie einige Tage in der Stadt waren. Margaretha nahm den Brief und ging in den Hof. Dieser Hof war ganz anders als der, den sie in Krefeld gehabt hatten. Die Häuser standen hier dicht an dicht, es gab keinen Kräutergarten und auch keinen Stall. Der Abort befand sich hier und ein Brunnen, dessen Wasser jedoch nicht mehr genießbar war. Margaretha setzte sich auf eine Bank an der Hauswand und öffnete das Billett.

»Meine liebe Margret,
heute ist der siebte Juni. Es ist früh am Morgen, mein letzter Tag in der alten Welt. Gestern schon wurde mein Hab und Gut auf ein Schiff mit Namen ›Amerika‹ gebracht. Den Namen sehe ich als gutes Omen. Gleich werde ich meine restlichen Sachen packen und an Bord gehen. Dann werden wir in die Neue Welt, nach Amerika, segeln. Mein Herz pocht vor Aufregung, und mein Mund ist trocken, obwohl mir die Gastwirtin einen schmackhaften Wein gebracht hat. In den vergangenen Tagen habe ich noch einige Dinge gekauft, zu denen mir geraten wurde. Besonders Käse und Butter habe ich besorgt, denn die Schiffskost soll recht karg sein. Aber die Entscheidung ist getroffen, und jetzt gleich werde ich das Land verlassen und mich auf die Reise machen. Ich hoffe sehr, dass Ihr unterdessen wohlbehalten in Rotterdam angekommen seid, Eure Brüder alles schnell und gut mit Mijnheer Furly geklärt haben und Ihr Euch bald auf den Weg nach England macht. Hier wartet schon James Claypoole, ein Bruder im Glauben, auf Euch. Er kümmert sich um Eure weitere Reise und versucht alles, was für die Überfahrt wichtig ist, zu klären. Die

›Concord‹, das Schiff, das er für Euch angeheuert hat, liegt im Hafen, und die letzten Vorbereitungen werden getroffen.

Meine liebe Margret, ich höre den Burschen rufen, es ist so weit.

Ich lege mein Geschick in Gottes Hand und die des Kapitäns, bin voller Zuversicht, Euch in einigen Wochen wohlbehalten in Philadelphia begrüßen zu können.

Mit herzlichen Grüßen und vielen Gedanken

Euer

Franz Daniel«

Vor mehr als zwei Wochen hatte Pastorius ihr diese Zeilen geschrieben. Wie mochte es auf dem schaukelnden Schiff sein, umgeben nur von Wasser? Lange hatte sie im Hafen auf das Wasser geschaut, die Uferlosigkeit wirkte beängstigend. Wie mochte es sich anfühlen, inmitten all dieser Wellen zu sein, ohne Land in erreichbarer Nähe? Wurde man nicht verrückt vor Angst? Sie schob den Gedanken mit einem Schauern zur Seite. Bald schon würde sie wissen, wie es war.

Doch die Abreise der Auswanderer verzögerte sich. Die Brüder op den Graeff hatten ihr Land gekauft, aber manch anderer der Gruppe zögerte noch. Langwierige Verhandlungen führten die Männer mit Benjamin Furly. Immer wieder trafen sie sich auch mit anderen Mitgliedern der Gemeinschaft der Freunde. Fast jeden Abend wurde Andacht gefeiert, man bat Gott um Beistand bei dieser doch wichtigen Entscheidung. Nach zwei Wochen waren fast alle Dinge geklärt, aber nun zog eine Schlechtwetterfront auf. Erst erschien es so, als habe sich nur ein Gewitter über dem Meer zusammengebraut.

An diesem Tag war Gretje wieder mal im Hafen unterwegs. Immer noch suchte sie nach weiteren Heilpflanzen, Samen und Kräutern. Wie besessen ging sie jeden Tag in der Frühe los, das Angebot war so überwältigend, dass es ihr schwerfiel, etwas zu kaufen. Margaretha war in der Unterkunft geblieben und half Esther mit den Kindern. Der kleine Jacob litt an einem Fieber und quengelte. Samuel war verstockt und in sich gekehrt, er begriff nicht, warum die Familie das Heim verlassen hatte, und sehnte sich zurück nach Krefeld.

»Warum können wir nicht zurück, Tante Margret? Ich wünsche es mir so sehr«, sagte er betrübt.

Margaretha sah den kleinen Jungen an, der bedrückt neben Jonkie auf dem Boden saß, den Hund kraulte und mit aller Macht versuchte, die Tränen hinunterzuschlucken. Er dauerte sie.

»Wir sind doch auf der großen Reise, Hartje, und noch gar nicht am Ziel. Es wird noch eine Weile fortdauern, aber dann wird alles wieder besser werden. Solange müssen wir durchhalten.«

»Aber, Tante, hier geht es uns doch nicht gut. Es ist eng und unbequem, überall sind wir im Weg, und Jacob ist sogar krank geworden.« Er hob den Kopf und sah sie mit großen und traurigen Augen an. »Zuhause würde es uns besser gehen. Ich will nach Hause. Da war Jacob nie krank.«

Margaretha lachte leise. »Dein Bruder bekommt die ersten Zähne. Das ist ganz normal und oft von Fieber begleitet. Das wäre ihm in Krefeld ebenso ergangen. Komm mal her, Liefje, komm auf meinen Schoß.«

Samuel stand auf und ging zu ihr, zögernd kletterte er auf ihre Knie, dann seufzte er auf und drückte sich an sie. »Ich möchte so gerne nach Hause«, wisperte er.

»Ich weiß.« Margaretha wiegte ihn sanft. »Aber wir müssen noch durchhalten. Es dauert sicher nicht mehr lange, dann fahren wir mit einem Boot über die See nach England. Dort wartet schon ein großes Schiff auf uns. Es heißt ›Concord‹. Mit dem werden wir über das Meer segeln zu unserer neuen Heimat. Es ist aufregend und ungewohnt, und es macht nicht nur dir Angst. Aber dein Vater und deine Onkel haben sich gut überlegt, dass es so besser für uns ist. Ich vertraue deinem Vater.«

»Hast du auch Angst, Tante Margret?«, wisperte er.

»Ja, aber ich habe auch Vertrauen in Gott und in die Familie.«

»Dann will ich es auch versuchen.« Er schob den Daumen in den Mund, nuckelte daran und schlief in Margarethas Armen ein. Sie wiegte ihn, sah aus dem Fenster und versuchte, ihre Ängste zu bekämpfen und für ihn stark zu sein.

Der Himmel hatte sich inzwischen zugezogen, in der Ferne grollte es bedrohlich. Immer wieder lauschte Margaretha, aber auf der Stiege waren keine Schritte zu hören. Als der Regen einsetzte, legte sie Samuel auf das Bett und trat an das Fenster. Wie eine Wand fiel das Wasser vom Himmel, es blitzte und donnerte ohne Unterlass. Margaretha zog das Umschlagtuch enger um ihre Schulter und starrte besorgt nach draußen. Kein Mensch war mehr zu sehen. Das Pflaster auf der engen Gasse vor dem Haus schien sich in einen Bach verwandelt zu haben. Gretje würde sicher irgendwo Unterschlupf gefunden haben. Die Kerze, die auf dem kleinen Tisch stand, flackerte in der Zugluft. Als eine Windböe gegen das Haus schlug, ging die Flamme aus. Die Angst der Vorsehung erfasste Margaretha und kroch in ihr hoch. Wie gelähmt blieb sie in der Dunkelheit stehen, die immer wieder von dem grell leuchtenden Licht der Blitze durchzuckt wurde.

Erst spät am Abend ließ das Unwetter nach. Hermann hatte sich erfolglos auf die Suche nach Gretje gemacht und war nach einer Stunde durchnässt zurückgekehrt.

»Sie wird sich irgendwo untergestellt haben«, sagte er und schüttelte sich.

»Das denke ich auch«, meinte Esther. »Zieh die nassen Sachen aus, sonst holst du dir noch den Tod.« Sie trug den kleinen Jacob, wiegte und schaukelte ihn. Sein Fieber war heruntergegangen, aber er wollte nicht in den Schlaf finden.

»Ich hätte mit ihr gehen sollen«, sagte Margaretha leise.

»Ich bitte dich, Margret, was hätte das geändert?« Hermann schnaubte und schälte sich aus der nassen Joppe. »Seit mehr als zwei Wochen streift sie nun täglich durch das Handelsviertel und den Hafen. Sie wird sich nicht verlaufen haben, und gegen den Regen hättest du auch nichts tun können. Mach dir keine Sorgen, Mutter wird schon nach Hause kommen.«

»Wenn sie wenigstens Jonkie mitgenommen hätte …«

»Hat sie aber nicht, und nun male keine Schatten an die Wand, sondern frage lieber nach heißem Würzwein«, sagte Hermann und ging in die kleine Kammer, die er mit Esther bewohnte.

Der Morgen graute schon, als Gretje schließlich nach Hause kam. Sie schleppte sich die Stiege hoch, setzte sich entkräftet auf den Stuhl. Die Kinder schliefen, doch die Erwachsenen waren voller Sorge aufgeblieben.

»Endlich, Moedertje. Wo warst du? Wir hatten Angst um dich.« Margaretha half der Mutter aus den nassen und klammen Sachen. Hermann ging nach unten, um heißen Würzwein und Brühe aus der Küche zu holen, Esther schürte den kleinen Kamin.

»Es tut mir leid, Kinder«, sagte Gretje schwach. Sie nippte nur an dem Würzwein, bat Margaretha, ihr ins Bett zu helfen. Esther legte ihr einen heißen Backstein, den sie in ein Tuch gewickelt hatte, an das Fußende. Gretje schlief schnell ein, aber ihr Atem ging flach und unregelmäßig. Esther und Hermann zogen sich in ihre Kammer zurück, Margaretha versuchte, auch noch eine Weile zu ruhen, doch die Sorge hielt sie auf.

Bald schon rollten die ersten Karren über das Pflaster der Straße, die morgendliche Unruhe drang in die kleinen Räume, die sie bewohnten. Jacob wurde wach. Esther versorgte das Kind. Margaretha wusch sich flüchtig, dann ging sie in die Küche und half, das Frühstück vorzubereiten.

»Ein Sturm kommt auf«, sagte Mevrouw Telner besorgt.

Margaretha sah sie erstaunt an. »Aber der Regen hat doch nachgelassen.«

»Das Gewitter heute Nacht war nur ein Vorbote des Sturms, Meisje. Das Schlimmste kommt erst noch.«

Margaretha schaute aus dem Fenster. Immer noch jagten dichte Wolken über den Himmel, doch hin und wieder blitzte die Sonne hervor. »Es klart doch auf.«

»Seht Ihr, wie schnell die Wolken sich bewegen? Sie kommen vom Meer.« Mevrouw Telner war neben sie getreten. »Ich kenne das und spüre es auch in den Knochen, wenn ein Sturm aufzieht. Die Luft ist kälter geworden.«

»Und was bedeutet das?«

»Große Sorgen müssen wir uns nicht machen, Sturmfluten gibt es nur im Herbst oder Winter, aber ungemütlich wird es in den nächsten Tagen werden.«

Mevrouw Telner sollte recht behalten. Schon gegen Mittag frischte der Wind auf, und wieder heulte der Sturm durch die Straßen. Das Gebälk ächzte, der Wind pfiff im Kamin und unter der Dachtraufe, der Regen peitschte wieder gegen die Fenster. Hermann half Mijnheer Telner, die Fensterläden zu schließen. Es war unheimlich, nur bei Kerzenlicht in der Stube zu sitzen und dem Sturm zu lauschen.

»Wie lange wird das schlechte Wetter anhalten?«, fragte Hermann besorgt.

»Das kann ich Euch nicht sagen. Vielleicht nur ein paar Tage, vielleicht aber auch eine Woche.«

»Wir wollten in den nächsten Tagen nach England segeln.« Hermann rieb sich über das Kinn.

»Das wird nicht möglich sein, die See ist zu unruhig. Aber auf ein paar Tage mehr wird es nicht ankommen, selbst wenn Mijnheer Claypoole drängt. Auch die ›Concord‹ kann bei diesem Wetter nicht auslaufen«, beruhigte Telner ihn. »Ihr habt die Schiffspassage gebucht, und so schnell wird der Kapitän keine anderen Interessenten finden. Auch das Land geht Euch nicht verloren, Ihr habt die Verträge unterschrieben und sie sind besiegelt.«

»Das ist richtig, mein guter Freund. Aber je später wir abreisen, umso später kommen wir auch an. Sechzig Tage in etwa wird die Überfahrt dauern, und zwar auch nur bei guten Winden, wurde mir gesagt. Wir haben Anfang Juli. Wenn wir jetzt abreisen, werden wir frühestens Mitte September ankommen. Da bleibt nur wenig Zeit, um das Land vor dem Winter in Besitz zu nehmen. Das macht mir Sorgen.«

»Ich verstehe Euch gut, aber gegen den Sturm werden wir nichts ausrichten können«, sagte Jakob Telner. Er reichte Hermann den Beutel mit Pfeifentabak.

Margaretha hatte dem Gespräch gelauscht, nun stand sie auf und stieg die steile Treppe nach oben. Sechzig Tage auf See, ein schier unvorstellbarer Gedanke. Doch vielleicht war es auch nur deshalb so schwer, sich das vorzustellen, weil sie gar keinen Begriff davon hatte, wie es war. Sie öffnete die Tür zu der kleinen Kammer, in der Zugluft sank die Kerzenflamme knisternd herab, um gleich darauf wieder hochzusteigen. Gretje drehte sich stöhnend auf dem Lager um. Mit Sorge trat Margaretha an das Bett der Mutter. Schon bevor sie Gretjes Stirn berührt hatte, spürte sie die Hitze, die Gretje ausstrahlte. Die alte Frau glühte förmlich, atmete stockend.

»Gottegot, Moedertje«, sagte Margaretha entsetzt. Sie lief zu Esther, bat die Schwägerin um Hilfe. Dann holte sie Tücher und lauwarmes Wasser aus der Küche, umwickelte mit den feuchten Tüchern die Waden der Mutter. Sie kochte Wasser für einen fiebersenkenden Aufguss und bat um Brei für einen Brustumschlag. Während der Sturm in Rotterdam tobte, wachten die op den Graeffs ängstlich am Bett der Mutter. Nach einem Tag sank das Fieber, doch ein trockener Husten setzte ein, der Gretje sehr anstrengte.

»Wenn das Fieber wieder steigt«, sagte Margaretha in der zweiten Nacht besorgt, »verlieren wir sie.«

»Kannst du gar nichts tun? Gibt es nicht irgendein Heilmittel, das du noch verwenden kannst?«, fragte Hermann voller Entsetzen.

»Ich habe alles probiert, Hermann. Weidenrinde sollte ihr helfen und auch der Efeuextrakt, aber nichts scheint zu greifen. Sie ist sehr geschwächt, und in Anbetracht ihres Alters …«

»Mutter ist nicht alt. Und bis vorgestern war sie noch sehr munter auf den Beinen.«

»Die Nacht in der Nässe und Kälte hat sie geschwächt, Hermann. Wir wissen immer noch nicht, wo sie war und was ihr passiert ist.« Dass Gretje noch nicht einmal wieder wirklich bei Bewusstsein gewesen war, machte Margaretha mehr Sorgen als der Husten und das Fieber. Nur mit Mühe konnte sie der Mutter Brühe oder Aufgüsse einflößen.

»Soll ich Dirck und Abraham holen?« Hermann biss sich auf die Lippen.

Margaretha sah ihn nachdenklich an. »Nein«, sagte sie schließlich. »Dazu ist es noch zu früh. Der Sturm hat nachgelassen, du könntest sie schnell benachrichtigen, sollte es nötig sein. Lass uns die nächsten Stunden abwarten.«

»Wie du meinst«, sagte ihr Bruder bedrückt.

Esther brachte ihr kalten Braten, half ihr, so gut sie konnte. Doch die meiste Last lag auf Margaretha. Irgendwann in der zweiten Nacht fiel sie in einen unruhigen Schlaf, der von dem immer noch heftigen Sturm begleitet wurde.

Irgendwann fuhr sie erschrocken aus dem Schlaf. Der Wind hatte sich gelegt, eine unheimliche Ruhe herrschte. Nach dem Geächze und Gestöhne des Gebälks, dem Heulen und Pfeifen des Windes und dem unermüdlichen Plätschern des Regens war diese Stille beinahe unerträglich. Entsetzen packte sie, und sie beugte sich vor, schaute nach Gretje und fasste an ihre Stirn. Die Mutter lag ruhig unter der Decke, ihr Atem ging gleichmäßig, und sie glühte nicht mehr.

Mit einem tiefen Seufzer der Erleichterung lehnte sich Margaretha wieder zurück. Das Schlimmste schien überstanden.

Gretje erholte sich nur langsam, der trockene Husten blieb. Über die Nacht im Gewitter sprach sie nur spärlich. Sie sei überrascht worden und habe sich verirrt. Margaretha glaubte, dass dies nur ein Teil der Erlebnisse war, doch Gretje schwieg beharrlich.

Zwei Tage später ging Rebecca zusammen mit Margaretha

zum Markt. Die junge Frau war bleich und wirkte abgespannt. »Ich hoffe, dass wir bald abreisen.«

»Das werden wir«, sagte Margaretha munter, doch Rebecca seufzte nur.

»Was ist denn, Rebecca? Geht es dir nicht gut?«

»Es ist anstrengend.« Rebecca blieb stehen und legte die Hand auf ihren schwellenden Bauch.

»Die Schwangerschaft ist anstrengend? Hast du Schwierigkeiten? Ich koch dir gleich einen Aufguss aus Frauenmantel, der dich stärken wird.«

»Das Kind wächst und tritt. Manchmal ist es schwer, Luft zu holen, aber ansonsten geht es mir gut. Das ist es nicht, es ist die Enge und auch der Gestank dieser Stadt, die mir zu schaffen machen.« Sie stockte, ging langsam weiter. »Und Catharina«, sagte sie dann leise.

»Catharina? Was macht sie?«

»Ach, es sind nur Kleinigkeiten, aber ich habe das Gefühl, ihr nichts recht machen zu können. Egal, was ich mache, sie findet einen Fehler. Ich bin nicht schnell, nicht ordentlich, nicht fleißig genug.«

»Sie zankt mit dir? Was sagt Abraham dazu? Und Dirck?«

»Catharina macht es nur dann, wenn die beiden Männer nicht in der Nähe sind und nichts mitbekommen.« Wieder seufzte die junge Frau und senkte den Kopf.

»Gottegot. Das kann ich mir lebhaft vorstellen.« Margaretha legte den Arm um die Schulter ihrer Schwägerin. »Catharina kann eine ziemliche Hexe sein. Vielleicht wäre es besser gewesen, wenn du und Dirck zusammen mit Hermann und Esther bei Telners untergekommen wärt. Und Mutter und ich gemeinsam mit Abraham und Catharina Quartier bezogen hätten.«

»Nun ist es aber so, wie es ist.« Rebecca lachte bitter. »Es hat schon gut getan, mir Luft zu machen. Sehr lange wird es ja nicht mehr dauern, die Zeit halte ich noch aus. Wie geht es deiner Mutter?«

»Das Fieber hat sie überstanden, aber sie ist immer noch schwach«, sagte Margaretha nachdenklich. »Sie sagt, sie hat sich verlaufen in dieser Nacht. Das kann ich verstehen. Vermutlich wäre es jedem von uns so gegangen, aber es scheint mir nur die halbe Wahrheit zu sein.«

»Weshalb?«, fragte Rebecca leise.

»Ich kann es nicht begründen, ich weiß auch nicht, ob ich recht habe, aber Mutter erscheint mir …« Sie stockte und schnaufte. »Sie erscheint mir verwirrt. So war sie schon mal, damals, nachdem Eva gestorben war. Wir haben für eine Weile gedacht, sie hätte den Verstand verloren.«

»Du glaubst, sie wird verrückt?« Rebecca blieb wieder stehen, starrte Margaretha entsetzt an.

»Nein, das glaube ich nicht. Ich denke, nun ja, sie wird alt.« Margaretha senkte den Kopf, kämpfte mit den Tränen. »Ich habe es schon vor einer Weile bemerkt, wollte es aber nicht wahrhaben. Sie wird vergesslich, wiederholt sich, manchmal beendet sie einen Satz nicht. Ich habe es auf die Anstrengungen der Reise geschoben. Habe es damit entschuldigt, dass es auch ihr nicht leichtgefallen war, die Heimat zu verlassen. Doch nun bin ich mir nicht mehr sicher. Sie sagt, in der Nacht habe das Unwetter sie überrascht und sie habe sich verirrt.«

»Das ist doch durchaus möglich«, sagte Rebecca leise.

»Ja, natürlich. Aber ich hatte den Eindruck, dass sie stundenlang durch die Straßen geirrt ist und keinen Unterschlupf gesucht hat.« Margaretha holte tief Luft. »Dass sie überhaupt nicht mehr wusste, wo sie war.« Sie schüttelte den Kopf. »Die Vorstellung tut mir weh und lässt mich verzweifeln. Bis auf die Zeit nach Evas Tod war Mutter immer stark. Sie hatte keine Schwächen und war immer für alle anderen da. Und auf einmal wird sie anders. Ich habe bisher noch mit niemandem darüber gesprochen.«

Rebecca nahm sie in den Arm. »Ich verstehe dich. Aber warte erstmal ab, vielleicht ist sie nur geschwächt und erholt sich wieder.«

»Ja, vielleicht.«

Voller Sorge beobachtete Margaretha die Mutter in den nächsten Tagen. Gretje schien sich zu erholen, blieb aber wortkarg.

Es war Mitte Juli, als sie endlich einen Frachter fanden, der den ganzen Tross mit all ihrem Gepäck aufnehmen und nach England bringen konnte. Schon bei der Ankunft in Rotterdam hatten die Familien die Pferde und Karren verkauft. Nun wurden die Kisten und Kästen, die Säcke und Taschen an Bord des Zweimasters gebracht.

Hermann war unruhig und trieb alle zur Eile an, denn James Claypoole hatte aus Gravesend geschrieben, dass die »Concord« zur Abfahrt bereit läge und die Zeit dränge.

Das Schiff lag tief im Wasser, die Frachträume waren mit dem Habe der Familien gefüllt. Schlafplätze oder gar Kabinen gab es nicht, sie mussten mit dem Zwischendeck vorliebnehmen. Der Anker wurde gelichtet, die Segel wurden gesetzt. Begleitet von den schrillen Schreien der Möwen, die über dem Hafenbecken kreisten, stach das Schiff in See. Ein unruhiges Ruckeln ging durch das Boot, als die Taue gelöst wurden und es sich vom Ufer entfernte.

Dann verließen sie den Hafen, segelten auf die offene See. Nun rollte das Schiff in der Dünung. Margaretha traute sich nicht an Deck. Sie saß mit dem Rücken an der Schiffswand, hatte die Beine angezogen und die Arme darumgelegt. Ihr wurde flau, sie schloss die Augen und betete.

»Hier«, sagte Gretje und setzte sich neben sie. »Nimm dies und kau langsam. Es ist ein Stück der Ingwerwurzel. Ich hatte davon schon gehört, es aber erst jetzt erwerben können. Es schmeckt scharf, aber es hilft gegen Übelkeit.«

Margaretha kaute das kleine holzige Stück Wurzel, das ihre Mutter ihr gegeben hatte. Es schmeckte tatsächlich scharf und sehr fremdartig. Für einen Moment wurde ihr noch schlechter als zuvor. Doch dann ließ die Übelkeit allmählich nach. Die Bewegungen des Schiffes wurden gleichmäßiger, und doch blieb eine gewisse Anspannung in der Luft. Nach einigen Stunden – die Nacht war inzwischen hereingebrochen – traute Margaretha sich an Deck. Der Sternenhimmel leuchtete über ihr und schien sich weiter auszudehnen, als sie für möglich gehalten hatte. Sie stand an der Reling und bewunderte die Sicht.

Die meisten der Passagiere hatten sich bei Einbruch der Dunkelheit auf das Zwischendeck zurückgezogen. Da es keine Betten oder Hängematten gab, kauerten sie sich auf den Boden und versuchten zur Ruhe zu kommen. Husten, Seufzen, Stöhnen und auch Schnarchgeräusche füllten den engen Raum. Dazu kam das Heben und Senken des Schiffes, das Knattern der Segel, die Befehlsrufe der Matrosen.

Margaretha blieb an Deck und zog ihr Schultertuch eng um sich. Sie fröstelte. Nur wenige andere waren auch auf dem Oberdeck.

»Der Himmel ist wunderschön«, flüsterte Rebecca, die plötzlich neben sie trat.

»Kannst du nicht schlafen?«, fragte Margaretha.

»Du etwa?« Rebecca lachte leise. »Dirck schnarcht zum Gotterbarmen.« Sie atmete tief durch. »Die Luft schmeckt anders. Salzig, aber viel frischer als im Hafen.«

Margaretha drehte sich um, lehnte sich mit dem Rücken an die Reling und verschränkte die Arme vor der Brust. »Nein, ich kann nicht schlafen. Es ist aufregend, aber auch beängstigend. Ich habe das Gefühl, noch nie so viele Sterne gesehen zu haben, es werden immer mehr, je länger man schaut.«

Die Dünung nahm zu, das Schiff tauchte in ein Wellental ein, ächzte, der Bug hob sich wieder. Die Seeleute riefen sich etwas zu, kletterten in die Takelage und refften einen Teil der Segel. Es sah aus wie ein erprobter Tanz, ein Spiel.

»Ja, die Sterne.« Rebecca hielt sich an der Reling fest und schaute zu Boden.

»Ist dir nicht gut? Moedertje hat mir ein Mittel gegeben … Wenn du willst, hole ich dir etwas davon.«

»Nein, das ist es nicht. Es ist Catharina.«

»Was hat sie jetzt getan?«

»Ich kann ihr nichts recht machen. Schon die Kisten habe ich nicht richtig gepackt, das Essen, was ich für die Reise vorbereitet hatte, war nicht gut genug, und nun habe ich ihr keinen brauchbaren Platz im Zwischendeck besorgt. Wir waren zu spät und haben keinen Platz mehr an der Wand bekommen, sie muss zwischen all den anderen liegen.« Rebecca seufzte.

»Du … musstest ihre Sachen packen? Wieso?«

»Sie hat es mir aufgetragen.«

»Rebecca, du bist eine op den Graeff, du bist nicht mehr die Magd. Sie hat dir nichts anzuweisen.«

»Aber was soll ich denn machen, wenn sie es tut?«, fragte Rebecca hilflos. »Ich kann doch nicht einfach nein sagen.«

Margaretha legte den Arm um die Schwägerin. »Natürlich kannst du einfach nein sagen. Das ist gar nicht schwierig.« Sie überlegte einen Moment. »Hol mir mal ein weiteres Umschlagtuch, die Nachtluft ist doch sehr kühl.«

Rebecca löste sich aus der Umarmung und wollte zum Niedergang gehen. Margaretha hielt sie am Ärmel fest. »Nein. Du sollst nein sagen! Nun los, es ist gar nicht schwer.«

Überrascht drehte sich Rebecca um, dann lächelte sie verstehend. »Ach so, wir üben. Nein, Margret, ich bediene dich nicht mehr. Ich bin jetzt eine Mevrouw op den Graeff, aber du bist meine unverheiratete Schwägerin. Du könntest mir ein Umschlagtuch holen, Mejuffer op den Graeff.«

»Siehst du, es geht doch.« Die beiden jungen Frauen lachten.

Einer der Matrosen ging das Deck entlang und sprach die wenigen Passagiere an, die die Nachtluft genossen. Einer nach dem anderen ging zum Niedergang, zu der steilen Treppe, die hinab zum Zwischendeck führte. Auch zu Margaretha und Rebecca kam der Seemann.

»Dürfte ich Euch bitten, unter Deck zu gehen, Mevrouwes? Das Schiff muss wenden, und das könnte ein wenig ungemütlich werden.«

»Wenden?«, fragte Rebecca.

»Wir kreuzen gegen den Wind, um zu wenden. Meine Damen, die Zeit drängt.« Er schob sie sanft in Richtung Niedergang. Eine junge Frau, die Magd der Familie Kunders, war vor ihnen. Unsicher betrat sie die steile Treppe, zögerte.

»Wir sollen nach unten gehen«, ermahnte Margaretha, die hinter Rebecca stand.

»Ja, ja. Ich geh ja schon«, murmelte die junge Frau. Rebecca folgte ihr.

Plötzlich ging ein Ruck durch das Schiff, es neigte sich zur Seite. Nur mit Mühe konnte Margaretha Halt finden.

»Gottegot!« Die junge Frau schrie auf, drehte sich um und klammerte sich an Rebecca.

»Nicht …« Rebecca versuchte sich am Geländer festzuhalten, doch das Schiff neigte sich weiter und richtete sich dann wieder auf. Die beiden Frauen verloren den Halt und stürzten in die Tiefe.

Margaretha hatte sich an den Türpfosten geklammert, erstarrt sah sie die beiden fallen und konnte nichts tun.

Der Wind fuhr in die Segel, das Schiff nahm Fahrt auf.

»Godallemachtig! Rebecca!« Margaretha lief so schnell sie konnte den Niedergang nach unten auf das Zwischendeck. Die beiden jungen Frauen lagen auf den Planken, eine dunkle Pfütze breitete sich um sie aus.

»Licht!«, schrie Margaretha. »Wir brauchen Licht, eine Laterne!« Sie kniete neben Rebecca. Ihre Schwägerin sah sie mit schreckensgeweiteten Augen an, presste dann ihre Hände auf den Bauch und stöhnte.

»Das Kind«, sagte sie leise und schloss die Augen.

Margaretha zog Rebecca an die Seite. Die Magd der Familie Kunders lag mit verdrehtem Hals auf dem Boden und atmete nicht mehr, für sie kam jede Hilfe zu spät.

»Moedertje!«, rief Margaretha. »Moedertje!« Doch Gretje saß an die Wand gelehnt, einen Beutel in den Händen und rührte sich nicht.

Vorsichtig hob Margaretha den inzwischen blutigen Rock der Schwägerin. »Die Fruchtblase ist geplatzt, du blutest. Hast du Schmerzen?«, fragte sie leise. Rebecca nickte und presste die Lippen zusammen.

Am Abend des nächsten Tages erreichte der holländische Frachter den Hafen von Gravesend. Die Überfahrt war ohne weitere Zwischenfälle verlaufen. Betrübt trugen die Auswanderer die Leiche der toten Magd an Land. Das totgeborene Kind von Dirck und Rebecca war noch in der Nacht über Bord geworfen worden.

Kapitel 26

War schon Rotterdam eine geschäftige und lebhafte Stadt gewesen, Gravesend übertraf sie noch. Vom frühen Morgen bis zum späten Abend löschten die Hafenarbeiter Ladungen, verstauten Frachten und rüsteten Schiffe aus. Unablässig wurden Lasten bewegt, Kräne und Winden ächzten, Menschen keuchten, fluchten, erteilten Befehle und gaben Anweisungen weiter, neue Segel wurden angeschlagen, Beschläge erneuert, es wurde gesägt und gehobelt, es roch nach Schweiß, verdorbenem Proviant, Schmiedefeuern und Fett, Hufe klapperten und Karren quietschten.

James Claypoole begrüßte freudig die Reisenden. Er war erleichtert, dass sie es noch rechtzeitig geschafft hatten. Auch er hatte Landanteile in Pennsylvania gekauft und würde mit ihnen auf der »Concord« segeln. In den nächsten Tagen besorgten sie die letzten Dinge, die sie für die Überfahrt und die erste Zeit brauchen würden.

Sorgfältig überprüfte Claypoole ihre Listen, beantwortete geduldig alle Fragen und half ihnen, noch Gewünschtes zu erlangen.

»Der Kapitän ist ein anständiger Mann«, sagte Hermann am letzten Abend vor der Abfahrt. »Ich habe das Schiff besichtigt. Es ist viel größer als der Frachter, mit dem wir von Rotterdam aus gefahren sind. Ausreichend Platz für alle ist vorhanden, denn ein Teil der Kanonen wurde in den Laderaum verbracht.«

»Werden wir Betten haben?«, fragte Esther besorgt.

»Ja. Wir haben sogar Schlafräume. Vier habe ich bekommen können für einen geringen Aufpreis. Aber auch die anderen, die das nicht zahlen können, haben Kojen, wie sich die Betten wohl nennen.«

»Vier Schlafräume hast du?«, fragte Catharina. »Bedeutet das, dass die Kinder bei uns nächtigen müssen?«

»Ja. Es ist genügend Platz vorhanden, selbst für unsere beiden. Eure Tochter sollte doch kein Problem darstellen, sie ist doch noch klein«, sagte Hermann verblüfft. »Jedes Ehepaar hat einen Raum, Mutter und Margaretha teilen sich einen.«

»Nun ja, wir werden eine ganze Weile auf See sein, und wenn ich an die Überfahrt von Rotterdam denke, packt mich das Grauen.« Catharina schüttelte sich.

»Die ›Concord‹ ist um einiges größer und ganz sicher auch komfortabler, Schwägerin. Wir können froh sein, dass wir alle auf dem Schiff Platz finden und der Preis annehmbar ist.«

»Zahlen wir pro Person?«, fragte Abraham.

»Ja, Erwachsene zahlen fünf Pfund Sterling, Kinder unter zwölf zweieinhalb Pfund, und die beiden Säuglinge haben freie Überfahrt.«

»Welch ein Glück«, sagte Catharina. »Wirklich schade, dass Rebecca erst jetzt das Kind verloren hat. Wäre das noch in Krefeld passiert, hätten wir sie nicht mitnehmen brauchen.«

»Catharina!« Margaretha sprang entsetzt auf. »Wie kannst du so etwas sagen?«

Rebecca war aufgestanden und hatte den Raum verlassen, Margaretha eilte ihr nach.

»Schwägerin«, sagte Hermann ernst. »Wir werden eine lange

Zeit auf engem Raum zusammen sein, umgeben nur von Wasser. Das wird ganz sicher nicht einfach sein, für niemanden von uns. Deshalb sollten wir demütig sein. Demütig und friedfertig, so wie Gott es von uns erwartet. Gehässigkeiten und auch nur Sticheleien sind völlig fehl am Platz.« Er holte tief Luft.

»Ich habe es doch nicht böse gemeint, Hermann«, sagte Catharina.

»Ach nein? Vielleicht hast du es nicht böse gemeint, aber du hast Rebecca verletzt. Ich warne dich, so etwas möchte ich auf dem Schiff nicht erleben.«

»Immer mit der Ruhe.« Abraham stand auf. »Catharina hat einen Fehler gemacht, eine unbedachte Bemerkung. Sie wird sich dafür entschuldigen.«

»Aber …«, setzte Catharina an.

Abraham drehte sich zu ihr um und sah sie an. »Das wirst du, Vrouw.« Dann wandte er sich wieder Hermann zu. »Wir sind alle angespannt. Die Reise macht uns unsicher und nervös. Du hast natürlich recht, wir sollten in uns gehen und Gott bitten, uns Geduld zu geben. Geduld und Demut. Lasst uns beten.«

Er faltete die Hände, schloss die Augen und senkte den Kopf. Die anderen folgten seinem Beispiel.

Vor der Tür stand Rebecca und weinte leise. Margaretha nahm sie in die Arme und drückte sie an sich. »Hör nicht auf sie, sie ist es nicht wert.«

»Vielleicht hat sie ja recht. Vielleicht wäre es besser gewesen, wenn ich nicht mitgekommen wäre. Dirck hätte sich eine passende Frau suchen können. Nun hat er die Magd geehelicht, die noch nicht einmal ein Kind austragen kann.«

»Wie kannst du so etwas sagen? Es gibt keine bessere Frau für Dirck als dich. Er liebt dich. Und Esther und ich können uns keine bessere Schwägerin vorstellen.«

In diesem Moment bog Dirck um die Ecke, der im Hafen unterwegs gewesen war. Überrascht blieb er vor den Frauen stehen, legte sacht seine Hand auf Rebeccas Schulter. »Liefje, was ist passiert? Geht es dir nicht gut?« Er zog sie an sich, sah Margaretha fragend an. Sie wies mit dem Kopf nach hinten zur Stube und sagte tonlos »Catharina«.

Dirck schnaubte auf. »Hartje, lass dich nicht ärgern. Nicht von dieser Hundsföttischen. Egal, was sie gesagt hat, es ist nicht wert, darüber Tränen zu vergießen.«

Rebecca hob den Kopf und wischte sich über die Augen. »Es tut mir leid«, sagte sie leise.

»Dir muss gar nichts leidtun. Catharina wird es bereuen, dass sie dich zum Weinen gebracht hat.«

»Ruhig, Dirck. Hermann hat vorhin ein paar Worte gesagt, und ich finde, er hat recht. Wir müssen uns alle zusammenreißen. Egal, ob wir uns mögen oder nicht, die nächsten Wochen müssen wir auf engstem Raum miteinander verbringen. Lass es uns ein Trost sein, dass wir danach vermutlich genug Land haben, um Catharina für alle Zeiten aus dem Weg gehen zu können.«

Am 24. Juli 1683 stach die »Concord« mit etwa einhundert Passagieren in See. Kapitän William Jeffries begrüßte alle Auswanderer herzlich und versicherte, dass die »Concord« einer der schnellsten und sichersten Segler wäre, die das Meer je durchpflügt hatten. Vierzehn gepökelte Ochsen waren geladen worden, dreißig Fässer Bier, Brot und Schiffszwieback. Jede Familie hatte die Möglichkeit, auch eigenen Proviant mitzubringen. Auf Claypooles Rat hin hatten die op den Graeffs Butter und Käse besorgt, Branntwein, Hirse, Reis und Buchweizen. Ein Fässchen früher Äpfel wurde auch an Bord gebracht. Gretje hatte in Gravesend Hagebutten erworben, Zwiebeln und auch Birkenrinde.

»In harten Wintern und schlechten Sommern tun diese Dinge Wunder. Sie haben etwas in sich, was dem Skorbut entgegenwirkt. Sauerkraut hilft auch, aber um diese Zeit gibt es fast keinen Kohl mehr.« Gretje sah durch ihre Vorräte, ordnete sie neu. »Ich hoffe, ich habe an alles gedacht.« Sie schaute Margaretha an, lächelte schief. »Ich habe das Gefühl, dass ich in letzter Zeit Dinge vergesse.«

Margaretha biss sich auf die Innenseite der Wange und versuchte, keine Miene zu verziehen. »Das meinst du nur. Es liegt daran, dass all unsere Sachen in Kisten und Kästen sind, wir kein Regal vor uns haben und jeder Tag etwas Neues bringt. Es ist verwirrend.«

»Das mag so sein, Meisje.« Gretje lehnte sich zurück und hustete. Den trockenen Husten war sie seit dem Unwetter nicht mehr losgeworden, obwohl ihre Tochter ihr täglich einen Aufguss aus Efeuwurzeln mit Honig zubereitete. »Du hast viel gelernt in den letzten Jahren und wirst eine gute Heilfrau und Hebamme werden. Darüber bin ich sehr froh.«

»Du hast mir alles beigebracht, was ich weiß.«

Mit gemischten Gefühlen stachen sie in See. Endlich ging es los, doch nun gab es auch kein Zurück mehr. Ein letztes Mal sah Margaretha zur immer kleiner werdenden Küste, dann drehte sie sich um, beschloss, ab jetzt nach vorne zu sehen.

Endlos breitete sich das Meer in allen Nuancen von Grau und Blau um sie herum aus. Gleichförmig zogen die Tage dahin, nur selten durch einen Wetterwechsel unterbrochen. Von schweren Stürmen blieben sie verschont. Aufregung verursachten nur die beiden Geburten an Bord, die Margaretha als Hebamme begleitete. Gretje konnte ihr nicht zur Seite stehen, sie war zu schwach und zu krank. Beide Geburten verliefen ohne Komplikationen, die Reisenden gratulierten ihr hinterher. Margaretha wurde jedoch bewusst, dass sie als Hebamme von nun an auf sich gestellt war.

Mehr als zwei Monate war die »Concord« über den Ozean gesegelt, als eines Morgens ein Ruf vom Ausguck erscholl: »Land in Sicht!«

Margaretha lief den Niedergang empor und eilte zur Reling. Mit zusammengekniffenen Augen starrte sie nach vorne, doch die Unermesslichkeit des Meeres schien immer noch ungebrochen.

»Land?«, flüsterte sie und zog das Umschlagtuch fester um ihre Schultern. »Wo?«

»Aye, Meisje, dort ist Land«, sagte einer der Matrosen, der die Planken schrubbte. »Noch sieht man es nur vom Krähennest aus. Doch wenn Ihr Euer Näschen in die Luft streckt und eine gute Prise nehmt, dann könnt Ihr es schon riechen.«

Margaretha schloss die Augen und atmete tief ein. Zuerst roch es wie immer – nach Salz und Meer, nach dem Hanf der Taue und dem Geruch der feuchten Planken. Dem Schweiß der Männer, dem brackigen Wasser in den Fässern, nach feuchtem Stroh und Heu, verdorbenem Getreide und faulenden Früchten. Sie atmete aus und wieder ein. Diesmal hielt sie die Luft an – da war tatsächlich ein anderer Geruch, ganz fein und kaum zu riechen. Nach Erde und Laub roch es, nach Land.

Das bilde ich mir ein, dachte sie und öffnete wieder die Augen. Das bilde ich mir ein, weil es mein tiefster Wunsch ist, meine nackte und pure Hoffnung, endlich das ersehnte Land zu erreichen.

»Zuerst ist es nicht mehr als ein Dunststreifen, nur eine Ahnung am Horizont«, sagte Mijnheer Claypoole, der neben ihr an der Reling stand. »Schon einmal habe ich diese Reise getan, und auch da war es so. Der Ruf scholl aus der Mastspitze. Vom Deck aus war nichts zu sehen, nur zu ahnen. Mit jeder Stunde, mit jedem Tag aber nimmt es mehr und mehr an Gestalt an. Ein Schatten am Horizont, an dem der Blick hängen bleibt. Nach einem Tag ist es ein Streifen, und wieder einen Tag später dehnt es sich aus, gewinnt seine Form. Am dritten Tag dann endlich darf man es glauben. Ein Raunen wird durch das Schiff gehen, ein Flüstern erst und dann lauter werdend – ein Ruf: Land! Dann haben wir es geschafft, sind dem Ozean entkommen, zu neuem Leben, zur Auferstehung – die Neue Welt.«

»Aus den Weiten des Ozeans«, flüsterte Margaretha gebannt.

»Ja.«

Claypoole behielt recht. Es war genau so, wie er es beschrieben hatte. Wie verzaubert hing Margarethas Blick am Horizont, an dem der Schatten wuchs und zu einem Streifen wurde. Endlich segelten sie in die Bucht des Delaware Flusses. Das Laub der riesigen Bäume am Ufer glühte in prächtigen Farben. Zwei weitere Tage segelten sie flussaufwärts an der Küste entlang, dann erreichten sie Philadelphia.

Der Morgen dämmerte, als das Schiff anlegte. Trotz der frühen Stunde waren fast alle Auswanderer an Deck. Gebannt und nicht ohne Furcht schauten sie zum Ufer.

»Wo sind wir hier?«, fragte Catharina und schaute Hermann entsetzt an.

»In der Neuen Welt, Hartje«, antwortete er leise. Doch auch er wechselte unsichere Blicke mit seinen Brüdern und den anderen Mitreisenden.

»Das kann nicht sein. Der Kapitän muss sich vertan haben, oder dies ist ein Zwischenstopp. Dies kann unmöglich der Hafen sein.« Catharina schüttelte empört den Kopf. »Das ist ja nur Wildnis. Wo sind die Gebäude, die Lagerhäuser, die Straßen? Wo ist die Stadt?«

Nicht nur Catharina packte das Entsetzen. Murren kam auf, Unmut machte sich breit. Dies war nicht der Anblick, den die Aussiedler erwartet hatten. Statt Straßen gab es nur einen Pfad, der vom matschigen Ufer in den Wald führte. Der Anlegesteg war so grob gezimmert, dass manch einer seiner Festigkeit nicht traute. Und doch entluden die Matrosen das Schiff. Nach und nach stapelten sich alle Habseligkeiten der Auswanderer am sandigen Ufer. Unsicher schauten sie sich um, unschlüssig, wie es weitergehen würde.

»Ein Bote ist unterwegs«, versuchte der Kapitän die unruhigen Siedler zu beruhigen. »Schon bald wird jemand aus der Kolonie kommen und Euch willkommen heißen.«

»Wie oft ward Ihr schon hier?«, fragte Hermann ihn leise.

»Dies ist meine zweite Reise.«

»Aber sagtet Ihr nicht, dass es eine Stadt gäbe? Eine Siedlung?«

»Das ist in der Tat der Fall. Eine halbe Stunde Fußmarsch von hier.« Der Kapitän lächelte beschwichtigend. »Beruhigt Euch, Mijnheer op den Graeff. Natürlich ist dies ein ganz anderer Anblick als die Häfen in England oder den Niederlanden. Aber bedenkt, seit wann dies Land besiedelt wird. Alles braucht seine Zeit. Penn setzt viel daran, eine ordentliche Kolonie aufzubauen. Alle Anfänge sind schwer und hart, aber das dürfte Euch nicht neu sein.« Er klopfte Hermann auf die Schulter, drehte sich um und gab weitere Befehle zum Entladen des Schiffes.

»Was werdet Ihr nun tun?«, fragte Hermann, der sich nicht so schnell abwiegeln lassen wollte. »Werdet Ihr zurücksegeln?«

»Natürlich werde ich das. So schnell wie möglich, damit ich vor den Winterstürmen den Ozean überquert habe. Noch ist das Wetter gut, obwohl das Jahr schon weit fortgeschritten ist. Ein paar Wochen später und wir müssten hier überwintern.« Er nahm die Pfeife aus seiner Tasche und stopfte sie. Der Tabak war trocken und krümelig. »Vorher werde ich mir aber neuen Tabak besorgen. Den gibt es hier im Überfluss.« Er zog an der Pfeife, stopfte erneut nach. »Dies Land hat Zukunft. Es ist reich und voller Schätze. Auch wenn es im Moment nicht so aussieht, Eure Entscheidung hierher zu kommen war richtig. Zweifelt nicht, guter Mann.«

Obwohl Hermann diese Worte trösteten, halfen sie doch nicht, die aufgebrachten und verängstigten Siedler zu beruhigen. Einige Siedler weigerten sich, ihre Habe von Bord zu tragen. Sie verlangten die sofortige Rückfahrt.

»Selbst wenn sie es bezahlen könnten«, sagte der Kapitän leise zu op den Graeff, »könnten wir sie nicht mitnehmen. Wo sollen wir den Proviant hernehmen? Wir sind froh, wenn wir genügend Nahrung für uns bekommen können, für Passagiere ohne Vorräte wird es nicht reichen.«

Diese Aussage beunruhigte Hermann noch mehr. Verzweifelt bemühte er sich, die Siedler zu beschwichtigen. Nach und nach ließen die lautstarken Proteste nach, und man fügte sich murrend in das Schicksal.

»Wo bleibt Pastorius?«, fragten sich die Brüder op den Graeff. Immer wieder wanderte ihr Blick zu dem Pfad, der durch den Wald führte. Doch niemand kam. Hatte er das Land überhaupt erreicht? Lebte er noch? Was würde aus ihnen werden, wenn er nicht käme?

»Wir haben die Verträge mit Furley gemacht«, murmelte Abraham grimmig. »Wir haben das Land gekauft und bezahlt. Das kann uns keiner streitig machen.«

»Rechtlich mag das stimmen.« Dirck schüttelte den Kopf und wies um sich. »Aber wie willst du das durchsetzen, falls es Schwierigkeiten gibt? Was, wenn Pastorius es nicht bis hierher geschafft hat?«

»Wieso sollte er nicht?«, fragte Abraham.

»Weißt du, ob sein Schiff angekommen ist? Ob er die Überfahrt überstanden hat? Die ersten Wochen? Vielleicht war er ebenso entsetzt von dem Anblick der Ödnis wie wir und hat sich umgehend wieder nach England eingeschifft.«

»Godverdamme, nun male den Teufel nicht an die Wand!«

»Welche Wand, Hermann?« Dirck wandte sich ab.

Hermann sah ihm hinterher, dann drehte er sich um. Margaretha hatte die Brüder beobachtet, ihren Disput verfolgt, nun seufzte sie auf. Sollten alle ihre Hoffnungen hier enden? Sollten sie am Ufer dieses mächtigen Flusses scheitern? Dann wären alle Pein, alle Sorgen und die Qual der Überfahrt umsonst gewesen.

Das Krickä-krick-krick des Reihers, der aus dem Schilf aufstieg und sich lautstark über die Neuankömmlinge beschwerte, holte sie aus ihren Gedanken. Es war seltsam, plötzlich wieder festen Boden unter den Füßen zu haben. Sie fühlte sich unsicher und schwindelig, dabei hätte es jetzt doch eigentlich anders sein müssen. Wochenlang hatte sie das Schaukeln auf dem Schiff mit ihrem Körper ausgeglichen, sich dagegengestemmt, mitbewegt und jetzt war ihr schummerig. Margaretha stemmte beide Beine in den matschigen Boden, holte tief Luft und sah sich um. Erlen gab es hier und Weiden, Schilf wuchs am Ufer. In der Ferne sah sie große Bäume, die im Licht der Sonne rot glühten. Aber auch Eichen standen dort und Buchen. Sie kniff die Augen zusammen und versuchte, die einzelnen Blätter zu fokussieren, aber es gelang ihr im gleißenden Licht der Morgensonne nicht. Überhaupt schien die Luft hier anders, das Licht stärker und die Farben leuchtender zu sein.

Du irrst, schalt sie sich selbst und ging zurück zum Schiff. Gretje war immer noch unter Deck, sie war zu schwach, um aufzustehen.

»Moedertje, wir haben Amerika erreicht, das Schiff hat angelegt. Du musst aufstehen.« Margaretha berührte die Mutter sanft an der Schulter. Die alte Frau stöhnte nur. »Moedertje? Du musst jetzt stark sein. Bitte.«

»Hartje?« Gretje drehte sich um, sah sie an. Ihr Blick war unsicher. »Wo sind wir?«, fragte sie schwach.

»Wir sind da. In Amerika, in Pennsylvania.« Margaretha räusperte sich, sie wusste nicht, was sie sagen sollte. Das Land, der Hafen, der keiner war, entsprach nicht ihren Vorstellungen. Wie würde die Mutter es finden?

»Wir sind da?«

»Ja, Moedertje, wir müssen das Schiff verlassen.« Margaretha half der Mutter auf. Ein säuerlicher Geruch stieg ihr in die Nase. Trotz der beengten Verhältnisse an Bord hatten sie sich immer bemüht, reinlich zu bleiben. Sie hatten die Wäsche gewechselt und sich gewaschen, wann immer es möglich war. Das Salzwasser hinterließ Spuren sowohl auf der Wäsche wie auch auf ihrer Haut, auch rochen sie anders. Doch der Geruch, der nun von ihrer Mutter ausging, war ein anderer. Sie roch alt. Obwohl Gretje die ganze Reise über schwach gewesen war, war sie Margaretha doch nie alt vorgekommen. Krank, aber nicht hinfällig. Erschrocken stützte sie nun ihre Mutter, brachte sie an Deck und mit viel Mühe schließlich an Land. Schnaufend blieb Gretje stehen und sah sich um.

»Hier sind wir also gelandet, das ist das verheißene Land.« Sie nickte.

Margaretha hielt die Luft an. Wie fasste ihre Mutter es auf?

Doch Gretje schaute sie nur an. »Und wohin gehen wir jetzt? Dies ist ja nur die Anlegestelle.«

»Ich weiß es nicht, Moedertje. Die Stadt soll eine halbe Stunde Fußmarsch von hier entfernt sein. Ich denke, dort werden wir nun hingehen.«

Gretje nickte. »Gut.« Dann ging sie zu einem Baumstamm, der auf dem Boden lag, und setzte sich. »Ich muss ein wenig verschnaufen. Ist dir auch schwindelig, Hartje?«

»Das war es zu Anfang. Weißt du noch, wie es die ersten Tage auf dem Schiff war? Da war uns schwindelig, weil alles schaukelte. Und nun ist uns schummerig, weil es nicht mehr schaukelt. Seltsam ist das. Aber es gibt sich wohl mit der Zeit. Ich bin froh, wieder festen Boden unter den Füßen zu haben.«

Der Missmut unter den Siedlern hatte sich gelegt. Eifrig halfen sie den Matrosen, das Schiff zu entladen. Nach und nach stapelten sich die Kisten und Kästen, die Körbe und Krüge auf dem schmalen Uferrand.

Ein Bote war nach Philadelphia geschickt worden, um Karren und Unterstützung zu holen. Während sie warteten, entzündeten die Siedler Feuer, hängten die gusseisernen Töpfe darüber. Ein schmaler Bach ergoss sich in den großen Strom, auf dem sie gesegelt waren, das Wasser war frisch und klar, und sie genossen es.

»Was bin ich froh«, sagte Gretje, der es inzwischen besser ging, »kein brackiges Wasser mehr aus faulenden Fässern trinken zu müssen.« Zufrieden schnitt sie Wurzeln und Pilze, die sie und Margaretha gesammelt hatten, in den Kessel.

»Steinpilze und Braunkappen gibt es hier, unter den Birken werden sich auch Röhrlinge finden.« Sie schaute sich um, lächelte. »Weiden gibt es ein Stück den Bach hinauf, Birken. Haselnüsse, Kastanien und Eichen. Der Boden scheint sehr gut zu sein.«

»Ja«, stimmte Margaretha zu. »Ich habe Heckenzwiebeln gefunden und wilde Möhren. Doch trotzdem wird es mühsam werden, ausreichende Mengen für den Winter zu sammeln.«

»Das mag sein, Dochtertje, aber wir haben keine Wahl.«

Gretje klang nüchtern, nicht resigniert, das gab Margaretha Hoffnung. Und doch zog sich ihr der Magen zusammen, wenn sie an den kommenden Winter dachte. Die Überfahrt hatte sie mehr von ihren Vorräten gekostet, als geplant war. Nur noch wenig Butter, Käse, Getreide und Speck waren vorhanden. Voller Sorge zählte Margaretha die verbliebenen Fässer. Würde es eine Möglichkeit geben, Vorräte zu kaufen? Eine der vielen Fragen, die noch unbeantwortet waren.

Sie hatten gerade angefangen, die Suppe, die Gretje mit frischen Kräutern verfeinert hatte, zu essen, als sie Rufe hörten.

Dirck sprang auf und lief zu dem Pfad, der durch den Wald führte, etliche andere folgten seinem Beispiel.

Rebecca, die neben Margaretha auf dem Boden hockte, seufzte auf.

»Geht es dir nicht gut?«, fragte Margaretha besorgt. »Nimm noch etwas von der Suppe. Die frischen Kräuter und das wilde Gemüse werden uns stärken. Es schmeckt so wunderbar, endlich kein Brei mehr, kein ausgelassener Speck. Bald schon werden wir wieder Brot backen können.«

»Hoffentlich«, sagte Rebecca leise. Obwohl es warm war, zog sie sich das Umschlagtuch fester um die Schultern.

»Ist dir kalt?«

»Hast du keine Angst? Vorhin, als wir in das Dickicht gegangen sind, um nach Wurzeln und Pilzen zu suchen, hat es immer wieder geknackt. Ich hatte das Gefühl, dass uns jemand beobachtet.« Tränen stiegen ihr in die Augen. »Was, wenn die Wilden uns überfallen?«

»Ach, Hartje, hab keine Angst«, sagte Margaretha mit mehr Überzeugung, als sie selbst besaß. »Wir sind so viele, da wird uns niemand überfallen. Außerdem sind wir in dieses Land gekommen, um Gott in Frieden huldigen zu können. Er wird es mit Wohlwollen sehen und uns beschützen.« Sie nahm Rebecca in die Arme und drückte sie an sich.

Das Getümmel wurde inzwischen lauter. Nun war auch ein langsamer Hufschlag zu hören. Bald darauf kamen Männer mit Ochsenkarren auf die Lichtung.

Gespannt sah Margaretha ihnen entgegen. Würde Franz Daniel Pastorius dabei sein? Sie musste nicht lange warten, er gehörte zu den Ersten, die zu ihren Brüdern traten. Die Männer umringten ihn gleich und begrüßten ihn lautstark. Ihr Herz schlug schneller, sie versuchte einen weiteren Blick auf ihn zu erhaschen, doch die Männer standen ihr im Weg. Sie löste die Arme von Rebecca, ging zu ihnen, aber wie eine Wand standen die Männer ihr im Weg.

Immer wieder konnte sie nur einen kurzen Blick auf Pastorius erhaschen, obwohl sie sich auf die Zehenspitzen stellte und versuchte, sich nach vorne durchzudrängeln. Er hatte abgenommen, sah verändert aus. Wie er sich verändert hatte, konnte Margaretha nicht so recht entscheiden. Sein Gesicht wirkte hager, und die Ernsthaftigkeit, die schon immer über ihm gehangen hatte wie Wolken über einem Tal, hatte nun Furchen um den Mund gezogen. Zwischen seinen Augenbrauen stand eine tiefe Falte und schien seine Stirn in zwei Hälften zu teilen. Er war braungebrannt, sah aber trotzdem erschöpft aus.

Vielleicht täusche ich mich aber auch, dachte Margaretha verstört. Es kann doch nicht sein, dass er hier trübsinniger wirkt als früher. Hier sollte er doch angekommen sein, im Land seiner Träume und Wünsche. Doch dann meldeten sich ihre Zweifel wieder, der Magen zog sich zusammen, und es pochte hinter ihrer Stirn – vielleicht war dies nicht das Land der Verheißung, von dem er geträumt und gepredigt hatte, vielleicht war hier alles anders. Möglicherweise war er enttäuscht worden, und das würden sie nun auch. Sie hatten alles aufgegeben für Pastorius' überzeugende Worte – ihr Haus, ihre Heimat, ihre Existenz.

Margaretha drehte sich um, sah Rebecca am Rande der Lichtung stehen, aus ihrer Körperhaltung sprach die pure Verzweiflung. Gretje saß zusammengesunken neben dem Feuer, den Kopf auf die Arme gebettet.

»Lieber Himmel«, flüsterte Margaretha, »haben wir einen Fehler gemacht?« Die Angst um ihre Mutter, um die Familie und die Zukunft legte sich wie eine kalte Hand um ihr Herz.

Der Pulk, der sich inzwischen um Pastorius und die Ochsenkarren gebildet hatte, löste sich auf. Die Männer strömten zu den Kisten und Kästen, zu den Vorräten und Habseligkeiten, die am Ufer aufgereiht lagen, packten sie und trugen sie zu den Karren.

Wir sind jetzt hier, dachte Margaretha, und es gibt keinen Weg zurück.

»Margaretha?« Jemand berührte sie sacht an der Schulter, sie fuhr erschrocken herum. »Margret …«

Sie schaute in Pastorius' Gesicht. »Franz Daniel …«

»Ihr habt es geschafft, Ihr seid hier. Ich bin so froh«, sagte er leise, aber eindringlich, dann fasste er ihre Hände, hielt sie fest. Sein Händedruck war warm und angenehm.

Margaretha schloss die Augen, hätte sich am liebsten an ihn gelehnt, sich in seine Arme geschmiegt, doch das ging natürlich nicht.

»Warum sollten wir nicht hier sein?«, fragte sie und sah ihn an. Von nahem sah er noch verhärmter und gezeichneter aus. Die Lachfältchen um seine Augen hatten sich zu einem Strahlenkranz ausgeweitet, die Stirn war gefurcht, und sein Haar wies weiße Strähnen auf. Seine Haut spannte sich wie Pergament um die Kieferknochen. Vorsichtig hob sie die Hand, zögerte, strich dann doch sanft über seine Wange.

»Ich wusste nicht, ob Ihr das Schiff tatsächlich nehmt, die Überfahrt wagt, hierherkommt. Alles dauerte so lange.« Pastorius seufzte auf, dann fasste er wieder ihre Hände, hielt sie fest. »Aber jetzt seit Ihr hier. Jetzt bist du hier.« Für einen kurzen Moment schloss er die Augen. »Alles wird gut werden.«

»Ist es das denn nicht?« Margaretha trat einen Schritt zurück, entzog ihm die Hände. »Ist es hier nicht gut? Gehen unsere Träume und Wünsche hier nicht in Erfüllung?« Sie schluckte hart. »Ihr habt uns den Garten Eden versprochen, ein neues Leben, frei und ohne Restriktionen. Ein wunderbares Leben – finden wir das hier nicht? Nun sagt schon!«

Pastorius senkte den Kopf. »Mejuffer op den Graeff …« Er stockte.

»Mejuffer? Jetzt bin ich wieder Mejuffer statt Margret? Warum? Was habt Ihr uns verschwiegen Franz Daniel? Was ist hier so schrecklich, dass es Euch die Sprache verschlägt?« Ihre Stimme wurde laut, so laut, dass sich die Leute umdrehten.

»Ich bitte Euch«, sagte Pastorius eindringlich, »sprecht nicht so laut. Bitte.«

»Dann sprecht Ihr wenigstens und beantwortet meine Fragen. Oder habt Ihr dazu nicht den Mut?« Ihre Worte klangen kalt, sie sah ihn verächtlich an.

»Es geht nicht um Mut, Margret. Es geht um Realitäten. Um Tatsachen, die mir so vorher nicht bewusst waren.« Er schaute zu Boden, sammelte sich, sah sie dann an. Sein Blick wurde weich. »Dieses Land ist noch jungfräulich. Nein, so habe ich es mir nicht vorgestellt. Es ist ein reiches Land, ein Land voller Schätze. Aber es ist noch nicht kultiviert, und das zu tun bedeutet eine Menge Arbeit. Mehr Arbeit, als ich gedacht hatte.« Er zögerte. »Es ist, ohne Frage, zu schaffen.«

»Aber?« Margaretha musterte ihn.

»Aber es wird nicht leicht werden. Die Berichte, die die

Frankfurter Land Compagnie erhalten hat, waren Zukunftsvisionen. Kaum etwas davon ist bisher erreicht. Philadelphia ist keine Stadt – jedenfalls keine wie Frankfurt, Amsterdam, noch nicht einmal wie Krefeld. Es ist …« Er stockte, seufzte. »Es ist eher ein Dorf.«

»Aber das war doch zu erwarten.« Margaretha spürte die Erleichterung, doch auch immer noch Angst. »Was ist mit den Wilden? Was haben wir zu befürchten?«

»Die Indianer, die ich bisher getroffen habe – es waren nicht viele in den sechs Wochen, die ich nun hier bin, waren friedfertig. Ich glaube nicht, dass sie eine Bedrohung sind. Ihr Anblick ist natürlich erst einmal ungewöhnlich.«

»Wie sehen sie aus?«, fragte Margaretha gespannt, doch bevor Pastorius antworten konnte, trat Hermann zwischen sie.

»Margret, hier bist du. Ich habe dich schon gesucht. Mutter braucht Hilfe. Unsere Sachen müssen auf die Karren gepackt werden. Jemand muss dafür sorgen, dass unsere Dinge beieinanderbleiben – Mutter kann das nicht mehr, sie fühlt sich schwach.«

»Ihr ging es gerade doch noch ganz gut«, murmelte Margaretha besorgt und drehte sich um. Doch das Getümmel auf der Lichtung ließ nicht zu, dass sie in die Ecke, in der sie das Feuer entfacht hatten, sehen konnte. »Wo ist sie denn? Immer noch am Lagerplatz?«

»Nein, sie ist zu unseren Kisten gegangen, aber die vielen Dinge, die da durcheinander liegen, haben sie verwirrt. Ich habe sie dorthin gebracht, Catharina ist bei ihr. Wir brauchen deine Hilfe jetzt bei unseren Kisten.« Er seufzte. »Die Karren reichen nicht, wir werden mehrfach fahren müssen. Das bedeutet, dass einige Leute hier bleiben müssen, um auf die verbliebenen Sachen aufzupassen. Das gibt schon wieder Streit. Jeder möchte gleich in die Stadt.«

»Es gibt keine Stadt«, sagte sie leise. Ihr Bruder sah sie überrascht an.

»Nicht?«

»Nein«, sagte Pastorius bedrückt, der das Gespräch verfolgt hatte. »Es ist noch keine Stadt. Eher ein Dorf. Ein kleines Dorf. Es gibt bisher nur fünf Häuser aus Stein, die anderen sind Blockhütten – gebaut aus dicken Holzstämmen. Penn hat natürlich ein prachtvolles Haus, aber er hat auch genug Geld, um andere für sich arbeiten zu lassen.«

»Es gibt nur wenige Häuser?«, fragte Hermann verblüfft. Pastorius nickte und wich seinem Blick aus. »Wo werden wir dann unterkommen? Es ist schon Oktober, der Winter steht vor der Tür.«

»Es gibt eine große Scheune, die ich für Euch gesichert habe. Doch ihr müsst zusehen, dass ihr Euch, so schnell es geht, Unterkünfte baut.«

»Noch vor dem Winter?«, fragte Hermann entsetzt. »Ich dachte, den ersten Winter können wir in der Stadt verbringen und uns dann im Frühjahr ans Werk machen.«

»So hatte ich das auch verstanden, aber leider geht das nicht. Doch verzweifelt nicht, wir werden für alles Lösungen finden. Erst einmal müsst Ihr jedoch Eure Sachen nach Philadelphia bringen, und dann werden wir die anderen Dinge in Ruhe klären.«

»Euer Wort in Gottes Ohr«, murmelte Hermann und stapfte davon. Er war wütend, das merkte Margaretha, die ihm folgte. Die Angst war wieder da. Doch bei der Aufregung und Unruhe blieb ihr keine Zeit, sich mit den düsteren Gedanken zu befassen.

Die Brüder op den Graeff beschlossen, den anderen die Ochsenkarren zu lassen und ihre Sachen erst mit der zweiten Fuhre nach Philadelphia zu bringen. Trotzdem sollten die Frauen schon mitgehen. Hermann und Abraham begleiteten sie, Dirck blieb bei ihrem Hab und Gut.

Jonkie lief neben Margaretha her, ein wenig war es so wie am Anfang ihrer Reise, nur dass sie jetzt endlich ihre neue Heimat erreicht hatten. Oder jedenfalls fast, dachte Margaretha.

Die Fahrt hatte der Hund leidlich überstanden, er schien froh zu sein, endlich wieder festen Boden unter den Füßen zu haben, und war begeistert durch das Gebüsch gestreunt, hatte Enten aufgescheucht und Hasen nachgejagt. Nun aber folgte er Margaretha wieder getreu. Gretje ging langsam neben dem Tross her. Immer wieder blieb sie schnaufend stehen, holte keuchend Luft und hustete.

»Moedertje schafft das nicht«, sagte Margaretha leise zu Hermann. »Sie ist erschöpft und das Laufen nicht mehr gewohnt. Wir müssen sie auf einem der Karren unterbringen.«

Hermann nickte. Besorgt schauten die Geschwister zur Mutter. Abraham hatte ihren Arm genommen und stützte sie.

Kurz nach der Ankunft war sie so lebhaft gewesen, dachte Margaretha traurig, voller Energie und Lebensmut. Doch nun zeigten sich deutlich die Spuren der anstrengenden Reise. Hoffentlich hatte sie die Möglichkeit, sich in Philadelphia zu erholen.

Kapitel 27

Auch die anderen merkten nach kurzer Zeit, wie viel Kraft sie die Reise gekostet hatte. In den Wochen auf See hatten sie kaum Bewegung gehabt, das Essen war dürftig gewesen, und der Seegang hatte ihnen zugesetzt. Doch nur die Schwachen und Kranken konnten mit den Karren fahren, die anderen liefen hinterher.

Eine halbe Stunde Fußmarsch hatte es geheißen, aber die Ochsen kamen nur langsam voran, und so zog sich der Weg dahin. Der dichte Wald beeindruckte die Siedler. Die Bäume waren höher und dichter als im Hülser Bruch. Zypressen wuchsen hier und Zedern, Kastanien und Eichen. Sie erspähten eine Vielzahl von Vögeln – Enten, Reiher, Wildgänse und Schnepfen. Die Kinder und manch einer der Erwachsenen schlugen sich durch das Dickicht, suchten Beeren und Kräuter, Obst und Nüsse.

»Es gibt hier Wildschweine«, berichtete Tönis Kunders begeistert. »Der Boden ist schwarz und gut, er scheint sehr fruchtbar zu sein. Spuren von großen Tieren haben wir auch entdeckt, das werden wohl Bären sein, davon hatte uns Mister Claypoole ja schon berichtet.« Seine Augen glänzten. »Nur gut, dass wir uns an Waffen geübt haben, wir werden jagen müssen.«

»Nicht nur das«, meinte Abraham nachdenklich. »Diese Bären sollen groß und gefährlich sein.«

»Aber sie werden doch wohl nicht in die Stadt kommen?«, fragte Gitta Kunders, die Mühe hatte, mit den Männern Schritt zu halten. Margaretha sah Hermann nachdenklich an, auch er runzelte die Stirn, biss sich dann aber auf die Lippen und äußerte sich nicht dazu.

Was werden die Leute wohl sagen, wenn sie entdecken, dass es gar keine große und geschützte Stadt gibt?, dachte Margaretha besorgt.

Die Bäume, die wie dichte Wände zu beiden Seiten des Pfads standen, lichteten sich allmählich. Das Unterholz wurde dafür dichter. Alle Arten von Beeren wuchsen hier. Margaretha pflückte im Vorübergehen einige saftige Brombeeren. Die meisten der anderen Früchte waren schon verfault oder vertrocknet. Viel würde ihnen nicht bleiben für die Wintervorräte. Doch die Brombeeren waren saftig und süß, eine Wohltat nach den langen, kargen Wochen Schiffskost.

Die Karren wurden langsamer, kamen schließlich zum Stehen. Die Siedler liefen an ihnen vorbei, verharrten dann. Eine Ansammlung von Hütten zeigte sich ihnen, sie waren aus groben Holzstämmen zusammengefügt.

»Wo sind wir hier?«

»Warum halten wir an?«

»Wo ist der Weg in die Stadt?«

Immer mehr Fragen dieser Art wurden laut geäußert. Pastorius, der mit den Siedlern mitgegangen war, fand sich nun umringt von ihnen.

»Meine lieben Brüder und Schwestern«, sagte er mit heiserer Stimme, räusperte sich dann. »Meine Freunde im Glauben, dies ist nur der Anfang.« Er hielt inne.

Margaretha drängte sich nach vorne, sie spürte, wie heikel diese Situation war. Wenn nun die Stimmung kippte, dann könnten sie in Teufels Küche geraten. Sie lächelte Pastorius zu. Er sah sie an, sein Blick war voller Sorgen und Zweifel, seine Stirn in Falten gezogen. Doch dann hob er den Kopf.

»Meine lieben Brüder und Schwestern, dies ist erst der Anfang, ein Beginn. Der Beginn unserer strahlenden Zukunft. Dies sind die ersten Häuser der glorreichen Stadt Philadelphia. Einer Stadt, die wachsen und gedeihen wird. Sie wartet auf uns, auf euch. Ihr werdet sie groß machen. Groß und stark und reich. Noch ist sie klein, wie ein Bohnenkeimling, der die ersten Blätter gen Sonne streckt, aber bald schon wird sich hier Haus an Haus reihen, die Straßen werden befestigt sein, das fruchtbare Land ist da und wartet nur darauf, von euch urbar gemacht zu werden. Es liegt in eurer Hand – wollt ihr diese Zukunft?« Pastorius hielt inne, sah sich um, schaute dann zu Margaretha. Sie nickte ihm zu, es waren die richtigen Worte, um die Siedler zu begeistern.

»Wollt ihr hier leben?«, fuhr Pastorius fort. »Wollt ihr diese Stadt, diesen Staat aufbauen, euer Leben hier gestalten? Wollt ihr hier euren Glauben frei leben, frei von der Unterdrückung anderer? Dann müsst ihr anpacken und eure Zukunft aufbauen. Hier und jetzt müsst ihr neu anfangen, ohne Enge und Mauern in Herz und Verstand. Aber ihr müsst es wollen, Brüder und Schwestern. Wollt ihr?«, fragte er in die Runde. Für einen Moment schwiegen alle. Margaretha hielt den Atem an.

»Ja«, sagte eine Stimme zuerst zaghaft, doch dann schlossen sich ihr andere an, und schließlich riefen alle laut: »Ja, das wollen wir!«

Pastorius hob die Hände, beschwichtigte die Rufenden.

»Gut!«, sagte er und nickte, schaute in die Runde. »Das ist gut! Ich empfinde ebenso wie ihr. Und ebenso wie ihr war ich entsetzt darüber, dass es noch gar keine Stadt gibt. Denn dies ist alles, was bisher hier vorhanden ist – ein paar wenige Häuser aus Stein gibt es, ja, doch, die sind schon gebaut worden. Feste, standhafte Häuser aus gutem Stein.« Wieder hielt er inne, nickte. »Aber es sind noch nicht viele, noch nicht genug. Dreihundert Menschen leben bisher in Pennsylvania. Dreihundert. Aber nun gibt es fünfzig wackere Siedler mehr – ihr seid hier und weitere werden euch nachfolgen.« Er senkte den Kopf, holte tief Luft. »Sie werden euch folgen. Das Land ist noch roh, es ist Wald, aber es ist euer Land.«

»Der Boden ist gut und fruchtbar!«, rief jemand dazwischen.

»Ja, das ist er«, bestätigte Pastorius. »Der Boden ist fruchtbar. Hier werden wir siedeln, frei, aufrecht und gottgefällig.«

Wieder hob Pastorius die Arme und blickte in die Runde. Zustimmendes Gemurmel war zu hören. Inzwischen waren seine Wangen gerötet, die Augen leuchteten, die Angst und die Anspannung waren von ihm abgefallen wie die Haut einer Zwiebel.

»Täuscht euch nicht, Brüder und Schwestern. Dies ist eine schwere Aufgabe, eine Probe, die wir bestehen müssen.« Er sah in die Gesichter der Siedler, streifte Margarethas Blick nur, hob dann den Kopf und schaute in den Himmel. »Gott ist mit uns. Dies ist ein Staat, um den Glauben an Gott zu leben. Frei zu leben. Ohne Beschränkung, ohne Unterdrückung. Ein Staat für Gott und den Glauben.« Wieder hielt er inne, senkte den Kopf. »Es wird mühsam werden, der Winter kommt bald, und noch haben wir nur wenig. Aber wir können es schaffen. Lasst uns dafür beten. Amen!«

»Amen!«, erschallte es vielfach. Margaretha biss sich auf die Lippe. Er hatte die Menschen überzeugt, und das war gut. Pastorius hatte Rückgrat, er stand für seine Ideen ein. Doch würde sie das über den Winter bringen?

Doch Zuversicht verbreitete sich. Pastorius ging allen voran. Er brachte sie zu einem großen Lagerhaus, in dem sie ihr Lager aufschlagen und ihre Habseligkeiten verstauen konnten. Die Verhältnisse waren noch enger und bedrängter als an Bord der »Concord«.

Klaglos nahmen die Siedler das Quartier an. Ihnen allen war bewusst, dass das Jahr weit fortgeschritten war und ihnen nicht mehr viel Zeit blieb, um Vorräte zu beschaffen und Unterkünfte zu bauen.

Den ersten Tag verbrachten sie damit, ihre Kisten und Kästen zu ordnen und sich, so gut es eben ging, einzurichten. Stroh als Lager musste reichen.

»Es ist ja nicht für lange«, beruhigte Hermann die Siedler. »Morgen schon werde ich mit Pastorius zu Mijnheer Penn gehen, um uns das Land zuteilen zu lassen.«

Sie entfachten mehrere Feuer vor der Scheune, hängten die gusseisernen Töpfe darüber und kochten eine karge Abendmahlzeit, die Margaretha jedoch mit frischen Kräutern würzen konnte. Aufmerksam hatte sie das Unterholz neben dem Pfad in Augenschein genommen, so manche Pflanze entdeckt, die ihr vertraut war, aber auch unbekannte Sträucher und Gewächse. Sie war gespannt, was es noch alles zu entdecken gab.

Schon am nächsten Morgen machten sich die Siedler auf den Weg, um die neue Umgebung zu erkunden. Philadelphia bestand aus nur wenigen Straßen, die zum größten Teil ungepflastert waren. Holzbohlen bildeten Fußwege, von Fuhrwerken tief zerfurcht waren die unbefestigten Straßen. Am Ortsrand standen die Holzhütten, die sie bei ihrer Ankunft so erschreckt hatten. Hinter den Hütten gab es kleine Gärten, doch Margaretha konnte einen Hof außerhalb der Ortsgrenze ausmachen. Rund um die wachsende Stadt gab es sicherlich noch mehr Gehöfte und vielleicht auch die Möglichkeit, dort Vorräte zu erwerben.

Doch bevor sie das herausfinden konnten, mussten sie zuerst das Gespräch mit Penn suchen. Hermann und Abraham machten sich auf, um Pastorius zu treffen. Margaretha und Rebecca begleiteten sie.

An den Hütten waren Holzgestelle aufgebaut, auf denen Fleischstreifen und Fisch trockneten. Hunderte von Fliegen umschwirrten diese Gestelle. Rebecca schüttelte entsetzt den Kopf.

»Das ist ja widerlich«, murmelte sie leise.

»Wir haben in Krefeld Stockfisch gekauft. Was glaubst du, wie er getrocknet ist?«, fragte Margaretha sie belustigt, dann pfiff sie Jonkie herbei, die den Geruch alles andere als widerlich zu finden schien.

Neue, größere Häuser wurden am Ortsrand gebaut. Dunkle Steine bildeten das Fundament, darauf wurde Fachwerk gesetzt. Das quietschende Sirren der großen Sägen, die jeweils von zwei Männern durch die Baumstämme gezogen wurden, erfüllte die Luft. Rebecca wollte stehen bleiben, doch Margaretha zog sie weiter. Sie kamen an einer Schmiede vorbei, aus der das Dröhnen der Hämmer klang.

War die Luft am Delaware frisch und rein gewesen, so drangen nun mannigfaltige Gerüche zu ihnen. Der Qualm der Holzfeuer lag in der Luft, irgendwo wurde Brot gebacken, Fleisch gebraten. Immer wieder streckte Jonkie den Kopf nach oben und schnupperte.

»Beim Schmied können wir nachher fragen, wo man Waffen herbekommt«, sagte Hermann. An Bord der »Concord« hatten sie den Umgang mit Musketen und Pistolen erlernt, sich im scharfen Schuss geübt. Einige der Männer lehnten den Waffengebrauch ab, doch der Kapitän und auch Sir Claypoole machten ihnen klar, dass sie Waffen brauchen würden – zur Jagd und auch zur Verteidigung gegen Raubtiere. Margaretha konnte sich noch gut an den beißenden Geruch des Schießpulvers und das Knallen der Schüsse erinnern. Sie hatte das Treiben nachdenklich verfolgt, war aber nun bei dem Anblick der dichten Wälder beruhigt, dass die Brüder wenigstens etwas Übung im Umgang mit Waffen erlangt hatten.

Je näher sie dem Mittelpunkt des Dorfes kamen, umso dichter standen die zwei- und dreigeschossigen Häuser. Sie waren aus Steinquadern und Fachwerk erbaut, die Dächer waren mit Holzschindeln gedeckt.

In einem Hof sahen sie zwei Frauen, die Fleischreste von Tierhäuten schabten, auch hier schwirrten Fliegenschwärme um sie herum. Der Gestank lag wie eine Glocke über dem Hof. Margaretha verzog das Gesicht, ging schnell weiter. Ein Fleischer zerlegte ein Stück Wildbret, Blut tropfte zu Boden, und sie war versucht, ihn zu fragen, warum er es nicht auffing und Blutsuppe daraus kochte. Doch ihre Brüder waren schon vorausgeeilt, so dass sie Mühe hatte, sie einzuholen.

Überall herrschte Betriebsamkeit, Händler hatten ihre Waren – zumeist Pelze und Häute von fremd wirkenden Tieren – ausgebreitet, es gab Pulver und Blei, Handwerkszeug und andere Waren zu kaufen. Die neuen Siedler wurden freundlich, aber zurückhaltend gegrüßt.

Schließlich gelangten sie zu einem Platz, der von Pfirsich- und Apfelbäumen umstanden war, wo Pastorius schon auf sie wartete. Er zeigte zu einem imposanten dreigeschossigen Steinhaus. »Dort wohnt William Penn. Ich hoffe, er empfängt uns.«

Hermann zog verblüfft die Augenbrauen hoch, sagte jedoch nichts.

»Wartet hier auf uns!«, wies Abraham die beiden Frauen an und folgte seinem Bruder und Pastorius, die zu Penns Haus eilten.

Im Schatten der Bäume saßen einige Frauen mit großen Körben voller Gemüse, das sie zum Kauf feilboten. Neugierig näherte sich Margaretha ihnen, um die Erzeugnisse zu begutachten. Es gab Wurzeln und Möhren, aber auch dicke Knollen und seltsame Früchte, die aussahen, als wären sie mit Perlen überzogen.

»Das nennt man Mais«, sagte die Frau. »Man kann es kochen und essen, es schmeckt sehr gut und gibt Kraft. Und diese

Knollen hier, die kann man auch kochen. Sie sind ein wenig wie Äpfel, aber nicht ganz so weich und süß. Wir nennen sie Erdäpfel.«

»Darf ich?« Margaretha streckte vorsichtig die Hand aus. Die Frau nickte ihr aufmunternd zu. Der Mais war hart und fest, sie konnte sich nicht vorstellen, dass man das wirklich essen konnte.

»Ihr seid die neuen Siedler, nicht wahr?«, fragte die Frau.

»Ja, wir sind gestern angekommen.«

»Die ganze Stadt spricht davon. Viele seid ihr, sagt man.«

»Dreizehn Familien.« Margaretha lächelte. »Wir hoffen, schnell Unterkünfte bauen zu können.« In diesem Moment sah sie die Brüder und Pastorius aus Penns Haus treten.

»Das ging ja schnell«, murmelte sie und legte die Frucht zurück in den Korb.

»Nehmt sie mit und probiert sie. Sie muss nur lange kochen, wenn die Körner weich sind, kann man sie abnagen«, sagte die Frau freundlich.

Margaretha bedankte sich und ging dann zu ihren Brüdern. Hermann starrte zu Boden, die Luft zwischen den Männern schien zu knistern.

»Und?« Margaretha traute sich kaum zu fragen.

»Er hat uns nicht empfangen«, sagte Pastorius leise. »Wir sollen morgen wiederkommen.«

Erstaunt sah Margaretha ihn an.

»Mit dem Schiff sind auch Depeschen aus London gekommen. Damit wird er beschäftigt sein«, versuchte Pastorius zu erklären. »Habt Ihr Euch ein wenig umgeschaut?«

Margaretha hielt ihm den Maiskolben hin. »Dies soll eine essbare Frucht sein. Sie muss allerdings gekocht werden.«

»Das ist Mais. Die Wilden zerstampfen die Körner zu Mehl und backen daraus flache Brote. Man kann es aber auch kochen, es schmeckt ungewohnt, aber nicht schlecht.«

»Aber Kohl gibt es auch, habe ich gesehen, Wurzeln und Zwiebeln.«

»Ja, allerdings ist das Angebot nicht so reichlich, und die Preise sind hoch.«

»Wunderbar«, sagte Hermann ärgerlich. »Es gibt zwar Nahrung, aber nicht viel und dann teuer. Wir haben noch kein Land, können nichts tun, als zu warten. Es ist schon Oktober, uns bleibt nicht mehr viel Zeit.«

»Guter Mijnheer op den Graeff, es handelt sich doch nur um einen Tag. Die Zeit könnt Ihr gut nutzen, denn sicherlich braucht Ihr noch Werkzeug und allerlei andere Dinge. Sucht die Händler und Handwerker auf, erkundet das Umland ...«

»Schon recht, Mijnheer Pastorius. Wir wissen sehr wohl, was wir zu tun haben.« Er drehte sich um und stapfte davon, Abraham folgte ihm. Bedrückt sah Margaretha den Brüdern hinterher, unschlüssig, wie sie sich verhalten sollte.

»Ich kann Eure Brüder verstehen, Margret. Mich hat es auch verärgert, so abgewiesen worden zu sein. Aber es lässt sich nicht ändern.« Er hielt inne, schien zu überlegen. »Mögt ihr mit mir durch den Ort gehen?«

Margaretha schaute Rebecca an, diese nickte freudig. Gemeinsam machten sie sich auf den Weg zur anderen Seite der Ortschaft, Jonkie folgte ihnen, schnupperte eifrig. Auch hier gab es Handwerk – einen Seiler, einen Korbflechter, es gab kleine Läden, in denen man Pulver und Blei erstehen konnte, Ton- und gusseiserne Waren wurden feilgeboten. Mit großen Augen schaute Margaretha in die Auslagen. Nach Rotterdam und London erschienen die Angebote spärlich, außerdem vermisste sie einen Gewürz- und Kräuterhändler. Und doch war sie froh, zu sehen, dass es überhaupt Waren gab. Obwohl sie einiges mitgebracht hatten, mussten sie doch etliche Sachen kaufen. Möbel und Häuser mussten gebaut werden, dafür würden sie Werkzeug und Nägel brauchen. Auch einen Küfer gab es, stellte sie erleichtert fest. Sie erreichten das Ende des Ortes, hier wurden ebenso neue Häuser errichtet wie auf der anderen Seite. Die Straße führte schnurgerade durch den Ort, die Häuser lagen rechts und links davon, nur wenige Seitenstraßen schien es zu geben.

Ein stechender Geruch kam ihnen entgegen, Margaretha rümpfte angewidert die Nase. »Was ist das?«

»Da vorne ist die Gerberei, da werden die Pelze gegerbt, Leder verarbeitet. Auch die Gedärme werden dort ausgewaschen und auf Rahmen gespannt. Es gibt zwar schon eine Glashütte, aber mancher Siedler kann sich noch keine Fensterscheiben leisten.«

»Es riecht ähnlich schlimm wie eine Bleiche«, sagte Rebecca.

»Das ist richtig«, stimmte Pastorius ihr zu. »Aber eine Bleiche gibt es noch nicht. Bisher fehlten die Weber.«

»Wächst hier denn Flachs?«, wollte Margaretha wissen.

»Die Frage kann ich nicht beantworten. Es gibt einige Gehöfte, doch bisher gab es keinen Bedarf an Flachs, es wird deshalb vermutlich keiner angebaut worden sein. Jedenfalls nicht hier in der direkten Umgebung. Weiter südlich haben sich einige Holländer angesiedelt. Vielleicht wird dort Flachs angebaut. Ich bin zwar schon sechs Wochen hier, aber so weitreichend sind meine Erfahrungen noch nicht.«

Langsam gingen sie zurück.

»Jetzt, wo wir unter uns sind, wie gefällt Euch das Land?«, fragte Margaretha, ohne Pastorius anzusehen. Jonkie hielt sich dicht an ihrer Seite. Nur wenige andere Hunde hatte Margaretha bisher gesehen.

»Ach, Margret.« Pastorius seufzte. »Das Land ist wunderschön. Aber ob wir hier das erreichen, was wir vorhaben, das weiß ich immer noch nicht.« Er ging ein paar Schritte, sah sie dann an. »Ich habe es mir anders vorgestellt. Ich habe mir Penn anders vorgestellt.«

»Wie ist er denn?«, fragte Rebecca neugierig.

»Er ist reserviert. Anders, als ich gedacht habe.«

»Wie meint Ihr das? Kanntet Ihr ihn denn nicht?«

»Nein, Mevrouw op den Graeff, ich hatte nur mit ihm korrespondiert. Wir haben einige Briefe ausgetauscht, aber getroffen hatte ich ihn nicht. Erst hier wurden wir persönlich miteinander bekannt.«

»Wie habt Ihr ihn Euch denn vorgestellt, Franz Daniel?«, fragte nun auch Margaretha.

Pastorius zögerte. »Ich weiß nicht. Offener. Lebhafter. Er hat viele Dinge aus England mitgebracht. Sein ganzes Mobiliar. Das Haus wurde nach seinen Zeichnungen erbaut – alles im Haus ist edel und schön. Die Ziegel sind aus England hierher verschifft worden, auch das Fensterglas.«

»Nun ja, er kann es sich vermutlich leisten«, sagte Margaretha leise und dachte wehmütig an die Häuser in Krefeld zurück. Dort hatte sie sich wohlgefühlt, hier stand der kommende Winter bedrohlich vor ihnen. In dem Lagerhaus konnten sie auf keinen Fall überwintern.

»Zum einen kann er es sich leisten, zum anderen wird er in wenigen Wochen wieder abreisen. Seine Familie ist in England verblieben, er verbringt den Winter gemeinsam mit ihnen dort.«

»Ist das so?« Margaretha schüttelte den Kopf. »Ja, dann fällt einem auch der Glaube leicht, vermute ich«, fügte sie fast tonlos hinzu.

»Wo wohnt Ihr denn, Mijnheer Pastorius?« Rebecca fragte arglos.

Die Röte schoss über sein Gesicht, er senkte den Kopf, stellte Margaretha amüsiert fest.

»Ich … ich habe … vorerst wohne ich in der Stadt.« Er räusperte sich.

»Zu Untermiete?« Margaretha kostete seine Befindlichkeit aus, sie wusste von ihren Brüdern, dass Pastorius ein Haus samt Haushälterin angemietet hatte.

Pastorius warf ihr einen Blick zu, schüttelte dann beschämt den Kopf.

Inzwischen hatten sie wieder den Platz erreicht. Margaretha wollte ihn nicht noch länger quälen, deshalb ging sie wieder zu den Frauen, die dabei waren, ihre Ware zusammenzupacken. Sie hatte ein paar Geldmünzen in der Tasche, wusste aber nicht, ob die Währung angenommen werden würde. In dem Korb einer der Frauen waren noch drei Kohlköpfe. Margaretha zeigte darauf.

»Was kosten die?«, fragte sie und zeigte ihre Münzen. Die Frau, eine verhuschte Bäuerin, die ein Kopftuch statt einer Haube trug, schaute sich die Münzen an, nahm sie in die Hand, biss dann darauf. Unschlüssig wandte sie sich zu ihrer Nachbarin, tuschelte mit ihr, nickte dann Margaretha zu und gab ihr zwei der drei Kohlköpfe.

Margaretha war so entsetzt, dass sie nicht mehr nachfragte, sondern den Kohl nahm und ging. Rebecca und Pastorius hatten vor Penns Haus auf sie gewartet.

»Du siehst aus, als hättest du einen Geist gesehen«, sagte Rebecca.

»Ich habe für die beiden Kohlköpfe soviel bezahlt wie in Krefeld für zehn«, sagte Margaretha noch immer schockiert. »Himmeltje, wenn wir nicht ganz schnell eigene Vorräte sammeln, werden wir verhungern.«

»Sammeln? Willst du von den Feldern klauen?«

»Nein, Rebecca, natürlich nicht. Aber man kann mehr essen als nur Kohl. Die Wälder hier sind viel reicher an Wildpflanzen als bei uns, so scheint es mir. Es gibt Pilze und Wurzeln, es gibt jede Menge essbare Dinge, wir müssen sie zwar mühsam suchen, doch uns bleibt keine Wahl.«

Jeder in seine Gedanken und Sorgen versunken, gingen sie zurück. Inzwischen hatte die Sonne den Zenit schon überschritten. Im Lager waren nur wenige der Siedler. Gretje saß auf einer der Kisten an der Feuerstelle. Sie wiegte den kleinen Isaak in den Armen. Samuel und Mirjam spielten mit Holztieren, die ihnen Dirck auf der Überfahrt geschnitzt hatte, im Staub. Catharina rührte missmutig in dem Kessel, der über dem Feuer hing. Es roch nach ranzigem Speck und Bohnen.

Nicht schon wieder Bohneneintopf, dachte Margaretha.

Sie nahm Pastorius die Kohlköpfe ab, die er für sie getragen hatte, und legte sie neben Gretje auf den Boden.

»Der Kohl scheint hier vergoldet zu sein«, sagte sie bitter. »Viel werden wir nicht kaufen können. Wo sind die anderen?«

»Hermann, Abraham und Dirck sind unterwegs, um einen Büchsenmacher zu finden. Außerdem wollen sie Seile, Hämmer und Sägen erstehen. Und noch einiges mehr«, erwiderte Catharina missmutig. »Sie wollen sich auch anschauen, wie man diese Blockhütten baut. Ich frag mich, warum? Was sollen wir mit Hütten aus Baumstämmen? Esther ist mit anderen losgezogen – sie wollte zu den Gehöften außerhalb und Hühner oder anderes Federvieh erwerben, jemand hat gesagt, dass es dort Geflügel gibt. Grundgütiger, was will sie damit?« Sie schnaubte.

»Das ist eine wunderbare Idee. Hühner können wir sogar hier halten, wir brauchen nur eine Art Gehege, das können wir aus Ästen bauen. Für den Übergang reicht das.« Margaretha nickte, sah dann in den Topf. »Was kochst du denn?«

»Was wohl? Es ist ja nicht viel da. Speck und Bohnen. Ich habe noch die letzten Zwiebeln dazugetan. Es schmeckt trotzdem fad.« Catharina richtete sich auf, reichte Margaretha den Löffel.

»Da fehlt Salz und Bohnenkraut – aber Bohnenkraut haben wir nicht mehr.« Sie seufzte. »Es fehlt auch etwas Frisches.« Sehnsüchtig schaute sie zum Waldrand. »Ich könnte Kräuter und Wurzeln suchen.«.

Rebecca nickte ihr begeistert zu. »Ja, lass uns sammeln gehen.«

»Seid ihr des Teufels? Ihr könnt doch nicht in den Wald gehen. Wer weiß, welch scheußliches Getier dort lauert. Oder gar die Wilden …« Catharina war entsetzt.

Der Schalk blitzte plötzlich in Rebeccas Augen auf. »Du meinst die Bären und Wölfe? Ich glaube kaum, dass die uns jagen werden, solange es hier so köstlich duftet. Sie werden eher hierher kommen.«

Catharina schaute auf. »Meinst du wirklich? Der Wald ist ja nicht so weit entfernt. Hemeltje, die Männer sind alle unterwegs. Sollten wir das Feuer löschen?«

Margaretha lachte. »Nein, rühr du nur weiter in der Suppe. Wir werden sehen, ob wir noch etwas Essbares finden.« Sie nahm sich einen Korb und ging in Richtung Wald, Rebecca folgte ihr.

»Meisjes, wartet«, rief ihnen Pastorius hinterher. »Ich komme mit euch.«

»Aus Sorge um uns?« Margaretha lachte, dennoch war sie froh, nicht ohne Begleitung gehen zu müssen. »Habt Ihr die Gegend schon ein wenig erkundet, Franz Daniel, und könnt uns raten, wohin wir uns wenden sollen?« Sie blieb stehen und drehte sich um ihre Achse.

»Rechts, also östlich von uns liegt der Delaware, der Fluss, auf dem Ihr gekommen seid. Dort drüben ist der Pfad, der zum Landungsplatz führt. Hinter uns liegt die Ortschaft. Nördlich von ihr befinden sich einige Gehöfte, dorthin wird Eure Schwägerin gegangen sein. Aus Nordwesten fließt der Schuylkill, ein kleinerer Fluss, in den Delaware, wir befinden uns zwischen den beiden Strömen. In den Norden existiert ein Pfad, den die Wilden benutzen. Er führt zu ihren Siedlungen.«

Rebecca sah ihn mit großen Augen an. »Wilde siedeln hier?«

»Nicht direkt hier, einige Stunden Fußmarsch muss man in Kauf nehmen. Wenn ich es recht verstanden habe, siedeln sie nur im Sommer hier, im Winter ziehen sie weiter. Ich war noch nicht so weit im Landesinneren bisher.«

»Aber Ihr habt schon Wilde getroffen?«, fragte Margaretha leise.

»Sie kommen regelmäßig nach Philadelphia, um Waren zu tauschen. Sie bieten feines Leder, Pelze, Wildbret und andere Dinge an. Soweit ich gehört habe, sind sie friedfertig und uns wohlgesinnt.«

»Wohin gehen wir nun am besten?«

Pastorius zögerte kurz. »Viele nutzen den Pfad zum Delaware. Sei es, um zur Anlegestelle zu kommen, oder um zu fischen. Also lieber nach Westen.«

»Aber dort sind doch die Gehöfte«, wandte Margaretha ein. »Sicherlich werden dort auch Schweine gemästet. Die Wälder sind voller Eichen und Buchen, bestimmt werden die Tiere jetzt im Herbst zur Mast dorthin getrieben. Da werden wir nicht mehr viel finden. Vielleicht sollten wir uns nach Süden wenden, auf die andere Seite der Ortschaft.«

Pastorius nickte. »Ihr wisst mehr über diese Dinge als ich«, gestand er.

Mit forschem Schritt gingen sie los, Jonkie lief freudig voraus. Aus den Wäldern nahe der Ortschaft hörten sie die lauten Rufe der Holzfäller, das Schlagen der Äxte und das Reißen der Sägen, als sie durch das Holz gezogen wurden.

»Es wird mächtig gebaut, will mir scheinen.«

»Ja, Margret, der Winter naht, und die Zeit drängt. Philadelphia wächst, das ist gut so.«

»Wie viele Siedler hat Penn denn angeworben?«

»Nicht alle Siedler kommen über den Ozean. Einige sind schon seit Jahren hier, hatten anderswo versucht, Fuß zu fassen. Doch Penns Versprechen, den Täufern und Gläubigen eine Zuflucht zu bieten, hat sich wohl herumgesprochen. Ich bin froh darüber, denn diese Männer kennen das Leben hier schon und geben ihr Wissen an die Neuankömmlinge weiter. Das erleichtert vieles.«

Sie setzten ihren Weg fort, jeder in seine Gedanken versunken. Hinter der Ortschaft wuchs das Gras fast hüfthoch, vorsichtig bahnten sie sich ihren Weg bis zum Unterholz.

»Dort drüben wachsen Hagebutten, Rebecca. Willst du die pflücken?«

Die junge Frau nickte erleichtert. Die Eichen, Kastanien und Zedern wuchsen dicht an dicht, der Wald wirkte dunkel und bedrohlich.

»Und schau mal«, sagte Margaretha begeistert, »es wachsen

hier auch Holunderbeeren. Aus Hagebutten können wir Aufguss bereiten, er hilft gut gegen Erschöpfung oder Husten. Holundersaft kräftigt auch. Aus den Blättern kann man Breiumschlag machen, welcher gut bei Quetschungen oder Hautwunden ist.«

»Ich werde die Hagebutten einsammeln und danach den Holunder abernten.«

»Wir gehen weiter in den Wald, Rebecca. Jonkie kann bei dir bleiben.«

»Ist gut.« Ihre Schwägerin schien beruhigt zu sein.

»Aus der Rinde der Bäume kann man allerlei machen. Aufgüsse aus Eichenrinde sind gut bei Entzündungen. Zypressenrinde hilft gegen Husten, Schnupfen und auch bei Frauenleiden.«

»Was Ihr alles wisst«, sagte Pastorius erstaunt.

»Ach, so was weiß doch jedes Kind.« Sie ging weiter in den Wald hinein. »Fast jede Pflanze hat eine Wirkung.«

»Jede Pflanze? Was kann diese hier?« Er zeigte auf einen Farn, der unter den Zypressen wuchs.

»Aus den Wurzeln kann man eine Tinktur herstellen, die gegen Würmer wirkt. Man muss aber aufpassen, denn es ist nur in Maßen genießbar. Allerdings kann man aus der Tinktur auch Umschläge bereiten, die gegen Gelenkschmerzen wirken.« Sie sah sich um. »Es ist schon spät im Jahr. Die meisten Kräuter haben sich schon zurückgezogen. Außerdem ist der Wald sehr dicht.« Sie seufzte. »Mehr Glück hätten wir wahrscheinlich an einer Lichtung.« Sie hob lauschend den Kopf, sog die Luft tief ein. Die Zypressen verströmten ihren betörenden Duft, aber als sie weitergingen, überwog der herbe Geruch faulender Eichenblätter. Margaretha sammelte einige Handvoll Eicheln ein.

»Wollt Ihr auch Schweine mästen?«, fragte Pastorius belustigt.

»Eicheln schmecken nicht nur den Schweinen. Wenn man sie wässert und dann ordentlich trocknet, kann man sie zermahlen und wie Mehl gebrauchen. Sie wirken gut gegen Magenweh. Wir könnten die Kinder Eicheln sammeln lassen«, meinte Margaretha nachdenklich. »Das wäre die richtige Aufgabe für kleine, flinke Finger. Mir scheint aber, dass irgendwo ein Bachlauf ist. Ich höre Wasser rauschen und gluckern.«

»Hier sind überall kleine Bäche und Quellen.«

»Das ist gut, dort können wir sicherlich noch mehr Essbares finden.«

Langsam gingen sie weiter, kämpften sich durch das dichte Unterholz. Immer wieder blieb Margaretha stehen, begutachtete eine ihr fremde Pflanze, freute sich über Bekanntes.

»Frauenmantel wächst hier und auch die Schlüsselblume.« Margaretha kniete sich hin und grub eine unscheinbare Pflanze aus. »Die Wurzeln der Schlüsselblume wirken gut gegen Altershusten. Vielleicht bringen sie meiner Mutter Linderung.«

»Ist Eure Mutter erkrankt?«, fragte Pastorius besorgt.

»Die Überfahrt hat sie sehr geschwächt. Ich hoffe, sie erholt sich schnell, aber ein Aufguss kann nicht schaden.«

Schon bald gelangten sie an den kleinen Bachlauf, den Margaretha gehört hatte. Sie ging am Ufer entlang, bückte sich immer wieder, grub hier etwas aus, pflückte dort etwas. Pastorius trug den Korb und half ihr zu ernten.

Seufzend blieb sie schließlich stehen. »Wilde Möhren scheint es hier nicht zu geben. Auch keine anderen Wurzelgewächse, die ich kenne.«

»Es wird langsam dunkel, wir sollten uns auf den Rückweg machen«, meinte Pastorius und schaute besorgt zum Himmel. »Gerne können wir morgen weitersuchen.«

»Lasst uns noch die Brombeeren dort drüben pflücken.«

Margaretha war froh, dass sie wenigstens einige Beeren gefunden hatten. Auf dem Weg vom Delaware zur Ortschaft hatte sie eine Art Lauch und Winterheckenzwiebeln gesehen, doch hier fand sie keine. Missmutig drehte sie um.

»Woher sind wir gekommen?«

»Ich glaube, von dort drüben.«

Sie gingen vom Wasserlauf zurück zum Waldrand, aber alles wirkte plötzlich fremd und unheimlich. Es knackte im Unterholz, und sie blieben stehen, sahen sich besorgt um.

»Es ist nur die Dämmerung. Dadurch wirkt alles anders. Wir müssen uns nördlich halten, dann finden wir schon zurück«, sagte Pastorius.

Hoffentlich, dachte Margaretha verunsichert. »Müsste man nicht sehen, woher wir gekommen sind?«

»Theoretisch schon, aber wenn wir nur unsere Spur suchen, geht unnötige Zeit verloren.« Wieder schaute er zum Himmel. »Dort müsste Norden sein. Also ist das unsere grobe Richtung. Der folgen wir einfach.« Er ging mit forschen Schritten voraus.

Wie lange waren sie unterwegs gewesen? Margaretha konnte es nicht einschätzen. Auch wusste sie nicht, wie früh die Dämmerung einsetzte und wie lange es dauerte, bis es richtig dunkel war. Unter den Bäumen war es finster, fast nachtschwarz. Wieder knackte es im Gehölz, und mit einem Aufschrei wich Margaretha zurück, als plötzlich ein Kaninchen vor ihr aus dem Unterholz sprang, einen Haken schlug und verschwand.

»Es war nur ein Kaninchen«, sagte Pastorius, doch auch seine Stimme zitterte. Er griff nach Margarethas Hand, sein Händedruck war warm, ein wenig schweißfeucht. »Komm, wir sollten uns beeilen …« Er zog sie mit sich. Doch es wurde immer dunkler, und sie liefen im Zickzack um die dicht stehenden Bäume. Schließlich blieb Margaretha stehen, holte keuchend Luft. »Wir laufen im Kreis.«

Erschrocken sah sich Pastorius um. »Nein, das glaube ich nicht. Wir laufen nordwärts.«

»Woher wollt Ihr das wissen? Richtet Ihr Euch nach dem Sonnenstand?«, fragte sie bissig und entzog ihm ihre Hand. Für einen Moment blieb sie stehen, der Angstschweiß lief ihr über den Rücken. Wind kam auf, die Bäume rauschten wie Wasser.

»Das ist der Abendwind«, murmelte Margaretha besorgt. Bald würde es nicht nur hier im Wald duster sein, sondern überall. Sie hob den Kopf und dann pfiff sie laut. »Jonkie, sie wird uns finden und aus dem Dickicht führen.«

»Jonkie?«

»Jonkie, meine Hündin. Ich habe sie bei Rebecca gelassen. Wenn Rebecca mit ihr noch nicht zu unserer Unterkunft gegangen ist, wird sie uns finden.«

Dreimal pfiff Margaretha, dann hörten sie das aufgeregte Bellen der Hündin. Kurze Zeit später brach Jonkie durch das Unterholz, sprang an Margaretha hoch und leckte ihr die Hände. »Dafür hast du dir einen Knochen verdient, meine Gute. Einen zweiten bekommst du, wenn du uns hier rausführst.«

Für einen Moment tanzte die Hündin um sie. »Nach Hause, Jonkie«, befahlt Margaretha leise, »führe uns nach Hause.«

Jonkie schnupperte, sprang dann in das Gebüsch, in dem das Kaninchen verschwunden war.

»Ich glaube kaum, dass dies der Weg nach Hause ist«, sagte Pastorius, sah Jonkie hinterher und lachte leise. »Aber Euer Hund kam von dort drüben.« Er zog Margaretha mit sich. Sie kämpften sich durch das Unterholz, schließlich wurde der Baumbestand lichter, und endlich fanden sie den Waldrand. Margaretha schaute sich suchend um.

»Rebecca?«

»Ich bin hier«, sagte eine kläglich klingende Stimme hinter dem Holundergebüsch. Langsam kam die junge Frau hervor, Tränen standen ihr in den Augen.

»Hemeltje, ist etwas passiert?« Margaretha schloss ihre Schwägerin in die Arme.

»Ihr ward so lange weg. Und dann ist Jonkie in den Wald gestürmt. Sie ist einfach weggelaufen«, schluchzte Rebecca. »Und schließlich knackte es so laut, ich hatte Angst, dass ein Bär oder die Wilden kommen, deshalb habe ich mich versteckt.«

»Es ist alles gut«, beruhigte Margaretha die junge Frau. »Wir haben uns ein wenig verlaufen, aber nun sind wir ja hier. Es ist schon spät, lass uns schnell zurückgehen.«

Aus der Ferne hörten sie Hundegebell, und kurze Zeit später sprang Jonkie herbei. Sie trug ein Kaninchen im Maul, legte das Tier vor Margarethas Füße.

»Du hast uns zwar nicht aus dem Wald geführt, dafür hast du uns aber eine wunderbare Abendmahlzeit geliefert.« Margaretha nahm das Kaninchen hoch.

»Wir sollten uns beeilen, es wird dunkel«, sagte Pastorius. Er nahm die beiden Körbe und ging voraus.

An diesem Abend summten die Stimmen um die Feuerstellen. Viele neue Eindrücke bewegten die Siedler und hielten sie vom Schlaf ab. Margaretha sortierte die Kräuter und Pflanzen, die sie gesammelt hatte, prüfte ihre Vorräte. Noch war es nicht richtig kalt, aber der Winter würde kommen und mit ihm die Krankheiten. Viele der Siedler waren durch die Überfahrt geschwächt. Dass sie hier noch keine richtige Unterkunft hatten, machte es nicht besser.

Kapitel 28

Auch in den nächsten Tagen empfing William Penn die Siedler nicht. Hermann und Abraham wurden immer missmutiger, auch Pastorius quälte die Unsicherheit. Mehrfach versuchte er, bei Penn vorzusprechen, kehrte jedoch jedes Mal unverrichteter Dinge zurück.

»Wir haben das Land gekauft und dafür bezahlt«, sagte Hermann wütend. »Wir haben die unterzeichneten Verträge. Wenn Penn nicht bald mit uns spricht, müssen wir uns eigenständig Land suchen.«

»Ob das so eine gute Idee ist?« Abraham stopfte sich eine Pfeife, streckte die Füße dem Feuer entgegen. Sie saßen auf den Kisten, in denen ihre Habe verstaut war. »Wir wollen unser Leben hier nicht mit Zwist beginnen.«

»Sicherlich wollen wir das nicht, Broedertje, aber wie lange will uns Penn noch hinhalten? Ich verstehe es nicht. Mijnheer Pastorius, Ihr habt ihn doch schon getroffen. Ist er kein umgänglicher Mensch?«

Auch Pastorius nahm seine Pfeife, stopfte sie umständlich und langsam. »Ich habe Penn getroffen. Mehrfach durfte ich bei ihm speisen. Er erschien mir sehr umgänglich, ein höflicher, aber auch nachdenklicher Mensch.« Er räusperte sich. »Möglicherweise ist er aber enttäuscht, dass Ihr statt der Mitglieder der Frankfurter Land Compagnie hierher gekommen seid.«

»Aber wieso? Wir sind im rechten Glauben hierher gekommen. Wir haben das Land bezahlt. Er hat es doch zum Verkauf angeboten.« Hermann rieb sich über das Gesicht. »Er sollte doch froh sein, dass wir hier siedeln wollen.«

»Vielleicht hat er Angst. Er hat nicht mit so einer großen Gruppe aus einem Ort gerechnet. Ihr könntet euch zusammentun und gegen ihn intervenieren.«

»Onzin, uns steht nicht der Sinn nach politischen Aktivitäten. Alles, was wir wollen, ist, hier in Ruhe und Frieden zu leben. Vereint durch unseren Glauben.«

»Das weiß ich, Mijnheer op den Graeff, und ich werde Penn das auch vermitteln. Aber er hat in England schlechte Erfahrungen gemacht. Möglicherweise ist er deshalb misstrauisch.« Pastorius zog an seiner Pfeife. »Das sind allerdings nur Annahmen. Was ihn wirklich bewegt, weiß ich nicht. Es macht mich jedoch auch unruhig.«

»Liever Hemel, wir werden doch jetzt nicht aus politischen Gründen hier scheitern«, sagte Abraham besorgt. »Penn kann uns am ausgestreckten Arm verhungern lassen, er sitzt im Warmen und Trockenen, und wir haben das Nachsehen.« Er stand auf und ging ein paar Schritte.

Margaretha hörte den Brüdern zu, während sie einen Aufguss aus Eichenrinde bereitete. Der Husten der Mutter wurde immer schlimmer, sie sorgte sich sehr um Gretje. Jonkie lag zu ihren Füßen, hob nur ab und an schnuppernd den Kopf. Schon zwei Kaninchen hatte sie erlegt, eine willkommene Bereicherung der ansonsten sehr kargen Küche. Da die Nahrungsmittel teuer waren, hatte Margaretha die Vorräte erneut geprüft und eingeteilt. Zwar gingen sie nun jeden Tag in die umliegenden Wälder und sammelten Früchte und Kräuter, doch auf Dauer würde das nicht ausreichen.

Einige der Siedler, darunter auch Dirck, hatten sich den Jägern des Ortes angeschlossen. Obwohl sie an Bord an Schießübungen teilgenommen hatten, war keiner von ihnen sicher im Umgang mit der Waffe. Schon am zweiten Tag hatte Hermann zwei Musketen und eine Pistole sowie Blei und Pulver erstanden. Er schärfte Dirck ein, sorgsam mit den Waffen und der Munition umzugehen.

Bisher hatte niemand von ihnen etwas erlegt, sie begleiteten die Jäger nur, hörten zu und beobachteten. Doch Dirck war voller Begeisterung und schwärmte von den reichen Wildbeständen. »An Wildbret wird es uns nicht mangeln, Zusje«, sagte er zu Margaretha. »Die Wälder sind voll davon.«

»Ich kann mir nicht vorstellen, dass sich das Wild direkt vor deine Muskete stellt«, neckte Rebecca ihn.

»Man muss Geduld haben, das ist richtig. Und ein wenig Glück. Das Schießen scheint mir nicht so schwierig zu sein.«

»Hast du es schon ausprobiert?«

»Bisher noch nicht. Aber morgen. Leg schon mal die Kräuter bereit, Margaretha, morgen kriegen wir einen guten Braten. Hirsche gibt es hier und auch Wildschweine. Enten und Wildgänse. Irgendetwas werde ich schon treffen.«

»Und falls du doch nichts erlegst, vielleicht habe ich ja mehr Glück.« Rebecca hatte eine Frau kennengelernt, die im Delaware Reusen legte. Sie hatte sich alles genau angeschaut und den ganzen Tag damit verbracht, aus Weidenruten und Schnüren eine Reuse zu knüpfen. Ganz zufrieden war sie mit ihrem Werk noch nicht, aber dennoch wollte sie es am nächsten Tag versuchen. »Fische und Krebse gibt es auch in Hülle und Fülle.«

»Zum Glück«, murmelte Margaretha. »Aber auch die muss man erst einmal fangen.«

Die anderen Siedler knüpften ebenfalls fleißig neue Kontakte, ließen sich von den erfahrenen Siedlern im Fischfang und der Jagd unterweisen. Sie schauten sich an, wie die Häuser gebaut wurden und welche Möglichkeit der Werkzeugherstellung es gab.

Die Krefelder waren wissbegierig und willig, Neues zu lernen. Aber die schwebende Landnahme trübte ihre Stimmung. Auch waren sie es leid, in der behelfsmäßigen Unterkunft zu hausen. Die Enge und Nähe brachten Spannungen mit sich. Lange würde das nicht mehr gut gehen, fürchtete Margaretha.

Endlich empfing William Penn Hermann, Abraham und Pastorius.

Penn war reserviert und wollte die Verträge nicht akzeptieren. Die Vereinbarungen wären nach seiner Abreise gemacht worden und somit nicht gültig.

»Mijnheer Penn, das ist so nicht richtig«, sagte Pastorius und bemühte sich darum, freundlich zu bleiben. »Im April war ich in Krefeld und habe Euch von dort aus geschrieben. Damals waren die Bücher noch offen.«

»Nein, ich hatte der Frankfurter Land Compagnie Grund und Boden angeboten. Nicht einer Gruppe aus Krefeld.« Penn blieb missmutig und zurückhaltend.

»So geht das nicht«, murmelte Hermann. »Wir sind mit Verträgen hierher gekommen. Wir haben das Land bezahlt. Die Verträge wurden in Rotterdam unterzeichnet und beglaubigt. Warum sollen sie auf einmal nicht mehr gültig sein?«

Pastorius sah ihn beschwichtigend an. »Mijnheer Penn, Ihr wolltet gottesfürchtige und ehrbare Siedler für Euer Land. Die Krefelder erfüllen diese Bedingungen. Es sind gläubige, ernsthafte und kräftige Leute. Eine wahre Bereicherung für Pennsylvania.«

Noch eine Weile diskutierten sie, schließlich stand Penn auf.

»Mijnheeren, lasst mich eine Nacht darüber schlafen. Ganz sicher werden wir einen für uns alle erträglichen Vergleich finden.« Er wandte sich um und ging.

Verblüfft sahen die Siedler ihm hinterher.

»Einen erträglichen Vergleich?« Hermann sprang wütend auf. »Was meint dieser Herr damit? Er lockt uns in dies Land, und auf einmal sind alle Versprechen null und nichtig?«

»Mijnheer Pastorius«, sagte Abraham leise, aber bedrohlich, »was werdet Ihr tun, wenn Penn uns kein Land gibt? Wir können nicht zurück. Ihr habt uns hierher gebracht.«

Pastorius schüttelte den Kopf. »Ich glaube nicht, dass Mijnheer Penn Euch das Land verweigern wird. Mit aller Macht werde ich mich für Euch einsetzen.«

Auch die anderen Siedler waren betroffen, als sie das Ergebnis der Unterredung erfuhren. Inzwischen war der Oktober weit fortgeschritten. Es wurde von Tag zu Tag kälter, Nieselregen hatte eingesetzt.

Gretje erhob sich kaum noch von ihrem Lager, obwohl Margaretha ihr jeden Tag kräftigende Aufgüsse kochte und Umschläge bereitete.

»Was wird nun aus uns?«, fragte sie Hermann leise.

»Das kann ich dir nicht sagen, Hartje«, antwortete er mürrisch und warf einen wütenden Blick zu Pastorius. »Auf jeden Fall werde ich die Situation nicht länger so hinnehmen. Morgen muss eine Entscheidung fallen.«

»Und wenn sie nicht zu unseren Gunsten ausfällt?«

»Das Land ist groß. Wir werden einfach weiterziehen und woanders siedeln.«

Franz Daniel Pastorius bemerkte das Misstrauen und die Feindseligkeit, die ihm plötzlich entgegen gebracht wurden.

Er verabschiedete sich und ging langsam zurück in die Ortschaft. Margaretha folgte ihm. »Mijnheer Pastorius, wartet.«

Er blieb stehen, drehte sich zu ihr um. »Mijnheer?«, fragte er und zog die Augenbrauen hoch. »Bin ich jetzt auch von Euch degradiert worden?«

»Nein, Franz Daniel, entschuldigt.« Sie blieb stehen, lächelte unsicher. Dann wurde ihre Miene wieder ernst. »Ich mache mir Sorgen.«

»Nicht nur Ihr, Margret, alle anderen ebenfalls. Ich desgleichen. Ich bin besorgt und wütend. Nie hätte ich gedacht, dass wir hier solche Schwierigkeiten haben werden. Ich fühle mich verantwortlich und werde jetzt noch einmal Penn aufsuchen, um mit ihm zu sprechen.«

»Was glaubt Ihr, warum er sich so verhält?«

»Ich weiß es nicht. Die einzige Erklärung, die ich finden kann, ist, dass er Angst hat.«

»Angst? Weshalb?«

»Vor Euren Brüdern.« Pastorius schüttelte den Kopf. »Er sieht sie als Gefahr für seinen Staat. Sie sind zielstrebig, ruhen in sich und haben eine große Gruppe hinter sich.«

»Aber wieso sind sie eine Gefahr für ihn? Das ist doch Onzin. Hemeltje, hätte Hermann das gewusst, hätte er uns sicher nicht hierher geführt.«

»Margret.« Pastorius nahm ihre Hände und hielt sie fest. »Macht Euch keine Sorgen. Wir werden eine Lösung finden. Ich werde alles dafür tun.«

Margaretha schüttelte den Kopf. »Es dauert schon so lange. Meiner Mutter geht es schlecht. Jeden Tag wird sie schwächer. Auch einige andere sind krank.«

»Ja, ich weiß.« Er senkte den Kopf. »Es ist mir nicht verständlich, warum Penn so uneinsichtig ist. Vielleicht gibt es ja irgendeinen Grund, den wir noch nicht kennen.« Er seufzte. »Über die Schwachen und Kranken habe ich mir auch schon Gedanken gemacht. Euch alle kann ich nicht in mein Haus aufnehmen, die, die erkrankt und schwach sind, schon.«

»Das würdet Ihr tun?« Plötzlich schossen ihr Tränen in die Augen.

»Natürlich.« Einen Moment lang sah er sie unschlüssig an, dann wischte er vorsichtig die Tränen von ihrer Wange, nahm sie in den Arm. »Beruhigt Euch. Alles wird gut.«

Margaretha lehnte sich an ihn, spürte den rauen Wollstoff seines Mantels an ihrer Wange. Er roch nach feuchter Wolle, Pfeifentabak und Rauch. Sie schloss die Augen, spürte die Wärme seiner Umarmung und fühlte sich für einen Augenblick geborgen. Doch dann löste sie sich aus seiner Umarmung und sah sich verschämt um. Verlegen sah Pastorius sie an, Margaretha wich seinem Blick aus, spürte die Röte ihren Hals hochziehen.

»Ich werde dann noch einmal versuchen, bei Penn vorzusprechen«, sagte Pastorius unsicher.

»Gut.« Margaretha drehte sich um und ging zurück in das Lagerhaus. Stickig war es dort und voller unangenehmer Gerüche. Sie hatte am Waldrand einen Abort gegraben, aber die Schwachen und Kranken schafften es kaum dorthin. Die Nachttöpfe stanken bestialisch, es roch nach faulendem Stroh und verwesendem Fleisch. Das wenige Räucherfleisch, was von der Überfahrt noch übrig geblieben war, hatten sie in die Dachbalken der Scheune gehängt. Ratten machten sich darüber her, und nachts scharrten Füchse und Waschbären vor der Scheune. Unruhe lag in der Luft. Die kleinen Kinder weinten, die Alten stöhnten, Männer diskutierten, während die Frauen versuchten, aus den kargen Vorräten Essen zu kochen.

Margaretha schaute sich unschlüssig um, ihr war es zu lärmend und angespannt. Sie brauchte einen Moment, um ihre Gedanken und Gefühle zu sammeln.

»Wo ist Rebecca«, fragte Dirck.

»Sie ist zum Fluss, Reusen auslegen. Es wird langsam dunkel. Soll ich sie holen?« Margaretha wartete seine Antwort nicht ab, sondern ging in Richtung Fluss. Jonkie folgte ihr munter. Jeder Spaziergang war für sie ein aufregendes Abenteuer, immer noch gab es neue Gerüche, neue Dinge zu entdecken. Obwohl Margaretha jeden Tag in die Wälder ging, war es für sie immer noch beängstigend. Sie fürchtete die unbekannten Tiere und die Wilden. Jonkie, die sie in Krefeld so gut gegen pöbelnde Menschen verteidigt hatte, war hier kein ausreichender Schutz. Sobald der Hund Witterung aufnahm, verschwand er im Gebüsch. Zu lockend waren die Gerüche.

Es wird schon nichts passieren, sagte sich Margaretha und warf einen besorgten Blick zum Himmel. Dunkle Wolken türmten sich auf und kündigten ein Unwetter an. Der Wind hatte zugenommen, die Bäume rauschten wie Wasser. Sie eilte den Weg entlang, sah sich immer wieder um. Niemand folgte ihr, es kam ihr auch keiner entgegen. Der sonst so belebte Pfad lag einsam da, alle hatten sich vor dem Gewitter in Sicherheit gebracht.

Wo bleibt Rebecca nur?, dachte Margaretha unruhig. Sie muss mir doch jeden Moment entgegenkommen, ihr werden doch die Wolken nicht entgangen sein.

Doch Rebecca kam nicht. Bei jeder Wegbiegung hoffte Margaretha und wurde enttäuscht. Schließlich gelangte sie zu der Lichtung am Landeplatz. Jonkie war an ihrer Seite geblieben, drückte sich auch jetzt an sie. Margaretha blieb stehen, schaute sich um, das Gras war niedergetreten, der Boden aufgewühlt und zerfurcht von den Rädern der Karren. Rebecca hatte ihr erzählt, dass sie zum Landungsplatz ging, sich dann zur Seite wandte und am Ufer entlangging, bis sie zu einer Stelle kam, wo ein Bach in den Delaware mündete. Dort gab es Gumpen und Unterspülungen, in die sie die Reusen legte, nachdem sie einige Reste der Kaninchen oder auch verfaultes Fleisch als Köder hineingetan hatte. Zu Anfang war ihre Ausbeute nur gering gewesen, doch dann hatte sie den Aufbau der Reusen verfeinert, und inzwischen war sie mehrfach mit gutem Fang zum Lager zurückgekehrt.

Hatte sich Rebecca nach rechts oder links gewandt? Margaretha konnte sich nicht erinnern. Sie ging zum Ufer, doch ein Trampelpfad führte zu beiden Seiten. Nirgends konnte sie ein Zeichen ihrer Schwägerin ausmachen.

»Wohin sollen wir gehen?«, fragte sie Jonkie hilflos, dann wandte sie sich nach rechts. Der Schuylkill mündete dort in den Delaware, vermutlich auch andere Bäche und Zuflüsse. Vor ihr lag eine Biegung, Margaretha verlangsamte den Schritt.

»Rebecca?«

Niemand antwortete.

»Rebecca? Wo bist du?« Ihre Stimme ging im Rauschen des Waldes unter. Die Wellen schlugen hoch ans Ufer, Gischt spritzte auf. Der Wind nahm zu. Mühsam kämpfte sie sich voran.

»Rebecca?« Ihr wurde bewusst, wie verzweifelt sie klang. Hinter der Biegung lag eine kleine Lichtung, ein Bach mündete in den Fluss. Margaretha hielt inne, ließ den Blick über die Lichtung schweifen. Plötzlich sträubte Jonkie das Nackenfell, knurrte. Immer noch hielt sich der Hund dicht an ihrer Seite.

»Was ist?«, flüsterte Margaretha, dann sah sie Rebecca. Ihre Schwägerin hockte am Ufer, wie zu Stein erstarrt, die Reuse halb hochgezogen. Am Waldrand stand ein großes Tier mit zotteligem Fell auf den Hinterbeinen und streckte die Nase in den Wind.

Jonkie knurrte wieder, legte sich vorsichtig hin, die Lefzen hochgezogen.

»Gottegot, das muss ein Bär sein«, wisperte Margaretha. Sie warf einen Blick zu Rebecca. Ihre Schwägerin hatte sie entdeckt und sah sie verzweifelt an. Margaretha schüttelte den Kopf.

Hemeltje hilf, dachte sie entsetzt, was sollen wir tun?

»Ruhig, Jonkie«, befahl sie dann so fest sie konnte. Sie sah Rebecca an, versuchte ihren Blick festzuhalten, zeigte mit der flachen Hand nach unten.

Rebecca schüttelte leicht den Kopf, verstand die Botschaft

nicht. Margaretha holte tief Luft, schaute wieder zu dem Bär. Dieser stand nicht mehr aufrecht, aber hielt immer noch die Nase in den Wind, der sich gedreht hatte. Nun kamen die Böen vom Land.

Er hat unsere Witterung verloren, dachte Margaretha, das ist unsere Chance. Wieder winkte sie Rebecca, zeigte ihr, dass sie die Reuse fallen lassen sollte. Endlich verstand sie die Botschaft. Sie ließ die Leine aus der Hand gleiten, die Reuse glitt zurück ins Wasser. Für einen Moment zögerte Rebecca, dann griff sie nach einem Stein, legte ihn auf die Zugleine. Schließlich stand sie langsam auf, den Blick fest auf Margaretha gerichtet.

Margaretha schaute zum Bären, er wiegte sich unschlüssig vor und zurück, schnupperte immer wieder.

Vorsichtig richtete Rebecca sich auf, ging auf ihre Schwägerin zu. Der Bär drehte sich um, verschwand dann im Dickicht.

»Er ist weg! Liever Hemel! Ich hatte so eine Angst!« Rebecca fiel Margaretha in die Arme. Die beiden Frauen hielten sich fest, schauten verängstigt zum Waldrand.

»Lass uns gehen«, sagte Margaretha und zog ihre Schwägerin mit sich.

»Warte, die Reuse.«

»Vergiss sie, komm, bitte.«

Doch Rebecca befreite sich aus Margarethas Griff, lief zurück zum Flussufer. Hastig zog sie die Reuse aus dem Wasser und hob sie hoch. »Schau, lauter Krebse und auch zwei Fische habe ich gefangen«, sagte sie stolz, aber auch atemlos. Der nasse Behälter war zu schwer, um ihn zum Lager zu tragen, und die Zeit drängte. Sie schüttete ihn aus, sammelte den Fang ein und legte ihn in den Korb.

Der Wind frischte immer mehr auf. Besorgt sah Margaretha sich um. Sie hoffte, dass der Bär sich in die Tiefen des Waldes verzogen hatte und sie vor dem Unwetter zu Hause sein würden. Mühsam kämpften sie gegen den Wind an, als sie fast das Ende des Pfades erreicht hatten, fielen die ersten

Tropfen. Der Himmel hatte eine bedrohliche Farbe angenommen, in der Ferne zuckten die ersten Blitze.

»Komm, schnell!«, rief Margaretha und zog Rebecca mit sich. Sie liefen aus dem Wald hinaus auf die Lichtung vor der Ortschaft. Plötzlich prasselte der Regen los, alles war für einen Augenblick unscharf wie im Traum. Sie erreichten das Lagerhaus, als in der Nähe ein Blitz einschlug, der Donner dröhnte in ihren Ohren. Jonkie schüttelte sich, verzog sich dann in eine Ecke. Margaretha drehte sich um, schräge Regenschleier jagten über die Wiese. Ihr Herzschlag vibrierte bis in die Fingerspitzen, nur mühsam kam sie zu Atem. Endlich fiel die Anspannung von ihr ab. Tränen der Erleichterung stiegen ihr in die Augen. Dirck kam zu ihnen, nahm Rebecca in den Arm.

»Ihr habt es gerade noch rechtzeitig geschafft«, sagte er froh.

»Goed, hoor«, murmelte Rebecca und erschauerte.

»Ist euch etwas widerfahren?« Dirck schob seine Frau von sich, sah ihr ins Gesicht. »Du bist ja ganz bleich.«

»Wir haben einen Bären gesehen«, sagte Margaretha leise.

»Was? Wo?«

»Im Wald. Er war weit weg und hat uns gar nicht bemerkt.« Rebecca stieß ihrer Schwägerin mit dem Ellenbogen in die Seite. »Zumindest denken wir, dass es ein Bär war.«

»Ich dachte, Bären trauen sich nicht in die Nähe der Ortschaft?« Dirck schaute sie nachdenklich an. »Aber wenn doch, dürft ihr nicht mehr alleine los.«

Rebecca warf Margaretha einen wütenden Blick zu. »Er war weit in der Ferne, Dirck.« Sie räusperte sich. »Ich muss aus den nassen Sachen raus und Margret auch.« Sie drückte ihm den Korb in die Hand. »Die Fische müssen ausgenommen und geschuppt werden. Die Krebse sollten wir gleich noch kochen. In Hemmelsnaam, Margret, nachher dürfen wir das Lagerhaus nicht mehr verlassen«, wisperte sie ihr zu. »Das wollen wir doch beide nicht.«

»Hast du keine Angst gehabt?«

»Doch, natürlich. Aber es ist doch gut gegangen.« Rebecca nickte eifrig. Ein wenig erschien es so, als müsse sie sich selbst überzeugen. »Der Bär war gar nicht so nahe. Er hat vielleicht die Fischabfälle gerochen? Ich habe ja in den letzten Tagen immer dort am Ufer die Fische ausgenommen und geschuppt, die Krebse gesäubert.« Die beiden jungen Frauen nahmen die Decke vor, die einen kleinen Teil der Lagerhalle vor den Blicken der anderen abtrennte, und zogen sich rasch um.

»Der Bär hat sicher gerochen, dass es da etwas Leckeres gab, das hat ihn angezogen. Aber ich werde mir einen neuen Platz suchen und ab jetzt immer die Abfälle in den Fluss werfen.«

»Gottegot, hast du keine Angst? Was, wenn der Bär wiederkommt?« Margaretha schüttelte sich.

»Natürlich habe ich Angst, aber wir brauchen den Fang. Wirst du jetzt nicht mehr in den Wald gehen?«

»Vielleicht kann uns jemand begleiten, einer der Männer mit einer Waffe.« Margaretha seufzte. »Onzin, du hast recht. Die Männer brauchen die Waffen, um zu jagen. Sie haben nicht die Zeit, hinter uns herzulaufen und uns zu bewachen. Ich habe zwar schon von Bären und anderen wilden Tieren gehört, aber nicht, dass sie wehrlose Frauen angreifen und jagen. Wir müssen uns einfach ruhig verhalten, wenn wir so ein Ungetüm noch einmal treffen.«

Die Gedanken an den Tag verfolgten Margaretha bis in den Schlaf. Sie hatte die Krebse gekocht, die Fische gebraten und schließlich ihrer Mutter einen Aufguss bereitet. Gretje brauchte inzwischen immer mehr Hilfe. Sie konnte sich kaum noch entkleiden und waschen, so schwach war sie. Der tief sitzende Husten quälte sie zudem, und kaum etwas von dem, was Margaretha ihr bereitete, schien ihr Linderung zu verschaffen.

Schließlich legte Margaretha sich auf ihr hartes Lager. Jonkie rollte sich zu ihren Füßen zusammen, schnaufte leise. Nur langsam kamen die Siedler in der Halle zur Ruhe. Irgendjemand hustete jedoch immer, jemand anderes stöhnte, die

Kinder schrien oder jammerten im Schlaf, wirkliche Stille gab es nie. Unruhig drehte Margaretha sich auf dem unbequemen Lager hin und her. Immer wieder sah sie zu ihrer Mutter, die in einen unruhigen Schlaf gefallen war. Gretje verfiel zusehends, war krank und schwach. Es schmerzte Margaretha, ihre Mutter so zu sehen.

Was wird aus uns werden?, fragte sie sich verzweifelt. Wird sich Mutter wieder erholen? Werden wir hier Land finden und uns ansiedeln können, oder müssen wir weiterziehen und woanders unser Glück suchen? So kurz vor dem Winter kann uns das doch gar nicht gelingen. Hat Gott uns verlassen?

Wieder drehte sie sich um. Mirjam, ihre kleine Nichte, wimmerte. Catharina schlief tief und fest, Abraham saß mit den Brüdern an der Feuerstelle und diskutierte leise. Seufzend richtete Margaretha sich auf, nahm das kleine Mädchen hoch. Ihre Windel war voll und musste gewechselt werden. Das kleine Mädchen kuschelte sich in Margarethas Arme. Sie brachte es nicht über sich, Mirjam wieder auf die kalte Schlafstelle zu legen, und nahm das Kind mit zu sich. Zufrieden legte das Kind den Kopf auf Margarethas Schulter und schlief daumennuckelnd ein. Sanft strich sie dem Kind über das feine Haar. So war sie oft mit Eva im Arm eingeschlafen. Der Gedanke an ihre tote Schwester schmerzte sie. Es schien eine Ewigkeit her zu sein und nicht erst ein paar Jahre, seit Eva gestorben war.

Margarethas Gedanken wanderten zu Pastorius. Er hatte die Familien hierher gelockt, ihnen eine bessere, eine sichere Zukunft versprochen. Jetzt schien er selbst verunsichert zu sein. Vor ein paar Monaten in Krefeld waren seine Worte klar und seine Absichten rein gewesen. Er hatte sich immer auf die Verträge mit Penn berufen, doch nun ließ Penn sie im Stich – Pastorius genauso wie die Krefelder Familien.

Franz Daniel trifft keine Schuld, dachte Margaretha nachdenklich. Penn ist das lose Glied in der Kette, schlimmer noch, eigentlich sollte er der Anker sein. Verzweiflung bemächtigte sich ihrer, während draußen der Regen gegen die dünnen

Bretter des Lagerhauses peitschte und die Kälte vom Boden hochkroch. Irgendwann fiel sie in einen unruhigen Schlaf, träumte von dem Bären und wachte angsterfüllt auf.

Das Unwetter war vorbei, die Umgebung sah wie frisch gewaschen aus. Die Blätter leuchteten in vielen Farben, der Himmel strahlte, und das Gras auf der Wiese schien zu dampfen. Margaretha ging zum Bach, um frisches Wasser zu holen. Sie blieb einen Moment stehen, sog die Luft tief ein und schloss die Augen. Im Sonnenlicht war alle Angst vor den Raubtieren wie weggewischt.

»Es ist schon komisch, wie wunderbar sterbende Blätter sein können«, sagte plötzlich jemand neben ihr.

Margaretha fuhr erschrocken zusammen und riss die Augen auf.

»Guten Morgen, Margret.« Pastorius lächelte sie an.

»Franz Daniel, wo kommt Ihr denn so plötzlich her und was meint Ihr mit den Blättern?«

»Nun ja, die Blätter sterben ab. Aber vorher verfärben sie sich. Zum Teil sieht es so aus, als würde der Wald brennen und lodern. Ein solches Rot habe ich noch nie zuvor gesehen.«

»Das ist Ahorn«, murmelte Margaretha. »Im Frühjahr kann man einen süßen Saft aus der Rinde gewinnen. Außerdem soll die Rinde gut gegen Durchfall wirken und gegen Entzündungen.« Sie lachte leise. »Aber Ihr habt recht, solche Farben gibt es zu Hause nicht.«

»Zu Hause«, wiederholte er nachdenklich und schien auf den Worten herumzukauen. »Ihr fühlt Euch hier immer noch nicht wohl?«

»Hier?« Margaretha drehte sich um und schaute zu dem Lagerhaus. »Nein.« Sie schluckte, zog die Stirn kraus. »Franz Daniel, Ihr seid zwar jeden Tag bei uns, doch des Abends geht Ihr in Euer Haus. Wir jedoch schlafen und hausen alle zusammen in diesem Schuppen. Es ist kalt, nass, unruhig. Der Wind pfeift durch die Bretter, das Dach ist nicht dicht, und nirgendwo gibt es eine Rückzugsmöglichkeit. Wir können nur wenige unserer Sachen gebrauchen, weil wir keinen Platz haben, um unsere Habseligkeiten auszupacken. Wir haben weder Tisch noch Stühle, geschweige denn Betten. Es gibt keine Öfen, keinen Kamin, nur offene Feuerstellen.« Sie schüttelte den Kopf. »Nein, ich fühle mich hier nicht zu Hause, keiner der anderen tut es.« Margaretha holte tief Luft und stemmte die Hände in die Hüften. »Ward Ihr bei Mijnheer Penn, und habt Ihr etwas erreicht?«

Pastorius sah sie verlegen an. »Margret, es tut mir so leid. Ich weiß ob Eurer Verhältnisse hier, und glaubt mir, ich gehe jeden Abend mit einem schlechten Gewissen in mein Haus. Mich dauert es, Euch nicht alle mitnehmen und bewirten zu können – aber das kann ich nicht. Und wenn ich wählen sollte, wo fang ich da an? Beim Schwächsten und Ärmsten? Und was mache ich mit dem Zweitschwächsten? Dem Zweitärmsten? Müsste ich nicht Euch alle mitnehmen? Das kann ich nicht. Aber eins weiß ich jetzt sicher und gewiss – ich werde mit Euren Brüdern und Eurer Glaubensgemeinschaft zusammen bauen und siedeln!«

»Und wo? Habt ihr Antwort von Mijnheer Penn?«

»Ja, ich habe Penn gestern noch einmal aufgesucht und gesprochen. Er hat Land gefunden, das er Euren Brüdern und den anderen Siedlern zuteilen will. Er akzeptiert die Verträge, die wir geschlossen haben.« Pastorius senkte den Kopf, und Margaretha wurde klar, dass er einen harten Kampf ausgetragen hatte. Plötzlich weitete sich ihr Herz für den Advokaten, der, genau wie sie alle, aus dem fernen Land hierher gekommen war, und der, genau wie ihre Familie, alle Unbill auf sich zu nehmen gedachte, um ein gottesfürchtiges Leben zu führen.

»Halleluja«, sagte sie leise. »Kommt, lasst es uns meinen Brüdern mitteilen.«

Froh machte sich die Delegation der Siedler auf, um mit Penn zu sprechen und die Pläne einzusehen. Es gab nur eine grobe Karte der Umgebung. Hermann und Abraham wollten das

Land zuvor besichtigen, ehe sie die endgültigen Verträge unterzeichneten, und so packten sie ihre Sachen und zogen mit Pastorius und einigen ortskundigen Männern los. Voller Hoffnung sah Margaretha ihnen nach.

Pastorius, so dachte sie, veränderte sich. Das Träumerische, was ihn in Krefeld so fremd und bezaubernd wirken ließ, hatte er verloren. Ernsthafter war er geworden, nachdenklicher. Sie glaubte ihm, glaubte seinen Worten, dass er mit ihnen zusammen eine neue Siedlung gründen wollte. Und sie freute sich darüber, denn er war zu einem festen Bestandteil ihrer Gedanken geworden.

Zwei Tage waren die Männer unterwegs. Als sie wiederkamen, waren ihre Mienen ernst, die Gesichter umschattet.

»Das Land, was Penn uns zugewiesen hat«, sagte Hermann voller Zorn, »können wir nicht besiedeln. Es liegt an den Schuylkill-Fällen, ist gebirgig und nicht für den Ackerbau geeignet.«

»Und nun?«, fragte Margaretha verängstigt. Sie drückte Rebeccas Hand, die dicht bei ihr Platz gesucht hatte, während die Männer Würzwein aus dem Kessel schöpften.

»Wir werden wieder mit Penn sprechen und eine andere Lösung fordern.« Pastorius setzte sich nicht. Hastig trank er einen Schluck Wein, machte sich dann auf in die Ortschaft.

»Ich hoffe bei Gott, dass der Mann es schafft, Penn andere Landstücke abzuringen.« Abraham schüttelte den Kopf. »Es ist nicht Pastorius' Schuld. Er war genauso entsetzt wie wir, als wir dort ankamen. Das Gebiet liegt landeinwärts und ist viel höher gelegen. Dort wachsen allerlei Bäume, es gibt jede Menge Bachläufe und viel Wild. Doch Flachs können wir dort kaum anbauen, auch keine Weiden anlegen und nur kleine Gärten.«

»Für einen Steinbruch wäre es ideal«, meinte Dirck bitter. »Aber nicht, um dort zu siedeln.«

Wieder mussten die Siedler bangen und warten, doch schon am nächsten Morgen kam Pastorius mit Neuigkeiten.

»Ich habe mit Mijnheer Penn gesprochen«, sagte er und nahm dankbar eine Schüssel mit Brühe. »Ich habe das Land abgelehnt und anderes Land gefordert.«

»Und was sagt Penn?«, fragte Hermann und stand unruhig auf.

»Er konnte unsere Einwände nachvollziehen und wollte wissen, wo wir lieber siedeln wollen. Ich bat um Land mehr küstenwärts gelegen, damit wir eine Stadt gründen können. Nach einigen Disputen war er damit einverstanden. Schon heute können wir uns aufmachen und das neue Land in Augenschein nehmen.«

»Wirklich?«, fragte Hermann ungläubig? »Er hat uns ohne großes Murren neues Land zugeteilt?«

»Ja.«

»Halleluja.«

»Godlof!«

Bald machten sich die Männer wieder auf. Diesmal kamen sie am nächsten Tag wieder und waren voller Begeisterung.

»Es ist wunderbares Land, schönes Land mit dichtem Wald, zwei Stunden Fußmarsch von hier«, erklärte Hermann begeistert.

Abraham und Dirck nickten, nur Pastorius schaute zu Boden. Einzig Margaretha schien seine verhaltene Begeisterung aufgefallen zu sein. Sie folgte ihm, als er zurück in die Ortschaft ging.

»Franz Daniel«, rief sie. »Wartet.«

»Meine liebe Margret.«

»Ihr habt Zweifel.«

Pastorius schaute zu Boden, richtete dann den Blick wieder hoch. »Wie kommt Ihr darauf?«

»Ich kenne Euch zwar noch nicht sehr lange, aber doch haben wir einige Zeit miteinander verbracht und einige Gespräche geführt, wir haben Briefe ausgetauscht und unsere Gedanken miteinander geteilt. Ich weiß, dass Euch etwas beunruhigt. Mögt Ihr es mir nicht sagen? Ist das Land nicht geeignet?«

»Doch, doch. Dieses Stück Land ist sehr viel besser als das erste. Es ist fruchtbares Land, wertvoll, sobald man es urbar gemacht hat.«

»Und doch zweifelt Ihr. Weshalb?« Sacht strich Margaretha mit den Fingerspitzen über seine Wange.

»Ich zweifele nicht an der Qualität des Bodens, wohl aber sehe ich die Schwierigkeiten, die noch vor uns liegen.« Er senkte den Kopf. »Die vor mir liegen.«

»Wie meint Ihr das?«, fragte sie verwundert. »Gibt es noch Probleme mit Penn, von denen Ihr noch nichts gesagt habt?«

»Nein, nein, werte Margret, das ist es nicht. Ich zweifele an mir.«

»An Eurer Überzeugung und Eurem Glauben?«

Pastorius lächelte gequält. »An meiner Kraft. Im Vergleich mit Euren Brüdern bin ich ein Nichts. Sie haben sofort Pläne gemacht, haben sich umgeschaut, wo welche Bäume stehen, wo es Steine gibt, die zum Kaminbau taugen. Auf diese Gedanken wäre ich gar nicht gekommen.«

»Ihr seid ein Advokat, habt Euch bisher mit anderen Dingen beschäftigt. Doch wenn Ihr wirklich hier siedeln wollt, dann werdet Ihr alle nötigen Dinge erlernen.«

»Ich hoffe es. Denn ich will hier siedeln, mich hier niederlassen und eine Familie gründen.« Er sah sie an, eine leichte Röte kroch über sein Gesicht. Margaretha biss sich auf die Lippen, verkniff sich das Lächeln. Ihr Herz schlug auf einmal heftig, ihre Hände wurden feucht.

»Wenn Ihr das wirklich und von Herzen wollt, dann wird Euch das auch gelingen«, sagte sie leise, drehte sich dann um und eilte zurück in das Lagerhaus.

Die Männer hatten sich um Hermann und Abraham geschart, lauschten gespannt den Ausführungen der beiden. Mit lebhaften Worten beschrieb Hermann das Land und ihre Pläne.

Margaretha machte sich an der Feuerstelle zu schaffen. Sie setzte einen Kessel mit Wasser auf, suchte fahrig in ihren Vorräten nach Kräutern und Gewürzen.

»Kann ich dir helfen?«, fragte Esther. Sie hatte den kleinen Isaak im Arm, Samuel spielte auf dem Boden mit ein paar Holztieren, die Dirck geschnitzt hatte.

»Ich wollte einen Aufguss für Mutter machen.«

»Aber, Margret, dort drüben steht doch schon ein Kessel. Du hast ihn vorhin gekocht und dann zum Ziehen zur Seite gestellt.«

»Gottegot, wie dumm von mir! In der Aufregung habe ich das ganz vergessen.« Margaretha lachte nervös auf.

»Nimm dir einen Becher Würzwein und setz dich hin. Nie kommst du zur Ruhe, immer machst du etwas, kein Wunder, dass du erschöpft und durcheinander bist.« Esther drückte ihr das Kind in den Arm und schöpfte eine Kelle Würzwein in einen Becher.

»Wo ist eigentlich Catharina?« Margaretha kitzelte ihren kleinen Neffen, der entzückt auflachte.

»Sie sitzt bei den Männern, weicht Abraham kaum von der Seite.« Esther verzog das Gesicht. »Ich bin so froh, wenn wir endlich unser Land und eigene Behausungen haben.« Dann senkte sie die Stimme. »Allerdings frage ich mich, wie Catharina ihren Haushalt führen will. Bisher hat sie kaum etwas gemacht. Weder ist sie mit dir und den anderen in den Wald gegangen, um Vorräte zu sammeln, noch hat sie sich mit Fischfang oder Fallenstellen vertraut gemacht. Hier fällt es kaum auf, weil wir alles zusammenwerfen, aber das wird sich dann ändern.«

»Ja, ja, das denke ich auch«, murmelte Margaretha.

Esther sah sie nachdenklich an. »Meinst du wirklich, sie wird plötzlich bäuerliche Fähigkeiten entwickeln?«

Margaretha starrte in das Feuer, ganz in Gedanken versunken.

»Hörst du mir zu, Margret?« Esther lachte leise, als ihre Schwägerin bei diesen Worten hochfuhr.

»Bitte?«

»Wo bist du mit deinen Gedanken?«

»Ich? Ach, ich denke nur nach … über dies und das …«

»Ja, so scheint es. Gehört Pastorius zu dies oder eher zu das?«

Margaretha spürte die hitzige Röte der Verlegenheit auf ihren Wangen. »Wie kommst du auf Pastorius?«

»Weil ich sehen kann, wie du ihn anschaust.«

»Wirklich?« Sie senkte den Kopf, vergrub ihre Nase im Nacken ihres Neffen. »Kinder riechen immer so köstlich«, sagte sie leise und warf Esther einen verstohlenen Blick zu.

»So, so.« Esther lachte auf. »Pastorius ist ein netter Mann.«

»Ja, das ist er. Er setzt sich sehr für uns ein.«

»Nun ja, er hat uns hierher geholt, es sollte ihm wichtig sein, dass wir guten Boden bekommen. Doch diesmal scheint es ja geglückt zu sein.«

»Er will mit uns zusammen siedeln.«

»Will er das? Das überrascht mich. Er hat doch ein Haus im Ort angemietet und macht nicht den Eindruck, als wäre er handwerklich versiert.«

»Hermann und Abraham haben auch noch kein Haus mit eigenen Händen erbaut.«

»Nein, aber sie sind körperliche Arbeit gewohnt, können mit Hammer und Säge umgehen statt mit dem Federkiel wie Pastorius.«

»Wo ein Wille, da ein Weg«, sagte Gretje. Überrascht sahen die jungen Frauen sie an. Gretje hatte neben der Feuerstelle gesessen, auf dem Stuhl, den Dirck ihr in aller Eile gezimmert hatte. Ihre Augen waren geschlossen gewesen, ihr Atem mühsam, immer wieder unterbrochen von dem trockenen Husten, der sie quälte. Sie hatten nicht gedacht, dass die Mutter dem Gespräch gefolgt war. Nur noch selten beteiligte sich die alte Frau an Unterhaltungen.

Margaretha war aufgesprungen und reichte Gretje nun einen Becher mit dem Aufguss. »Hier, Moedertje.«

Gretje schüttelte den Kopf. »Lass gut sein, Hartje. Es hilft nicht.«

»Schlimmer wird es dadurch aber auch nicht.« Sie seufzte. »Ich wünschte, es wäre schon Frühling und ich könnte frische, wirksamere Pflanzen verwenden.«

»Bis zum Frühling ist es noch lange hin.« Esther schaute besorgt zu ihrer Schwiegermutter. »Erst müssen wir den Winter überstehen.«

»Immerhin werden wir den Winter auf unserem eigenen Land verbringen«, sagte Gretje.

»Moedertje, Mijnheer Pastorius hat angeboten, die Kranken und Schwachen aus unserer Mitte den Winter über bei sich zu beherbergen. Ich finde, das ist eine wunderbare Idee.«

Gretje schaute sie nachdenklich an. »Du willst mich hier in der Stadt lassen?«

»Nur zu deinem Besten. Er hat ein Haus, wer weiß, wie unsere Behausungen aussehen werden.«

»Ja, Margret, er hat ein Haus. Aber ihr seid meine Familie. Wir sind gemeinsam hierher gekommen, haben die Reise, die Überfahrt überstanden. Ich werde mich jetzt nicht vor einen fremden Ofen setzen. Ich mag alt sein, aber ich bin nicht so hinfällig, dass ich mich von euch trennen werde.« Sie schluckte, hustete. »Vielleicht ist dies mein letzter Winter. Sehr wahrscheinlich sogar. Aber die letzten Tage möchte ich mit euch, mit meiner Familie verbringen.«

Margaretha stiegen die Tränen in die Augen, und so sehr sich auch bemühte, sie konnte sie nicht zurückhalten.

»Moedertje!« Sie schlang die Arme um Gretje, wiegte sie beide, schluchzte.

»Hartje, min Dochterje, wir alle müssen irgendwann sterben. Der Tod gehört zum Leben dazu.«

»Aber doch nicht du und nicht jetzt.«

»Den Zeitpunkt bestimmt Gott allein.« Gretje schob ihre Tochter von sich, sah sie an. »Ich danke Gott, dass ich euch bis hierher begleiten durfte. Ich bin froh, mit euch in dieses Land gekommen zu sein. Aber ich weiß auch, wie krank und schwach ich bin. Natürlich möchte ich diesen Weg noch weiter mit euch gehen, aber ich hadere auch nicht, falls es nicht so sein sollte. Ich habe mein Leben gelebt, und es war gut.« Sie holte tief Luft. »Doch abgeschoben werden möchte ich nicht.«

»Ach, Moedertje, wir wollen dich nicht abschieben. Der Gedanke war nur …«

»Zu meinem Besten. Ja, ich weiß, min Dochtertje. Komm her.« Sie strich mit ihren rauen, faltigen Händen über Margarethas Gesicht, sah ihr in die Augen, schloss sie dann in die Arme.

Kapitel 29

Am 24. Oktober 1683 ließ Sir William Penn vierzehn Besitzungen vermessen. Jede Siedlerfamilie bekam insgesamt fünfzig Acker an Land. Da sie eine Ortschaft gründen wollten, beschlossen die Familien die Grundstücke nochmals aufzuteilen. Rechts und links des alten Waldpfades steckten sie ihre Besitzungen ab. Drei Acker für jede Familie waren ausreichend, um ein Haus darauf zu bauen und einen Garten anzulegen. Die großen Flurstücke lagen abseits der geplanten Siedlung. Sie einigten sich darauf, das Los entscheiden zu lassen.

In aller Eile fällten sie die Bäume an dem alten Pfad und bauten daraus schlichte Hütten. Aus grob behauenen Steinen fügten sie Kamine. Die Unterkünfte waren einfach, ein Raum, der Kamin an der Stirnseite, eine umlaufende Bank an den Wänden. Tagsüber war dies die Sitzgelegenheit, nachts wurde daraus das Lager. So bauten sie ein Haus nach dem anderen. Die Männer brachen Steine, sägten Holz, fügten Balken ineinander, während die Frauen und Kinder die Ritzen und Fugen mit Lehm und Moos stopften, um die Zugluft abzuhalten.

Gerade rechtzeitig vor Einbruch des Winters waren die Hütten errichtet.

Das Los hatte den Brüdern drei Grundstücke beschieden, die auf der westlichen Seite der Straße lagen. Margaretha und Gretje zogen zu Hermann. Obwohl jede Familie nun eine eigene Hütte besaß, trafen sie sich fast jeden Abend bei dem Ältesten der Brüder.

»Wir müssen anbauen«, sagte Esther verstimmt. »Es ist zu eng für uns alle.«

»Wir könnten ja heute mal zu Abraham und Catharina gehen.« Margaretha lachte bitter auf. »Du hast recht, es ist zu eng.« Sie sah ihren Bruder nachdenklich an. »Was wird aus mir, Hermann?«

Erstaunt schaute er sie an. »Was meinst du?«

»Ich bin euch hierher gefolgt, bin mit euch gezogen, voller Hoffnung und Glauben. Lieber wäre ich in Krefeld geblieben, aber nun sind wir hier. Doch was wird aus mir? Soll ich ewig bei euch wohnen? Dir und Esther den dürftigen Platz wegnehmen?«

»Hartje, du gehörst zu uns. Du bist meine Schwester und obliegst meiner Obhut, bis du dich vermählst. Du nimmst niemandem den Platz weg. Esther hat recht, es ist zu eng. Wir werden anbauen müssen. Gleich morgen werde ich mit Dirck weitere Bäume fällen.«

»Bis ich mich vermähle? Wer soll mich hier freien?« Sie schüttelte den Kopf. »Muss ich darauf warten, dass eine der Frauen stirbt, auf dass ich ihren Platz einnehmen kann?«

»Gottegot, Hartje, so habe ich das nicht gemeint. Mir war nicht bewusst, dass du so unglücklich bist.«

»Hermann, du hast Esther, Abraham hat Catharina und Dirck Rebecca. Ich bin ein gelittener Gast, ein Anhängsel. Ich könnte bei jedem von euch einige Tage oder Wochen wohnen und dann zum Nächsten ziehen. Doch das wäre für niemanden von uns erstrebenswert.«

Hermann stand auf und trat zu ihr, legte ihr sacht die Hand auf die Schulter. »Zusje, du bist kein Anhängsel und schon gar nicht entbehrlich. Auch als Gast sehe ich dich nicht, sondern als Teil unserer Familie. Mich dauert, dass du so bedrückt bist.« Er hielt inne, suchte nach Worten. »Wir haben die lange und anstrengende Reise überstanden. Gott hat uns diesen Platz geschenkt.« Er schaute sich um. »Diese Hütte ist sehr beengt, aber ich werde für dich und Mutter einen Raum anbauen. Und im nächsten Jahr, schon im Frühjahr, werden wir damit beginnen, richtige Häuser zu bauen. Das Grundstück ist groß genug, es reicht, um dir ein eigenes Haus zu errichten. Auch Platz für einen Kräutergarten wirst du haben.« Dann schüttelte er den Kopf. »Du musst dich nicht vermählen, um als jemand zu gelten. Als Heilkundige bist du uns unersetzlich.«

Margaretha stiegen die Tränen in die Augen.

»Nun, nun.« Esther eilte zu ihr und nahm sie in die Arme. »Was Hermann sagt, stimmt. Du bist kein Gast, du gehörst zu uns. Ich möchte dich nicht mehr missen.«

Hermann hielt sein Versprechen und baute an. Gretje und Margaretha bekamen ein eigenes Zimmer, fensterlos und klein. Zudem gab es nun auch eine Küche mit genügend Platz für einen Tisch. Dort traf sich die Familie abends.

Der farbenfrohe Herbst hatte sich verabschiedet. Nach einem Sturm hatten die Bäume fast alle Blätter und einige Äste verloren. Emsig sammelten sie das Bruchholz, stapelten es hinter dem Haus, denn nun zog die Kälte von Norden heran. Der Boden war gefroren, dann setzte Schneefall ein.

Bis zu dem Zeitpunkt war Pastorius oft in der neuen Siedlung gewesen und hatte versucht zu helfen. Auch hielt er sein Versprechen und gewährte den Schwachen und Kranken Unterschlupf in seinem Haus in Philadelphia. Doch mit zunehmendem Schneefall wurden seine Besuche seltener, bis sie ganz ausblieben. Gretje hatte sich geweigert, nach Philadelphia zurückzugehen. In den ersten Tagen in der neuen Siedlung schien ihre Lebenskraft zurückgekehrt zu sein. Sie kümmerte sich um ihre Enkel, kochte Essen. Doch als die

Hütten fertig waren, schwand ihre Kraft wieder. Der Husten nahm zu, und an den meisten Tagen schaffte sie es nicht aufzustehen.

»Ich habe meine Aufgabe erfüllt«, sagte sie leise, als Margaretha ihr besorgt einen Breiumschlag machte. »Mein Weg ist hier zu Ende.«

»Onzin, Moedertje. Du musst nur wieder zu Kräften kommen, und wir müssen endlich den Husten loswerden. Ich habe überall gesucht, aber nirgendwo Eibisch gefunden, das würde dir am besten helfen. Kiefern und Pinien wachsen hier, aber die Nadeln haben so gut wie keine Wirkung mehr. Wäre doch schon Frühjahr.« Sie seufzte. »Auch Thymian haben wir nur noch getrocknet.«

Gretje richtete sich auf, hustete, legte sich dann wieder zurück und schloss die Augen. »Lass mich ein wenig ruhen, Dochterje. Nachher geht es mir sicher besser.«

Nicht ohne Sorge verließ Margaretha den kleinen Raum. In der Küche setzte Esther Wasser auf.

»Hast du gesehen, wie es schneit? Es will gar nicht mehr aufhören. Zuerst fand ich den Anblick wunderschön, aber jetzt macht er mir Angst.«

»Ja.« Margaretha öffnete die Tür und sah nach draußen. Dicke Flocken fielen dicht vom dunklen Himmel. Sie schauderte und schloss die Tür wieder. Beunruhigt beugte sie sich über die Fässchen mit den Vorräten. Sie hatten Butter und Käse mitgebracht, Speck, Getreide und Bohnen. Davon war kaum noch etwas da. Ihnen war versprochen worden, dass sie hier Fleisch und Käse erwerben könnten, Getreide und Gemüse. Doch sie waren zu spät im Jahr angekommen, und es gab kaum noch Nahrung zu kaufen. Die, die es gab, war teuer. Sie hatten im Wald Eicheln gesammelt, Bucheckern und Pilze. Hatten Fallen gestellt und Reusen ausgelegt. Die Beute war spärlich und bald aufgebraucht. Jetzt bedeckte der Schnee den Waldboden, so dass sie nichts mehr sammeln, nicht mehr fischen konnten, und auch das Wild hatte sich tief in die Wälder zurückgezogen. Wir werden verhungern, dachte Margaretha voller Angst.

»Es schneit wie verrückt«, sagte Abraham, der fest aufstampfte, um den Schnee von den Stiefeln zu treten.

»Was du nicht sagst«, murmelte Esther leise.

»Und dunkel ist es auch schon.« Abraham streifte den Mantel ab, hängte ihn neben den Kamin an einen Haken. »Unglaublich, wie viel Schnee hier fällt. Nach Philadelphia werden wir in der nächsten Zeit nicht mehr kommen, und auch keiner von dort zu uns.« Er lachte leise. »Pastorius wird dort bleiben müssen, in seinem Haus mit all den Kranken und Schwachen.«

Margaretha warf ihrem Bruder einen überraschten Blick zu. »Ist das gut oder schlecht?«

»Das ist gut.«

»Aber er hat euch doch geholfen, tatkräftig, jeden Tag, obwohl er es gar nicht musste.«

»Geholfen?« Abraham lachte auf. »Unbeholfen trifft es eher. Ich habe noch nie jemanden gesehen, der derart ungeschickt gewesen war. Er kann ja noch nicht einmal einen Hammer richtig schwingen, geschweige denn die Säge führen.«

Margaretha schluckte. »Natürlich nicht, das musste er ja auch noch nie zuvor. Dennoch hat er sich nicht verweigert, hat alles mitgemacht und sich eingebracht.«

»Margret, er war eher ein Hemmnis als eine Hilfe. Nun ja, der Schnee ist so hoch, vorläufig wird er nicht mehr kommen können.« Abraham bückte sich und schnürte die Stiefel auf.

»Wie dumm, dass Catharina nicht in Philadelphia ist«, murmelte Esther leise und rührte in der Suppe. »Sie war bisher auch keine Hilfe. Ich habe bisher noch nie eine Frau gesehen, die weniger vom Kochen versteht als sie.«

Margaretha sah ihre Schwägerin ungläubig an, stieß sie in die Seite und lachte.

»Abraham«, sagte sie dann, »Mijnheer Pastorius ist gottgläubig und voller Eifer. Mehr als manch anderer. Mich dauert es, dass er nicht mehr hierher kommen kann, denn er will sich auch hier niederlassen und hier bauen. Er hat geholfen, und er wird unsere Hilfe brauchen.«

»Hilfe brauchen? Wer?«, fragte Dirck, der nun in die Küche kam und gleichfalls seinen Mantel neben den Kamin hängte. Schon füllten Dampfschwaden den Raum, es roch nach nasser Wolle.

»Franz Daniel Pastorius«, sagte Margaretha und reichte ihrem Bruder einen Becher Würzwein.

»Daniel hat es schwer bei uns.« Dirck nickte und nahm den Becher dankend entgegen. »Aber die anderen machen es ihm auch nicht leicht.« Er setzte sich auf die Bank, trank einen Schluck. »Verdorrie, er kann Schriften aufsetzen, Verträge aushandeln, er hat mit Penn verhandelt – mit Hammer und Säge ist er noch nicht vertraut. Aber er will es lernen. Könntest du mit Penn über Ländereien verhandeln, Abraham?«

»Das ist nicht meine Aufgabe.«

»Ist es denn seine Aufgabe zu sägen?«, fragte Esther.

Abraham lachte. »Er will es doch lernen. Aber er stellt sich ungeschickt an, schlimmer noch. Hilfe ist er uns nicht, er behindert uns.«

»Onzin, Bror. Pastorius war stets bereit, zu helfen und mit anzufassen. Er will lernen, und das tut er auch mit jedem Handgriff. Setz du doch mal ein Schreiben an Penn auf und zeig uns, wie du dich damit anstellst.«

»Das kann man doch nicht vergleichen.«

»Nein, das kann man tatsächlich nicht«, sagte Margaretha abschätzig. »Gott liebt uns alle, nicht wahr? Jeder hat seine Aufgabe.« Sie schluckte hart. »Abraham, welche ist die deine? Ist sie besser oder wichtiger als die von Mijnheer Pastorius? Und wer beurteilt das? Du? Oder Gott?« Sie schnaubte, nahm ihren Mantel vom Haken, schlüpfte hinein und verließ das Haus. Krachend schloss sich die Tür.

Für einen Moment blieb sie tränenblind stehen, dann stapfte sie durch den Schnee. Nur kurz wollte sie Luft holen, wollte frei werden von all den Ungerechtigkeiten dieser ach so gottesfürchtigen Glaubensgemeinschaft.

Pastorius war kein Handwerker, er war ein Mann des Wortes, aber scheute die Taten nicht, das hatte er bewiesen, und doch lachte ihr Bruder über ihn. Vermutlich war Abraham nicht der Einzige, der Pastorius belächelte und ihn hinter seinem Rücken verspottete. Mit welchem Recht, dachte Margaretha wütend. Sie können sägen und hämmern, feilen und schnitzen. Lauter Tätigkeiten, die auch ich erlernen könnte, auch wenn ich nicht die Kraft der Männer habe. Sie ging weiter, eine dichte Atemwolke bildete sich vor ihrem Mund, die Kälte biss in ihre Haut. Sie blickte auf, den Waldrand konnte man in dem Schneegestöber nur erahnen.

Hier war ihr neues Zuhause, es sollte ihre Heimat werden, aber würden sie hier wirklich glücklich sein? Glücklicher als in Krefeld? Ihre Brüder hatten alles daran gesetzt, in dieses Land zu kommen, doch hatten sie ihren Großmut und ihre Gottesfurcht dabei verloren?

Nur mühsam kam Margaretha voran, doch sie ging weiter, atmete tief ein. Selten genug waren die Augenblicke, in denen sie alleine war und in Ruhe nachdenken konnte.

Hermann und Dirck hatten sich nicht sehr verändert. Ernster waren sie beide geworden, in sich gekehrt. Aber vielleicht war das auch nur ihre Reaktion auf die Enge, die herrschte. Abraham war schon immer so gewesen, still und ernst. Nur selten erhellte ein Lachen sein Gesicht. Auch hatte er immer schon hart über andere geurteilt.

Sie blieb stehen und wischte sich den Schnee aus den Augen, sah sich um. Sie war bis zu Dircks Hütte gelaufen. Kurz entschlossen klopfte sie an die Tür, Rebecca öffnete ihr überrascht.

»Margret, ist etwas passiert?«

»Nein.« Margaretha strich den Schnee von ihrem Mantel, trat ihn von den Stiefeln.

Das Feuer im Kamin knisterte einladend, ein Topf mit

Würzwein verbreitete angenehmen Duft. Margaretha zog den Mantel aus, setzte sich auf die Bank neben dem Ofen. Dankbar nahm sie den dampfenden Becher, den die Schwägerin ihr reichte.

»Passiert ist nichts, ich musste nur ein paar Schritte gehen.«

»Hast du dich geärgert? Über Catharina?« Rebecca lächelte.

»Nein, über Abraham.« Sie seufzte. »Und nun ärgere ich mich über mich selbst.«

Rebecca setzte sich neben sie, legte ihr den Arm um die Schulter. »Das führt zu nichts. Du kennst Abraham doch. Er hat seine Sichtweise und lässt selten die anderer gelten.«

»Du hast recht – und dennoch … Er ist über Franz Daniel hergezogen, wie ungeschickt er sei. Das mag ja stimmen, aber Franz Daniel bemüht sich.«

»Ach, daher weht der Wind.« Rebecca lachte leise. »Du magst ihn sehr, nicht wahr?«

Verlegen trank Margaretha einen Schluck, dann nickte sie.

»Ich möchte dich nicht verunsichern«, sagte Rebecca nachdenklich, »aber vielleicht solltest du dir nicht zu viele Hoffnungen machen. Pastorius ist ein Gelehrter, er ist keiner von uns.«

»Was willst du damit sagen?«

»Hast du nicht gehört? William Penn ist vor Einbruch des Winters mit einem der letzten Schiffe nach England abgereist. Diese Männer haben einfach andere Möglichkeiten als wir. Wir sind hierher gekommen, und für uns wird es kaum einen Weg zurück geben. Sie aber können es sich aussuchen, ob sie den Winter hier verbringen oder in Europa.«

»Franz Daniel ist noch hier.«

»Ja, Margaretha, in diesem Jahr schon. Schließlich liegt ihm auch viel daran, dass diese Siedlung gedeiht. Er hat uns angeworben, er steht mit seinem Namen dafür ein. Und die Frankfurter Land Compagnie wird sicherlich die Berichte darüber verfolgen, wie erfolgreich wir sind.«

»Im Frühjahr will er hier ein Haus errichten und zusammen mit uns siedeln. Er wird nicht wieder wegfahren, das glaube ich nicht.« Margaretha schüttelte den Kopf.

»Nun ja, trotzdem. Glaubst du wirklich, dass er sich mit der Tochter eines Leinenwebers vermählen würde? Hat er dir einen Antrag gemacht?«

»Nein«, sagte sie kleinlaut. »Das hat er noch nicht. Aber ich spüre, dass da etwas zwischen uns ist. Zuneigung, Vertrautheit.« Nachdenklich kaute sie auf ihrer Lippe, sah ihre Schwägerin dann an. »Dirck hat dich auch gefreit, obwohl du unsere Magd warst.«

Rebecca lächelte traurig. »Er hatte mich zuvor geschwängert. Ich glaube nicht, dass er mich sonst geheiratet hätte.« Sie senkte den Kopf, sah dann wieder auf. »Im nächsten Sommer, so Gott will, werde ich ihm ein Kind schenken.«

»Oh!« Margaretha umarmte sie. »Das ist wunderbar! Ich glaube ganz fest daran, dass es diesmal gutgeht. Ich werde alles dafür tun. Am besten mach ich dir gleich noch einen Aufguss aus Frauenmantelkraut, das stärkt deinen Körper.«

»Ich bin so froh, dass ich dich habe, Margret.«

Inzwischen war es Abend geworden. Die beiden Frauen zogen ihre Mäntel an und setzten die dicken Hauben auf, dann gingen sie durch das dichte Schneetreiben die Straße hinunter zu Hermanns Hütte. Die Familie wartete schon auf sie.

»Ich habe mir Sorgen um dich gemacht«, sagte Esther leise, »und wollte Hermann schon losschicken, um dich zu suchen.«

»Das tut mir leid. Ich habe nicht nachgedacht«, sagte sie reumütig und half den Tisch zu decken. Das wenige Getreide, was sie noch hatten, streckten sie jetzt schon mit gemahlenen Eicheln und Bucheckern. Doch lange würde es nicht mehr ausreichen. Besorgt brach Margaretha das Brot und verteilte es. Für Gretje hatte sie eine gute Brühe aus Fleischknochen gekocht und brachte sie ihr nun. Gretje schlief, trotz der vielen Stimmen und der Unruhe, die nebenan herrschte. Margaretha stellte die Schüssel mit der Brühe auf den Kasten neben Gretjes Bett, für einen Moment betrachtete sie ihre Mutter. Die Brust hob sich langsam, und nur mit Mühe schien Gretje Luft holen zu können. Ihre Wangen und Augen waren eingefallen, tiefe Furchen hatten sich um den Mund gegraben. Tränen der Verzweiflung stiegen Margaretha in die Augen.

»Ich brauche dich noch, Moedertje. Du kannst jetzt noch nicht von uns gehen. Was soll ich nur ohne dich machen?« Sie wischte sich über die tränennassen Wangen. »Ich weiß nicht, ob ich es aushalte, wenn ich dich nicht mehr habe. Wir alle brauchen deine Liebe und Güte. Die nächsten Wochen werden hart werden, hoffentlich wird dies kein strenger Winter, denn das könnte uns alle das Leben kosten.« Sie setzte sich vorsichtig auf die Bettkante, nahm behutsam die Hand ihrer Mutter. »Abraham wirkt so verbittert, und Catharina möchte über alles bestimmen. Hermann ist froh, hier zu sein, aber er sorgt sich – wie wir alle. Dirck scheint jetzt erst zu erkennen, welche Verantwortung er auf sich genommen hat. Rebecca wird nächstes Jahr ein Kind bekommen, sie hat Angst vor einer weiteren Fehlgeburt. Wir brauchen deinen Rat, deine Zuversicht und deine Liebe.«

Gretje seufzte, ihre Augenlider flatterten, ihr Atem wurde schneller. Erschrocken biss sich Margaretha auf die Lippen, sie wollte ihre Mutter nicht wecken. Für einen Augenblick hielt sie den Atem an, doch Gretje schien weiter zu schlafen. Sie blieb noch ein paar Minuten neben ihrer Mutter sitzen, stand dann auf.

»Bleib bei mir«, sagte Gretje plötzlich kaum hörbar. »Dochterje, bleib hier.«

»Moedertje, ich habe dir Brühe gekocht. Sie wird dir Kraft geben.«

Nun schlug Gretje die Augen auf, sah Margaretha an, schüttelte leicht den Kopf.

»Die Brühe wird mir nicht helfen.« Ihre Augen glänzten fiebrig, ihr Atem ging plötzlich sehr hastig. »Dochterje, wie schön, das Rebecca wieder guter Hoffnung ist, das wird ihr mehr Stand in der Familie geben. Sie soll sich keine Sorgen machen, sie ist jung und kräftig. Außerdem weißt du, was zu tun ist.« Sie versuchte sich aufzusetzen, Margaretha half ihr. Nur mühsam bekam Gretje Luft, sie hustete, hielt sich die Hand vor den Mund. Der Auswurf war voller Blut. Margaretha zog erschrocken den Atem ein, reichte ihrer Mutter ein Tuch.

»Das Ende ist nahe, Dochterje, aber du musst dich nicht fürchten. Alles wird sich fügen.«

»Bitte, Moedertje, ruh dich aus, überanstreng dich nicht«, sagte Margaretha voller Furcht.

»Ich spüre, dass ich nicht mehr viel Zeit habe. Ein paar Dinge möchte ich dir noch mit auf den Weg geben.« Wieder hielt sie inne, nahm dankend den Becher mit Wasser, den ihre Tochter ihr reichte. »Ich liebe jedes meiner Kinder, auch Abraham.« Sie schloss kurz die Augen. »Für ihn war das Leben nie leicht. Sein Glaube ist fest, doch er hadert mit anderen. Ich denke, er meint es nicht böse, er kann nur nicht aus seiner Haut.«

Margaretha senkte den Kopf, nickte. »Aber es ist schwer, mit ihm umzugehen.«

»Ja, möglicherweise ist es das. Im nächsten Jahr wird es leichter. Wenn erst einmal richtige Häuser gebaut worden sind, sich alle eingelebt haben.« Wieder hustete sie, wischte sich den Mund ab, holte krampfhaft Luft. »Du hast viel von mir gelernt, wirst noch mehr lernen. Sei voller Zuversicht.«

»Moedertje, bitte sprich nicht so.« Nun flossen Margarethas Tränen unaufhaltsam.

»Hartje, gräm dich nicht. Ich werde meiner Bestimmung entgegengehen ohne Gram und Angst. Ich bin euch nur ein paar Schritte voraus.« Sie strich ihrer Tochter über die Wange. »Du wirst deinen Weg gehen.« Dann seufzte sie. »Aber pass auf dich auf.«

»Wieso?«

»Höre auf deine Brüder. Ich weiß«, sagte sie stockend,

»dass du Pastorius Gefühle entgegenbringst. Mijnheer Pastorius ist kein schlechter Mensch, aber er steht noch nicht im Leben. Er erinnert mich an Dirck, nur dass Dirck seine Brüder hat, die ihn leiten können. Pastorius aber ist alleine. Er sucht den Anschluss an unsere Gemeinschaft, und vielleicht hofft er, ihn durch dich zu finden.«

»Du meinst, er liebt mich nicht?«

Gretje seufzte und schloss wieder die Augen. »Das weiß ich nicht, und es sorgt mich.« Sie holte krampfhaft Luft.

»Moedertje, komm zur Ruhe, streng dich nicht an«, flehte Margaretha. »Magst du nicht doch einen Schluck von der Brühe trinken?«

Sie hielt Gretje die Schüssel an die Lippen, stützte ihren Kopf, doch Gretje konnte nur nippen, sank dann zurück und schlief schließlich wieder ein.

Die Küche hatte sich inzwischen geleert. Die Männer saßen vor dem Kamin in der Stube, Esther spülte das Geschirr, Rebecca brachte die Kinder zu Bett, und Catharina war gegangen.

»Wie geht es Mutter?«, fragte Esther. Sie gab Margaretha eine Schüssel Eintopf und einen Kanten Brot.

Margaretha schüttelte nur den Kopf. Sie aß, aber es schmeckte ihr nicht. Auch in Krefeld hatten sie so manches Mal nur karge Speisen gehabt, doch hier war es schlimmer. Sie hatten gepökeltes Fleisch gekauft, es war fast nicht genießbar. Das Mehl, das sie für viel Geld erworben hatten, war voller Schrot und Kleie. Der Kohl schmeckte vergoren, und die Wurzeln waren klein und holzig.

»Wie soll das werden?«, fragte sie ohne Mut.

»Der Schneesturm wird vorüberziehen, Hartje«, versuchte Esther sie zu beruhigen. »Dann können wir wieder nach Philadelphia.«

Margaretha hoffte, dass ihre Schwägerin recht behalten würde. Sie knetete den Brotteig, stellte ihn zum Gehen neben den Ofen, bevor sie sich schlafen legte.

Der Wind pfiff um das Haus, es zog durch die Ritzen und Fugen, die Kälte kroch vom Boden hoch. Das kleine Feuer in dem Becken kämpfte vergeblich gegen die eisige Luft an. Gretje atmete flach, aber sie schien zu schlafen. Margaretha stopfte die Decke um sie fest, strich ihr sanft über die Stirn, dann schlüpfte sie in ihr Bett. Jonkie rollte sich zu ihren Füßen zusammen, schob die Schnauze unter die Rute. Immer wieder schreckte Margaretha aus ihrem leichten Schlaf hoch. Das Gebälk knackte, Eiszapfen lösten sich klirrend von der Dachtraufe, in der Ferne heulten Wölfe. Besorgt schaute sie nach ihrer Mutter, doch Gretjes Zustand blieb unverändert.

Am frühen Morgen hörte sie knirschende Schritte vor der Hütte, jemand klopfte energisch an die Tür.

»Meine Frau liegt in den Wehen«, rief jemand. Es war die Stimme von Johann Lenßen. »Wir brauchen Hilfe.«

Margaretha sprang aus dem Bett und zog sich hastig an. Sie hatte Mercken Lenßen vor ein paar Tagen besucht, da sah es noch nicht nach einer nahenden Geburt aus. Schnell überprüfte sie die Kräutervorräte in ihrem Korb, nahm ihr Umschlagtuch und die Haube. Bevor sie das Zimmer verließ, küsste sie Gretje zum Abschied, ihre Mutter war nicht wach geworden.

»Schnell, schnell«, drängte Johann sie.

»Esther, bitte schau nach Mutter. Es geht ihr nicht gut.« Margaretha fiel es schwer zu gehen, obwohl sie wusste, dass Mercken ihre Hilfe benötigte.

»Die Wehen haben gestern Nachmittag eingesetzt. Zuerst ging es ihr gut, aber vor zwei Stunden hat sie angefangen zu bluten.«

»Das kann schon mal sein«, versuchte Margaretha den werdenden Vater zu beruhigen.

»Ich habe unseren Sohn zu den Nachbarn gebracht und bin dann los, um Euch zu holen. Ich mache mir so Sorgen um meine Frau. Die erste Geburt war ganz anders.«

Margaretha horchte auf. »Wie das?«

»Vor zwei Jahren, als sie das erste Kind bekam, da hat es nur einige Stunden gedauert. Sie hatte zwar Schmerzen, aber nicht so wie diesmal. Auch hat sie nicht so geblutet.«

Margaretha überlegte, sie hatte noch einige Himbeerblätter, um einen Aufguss zu bereiten. Zudem die Wurzeln des Beinwells. Doch wenn die Geburt schon vorangeschritten war, würde sie nicht genügend Zeit haben, um einen lindernden und krampflösenden Brei zu bereiten.

Der Wind blies ihnen die kleinen und harten Schneekristalle ins Gesicht, die Kälte brannte auf ihren Lippen. Immer wieder strauchelte sie in den hohen Schneeverwehungen. Lenßen fasste sie am Arm und zog sie mit sich. Die Hütte der Familie Lenßen lag am anderen Ende der Straße. Sie kamen nur schwer vorwärts, es schien eine Ewigkeit zu dauern, bis sie schließlich die Hütte erreichten. Doch schon von weitem konnte Margaretha die Schreie der Frau in den Wehen hören. Johann zuckte zusammen, beschleunigte seinen Schritt.

Endlich hatten sie die Hütte erreicht, Lenßen stieß die Tür auf. Im schummerigen Dämmerlicht der Kerzen sah Margaretha die Frau am Boden liegen. Sie hatte sich zusammengekrümmt und jammerte leise, dann holte sie Luft und stieß einen verzweifelten Schrei aus.

»Wir sind ja da, Hartje. Mejuffer op den Graeff wird dir helfen.« Johann rang seine Hände und schaute Margaretha hilfesuchend an.

Margaretha zog sich den Mantel aus, dann kniete sie sich neben die junge Frau. »Gottegot«, murmelte sie. Merckens Unterkleid war blutgetränkt. »Kannst du aufstehen, wenn wir dir helfen? Johann, komm, fass mit an.«

Mercken jammerte und wimmerte, als sie sie langsam hochzogen und zur Bettstatt brachten.

»Wir müssen ihr das Kleid ausziehen. Und ich brauche mehr Licht.« Margaretha ahnte Schlimmes. Der Blutverlust war zu hoch, etwas stimmte nicht. Wieder krümmte sich die junge Frau zusammen und schrie. Margaretha legte ihr die Hände auf den Bauch, tastete nach dem Kind. »Es liegt richtig herum, immerhin etwas. Du musst tief einatmen, wenn der Schmerz kommt, hierhin, da wo meine Hände sind. Wenn du schreist, wird es nur schlimmer.«

»Es tut so weh«, keuchte Mercken. »Es zerreißt mich.«

»Nein, das wird es nicht«, versuchte Margaretha sie zu beruhigen. Sie zog ihr das Überkleid und den Unterrock aus. »Ich brauche Wasser und einige Tücher. Und Kerzen.«

Die Kerzen flackerten in der Zugluft. Als Johann die Tür öffnete und Schnee in den Kessel schaufelte, drohten die Kerzen zu erlöschen, eisiger Wind zog durch die kleine Hütte.

»Liever Hemel«, murmelte Margaretha entsetzt. Bei jeder Wehe strömte das Blut. »Du musst dich auf den Rücken legen, damit ich dich untersuchen kann.«

»Ich kann nicht«, stöhnte Mercken.

»Doch, du musst!« Vorsichtig half sie der jungen Frau, sich auf den Rücken zu legen. »O je, o je …«

»Was ist? Wird sie sterben?«, fragte Johann mit zitternder Stimme.

Margaretha warf ihm einen wütenden Blick zu. »Nicht, wenn ich es verhindern kann.« Sie wusch Mercken, tastete den Bauch ab. In immer kürzeren Abständen kamen die Wehen und mit jeder ein weiterer Schwall Blut.

Der Mutterkuchen hat sich vor der Zeit gelöst, dachte Margaretha. Sie wünschte sich Gretje und ihre Erfahrung herbei. Die Frau wird verbluten, fürchtete sie. Eilig bereitete sie einen Aufguss aus Himbeerblättern und Frauenmantel zu, flößte ihn Mercken ein. Die junge Frau nippte nur, sie hatte kaum noch Kraft.

»Das Kind muss jetzt kommen«, sagte Margaretha. »Ich brauche einen Streifen Leinen und deine Hilfe, Johann.«

Der verängstigte Mann stand am Kamin und rührte sich nicht.

»Du musst mir helfen. Jetzt!« Sie nahm ein Tuch, zerriss es in Streifen. »Du musst sie aufrichten, damit ich das Tuch um sie wickeln kann. Gut so.« Endlich rührte sich Johann.

»Gottegot«, murmelte er. »Lieber Herr Jesus, sei bei uns in der Stunde der Not!«

»Du musst deinen Arm hierher legen«, sie zeigte auf den Oberbauch, »und das Kind nach unten drücken. Dabei ziehst du das Tuch zusammen.«

»Ich soll ihr auf den Bauch drücken?« Johann schüttelte den Kopf.

Margaretha sah zu der jungen Frau, doch diese hatte die Augen verdreht, schien nicht mehr ansprechbar zu sein.

»Du musst«, zischte sie. »Oder willst du, dass deine Frau stirbt? Das Kind muss kommen. Jetzt!«

Nur zögerlich drückte Johann auf den geschwollenen Bauch seiner Frau. Das Leinen zwischen Merckens Beinen war voller Blut, und Margaretha warf es auf den Boden. Mit festen, kreisenden Bewegungen rieb sie Merckens Bauch mit Nelkenöl ein, dann tastete sie vorsichtig nach dem Muttermund. »Sobald die nächste Wehe kommt, musst du drücken und nach unten schieben, so feste du kannst.« Sie packte die schlaffen Beine der jungen Frau, winkelte sie an. »Jetzt! Drück!«, befahl sie und riss die Beine mit einem Ruck nach oben.

Johann liefen die Tränen über das Gesicht. »Gottegot«, murmelte er immer wieder. »Lieber Herr Jesus.«

»Ich kann den Kopf fühlen, noch einmal!« Margaretha rann trotz der Kälte der Schweiß über den Rücken und die Stirn. Sie biss die Zähne fest zusammen, hebelte wieder Merckens Beine nach oben, endlich war der Kopf des Kindes geboren. Vorsichtig drehte sie die Schultern, zog das kleine Wesen schließlich heraus. Schnell wickelte sie es in ein Tuch, das Kind war tot, ihm konnte sie nicht mehr helfen, aber noch war die Hoffnung nicht verloren, wenigstens die Mutter zu retten. Sie zog an der Nabelschnur und hoffte, dass der Mutterkuchen schnell geboren wäre.

»Reib deiner Frau mit etwas Schnee über die Stirn, sie muss wieder zu Bewusstsein kommen.«

Johann stand wie versteinert neben der Bettstatt, sah zu dem kleinen Bündel am Fußende.

»Was ist mit dem Kind?«, fragte er leise.

»Es ist tot.«

Der Mann schluchzte auf, verbarg sein Gesicht in den Händen.

»Noch lebt deine Frau. Aber ich brauche Hilfe, damit sie am Leben bleibt«, sagte Margaretha barsch. Mercken hatte viel zu viel Blut verloren, immer noch blutete sie stark.

Ich habe kein Ziest mehr, dachte Margaretha verzweifelt. Welche Mittel hätte Mutter noch verwendet? Sie schloss die Augen, dachte an die kleine Vorratskammer ihrer Mutter in Krefeld, versuchte sich zu erinnern, was Gretje ihr zu den verschiedenen Kräutern und Pflanzen gesagt hatte. Hirtentäschel, Frauenmantel und Huflattich galten als blutstillend, doch sie brauchte etwas, was schnell wirkte. Endlich war der Mutterkuchen geboren. Margaretha betrachtete ihn sorgfältig, er war zum Glück vollständig. »Ich brauche Schnee oder noch besser Eis.«

Johann wankte zur Tür, den Rücken gebeugt und die Schultern hochgezogen. Er dauerte Margaretha, aber sie hatten keine Zeit für Trost und Trauer.

Eilig wusch sie die junge Frau mit einer Essenz aus Wegrauke und Rosmarin. Mercken stöhnte leise, öffnete jedoch nicht die Augen. Johann brachte einen Eimer mit Eiszapfen und Schnee. Sie packte das Eis in ein Stück Tuch, presste es auf den Bauch der jungen Frau.

»Willst du sie umbringen?«, fragte Johann entsetzt. »Sie holt sich doch den Tod durch die Kälte.«

»Wir müssen die Blutung stoppen.«

In dem Kessel über dem Feuer kochte das Wasser, Margaretha nahm nachdenklich einige Kräuter aus ihrem Korb, bereitete einen Aufguss zu.

»Hiervon muss sie jede Stunde ein paar Schlucke trinken. Außerdem braucht sie eine gute Brühe, um wieder zu Kräften zu kommen.«

Johann schüttelte den Kopf. »Wir haben nichts mehr bis auf etwas Pökelfleisch und einige Wurzeln.« Er setzte sich und vergrub das Gesicht in den Händen, seine Schultern zuckten. »Wir hätten nie in dieses Land kommen sollen. Statt einer neuen Heimat haben wir hier nur den Tod gefunden. Mein armes Kind! Was mache ich, wenn meine Frau nun stirbt?«

»Habt ihr noch Branntwein? Dann nimm einen ordentlichen Schluck oder auch zwei.«

Immer wieder tauschte sie das Eis aus, kühlte den Bauch der jungen Frau, flößte ihr den Aufguss ein. Die Blutungen ließen nach, Merckens Atem wurde ruhiger und kräftiger. Gegen Mittag wachte sie schließlich auf.

»Das Kind ist tot, nicht wahr?«

Margaretha nickte stumm.

»Ich wusste es schon, als die Wehen einsetzten, wollte es aber nicht wahrhaben. Es hat sich nicht mehr bewegt«, sagte sie leise.

»So etwas passiert. Gott gibt, und Gott nimmt, nur er weiß, weshalb. Lass uns beten.«

Sie senkten die Köpfe und beteten still.

»Du musst wieder zu Kräften kommen«, sagte Margaretha. »Du brauchst gute Nahrung.«

»Wir haben nichts mehr. All unsere Vorräte sind verbraucht.« Mercken schloss verzweifelt die Augen. »Der Winter kam zu schnell und zu mächtig.«

»Ich werde in der Gemeinde fragen.« Müde zog sie ihren Mantel an. »Du musst ruhig liegen, gut zugedeckt. Alle zwei Stunden soll dir dein Mann für kurze Zeit einen Eisbeutel auf den Bauch legen. Ich komme nachher wieder, bringe dir Brühe mit.« Sie hatte das tote Kind gewaschen und angezogen, legte es der Mutter in die Arme.

»Wie friedlich es aussieht, so als würde es schlafen«, sagte Mercken mit tränenerstickter Stimme.

»Es ruht in Frieden. Die kleine Seele ist nun bei Gott.«

Obwohl es mitten am Tag war, war es nicht hell. Immer noch zogen dunkle Wolken eilig am Himmel. Sie hingen so tief, dass es aussah, als würden sie die Baumwipfel streifen. Der Schneefall hatte nachgelassen, doch der Wind heulte immer noch um die Häuser. Mühsam stapfte Margaretha den Weg entlang. Hätte sie das Kind retten können, wenn sie in Krefeld gewesen wären? Hätte Gretje das Kind retten können? Sie wusste es nicht. Obwohl Mercken die schwere Geburt überlebt hatte, war die Gefahr noch nicht gebannt. Die junge Frau hatte viel Blut verloren; ohne kräftigende Speisen würde sie nicht mehr auf die Beine kommen. Auch drohte noch die Gefahr des Kindbettfiebers und des Milchstaus. Sie hoffte, dass Gretje ihr würde helfen können, die richtigen Kräuter auszuwählen.

Endlich erreichte sie Hermanns Hütte. Keine Stimmen, kein Kinderlachen empfing sie, als sie die Tür öffnete. Die Familie saß mit gesenkten Köpfen um den Tisch. Esther erhob sich, Tränen in den Augen und nahm Margaretha schluchzend in die Arme.

»Ich habe mein Bestes getan«, murmelte Margaretha leise. »Aber es hat nicht gereicht. Ihr habt es schon erfahren?«

Verwirrt sah Esther sie an. »Margret, es tut mir so leid.«

Plötzlich hatte Margaretha das Gefühl, keine Luft mehr zu bekommen, als hätte ihr jemand einen Hieb in den Magen versetzt. Sie sah in die Runde, bemerkte jetzt erst die bedrückten Gesichter, die Tränen.

»Moedertje?« Plötzlich wurde ihr schwindelig. Wie versteinert ging sie zu der kleinen Kammer, öffnete die Tür.

Gretje lag auf ihrer Bettstatt, angezogen und die Hände auf der Brust gefaltet. Sogar ihre Haube trug sie. Margaretha starrte sie an, unfähig sich zu rühren. Dann wurden ihre Beine weich, und es wurde ihr schwarz vor Augen.

Als sie wieder zu sich kam, lag sie auf der Bank im Wohnraum. Rebecca drückte ihr ein nasses Tuch an die Stirn und Esther versuchte, ihr Brühe einzuflößen. Margaretha setzte sich auf, für einen Moment hielt sie inne, schluckte schwer. Übelkeit stieg ihr die Kehle hoch, sie fühlte sich flau. Doch schließlich schaffte sie es, aufzustehen und zu Gretje zu gehen. Sie kniete sich neben das Bett, strich ihrer Mutter sacht über die kühlen Wangen.

»Moedertje, wieso?«, schluchzte sie. »Warum bist du gegangen, als ich nicht da war?«

Esther hockte sich neben sie, legte ihr den Arm um die Schulter. »Sie ist friedlich eingeschlafen. Sie hat sich nicht mehr gequält.«

»Aber ich war nicht da. Ich war nicht bei ihr, in ihrer schwersten und schrecklichsten Stunde.«

»Hartje, Gretje ist im Schlaf von uns gegangen, ohne Pein und ohne Schmerzen. Ihr Atem wurde flacher und setzte dann schließlich aus.«

»Ich wäre so gerne bei ihr gewesen.«

»Vielleicht konnte sie nur gehen, weil du es nicht warst. Vielleicht brauchte sie diesen Moment ohne dich, um loslassen zu können. Nun ist sie bei Gott.«

Margaretha weinte haltlos. »Aber ich brauche sie doch noch? Was soll ich denn ohne sie machen?«

Sanft strich Esther ihr über den Rücken. »Sie wird immer in deinem Herzen sein.«

»Warum sind wir in dieses Land gekommen? Warum nur? Warum konnten wir nicht in Krefeld bleiben? Dort würde Mutter sicher noch leben und das Neugeborene auch. Wir sind in einem schrecklichen Land, diese Siedlung ist verflucht, zwei Tote in einer Nacht.«

Lange weinte Margaretha, nur schwer konnte sie begreifen, dass sie nie wieder mit Gretje würde reden können. Doch schließlich trocknete sie ihre Tränen. Sie musste sich um Mercken kümmern. In der Küche stand der kleine Topf mit

Brühe, den sie für Gretje gekochte hatte. Ihre Mutter brauchte ihn nun nicht mehr, aber vielleicht würde er Mercken retten. Sie nahm den Topf, tat ihn in ihren Korb, dazu einen Laib Brot und ein wenig von dem Mais, den sie gekauft hatten.

Am Ende der Straße teilte die Gemeinde einen Platz als Friedhof ab. Obwohl sie den Schnee wegschaufelten und große Feuer errichteten, konnten sie keine Gräber graben. Der Boden war zu tief gefroren. So sammelten sie Geröll und Steine vom Flussufer, begruben die beiden Toten – das neugeborene Kind und die alte Frau – als die beiden Ersten darunter.

Kapitel 30

Im Dezember fiel die Temperatur noch weiter. Die Luft schien vor Kälte zu knistern, jeder Aufenthalt im Freien wurde schnell zur Qual. Die Schneeverwehungen waren so hoch, dass die zwei Stunden Fußmarsch nach Philadelphia kaum zu bewältigen waren. Die Gemeinde hungerte und fror. Obwohl die Balken der Hütten dick waren, hielten sie die Kälte kaum ab, vom Boden kroch der Frost empor, und der Wind pfiff durch die Ritzen. Die Vorräte waren fast aufgebraucht, auch wenn sie nun alles zusammentaten, damit niemand verhungern musste. Hin und wieder konnten sie Wild erlegen oder ein Kaninchen fangen. Die Bäche und Seen waren zugefroren. Selbst den Delaware bedeckte eine Eisfläche, berichteten Hermann und Abraham besorgt. Sie hatten sich nach Philadelphia begeben, trotz des Schnees, um wenigstens einige Nahrungsmittel zu kaufen. Doch auch dort herrschten Hunger und Not.

Sie brachten gepökeltes Fleisch, Mais und einige Wurzeln mit. Kaum genug, um die ganze Gemeinde zu ernähren.

Außerdem kam Pastorius mit ihnen in die Siedlung. Nur einen Todesfall hatte er zu berichten, ein Kind war gestorben. Er bat darum, das Weihnachtsfest mit ihnen verbringen zu dürfen. Margaretha räumte ihr Zimmer und überließ es ihm. Sie quartierte sich für die Zeit seines Besuches bei Rebecca und Dirck ein.

Regelmäßig trafen sich die Gemeindemitglieder zum Gebet, immer in kleinen Gruppen, denn sie hatten nicht genügend Platz, um alle gemeinsam zu beten. Die neue Siedlung wurde schon bald »Germantown« genannt. Der Fleiß und die Gottesfurcht der Siedler sprachen sich schnell herum. Doch nicht jeder der Siedler war zufrieden. Zu karg war das Leben, zu groß die Einöde und der Winter zu hart. Unmut machte sich breit, einige Familien überlegten weiterzuziehen.

»Meine Lieben Brüder im Glauben, meine Freunde, verzagt nicht«, sagte Pastorius. »Auch dieser Winter wird weichen, und das Frühjahr und der Sommer werden euch für Not und Drangsal entschädigen.«

»Woher wollt Ihr das wissen?«, murrte Johann Lenßen. Mercken erholte sich nur mühsam von der schweren Geburt. Sie litt unter der mangelnden Nahrung und der Kälte, trauerte um ihr totes Kind.

»Ich habe mit vielen Menschen gesprochen, die schon länger hier siedeln. Im März spätestens wird der Schnee schmelzen und das Eis tauen. Ihr werdet sehen, wie schnell dann alles grünen und blühen wird.«

»Wenn wir bis dahin überleben. Unsere Vorräte sind aufgebraucht, und das Jahr ist noch nicht zu Ende. Bis März sind es noch mehr als drei Monate.«

»Wir werden alle gemeinsam diesen Winter überstehen. Im nächsten Jahr wird Germantown eine erfolgreiche Siedlung sein. So viel haben wir bis hierher geschafft. Haltet durch, ihr werdet belohnt werden.«

»Dies ist eher Armentown. Wir werden verhungern«, meldete sich nun auch Tönis Kunders zu Wort. »Was habt Ihr uns nicht alles versprochen, doch kaum eins der Versprechen habt Ihr halten können. Wie sollen wir Euch jetzt noch glauben?«

»Wenn Ihr nicht mir vertraut, dann vertraut in Gott. Er hat uns dieses Land geschenkt.« Pastorius hob beschwichtigend die Hände.

»Geschenkt? Wir haben mit harten Talern dafür bezahlt. Und jetzt werden wir auch unser Leben geben müssen.«

»Nein, das werden wir nicht, Brüder und Schwestern.« Pastorius schüttelte den Kopf. »Wir werden die Zähne zusammenbeißen und diese harte Zeit überstehen. Und wir werden dafür reichlich belohnt werden.«

Er brauchte eine Weile, um die Siedler zu beruhigen. Versprach ihnen einiges von seinen Vorräten. Schon am nächsten Morgen sollte eine Gruppe mit ihm zurück nach Philadelphia gehen, um Sauerkraut und Pökelfleisch zu holen.

»Wenn der Schnee nicht so hoch läge, würden einige unserer Brüder weiterziehen. Andere warten nur auf das erste Schiff, um wieder zurück nach Europa zu segeln.« Hermann verzog besorgt das Gesicht, als sie später zusammen am Tisch saßen. »Es wird mehr brauchen als ein Fass Sauerkraut und ein paar gute Worte, um sie zu halten.«

»Ja«, sagte Pastorius bedrückt. »Mir ist das bewusst. Und doch habe ich nicht mehr zu bieten. Mich würde es dauern, würden sie weiter- oder gar zurückziehen. Ich glaube durchaus daran, dass es im nächsten Jahr besser werden wird. Dieser Winter, so wurde mir gesagt, ist ungewöhnlich streng.«

»Will Gott uns prüfen?« Abraham strich sich über den Bart.

»Vielleicht. Möglicherweise müssen wir uns dieses Landes wert erweisen. Eins zumindest haben wir hier – unseren Glauben und die Freiheit, ihn zu leben. Niemand hier zwingt uns ein Glaubensreglement auf.«

»Es ist ja auch keiner da, der das könnte«, murmelte Esther verdrossen. »Hier sind ja nur wir.« Sie rührte in dem Eintopf, schaute in den Ofen, wo das Brot buk.

»Was machen die Siedler in Philadelphia?«, fragte Margaretha. »Wovon leben sie?«

»Sie haben Vorräte angelegt.« Pastorius seufzte. »Mir war nicht bewusst, dass es so wenig Handel gibt. Dass wir kaum Möglichkeiten haben, Nahrung zu kaufen.«

»Nun denn«, Margaretha nahm das Stopfzeug wieder zur Hand, »auch diese Siedler sind irgendwann hier angekommen und haben den ersten Winter überlebt. Wir werden es auch schaffen.«

»Amen.« Pastorius warf ihr einen dankbaren Blick zu.

Am nächsten Tag machte sich eine Gruppe der Siedler zusammen mit Pastorius auf, um nach Philadelphia zu gehen. Er wollte im Haushalt von William Penn um Nahrung bitten und auch einige seiner eigenen spärlichen Vorräte spenden. Voller Hoffnung sah Margaretha ihm hinterher.

Zwei Tage später kamen sie zurück, brachten Fässer und Säcke mit. Es war nicht viel, und sie würden es teilen müssen, aber sie schöpften wieder Hoffnung.

Obwohl das Weihnachtsfest vergangen war, Neujahr bescheiden gefeiert, machte Pastorius keine Anstalten, wieder abzureisen. Jeden Abend trafen sich die Männer, diskutierten und berieten. Tagsüber schlugen sie Holz, stellten Fallen und legten Schlingen, erkundeten die Umgebung. Sie planten schon die anstehenden Arbeiten des kommenden Frühjahrs. Die Wälder beidseits der Straße mussten gerodet, Felder und Gärten angelegt werden. An dem Flusslauf, der die Siedlung östlich begrenzte, konnte man eine Mühle bauen. Es gab mehrere Quellen, und Tönis Kunders träumte vom ersten selbstgebrauten Bier.

Eines Nachmittags im Januar wollte Margaretha in den Wald. Es hatte schon seit zwei Wochen nicht mehr geschneit, aber es war unverändert kalt geblieben. Der verharschte Schnee ermöglichte gutes Vorwärtskommen.

»Darf ich Euch begleiten?«, fragte Pastorius.

Sie sah ihn nachdenklich an, nickte dann und nahm ihren Korb.

»Was wollt Ihr denn im Wald?« Pastorius zog den Mantel an, knöpfte ihn umständlich zu.

»Ich brauche Weidenrinde, die finde ich am Flussufer, und auch Lärchen habe ich gesehen. Eigentlich ist dies nicht die Zeit, um zu sammeln und zu ernten – Rinde schneidet man im Frühjahr, wenn die frischen Säfte durch den Baum ziehen, aber meine Vorräte gehen zur Neige, und die Krankheiten häufen sich, weil die Menschen geschwächt sind.« Sie seufzte. »Mit ein wenig Glück finden wir Ebereschen und Brombeeren. Die Früchte mögen gefroren sein, aber man kann sie noch gebrauchen.«

Er nahm den Korb, ging voran. »Viele sind erkrankt«, sagte er betrübt.

»Es werden immer mehr. Einige Kinder fiebern, zwei alte Frauen siechen dahin, Husten quält sie. Jan Lucken hat sich mit dem Beil in den Fuß geschlagen, die Wunde eitert. Abraham Tunes hat seit Wochen einen Abszess. Seine Frau leidet immer wieder unter Milchstau. Immerhin geht es ihrem Säugling gut.«

Margaretha schluckte. Sie hatte die erste Geburt in der Siedlung noch nicht verwunden. Beim zweiten Kind der Siedler, das wenige Tage später kam, war alles gut gegangen.

»Margaretha, Ihr mögt der Kräuterkunde mächtig sein, aber Ihr könnt nicht alle retten oder erlösen.«

»Nein, dazu fehlen mir die Mittel.« Sie blieb stehen, sah ihn an. »Viele der Krankheiten und Leiden könnte ich lindern oder sogar heilen, wenn ich die richtigen Kräuter, Tinkturen und Pulver hätte.« Sie zog ihre Haube zurecht, setzte den Weg fort. »Ich habe sie aber nicht. Genauso wenig wie gute Nahrung, um die Schwachen zu stärken.«

Pastorius stöhnte. »Ich weiß. Das bedrückt mich auch. Aber wie soll ich das ändern? Ich tue, was in meiner Macht steht.«

Margaretha warf ihm einen kühlen Blick zu, stapfte dann weiter.

»Margret, ich habe das Gefühl, dass Ihr mir zürnt.«

Überrascht blieb sie stehen. »Nein, durchaus nicht. Wie kommt Ihr darauf?«

»Ich war derjenige, der Eure Familie und all die anderen in dieses Land gelockt hat. Und nun ist es doch anders, als wir es uns vorgestellt haben.«

»Das stimmt. Aber es war doch unsere Entscheidung, hierher zu kommen.« Sie seufzte. »Wir haben es uns leichter vorgestellt. Einfacher. Aber Ihr auch, Franz Daniel. Euch trifft keine Schuld an dem harten Winter. Wären wir eher aufgebrochen, hätten wir uns besser bevorraten können. Aber nun ist es so, wie es ist. Wir müssen das Beste daraus machen.«

»Eure Mutter ist gestorben …«

Wieder blieb sie stehen, schluckte hart. »Ja, Moedertje ist von uns gegangen, und zuerst habe ich auch die Reise und dieses Land verflucht. Doch meine Mutter hat ein gesegnetes Alter erreicht. Ob sie diesen Winter in Krefeld überstanden hätte, weiß niemand. Sie hat nicht lange gelitten, ist friedlich eingeschlafen, das tröstet mich.« Sie sah Pastorius an. »Anschuldigungen sind dumm und nutzlos, sie helfen nicht weiter, verhärten nur das Herz und verpesten die Seele. Wir müssen nach vorne schauen und versuchen, das Gute zu sehen. Und nun kommt, sonst haben wir die Zeit vergeudet und nichts erreicht.«

»Ich bewundere Euch«, sagte Pastorius leise. »Ihr seid eine außergewöhnliche Frau.«

Margaretha biss sich auf die Lippen. Sie musste an die letzten Worte ihrer Mutter denken. Gretje hatte sie vor Pastorius gewarnt. Ach, Moedertje, dachte sie betrübt, ich hoffe, du hast dich getäuscht. Ich mag ihn nämlich sehr.

Sie erreichten den Bachlauf. Eine Eisschicht bedeckte das Wasser, doch unter dem Eis gluckerte es.

»Es gibt viele Quellen hier. Das wird für uns von Vorteil sein.« Pastorius reichte ihr das Messer, und Margaretha schnitt vorsichtig Rinde von der Weide, die ihre Äste über den Bachlauf hängen ließ.

»Hoffentlich. Wenn es zu viele Quellen sind, könnte das Land sumpfig sein.«

»Nein, das glaube ich nicht.« Dennoch schaute er sich unsicher um.

»Ich habe genügend Rinde. Lasst uns weitergehen und nach Beeren Ausschau halten. Vielleicht finden wir ja einige geschützte Stellen.«

Sie hatten Glück und fanden Brombeeren, Drosselbeeren und einige Hagebutten. Sorgsam sammelten sie die gefrorenen Früchte.

Als es dämmerte, machten sie sich auf den Heimweg. Margarethas Wangen waren von der Kälte gerötet, ihre Füße schmerzten, und doch war sie froh über die Ausbeute. Plötzlich hörten sie einen lauten Schrei, erschrocken zuckten sie zusammen. Pastorius nahm die Muskete, die er an einem Riemen über die Schulter trug, machte sie mit fahrigen Händen schussbereit.

»Was war das?« Margaretha sah sich verängstigt um.

»Ich weiß es nicht. Vielleicht ein Vogel?«

Lauschend blieben sie stehen. Für einen Moment rauschte nur der Wind in den Bäumen, doch dann vermeinten sie leises Stimmengemurmel zu hören.

»Da ist jemand.«

»Die Stimmen kommen von dort hinten im Wald.« Pastorius entspannte seine Waffe und schulterte sie wieder, sah Margaretha fragend an.

»Es klang nach einem Schmerzensschrei, wir sollten nachschauen gehen.« Margaretha ging ohne Zögern in die Richtung, aus der die Stimmen kamen.

»Lasst mich vorangehen«, sagte Pastorius. »In diesem Teil des Waldes sind Fallen gestellt, wir müssen achtsam sein.«

Im schwindenden Licht des Tages entdeckten sie zwei Männer im Unterholz. Der eine saß auf dem Boden, hielt sich den Fuß. Der Schnee um ihn färbte sich blutig.

»Es sind Wilde«, wisperte Margaretha erschrocken, doch dann sah sie die Wunde.

»Er ist wohl in eine Falle getreten.« Pastorius blieb unsicher stehen, aber Margaretha eilte zu dem Verwundeten. Einen Augenblick zögerte sie, dann kniete sie sich nieder, bedeutete dem Mann, ihr den Fuß zu zeigen. Erstaunt sah er sie an, doch dann ließ er zu, dass sie die Wunde untersuchte. Neben ihm auf dem Boden lag ein Tellereisen. Er hatte die Lederstreifen seines Stiefels schon gelöst. Vorsichtig zog Margaretha den Stiefel ab.

»O je«, sagte sie leise und zog zischend die Luft ein. Der Wilde war in die Falle getreten, das Eisen hatte den Mittelfuß gebrochen, eine blutende Wunde geschlagen. »Wir müssen die Blutung stoppen. Ich habe kein Verbandszeug dabei.« Suchend schaute sie sich um.

»Franz Daniel, dort drüben wachsen Flechten an dem Baum, bringt sie mir.« Sie überlegte einen Moment, hob dann ihren Rocksaum, riss einen Streifen von ihrem Unterkleid ab.

Pastorius reichte ihr die Flechten. »Was macht Ihr damit?«

»Sie stillen die Blutung. Aber die Knochen sind gebrochen, ordentlich versorgen kann ich ihn nur zu Hause.« Sie biss sich auf die Lippen, überlegte kurz. »Es hilft nichts, wir müssen ihn mitnehmen.«

Durch Gesten versuchten sie, den beiden Männern ihr Vorhaben zu erklären. Der unverletzte Mann schüttelte den Kopf und redete auf seinen Begleiter ein. Eine Weile schienen die beiden zu beraten, schließlich seufzte er auf, griff in seine Tasche und nahm etwas heraus. Er brach es in Stücke, reichte dem Verletzten das größte, bot dann Margaretha und Pastorius etwas an.

Vorsichtig nahm Margaretha das Stück entgegen. Es schien eine Art getrocknete Paste zu sein und stank. Doch der verletzte Mann steckte es, ohne zu zögern, in den Mund, kaute kräftig.

»Mokakin«, sagte er und rieb sich über den Bauch, zeigte dann auf seinen Oberarm.

Unsicher schaute Margaretha zu Pastorius. Mit spitzen Lippen kostete dieser. »Es schmeckt nicht so schlecht, wie es riecht.«

Sie probierte nun auch. Es scheint sehr nahrhaft zu sein, dachte sie überrascht.

Noch einmal deutete Pastorius auf den verletzten Mann und dann in Richtung Siedlung. Er ging zu ihm, griff unter seinen Arm, winkte dem anderen, ihm zu helfen. Gemeinsam schafften sie es, den Verletzten aufzurichten.

»Er wird nicht laufen können, selbst wenn Ihr ihn stützt«, sagte Margaretha.

»Das sehe ich auch«, erwiderte Pastorius missmutig. Er seufzte, dann schulterte er den Verletzten.

Nur mühsam kamen sie voran. Auf der Hälfte des Weges hielt Pastorius an, ließ den Mann von seinen Schultern gleiten. Der andere Wilde nahm nun seinen Gefährten und trug ihn. Es war schon dunkel, als sie die Siedlung erreichten. Margaretha führte sie zu Hermanns Hütte. Der unverletzte Wilde sah sich misstrauisch um.

»Wir brauchen Hilfe«, sagte Margaretha. »Wir haben einen Verletzten.« Hermann kam zur Tür, verwundert schaute er die Männer an. »Schnell, er ist in ein Fangeisen getreten. Die Wunde blutet stark, ich habe sie nur notdürftig verbinden können.«

Hermann und Dirck trugen den Mann in die Stube. Der zweite Wilde nickte Pastorius zu, ging dann zu ihm, befühlte dessen Oberarme und lächelte anerkennend. Dann sagte er leise etwas, schaute sich noch einmal um und ging zurück in den Wald.

»Du bringst einen Wilden mit hierher?«, fragte Abraham unwirsch. Die Siedler hatten das eine oder andere Mal schon Wilde in Philadelphia gesehen, hatten jedoch Distanz zu ihnen gewahrt.

»Er ist verletzt«, sagte Hermann. »Das siehst du doch. Es ist das Gebot der Nächstenliebe, dass wir ihm helfen.«

»Er stinkt!«

»Liever Hemel, Abraham, hör auf zu lamentieren und hol mir lieber Kerzen, damit ich mir die Wunde ansehen kann.« Margaretha kniete sich vor den Verletzten, nahm behutsam dessen Fuß auf ihren Schoß. »Es wird wehtun«, sagte sie und sah ihn an.

Er schaute ausdruckslos, schien fast schon gelangweilt zu sein, doch sie konnte seine angespannten Muskeln spüren. Wie musste es für ihn sein, in dieser Hütte unter Fremden, verletzt und hilflos, ohne ein Wort zu verstehen? Er dauerte sie.

Vorsichtig löste sie den Verband, nahm die blutgetränkten Flechten von der Wunde. »Ich brauche warmes Wasser und meinen Kräuterkorb.«

Sie überlegte, die Wunde war tief, Arnika und Goldrute würden bei der Heilung helfen. Doch vorher musste sie die Wunde reinigen. Esther brachte ihr eine Schüssel mit heißem Wasser und einige Tücher. Margaretha tat etwas Lavendel und ein wenig Angelikakraut in das Wasser, ließ es einen Moment ziehen. Dann wusch sie die Wunde aus. Der Mann zuckte zusammen, aber kein Laut drang über seine Lippen. Margaretha tastete vorsichtig entlang der gebrochenen Knochen, schob sie mit festen Bewegungen wieder in die richtige Stellung und richtete die Brüche, so gut sie konnte.

»Nicht bewegen«, ermahnte sie den Mann, biss sich dann auf die Lippen. Doch obwohl er ihre Sprache nicht kannte, schien er sie verstanden zu haben.

Sie fertigte einen Breiumschlag an, legte ihn auf die Wunde, schiente dann den Fuß mit zwei Hölzern und umwickelte ihn fest mit Leinenbändern.

»Und nun?«, fragte Abraham. »Was wird jetzt mit ihm?«

»Jetzt werden wir essen. Danach werden wir ihm eine Schlafstatt bereiten.«

Margaretha nahm den Korb mit den Beeren und ging in die kleine Küche.

»Du willst ihn hier schlafen lassen?«

»Willst du ihn etwa verletzt in die Wildnis zurückschicken? Abraham, es ist inzwischen Nacht.«

»Ich kann nicht glauben, dass du einen Wilden mit zu uns gebracht hast.«

»Und ich kann nicht glauben, dass du ihn verletzt im Wald hättest liegen lassen.« Margaretha spürte, wie der Zorn in ihr hoch kroch.

»Ich schon«, wisperte Esther. »Der hätte ihn keines Blickes gewürdigt.«

Erstaunt sah Margaretha ihre Schwägerin an, die eifrig im Kessel rührte.

»Meinst du wirklich?«, fragte sie leise.

»Abraham wird immer härter, immer verhärmter. Wir haben heute Mittag über die Vorräte gesprochen. Die Theißens haben so gut wie nichts mehr. Beatrix lässt die Kinder auf Rindenstücken kauen, damit sie nicht vor Hunger weinen. Abraham meint, sie seien selbst schuld. Auf dem Schiff hätten sie in großem Stil gelebt, und nun müssen sie eben darben.«

»Im großen Stil hat niemand gelebt, aber sie waren nicht besonders achtsam, was das angeht. Und doch sind wir eine Gemeinschaft und müssen uns auch so verhalten.« Margaretha seufzte.

»Das hat Hermann auch gesagt. Sehr deutlich sogar. Vermutlich hat Abraham deshalb schlechte Laune.«

»Wo ist eigentlich Catharina?«

»Wo wohl? Da, wo sie immer ist, in ihrer Hütte. Sie kommt erst, wenn das Essen angerichtet ist. Sie scheint das zu riechen.«

Die beiden Schwägerinnen sahen sich an, kicherten dann leise.

»War es wirklich ein Fehler, den Verletzten hierher zu bringen?«, fragte Margaretha nachdenklich.

»Das fragst du doch nicht im Ernst? Hättest du ihn im Schnee liegen lassen sollen?«

»Wir kennen die Wilden nicht, wissen nicht, was sie tun werden.«

»Was sollen sie schon tun, außer uns zu danken, dass wir einem der ihren geholfen haben. Sieh ihn dir an, er ist ein Mensch wie du und ich, auch wenn er dunklere Haut hat.«

»Die Wunde ist tief. Ich hoffe, er bekommt kein Fieber«, meinte Margaretha besorgt. »Ich werde ihm einen Aufguss aus Arnika und Weidenrinde bereiten. Samuel, Hartje, schau mal hier«, sagte sie zu ihrem Neffen, der ihnen in die Küche gefolgt war. »In dem Korb sind Drosselbeeren. Kannst du sie von den Zweigen pflücken und putzen? Hier ist eine Schale, da kannst du die Beeren hineintun.«

»Diese hier, die so rot leuchten?«, fragte der kleine Junge.

»Richtig. Wir tun sie gleich in den Eintopf, das gibt einen frischen Geschmack.«

Margaretha sah sich um. »Was habt ihr denn beschlossen wegen der Theißens?«

»Noch nichts. Bevor die Männer sich einig werden konnten, bist du mit unserem Gast gekommen. Ich freue mich schon auf Catharinas Gesicht.« Esther lachte leise.

Rebecca hatte den Brotteig geknetet, formte nun die Laibe und schob sie in den Ofen. Sie war ungewöhnlich still.

»Hartje, macht dir der Wilde Angst?«, fragte Margaretha besorgt.

Rebecca schüttelte den Kopf. »Mir ist übel und schwindelig.«

»Das ist ein gutes Zeichen, auch wenn es sich für dich nicht so anfühlen mag. Das Kind wächst in deinem Bauch und nimmt Platz in Anspruch, daran muss sich dein Körper erst gewöhnen. Ich mache dir einen Aufguss aus Frauenmantelkraut und Minze, das lindert die Übelkeit.« Sie nahm die entsprechenden Kräuter, hängte einen kleinen Topf über das Feuer.

»Frische Luft würde mir guttun«, meinte Rebecca. »Ich war kaum draußen heute. Von dem Qualm und der Enge bekomme ich Kopfschmerzen. Haben wir noch irgendetwas, das wir den Theißens geben können? Ich würde es ihnen gerne bringen.«

»Wir haben noch einen halben Sack Bohnen, einen viertel Sack Erbsen, zwei frische Kaninchen, wenig Butter und zu wenig Käse, als dass wir ihn teilen könnten.« Esther schaute sich um.

»Bring ihnen Bohnen und Erbsen, die Brombeeren, die ich heute gefunden habe, einen Laib Brot, das Stück Speck und eins der Kaninchen.«

Margaretha packte einen Korb mit den Sachen. »Wir haben noch genügend Wein und auch Branntwein. Frag nach, ob sie etwas brauchen.«

Rebeccas Augen leuchteten. »Ihr seid so gut. Ich bin froh, zu eurer Familie zu gehören.« Sie nahm den Korb und verließ die Hütte durch die Tür in der Küche.

Margaretha und Esther sahen ihr hinterher. Esther senkte den Kopf.

»Was bedrückt dich?« Margaretha nahm die Schwägerin in den Arm.

»Zu geben ist leicht, wenn man es denn hat. Noch ist der Winter nicht vorbei, und mir graut es vor dem Tag, an dem ich meinen Kindern Rinde zum Kauen geben muss.«

»Esther, so weit wird es nicht kommen. Du hast doch gesehen, immer wieder verirrt sich ein Kaninchen in eine Schlinge.« Margaretha lachte trocken. »Heute haben wir sogar einen Wilden mit einer Tellerfalle gefangen. Beim nächsten Mal ist es vielleicht ein Hirsch oder ein Schwein.« Sie schluckte. »Ja, es stehen noch einige harte Wochen vor uns, aber wir werden es überstehen, wir dürfen nur nicht den Mut verlieren.«

»Ich bekomme ein Kind«, wisperte Esther. »Noch eins. Noch ein hungriger Magen, der gefüllt werden muss.«

Margaretha sah sie an. »Wirklich?«

Esther nickte.

»Das ist wunderbar. Das ist herrlich. Lass uns Gott dafür danken. Esther, sorg dich nicht. Wenn dieses Kind geboren wird, haben wir den Winter längst überstanden.«

»Wohl wahr, aber dann steht schon der nächste vor der Tür.« Esther schauderte. »Ich hoffe, das Frühjahr kommt bald.«

»Das Frühjahr kommt sicher.«

Sie deckten den Tisch, holten das Brot aus dem Ofen.

»Was ist mit dem Wilden?«, fragte Hermann. »Sollen wir ihn in die Küche holen?«

Für einen Moment überlegte Margaretha, dann nickte sie. »Lass ihn teilhaben an unserer schlichten Mahlzeit.«

»Eine gute Idee«, sagte Pastorius. »So sehen sie, dass wir nichts haben, das uns zu neiden lohnt.«

»Neid?«

»Nun ja, Eure Brüder befürchten dies. Der Winter ist sicherlich nicht nur für uns hart.«

»Eure Brüder.« Hermann schnaubte. »Abraham hat Zweifel und Sorgen. Ich nicht. Die Wilden leben schon lange hier, sind mit den Jahreszeiten vertraut. Sie werden wissen, wie man solche Winter übersteht.«

»Aber ...« Abraham erhob sich halb, doch Hermann schüttelte den Kopf. »Genug geredet, Bruder. Lasst uns still beten und Gott preisen.« Er seufzte.

Die Familie versammelte sich um den Tisch. Sie holten den verletzten Mann dazu, gaben ihm einen Platz auf der Bank. Nachdenklich betrachtete er das Treiben. Die Kinder starrten ihn neugierig an.

»Samuel«, zischte Esther, »schau auf deinen Teller und nicht zu unserem Gast.«

In diesem Moment öffnete sich die Tür. Catharina betrat

den Raum, rümpfte die Nase. »Was stinkt denn hier so? Habt ihr Aas im Wald gefunden?« Dann sah sie den Mann. »Gottegot!«

»Wir haben einen Gast«, sagte Margaretha so freundlich sie konnte. »Er hat sich im Wald verletzt.«

»Gast?« Catharina verzog das Gesicht. »Muss er denn mit am Tisch sitzen?«

»Lasst uns beten.« Pastorius faltete die Hände und schloss die Augen, die anderen folgten seinem Beispiel. Einige Minuten verharrten sie im stillen Gebet. »Amen!«, sagte Pastorius schließlich und brach das Brot, reichte es herum.

»Margret, du solltest morgen zu Theißens gehen. Ihre kleine Tochter fiebert.« Rebecca füllte den Eintopf in die Schüsseln.

»Hustet sie?«

»Nein, sie fiebert und hat einen seltsamen Ausschlag.«

»Vielleicht sollte ich schon heute Abend nach ihr schauen.« Margaretha seufzte. »Jan Lucken ist auch erkrankt.«

»Bruder Jan? Was hat er denn?«

»Fieber, Unwohlsein. Ich habe ihm einen Aufguss aus Weidenrinde gebracht. Aber ich fürchte, es wird nicht helfen. Er ist schwach.«

»Es ist erst Januar. Bis zum Frühjahr sind es noch zwei lange Monate«, meinte Abraham besorgt. »Der Delaware ist zugefroren, uns erreichen keine Schiffe mehr.«

»Verliert nicht den Glauben, Brüder und Schwestern. Gott hat uns hierhin begleitet, er wird uns nicht verlassen.« Pastorius schaute in die Runde.

Margaretha füllte Würzwein in Becher, reichte diese. Auch dem Wilden gab sie einen Becher mit dem heißen Wein. Bisher hatte er das Essen nicht angerührt, alles jedoch aufmerksam beobachtet.

»Bitte.« Sie hob ihren Becher, sah den Wilden an. Er roch vorsichtig, nippte dann. Nach einem Moment nickte er ihr zu, trank einen großen Schluck, rülpste laut. Erschrocken fuhren alle zusammen. Der Mann wischte sich über den Mund, tauchte dann die Finger in den Eintopf und leckte sie ab. Erst probierte er vorsichtig, dann aber aß er mit gutem Appetit, doch den Löffel nahm er nicht.

»Das ist ... Gottegot.« Catharina sah ihn voller Abscheu an.

»Schau nicht hin, Catharina, wenn es dich so ekelt.« Margaretha trank einen großen Schluck Wein. Das Benehmen ihrer Schwägerin ärgerte sie viel mehr als das des Wilden.

Hermann sah Catharina missbilligend an. »Er ist unser Gast, auch wenn er andere Sitten gewohnt sein mag.«

»Sitten? Ich bezweifle, dass die Wilden Sitten haben.« Catharina schnaubte.

»Warum?« Margaretha schaute sie erstaunt an. »Sie mögen andere haben als wir.«

»Es sind Wilde. Sie leben im Wald.«

»Das tun wir doch auch.« Hermann schmunzelte. Dann sah er den Mann an, deute auf ihn. »Dein Name?«

»Er wird die Frage ganz sicher nicht verstehen.« Catharina schüttelte den Kopf.

Der Mann zeigte auf sich. »Hololesqua.«

»Das kann jetzt alles oder nichts bedeuten«, sagte Catharina abschätzig.

Er sah sie an, schaute dann in die Runde. »Samuel«, sagte er und deutete auf den Jungen. »Margret. Hermann. Franz Daniel.« Er sprach die Namen mit Akzent, aber doch verständlich aus, zeigte auf die entsprechenden Personen.

»Du heißt Hololesqua?«, fragte Hermann, er tat sich ein wenig schwer mit dem fremden Namen.

Der Wilde nickte. »I am Hololesqua.«

»Die meisten von ihnen sprechen ein wenig Englisch. Der Stamm nennt sich Lenape«, sagte Pastorius.

»Schaut ihn euch an.« Wieder verzog Catharina das Gesicht. »Die Haare geschoren, bis auf den Scheitel – und dort stehen sie nach oben, das ist doch widernatürlich.«

»Es mag ihnen gefallen. Was meinst du wohl, was sie zu

den eitlen Perücken an den europäischen Höfen sagen würden?«

»Er spricht Englisch?«, fragte Hermann Pastorius.

»Englisch. Some«, antwortete der Wilde.

Hermann wandte sich ihm zu. Schon bald gab es ein lebhaftes Gespräch, durch vielerlei Gesten unterstützt. Die Männer fragten ihn nach Wild und Ackerbau, nach Jagdmöglichkeiten und der Witterung. Die Verständigung war nicht einfach, doch beide Seiten bemühten sich.

Nach dem Essen räumten die Frauen den Tisch ab, Esther brachte die Kinder zu Bett, Rebecca und Margaretha wuschen das Geschirr ab. Catharina verließ die Hütte ohne Gruß. Die Männer nahmen ihre Pfeifen hervor. Zu ihrer Überraschung zog der Wilde auch eine Pfeife aus seinem Umhang. Er reichte ihnen einen Beutel mit Tabak, der angenehm würzig roch.

»Scheint so, als hätten wir einen neuen Freund gewonnen.« Rebecca nahm das Tuch und trocknete die sauberen Teller, die Margaretha ihr reichte.

»Freund? Das glaube ich nun nicht, aber jemand, der ihnen Informationen geben kann. Wir kennen ja nur die Berichte von Pastorius, und er ist erst sechs Wochen vor uns angekommen. Die meisten Siedler in Philadelphia verbringen ihren ersten oder höchsten zweiten Winter hier.«

»Catharina ist unerhört. Ich freue mich auf unser eigenes Haus und darauf, dass wir nicht mehr gemeinsam mit ihr speisen müssen.« Rebecca verdrehte die Augen.

»Ich hoffe, das wird schnell so sein. Doch sie zeigt so wenig Interesse an hauswirtschaftlichen Dingen, wenn wir Pech haben, wird es ewig so bleiben – eine große Küche für die gesamte Familie, alleine damit Abraham und Mirjam nicht verhungern.«

Rebecca lachte leise. »Ich werde eine eigene Küche haben, einen eigenen Haushalt. Abraham und Mirjam werden uns herzlich willkommen sein, Catharina kann dann zu Hause vor sich hin grummeln.«

Margaretha warf einen Blick über die Schulter zu den Männern, die um den Tisch saßen und lebhaft diskutierten.

»Ein wenig verstehen kann ich sie schon. Schau ihn dir an – er sieht befremdlich aus. Die roten Bänder an seinem Kopf, der rasierte Schädel und die wenigen Haare, die abstehen. Und auch seine Kleidung – hast du gesehen? Nichts ist gewebt, alles ist aus Leder.«

»Ja, aber wie reich geschmückt seine Kleidung ist. Federn und Perlen müssen das sein, und dann diese zweifarbigen Stäbchen, die dort aufgenäht sind. Es sieht schon sehr aufwendig aus.«

»Das schon, aber es ist nicht schlicht. Wir brauchen solch einen Schmuck nicht, wir wollen Gott schlicht dienen und uns nicht Eitelkeiten ausliefern.« Wieder schaute sie zu den Männern. »Diese Stäbchen sehen aus wie die Stacheln von einem Igel.«

»Findest du das nicht schön?«

Margaretha überlegte einen Moment, dann lachte sie leise. »Doch, aber erzähl es nicht meinen Brüdern.«

Noch lange redeten die Männer miteinander. Margaretha half Esther, das Essen für den morgigen Tag vorzubereiten, dann nahm sie ihren Mantel und ihr Tuch, verabschiedete sich und ging. Rebecca war schon vorausgegangen, die Schwangerschaft erschöpfte sie.

Margaretha blieb vor der Hütte stehen. Der Schnee leuchtete und glitzerte im Mondschein, tausend Sterne funkelten an dem Himmel, der so viel größer zu sein schien als zu Hause. Die kalte Luft schnitt ihr in die Haut, doch die Frische tat gut nach der heißen und stickigen Enge der Hütte.

Der Schnee knirschte unter ihren Füßen, in der Ferne heulten Wölfe. Jonkie, die sie begleitete, blieb stehen, hob den Kopf und lauschte.

»Sie sind weit weg«, sagte Margaretha, um sich selbst zu beruhigen.

»Margret, wartet!« Pastorius kam aus der Hütte, schlüpfte in seinen Mantel und zog den Hut tief über die Ohren.

»Wollt Ihr mich begleiten? So weit ist es doch nicht bis zu Dircks Hütte.« Margaretha lachte leise.

»Ihr habt recht. Ich möchte Euch begleiten.« Pastorius zog den Mantelkragen an seinem Hals zusammen und schaute sich aufmerksam um. »Weit ist es nicht, aber man kann nie wissen.«

Plötzlich lief eine Gänsehaut an Margarethas Rücken hoch, auch sie blickte um sich. »Ist dort irgendetwas, was wir fürchten sollten?«

»Ich weiß es nicht. Wirklich nicht.« Er griff nach ihrem Arm, hielt sie fest. »Aber möglich ist es.« Pastorius schnaufte, ging mit forschem Schritt voran.

»Der Wilde?«, fragte Margaretha verblüfft. »Er scheint doch ganz harmlos und freundlich.«

»Ja, so scheint er. So mag er auch sein. Aber er ist ein Sachem – einer der Fürsten unter ihnen. Gott allein weiß, warum er in diese Falle geraten ist.« Wieder sah sich Pastorius um.

Margaretha folgte seinem Blick. »Da ist doch niemand. Wer sollte da schon sein?«

»Ganz sicher sind da Leute seines Stammes. Sie beobachten uns.« Pastorius schluckte. »Die Lenape waren bisher immer friedlich, anders als die Susquehannock, die auch in diesem Gebiet leben sollen.« Wieder schaute er sich um. »Gottegot, ich wusste nicht, dass es hier so bedrohlich sein würde. Wilde Tiere, ungemache Witterung, die Wilden. Ich hätte Euch niemals hierher kommen lassen dürfen.«

Margaretha lachte leise. »Wie recht Ihr habt. Ein Stinktier hat zwei Hütten verpestet, zwei Wildschweine haben ein Kind angegriffen. Der Winter ist hart. Und dann noch dieser Wilde in der Hütte meines Bruders. Das ist ganz grauenvoll. Den Geruch bekommen wir sicher so schnell nicht mehr heraus.« Wieder lachte sie. »Macht Euch nicht lächerlich. Es ist ein harter Winter, aber ansonsten gibt es kaum etwas, was anders wäre als in der Heimat. Gut, der Wilde – aber er bedroht uns doch nicht.«

Schweigend ging Pastorius neben ihr, nach ein paar Schritten fasste er ihre Hand. »Margret, ich bewundere Euch. Ihr nehmt alles mit Humor und Tatkraft. Ihr habt nicht einen Moment gezögert, als wir heute den Wilden entdeckt haben, dabei hätte unser Leben auf dem Spiel stehen können.«

»Nun ja, das war mir nicht bewusst. Sein Leben stand auf dem Spiel.«

»Ja, so denkt Ihr. Ihr kümmert Euch um die anderen, sorgt Euch um ihr Wohl, Euer eigenes scheint Ihr dabei oftmals zu vergessen.«

Schweigend gingen sie ein paar Schritte nebeneinander her.

»Ganz so ist das nicht«, sagte Margaretha nachdenklich. Immer noch hielt Pastorius ihre Hand in seiner. Es fühlte sich gut und vertraut an. »Ich denke schon auch an mich. Wir brauchen uns hier einander. Es ist wichtig, dass wir aufeinander achten. Und außerdem hat meine Mutter«, sie schluckte und spürte plötzlich die Tränen in den Augen, »mich das gelehrt.«

Pastorius ließ ihre Hand los, nahm sie in den Arm. »Ihr vermisst sie, nicht wahr?«

Margaretha nickte. »Sie war eine wunderbare Frau mit viel Herz und Wissen. Sie hat so manches Leben gerettet. Alles, was ich weiß, weiß ich von ihr. Und nun ist sie nicht mehr da. Ich kann sie nichts mehr fragen.« Sie schluchzte auf.

»Sie ist in Eurem Herzen, liebste Margret. Und sie ist nun bei Gott.«

»Ja, das ist mir ein Trost.« Margaretha wischte sich die Tränen von den Wangen, sah Pastorius an. Plötzlich wurde ihr klar, dass er nun der Mensch war, dem sie am meisten vertraute. Mit niemandem sonst, auch nicht mit Rebecca, hatte sie bisher über ihren Kummer sprechen können.

Es knackte im Unterholz, die beiden zuckten zusammen. Wieder sah sich Pastorius aufmerksam um.

»Sind das die Wilden?«, fragte Margaretha, ihr Herz pochte heftig.

»Nein, das glaube ich nicht. Ich habe gehört, dass sie sich nahezu lautlos bewegen können. Es wird ein Tier sein. Aber einem hungrigen Eber möchte ich auch nicht begegnen.« Wieder fasste er ihre Hand und zog sie eilig mit sich.

Als sie Dircks Hütte erreicht hatten, blieben sie stehen. Margaretha zögerte kurz, dann küsste sie Pastorius auf die Wange. »Gute Nacht, Franz Daniel.« Bevor er etwas sagen konnte, war sie schon in der Hütte verschwunden. Ihr Herz pochte, diesmal aber nicht vor Angst.

O je, dachte sie, ob ich zu weit gegangen bin? Doch dann schüttelte sie den Kopf, nun war es zu spät, sich darüber Gedanken zu machen. Sie zog sich aus und schlüpfte unter die Decke ihrer Bettstatt. Rebecca schlief schon tief und fest, und bald darauf war auch Margaretha eingeschlafen.

Kapitel 31

Am nächsten Morgen machte sich Margaretha schon in der Frühe auf, um nach dem Kind der Theißens zu sehen. Es fieberte und zeigte einen leichten Ausschlag, doch der Hals war nicht angeschwollen, und auch sonst zeigte sich kein Anzeichen von Schafshusten, so wie Margaretha es befürchtet hatte. Sie gab der Mutter einige Kräuter, wies sie an, Umschläge zu machen und einen Aufguss zu kochen.

Auch Jan Lucken schien es besser zu gehen, doch er war sehr schwach. Er braucht dringend kräftigende Nahrung, dachte Margaretha besorgt. Sein Gesicht ist ganz eingefallen.

Sie seufzte. »Könnt Ihr eine kräftige Brühe für Euren Mann kochen?«, fragte sie Mevrouw Lucken.

Diese schüttelte traurig den Kopf. »Wir haben fast nichts mehr, nur noch Erbsen und Bohnen, etwas Mehl und Speck.

Es wird kaum bis zum Frühjahr reichen. Ich habe schon Eicheln zerstoßen und unter das Mehl gemischt.« Sie strich sich über die Schürze, sah sich unsicher um. »Letzte Woche hat Jan ein Kaninchen gefangen, doch diese Woche sind die Schlingen leer geblieben. Ich habe den Jungen zum Angeln an den Fluss geschickt, aber der ist zugefroren. Ich weiß nicht, wie wir den Winter überstehen sollen.«

»Wir werden alle zusammenlegen müssen.« Margaretha strich der Frau beruhigend über den Arm, dann nahm sie ihren Kräuterkorb und ging. Sie hatte noch nichts gegessen, ihr Magen knurrte hungrig. Bald schon erreichte sie Hermanns Hütte, schon von weitem war die laute Stimme Catharinas zu hören.

»Es ist ein Unding. Wir müssen hungern und darben, und nun sollen wir auch noch einen Wilden mit durchbringen? Das ist doch die Höhe. Er stinkt und hat keine Manieren. Ich mag meine Tochter gar nicht mehr hierher bringen!«

»Dann lass es doch!«, erwiderte Esther ungehalten. »Es zwingt dich niemand dazu, hierher zu kommen. Ihr habt eine eigene Hütte mit einem Kamin. Ihr habt Feuerholz, und soweit ich weiß, hast du auch Töpfe und Pfannen. Du kannst für euch kochen, du kannst deinen Mann und dein Kind bei euch versorgen, wenn es dir hier nicht passt.« Esthers Stimme wurde immer lauter.

»Ach, so ist das? Ich bin hier nicht willkommen? Und meine Familie auch nicht? Ihr gebt Wilden den Vorzug? Dann kann ich ja auch gehen.«

Margaretha holte tief Luft und öffnete die Tür der Hütte. »Guten Morgen«, sagte sie so freundlich, wie sie es vermochte.

»Guten Morgen, Margret.« Esther sah sie an, verdrehte dann die Augen.

»Margret, untersuch den Wilden!«, verlangte Catharina. »Wenn seine Wunde gut versorgt ist, kann er ja gehen.«

»Gehen wird er eine ganze Weile nicht mehr können, Catharina. Aber natürlich schaue ich mir die Wunde gleich an. Doch erst würde ich gerne etwas essen.«

»Dann sieh zu, dass du noch etwas bekommst. Der Wilde, den du gestern angeschleppt hast, sitzt in der Küche und schaufelt in sich hinein, als hätte er seit Wochen nichts zu essen bekommen.« Catharina schnaubte empört. »Ich kann immer noch nicht fassen, dass du das getan hast.«

»Was getan?«

»Ihn hierher zu bringen. Jetzt wissen sie nicht nur, wo wir wohnen, sondern auch wie. Und was wir noch an Vorräten haben.«

Margaretha lachte auf. »Ich bin mir sicher, das wussten sie schon vorher. Und jetzt wissen sie eben, dass es bei uns nichts zu holen gibt.«

»Trotzdem war es verantwortungslos, ihn hierher zu bringen. Hierher, zu unseren Kindern. Das kannst du natürlich nicht nachvollziehen, du hast ja keine.«

»Catharina, ich denke, du übertreibst. Dieser Mann hat sich verletzt, er hat sich an einer unserer Fallen verletzt. Es war meine Pflicht, seine Wunde zu versorgen und mich um ihn zu kümmern. Schon alleine aus Nächstenliebe, die Jesus uns ans Herz gelegt hat. Wenn wir den Wilden freundlich behandeln, wird das nur gut sein für die Nachbarschaft. Und sie sind nun mal unsere Nachbarn.«

»Unsere Kinder hungern, wir hungern, aber für einen Wilden haben wir Platz? Ihm können wir Essen anbieten? Wein?«

»Du brauchst deine Speisen nicht mit ihm zu teilen, Catharina. Soweit ich weiß, hast du noch Ochsenfleisch und Butter, einiges andere auch.« Esther schnaufte erbost. »Du hast dich bisher von unseren Vorräten ernährt, unseren Wein getrunken. Und wenn wir diesen nun mit dem Wilden teilen, ist das unsere Entscheidung.«

»Ich zähle also weniger als er? Das sagt viel über euch aus.«

»Wir zählen offensichtlich weniger als du. Denn du hilfst nicht, du kochst nicht, und du teilst auch nicht. Wie sollen wir das deuten?« Esther stemmte die Hände in die Hüften.

»Das ist nicht wahr. Auch ich habe schon etwas abgegeben, ich teile durchaus. Aber nicht so freigiebig wie ihr mit allen und mit Fremden, wie dem Wilden. Wenn man alles weggibt und schließlich selbst verhungert, dann war das eine falsche Entscheidung.«

»Catharina, der Wilde ist seit gestern hier, er nimmt gerade seine zweite Mahlzeit hier ein.«

»Hast du gesehen, wie er das Essen in sich hineinschlingt?« Catharina verzog das Gesicht.

»Darum geht es doch gar nicht. Es geht nicht um seine Manieren.« Esther schüttelte den Kopf. »Ich gebe es auf, es hat keinen Sinn. Komm, Margret.« Sie zog ihre Schwägerin mit sich in die Küche.

Margaretha überlegte nur kurz, ob sie die Wunde des Wilden anschauen oder zuerst etwas essen sollte. Es roch köstlich nach frischem Brot und Brei. Sie nahm sich eine Schale, füllte diese und setzte sich an den Tisch. Die Männer hatten die Hütte schon im Morgengrauen verlassen, um auf Jagd zu gehen. Hololesqua nickte ihr nur kurz zu, widmete sich dann wieder seiner Speise.

»Dies ist nun die dritte Schüssel, die er leert«, sagte Esther leise und setzte sich neben Margaretha. »Catharina hat recht, monatelang können wir ihn nicht auch noch durchfüttern.«

»Das werden wir sicherlich nicht müssen. Mach dir keine Sorgen.« Margaretha brach ein Stück Brot ab, stippte es in den Getreidebrei. »Sorgen müssen wir uns um die Gemeinde machen. Ich war bei Theißens und bei Luckens, beide Familien haben kaum noch etwas zu essen.« Sie holte tief Luft. »Es ist grausam anzusehen, wie sie verhungern. Es gibt zwar noch Hülsenfrüchte, aber die Ernährung schwächt sie. Mevrouw Lucken hat ihren Sohn zum Angeln geschickt, doch der Fluss ist zugefroren. Und auch in den Fallen findet sich nicht genug Wild.«

»Ja.« Esther faltete die Hände. »Möge Gott uns helfen.«

»Das wird er, aber nur, wenn wir auch Hand anlegen und

uns bemühen.« Margaretha seufzte, fuhr dann leiser und bedrückter fort, »Dabei bemühen wir uns ja schon. Was sollen wir noch machen? Es ist ein Elend. Und der Winter noch lang.«

Sie wurden vom Klopfen an der Tür in ihren Überlegungen gestört.

»Mejuffer op den Graeff?«, japste jemand. »Ich brauche Hilfe.«

»Das ist doch Elisabeth Kürdis, nicht wahr?« Margaretha sprang auf. »Sie ist schwanger.«

Elisabeth schleppte sich in den Wohnraum. »Mejuffer, irgendetwas stimmt nicht. Ich blute, und ich glaube, das Kind kommt. Aber es ist noch viel zu früh.« Schnaufend setzte sie sich auf die Bank.

»Warum habt Ihr niemanden geschickt?«

»Die beiden Großen sind mit meinem Mann zur Jagd, die beiden Kleinen liegen zu Hause noch im Bett.« Verzweifelt schaute die Frau sie an. »Ich wusste nicht, was ich tun sollte.«

»Nun beruhigt Euch erstmal.« Margaretha warf Esther einen Blick zu, Esther nickte verstehend.

»Komm, Samuel, zieh deine Stiefel an«, sagte sie und nahm Isaak hoch, wickelte ihn in eine Decke. »Wir gehen zu den Kürdis'. Nimm auch deine Holztiere mit, da kannst du mit Adam und Rahel spielen.« So schnell sie konnte, verließ sie mit den Kindern die Hütte. Margaretha wusch sich die Hände, dann wandte sie sich der Frau zu, die sichtlich unter Wehen litt.

»Elisabeth, es ist noch zu früh. Ich muss dich untersuchen«, sagte sie ernst.

»In fünf Wochen sollte das Kind kommen. Nicht jetzt.« Elisabeth rannen die Tränen über das Gesicht.

»Nun, nun«, versuchte Margaretha sie zu beruhigen. »Wir schauen erst mal.« Sie schob das Kleid hoch und legte ihre Hände auf den Bauch, strich vorsichtig über die gespannte Haut. Sie fühlte die Kontraktion, sah Elisabeth an, bemerkte die Anspannung und den Schmerz im Gesicht der Frau. »Atme in den Bauch. Langsam! Und jetzt pustest du die Luft aus … so ist es gut.«

»Es ist zu früh, viel zu früh«, jammerte die Frau.

»Ganz ruhig. Ich schaue jetzt nach dem Muttermund.« Margaretha rieb ihre kalten Hände aneinander, dann tastete sie vorsichtig nach dem Befund. »Die Geburt hat begonnen. Das Kind kommt noch heute«, sagte sie dann leise und wischte sich die Hand an einem Leinentuch ab.

»Es ist zu früh, das Kind wird sterben.« Elisabeth brach in Tränen aus.

Margaretha nahm das Hörrohr aus ihrem Korb, setzte es auf den Bauch der Frau, suchte die Herztöne des Kindes. Nach einer Weile richtete sie sich wieder auf. »Das Herz schlägt kräftig. Vielleicht hast du dich verrechnet und es kommt zur rechten Zeit?«

»Nein!« Elisabeth schüttelte den Kopf. »Es ist zu früh.« Wieder verzog sie ihr Gesicht, spannte sich an.

»Elisabeth, verzag nicht. Atme tief in den Bauch. Hierhin, da wo meine Hände liegen.«

Was hättest du jetzt getan, Moedertje, dachte Margaretha verzweifelt. Wäre sie früher gekommen, hätte ich einen Trank brauen können. Mit der Kraft der beruhigenden Kräuter und viel Ruhe hätte ich die Geburt vielleicht aufhalten können, aber nun? Wenn jetzt das Kind kommt und stirbt, dann hängt wieder ein böses Omen über dieser Siedlung. Wenn das zweite Kind innerhalb kurzer Zeit tot geboren wird, dann fällt das auf mich zurück. Moedertje, was soll ich tun? Sie bekam keine Antwort, doch die Zeit drängte.

»Elisabeth, du musst tief Luft holen, in den Bauch atmen, gut atmen. Versuch' deine Arme und Beine zu lockern. Ich werde in die Küche gehen und Wasser aufsetzen, aber ich komme gleich wieder.«

»Geh nicht.« Elisabeth griff nach ihrer Hand, hielt sie fest. Unsicher schaute Margaretha sich um. Sie mochte die Frau nicht alleine lassen, aber dennoch war einiges zu tun. In diesem Moment öffnete sich die Tür der Hütte, und Rebecca trat ein.

»Gut, dass du kommst, Rebecca. Du musst mir helfen, Elisabeth bekommt ihr Kind.«

»Jetzt? Hier?« Erschrocken sah Rebecca sie an.

»Ja.« Margaretha drehte sich ungehalten zu ihrer Schwägerin um. »Ich brauche deine Hilfe. Setze Wasser auf! Und hol mir saubere Leinentücher und meinen Kräuterkorb, er steht neben dem Kamin.«

Es war Elisabeths fünftes Kind; die Geburt ging schnell und einfach vonstatten, nachdem Margaretha Elisabeth hatte beruhigen können.

»Elisabeth, du musst die Geburt zulassen. Das Kind kommt sowieso, aber wenn du dich innerlich dagegen wehrst, wird es nur schwerer für dich werden.« Die Worte zeigten die erwünschte Wirkung, und nach knapp zwei Stunden wurde das Kind geboren. Besorgt beugte sich Margaretha über den Säugling, blies ihm ihren Atem ins Gesichtchen. Endlich ließ er einen leisen Jammerlaut hören.

»Es lebt«, sagte sie. Doch ob er die nächsten Tage überleben würde, war noch fraglich. Rebecca hatte saubere Tücher vor dem Kamin angewärmt, und Margaretha wickelte das Kind nun darin ein, legte ihn der Mutter in die Arme. »Ein Junge, sehr klein und zart.«

Sie versorgte die Mutter, zog dann Rebecca in die Küche. Rebecca strich sich eine Träne aus dem Augenwinkel.

»Das ging ja ganz schnell und leicht.«

»Es ist ihr fünftes Kind.« Margaretha lächelte. »Aber mach dir keine Sorgen, auch du wirst die Geburt überleben.«

Rebecca seufzte, drehte sich dann um und fuhr erschrocken zusammen. Sie hatten den Wilden ganz vergessen. Er saß auf der Küchenbank, hatte den verletzten Fuß hochgelegt und paffte seine Pfeife. Mit ausdruckslosem Gesicht sah er sie an.

»Gottegot, er hat alles mit angehört«, wisperte Rebecca verlegen.

»Ich nehme an, dass auch ihre Frauen Kinder gebären«, sagte Margaretha lächelnd. Sie nickte ihm zu, aber er reagierte nicht.

Die blutigen Tücher brachte sie nach draußen, sie würde sie später waschen. Jetzt galt es Elisabeth einen kräftigenden Aufguss zu bereiten und ihr Kräuter zu geben, die den Milchfluss anregten. Das Kind war schwach und hatte nur dann eine Chance, wenn Elisabeth es stillen konnte. Sie brachte der Mutter den Aufguss, legte ihr das Kind an.

»Ich habe doch noch gar keine Milch.«

»Die wird kommen, wenn du ihn fleißig anlegst und diesen Aufguss trinkst. Ich koche dir gleich auch eine Brühe«, sagte Margaretha zuversichtlicher als sie war. Der kleine Junge saugte schwach an der Brust, zweifelnd schaute Margaretha ihn an. Seine Chancen standen nicht gut, aber sie würde alles für ihn tun, was in ihrer Macht stand.

Moedertje, dachte sie traurig, was würdest du machen? Welche Kräuter könnte ich ihr noch geben? Gute, kräftige Nahrung wäre eine Hilfe, aber davon hatten sie kaum noch etwas. Vielleicht hatten die Männer Erfolg bei der Jagd, hoffte sie.

In der Küche saß der Wilde immer noch mit dem gleichen stoischen Gesichtsausdruck. Dieser änderte sich auch nicht, als Margaretha zu ihm trat.

»Ich muss die Wunde untersuchen«, sagte sie und zeigte auf den verletzten Fuß. Hololesqua zeigte keine Reaktion, aber sie war sich sicher, dass er sie verstanden hatte. Sie wusch sich die Hände, nahm neues Verbandszeug hervor und wickelte die Leinenbänder ab.

»Es ist ein wenig geschwollen«, sagte sie und fuhr vorsichtig mit den Fingern über die gebrochenen Knochen, fühlte nach, ob sie etwas verschoben hatte. Die Wundränder waren gerötet, der Fuß um die gebrochenen Knochen war grün und blau, doch schon jetzt hatte sich eine leichte Kruste gebildet.

Nichts deutete auf eine Entzündung hin. Zufrieden bestrich Margaretha die Wunde mit einer Tinktur aus Bergamotte und Lavendelöl, dann verband sie den Fuß wieder. »Noch ein paar Tage wirst du den Fuß schonen müssen.« Sie sah ihn an, er zeigte jedoch keine Regung.

Rebecca hatte den großen Kessel mit Schnee gefüllt und über das Feuer gehängt.

»Ich vermisse unsere Waschküche«, sagte sie seufzend.

»Ich auch und viele andere Dinge ebenso.« Ich vermisse Gretje am meisten, dachte Margaretha und spürte die Traurigkeit in sich hochsteigen, für Trauer war allerdings jetzt keine Zeit. »Im Sommer werden wir wieder eine Waschküche haben.« Sie sah ihre Schwägerin an, Rebecca hatte Ringe unter den Augen und sah blass aus. »Du musst mir einen Gefallen tun. Esther ist mit den Kindern bei Kürdis' und kümmert sich um Elisabeths Kleine. Bitte geh hin, nimm Bohnen und Speck mit, etwas Brot und auch von der Butter und hilf ihr, eine Mahlzeit zu kochen.«

»Was ist mit der Wäsche?«

»Das mach ich schon.« Sie nahm Rebeccas Mantel vom Haken und reichte ihn ihr. »Die Kinder werden sich sicher freuen zu hören, dass es ihrer Mutter gutgeht und dass sie ein Brüderchen haben.«

Rebecca nickte. »Gut. Aber kann ich dich denn hier alleine lassen?« Sie schaute verstohlen zur Küchenbank.

»Natürlich. Was soll mir denn passieren?«

»Das weißt du doch gar nicht.«

»Der Wilde wird mir kaum etwas tun können, er kann ja nicht laufen. Und bevor er mir wirklich etwas tut, was ich nicht glaube, würde Jonkie dazwischengehen.«

Bei der Nennung seines Namens hob der Hund, der neben dem Kamin lag, den Kopf.

»Siehst du, sie hat es gehört und verstanden.« Margaretha lachte leise. »Mach dir keine Gedanken, ich glaube nicht, dass er mir etwas tut. Er ist froh, dass wir ihm geholfen haben.«

»Froh? Er hat dich kaum angesehen und auch keine Miene verzogen. Er ist kalt wie ein Fisch.«

»Das glaube ich nicht.« Nachdenklich schaute sie zu dem Mann. »Ich denke, sie haben einfach andere Sitten. So manches mag ihm seltsam bei uns vorkommen. Um uns nicht zu verletzen, reagiert er vielleicht einfach gar nicht.«

»Mir macht er jedenfalls Angst.« Rebecca packte die Lebensmittel in einen Korb, zog ihren Mantel über. »Pass schön auf Margret auf«, sagte sie dann zu Jonkie und ging.

Margaretha wusch die blutigen Laken, legte sie dann in den Schnee. Sie schaute nach Elisabeth und dem Neugeborenen, kochte Brühe und bereitete die Abendmahlzeit vor. Während sie den Brotteig knetete, schaute sie immer wieder nachdenklich zu Hololesqua. Der Mann saß ruhig auf der Bank, starrte in die Luft und schien sie nicht wahrzunehmen. Abgesehen von seiner ungewöhnlichen Haarpracht und der ungewohnten Kleidung, war er ein gut aussehender Mann, stellte sie fest. Sein Gesicht war ebenmäßig, die Nase prominent, seine dunklen Augen strahlten klar, seine Lippen waren gut geformt und die Zähne gerade und gesund. Die Haut hatte einen dunklen Ton, aber nicht so dunkel wie die der Schwarzen, die sie in Gravesend gesehen hatte. Seine wenigen Haare waren schwarz und glatt. Er schien kaum Körperbehaarung zu haben, auch das Kinn musste er sich nicht rasieren.

Sie hatte die Kleidung näher betrachten können, während sie seine Wunde versorgte. Die Beinkleider waren aus Leder, mit Pelz gefüttert, die Nähte fein. Die Wilden schienen dünne Nadeln und Zwirn zu besitzen. Auch war sein Wams außerordentlich schön verziert. Bei Tage kamen die Perlen und Stäbchen viel besser zur Geltung. Farbige Schnüre verzierten seinen Kopfschmuck und das Hemd aus dem gewalkten Leder, das er trug.

Wilde, dachte sie nachdenklich, so wild scheinen diese Menschen gar nicht zu sein. Sie wussten viel zu wenig von ihnen, obwohl es ihre Nachbarn waren. Es ist ihr Land, fiel ihr plötzlich ein, das wir besiedeln. Es war ihr Land, bevor wir kamen. Sie haben hier gelebt, leben noch hier. Woher hat William Penn das Land überhaupt? Hat ihm das nicht die englische Krone geschenkt? Hat sie es den Wilden abgekauft? Margaretha runzelte die Stirn, formte die Brotlaibe und legte sie zum Gehen neben den Ofen.

Draußen zog die Dämmerung auf. Die Männer waren immer noch nicht von der Jagd zurück, langsam kroch Unruhe in ihr hoch. Es mochte doch nichts passiert sein?

Sie schaute nach Elisabeth. Sie hatte die schnelle Geburt gut überstanden, das Kind schlief, warm eingewickelt, an ihrer Brust. Dank des Aufgusses und der Umschläge, die Margaretha ihr gemacht hatte, war die Vormilch gekommen.

»Morgen wird deine Milch einschießen. Hast du früher Probleme beim Stillen gehabt?«, fragte sie.

Elisabeth schüttelte den Kopf. »Nein, nie.«

»Gut. Der Kleine ist tatsächlich klein und zart. Er wird viel Wärme brauchen. Aber wenn er die bekommt und du genug Milch hast, wird er überleben.« Sie nahm das Kind hoch, wickelte es, gab es dann wieder der Mutter. »Hast du schon einen Namen?«

»Mein Mann und ich haben noch nicht über Namen gesprochen. Wir hatten ja noch Zeit.« Sie lachte leise. »Eigentlich.« Sie strich dem Jungen über den Kopf. »Er ist so klein, so winzig. Ein Benjamin.«

»Benjamin.« Margaretha strahlte. »So ein schöner Name und so passend. Benjamin, ja.«

»Wann kann ich nach Hause?«, fragte Elisabeth leise. »Die Kinder …«

Margaretha nickte verstehend. »Die Kinder sind in guten Händen. Meine Schwägerinnen sind da und passen auf, kochen für sie. Heute Nacht hätte ich euch beide lieber noch hier. Auch ich werde hier schlafen, damit ich nach euch sehen kann. Aber morgen sollten wir es schaffen, euch nach drüben zu bringen, in eure Hütte.« Sie schmunzelte. »Dein Mann wird erstaunt sein. Damit hat er sicherlich nicht gerechnet.«

Gegen Abend kamen die Männer erschöpft zurück. Sie hatten einen Hirsch erlegt und waren voller Freude.

»Was macht unser Gast?«, fragte Hermann leise.

»Die Wunde sieht gut aus. Ansonsten kann ich dir nichts sagen, er spricht nicht mit mir.« Margaretha zuckte die Achseln.

»Sie sprechen nicht mit Frauen, habe ich gehört«, sagte Hermann. »Aber sie schätzen sie wohl. Ich verstehe ihre Lebensweise noch nicht. Vielleicht müssen wir das auch gar nicht. Es gibt nur noch zwei Familienverbände der Lenape, die hier siedeln. Auch nur im Winter, im Sommer ziehen sie nach Norden. Diese Stämme werden über kurz oder lang wegziehen.«

»Hermann, die Lenape leben schon immer hier?«

»Ich denke schon, warum?«

»Dann ist es doch ihr Land? Auch wenn sie es nicht begrenzen und einfrieden. Hat die englische Krone für das Land bezahlt? Hat sie es von den Lenape gekauft?«

Hermann sah seine Schwester nachdenklich an. »Wir haben das Land gekauft. Für viel Geld. Wir haben alles, was wir hatten, dafür gegeben.« Er seufzte. »Penn wurde das Land von der englischen Krone verliehen. Er hat es an uns weiter verkauft.« Er schüttelte den Kopf. »Das muss rechtmäßig sein, Zusje.«

»Ja.« Margaretha schaute zu dem Wilden, der immer noch stoisch auf der Bank saß und das Treiben um ihn herum gar nicht zu bemerken schien.

»Was machen wir jetzt mit Mevrouw Kürdis?«, fragte Hermann und strich sich über das Gesicht.

»Machen? Nicht viel. Sie wird die Nacht hier verbringen müssen. Und ich auch. Ich bereite mir ein Lager auf dem Boden, sei ohne Sorge, Bruder. Aber ich möchte schon bei ihr bleiben.«

»Das ist gar keine Frage, Zusje. Du musst sie unterstützen.« Er holte tief Luft, schüttelte dann den Kopf. »Esther und die Kinder sind bei Kürdis'. Da sollen sie für die Nacht auch bleiben. Das ist am besten für das Neugeborene. Und morgen schauen wir weiter.«

»Ich habe die Abendmahlzeit für euch schon vorbereitet, die könntest du mitnehmen«, sagte Margaretha. »Der erlegte Hirsch sollte eh noch abhängen. Aus den ausgelösten Knochen sollten wir eine Brühe kochen. Viele Familien darben und können das Mark gut gebrauchen.«

»Ja, wir teilen die Mahlzeit auf. Jeder geht in seine Hütte, ich werde bei Kürdis' nächtigen, zusammen mit Esther und den Kindern. Ja, so machen wir das.« Erleichtert lächelte er.

Hermann nahm die Speisen mit, ging zu Kürdis. Rebecca und Dirck blieben zum ersten Mal auch in ihrem Heim, genauso wie Abraham und Catharina. Catharina weigerte sich, Hermanns Hütte zu betreten, solange der Wilde dort war. Margaretha hatte die Aussage mit einem Schulterzucken quittiert, es war an der Zeit, nicht mehr auf jede Grille der Schwägerin einzugehen, dachte sie.

Zusammen mit Pastorius und Hololesqua nahm sie das schlichte Mahl ein. Es war seltsam ruhig in der Hütte, die sonst immer vor Leben zu bersten schien. Nur hin und wieder hörte man das leise Quäken des Neugeborenen im Nebenraum. Margaretha hatte Elisabeth eine Brühe gekocht, brachte ihr nun Brot und den letzten Rest Käse.

»Er versucht zu trinken, aber da kommt noch nicht viel«, sagte die Mutter besorgt.

»Es wird schon kommen. Mach dir keine Gedanken, der Kleine macht einen gesunden Eindruck. Wir müssen ihn nur aufpäppeln.« Margaretha nahm das Kind, während die Mutter aß. Sie wiegte den Kleinen sachte, schnupperte an seinem Kopf. Säuglinge haben immer diesen besonderen Duft, dachte sie betört.

Pastorius trat zu ihr, betrachtete den Säugling und lächelte sanft. »Welch ein friedlicher Anblick.«

»Ja, hoffen wir, dass er wächst und gedeiht.« Sie schaute Pastorius an, seine Augen leuchteten, und sein Lächeln machte sie verlegen und ein bisschen glücklich.

Am nächsten Tag zerlegten die Männer den Hirsch. Überrascht schaute Margaretha auf, als Hololesqua, gestützt auf den Besen, zur Küchentür humpelte. Sie hatte seinen Fuß wieder verbunden, die Wunde schien gut zu heilen. Er blieb in der Tür stehen, schaute zum Waldrand, dann drehte er sich um und setzte sich wieder auf die Küchenbank.

Inzwischen war auch den anderen in der Siedlung der ungewöhnliche Gast nicht verborgen geblieben. An diesem Tag kamen mehr Besucher als sonst zu Hermanns Hütte, um etwas zu fragen, etwas auszuborgen oder zurückzubringen. Jeder wollte einen Blick auf den Wilden werfen.

Gegen Mittag untersuchte Margaretha Elisabeth. Ihr Zustand war zufriedenstellend, die Milch schien einzuschießen, und auch dem Kind ging es gut. Nichts stand einem Umzug in ihre eigene Hütte entgegen. Manch einer bot seine Hilfe an.

»Was für eine Aufregung.« Elisabeth lachte verlegen. »Dabei habe ich doch nur ein Kind bekommen.« Dann schaute sie sich um, beugte sich vor und flüsterte Margaretha zu. »Sie kommen, um den Wilden zu sehen.«

Margaretha nickte. »Ja, alle scheinen neugierig zu sein. Aber anstarren wollen sie ihn auch nicht.« Sie kicherte. »Wahrscheinlich wirst du in den nächsten Tagen viel Besuch bekommen. Alle werden vorgeben, das Kind sehen zu wollen, aber eigentlich wollen sie etwas über den Wilden hören. Schließlich hast du zwei Tage mit ihm verbracht.«

»Wenn ich gewusst hätte, dass er hier ist, hätte ich mich vermutlich gar nicht zu euch getraut. Dabei ist er ein Mensch wie wir auch.« Sie überlegte. »Abgesehen von seinem Geruch.«

»Das ist seine Kleidung, die ist mit Fett eingerieben. Dadurch perlte das Wasser ab. Ich finde, man gewöhnt sich an den Geruch.« Margaretha schmunzelte.

Sie brachten Elisabeth in die Hütte der Kürdis'. Margaretha gab ihr Kräuter und zeigte ihr, wie sie daraus Aufgüsse herstellen konnte. »Davon trinkst du alle paar Stunden einen Becher. Es regt die Milchbildung an, und der Fenchel tut Benjamin gut. Ich komme morgen wieder und schau nach dir. Wenn aber irgendetwas sein sollte, das Kind einen kraftlosen Eindruck macht, du Fieber bekommst oder Schmerzen, dann schick nach mir – auch in der Nacht.« Sie sah Elisabeth ernst an, diese nickte.

Es war später Nachmittag, als Margaretha sich auf den Heimweg machte. Zwei der Nachbarinnen waren schon zu Kürdis' geeilt, brachten etwas aus ihren kargen Vorräten mit und boten ihre Hilfe an. Gespannt saßen sie an Elisabeths Bettstatt und lauschten ihrer Erzählung. Margaretha legte der Mutter ans Herz, sich zu schonen, und hoffte, dass Elisabeth sich daran halten würde. Schmunzelnd ging sie durch den Schnee, die untergehende Sonne malte ihn rot. Plötzlich sah sie eine Bewegung am Waldrand. Sie blieb stehen und schaute genauer hin. Von dort kamen Menschen. Mindestens vier konnte sie im Gegenlicht erkennen. Sie konnte nur Schemen sehen, doch diese bewegten sich anders als die Siedler. Waren das Männer aus Philadelphia? Aber sie kamen aus Norden, aus den Waldgebieten oberhalb des Schuylkill-Flusses und nicht aus Osten. Vielleicht waren das fremde Fallensteller oder Pelzjäger. Margaretha hatte gehört, dass sie durch das Land zogen. Auf einmal spürte sie Furcht in sich. Jonkie hatte sie zuhause gelassen. Je schneller sie ging, umso tiefer schien sie in den Schnee einzusinken. Das Laufen war beschwerlich. Immer wieder schaute sie zu den Männern, die sich langsam näherten.

Die Sonne versank hinter den Bäumen. Endlich konnte sie erkennen, dass es Wilde waren. Sie hielt inne, holte tief Luft. Die Männer kamen sicher, um nach Hololesqua zu sehen. Es waren keine weißen Fallensteller, die die Gegend heimsuchten.

Sie ging weiter, erreichte Hermanns Hütte vor ihnen.

»Da kommen Wilde.«

»Was?« Hermann schaute sie überrascht an. Margaretha hängte ihren Mantel an den Haken neben den Kamin, nahm sich einen Becher mit heißem Würzwein, wärmte sich die Hände daran. Es duftete köstlich nach Hirschbraten und frischem Brot. Esther hatte den Darm des Tieres ausgespült, schnitt nun Fleisch und Fett klein, um Wurstbrät daraus zu machen. Dirck hackte die Knochen des Hirschs, so konnte man sie besser auskochen.

»Da kommen Wilde. Vier, wenn mich meine Augen nicht getäuscht haben.«

Die Männer sahen sich an.

»Sie wollen bestimmt nach ihrem Anführer sehen«, sagte Pastorius und ging zur Tür.

Hololesqua hatte sich bei seinen Worten aufgerichtet. Bisher hatte Margaretha keine Gemütsregungen in seinen Gesichtszügen entdecken können, doch nun schien ein leichtes Lächeln auf seinen Lippen zu liegen. Er setzte sich hin, richtete seine Kleidung.

Inzwischen hatten die Wilden die Hütte erreicht. Sie standen unschlüssig vor der Tür, als Pastorius diese öffnete. Er verbeugte sich leicht. »Welcome.«

»Sachem? Hololesqua?«, sagte einer von ihnen und fügte noch einige Sätze in seiner Sprache hinzu. Der Mann schien sich eigens für diesen Besuch herausgeputzt zu haben und trug ein feines, besticktes Gewand unter dem gefetteten Lederumhang. Die Mienen der Männer waren angespannt.

»Hololesqua, ja.« Pastorius nickte. Er zeigte in die Küche. Hololesqua hatte sich erhoben, humpelte nun, wieder gestützt auf den Besen, zur Tür. Er sagte etwas zu seinen Männern. Sie nickten nicht, zeigten auch sonst keine Reaktion, aber sie entspannten sich sichtlich, fand Margaretha.

Der Wilde verbeugte sich leicht vor Pastorius und Hermann, reichte ihnen die Hand. »Thank you. I grateful«, sagte er in gebrochenem Englisch. Er nahm seinen Umhang und humpelte nach draußen. Erst jetzt sah Margaretha, dass zwei der Männer lange dünne Baumstämme mit sich führten. Birkenstämme, bemerkte sie. Zwischen diesen Stämmen war ein Tierfell gespannt. Darauf setzte sich Hololesqua nun wie in eine Art kurze Hängematte. Die Wilden riefen sich oder den Siedlern etwas zu, genau unterscheiden konnte Margaretha es nicht, dann nahmen sie das Gestell mit dem Verletzten auf und gingen in Richtung Waldrand.

»Jetzt ist er weg«, sagte Esther. »Er hat sich gar nicht bei dir bedankt.«

»Bedankt? Wofür?«

»Du hast ihn behandelt, seinen Fuß versorgt. Er hat dich nicht mit einem Blick gewürdigt.«

»Das tun sie wohl nicht, scheint mir. Er hat mich die ganze Zeit nicht einmal wirklich angesehen.« Margaretha runzelte die Stirn. »Ich hätte ihm gerne noch eine Tinktur mitgegeben.« Sie drehte sich flugs um, nahm den kleinen Krug mit der Tinktur aus ihrem Korb und lief den Wilden hinterher, ohne auch nur ihren Mantel zu nehmen. »Wartet«, rief sie. Die Wilden blieben stehen, Hololesqua schaute sie gleichgültig an. »Deine Wunde muss täglich verbunden werden. Und du musst das darauf tun, achtsam.« Sie sah ihn an, versuchte aus seinem Gesicht zu lesen, ob er sie verstanden hatte. Er nahm den Krug entgegen, nickte nur, schaute ihr aber nicht in die Augen, dann rief er etwas, und die Männer setzten sich wieder in Bewegung.

Margaretha sah ihnen nachdenklich hinterher, dann drehte sie sich um und ging zurück zur Hütte. An diesem Abend hatte sie wenig Zeit, um sich Gedanken zu machen. Die Knochen des Hirsches wurden ausgekocht, das Fell wurde abgeschabt, selbst die Hufe wurden gekocht, aus dem Sud konnte man Knochenleim gewinnen.

Margaretha und Rebecca reinigten die Stube, in der Mevrouw Kürdis ihr Kind entbunden hatte. Danach füllten sie die Würste, kochten diese. Bis tief in die Nacht waren alle beschäftigt.

Als sie fertig waren, begleitete Dirck die beiden Frauen zu ihrer Hütte.

»Catharina hat sich heute nicht sehen lassen«, stellte Rebecca fest.

»Natürlich nicht. Aber sie wird den Hirschbraten trotzdem nicht verschmähen.« Margaretha schnaubte. Immer wieder kehrten ihre Gedanken zu dem Wilden zurück. War es richtig, ihn so gehen zu lassen? Die Gefahr, dass die Wunde sich entzündete, bestand noch. Sollte das der Fall sein, würden die Wilden ihr die Schuld geben? Ja, auch die Wilden waren Menschen, aber ihre Sitten mochten andere sein. Sie fühlte sich verantwortlich für den Verletzten, so wie sie sich für alle verantwortlich fühlte, die sie behandelte.

Bis in den Schlaf verfolgten sie diese Gedanken. Sie träumte von den Wilden mit ihren prunkvollen Gewändern, dem auffälligen Kopfschmuck, ihrer weich und melodisch klingenden Sprache und ihren knappen Gesten.

Am nächsten Tag hatte sich der Himmel wieder zugezogen. Dicke Wolken kündeten neuen Schneefall an.

»Der Hirsch wird nicht lange reichen«, sagte Hermann besorgt. »Und wenn es jetzt wieder schneit, werden wir nicht jagen können.«

»Noch schneit es ja nicht.« Margaretha teilte jedoch die Sorge ihres Bruders. Wie es die Nächstenliebe verlangte, würden sie das Fleisch unter allen Siedlern aufteilen. Auch wenn sie sparsam damit haushielten und alles verwerteten, würde es kaum ein paar Tage vorhalten.

»Bevor es anfängt zu schneien, sollten wir die Fallen noch mal kontrollieren«, sagte Pastorius und griff nach seinem Mantel. Dirck und Hermann schlossen sich ihm an. Abraham hatte sich noch nicht blicken lassen.

»Catharina war heute Morgen hier, hat sich etwas Braten mitgenommen. Sie sagte, Abraham würde das Dach reparieren und Bretter für Möbel sägen.« Esther seufzte. »Ich möchte ja nicht hartherzig erscheinen, aber mich ärgert ihr Verhalten. Sie nehmen, doch geben kaum. Zu Hermann darf ich so etwas nicht sagen, er will kein böses Wort über seinen Bruder hören.«

»Ob er es hören will oder nicht, du hast recht, und es ärgert nicht nur dich. Ich nehme an, dass es auch Hermann sauer aufstößt, aber er will keinen Zwist und keine Zwietracht in unseren Reihen.«

»Ja, Margret, natürlich. Doch müssen wir alles hinnehmen und ertragen?«

»Zumindest bis zum Frühjahr.« Sie nahm ihre Schwägerin in den Arm. »Es wird besser werden, sobald sich unsere Verhältnisse verbessern.«

Esther nickte. »Das hoffe ich sehr.«

Später am Tag ging Margaretha zu Kürdis'. Alles schien sich zu ihrer Zufriedenheit zu entwickeln. Das Kind trank, der Mutter ging es gut, der Vater zeigte seinen Stolz und seine Erleichterung.

»Wir sind noch nicht über den Berg, Mijnheer Kürdis. Aber wir können hoffen«, sagte sie zu ihm, als er sie zur Tür brachte. Es hatte wieder angefangen zu schneien, noch fielen nur vereinzelte Flocken, doch die dunklen Wolken hingen tief.

»Beeilt Euch, Mejuffer op den Graeff. Und noch mal herzlichen Dank für Euren Beistand.«

»Lasst Euch den Braten schmecken. Ich schaue morgen wieder vorbei.«

Sie eilte los. Am Waldrand konnte sie jemanden ausmachen. Das werden Hermann und Franz Daniel sein, hoffte sie. Sie müssen sich beeilen, damit sie noch rechtzeitig nach Hause kommen. Der Wind blies ihr nadelspitze Eiskristalle in das Gesicht, sie senkte den Kopf und stapfte, so schnell sie konnte. Erleichtert öffnete sie die Tür zu Hermanns Hütte, dampfende Wärme kam ihr entgegen, hüllte sie ein. Es roch nach feuchter Wolle, Holzfeuer und frischem Brot. Die Familie saß schon um den Tisch in der Küche. Zwei Kaninchen baumelten, an den Hinterläufen aufgehängt, neben dem Kamin. Verwirrt sah Margaretha in die Runde, doch dann nahm Pastorius ihr den Mantel ab, und Rebecca reichte ihr einen Becher Würzwein.

»Wie geht es Mevrouw Kürdis?«, wollte Esther wissen.

»Gut und dem Kind auch.«

»Es waren zwei Kaninchen in den Fallen«, sagte Dirck.

Die Stimmen klangen durcheinander, jeder fragte etwas oder wollte etwas erzählen. Pastorius hob schließlich die Hände. »Lasst uns beten!«

Sie falteten die Hände, senkten die Köpfe zum stummen Gebet. Draußen heulte der Wind inzwischen um die Hütte, fing sich im Kamin, das Gebälk ächzte, und das Feuer loderte auf. Margaretha bemühte sich um die Zwiesprache mit Gott, doch immer wieder wanderten ihre Gedanken in eine andere Richtung. Elisabeth darf nicht zu viel von dem Milch bildenden Aufguss trinken, dachte sie, sonst entzündet sich die Brust. Das Kind ist noch klein und schwach, wir müssen es immer gut warmhalten. Lieber Gott, verzeih mir meine Gedanken.

Sie seufzte und versuchte wieder, sich auf Gott zu konzentrieren.

Zwei Kaninchen, dachte sie dann. Die Felle werden wir abziehen und gerben. Das Fleisch von den Knochen lösen. Viel Fleisch ist es ja nie. Von den beiden werden wir eine, höchstens zwei Mahlzeiten kochen können, die gerade mal für unsere Familien ausreichen. Auch die anderen haben Fallen ausgelegt. Vielleicht hatten auch sie Erfolg. Die Knochen können wir auskochen, doch ohne Sellerie, Wurzeln und Zwiebeln hat die Brühe kaum Geschmack. Nur gut, dass wir genügend Salz haben.

Lieber Gott, ich möchte dir danken und mich dir anvertrauen, doch all die Sorgen und die Nöte beschäftigen mich. Ich fürchte mich vor der Länge des Winters. Es ist so kalt hier, und es liegt so viel Schnee, mehr als bei uns zu Hause. Ja, guter Gott, ich weiß, dachte sie verzweifelt, dies ist hier jetzt unser Zuhause, aber richtig wohl fühlt sich noch keiner von uns. Es ist so fremd und schwer. So haben wir uns es nicht vorgestellt. Lieber Heiland, du hast uns hierher geführt, uns diese Möglichkeit aufgezeigt, ein Leben im Glauben und ohne Restriktionen zu leben, aber ohne Nahrung wird es nicht gehen. Ich bin nur eine einfache Frau, möchte dir vertrauen, die Hoffnung nicht aufgeben, dass sich alles zum Guten wendet.

Sie presste ihre Hände fest ineinander, versuchte sich tiefer in das Gebet zu versenken, doch dann kam ihr plötzlich ein Gedanke.

Als ich von Kürdis' kam, habe ich jemanden am Waldrand gesehen. Dann habe ich meinen Kopf gesenkt und bin hierher geeilt. Die Brüder und Pastorius saßen aber schon um den Tisch, als ich die Hütte erreichte, sie müssen schon eine Weile vor mir angekommen sein. Wer aber war dann der Mann am Waldrand?

Sie öffnete die Augen, sah unruhig zur Tür.

»Amen!«, sagte Pastorius schließlich, nahm das Brot und brach es.

»War noch jemand mit euch in dem Wald bei den Fallen?«, fragte Margaretha.

Die Männer sahen sich an. »Nein, wieso?«

»Ich meine, dort jemanden gesehen zu haben, als ich von Kürdis' kam.«

»Am Waldrand? Das kann eigentlich nicht sein. Wir waren schon spät dran, der Schneefall hatte schon eingesetzt. Überraschend war das nicht, die Wolken drohten ja schon den ganzen Tag mit Schnee. Als dann der Wind aufkam, wurde es höchste Zeit. Und auch die Nachbarn werden das erkannt haben.« Hermann schüttelte den Kopf.

Für einen Moment überlegte Margaretha, ob er sie nicht ernst nahm oder ob sie sich getäuscht haben konnte. »Aber ich bin mir sicher, dort jemanden gesehen zu haben.«

»Vielleicht ein Tier, Margret?«

»Auf zwei Beinen? Die Bären halten doch jetzt ihre Winterruhe.«

Pastorius sah sie an. »Ihr sorgt Euch, Margret? Ein Bär kann es nicht gewesen sein.«

»Nein.« Sie senkte den Kopf, kam sich auf einmal albern vor. Doch der Gedanke ließ ihr keine Ruhe. Nach dem Essen stand sie auf und öffnete die Küchentür einen Spalt. Inzwischen hatte der Wind nachgelassen, aber heftiger Schneefall eingesetzt. Sie konnte kaum etwas sehen, doch vor der Tür lag ein Bündel. Margaretha bückte sich, es war ein Korb, bedeckt mit einer Tierhaut. Sie hob den Korb hoch, schaute sich um, doch es war niemand zu sehen.

»Was habt Ihr da?«, fragte Pastorius, der ihr gefolgt war.

»Dies lag vor der Tür.« Der Korb war schwer, nur mit Mühe konnte sie ihn in die Küche tragen. Immer noch verwundert stellte sie ihn auf den Tisch, hob das Leder an. In dem Korb befanden sich Dörrfleisch, Stockfisch und seltsam geformte Früchte. Diese waren kindskopfgroß, unten kugelig, dann keilförmig zulaufend. Sie waren ausgehöhlt und mit einer Art Paste gefüllt, die streng roch.

»Das ist doch das, was uns der Wilde gereicht hat, nicht wahr?«, fragte Margaretha und probierte zögernd von der Paste. »Wie hat er das noch genannt? Mokakin?« Staunend entnahm sie dem Korb getrockneten Mais, Beutel voll Fett und Trockenfrüchte.

»Diese Paste riecht merkwürdig, aber sie schmeckt reichhaltig, man kann sie bestimmt auch mit Wasser verrühren und daraus einen Brei kochen.«

»Das scheinen uns die Wilden gebracht zu haben. Sicherlich als Dank, dass wir ihrem Anführer geholfen haben.« Pastorius legte eine Hand auf ihre Schulter. »Das ist Euer Verdienst, Margret.«

Lieber Gott, dachte Margaretha, manchmal gehst du seltsame Wege. Aber mit diesen Gaben werden wir bestimmt die nächsten Wochen überstehen können, auch ohne Jagderfolg.

Kapitel 32

Zwei Mal noch fanden die Siedler ähnliche Körbe vor ihrer Tür. Sie sahen und bemerkten die Überbringer nicht. Und doch waren sie sicher, dass die Gaben von den Lenape gekommen waren.

Das nahrhafte Mokakin erwies sich als Rettung der Siedlung. Man konnte es pur essen, es als Suppe aufkochen oder als Brei zubereiten. Es ließ sich in den dunklen und kargen Wochen strecken und spendete Kraft. Sie teilten es mit der Gemeinde, und obwohl der Winter sich bis in den März zog, einige Unwetter und Schneestürme tobten, starben doch nur fünf der Siedler in diesem harten Winter. Zwei von den Alten und drei Kinder mussten sie auf dem Platz hinter der Siedlung unter Steinen bestatten. Benjamin Kürdis gehörte zu Margarethas Freude zu den Überlebenden.

Schließlich begann die Schneeschmelze, die Luft wurde milder, und die Sonne schien wieder länger. Die Bäume und Pflanzen trieben zaghaft aus. Fast jeden Tag machte Margaretha sich auf, um Kräuter und Pflanzen zu sammeln. Jedes noch so kleine Blatt brachte Hoffnung.

Gelegentlich begleitete Pastorius sie, trug ihren Korb und hörte aufmerksam ihren Erklärungen zu, welche Wirksamkeit die Pflanzen und Rinden hatten. Dabei beobachtete er die Umgebung umsichtig.

»Habt Ihr Sorge, Franz Daniel?«, fragte Margaretha schließlich, nachdem sie ihn für eine Weile still beobachtet hatte.

»Sorge?«

»Nun, Ihr schaut Euch immer um, beobachtet die Gegend argwöhnisch, so als würdet Ihr etwas befürchten. Nur was, frag ich mich?« Sie lächelte, um ihren Worten die Schärfe zu nehmen.

»Man weiß nie, was in diesen Wäldern lauert.« Pastorius lachte, es klang heiser.

»Was könnte dort denn lauern?« Margaretha war stehen geblieben und sah ihn nun an.

»Die Bären erwachen aus dem Winterschlaf.« Wieder lachte er.

»Und schleichen sich heimlich an?« Margaretha runzelte die Stirn. »Ich glaube nicht, dass Euch das so sehr beunruhigt.«

»Nein, das tut es auch nicht.« Er räusperte sich verlegen. »Es sind die Wilden.«

»Aber die Lenape haben sich doch als freundlich erwiesen. Sie haben uns über den Winter gerettet mit ihren Gaben.«

»Die Lenape waren freundlich zu uns, das ist wahr. Sie hätten das sicherlich nicht getan, wenn Ihr nicht derart ohne Furcht gehandelt und ihrem Anführer geholfen hättet. Margret, durch Euer beispielhaftes Verhalten habt Ihr die Siedlung gerettet. Der Winter war strenger und länger, als wir erwartet hatten. Viele von uns wären ihm zum Opfer gefallen, wenn die Lenape uns nicht Nahrung gegeben hätten, und das taten sie nur wegen Euch.«

»Aber weshalb fürchtet Ihr sie nun?«

»Ich fürchte nicht die Lenape, ich sorge mich wegen der Susquehannock. Das ist ein anderer Stamm, sie sind wilder noch als die Lenape, mehr Krieger als Jäger. Hololesqua berichtete, dass sie hin und wieder seinen Stamm überfallen.«

»Die einen Wilden überfallen die anderen?«, fragte Margaretha ungläubig.

»Die Spanier greifen ja auch die Franzosen an, weshalb sollte das hier nicht so sein?« Pastorius schüttelte den Kopf. »Das sind Fehden, mit denen wir nichts zu tun haben und die wir vermutlich auch nicht verstehen. Meine Sorge ist es, unvermutet überrascht zu werden.«

Margaretha dachte über seine Worte nach.

»Wisst Ihr«, sagte sie dann leise, »ich suche das Grab meiner Mutter regelmäßig auf.«

»Ja.« Pastorius senkte den Kopf.

»Manchmal gehe ich morgens früh, nachdem ich das Brot in den Ofen geschoben, den Brei auf den Herd gestellt habe. Dann sind die Vögel gerade erwacht, trällern ihren Gruß an den Tag. Die Luft ist rein und klar, meine Gedanken auch. Dann gehe ich zum Friedhof und bete. Hin und wieder gehe ich auch nach dem Abendbrot, ich gehe einfach weiter, nachdem ich Hermanns Hütte verlassen habe, gehe an Dircks Behausung vorbei, den Weg entlang bis dorthin. Es ist dann immer besonders friedlich und ruhig, und ich kann meine Gedanken sammeln.« Sie schluckte verlegen. »Jonkie begleitet mich, ich bin nicht ganz allein.«

Pastorius nickte. »Ich kann Euch verstehen. Die Enge und der Trubel in den kleinen Hütten lassen einem kaum Raum für Gedanken.«

»Ja. Aber weshalb ich Euch das erzähle, ist, so manches Mal meinte ich, jemanden zu sehen. Am Waldesrand oder hinter den Büschen. Es war immer nur ein Hauch einer Bewegung im Augenwinkel, und wenn ich mich umdrehte, war dort niemand.« Sie hielt kurz inne, dachte nach. »Das klingt verrückt, nicht wahr? Und dennoch wusste ich, dass dort jemand ist, dass mich jemand beobachtet. Aber bedroht habe ich mich nie gefühlt, eher beschützt. Ich war mir fast sicher, dass dort jemand von den Lenape stand und auf mich aufpasst.« Sie lachte leise, senkte den Kopf und spürte die Röte der Scham in ihre Wangen steigen. »Jetzt haltet Ihr mich für albern und überdreht.«

»Durchaus nicht. Des Öfteren habe ich Euch hinterher geschaut, wenn Ihr die Hütte verlassen habt. Ich machte mir Sorgen um Eure Sicherheit. Doch dann habe ich auch einen Krieger der Lenape am Waldrand stehen sehen, das Augenmerk auf Euch gerichtet. Sie passen auf Euch auf, sie passen auf uns alle auf, so will es mir scheinen.«

Margaretha nickte, dann lächelte sie schelmisch. »Sorgen müsst Ihr Euch nicht um mich. Ich bin schon groß.«

»Ihr seid viel unterwegs«, sagte Pastorius immer noch

ernst. »Ihr geht in die Wälder, um Kräuter zu sammeln, geht die Kranken und Schwachen versorgen, die Mütter und die kleinen Kinder. Ihr seid nachts unterwegs, wenn ein Kind kommt oder jemand Eure Hilfe braucht. Oft macht Ihr Euch alleine auf den Weg, nur begleitet von Eurem Hund.« Er biss sich auf die Lippe. »Ihr tut dies ohne zu klagen und seid mutig obendrein. Ich bewundere das.«

»Aber so sehe ich das nicht, Franz Daniel. Es ist doch meine Pflicht, dies zu tun. Meine Mutter hat es ebenso getan, und ich folge nur ihren Spuren.« Sie senkte den Kopf. Der Gedanke an Gretjes Tod tat ihr immer noch weh, auch wenn sie wusste, dass ihre Mutter nun erlöst war.

Pastorius schien ihren Kummer zu spüren, er trat zu ihr und legte vorsichtig seine Hand auf ihre Schulter. »Ich wollte Euch nicht traurig machen. Nein, im Gegenteil, ich wollte meine Bewunderung zum Ausdruck bringen. Ihr seid eine mutige Frau.« Er hielt inne, räusperte sich verlegen.

»Ich bin gar nicht so mutig«, wisperte Margaretha und wandte sich zu ihm. Für einen Moment sahen sie sich an, ihre Blicke schienen ineinander zu versinken. Dann zog er sie in seine Arme, küsste sie. Erst sanft und behutsam, dann immer begehrlicher. Margaretha erwiderte den Kuss, es schien ihr ganz natürlich, sein Mund war warm und hungrig. Schließlich lösten sie sich atemlos voneinander.

»Margret …« Sie sahen sich an, dann wich er ihrem Blick aus, schüttelte den Kopf. »Lieber Gott, was habe ich getan«, murmelte er. »Es tut mir leid, Margret.«

Fassungslos schluckte sie. »Es tut dir leid?« Sie lachte rau auf, wischte sich mit dem Handrücken über den Mund. »Wieso?«

»Wieso? Wie kannst du so etwas fragen?« Er senkte den Kopf. »Was ich getan habe, war nicht rechtens.«

»Du hast es nicht alleine getan.« Wut stieg in ihr hoch, sie stieß einen empörten Ton aus. »Ich bin kein Kind mehr, weiß schon, was ich zulasse und was nicht. Aber wenn es dir leid tut …« Sie zuckte mit den Schultern, zog ihr Umschlagtuch zusammen und drehte sich um.

»Margret …« Er hielt sie an der Schulter fest. »Bitte geh nicht. Nicht so. Lass uns nicht im Zorn scheiden.«

»Scheiden? Ha!« Sie drehte sich um, ihre Augen funkelten zornig. »Franz Daniel, machst du Witze? Gottegot, es ist doch nichts passiert. Nur ein kleines Missverständnis.«

»Nein, so ist das nicht. Doch ich möchte nichts überstürzen. Ich fühle mich sehr zu dir hingezogen, aber …«

»Aber?«

»Aber das alles muss gut durchdacht sein.«

»Dann denk darüber nach.« Sie befreite sich schnaubend aus seinem Griff und stapfte davon.

»Bitte warte. Lass mich das erklären.«

»Erklären?« Margaretha drehte sich wiederum um. »Ich glaube nicht, dass es da noch etwas zu erklären gibt.«

»Margret, ich liebe dich. Ich liebe dich schon lange. Seit ich dich das erste Mal gesehen habe, damals am Wallgraben von Krefeld. Du trugst deinen Neffen auf der Hüfte, einen schweren Korb in der Hand, und doch zierte ein herzliches Lachen dein Gesicht. Ich kam von Uerdingen, war abgekämpft, müde und staubig. Und du hattest ein herzliches Wort für mich.« Er hielt inne, nickte. »Wir gingen zusammen in die Stadt, und du warst freundlich, bezaubernd. Und dann hast du festgestellt, dass ich der verhasste Gast war, der Mann, dem all deine Ängste galten, und trotzdem bist du freundlich geblieben.«

»Ja und?«

»Und dann … dann war ich überwältigt von deiner Familie. Glaub mir, ich war wochen-, nein monatelang durchs Land gereist und nie so willkommen geheißen worden wie bei euch. Deine Familie war herzlich und interessiert. Das Haus war sauber und komfortabel, das Essen reichhaltig und lecker, und ihr alle seid so gebildet.« Wieder schüttelte er den Kopf. »Ihr hattet euch Gedanken gemacht, stelltet Fragen, und doch wart ihr voller Überzeugung und Glauben.« Er schnaubte leise.

»Ich hätte nie gedacht, dass ich deine Brüder würde überzeugen können, hierher zu kommen.«

»Du musstest sie nicht überzeugen, sie wollten es schon vorher, wollten nur die Bedingungen wissen«, sagte sie leise.

»Mag alles sein«, sagte er und griff nach ihren Händen, hielt sie fest. »Aber ich wusste das nicht. Diese Siedlung, diese Siedler, diese dreizehn Familien sind etwas Besonderes. Und deshalb haben sie Sir William Penn auch Angst gemacht. Es ist eine starke Gemeinschaft, ein festes Gefüge. Ihr steht füreinander ein, seid füreinander da. Das hat dieser kalte und harte Winter bewiesen. So manch einer hätte seine Vorräte abgeschottet, für sich behalten, aber ihr habt alle geteilt. Alle.«

»Ja. So wurden wir erzogen. Und was hat das mit uns zu tun?« Sie drückte Pastorius' Hände.

»Ich bin keiner von euch.«

»Dein Grundstück wurde abgemessen und abgesteckt. Du hattest den Winter über keine Hütte, willst du auch kein Haus bauen?«

»Doch, Margret, das will ich. Ich möchte Teil dieser Gemeinschaft werden. Ich will es von ganzem Herzen. Aber mich zwingt nichts, mich drängen keine Zeiten. Ich kann auch noch im Herbst mein Haus bauen und vorher allen anderen helfen, lernen, wie es überhaupt geht – so ein Haus baut sich nicht von alleine. Du hast es gesehen. Deine Brüder haben zuerst Kanäle gegraben, damit das Schmelzwasser abfließen kann, und jetzt legen sie Fundamente. Das sind für mich Bücher mit sieben Siegeln, ich habe so etwas noch nie gemacht.« Er seufzte. »Ich bin willig, all das zu lernen, Hand anzulegen, mich einzubringen. Ich will alles dafür tun, um ein Teil dieser Gemeinde zu werden und zu sein. Alles. Aber eines nicht.« Er holte tief Luft.

»Was denn?« Margaretha strich mit den Daumen über seine Hände, spürte die Wärme seiner Haut.

»Du. Ich will nicht, dass jemand sagt, dass ich dich benutzt hätte, um Fuß zu fassen.« Er schüttelte den Kopf. »Ich will mich etablieren, bevor ich dich freie, Margret. Verstehst du das?« Beschämt senkte er den Kopf.

»Das ist dein Hindernis, Franz Daniel? Dies?« Sie zog ihn an sich, küsste ihn. Ihre Lippen spürten die Wärme, eine seltsame Vertrautheit. »Mir sind die anderen egal und auch das, was sie sagen.«

»Aber mir nicht!« Pastorius wich zurück. »Versteh doch, Margret. Ich möchte bestehen. Ich möchte Teil dieser Gemeinde sein, aber nicht, weil ich dein Gefreiter bin, sondern weil ich der bin, der ich bin, als Teil der Gemeinde.«

Margaretha senkte den Kopf, dachte nach. »Du musst also erst deinen Platz finden in der Gemeinde?«

Pastorius nickte.

»Und wie?«

»Ich muss ein Haus bauen, mich etablieren. Kannst du darauf warten? Wir müssen uns prüfen, bevor wir eine Bindung eingehen.«

Margaretha schluckte, stieß schließlich den Atem aus, nickte.

Das Frühjahr schritt voran und damit auch der Bau der Häuser. Gemeinsam rodeten sie den Wald hinter den Grundstücken. Zwei eilig gekaufte Ochsen zogen die Baumwurzeln aus dem schwarzen, fetten Boden, der gute Erträge versprach. Sie legten Gärten und die ersten Äcker an, säten und pflanzten. Dann richteten sie die Bauplätze für die Häuser her, legten Fundamente und bohrten Brunnen. Bretter mussten gesägt, Harz gekocht und Steine gefügt, schlichte Möbel geschreinert werden. Von früh bis spät tönte der Klang der Hämmer und Sägen durch die Siedlung.

Abraham und Dirck hatten sich im Auftrag der Siedler nach Philadelphia begeben. Anfang April kamen sie mit einigen Kühen, einem Bullen und Geflügel, das aufgeregt in Körben gackerte und schnatterte, wieder zurück. An die zwanzig Ferkel hatten sie erworben und dazu noch Setzlinge und Saatgut.

So kalt und streng der Winter auch gewesen war, der Frühling belohnte die Siedler für ihre Entbehrungen. Die Luft war mild, es regnete nur ab und an, jedoch blieben sie von schweren Regenfällen verschont. Die vielen Quellen versorgten sie mit Wasser, der Boden war fruchtbar und ließ auf reiche Ernte hoffen. Sie pflanzten Pfirsichbäume an der Hauptstraße, Apfel- und Kirschbäume hinter den Häusern, Margaretha legte einen Kräutergarten an.

Bald schon wuchs der erste Flachs auf den Feldern, aber auch Kohl, Bohnen und Getreide gediehen. Ein Haus nach dem anderen wurde errichtet und fertiggestellt.

»Pastorius hat sich nach Philadelphia aufgemacht«, sagte Abraham an einem schönen Tag Anfang Mai. »Er will die Nägel abholen, die wir beim Schmied in Auftrag gegeben haben.«

Margaretha sah überrascht auf, Franz Daniel hatte sich nicht von ihr verabschiedet. Wenn er erstmal sein Haus gebaut hatte, würde er sicher bei Hermann um ihre Hand anhalten, dachte sie. So oft es ging, verbrachten sie Zeit miteinander. Zusammen gingen sie in den Wald, um Kräuter zu sammeln, auch half er ihr, den Garten anzulegen. Mitunter besprachen sie, wie sie sich ihr Heim vorstellten. Die Zuneigung, die zwischen ihnen herrschte, war nicht verborgen geblieben. Hin und wieder machte Abraham eine spöttische Bemerkung dazu, doch Margaretha nahm sie sich nicht zu Herzen.

»Das ist gut. Er wollte auch ein neues Sägeblatt besorgen und sich nach Pferden umschauen.« Dirck nickte zufrieden.

»Ja, für solche Aufgaben ist er zu gebrauchen. Handwerklich ist er immer noch eher eine Last.« Abraham seufzte.

»Aber er bemüht sich doch.« Margaretha runzelte die Stirn.

»Ja, er gibt sich Mühe.« Dirck lachte. »Ich habe ihm neulich gezeigt, wie man Kühe melkt.«

Abraham grinste. »Ich kann es mir vorstellen. Er hat wahrscheinlich auf die Zitzen gestarrt und überlegt, wie man da Milch rausbekommt.«

»So ähnlich. Er hatte Sorge, zu fest zuzupacken. Aber nachdem ich es ihm gezeigt habe, klappte es erstaunlich gut.«

»Tischlern kann er auch inzwischen. Da stellt er sich ganz geschickt an, aber Baumfällen oder Brunnengraben ist nichts für ihn«, sagte Hermann. »Ich bin mal gespannt, wie das mit dem Bau seines Hauses werden wird. Kürdis' Haus muss noch gedeckt werden, dann sind nur noch Theißens übrig. Leonard hat schon den Baugrund abgesteckt und mit dem Fundament begonnen.«

»Pastorius ist aufmerksam. Er beobachtet euch sehr genau und schaut sich vieles ab.« Esther knetete den Brotteig mit gleichmäßigen Bewegungen. »Ich glaube, ihr vertut euch. Er mag noch nicht viel Übung haben, aber ungeschickt ist er nicht.«

»Möglich, Vrouw, und doch ist er anders als wir.«

»Es wäre ja auch furchtbar, wenn wir alle gleich wären.« Margaretha stieß den Stößel in das Butterfass. Endlich hatten sie wieder frische Milch und Butter. Letzte Woche war ein Kalb verendet, den Kälbermagen konnte sie zum Käsen gut gebrauchen. Die Vorratskammern füllten sich allmählich. »Durch seine Hilfe und seine Gastfreundschaft haben die Alten und Kranken den Winter in Philadelphia überstanden. Er hat seine Vorräte mit uns und ihnen geteilt, war sich nicht zu fein, auch etliche Wochen hier mit uns zu darben.«

»Das stimmt, Margret, und doch ist er von einem anderen Schlag als wir.«

»Er ist sich dessen auch bewusst«, sagte Rebecca und drückte die Hände ins Kreuz. Ihr Bauch wölbte sich schon sehr. Margaretha hatte die Befürchtung, dass ihre Schwägerin zwei Kinder trug. »Er weiß, dass er anders ist, und es dauert ihn. Was es gar nicht muss, finde ich. Wie viele Häuser werden wir noch bauen müssen? Nächstes Jahr schon, so hoffen wir doch alle, werden wir den Flachs verarbeiten und wieder weben können. Die Stoffe wollen wir verkaufen, und hier haben wir noch keine festen Handelspartner so wie in Krefeld. Also brauchen wir jemanden, der Verträge aushandeln kann. Und wer könnte das besser als Pastorius?« Sie zwinkerte Margaretha zu.

Margaretha senkte den Kopf, spürte das Blut in ihren Schläfen pochen.

»Ja«, sagte Hermann nachdenklich. »Da sagst du etwas. Es wird tatsächlich schwierig werden, neue Handelswege aufzubauen, und Pastorius kann bestimmt hilfreich sein. So weit hatte ich noch nicht gedacht. Ich bin froh, dass wir den Winter überlebt haben, auch wenn Moedertje von uns gegangen ist. Einige Zeitlang habe ich bedauert, den Schritt in dieses Land getan zu haben, habe damit gehadert. In Krefeld würde Moedertje heute noch leben.« Er senkte den Kopf, wischte sich über die Augen.

»Moedertje war schon in Krefeld schwach, Hermann.« Margaretha stand auf und legte ihm die Hand auf die Schulter. »Sie war alt und schwach. Natürlich war die Reise anstrengend, aber ob wir sie viel länger bei uns gehabt hätten, bezweifle ich.«

Er nahm ihre Hand, drückte sie. »Meinst du? Manchmal habe ich so ein schlechtes Gewissen. Im Winter, als wir so knapp waren, da habe ich mich verflucht. Doch Pastorius fand immer tröstende Worte und hat meinen Glauben gestärkt.«

»Pastorius ist ein Beutelschneider, ein Blender.« Abraham schnaufte erbost.

»Ach? Bereust du, hierher gekommen zu sein? War dir das Leben im freien Glauben doch nicht so wichtig?« Margaretha wandte sich ihm zu.

»Nein, das bereue ich nicht. Ich schätze es, dass wir hier frei und gottesfürchtig leben können. Doch ich glaube, dass Pastorius in Philadelphia bleiben sollte.«

»Warum?«, fragte Esther.

»Er gehört nicht in diese Siedlung, nicht zu uns. Er sollte in der Stadt bleiben, unter seinesgleichen. Der harten körperlichen Arbeit ist er nicht zugetan. Er mag gottfürchtig sein, aber trotzdem ist er nicht wie wir.« Abraham stopfte seine Pfeife. »Und ich fürchte, es wird Missgunst und Zwietracht wegen ihm geben.«

»Weshalb? Wer sollte missgünstig sein und worauf?« Margaretha sah ihren Bruder ratlos an.

»Warte es ab. Wir bauen unsere Häuser alle im Schweiße unseres Angesichts, aber ob Pastorius das auch machen wird?«

»Er hat Baugrund gekauft und ihn auch schon abgesteckt. Warum sollte er nicht dort bauen?«

»Weil er ein Advokat und kein Handwerker ist. Er wird nicht selbst bauen, er wird bauen lassen«, brummte Abraham.

»Onzin, Broeder, er hilft uns doch tatkräftig. Natürlich wird er auch unsere Hilfe brauchen, wenn er sein Haus baut, und so wie wir uns allen gegenseitig geholfen haben, werden wir auch ihm helfen. Das gebietet schon die Nächstenliebe«, sagte Hermann.

Abraham stand auf und ging ohne ein weiteres Wort hinaus.

»Welche Laus ist ihm denn über die Leber gelaufen?«, fragte Rebecca leise.

»Keine Laus, sondern Catharina. Sie hat Angst, dass Pastorius' Haus prunkvoller und prächtiger wird als ihres.« Esther verdrehte die Augen.

»Gottegot, Prunk und Pracht.« Margaretha schnaubte. »Und das von unserer gottfürchtigen Catharina.« Sie schüttete vorsichtig die Buttermilch ab, füllte diese dann in das Fass. »Als ob Franz Daniel sich dafür interessieren würde.«

»Nein, im Moment liegt sein Interesse ganz wo anders.« Rebecca stupste sie lachend in die Seite. Margaretha lächelte.

Später am Tag ging sie in den Garten. Sie hatte einiges an Gemüse ausgesät, Stecklinge gesetzt. Wenn das Wetter so blieb, würden sie bald schon die ersten Wurzeln ernten können. Neben den Karotten wuchsen Lauch und Zwiebeln, Knoblauch, Radieschen und Rettich. Auch Mangold und Guten Heinrich hatte sie gesät. Giersch kroch unter dem Zaun an dem Geflügelgehege durch. Sie zupfte einige der frischen, noch glänzenden Blätter, damit würde sie die Suppe verfeinern.

Der Hahn scharrte im Staub. Zwei Gelege ließen sie bebrüten, um das Hühnervolk zu vergrößern. Die restlichen Eier nahm Margaretha ab. Endlich hatte sie wieder frische und reichhaltige Nahrung. Sie legte den Kopf in den Nacken, schloss die Augen und atmete die laue Luft ein. Obwohl die Sonne schon tief am Himmel stand, wurde in der Sägemühle am Bach noch kräftig gearbeitet. Jede Menge Bretter wurde gebraucht. Auch die ersten Webstühle fertigten sie schon. Sie bauten die Häuser mit geräumigen Küchen und großen Kaminen. In jedem Haus war genügend Platz für mindestens einen Webstuhl. Die Häuser bekamen Flügelfenster und Doppeltüren, so wie sie es in Holland gesehen hatten. Die Türen erwiesen sich als sehr praktisch, man konnte die obere Hälfte geöffnet lassen, so dass Licht und Luft in die Räume gelangten, doch das herumlaufende Vieh draußen blieb. Neben den Haustüren luden Bänke zum Sitzen ein.

Margaretha ging vorsichtig, die Eier in der zusammengerafften Schürze, zurück zum Haus. Hermann hatte ihr ein eigenes, kleines Haus versprochen, doch vorerst bezog sie das Zimmer neben der Küche.

Ach, Moedertje, dachte sie traurig, wenn du das doch sehen könntest. Es ist wie das Gelobte Land, so friedlich und schön. Wir werden nicht mehr hungern müssen, wir werden nicht frieren, und niemand wird uns hier wegen unseres Glaubens verfolgen.

Abraham stand vor dem Haus, schaute ihr nachdenklich entgegen. »Zusje«, sagte er, als sie näher kam. »Ich weiß, was du denkst und fühlst.«

»Wirklich?« Margaretha blieb stehen.

»Ja, keinem bleibt verborgen, dass du Pastorius sehr zugetan bist.«

Sie wusste nicht, was sie darauf erwidern sollte.

»Aber, Zusje, verrenn dich nicht. Ich sage dies nicht, um dich zu kränken, doch Hermann und ich sind deine Vormunde. Wir machen uns Gedanken um deine Zukunft.«

»Das ist ehrenwert von euch, aber ich kann schon für mich selbst entscheiden.«

»Rechtlich nicht.«

Margaretha kniff die Augen zusammen. »Was willst du mir damit sagen?«

»Hermann und ich sind seit Vaters Tod deine Vormunde.«

»Ja, das weiß ich. Deshalb bin ich ja auch hier und nicht in Krefeld. Aber du willst mir doch etwas anderes sagen, nicht wahr? Es geht um Pastorius.«

»Ich möchte dich nur vor Schaden bewahren. Pastorius zeigt dir seine Zuneigung. Gib dich dem nicht zu sehr hin.«

»Keine Sorge, ich kann schon auf mich aufpassen«, zischte sie.

»Das will ich hoffen, denn mit ihm hast du keine Zukunft.«

»Ist das so?«, fragte sie harsch.

»Zusje, ich sage das nur zu deinem eigenen Schutz. Nicht, weil ich dir kein Glück gönne.«

Sie holte tief Luft, verkniff sich aber die Antwort und ging in die Küche. Esther fütterte Isaak, sie sah kurz auf, lächelte dann. »Nimm es dir nicht so zu Herzen.«

»Denkt Hermann auch so?«

»Ich habe noch nicht mit ihm darüber gesprochen.« Esther wischte dem kleinen Jungen den Mund ab. »Nun ja, er hat es neulich mal erwähnt.«

»Was?«

»Dass er sich Sorgen macht. Er schätzt Pastorius, aber er ist sich nicht sicher, ob dessen Zuneigung wirklich aufrichtiger Natur ist.«

»Wie kommen die beiden bloß darauf?« Margaretha schüttelte wütend den Kopf, mit zitternder Hand legte sie die Eier in eine Schale. Das letzte fiel zu Boden. »Verdomme!«

Esther trat zu ihr, wischte das Ei auf. »Nun beruhige dich. Ich weiß, dass du Pastorius sehr zugetan bist, und man merkt, dass er dir auch Zuneigung entgegenbringt. Aber noch ist er nur …«, sie zögerte.

»Nur?«

»Er ist ein Abgesandter der Frankfurter Land Compagnie, er ist noch keiner von uns, auch wenn er sich darum bemüht. Aber will er es denn wirklich werden oder will er, dass wir uns erfolgreich hier ansiedeln, so dass er weitere Siedler aus dem alten Land nach Pennsylvania locken kann?«

Margaretha schaute sie ungläubig an. »Er tut alles, um ein Teil dieser Gemeinschaft zu werden, scheut keine harte Arbeit und keinen Schweiß, gibt sein Geld mit offenen Händen aus für uns. Wie könnt ihr alle so misstrauisch sein?« Sie stieß die Tür auf und verließ das Haus mit schnellen Schritten. Tränen stiegen ihr in die Augen, die sie wütend fortwischte. Sie ging durch den Garten, vorbei an dem Geflügelgehege und dem Verschlag der Ferkel bis in den Wald. Sie lief weiter und weiter, achtete nicht auf den Weg. Nun ließ sie die Tränen laufen.

Hemeltje, dachte sie, das kann doch nicht wahr sein. Ich bin meiner Familie in dieses Land gefolgt, voller Ängste und Sorgen. Eine Wahl hatte ich nicht. Doch alles scheint gut zu werden und nun so was. Sie neiden mir mein Glück, wollen die Verbindung mit Franz Daniel nicht. Daran ist nur Catharina schuld. Catharina und Abraham mit ihrem Misstrauen und ihrer Missgunst. Sie blieb stehen, wischte sich mit beiden Händen über die tränennassen Wangen. Wenn Franz Daniel um meine Hand anhält, werden sie dann nein sagen?

Langsam ging sie weiter, immer noch in Gedanken vertieft. Sie achtete nicht des Weges. Jonkie war ihr gefolgt, lief neben ihr her.

Was aber, dachte sie dann, wenn die Brüder recht haben? Was, wenn Pastorius wirklich nicht aufrichtig war? Wenn er sie nur benutzte, um Fuß zu fassen? Sie blieb stehen, inzwischen war es dunkel geworden. Warum konnte er sie nicht jetzt schon freien, wenn er es ehrlich mit ihr meinte? Warum musste er erst das Haus bauen und sich etablieren? Was, wenn er mit Hilfe ihrer Brüder gebaut hatte und sich dann von ihr abwendete?

Du bist eine dumme Gans, schalt sie sich. Das ist genau das, was Abraham bezweckt hat. Er wollte dich verunsichern und hat es beinahe geschafft. Franz Daniel liebt mich, er hat mich nicht angelogen. Er ist unsicher im Umgang mit der Familie, möchte Teil von ihnen sein und stellt sich bisweilen ungeschickt dabei an. Sie lachte leise auf, wischte sich die letzten Tränen von den Wangen, sah sich um. Tränenblind war sie in den Wald hineingelaufen, ohne auf den Weg zu achten. Sie drehte sich um, ging zurück. Doch nichts kam ihr bekannt vor. Schon oft war sie in den Wäldern nahe der Siedlung umhergestreift, hatte Pflanzen, Kräuter und Beeren gesammelt. Doch diesmal hatte sie vor Wut nicht auf den Weg geachtet.

Die Mühle war nicht mehr zu hören, auch keine anderen Geräusche der Siedlung. Der Wind rauschte schaumig in den Bäumen. Irgendwo schrie ein Käuzchen.

»Gottegot, Jonkie, haben wir uns verlaufen?« Sie hatte in der Eile noch nicht einmal ihr Umschlagtuch mitgenommen. Die Tage waren mild und warm, doch nachts wurde es empfindlich kühl. Margaretha ging langsam in die Richtung, in der sie die Siedlung vermutete.

Wie konnte ich nur so dumm sein, dachte sie, und einfach loslaufen?

»Jonkie, wo müssen wir hin?« Der Hund sah sie an, wedelte mit der Rute, doch aus Erfahrung wusste Margaretha, dass er sie nicht führen würde. Sie ging langsam weiter, sah plötzlich etwas leuchten. War dort eine Fackel? Eine Kerze, die ihr Licht durch das Dickicht schickte? Das konnte eigentlich nicht sein, denn sie roch keinen Kamin, nicht die Spur eines Holzfeuers, und auch die typischen Geräusche der abendlichen Siedlung drangen nicht zu ihr. Abends beruhigte sich das Leben in dem kleinen Ort, doch die Kühe mussten gemolken, die Schweine gefüttert werden, das Geflügel kam in die Verschläge, um es vor Raubtieren zu schützen. Von all dem Treiben war aber nichts zu hören. Es knackte im Gebüsch.

»Jonkie?« Die Hündin schnupperte und verschwand. Margaretha blieb stehen, seufzte. Etwas leuchtete dort vorne. Langsam tastete sie sich ihren Weg durch das Unterholz. Schließlich stand sie auf einer kleinen Lichtung, die eine Eiche geschlagen hatte. Der tote Baum lag quer in der Lichtung, hatte einige andere Bäume und Büsche unter sich begraben. Von dem Stamm der toten Eiche ging ein unheimliches Leuchten aus. Ein Pilz, dachte Margaretha und drehte sich um ihre Achse. An dieser Lichtung, an diesem Baum war sie bisher noch nicht vorbeigekommen, auf jeden Fall konnte sie sich nicht daran erinnern.

Hemeltje, wohin muss ich mich wenden, um nach Hause zu finden?, dachte sie verzweifelt. Sie pfiff und rief Jonkie, es knackte und raschelte im Unterholz, doch ob das ihr Hund oder anderes Getier war, konnte sie nicht ausmachen.

Wieder wandte sie sich in die Richtung, in der, so meinte sie, die Siedlung liegen musste. Ihre Kleidung wurde klamm, ihr war es kalt, und zu der Erschöpfung und Verzweiflung kam auch noch die Angst hinzu. Immer wieder blieb sie voller Schrecken stehen, lauschte auf die Geräusche, zuckte zusammen, sobald ein Nachtvogel aufschrie oder sie einen Wolf in der Ferne heulen hörte. Unsicher ging sie weiter, blieb stehen, tastete sich vor. Wieder sah sie ein Licht im Dunkeln. Kam dort jemand? Suchte man sie? Wie befreit lief sie los, stolperte über eine Wurzel und schlug hart auf den Waldboden auf. Ihr Kinn und ihre Handflächen bluteten, die Knie fühlten sich taub an. Margaretha setzte sich auf und schaute zu dem Lichtschein. Es war die pilzbefallene Eiche, die in der Dunkelheit ihr Irrlicht ausstrahlte.

Margaretha war im Kreis gewandert. Sie setzte sich hin, zog die Beine an den Körper, umschlang sie und fing bitterlich an zu weinen. Sie hatte sich verlaufen und fand den Weg zurück nicht mehr. Ihr war kalt, und sie zitterte, nicht nur vor Kälte. Angst saß ihr im Nacken. Sie kauerte sich zusammen, versuchte sich so klein wie möglich zu machen, atmete flach ein. Wo war ihr Hund?

»Jonkie«, wisperte sie mehr, als dass sie rief. »Jonkie?«

Doch der Hund kam nicht. Was sollte sie tun? Verzweiflung packte sie.

Plötzlich teilten sich die Zweige, und fast geräuschlos trat ein Mann neben ihr hervor. Margaretha schrie erschrocken auf.

»Psst.« Der Mann legte den Zeigefinger auf seine Lippe. »Boar.« Er schaute sich um, kauerte sich neben sie.

»Boar? Wildschweine?«

Er nickte. Es war ein Lenape, er trug nur eine Art Lendenschurz und einen Bogen, die Pfeile waren in einem Köcher, den er auf dem Rücken trug. Er schien trotz der Kühle der Nacht nicht zu frieren, schaute sie ausdruckslos an. Um seinen Hals hingen mehrere Ketten, ähnlich wie Hololesqua hatte er den Kopf rasiert, trug nur auf dem Scheitel einen Zopf.

»Come!« Er reichte ihr die Hand, zog sie hoch. »Careful.«

Er ging voraus. Es überraschte sie, wie lautlos er sich bewegte. Sie folgte ihm, empfand plötzlich keine Furcht mehr. Auch wenn es ein Wilder war, spürte sie, dass er ihr nichts Böses wollte.

War er durch Zufall auf sie gestoßen? War er auf der nächtlichen Jagd? Wohin führte er sie? Sie versuchte, mit ihm Schritt zu halten, ohne zu stolpern. Zielstrebig ging er voran, drehte sich nicht nach ihr um. Doch dann blieb er stehen. Vor ihm lag eine Senke, Margaretha trat zu ihm. In dem Kessel lag eine Bache mit Frischlingen. Die Bache schaute sie an. Margaretha wusste, dass mit Wildschweinen nicht zu spaßen war.

Der Lenape fasste ihre Hand, führte sie langsam und sachte am Rand des Kessels entlang. Die Bache beobachtete sie aufmerksam, rührte sich jedoch nicht. Plötzlich raschelte es im Gebüsch, und mit einem freudigen Bellen drang Jonkie hervor.

»Jonkie! Hier!« Margaretha blieb stehen. Der Hund hatte die Bache entdeckt, er kauerte sich nieder, knurrte. Die Bache sprang auf, stürmte laut quiekend auf den Hund zu, Jonkie erhob sich, das Nackenfell gesträubt und knurrte noch lauter, die Zähne gebleckt. Doch die Wildsau ließ sich nicht beirren und lief weiter.

Der Lenape packte Margarethas Arm, zog sie eilig mit sich, weg von der Senke.

»Nein!« Sie versuchte, sich loszureißen. »Es ist mein Hund. Jonkie!«

»Come!«, sagte er in barschem Ton. »Hurry!«

»Jonkie!«

Er schüttelte den Kopf, zog sie wiederum heftig am Arm. »Come.«

Margaretha blieb nichts anderes übrig, als ihm zu folgen. Immer wieder schaute sie sich um. Sie konnte das wütende Quieken und das laute Bellen hören, das Scharren und Rascheln des Kampfes. Jonkie jaulte laut auf, Margaretha blieb wie erstarrt stehen, doch der Lenape hatte ihren Arm im festen Griff, zog sie weiter. Tränen stiegen ihr in die Augen.

»Sie stirbt«, jammerte sie leise. »Mein Hund wird sterben.«

»Come, hurry, hurry. Boar bad!« Immer weiter liefen sie auf dem Trampelpfad durch das Gebüsch. Schließlich erreichten sie den großen Weg, der von Philadelphia durch die Wälder in Richtung Norden führte und an dem die Siedlung der Krefelder lag. Der Lenape wies nach rechts und nickte ihr zu.

»Dorthin muss ich gehen?«, fragte Margaretha unsicher.

Wieder nickte er. »Home. There.«

Margaretha ging ein paar Schritte, der Wilde war stehen geblieben. Unsicher drehte sie sich zu ihm um, würde er sie nicht begleiten?

»You go. Home.«

Für einen Augenblick zögerte sie. Doch der Wilde zeigte den Weg hinunter und wedelte mit der Hand, sie solle gehen. Langsam setzte sie ihren Weg fort. Einen Schritt nach dem anderen. Nach einigen Schritten schaute sie sich um, der Wilde war verschwunden, wie vom Wald verschluckt. Und doch war sie sich sicher, dass er noch dort war und sie beobachtete.

Nach einer Weile sah sie einen Lichtschein vor sich und meinte, Stimmen zu hören. Zögernd blieb sie stehen, dann lief sie los.

»Zusje!« Hermann schloss sie in die Arme. »Wo warst du bloß?«

»Ich habe mich verlaufen«, schluchzte sie und drückte sich an ihn. Er roch vertraut nach Wolle, Pfeifentabak und Seife.

»Nun haben wir dich gefunden«, versuchte ihr Bruder sie zu beruhigen und strich ihr über die Haare, die sich aus dem Knoten gelöst hatten und wirr über ihre Schultern hingen. »Komm, lass uns nach Hause gehen.«

Er führte sie zurück, Esther gab ihr ein Pint Branntwein, reichte ihr eine Schale mit dampfendem Eintopf. Die Brüder fragten danach, wo sie gewesen war und was passiert sei, aber Margaretha antwortete nur einsilbig. Sobald sie konnte, zog sie sich in ihr Zimmer zurück. Sie faltete die Hände und betete. Doch auch der Gedanke an den Wilden, ohne den sie den Weg nicht gefunden hätte, und an Jonkie, die vermutlich der Bache zum Opfer gefallen war, ließ sie nicht los. Sie schlief unruhig, wurde immer wieder wach, Albträume quälten sie.

Am nächsten Morgen war der Himmel grau, der Regen, der im Laufe des Tages fallen würde, lag schon in der Luft. Margaretha fütterte die Ferkel und die Hühner, nahm dann ihren Korb und ging in Richtung Wald. Heute sah alles anders aus als in der letzten Nacht, nicht mehr bedrohlich und auch nicht fremd. Sie lauschte in den Wald hinein, doch sie konnte nichts Ungewöhnliches hören.

»Jonkie? Jonkie!«, rief sie wieder und wieder, aber die Hündin kam nicht, es war auch weder Bellen noch Gejanke zu hören. Immer weiter ging Margaretha, bis sie zu einer Weggabelung kam. Hier führte ein kleiner Pfad ab vom großen

Weg. Dorthin war sie noch nie gegangen, hatte sich bisher immer in der Nähe der Straße gehalten. Aber in der letzten Nacht musste sie wohl da abgebogen sein. Dicht standen die Bäume. Sie zögerte einen Augenblick. Was, wenn die Bache mit ihren Frischlingen hier in der Nähe wäre? Die Rauschzeit war schon lange vorbei, doch der Wald war reich an Nüssen, Eicheln und Kastanien. Möglicherweise war dies eine junge Bache, die vor ihrer Zeit rauschig geworden war und nun doppelt aggressiv sein würde, wenn die Frischlinge noch sehr klein und im Kessel liegen würden. Wie alt der Wurf war, hatte Margaretha gestern Nacht nicht erkennen können.

Langsam ging sie weiter. Nach wenigen Schritten kam sie an eine Stelle, wo das Unterholz durchbrochen war. Dort lag Jonkie. Der Hund hob den Kopf und fiepte leise. Sein Bauch war aufgerissen, die Erde unter ihm war dunkel vor Blut.

»Gottegot, Jonkie!« Margaretha kniete neben dem Tier, nahm seinen Kopf in ihren Schoß. Der Hund schaute sie an, jankte einmal, dann erschlaffte der Körper. Margaretha weinte haltlos. Das treue Tier hatte sie in den letzten Jahren begleitet, war zu einem Freund geworden. Und nun war Jonkie tot.

Der Hund war zu schwer, als dass sie ihn nach Hause hätte tragen können. Margaretha grub ein flaches Grab, legte Jonkie hinein, bedeckte den Hund mit Erde, Steinen und Ästen.

Kapitel 33

Der Verlust ihres geliebten Tieres schmerzte Margaretha sehr. Lange trauerte sie. Doch der Frühling wurde zu Sommer, der Bau der Häuser schritt voran.

Die Böden erwiesen sich als fruchtbar, die Siedler ebenso. Rebecca gebar zwei gesunde Söhne, Esther eine Tochter. Auch Catharina war wieder schwanger und hoffte auf einen Stammhalter. Die Männer bauten und schufen heimelige Unterkünfte, sie tischlerten Möbel und schnitzten Dachtraufen. Der Ort nahm Gestalt an. Tönis Kunders richtete eine Schankstube ein, braute das erste Bier.

Auch Pastorius machte sich nun daran, sein Haus zu bauen. Es sollte etwas Besonderes werden, ohne protzig zu sein, vertraute er Margaretha an. Er wollte eine Schreibstube haben, mit großen Fenstern und gutem Licht. Kamine, die jedes Zimmer erwärmten.

»Wir brauchen einen Erdkeller, um Dinge kühl zu halten. Der Sommer ist warm, aber der Winter kalt. Im Winter können wir Eisbrocken aus dem Fluss schlagen und in den Erdkeller verbringen. So haben wir auch im nächsten Jahr die Kühle, damit die Butter nicht ranzig wird, das Fleisch nicht verdirbt«, sagte Margaretha. Beide waren viel beschäftigt, fanden nicht so viel Zeit füreinander wie im Winter. Meistens streifte sie alleine durch die Wälder auf der Suche nach Heilkräutern. Er war oft in Philadelphia und regelte Dinge, Verträge und Handel, kaufte für die Siedler ein. Neue Siedler kamen, das Land für sie musste ausgemessen und verteilt werden. Ein weiterer Ort wurde geschaffen, denn die Krefelder wollten unter sich bleiben und sahen den Pfälzern und Schweizern misstrauisch entgegen. Zwischen diesen Parteien und Sir William Penn verhandelte Pastorius, er schlichtete, vermittelte und bot Kompromisse an.

Eines Morgens im August stand Margaretha auf und ging in die Küche. Das Feuer im Ofen war fast erloschen, doch mit ein paar Spänen entfachte sie es erneut, und bald loderte es auf. Den Sauerbrotteig hatte sie schon am gestrigen Abend angesetzt, sie formte die Brotlaibe und schob sie in den Ofen. Sie öffnete die obere Hälfte der Tür, die laue Luft trug den Duft der Gärten in das Haus. Die Äpfel-, Kirsch- und Pfirsichbäume trugen schwer an ihren Früchten. Johannis- und Himbeeren gab es reichlich, das Gemüse im Garten und die Früchte auf den Feldern gediehen über alle Erwartungen hinaus.

Margaretha setzte Brühe auf, zerstieß Mais für den Morgenbrei, schnitt Wurzeln und Zwiebeln. Dann wusch sie sich die Hände und verließ das Haus. Hermann, Esther und die Kinder hatten ihre Zimmer im oberen Stockwerk, und bevor sie ging, hörte Margaretha die ersten Zeichen des Wachwerdens. Das Neugeborene schrie, die Jungs rumorten. Schon bald würde das Haus zu vollem Leben erwacht sein; alle würden sich um den Tisch versammeln und das erste Mahl des Tages zu sich nehmen.

Margaretha nutzte die frühe Stunde und ging zum Grab ihrer Mutter. Nachdem die Schneeschmelze eingesetzt hatte und der Boden nicht mehr gefroren war, wurden ordentliche Gräber gegraben und die Toten bestattet. Ein schlichter Stein erinnerte an Gretje. Oft ging Margaretha in den frühen Morgenstunden zur kurzen Andacht hierher. Die Tage waren angefüllt mit allerlei Tätigkeiten, nur selten kam sie zur Ruhe. Doch hier konnte sie sich für einen Moment besinnen und innere Zwiesprache mit Gott halten.

Hin und wieder sah sie am Waldrand einen der Lenape stehen. Zuerst hatte sie die Hand zum Gruß erhoben, doch der Wilde reagierte nie. Inzwischen nahm sie seine Anwesenheit einfach hin, es hatte etwas Beruhigendes.

Als sie zum Haus zurückkehrte, saß die Familie schon um den Tisch. Die Brüder op den Graeff und ihre Familien trafen sich jeden Sonntag, beteten und speisten miteinander. Dadurch, dass sie nun eigene Häuser hatten und nicht mehr so oft aufeinandertrafen, entspannte sich auch die Situation mit Catharina.

Margaretha nahm sich ein Stück von dem noch warmen Brot, bestrich es mit Butter. So sehr sie Esther und Hermann schätzte, sehnte sie sich doch nach ihrem eigenen Heim. Obwohl der Bau von Pastorius' Haus voranschritt, hatte er noch immer nicht bei ihren Brüdern vorgesprochen.

»Es gibt Neuigkeiten aus Philadelphia«, sagte Hermann ernst. »Dort ist ein Fieber ausgebrochen, viele Leute sind erkrankt.«

Margaretha runzelte die Stirn. »Ist es eine schwere Krankheit?«

»Das weiß ich nicht. Schon letztes Jahr im Sommer waren einige betroffen, doch in diesem Jahr soll es schlimmer sein.« Er trank einen Schluck Dünnbier. »Zu Anfang war ich enttäuscht, dass wir kein Land direkt am Fluss bekommen haben, doch nun scheint sich die Lage in den höheren Gebieten als Segen zu erweisen. Am Delaware ist es feuchter, sie werden dort von Mücken und anderem Ungeziefer geplagt. Hier scheint die Luft reiner, das Quellwasser besser zu sein. Immerhin sind wir bisher von schweren Krankheiten verschont worden.«

»Amen«, sagte Esther leise.

»Franz Daniel ist in Philadelphia«, stellte Margaretha besorgt fest. »Vielleicht brauchen sie dort Hilfe bei der Pflege der Kranken.«

Hermann sah sie nachdenklich an. »Ich wollte hinunter in den Ort gehen, ein Schiff ist angekommen und hat Briefe für uns dabei. Außerdem brauchen wir neues Pulver und Munition.«

»Meinst du wirklich, es wäre so klug, nach Philadelphia zu gehen, wenn dort eine Krankheit herrscht?«, fragte Esther.

»Wenn ich mich gleich aufmache, bin ich in zwei Stunden da und kann am Nachmittag schon zurück sein. Ich warte auf Nachricht aus Krefeld.«

»Ich begleite dich.« Margaretha stand auf und suchte Kräuter und Heilpflanzen zusammen. »Fieber hast du gesagt? Ich habe schon einige frische Früchte der Berberitze gesammelt, und auch ihre Wurzeln habe ich ausgegraben und getrocknet«, murmelte sie. »Weidenrinde und Esche habe ich auch zur Genüge. Das hilft gegen Fieber.«

»Mir wurde gesagt, dass das Fieber manchmal mit Erbrechen und Übelkeit einhergeht.« Hermann runzelte die Stirn. »Genaueres weiß ich nicht.«

»Erbrechen? Dagegen hilft ein Aufguss aus Apfelschale.«

Sie legte einige Äpfel in ihren Korb zu den Heilkräutern, nahm noch einige andere Säckchen und Krüge mit. Sie hatte ihre Vorräte gut aufgefüllt, achtete darauf, dass kein Mangel herrschte. Immer wieder dachte sie an die Vorratskammer ihrer Mutter zurück, ging in Gedanken die Pflanzen durch, die ihre Mutter gesammelt und verarbeitet hatte.

Schließlich machten sie sich auf den Weg.

»Und, Zusje?«, fragte Hermann schließlich. »Bist du mit deinem Leben hier zufrieden?«

Margaretha dachte über die Antwort nach. »Ja«, sagte sie schließlich. »Ich bin zufrieden. Uns geht es gut. Bald schon können wir den Flachs ernten und verarbeiten, dann könnt ihr wieder Tuch weben. Die Früchte auf den Feldern gedeihen, die Gärten sind voller Obst und Gemüse. Der nächste Winter wird leichter zu überstehen sein.«

»Das stimmt. Wir haben Glück gehabt. Aber damit hast du nicht meine Frage beantwortet.«

»Zufrieden bin ich schon. Ich habe eine Aufgabe, die mich erfüllt.«

»Aber du hoffst auf mehr?« Er nickte, stieß die Luft aus. »Weitere Siedler sollen in den nächsten Wochen ankommen. Auch in Krefeld sind unsere Berichte wohlgefällig aufgenommen worden. Einige Familien überlegen, uns zu folgen.«

»Was hat das mit mir zu tun?«, fragte sie, obwohl sie genau wusste, worauf er anspielte.

Hermann schwieg.

»Ich weiß, dass du Pastorius sehr schätzt«, sagte er dann leise. »Doch ich fürchte, du gibst dich falschen Hoffnungen hin.«

»Wie kommst du darauf?«

»Nun ja, ich habe gehört, dass Pastorius in seine Heimat geschrieben hat, einer Familie, der er sehr zugetan ist.«

»Und?«

»Man munkelt, er habe um die Hand der Tochter angehalten.«

Margaretha blieb stehen, schnappte nach Luft. »Das glaube ich nicht!« Sie schüttelte vehement den Kopf. »Seit wann gibst du etwas auf Tratsch und Klatsch?«

»Ich gebe nichts auf Gerüchte, Zusje. Aber du bist mir wichtig, und ich möchte nicht, dass du falsche Hoffnungen hegst.«

»Wenn es so wäre, dann hätte er es mir gesagt.«

Wieder schwieg Hermann. Sie gingen den Pfad entlang, durch die Felder und schließlich in den Wald.

»Unsere Gemeinde kann sich glücklich schätzen, dich zu haben«, nahm er das Gespräch wieder auf. »Du hast heilende Hände, einen guten Blick, was Verletzungen angeht, und bist eine wunderbare Hebamme. Dein Wissen über Pflanzen und Kräuter ist hervorragend.«

»Alles, was ich weiß, hat Moedertje mir beigebracht.« Nur wie das mit der Liebe ist, das hat sie mir nicht vermitteln können, dachte Margaretha traurig. Gretje hatte sie vor Pastorius gewarnt, genauso wie die Brüder. Sollten sie wirklich recht haben? Sollte sie sich so sehr in Pastorius getäuscht haben? Ihr wurde ganz schlecht bei dem Gedanken.

»Moedertje hat dir viel beigebracht, das ist richtig. Doch du hast einen anderen Blick als sie. Du probierst Dinge aus, gehst anders mit Kranken um.« Er lachte leise. »Als sich Jan Leicken den Fuß verletzt hatte, hast du ihm einen Breiumschlag gemacht und mit strenger Miene gemeint, er solle nicht so jammern. Doch als Tönis sich den Magen verdorben hatte, bist du sehr umsichtig mit ihm verfahren.«

»Jan hat sich aus Dummheit verletzt. Bei Tönis war ich mir nicht sicher, ob er nicht etwas Giftiges zu sich genommen hatte. Seine Lage war viel ernster.«

»Du gehst auf jeden ein, und das macht dich aus.«

Sie sprachen über die Familie, über die anderen Siedler, über die Vorräte, die sie für den Winter anlegen wollten. Auf Pastorius kamen sie nicht mehr zu sprechen, aber der Gedanke an ihn ließ Margaretha nicht los.

Schließlich erreichten sie die Stadt. Sie gingen zu Pastorius' Haus. Er öffnete ihnen die Tür, lächelte Margaretha zu. Sie beobachtete ihn genau, konnte aber keinen Unterschied in seinem Verhalten feststellen. Vielleicht war er etwas zurückhaltender als sonst, aber möglicherweise lag das auch an Hermanns Anwesenheit.

»Habt Ihr nicht gehört? Es ist eine Seuche ausgebrochen«, sagte er und führte sie ins Haus.

»Doch, deshalb bin ich hier. Ich wollte meine Hilfe anbieten.«

»Wirklich? Es ist das Gelbfieber. Den meisten Erkrankten geht es nach einer Woche besser, aber bei einigen kommt es danach noch mal wieder. Schon letztes Jahr tauchte das Fieber hier auf. Meine Magd ist erkrankt und auch das Mädchen und der Knecht von Sir William. Etliche andere wohl auch, habe ich gehört.«

»Das Gelbfieber? Davon habe ich in Amsterdam gehört, und auch die Matrosen haben davon berichtet. Angeblich haben die Sklaven die Krankheit eingeschleppt.« Sie runzelte die Stirn und überlegte, ob sie die richtigen Kräuter mitgebracht hatte. »Es ist wohl tatsächlich so, dass nur einige wirklich schwer erkranken, aber dann ist es oft tödlich. Führt mich zu Eurer Magd.«

»Margret, habt Ihr Euch das gut überlegt? Was, wenn Ihr auch krank werdet?«, fragte Pastorius bestürzt.

»Ich bin Heilerin, es ist meine Aufgabe, mich um die Kranken zu kümmern.«

»Sei's drum, mir ist nicht wohl bei dem Gedanken.«

»Aber Franz Daniel, wer kümmert sich denn um die Kranken? Wer hilft ihnen? Allein die Nächstenliebe gebietet uns doch, dass wir uns um die Schwachen und Kranken sorgen.«

Das Zimmer der Magd lag im Dachgeschoss des Hauses. Die Luft in dem kleinen Raum war stickig und verbraucht. Es roch nach Schweiß, Erbrochenem und Fäkalien. Margaretha öffnete das Fenster.

»Was macht Ihr da?«, fragte Pastorius erstaunt.

»Ich lüfte. Auch wenn man sagt, dass frische Luft dem Fieberkranken nicht zuträglich sein kann, so ist sie immer noch besser als dieser Gestank. Ich brauche Wasser, warmes und kaltes, eine kräftige Brühe, frisches Leinen.« Sie schaute sich um. »Eine Schüssel und Tücher, um Wickel machen zu können. Außerdem einen kleinen Kessel.«

Verwundert sah er sie an, nickte dann aber. Margaretha wandte sich der Kranken zu. Sie lag in ihrem schmutzigen Bett, war schwach und reagierte kaum.

»Meine Gute, ich bin hier, um dir zu helfen«, sagte Margaretha leise. »Kannst du dich aufrichten?« Sie legte die Hand auf die Stirn der jungen Frau. Diese stöhnte nur schwach. »Wie lange bist du schon krank?«

»Drei Tage«, murmelte das Mädchen schwach.

»Und wer hat sich um dich gekümmert?«

»Der Knecht hat mir Wasser, Wein und Brot vor die Tür gestellt.«

Margaretha nickte. Sie wusste, dass Seuchen Furcht hervorriefen. Seit dem schwarzen Tod ging die Angst um. Unbekannte Krankheiten wie das Gelbfieber wurden gefürchtet. Sie dachte nach, überlegte, was sie über die Krankheit erfahren hatte. Meist klang das hohe Fieber nach ein paar Tagen ab. Das Mädchen schien zu glühen, ihre Haut war trocken und spannte über den Knochen.

»Du musst viel trinken. Ich bereite dir einen Aufguss, dadurch wirst du schwitzen.«

»Aber mir ist doch schon so heiß. Nur manchmal schüttelt mich der Frost«, jammerte das Mädchen.

»Ja, aber du musst das Fieber ausschwitzen. Komm, trink etwas.« Sie hielt dem Mädchen den Becher mit verdünnten Wein an den Mund. »So ist es gut! Trink ordentlich.«

Mühsam schluckte die junge Frau. Endlich klopfte es, und der Knecht brachte Wasser und frisches Leinen.

»Die Brühe wird gerade gekocht, Mejuffer. Das dauert eine

Weile«, sagte er entschuldigend. »Braucht Ihr sonst noch etwas?«

»Einen Kessel mit frischem Wasser und eine Kohlenpfanne.«

»Kohlenpfanne? So etwas haben wir nicht.«

»Dann lasst Wasser für mich kochen, ich komme gleich in die Küche, um einen Aufguss zu bereiten.« Sie nickte ihm zu, nahm die Schüssel mit dem warmen Wasser. »Komm, du musst aufstehen«, sagte sie zu dem Mädchen.

»Ich kann nicht.«

»Doch, ich helfe dir. Ich werde das Bett machen und dich waschen. Danach geht es dir sicher besser.«

Nur mit Mühe schaffte sie es, die junge Frau aufzurichten. Nachdem sie sie gewaschen und das Bett bezogen hatte, machte sie dem Mädchen Wadenwickel. »Ich gehe jetzt in die Küche, komme aber gleich wieder.« Die junge Frau reagierte kaum.

Besorgt stieg Margaretha die Treppe hinunter. In der Stube fand sie Pastorius und Hermann ins Gespräch vertieft.

»Margret, gut, dass du kommst. Ich möchte aufbrechen«, sagte ihr Bruder.

Sie schüttelte den Kopf. »Ich kann nicht mitkommen. Dem Mädchen geht es schlecht, und da es noch mehr Fälle gibt, muss ich hier bleiben.«

»Glaubst du, dass du den Kranken helfen kannst?«

»Ich kann Aufgüsse kochen, die helfen, das Fieber zu senken.«

Für einen Moment sah Hermann sie nachdenklich an, dann nickte er. »Du musst tun, was Gott dir vorgibt.«

»Ihr wollt wirklich hier bleiben und Euch um die Kranken kümmern?«

»Ja, Franz Daniel.« Sie sah ihn ernsthaft an. »Ich hätte keinen ruhigen Augenblick in Germantown. Hier werde ich gebraucht. Darf ich in Eure Küche?«

»Natürlich. Und wenn Ihr etwas braucht, scheut Euch nicht, es zu sagen.«

»Ich werde einen Aufguss kochen aus Weidenrinde, Berberitze und Holunder. Den können wir an die Kranken verteilen. Ich hatte auch um eine kräftige Brühe gebeten, denn die Erkrankten sind schwach und brauchen Stärkung.«

Margaretha verabschiedete sich eilig von ihrem Bruder, folgte Pastorius dann in die Küche. Kurz nach ihrer Ankunft im Oktober war sie schon einmal in seinem Haus gewesen, aber auch dieses Mal hatte sie keinen Blick für die schlichte Eleganz der Räume.

»Könnt Ihr in Erfahrung bringen, wie viele betroffen sind?«

»Ich kann den Knecht schicken, damit er sich erkundigt.«

Margaretha überprüfte die Brühe, für die Pastorius eilig hatte Rinderknochen besorgen lassen. Sie nahm die getrockneten Kräuter aus ihrem Korb, gab sie in den Kessel mit kochendem Wasser, der auch über dem Feuer hing.

»Das muss einmal aufkochen, dann etwas ziehen. Jeder der Kranken sollte davon zwei Becher bis heute Abend trinken, immer in kleinen Schlucken. Ich werde Eurer Magd etwas von dem Aufguss bringen, danach gehe ich zu Sir Penn, in seinem Haushalt ist doch auch jemand betroffen.«

Pastorius nickte. »Wie steht es um Ruth?«

»Ist das der Name Eurer Magd? Sie fiebert hoch. Ich hoffe, wir bekommen es in den Griff.« Sie seihte den Aufguss ab, füllte ihn in Krüge. Einen nahm sie mit nach oben. Die Luft in der kleinen Kammer war nicht mehr so abgestanden wie zuvor, doch die Hitze hing wie eine Glocke über der Stadt.

Pastorius war ihr nach oben gefolgt, blieb an der Tür der Kammer stehen. »Gibt es noch irgendetwas, was ich tun kann?«

Margaretha überlegte. »Ich weiß es noch nicht, muss die Kranke beobachten und hoffe, dass der Trunk hilft.« Sie schloss das Fenster wieder. »Bilde ich es mir ein, oder liegt ein übler Geruch über der Stadt?«

»Das bildet Ihr Euch nicht ein. Aus den Sümpfen an der

Mündung des Schuylkill-Flusses treten stinkende Dämpfe hervor. An Tagen wie diesem, an dem sich die Luft kaum regt, riecht man es besonders deutlich.«

»Da haben wir Glück, denn bei uns stinkt es nicht. Auch herrscht dort meistens ein laues Lüftchen.«

»Die höhere Lage der Siedlung ist durchaus von Vorteil«, meinte Pastorius. »Wenn Ihr Hilfe oder etwas anderes braucht, scheut Euch nicht zu fragen. Ich werde das Gästezimmer für Euch fertig machen lassen.«

Margaretha nickte, obwohl sie fürchtete, dass sie in dieser Nacht kaum zum Schlafen würde kommen können.

Vorsichtig flößte sie Ruth etwas von dem Aufguss ein. Trotz der Wadenwickel schien das Fieber noch mehr zu steigen. Das Mädchen schlief unruhig, und Margaretha machte sich auf, nach den anderen Kranken zu sehen.

»Es sind etwa zwanzig Leute erkrankt«, erklärte der Knecht. »Der Hälfte geht es aber schon wieder besser. Die beiden Bediensteten von Sir William scheint es am schlimmsten getroffen zu haben, so habe ich gehört.«

Pastorius begleitete sie zu dem großen Haus am Platz. Auch hier lagen die beiden Kranken in kleinen Dachkammern. Schon auf dem Treppenabsatz drangen ihnen die üblen Ausdünstungen entgegen, Pastorius blieb stehen, verzog das Gesicht.

»Geht nach Hause«, sagte Margaretha.

»Ich mag Euch nicht alleine lassen.«

»Aber dies ist nichts für Euch.« Sie lächelte. »Nun geht schon.«

Langsam stieg er die Treppe wieder hinunter, mehrfach drehte er sich zu ihr um, wollte etwas sagen, schloss dann doch wieder die Lippen.

Die Köchin und ein Knecht von Penn waren erkrankt. Sie waren noch schwächer als Ruth. Der Knecht hatte sich erbrochen, niemand hatte das Laken gewechselt aus Furcht vor der Seuche.

Behutsam wusch Margaretha die beiden, flößte ihnen etwas von dem Aufguss ein, ließ Brühe holen. Doch der Knecht war zu schwach, konnte kaum schlucken. Nach kurzer Zeit übergab er sich wieder, schwarzen Schleim würgte er empor. Er blutete aus der Nase und aus den Augenwinkeln. Immer wieder wischte Margaretha sein Gesicht mit einem feuchten Lappen ab, legte kühlende Wickel an und versuchte, ihm Flüssigkeit einzuflößen. Doch er rang verzweifelt nach Luft und würgte.

Die Köchin fieberte auch hoch, aber ihr Zustand war nicht ganz so schlimm. Sie hatte jedoch ebenfalls Nasenbluten.

»Es war doch schon besser«, jammerte sie leise. »Und jetzt ist es so viel schlimmer geworden.«

»Es wird alles gut«, versuchte Margaretha sie zu beruhigen. »Trink etwas von dem Aufguss, das wird dir helfen.«

»Ich werde sterben!« Die Köchin sank zurück in ihr Kissen, weinte leise.

Nicht, wenn ich es verhindern kann, dachte Margaretha. Sie lief zurück zu Pastorius' Haus, schaute nach Ruth. Die Magd schlief, und ihr Fieber schien zu sinken.

Der Knecht hatte Krüge mit Margarethas Aufguss an die Haushalte der Kranken verteilt. Sie braute einen Aufguss aus Huflattich und Pfefferminze, hoffte, damit dem Knecht helfen zu können. Doch als sie zu ihm zurückkehrte, war sein Atem schon flach und unregelmäßig. Bald darauf war er für immer eingeschlafen. Obwohl Margaretha ihn kaum gekannt hatte, bedrückte sie sein Tod.

Sir William Penn hielt sich in seinem Arbeitszimmer auf. Er hatte Margaretha nur kurz begrüßt und sich dann wieder zurückgezogen. Den Toten ließ er schnell hinaustragen und Räucherbecken in dem Zimmer aufstellen. Keuchend öffnete Margaretha das Fenster, der Qualm drang unter der Tür hindurch, durch Ritzen und Fugen der Bretterwand. Der beißende Rauch nahm ihr den Atem, auch die Köchin rang nach Luft.

»So geht das nicht«, murmelte Margaretha und ging nach unten. Sie klopfte an der Tür des Arbeitszimmers.

»Yes?«

»Sir William, Eure Köchin ringt um ihr Leben. Der Qualm macht es ihr nicht leichter.«

»Es wird gesagt, dass diese Krankheit auch über den Tod hinaus in der Luft hängt«, sagte er in gebrochenem Deutsch.

»Das mag sein, aber Eure Köchin wird nun eher ersticken als an dem Fieber sterben.«

»Dann lasst sie woanders hinschaffen.« Penn drehte sich um.

»Das ist nicht gottgefällig«, murmelte Margaretha erbost. »Und mit Nächstenliebe hat es auch wenig zu tun.« Sie stapfte wieder nach oben, ging in das Zimmer des Knechtes und schüttete Wasser in die Kohlebecken. Es zischte, und der Dampf nahm ihr den Atem. Sie öffnete das Fenster, schloss die Tür hinter sich und ging zufrieden in das Zimmer nebenan. Die Köchin war in einen unruhigen Schlaf gefallen, aber sie schien nicht mehr so hoch zu fiebern wie am Nachmittag. Penns Kutscher klopfte zaghaft an die Tür.

»Mylady, do thou speak English?«

»Some.«

»May I take her to Mister Pastorius house? Sir William wants to spare thou expandable ways.«

»Really? Does he?« Margaretha lachte auf. Sir William wollte ihr unnötige Wege ersparen, wie gütig von ihm, dachte sie. Und doch verstand sie seine Furcht vor der Krankheit.

Vorsichtig hob der Mann die kranke Frau hoch, sorgsam hielt er sie in seinen Armen. Er trug sie langsam die Treppe hinunter, über die Straße und bis zu Pastorius' Haus. Dort brachte er sie in eine der Gesindekammern. Das Bett war schon bereitet, Brühe, verdünnter Wein und Wasser zum Waschen standen bereit.

In der Nacht ging Margaretha von einem Zimmer zum anderen. Sie gab den kranken Frauen zu trinken, wechselte die

Wickel, wusch ihre Gesichter und spendete tröstende Worte. Der Knecht erwies sich als guter Mann, er ging die Häuser der Erkrankten ab und erstattete Margaretha Bericht. Ihr Aufguss schien einigen zu helfen, aber nicht allen. Obwohl er sie dauerte, schickte sie ihn mit dem zweiten Aufguss wieder los. Klaglos nahm er die Aufgabe an und kehrte erst in den frühen Morgenstunden zurück.

»Denjenigen, denen es besser ging, aber bei denen das Fieber zurückkam, geht es schlecht. Es sind nur zwei, sie bluten aus der Nase, dem Mund und den Ohren. Man versucht, ihnen den Aufguss einzuflößen, aber sie können kaum schlucken, erbrechen meist sofort alles.« Er verzog gequält das Gesicht. »Den anderen hat Euer Trunk geholfen. Ihr Fieber sinkt.«

»Mögen wir dafür Gott danken«, sagte Margaretha erschöpft. Die Krankheit schien zwei Stufen zu haben, die aber nicht alle durchmachen mussten. Wenn das Fieber nach erster Besserung wieder stieg, schien der Tod unausweichlich. Wieder schaute sie nach Penns Köchin, bei der das Fieber zurückgekommen war, heftiger und durch Blutungen begleitet.

Die Köchin schlief, ihr Atem ging regelmäßig, aber war schnell. Ihre Haut fühlte sich immer noch sehr heiß an, glühte jedoch nicht mehr so wie ein paar Stunden zuvor. Bei ihr war die Krankheit das zweite Mal ausgebrochen, es sah allerdings so aus, als würde sie die Nacht überleben.

Nachdenklich strich Margaretha die Laken glatt, wechselte die Wadenwickel, gab der Kranken zu trinken. Dann ging sie in das Nebenzimmer. Ruth schlief, ihr Fieber war deutlich gesunken. Erschöpft setzte Margaretha sich auf den Stuhl am Bett. Sie nickte ein, schrak immer wieder hoch. Der Morgen graute, und beide Frauen lebten noch. Nur die beiden Erkrankten in der Stadt, denen es gestern schon schlecht ging, starben, wurde Margaretha berichtet. Alle anderen erholten sich offenbar. Am Morgen packte Margaretha ihren Korb, füllte ihn mit kleinen Krügen mit Aufgüssen und Tinkturen, die sie bereitet hatte, und ging zu den anderen Kranken.

Tatsächlich gab es zwei Gruppen. Die eine erholte sich schnell, sobald das Fieber sank, die andere blieb schwach, und dort war die Gefahr, dass die Krankheit wieder aufflackerte, hoch. Margaretha kannte dies von anderen Fiebern, auch im Kindbett gab es manche Frauen, die sich schnell erholten, andere siechten wochenlang dahin. Woran das lag, konnte sie nicht erkennen. Bisher hatte sie die Erfahrung gemacht, dass es half, die Kranken reinlich zu halten und ihnen viel zu trinken zu geben. Doch bei Seuchen, anders als im Kindbett, traute sich kaum jemand an die Kranken heran. Zu ungewiss war, ob man sich nicht ansteckte.

»Ihr müsst die Wäsche wechseln, die Kranken waschen«, sagte sie das ein ums andere Mal. Jedes Mal wurde sie harscher, klang ihre Stimme verzweifelter. Immer noch lag die Hitze wie eine Decke über der Stadt, hielt den Gestank der Abwässer und des Sumpfes unter sich gefangen. Am späten Nachmittag kehrte sie zu Pastorius' Haus zurück. Sie hatte versucht, alle Kranken zu versorgen, den Angehörigen Tränke und Tinkturen, Kräuter für Umschläge dagelassen. Ihr Korb hatte sich mehr und mehr geleert.

Nun war sie erschöpft.

»Kommt«, sagte Pastorius sanft, als sie das Haus betrat. »Ich habe den Tisch decken und Essen auftragen lassen.«

»Lieber Franz Daniel, das ist zauberhaft, aber ich möchte mich erst waschen und … ach …«

»Ja?«

»Ich würde gerne frische Kleidung anziehen, habe jedoch gar keine mitgenommen.« Sie senkte beschämt den Kopf. »Außerdem muss ich nach den kranken Frauen schauen.«

»Die beiden haben gegessen. Ihnen geht es besser.«

Erstaunt sah sie ihn an. »Woher wisst Ihr das?«

»Ich habe ihnen Suppe gebracht und Wein.«

»Ihr, Franz Daniel?«

»Nun ja, Margret, Ihr geht mit so leuchtendem Beispiel voran, ohne Angst und mit Gottes Glauben. Es beeindruckt mich, wie sehr Ihr Nächstenliebe lebt. Wenn Ihr so furchtlos seid, wieso sollte ich mich dann ängstigen?«

Sie schüttelte den Kopf. »Ihr täuscht Euch, Franz Daniel. Ich trage große Furcht in mir. Doch ist die Hoffnung größer und auch die Not dieser leidenden Menschen. Kindern auf die Welt zu helfen ist eine schöne Aufgabe, auch wenn nicht jedes Kind überlebt und auch nicht jede Mutter. Aber Kranken zu helfen ist etwas anderes.« Sie schluckte. »Ich fühle mich dazu verpflichtet.« Zaghaft hob sie den Kopf, sah ihn an. »Ich kann es nicht erklären, aber mich dauert es, wenn andere leiden. Meine Aufgüsse, Tränke und Tinkturen bewirken nicht viel, doch manchmal helfen sie.«

»Ihr opfert Euch auf.« Er sah sie an, biss sich auf die Lippen. »Ohne über Euer Wohl und Wehe nachzudenken.«

Margaretha holte tief Luft. »Das klingt gut, so wie Ihr es sagt, aber es entspricht nicht der Wahrheit. Damit ehrt Ihr mich über Gebühr. Meine Angst ist groß, und ich mag mich auch nicht opfern. Aber ich möchte auch niemanden seinem Schicksal einfach so überlassen, wenn ich die Chance habe, sein Leiden wenigstens etwas zu mildern.«

»Ja.« Pastorius nickte. »Ja, das macht Euch aus. Ich habe den Badezuber bereiten lassen. Auch frische Kleidung habe ich besorgt. Bitte, pflegt und erholt Euch, danach können wir speisen.«

Überrascht schaute sie ihn an. In den letzten zwei Tagen war er reserviert gewesen, distanziert und voller Angst. Nun schien sich etwas verändert zu haben.

»Danke.«

Sie huschte hoch, sah nach den beiden kranken Frauen. Penns Köchin ging es sichtlich besser, sie hatte die Krise überstanden. Ruth schlief, sie war kühler, wirkte nicht mehr so krank. Doch Margaretha war sich nicht sicher, ob Ruth über dem Berg war.

Im Moment konnte sie aber nichts mehr für die beiden tun. Sie lagen in frisch gemachten Betten, hatten zu essen und zu trinken, auch von dem Aufguss war noch etwas da. Margaretha ging zurück in die Küche, ließ neues Wasser aufkochen, setzte einen weiteren fiebersenkenden Trank an. Damit waren aber ihre Vorräte erschöpft. In Germantown, im Haus ihres Bruders, hatte sie noch Kräuter und Rinden, Pflanzen und Wurzeln. Auch würde sie schnell neue sammeln können, aber nicht hier, nicht in der Stadt. Morgen würde sie sich auf den Heimweg machen müssen.

Sie seufzte und ließ sich in die Waschküche führen. Dort dampfte das Wasser in dem Badezuber, frische Kleidung und saubere Leinentücher lagen auf dem Schemel daneben. Das heiße Wasser war eine Wohltat, sie schloss die Augen, atmete den Dampf tief ein, genoss es. Danach rieb sie sich mit dem harten Leinen gründlich trocken, zog das Kleid an. Es war etwas zu groß, aber das störte sie nicht. Die Kleidung roch nach Seife und Sonne, ganz anders und viel frischer als die Krankenzimmer, die sie in den letzten Stunden besucht hatte.

Pastorius wartete schon am Esstisch auf sie. Er hatte Rinderfleisch besorgt, Krabben und Krebse, die noch dampften und rosig leuchteten. Es gab Zuckererbsen und Wurzeln, mit geschmolzener Butter begossen. Äpfel, Pfirsiche und die ersten Birnen – noch hart, aber schon voller Geschmack, rundeten das Mahl ab. Margaretha nahm von der Rinderbrühe, kostete das Gemüse. Viel konnte sie nicht essen, zu müde und kraftlos war sie.

»Kommt«, sagte Pastorius mitfühlend. »Ich zeig Euch Euer Zimmer. Ihr müsst schlafen.«

»Noch einmal möchte ich nach den Kranken sehen.« Sie stieg die Stiege empor, jeder Schritt war voller Anstrengung. Die beiden Frauen schliefen. Mögen sie sich gesund schlafen, dachte Margaretha voller Hoffnung. Vielleicht war das Schlimmste überstanden. Das Zimmer, welches Pastorius ihr zuwies, war klein, aber das Bett weich und komfortabel. Sie ließ sich in die Kissen sinken, zog die Decke über sich. Der Gedanke an Pastorius und seine Worte hallten nach. Er benahm sich anders als zuvor, schien weicher, verständnisvoller zu sein. Oder bildete sie sich das nur ein? Hatte er ein schlechtes Gewissen? Die Dinge, die ihr Bruder ihr auf dem Weg hierhin gesagt und die sie bisher erfolgreich verdrängt hatte, kamen nun wieder hoch. Sollte Pastorius wirklich in die Heimat geschrieben, tatsächlich dort um die Hand einer anderen Frau angehalten haben? Sie war sich monatelang sicher gewesen, dass Franz Daniel sie heiraten wollte, doch ausgesprochen hatte er es nie. Sie hatten sich geküsst, mehrfach, hatten sich ihre Zuneigung versichert, hatten über die Zukunft gesprochen, und Margaretha war davon ausgegangen, dass er die gemeinsame Zukunft meinte. War das eine Illusion? Ihre hoffnungsfrohen, aber fehlgeleiteten Gedanken? Nein, er hatte nie einen Termin genannt. Sie fiel in einen unruhigen Schlaf, wachte immer wieder auf, träumte von Gretje und Isaak, von Eva und Jonkie.

Früh am nächsten Morgen – die Sonne war gerade erst über den Horizont gekrochen – wachte sie auf und fand nicht mehr zurück in den Schlaf. Auf der kleinen Truhe neben ihrem Bett stand ein Krug mit Wasser, eine Waschschüssel. Ein Leinentuch und ein Lappen lagen daneben. Obwohl sie am Abend zuvor gebadet hatte, fühlte sie sich dreckig und verschwitzt. Sie wusch sich, das kalte Wasser erfrischte sie. In der Küche kochte schon der Brei aus Mais, Speck und Weizen über dem Feuer. Auch noch Brühe war reichlich da. Sie füllte zwei Schüsseln, nahm sie mit nach oben. Penns Köchin ging es wesentlich besser. Sie war noch schwach, aber das Fieber war von ihr gewichen. Gerne nahm sie den Napf mit der Brühe, aß hungrig.

Auch Ruth hatte gut geschlafen, wirkte aufgeweckter und nahm die Suppe dankbar an.

»Heute werde ich zu unserer Siedlung gehen«, sagte Margaretha. »Ich brauche neue Heilkräuter.«

Erschrocken sah die junge Magd sie an. »Das heißt, niemand wird sich um uns kümmern.«

»Verzagt nicht.« Margaretha lächelte. »Ich komme ja wieder. Und auch gestern seid ihr nicht alleine geblieben, als ich nach den anderen Kranken geschaut habe.«

»Dann war Mijnheer Pastorius tatsächlich hier? Es war kein Traum?«

»Nein, es war kein Traum.«

»Er hat mir Suppe gereicht und Wein, mir die Stirn abgewischt.« Mit großen Augen sah die Magd sie an. »Dabei ist er ein feiner Herr.«

»Und doch ist er auch nur ein Kind Gottes, meine Liebe. So wie wir alle. Nun ruh dich aus. Hier ist ein Krug mit dem Aufguss, davon solltest du alle Stunde etwas trinken.«

»Es schmeckt grässlich. Bitter.«

»Ich lasse dir etwas Honig bringen, das mildert den Geschmack und schadet nicht.« Margaretha lachte leise. »Aber wenn dir der Geschmack schon auffällt, dann bist du auf dem guten Weg der Besserung.«

Sie nahm ihre Sachen, ging die Treppe hinunter. An der Haustür wartete Pastorius auf sie.

»Ich begleite Euch.«

»Aber das ist doch nicht nötig. Es gibt ja nur den einen Weg nach Germantown.« Sie lachte leise.

»Und doch kann ich Euch nicht alleine gehen lassen.« Er nahm ihr den Korb ab. Gemeinsam verließen sie das Haus. Einige Zeit gingen sie schweigend nebeneinander her. Immer wieder hatte Margaretha das Gefühl, dass Pastorius etwas sagen wollte und es sich dann aber verkniff. Lange vorbei schien die Zeit, in der sie ungezwungen und heiter miteinander umgegangen waren. Der Gedanke betrübte sie. Schließlich fragte sie ihn: »Lieber Franz Daniel, bedrückt Euch etwas?«

»Nun ja, schon.« Er räusperte sich, schwieg dann.

»Sind es die Kranken? Dreien geht es wirklich schlecht, möglicherweise überleben sie die Nacht nicht. Die anderen scheinen auf dem Weg der Besserung zu sein. Ihr Fieber sinkt, und die Lebenskräfte kommen allmählich wieder.«

»Dank Euch, Margret. Ihr habt Fantastisches geleistet.«

»O nein, ich habe nur das getan, was in meiner Macht stand, habe einige Aufgüsse gekocht und mich um die Kranken gekümmert.«

Es war drückend, die Hitze hing über dem Land, selbst die Farben schienen zu verblassen, die Bäume ließen die Blätter hängen. Der Himmel war bedrohlich gelb. Noch waren keine Wolken zu sehen, doch das Gewitter, das später aufziehen würde, lag schon in der Luft, die beinahe zu knistern schien.

Margaretha fühlte sich erschöpft, immer schwerer fiel es ihr, Luft zu holen und mit Pastorius Schritt zu halten. Sie unterhielten sich einsilbig, Gespräche ohne große Tiefe, Worte, die nur ausgetauscht wurden, damit das Schweigen zwischen ihnen nicht zu lange andauerte.

»Hoffentlich regnet es nachher«, sagte sie.

»Ich denke schon, dass es regnen wird, ein Gewitter, das die Luft klärt. Das wird allen guttun.«

Ja, dachte Margaretha, uns beiden vielleicht auch. Sie waren nicht mehr weit von der Siedlung entfernt, bald schon würden sie die ersten Häuser sehen, die Mühle hören können. Wieder blieb sie für einen Moment schnaufend stehen. Pastorius drehte sich zu ihr um, sah sie besorgt an.

»Geh ich zu schnell?«

Margaretha schüttelte den Kopf. »Nein, ich bin nur müde und zerschlagen. Normalerweise macht mir die Strecke nichts aus. Mit Jonkie bin ich öfters viel längere Strecken gegangen.« Sie seufzte traurig.

»Der Hund fehlt Euch?«

»Sie war mehr als ein Hund, sie war mir vertraut. Jonkie hat mich die letzten Jahre begleitet, war da, als mein Vater starb, hat die weite Reise über den Ozean mit mir gemeistert und mich über den Tod meiner Mutter hinweg getröstet.« Beschämt senkte Margaretha den Kopf. »Ja, sie war nur ein Tier, und es klingt bestimmt befremdlich, wenn ich so über sie spreche.«

Pastorius nahm ihren Arm. »Nein, das tut es nicht. Ich habe gemerkt, wie sehr Ihr dem Tier verbunden ward, und kann mir vorstellen, dass es Euch fehlt. Ihr hattet Euch verlaufen, habe ich gehört, und Jonkie wurde von einer angreifenden Bache getötet? Sie hat Euch das Leben gerettet? Was für eine Tat!«

Margaretha hielt inne. »Nein, so war das nicht. Sie wurde von einer Bache getötet, aber das Leben hat mir jemand anderes gerettet.«

»Ach? Wer?« Pastorius ließ ihren Arm los.

»Ich hatte mich verlaufen, das stimmt. Ich war aufgewühlt in der Nacht.« Wieder senkte sie ihren Kopf, dachte an den Abend zurück. Damals hatte Abraham ihr deutlich von Pastorius abgeraten. Nun erschienen seine Worte für sie in einem ganz anderen Licht. Pastorius hatte sich nie zu ihr bekannt, hatte bisher nicht um ihre Hand angehalten, und so, wie es aussah, würde er das auch nicht tun.

»Ihr ward aufgewühlt?«, fragte er leise. »Ich bedaure es, immer noch nicht in Germantown zu wohnen.«

»Warum?« Ihre Stimme klang plötzlich bitter. »Euch geht es doch gut in Philadelphia.«

»Nun ja, aber ich bin dort nicht wirklich zu Hause. Und in Germantown auch nicht. Ich wandere zwischen den beiden Orten hin und her, bin nirgendwo wirklich ganz.«

Fast schon fühlte sie sich versucht, Mitleid mit ihm zu haben, doch dann fiel ihr wieder ein, warum sie in der Nacht, ohne nachzudenken, losgelaufen war.

»Es liegt doch an Euch. Ihr könntet doch schon längst ein Haus gebaut haben. Im Frühjahr ward Ihr da auch noch voller Elan, der scheint in den letzten Monaten aber deutlich nachgelassen zu haben.«

»Ach, Margret, wenn es nach mir ginge, hätte ich inzwischen ein Haus in Germantown.« Er biss sich auf die Lippe, lächelte verzagt.

»Was hindert Euch?«

»Ich kann es nicht alleine bauen, dazu fehlt mir das Wissen und die Kraft. Ich brauche Hilfe. Das ist das eine. Zum anderen nehmen mich meine Geschäfte zu sehr in Anspruch. Die Frankfurter Land Compagnie wächst. Immer mehr Leute wollen hierher kommen. Es gilt, das Land gerecht zu verteilen.«

»Ja, ich habe gehört, dass auch alte Freunde von Euch übersiedeln wollen.« Margaretha schluckte. War sie zu weit gegangen?

»Alte Freunde?« Er sah sie erstaunt an.

»Das wurde mir gesagt. Freunde, zu denen Ihr eine besondere Verbindung habt, aus Eurer Heimat.«

»Es gibt so einige, die aus Frankfurt und auch aus Sommerhausen, dem Ort, aus dem ich stamme, hierher kommen wollen. Ob sie es wirklich tun, steht noch in den Sternen.«

»Aber Ihr hättet sie gerne hier?«, bohrte Margaretha weiter.

»Ich freue mich über jeden neuen Siedler, über jeden, der diesen Staat bereichert.«

Margaretha zog die Augenbrauen hoch. Sie ärgerte sich über seine Antwort. Immer und bei allem blieb Pastorius anscheinend unverbindlich und diffus.

»Und vielleicht ist bei den neuen Siedlern dann ja auch jemand dabei, den Ihr freien könnt«, murmelte sie.

»Bitte?« Wieder blieb Pastorius stehen, doch Margaretha schüttelte nur den Kopf und stapfte weiter. Inzwischen war die Siedlung schon zu hören. Das Sägewerk der Mühle knarzte, das Viehzeug muhte, schnatterte und blökte, Kinder riefen und lachten. Es wurde gehämmert, gesägt, gerufen. Auch die Luft hatte sich verändert. Hier oben war sie nicht mehr so stickig. Der Wald duftete, es roch nach Holzfeuern. Der üble Gestank der Sümpfe kam nicht bis hierher.

»Margret, bitte, wartet.« Pastorius schnaufte.

Margaretha fühlte sich immer schwächer, obschon die Luft besser und es nicht mehr so stickig war. Sie hatte nur wenig gegessen am Morgen und freute sich auf ein Stück frisches Brot ihrer Schwägerin, ein wenig Suppe oder Brei, vielleicht auch ein Ei. Dann würde es ihr besser gehen, dachte sie, aber schon bei dem Gedanke daran wurde ihr übel.

»Margret, kann es sein, dass Eure Brüder nicht mit Euch gesprochen haben?«

»Gesprochen?« Margaretha schluckte den Speichel, der sich unangenehm in ihren Mund sammelte, hinunter. »Doch, meine Brüder sprechen mit mir. Wir reden viel miteinander.«

»Ich meine …« Verlegen schaute er zu Boden. »… über mich …«

»Auch das haben sie getan.« Sie schnaubte leicht, schwankte. Ihr war übel.

»Sie haben mit Euch gesprochen, Margret? Haben Euch das gesagt, was sie auch mir gesagt haben?«

Margaretha wandte sich um, ging den Pfad weiter entlang. Stoisch setzte sie einen Fuß vor den anderen. Ich muss nach Hause, dachte sie, in Hermanns Haus, in seine Küche. Ich brauche einen Kanten Brot, einen Becher frischen Quellwassers.

»Margret, Ihr könnt doch jetzt nicht gehen, nicht so, nicht ohne dass wir uns ausgesprochen haben.« Verzweiflung lag in Pastorius' Stimme. »Margret!«

Langsam, mühevoll, drehte sie sich um. Alles verwischte und verschwamm um sie herum. »Was willst du?«, fragte sie erbost. »Mich willst du doch wohl nicht.«

»Margret? Doch, ja … doch.« Er schüttelte ungläubig den Kopf. »Du weißt es nicht, scheinst es wirklich nicht zu wissen?«

»Was?«

»Ich habe schon vor Monaten, schon im Frühjahr, bei deinen Brüdern um deine Hand angehalten. Bei Hermann und Abraham. Beide haben abgelehnt. Sie sagten, du würdest mich nicht wollen.«

»Was?« Margaretha nahm seine Worte in sich auf, kaute sie zwischen ihren Zähnen. »Ich soll dich nicht wollen? Onzin!

Alles, was ich wollte …« Dann wurde es schwarz um sie. Sie sank in die Knie, alles schien Reigen zu tanzen und drehte sich. Plötzlich war ihr kalt.

»Margret!«, war das Letzte, was sie hörte.

Kapitel 34

Die Welt um sie herum war seltsam weich und wie in Nebel gepackt. Jemand trug sie, dachte sie, und dann schien sie doch zu schweben, war leicht wie eine Feder, und plötzlich lag ein Gewicht wie ein Stein auf ihrer Brust und nahm ihr die Luft. Sie hörte Stimmen, konnte aber nicht erkennen, was diese sagten, meinte, Hände auf ihrem Körper zu spüren. Sie wurde ausgezogen, gewaschen, jemand hielt ihr einen Becher an die Lippen, doch sie war zu schwach, um zu schlucken. Und dann war wieder alles dunkel und warm. Jonkie war an ihrer Seite, und ihre Mutter tupfte ihr die Stirn ab. Eva spielte mit Jonkie, jauchzte vergnügt auf, als der Hund ihr über das Gesicht leckte. Margaretha lachte leise. Doch Eva war schon lange tot, oder nicht? Und Jonkie auch.

Margaretha schreckte hoch. Sie war schweißgebadet und fror zugleich.

»Liebchen, beruhige dich. Es war nur ein Traum.« Esther saß neben ihr und wischte ihr die Stirn ab.

»Ein Traum?«

»Ja, trink dies.« Die Schwägerin hielt ihr einen Becher an die Lippen. Gierig trank Margaretha. Der Trank war bitter, aber er erfrischte sie.

»Mehr«, bat sie.

Wieder reichte Esther ihr den Becher. »Langsam, Liefje, langsam.«

Margaretha schluckte mühsam. Ein Fieber schien sie gepackt zu haben. Das Gelbfieber, dachte sie und tauchte wieder ab. Sie war auf der »Concord«, die durch die Wellen pflügte, die Segel voller Wind. Isaak stand rechts neben ihr und lächelte. »Das ist unsere Zukunft, Dochterje. Wir fahren in unser Wohl.« Er lachte sein lautes, sein kräftiges Lachen.

Links von ihr stand Hololesqua. Er schüttelte den Kopf, beugte sich nieder, um Jonkie zu streicheln. »Das ist Eure Zukunft. Aber ist es Euer Wohl?«, fragte der Lenape sie.

»Haltet ein!«, rief Margaretha entsetzt. »Bin ich tot?« Sie schrak hoch. Der Morgen dämmerte, die Luft war voller Regen. Sacht schlugen die Tropfen gegen das Fenster. Und doch erinnerte sie sich an Blitze und Donner, an heftige Güsse. Wann war das gewesen?

Neben ihrem Bett saß zusammengesunken Rebecca. Sie hielt sich selbst im Schlaf umfangen. Langsam richtete Margaretha sich auf. Ihr tat alles weh, die Knochen schmerzten, die Haut spannte, selbst die Haare schienen an der Kopfhaut zu ziehen.

Rebecca schrak hoch. »Liefje! Gottegot! Du lebst!«

»Tu ich das?«, fragte Margaretha verwundert.

»Du sprichst doch mit mir, also lebst du.« Rebecca lachte.

»Ich habe geträumt.« Margaretha rieb sich die Augen. »Seltsame Dinge.«

»Du warst sehr krank. Einige Tage.«

»Wie viele Tage?«

»Vier.«

»Was ist mit den Kranken in Philadelphia?«

»Gottegot, Margret, du wachst aus dem Fieber auf und fragst nach den anderen Kranken. Es ist nicht zu fassen.« Rebecca stand auf, gähnte und streckte sich. »Zwei sind gestorben, die anderen leben wohl, habe ich gehört. Bei dir waren wir uns nicht sicher. Du warst so krank, wir dachten, du stirbst.«

»Aber noch lebe ich.« Margaretha ließ sich wieder zurück in das Kissen sinken. Sie wusste, sie hatte erst eine Hürde erklommen. Sie fühlte sich schwach, schwächer als jemals zuvor in ihrem Leben. Rebecca wusch sie, zog ihr frische Nachtgewänder an, wechselte die Bettwäsche. All dies konnte sie nur über sich ergehen lassen, jede Bewegung tat weh und strengte sie an.

Ihre Gedanken wanderten zurück zu dem Gespräch mit Pastorius. Sie war sich nicht sicher, ob sie es erträumt oder ob er wahr gesprochen hatte. Wieder schlummerte sie ein, wurde wach. Hermann saß an ihrem Bett.

»Zusje, Liefje, du hast uns erschreckt«, sagte er mit ernster Stimme. »Aber nun hast du die Krankheit wohl geschlagen.«

»Ich hoffe es«, antwortete sie schwach. »Doch möglicherweise kommt noch ein weiterer Schub. Ein schlimmerer, einer, der tödlich ist.«

»Das möge Gott verhindern.« Hermann faltete die Hände und schloss die Augen. »Wir brauchen dich.«

»Als Heilerin?«, fragte sie leise.

»Als Heilerin, Hebamme und als eine unserer Familie, Zusje.«

»Wenn ich jetzt Familie hätte – einen Mann und Kinder …« Sie richtete sich auf. »Dann könnte ich der Gemeinde wohlmöglich nicht mehr so dienen.«

»Zweifelsohne könntest du das nicht.«

»Darf ich deshalb keine Familie haben?« Sie sah ihn an, zwang ihn, dem Blick standzuhalten.

»Bitte?«

»Hermann, du weißt, was ich meine.«

Er senkte den Kopf. »Pastorius.«

»Ja.«

»Er ist nicht gut für dich.«

»Woher weißt du das?«

Hermann stand auf, ging zum Fenster. »Weil ich es weiß.«

»Das ist keine Antwort, sondern eine Ausrede.«

»Hemeltje, Zusje, wir wollen das Beste für dich.«

»Ich liebe Franz Daniel.«

Hermann rang seine Hände, knetete sie wie den Brotteig

am Morgen. Schließlich sah er sie an. »Er hat nicht um dich gekämpft.«

»Nein.« Margaretha schloss die Augen. »Manchmal kämpft man nicht, wenn man keine Chancen sieht. Ihr habt ihm keine gegeben. Stattdessen habt ihr ihm gesagt, dass ich ihn gar nicht will.«

»Zu deinem Wohl, Zusje, nur zu deinem Wohl.« Hermann klang kläglich. »Wir wollen dein Glück, Margret.«

»Und Pastorius ist es nicht?«

Hermann schnaufte. »Ich weiß es nicht. Beinahe hätten wir dich verloren. Ein furchtbarer Gedanke.«

»Und wenn ich gestorben wäre, dann wäre ich unglücklich gegangen.« Sie drehte den Kopf zur Wand, presste die Augenlider aufeinander. Er sollte nicht sehen, wie sie weinte.

»Zusje, nicht doch!«

Hermann kniete vor ihrer Bettstatt, doch Margaretha winkte ihn weg, sie wollte alleine sein.

Die Schwägerinnen übernahmen den Dienst an ihrem Krankenbett. Auch Catharina kam, half ihr auf den Nachttopf, wechselte die Bettwäsche, gab ihr Brühe und zu trinken. Rebecca kochte Aufgüsse, fragte nach den Kräutern. Sie war wissbegierig und neugierig, wollte nicht nur für den Moment helfen.

Nach zwei Tagen war ihre Hoffnung groß, dass sie das Schwerste überstanden hatte. Bei manchen kam das Fieber wieder, aber sie hoffte, dass dieser Kelch an ihr vorbeiging.

Es klopfte an der Tür ihrer kleinen Kammer.

»Ja?«

Zögerlich trat Franz Daniel ein.

»Margret.«

Sie biss sich auf die Lippen, wusste nicht, wie sie sich verhalten sollte.

»Euch geht es besser?«

»Ja.«

»Das freut mich.« Er hustete verlegen, setzte sich dann auf

den Stuhl neben ihrem Bett. »Ruth scheint genesen zu sein, die Köchin von Sir William gleichwohl. Wir haben Euch viel zu verdanken.«

»Zwei andere sind gestorben, so wurde mir gesagt.«

»Ja, sie spuckten schwarzen Schleim und bluteten aus Nase und Augen. Furchtbar.«

Margaretha schloss die Augen, sie dauerte der Tod der Geplagten, auch wenn es nichts gab, womit sie ihnen hätte helfen können.

»Margret …«

»Franz Daniel«, unterbrach sie ihn. »Ich bin keine Heilige, aber auch keine Heuchlerin …«

»Das weiß ich.« Er schüttelte den Kopf. »Ich war naiv, war leichtgläubig und verunsichert.«

»Verunsichert?«

»Ja, ich habe mich durch Eure Brüder verunsichern lassen und habe nicht auf mein Herz gehört.« Er lachte leise. »Was dumm war. Margret, das Fundament zu meinem Haus ist gelegt. Morgen wird der Kamin errichtet und danach die Außenwände. Das Holz ist schon gesägt, die Steine behauen und die Fenster bestellt. Ich habe allerorts in der Gemeinde um Hilfe gebeten, und plötzlich waren auch alle da. Ohne Zögern und Zweifel.« Wieder lachte er leise, es klang verlegen. »Die Zweifel kamen aus mir, wohin sie auch wieder zurückgingen. Ach, Margret … wenn ich doch nur in Worte fassen könnte, was ich fühle.«

»Versucht es.«

»Muss ich das wirklich?« Er rückte vor und nahm ihre Hand. »Muss ich es?«

»Franz Daniel, meine Brüder haben nichts zu mir gesagt, nichts, was Eure Absichten betrifft. Niemals.«

»Das weiß ich heute auch.« Er schüttelte den Kopf. »Und ich habe Euch ja auch nie selbst gefragt.« Er biss sich auf die Lippen, lächelte dann zögerlich. »Es fällt mir schwer, kaum traue ich mich.«

»Warum?«

»Ja, warum eigentlich? Möchtest du meine Frau werden, Margaretha?«

Nun kämpfte sie mit den Worten, nickte nur.

Ende September 1684 wurde das Haus von Franz Daniel Pastorius in Germantown, Philadelphia, fertiggestellt. Das Haus hatte eine Schreibstube und eine Vorratskammer für Kräuter und Arzneien. Anfang Oktober ehelichte Franz Daniel Pastorius Margaretha op den Graeff.

Nachwort

Dies ist eine fiktive Geschichte, die meiner Phantasie entsprungen ist. Dennoch hat sie einen realen Hintergrund. Die Familie op den Graeff lebte tatsächlich in Krefeld. Es gab Isaak und Gretje, Hermann, Abraham und Dirck. Es gab auch Margaretha op den Graeff und Franz Daniel Pastorius.

Im März 1683 weilte Franz Daniel Pastorius als Beauftragter der Frankfurter Land Compagnie in Krefeld bei den Brüdern op den Graeff. Schon einen Monat später hatten die op den Graeffs und weitere zehn Familien aus Krefeld und Umgebung all ihr Hab und Gut verkauft und machten sich auf nach Pennsylvania. Sie landeten am 6. Oktober 1683 in Philadelphia. Noch heute werden die dreizehn Familien als die »Original Thirteen« in Amerika gefeiert. Sie gründeten dort Germantown in der Nähe von Philadelphia. Und dies in einer Zeit, als es weder Fernsehen noch Internet gab und noch irgendwelche Auswanderershows.

Die op den Graeffs waren ursprünglich Mennoniten, genauso wie die anderen Familien, die ihnen folgten. Aber auch der religiöse Konflikt hat tatsächlich stattgefunden. Es gab tatsächlich die Kontakte zu Sir William Penn und Steven Crisp – der die Krefelder nachhaltig beeindruckte.

Ich habe lange recherchiert. Eine große Hilfe waren mir dabei wieder einmal die Bücher »Krefeld – Die Geschichte einer Stadt« von Reinhard Feinendegen und Hans Vogt (Hg.) und »Vom Rhein zum Delaware« von Ernst Köppen.

Auch haben mir die Schriften der Mennonitischen Gemeinde viele Informationen gegeben.

Die Geschichte um Margaretha op den Graeff ist dennoch eine fiktive Geschichte. Ob sie der Heilkunst mächtig war, ist nicht bekannt.

Danksagung

Dieses Buch hätte ich ohne Hilfe nicht schreiben können. Herzlich bedanken möchte ich mich bei dem Pastor der Mennonitischen Gemeinde, Christoph Wiebe, der mir wieder viele Fragen beantwortet hat.

Bedanken möchte ich mich auch bei Imke Haesloop für die detailreichen Antworten zu Pferden, Jagd und Hunden.

Ohne Thomas Schüren hätte ich manche Szene nicht schreiben können. Lieber Thomas, herzlichen Dank für Deine Mitarbeit und das Gegenlesen.

Die Fehler, die trotzdem noch im Buch sein mögen, nehme ich ganz allein auf meine Kappe.

Dieses Buch ist in einer für mich sehr schmerzvollen und schwierigen Zeit entstanden. Ich habe viel Unterstützung und Hilfe erfahren. Bedanken möchte ich mich bei meinen Kollegen der 42er Autoren, meinen Mädels Irmi, Jaxy, Gudrun und Margit, allen Mitarbeitern des Aufbau Verlages und meinem Agenten Dirk Meynecke.

Meinen Freunden und meiner Familie gebührt der größte Dank. Ihr wart und seid für mich da – ohne Euch hätte ich das sicher nicht geschafft.

Andrea, Claudia, Silke, Bernd, Bärbel, Michael, Carmen, Maik, Kirsten, Klaus, Margit, Peter, Irmi, Sven. Wen ich vergessen habe, möge es mir verzeihen. Schön, dass es Euch gibt.

Ulrike Renk
Das Lied der Störche
Roman
512 Seiten
ISBN 978-3-7466-3246-9
Auch als E-Book erhältlich

Alte Heimat

Ostpreußen 1920: Frederike verbringt eine glückliche und unbeschwerte Kindheit auf dem Gut ihres Stiefvaters in der Nähe von Graudenz. Bis sie eines Tages erfährt, dass ihre Zukunft mehr als ungewiss ist: Ihr Erbe ist nach dem großen Krieg verloren gegangen, sie hat weder Auskommen noch Mitgift. Während ihre Freundinnen sich in Berlin vergnügen und ihre Jugend genießen, fühlt sich Frederike ausgeschlossen. Umso mehr freut sie sich über die Aufmerksamkeit des Gutsbesitzers Ax von Stieglitz. Wäre da nur nicht das beunruhigende Gefühl, dass den deutlich älteren Mann ein dunkles Geheimnis umgibt ...

Ein berührende Familien-Saga die auf wahren Begebenheiten beruht.

Regelmäßige Informationen erhalten Sie über unseren Newsletter. Jetzt anmelden unter: www.aufbau-verlag.de/newsletter

atb aufbau taschenbuch

ULRIKE RENK
DIE
AUSTRALISCHEN
SCHWESTERN
ROMAN
atb

Ulrike Renk
Das Versprechen der australischen Schwestern
Roman
608 Seiten. Broschur
ISBN 978-3-7466-3211-7
Auch als E-Book erhältlich

Wir werden uns nie verlieren

Drei Schwestern, zwei Kontinente: Jede der drei ist ihren Weg gegangen. Elsa arbeitet in Sydney, Mina hat nach Jahren endlich ihren heimlichen Verlobten William geheiratet, und Carola lebt glücklich mit Werner in Hamburg. Doch dann ist ihr aller Glück in Gefahr: Nicht nur ein Todesfall erschüttert die Familie in ihren Grundfesten, sondern es bricht auch der Erste Weltkrieg aus. Plötzlich leben Carola, Elsa und Mina in verfeindeten Ländern. Wird das Band, das die drei Schwestern zusammenhält, stärker sein als die Schatten des Krieges?

Schicksalhafte Jahre zwischen Sydney und Hamburg

Regelmäßige Informationen erhalten Sie über unseren Newsletter. Jetzt anmelden unter: www.aufbau-verlag.de/newsletter

atb aufbau taschenbuch